VLADIMIR NABOKOV

The Stories of Vladimir Nabokov

纳博科夫短篇小说全集 [下]

弗拉基米尔·纳博科夫

逢珍 译

上海译文出版社

完　美

“现在你看，我们就得到两条直线了。”他兴奋地、甚至有点狂喜地对大卫说道，仿佛得到两条线是一份难得的运气，是一件可以引为自豪的事情。大卫性格温和，但看起来有点迟钝。看着大卫的耳朵渐渐涨红，伊万诺夫可以预见到，在未来的三四十年里，自己一定会频频出现在大卫的梦中——在人类的梦中，旧日怨恨可是不会被轻易忘却的。

大卫满头金发，身材瘦削，穿一件黄色无袖针织套衫，腰间紧束着一条皮带。裸露的膝盖上有处疤痕，手表的表面玻璃由结实细密的格栅保护起来。他扭着身子坐在桌边，拿钢笔没尖的一头不停地敲打着牙齿。由于学习成绩糟糕，他早就需要请一个家庭教师了。

“现在让我们来看这第二条线。”伊万诺夫继续刻意用同样兴奋的语气说道。他虽说早已拿到了地理学学位，无奈他的专业知识毫无用武之地：宛如逝去的财富，出身名门的乞丐昔日的华丽庄园。不如说，那些古代的航海图多么漂亮啊！细长而华丽的古罗马航海图里，蛇形的细条纹代表管状的海洋；古亚历山大城里绘制的地图上，英格兰和爱尔兰看起来就像两根小小的香肠。还有，在深红和草绿两色的中世纪基督教国家地图里，天堂般的东方画在地图顶端，耶路撒冷位于地图正中，恰如地球的金色肚脐。还有那些神奇的朝圣记述：一个行脚僧把约旦河比作家乡切尔尼高夫的一条小河。一位沙皇公使曾去过一个国家，那里人们总是漫步于黄色的阳伞下。一个特维尔的商人曾穿过一个猴子群集的茂密“zhengel”——这是他用俄语念英语的“jungle”(丛林)——到达一片由一位裸身王子统治的酷热地带。这个已知世界的小岛不停地变大:新的轮廓不太确定,先从巨大的迷雾中显现出来,然后慢慢脱去长袍——这时,瞧,远隔重洋的遥远之处,隐隐现出南美洲的肩角。四面的风正鼓荡而来,其中一股风还戴着眼镜。

不过我们还是忘了那些图吧。伊万诺夫身上还有些其他的奇闻趣事。他身形瘦长,皮肤黝黑,算不得年轻,脸上有一圈络腮黑胡留下的轮廓印记。他曾经留了好长时间的胡子,但后来刮掉了(那是他第一次被流放时,在塞尔维亚的一家理发店里刮掉的)。刮掉后稍不注意,胡子黑影就会卷土重来,一圈胡茬子便又长了起来。他十多年的流放生涯基本上是在柏林度过的,期间对浆硬的领子和袖口忠心耿耿。他那日渐破旧的衬衫正面别着一枚过时的别针,以便别住长衬裤的顶部。最近他不得不一直穿着他那件翻领上饰有穗带的黑色旧西装(别的衣服都破烂不堪了)。这样,有时遇上阴天,在微弱的光线下,他好像还觉得自己穿着稳重,颇有品位。他的领带里总是时不时露出一些像是法兰绒之类的东西,他不得不将它们一一剪去,可怎么都剪不干净。

他一般会在下午三点左右动身去给大卫上课。他的步伐总是异乎寻常地矫健,头也总是高高昂起。他会尽情地呼吸着初夏的新鲜空气,吞咽着一大早就膨大起来的喉结。有一次,伊万诺夫正心不在焉地盯着对面人行道,一个穿着皮裹腿的年轻人轻轻吹了下口哨,吸引了他的注意。那人扬起下巴,昂着头走了几步,意思是:同胞有何怪癖,应该给予纠正。可是伊万诺夫误解了他说教式的模仿,以为这是在指他头上的什么东西,于是毫不迟疑地将头抬得更高了——说来也是,天上三朵小云彩,正手牵手斜斜飘过天空。第三朵渐渐落后,它的轮廓,它那依然伸出的友善之手的轮廓,也渐渐失去了优雅的姿态。

初春暖和的日子里，一切看起来都是那么美丽动人：双腿修长的小女孩们在人行道上玩着跳房子游戏，老人们悠闲地坐在长凳上，每当风儿伸展它无形的手臂，繁茂的椴树总会洒落绿色的碎花。他觉得有点孤独，穿着黑衣服有点闷。于是他摘下帽子，静静站一会儿，四面望望。有时候，他会看到一个扫烟囱的人（扫烟囱的人会给见了他的人带来好运，妇女们碰上他时都会迷信地用手指戳戳他），要么会看到一架飞机飞过云层，这时伊万诺夫就会陷入白日梦中，幻想一下许多遥不可及的东西，幻想一下他永远也从事不了的职业，幻想一下一只如巨大花冠般打开的降落伞，或是幻想一下风驰电掣、五颜六色的赛车世界，幻想一下各种各样的快乐景象，幻想一下富人们在如画的风景中优哉游哉。他的思绪上上下下地波动，沿着一扇玻璃窗游动，可是这扇玻璃窗，只要他活着，就挡着他，不让他和这个幻想的世界直接接触。他热切渴望能够体验一切，得到一切，触摸一切，让斑驳的声音和鸟儿的啼鸣穿透他的身体，暂且进入某个路人的灵魂，就像路人走进凉爽的树荫下一样。他的脑子里总是塞满了一些无法解决的问题：扫烟囱的人下班后是在哪里、又是怎样清洗自己的呢？一刻钟前他还记忆犹新的那条俄罗斯森林公路是否已经有了变化？

最后，他像往常一样迟到，乘电梯上楼，这时总觉得自己好像在慢慢长高，向上伸展，直到他的头触到六楼时，这才像个游泳者一样停住双腿。这时他又恢复了正常的高度，进入大卫明亮的房间。

大卫上课时总喜欢玩弄点什么东西，但除此之外，还是比较专心的。他因在国外长大，俄语说得艰难而晦涩。一遇到要表达什么重要事情，或者与他那个嫁给柏林商人的俄罗斯母亲说话时，就立即说起德语来。伊万诺夫对德语知之甚少，只能用俄语讲解数学，偏偏教材上用的又是德语，这自然给他造成了一定的混乱。每当他看见小男孩那双边缘长满金色绒毛的耳朵，便试着去想象他在大卫心目中引起的厌烦和憎恶不知到了何种程度，这让他十分苦恼。他明白自己的外貌——满脸疙瘩，是feu du rasoir[①]皮疹；穿一件闪亮的黑夹克，袖口处污渍斑斑——他听到自己故作欢快的语调，清嗓子的声音，还有大卫根本听不到的声音——那是他长期不适的心脏浮躁却尽职的跳动声。课一结束，小男孩就会迫不及待地给伊万诺夫看些什么，比如一本汽车目录簿，或是一部相机，或是一个在街上捡到的可爱的小螺丝钉等，这时伊万诺夫总是竭力表现一下他在这方面的学识。可是说来伤心，他对那些被称为科技产品的人造物天生就没有多少亲近感，因而他对这些东西的评论总是似是而非。这样一来，大卫总是一边用充满狐疑的浅灰色眼睛盯着他，一边迅速拿回那个似乎正在伊万诺夫手中呜咽的物件。

然而大卫并非毫无感情。他对不同寻常的事物不感兴趣是可以理解的——伊万诺夫想，因为我自己看起来也是木讷冷漠、了无情趣的小伙子，从不与人分享自己的爱好、想象和恐惧。我童年时期所有的表达也不过是一次激动的个人独白而已。你也许因此会得出下面这个三段论：孩子是最完美的人；大卫是一个孩子；大卫是完美的。他有如此可爱的眼睛，有这样可爱眼睛的孩子不可能一门心思地只考虑各种机器零件的价钱，或如何攒到足够的赠券去换商店里价值五十芬尼的免费商品。他脑子里一定会储存着别的东西：比如童年时代的鲜活记忆，点点滴滴尚在心头。但他从来不说童年，正如我小时候也从来不说童年一样。可是几十年以后呢？比如到了一九七〇年（如此遥远的年代！就像个电话号码），他也许会碰巧看见挂在他床头上方的画——一个僧人正在吞食一个网球——他会觉得多么震撼，他会对自己的存在多么惊异！伊万诺夫没有完全想错，大卫的眼睛里的确不乏一定的梦幻色彩，不过那是隐藏起来的调皮梦幻。

大卫的母亲走了进来。她头发金黄，性情敏感。昨天她在学西班牙语，今天她不吃饭，只喝橘汁。“我想和你谈谈。你请安坐。大

① 法语，剃须后引起的。

卫，到一边去。课上完了吧？大卫，去吧。我想说的是，大卫的假期快到了。如能带他去海边，那就比较好。但遗憾的是，我不能亲自带他去。你愿意带他去吗？我信任你，而且他也听你的话。更重要的是，我希望他可以多说说俄语。其实他跟现在的孩子一样，就是个小小sportsmann[①]。你意下如何？”

伊万诺夫颇为踌躇，但他并未说出来。他上次看到大海是在一九一二年，那还是十八年前他读大学时候的事了。当时去的那个度假胜地是爱沙尼亚的亨格堡。松树、沙滩、银灰色的海水伸向天际——啊，极目良久望不到头，下水好久才到及膝深的地方！这次去的地方应该也属波罗的海，只不过位于不同的海岸罢了。不过，我最后一次游泳可并不是在亨格堡，而是在圣彼得堡城外的路加河里。农民们从水里跑出来，两腿弯曲，宛如青蛙，双手交叉，遮着羞处：羞怯的田鼠。他们牙齿打颤，赶紧把衬衫套在湿漉漉的身上。傍晚时分在河里游泳倒是很惬意的，尤其是在暖暖的雨水下。雨滴打在水面上，激起层层无声的涟漪，朝四周扩散开去，一层连一层，荡遍整个水面。不过我更喜欢脚触及河底的感受。出来再穿鞋袜时，不让鞋底沾上泥真是太难了。耳朵里进水了，就不停地单腿跳，直到它像一滴令人发痒的眼泪一般从耳朵里流出来。

出发的日子很快到了。“你穿那样的衣服会很热的。”大卫的妈妈说道。她前来道别，看了一下伊万诺夫的黑西装（那是他朋友去世时他穿的衣服）。火车非常拥挤，他柔软的新衣领（这是他为了这次夏季出行而做出的一次小妥协）就渐渐变得又紧又湿。大卫兴高采烈，头发两边梳得整整齐齐，正中间一小绺迎风飘舞，开领衬衫也迎风鼓荡。他站在车厢走道的窗子边向外张望，火车弯曲前行，可以看到弯成半圆形的前部车厢，还能看见斜靠在窗框上的乘客的头。这时汽笛鸣响，车轮急转，火车又直行起来，驶进一片山毛榉树林里

① 德语，运动家。

去了。

度假的房子位于海滨小镇的后方，是一座简易二层小楼，院子里种了些红醋栗矮树丛，一排栅栏把院子和一条尘土飞扬的小路分开。一个留着黄褐色胡须的渔夫坐在一截圆木上，在夕阳下眯着眼睛，给他的渔网涂焦油。他妻子把他们领上楼。地板是赤褐色的，家具也很低矮，墙上挂着飞机螺旋桨上的一大块残片："我丈夫以前在机场工作过。"伊万诺夫从包里取出他单薄的亚麻衣服、剃须刀，还取出一卷残破的帕纳费丁版本的普希金著作。大卫从网里拿出他的五彩球，球到处乱蹦，差点把架子上的一个带角的贝壳撞了下来。女房东端来茶和比目鱼，大卫急匆匆地吃了点。他迫不及待要去看大海，此时太阳已经开始落山了。

他们走了一刻钟，下到了海滩。伊万诺夫突然感到胸口一阵剧烈不适：先是一阵发紧，接着像被掏空了一般。远处，平静的烟蓝色大海上有一艘小船，看上去幽暗而孤独，令人心寒。这只船给他留下的印象太深了，无论他往何处看，似乎都有那艘船的影子，随后往天上看，船的影子才消失。这时暮色昏沉，周围的一切都暗淡起来，他觉得目力也不好使了，双腿踩在沙子上吱吱作响，一阵阵发软，好生奇怪。什么地方传来管弦乐队演奏的声音，不过离得太远，声音显得低沉而微弱。呼吸变得困难起来。大卫在海边挑了一块地方，预订了一间第二天用的柳条帐篷屋。回去的路是上坡，伊万诺夫的心一会儿飘移而去，一会儿又匆匆回来按他的期待凑合着工作一阵，接着又逃之夭夭。一路上他就这样一边闻着栅栏边荨麻散发出的亨格堡气息，一边忍受着痛苦与焦虑的煎熬。

大卫穿了件白色的睡衣，伊万诺夫为了节约起见，就不穿睡衣裸睡。一开始，寒冷的地气穿透干净的被单，使他感到愈发不适，不过睡着后就好多了。月光偷偷地爬上洗涤池，选中了池上玻璃杯的一个面，反光开始爬到墙上去。那一晚，还有以后的几个夜晚，伊万诺夫模模糊糊地想到很多事情，其中之一是幻想这个正睡在他旁边床上的男孩就是他自己的儿子。十年前，在塞尔维亚，他唯一爱过的那个女人——别人的妻子——怀了他的孩子。她流产了，结果精神错乱，满嘴胡话，不停地祷告，第二天晚上就死去了。要不是这样，他就会有个年龄和大卫相仿的儿子。早上，大卫正穿泳裤的时候，伊万诺夫看到他那牛奶咖啡色的皮肤（那是在柏林的湖边晒出来的）在腰部以下突然都变成了白皙的儿童肤色，心里不禁一动。他决定不让孩子只穿泳裤去海滩，大卫很惊讶，操着德国人的哭腔争辩说以前在别的度假胜地人人都是这样的。伊万诺夫觉得奇怪，但没有立刻让步。现在他无精打采地躺在沙滩上，一副城市人惆怅的样子。太阳高照，海水耀眼，让他有点头晕。一阵热辣辣的刺痛掠过他软呢帽下的头顶，他觉得要被活活烤熟了。但他仍旧不愿脱去夹克衫，这不仅是因为很多俄罗斯人都是如此，“在女士面前只穿吊带背心”不好意思，也是因为他的衬衣实在太破旧了。第三天，他突然鼓起勇气，偷偷用眼睛的余光环顾了一下四周，脱下了鞋子。他坐在大卫挖的一个坑里，拿张报纸铺在胳膊肘下，聆听那些艳丽的旗子在风中猎猎作响，或者略带羡慕地盯着那一千多个以各种姿态躺在阳光下的棕色身体。其中一个女孩尤其惹眼，身材犹如金属铸就，皮肤晒得几近黑色，眼睛明亮迷人，指甲白得像猴子的一样。伊万诺夫一边盯着她看，一边努力想象着晒到这种程度会是什么感觉。

一经允许，大卫就扑腾着游走了。伊万诺夫走到浪边，看着他在水里窜上窜下。每当更大的巨浪向他涌来，他就赶紧往后跳，免得打湿了裤子。他想起在俄国的一个同学，他的一个亲密伙伴，很会用小石子打水漂。他能使石子在水面上打出两次、三次、甚至四次水漂。但当伊万诺夫试着给大卫演示时，石子总是扑通一声就钻到水里去了。大卫一阵大笑，捡起一块扁平的石头，一下子就打出了不是四个，而是至少六个漂亮的水漂。

几天后，神思恍惚的伊万诺夫（他眼神游离不定，反应总是慢半拍）看到一张明信片，是大卫写给他妈妈的，没写完，放在了窗台上。

大卫写道，他的家庭教师可能病了，因为他根本不游泳。就在当天，伊万诺夫采取了重大举动：他搞了件黑色泳衣，一到海滩，就躲进海边的小屋里，小心翼翼地脱掉衣服，穿上那件针织泳衣。走到阳光下的时候，他那苍白的皮肤和毛茸茸的双腿让他感到一阵沮丧和尴尬。可是大卫却赞赏地看着他。“好哇！”伊万诺夫摆出一副漫不经心的兴高采烈样子，高声喊道，“出发吧！”他走到及膝深的地方，往头上溅了些水，然后张开手臂，继续往前走。眼见海水越来越高，他的心也抽搐得越来越紧。最后，他用拇指捂住耳朵，用其余的手指捂住眼睛，慢慢地蹲进了水里。海水冰凉沁骨，冷得他又一下子跳了出来。他躺在沙滩上瑟瑟发抖，全身上下疼痛难忍。过了一会儿，太阳照得他暖和了一点，他这才缓过劲来。不过从此刻起，他发誓不在海里游泳了。他懒得动，连衣服都不想穿。他闭紧双眼，眼前出现一片红色的背景，掠过几个光点。火星上的运河纵横交错，他一睁开眼，湿漉漉的银色阳光便在睫毛间跳动。

不可避免的事情发生了。傍晚时分，他白天暴露在外面的部分身体变成了一片对称的疼痛群岛，火辣辣地疼。第二天一早，他对大卫说：“今天我们不去海滩，到树林里散步。”“Ach，nein！[①]”大卫哭着说。“太阳晒得过多对身体不好。”伊万诺夫说。“唉，求求你了！”大卫气急败坏地坚持，然而伊万诺夫毫不松口。

树林非常茂密。几只尺蠖蛾从树干上飞走了，它们周身的颜色和树皮差不多。大卫一言不发，磨磨蹭蹭地走着。“我们应该珍视树林，”伊万诺夫试图转移一下这个学生的注意力，“这是人类最初的栖息地。直到某个晴朗的日子，人类终于离开了充满原始联想的丛林，走进了洒满阳光的理性空地。这些越橘看起来已经熟了，你可以尝尝。你为什么闷闷不乐呢？你要明白，一个人应该有多种乐趣。一个人不能过度沉迷于海水浴：粗心大意的游泳者死于中暑或心力

① 德语，啊，不行！

衰竭，这是经常发生的事！”

伊万诺夫靠在树干上蹭着他火辣辣的痒得难受的背，一边若有所思地说道：“每当在某个地方欣赏大自然时，我就禁不住想起那些我永远都去不了的国家。大卫，想象一下，假设这不是波美拉尼亚，而是马来亚的森林。看看你周围：你很快就会看到最珍稀的鸟类从你身边飞过，那是艾伯特王子城[1]的天堂鸟，它头上有一对蓝色旗帜般的长羽毛。”“Ach，quatsch。[2]”大卫气恼地答道。

“用俄语应该说‘erundá’这个词。当然，这是瞎扯，我们不在新几内亚的群山中。不过，关键是要运用一点想象力。如果——但愿别发生此事——有一天你失明了，或是坐牢了，或者你在极端艰苦的情况下不得不去执行一项令人生厌并且没法完成的任务，那时你再想起今天我们在这个普普通通的树林里散步，你或许会感到一种——我该怎么说呢？——童话般的美妙。”

日落时分，深粉色的云朵在海面上涌起。随着天色渐暗，云朵似乎被涂上了一层锈色。一个渔夫说第二天会下雨，但第二天早晨却晴朗得出奇。大卫不断催促他的家庭教师快点，但伊万诺夫却感到身体不舒服。他只想躺在床上，追忆遥远岁月里模模糊糊的零星事情。往事如烟，脑海的岸边突然闪亮，就会记起。有些是愉快的事情，也许很久之前真的发生过，也许在生活的视野中和他擦肩而过，也许只是在最近见到过。但他不能专心致志地想过去的事情，不知为何，过去的事情总是游移不定，时而友好神秘，狡猾地朝他靠近，时而又狠心地远远滑走，就像眼睛里透明的小点，在玻璃眼液中从一个斜角移向另一个斜角。唉，他必须起床了，必须穿上袜子。那双袜子满是窟窿，倒像是一副花边手套。离开房间时，他戴上了大卫的深黄色太阳镜——太阳在蓝绿色的空中昏昏欲睡，洒在门廊台阶上的晨光也抹上了一丝落日的色彩。大卫裸露着琥珀色的后背跑在前面，

---

① Prince Albert，加拿大萨斯喀彻温省第三大城市。

② 德语，啊，瞎扯。

每当伊万诺夫叫他时，就极不耐烦地耸耸肩膀。“不要跑。”伊万诺夫疲惫地说道。他戴了太阳镜，视野受到限制，便担心撞上突然驶来的汽车。

街道睡意沉沉地延伸向大海。他的眼睛逐渐适应了太阳镜，也不再惊讶夏日怎么穿上了土黄色的制服。在街道的拐角处，他突然隐约想起了什么—— 一些特别舒适而又陌生的东西——但它们瞬间又消失了。狂暴的海风吹得他胸部发紧，昏暗的旗子都朝着一个方向剧烈舞动，尽管那个方向什么也没发生。到了沙滩了，感觉到飞溅的海水了。他觉得耳朵被塞住了，当他用鼻子使劲吸入空气时，脑袋里便嗡嗡作响，好像有什么东西撞击着耳膜。伊万诺夫想，我这辈子还没活多久，日子过得也不好，不过也没有什么可抱怨的。这个陌生的世界是美丽的，此时此刻我也可以感受到快乐，只要我还能够想起那些美妙的，美妙的——什么来着？那是什么来着？

他蹲下身坐在沙地上。大卫开始忙着用铁锹修缮一面沙墙上有点垮塌的地方。“今天是冷还是热啊？”伊万诺夫问道。“不知怎么的，我说不上来。”过了一会儿，大卫扔下铁锹说道：“我要去游泳。”“再坐一会儿，”伊万诺夫说，“我需要整理一下我的思绪。大海又不会跑掉。”“求你了，让我去吧！”大卫恳求道。

伊万诺夫用一只胳膊肘支起身子，看了看海浪。巨大的海浪汹涌澎湃，附近不见一个游泳的人，只有左侧很远的地方有十来个带着橘黄色帽子的头在海面上跳动，被海浪很整齐地推向一侧。“海浪这么大，”伊万诺夫叹了口气说道，“你可以嬉水，但不能去深度超过七英尺的地方。七英尺大概是两米。”

他又垂下头，托起一边脸，满怀痛苦地回忆起生活中无数的悲伤和快乐。他的鞋子里灌满了沙子，于是用手慢慢地将鞋脱下来，之后又陷入了沉思。那些游移不定的透明小点又开始在眼前飘来飘去——他是多么多么渴望能够回想起那些——突然，他听到了一声尖叫，赶紧站起身来。

海岸远处黄蓝色的波浪里闪过大卫的脸，他的嘴大张着，如同一个黑洞。他急促地喊了一声，之后人就不见了。一只手露出来片刻，之后也消失了。伊万诺夫匆匆脱去衣服。“我来了！”他大声喊道，“我来了，要坚持住！”他在水里扑腾着，感到脚下失去了立足点，冰冷的裤子紧紧地贴在小腿上。他觉得大卫的头又露出了片刻。这时一个波浪打来，伊万诺夫的帽子掉了，他的眼睛也看不清了。他想摘掉太阳镜，可是他心烦意乱，海水冰冷，冻得他虚弱麻木，眼镜硬是没能摘下来。他意识到波浪退去时把他也拖到了离岸很远的地方。他一边游，一边放眼找大卫。他感到自己被紧紧地裹在一个冰冷刺骨的袋子里，心脏也绷紧到了极限。突然，一样东西飞快地闪过他的脑海：快速滑过钢琴琴键的手指——这正是他一上午一直在努力回忆的东西！他从海里走出来，来到一片沙滩上。沙滩、大海、空气，都呈现出一种奇特、暗淡、模糊的色彩，一切都彻底静止了。他隐约觉得黄昏已至，大卫已经消失很久了。他感到了他从尘世生活中懂得的东西——悲伤的滚滚热泪。他全身发抖，对着灰白的沙滩俯下身来。他把自己紧紧地裹在一件黑色的斗篷里，斗篷上有一个蛇形的铜扣。这种扣子他在一个同学身上见过，那是很久以前的一个秋天。他觉得太对不住大卫的母亲，不知道如何对她讲。这不是我的错，我已经尽全力去救他了，但我不擅长游泳，而且我心脏也不好，结果他就淹死了。但这么想着想着又出现了偏差，他再次环顾四周，看见自己正孤身一人站在荒凉的薄雾中，身边没有大卫。于是他这样理解：要是大卫没有和他在一起，那就说明大卫没有死。

直到这时他才摘下了那满是水雾的眼镜。昏暗的雾气立刻散去，眼前是缤纷的色彩，耳边是各种声音——海水奔涌，狂风怒号，人声鼎沸——大卫站在那里，清澈的海水刚没过他的脚踝。他不知做什么好，害怕得浑身发抖。他不敢解释说他没有溺水，不敢说他刚才在水中的挣扎只是开个玩笑罢了——远处那些人还在潜水，在水里搜寻，然后用鼓起的眼睛对视一下，又潜入水中，露出水面时还是两手空空。岸上的人朝他们呼喊，让他们再往左边找找看。一个戴红十字臂章的人沿着海滩跑过来，三个穿着羊毛衫的人把一艘小船咔嚓嚓地拖过鹅卵石，推入水中。一个戴夹鼻眼镜的胖女人正把茫然无措的大卫带到一边——她是个兽医的妻子，她丈夫本来应该周五就到的，但因事不得不推迟了假期。波罗的海处处波光粼粼，渐趋稀疏的森林里有一条郁郁葱葱的乡村小路，路上横放着一些刚刚砍倒的白杨树，还没有枯死。一个满脸煤烟的年轻人在厨房的水龙头边洗脸，脸上渐渐现出白色。黑色的马尾鹦鹉飞过新西兰群山上的终年积雪，一个在阳光下眯着眼的渔夫正郑重其事地预测说，得等到第九天海浪才会托出尸体来。

海军部大厦塔尖

请你原谅我，亲爱的夫人，可是我是个粗人，说话直来直去，那么我就有啥说啥了。不要劳神想入非非：这远不是来自你崇拜者的信。相反，你一分钟后会看明白，这是一封相当奇怪的小信件，谁知道能起什么作用呢。算给你上一课，也给其他好冲动的女小说家上一课。首先，我赶紧做个自我介绍，这样我的形象就可以像个水印一样随处可见。这要比不声不响诚实得多。如果不声不响，那就有误导之嫌，眼睛不由自主地从一行行书写文字上看过去，容易得出错误的结论。别说我字写得秀气，标点符号点得有青春活力，我恰好是个又矮又胖的中年人。其实我的胖是没有赘肉的胖，胖得有味，胖得有趣，还是黄蜂腰。夫人，诗人阿普赫京是女士们的胖宠物，我和他那装样儿的翻领可远远不是一回事。不过，这样也就可以了。你，作为一个作家，已经收集到了可以补全我余下部分的线索。Bonjour, Madame。[①]现在，让我们言归正传。

那一天在一家俄语图书馆——这家图书馆被无知的命运贬到一条阴暗的柏林小巷里——我查到三四条新书名，其中有你的长篇小说《海军部大厦塔尖》。书名精妙——如果没有别的原因，书名是不是得自抑扬格四音步的诗律，admiraltéyskaya iglá，像一行著名的普希金诗？然而正是书名太精妙，并非好兆头。再说了，对于我们的流放地出版的书，比如在里加或塔林出版的，我一般都持谨慎态度。尽管如此，我还是如我刚才所说，取下了你的小说。

唉，我亲爱的夫人，唉，谢尔盖·索恩采夫"先生"，太容易猜到作者用了一个假名，也容易猜到作者不是个男子！你的每一个句子都透着女性气息。你偏爱用"时光流逝"或者"抖抖索索地包在妈妈的披肩中"这样的话语，还不可避免地出现了一个插曲人物海军少尉（直接模仿《战争与和平》），这个人物把字母"r"发成硬音"g"。还有最后一点，你把法语的陈词滥调翻译过来加注，这些都充分表明了你的文学技巧。而以上这些还仅仅是你问题的一小部分。

想象一下这样的情景：假定我有一次散步，走过一个美不胜收的地方，水流汹涌，波涛滚滚，藤蔓爬满了荒凉的断壁残垣。许多年后，在一个陌生人的家中，我偶然看到一张照片，上面照的是我，在一根明显是纸板糊的柱子前方摆了个自鸣得意的姿势；背景中有一道白花花的涂层，原来是画上去的小瀑布；有人还给我画了八字胡。这玩意是从哪里来的？把这可恶的东西拿走！我所记得的是真实的水流喧腾，再说了，当时并没人在那里给我拍照。

要我给你解释其中的寓意吗？要我告诉你，我看到你灵巧的手工活，你那篇很糟的《尖塔》，我就有同样讨厌的感受，只是觉得更糟糕，更可笑。我用食指分开未裁的书页，抬眼一行行快速地看下去，看得我又惊讶又迷惑，只能眨眼。

你想知道怎么了吗？我乐意奉告。你重重地躺在吊床上，信笔而写，墨如泉涌（一个近似双关的词[②]），你，夫人，写了个我初恋的故事。是的，我又惊讶又迷惑；我也是一个大块头的人，迷惑时伴着气短。现在你和我都在喘粗气，因为你创造的英雄突然出现，让你也惊呆了。不对，这是个错位——额外的佐料是你添加的，我承认，填充馅和调味汁也是你的，但这游戏（又一个近似双关的词[③]）不是你的，夫人，而是我的，它翅膀上中了我的铅弹。我太吃惊了—— 一个我不

① 法语，你好，夫人。

② 原文fountain，既有喷泉的意思，也有源头的意思。

③ 原文game，既有游戏的意思，也有猎物的意思。

认识的女士，从哪里，又是怎样拐走了我的过去？我难道非得承认这样的可能性：你认识卡佳——甚至你们是闺蜜——于是她在波罗的海的松树下和这个贪婪的小说家一起消磨夏日黄昏的时候，向你透露了全部秘密。可是你怎么敢，你从哪里找到的胆子，不但利用了卡佳的故事，还接着将那个故事歪曲得面目全非？

我们最后一次见面，到今天已经过去十六年了——十六年，这是一位新娘的年龄，一条老狗的年龄，或者是苏维埃共和国的年龄。顺便说一下，我们先来看看你马虎大意犯下的无数错误，这目前还不算最严重的问题。卡佳和我不是同岁的人。我当时快十八，她快二十了。你尝试了一种方法，还很管用，就靠这种方法让你的女主角脱光衣服站在能照出全身的穿衣镜前，然后你描写她披散的头发，当然是暗金色的，还有她年轻的曲线。据你所写，她矢车菊一般的眼眸在沉思时会变成紫罗兰色——真是一个植物学上的奇迹！你用一圈黑色的睫毛遮住了那双眼睛，那睫毛，要是我可以自己来写，好像长得更长一点，延伸到外眼角，这样显得她的眼睛很独特，看似上扬，其实不然。卡佳体态优雅，但略微有点弓腰，每次进屋都要抬抬肩。你还把她写成了一个有着女低音嗓音的高贵少女。

纯粹的折磨。我有心把你写的各种错误的形象仔细抄下来，无情地摆在我准确无误的观察旁边，不过结果却可能是“噩梦般的胡说”——真正的卡佳会这么说的，因为分配给我的理念没有足够的精确度，也没有足够的能力，从你的那团乱麻中解脱出来。相反，我自己倒陷进你用传统写法设下的黏性罗网中，没有一点力量把卡佳从你的笔下解放出来。尽管如此，我还是要像哈姆雷特一样争论，并且到最后一定要胜过你。

你所瞎编的主题是爱情：一场有点颓废的爱情，以二月革命为背景。但它仍然是爱情。卡佳被你重命名为奥尔加，我成了列昂尼德。不错，很好。我们的初次相遇是平安夜在朋友家里，之后我们常在尤苏波夫溜冰场见面。她的房间，里面有靛蓝色的墙纸，红木家具，只有一件摆设，一个踢起腿来的芭蕾舞瓷女郎——这些都是真的，都是真的。除非你故意自命不凡地瞎编，把一切都改得面目全非。列昂尼德在聂夫斯基大街上的帕里斯亚娜影院坐下时，皇家学园的一位学生把他的手套放在三角帽里，隔了两页后，他就穿上了平民衣服：他摘去了他的圆顶高帽，读者面前又出现了一个文雅的年轻人，留着旧式的英国分头，头发从喷了定型发胶的小脑袋正中央分开。一块紫色手帕从他的胸口衣袋垂下来。其实我至今还记得皮埃尔先生当时穿得像电影演员马克斯·林德一样，也还记得他喷了大量的威哲塔护肤液，刺得我头皮发凉。皮埃尔先生紧握住他的梳子，像翻毡一般猛地一翻，把我的头发翻了过来，然后一把扯掉围单，冲一个留着八字胡的中年人喊道："伙计，把头发收拾干净！"今天，我的记忆带着讽刺回到那块胸口衣袋中的手帕上，回到了当年的白色鞋罩上。不过另一方面，我决不能认同青春记忆中刮脸的折磨，刮的是你笔下列昂尼德那张"光滑、灰白的脸"。他那双莱蒙托夫式没有光泽的眼睛和贵族一般的外表，我就让你凭良心处置，因为如今他意外发福了，当年的外表不可能看出多少了。仁慈的主啊，不要让我陷入这位女作家的文字陷阱中吧。我不认识她，也不想认识她，可是她抱着令人吃惊的傲慢态度侵犯了另一个人的过去！你怎敢这么写："漂亮的圣诞树上挂着会变色的灯，好像在向大家预告那欢乐喜气洋洋"？你一口气吹灭了整个圣诞树，因为一个形容词放在名词后面，图高雅，却足以消灭最美好的记忆。在这场灾难之前，也就是在看到你的书之前，我的美好记忆是灯光涟漪一般星星点点地闪在卡佳的眼睛里。圣诞树的一条枝上挂着一个原生纸做的小玩偶房，光彩夺目，一根蜡烛燃得太狂野，她拂开粗硬的树叶，伸手去掐火苗，这时小玩偶房把鲜红色映在了她的两颊上。所有这些美好的回忆我现在还留下了什么？什么都没有留下——只是字纸烧毁时发出的难闻气味。

你的写法给人这样的印象：卡佳和我生活在一种文明高雅的上

流社会。你这种说法是错误的，亲爱的女士。那个卡佳生活的上流社会环境——你愿意就称为时尚环境吧——说得好听一点，风气很落后。契诃夫被认为是“印象派”；康斯坦丁大公，一位重要诗人，被认为是上流社会的打油诗人；纯粹是基督徒的亚历山大·布洛克，写过未来主义的十四行诗，歌咏垂死的天鹅和丁香烈酒，被认为是邪恶的犹太人。诗歌专集的手抄本，法语的英语的都有，到处散发，拿到的再复制，也有失真走样的地方，连作者的名字都不知不觉地消失了，所以这些流散的诗歌就故作意外地有了个作者不详的迷人特点。一般来讲，把它们那些曲曲弯弯的东西和那些秘密抄写的、在下层圈子里流行的煽动性简单诗歌并置起来很有意思。这些男人和女人歌咏爱情的长篇独白被认为是国外抒情诗派最现代的样板，有人恰当地指出，这么认为很不到位，事实上国外抒情诗中的佼佼者是可怜的路易·布耶[①]所写的一首，他在上世纪中叶写作。卡佳对连绵起伏的韵律情有独钟，总是充满激情地朗诵路易·布耶的亚历山大体[②]诗歌，还怪我给某一音律铿锵的诗节挑了毛病。在这一节诗中，诗人把他的感情比作一把小提琴的弓，把他的情人比作吉他。

关于吉他，夫人，你写道：“傍晚年轻人聚会，奥尔加坐在桌子旁，用浑厚的女低音唱歌。”唉，好吧——又一次死亡，又一个你华丽文体的牺牲品。可我是多么怀念那首时髦的茨冈舞曲，余音绕梁，当时我示意卡佳唱，我来填词！我很清楚，这个舞曲不再是真正的吉卜赛艺术，这种艺术当年迷住过普希金，后来又迷住过阿波罗·格里戈里耶夫[③]，现在却没有生气，筋疲力尽，难逃一死。每一样东西都在为她的毁灭作贡献：留声机、战争，还有各种所谓的茨冈歌。布洛克有许多天生魔力，其中之一就是他从吉卜赛歌词中听来任何语句，都能

① Louis Bouilhet (1821—1869)，法国诗人、剧作家。

② 指每行十二个音节的诗歌形式，起源于法国，盛行于文艺复兴时期，后传到英国，形成英语亚历山大体，每一行音节还是十二个，但重音比法语亚历山大体多。

③ Apollon Grigoriev (1822—1864)，俄国诗人、批评家。

凭记忆写下来。他这么做很有道理，好像他在抓紧时间抢救吉卜赛歌词，免得太晚了全忘了。

我应该告诉你那些沙哑的嘟哝和抱怨对我们意味着什么吗？我应该向你展现那个遥远陌生世界的样子吗？那里

垂柳细枝沉沉入睡，
低低弯向池塘。

那里，在丁香花丛的深处

夜莺在哭诉她的感情

在那里，所有的感觉被逝去爱情的回忆统治着。那个邪恶的统治者，伪装成了吉卜赛的浪漫主义。卡佳和我本来也喜欢回想往事，但我们那时没什么可回想的，于是就假想一些遥远的过去，把我们当前的快乐放回这假想的过去之中。我们把我们看到的每一样东西都转化成我们还不存在的昔日遗迹。我们试着看花园小径，看月亮，看垂柳，用现在明知往事一去不返的眼光去看——现在回头去看，就有可能看池塘上浸在水里的旧木筏，看黑沉沉的牛棚上方的月亮。我甚至假想，多亏了一点朦胧灵感，我们为后来的一些事情提前做了准备，练练自己的记忆力，想想遥远的过去，玩玩乡愁，果然到后来，当过去真正到来的时候，我们就懂得如何对待，不至于让它压死。

可是你对这一切都关心些什么呢？那年夏天我去你称为“格林斯科耶”的祖上庄园小住，你描写这一段时写道，你追着我进了树林，在林子里非要我写“散发着青春活力和人生信仰的”诗。事情不完全是这样的。别人要么打网球（用一只红色的球和多尔蒂球拍，球怕很沉，弦很松，在阁楼上找到的），要么在一片杂草疯长的草坪上打槌球，每个球门前长着一株蒲公英，这时卡佳和我就到菜园去，蹲在那里，狼吞虎咽地吃两种草莓—— 一种是鲜红的“维多利亚”(sadovaya zemlyanika)，另一种叫“俄罗斯双簧管”(klubnika)，是一种有点发紫的浆果，上面经常沾有青蛙的黏液。菜园里还有我们最喜欢的凤梨类的水果，看上去还没熟，但是特别甜。我们也不直起腰来，蹲着沿犁沟走，边走边哼哼，结果膝盖后面的筋腱疼起来，肚子里沉甸甸地填满了红玉色的草莓。火热的阳光倾泻下来，那太阳，那草莓，还有卡佳野蚕丝的连衣裙，两臂下方有深色的汗渍，脖子后部汗津津的晒痕泛着光——所有这些融合为一种沉闷的欢乐感。那是多么幸福呀：没有站起来，仍然摘着草莓，一把抓住卡佳温暖的肩，听她轻柔地笑，听她咕噜咕噜地贪吃，听她在树叶下面翻找草莓时关节嘎巴嘎巴地响。对不起，我直接从那个果园离开，朝厕所游荡，果园里温室亮晃晃地刺目，林荫道旁毛茸茸的罂粟花随风摇摆。我来到厕所，像罗丹的“思想者”一样蹲坐下来，头仍然被太阳晒得发烫，这时我写了首诗。那首诗，从各个方面看，都很差劲。它有来自茨冈歌曲的夜莺啼啭，有布洛克的几句，还有无可奈何地回响着的魏尔伦：“Souvenir，Souvenir，que me veux-tu？ L'automne……”[①]——尽管秋天还遥遥未至，我的幸福却用动听的声音在附近高喊，也许就在那儿，保龄球道旁边，丁香花丛后面。那花丛下堆满了厨房垃圾，母鸡到处乱逛。每天晚上，走廊里的留声机会张开大嘴，颜色红得像俄国将军外衣的内衬一样，肆意喷涌着吉卜赛激情；要么有一个险恶的声音，配着《月藏云下》的曲调，冒充皇帝说道：“给我一支鹅毛笔，一个笔架，是时候写最后通牒了。”花园里的平台上，一个叫“Gorodki（小城镇）”的游戏止在进行：卡佳的父亲解开衣领，穿着居家软靴，一只脚跨前一步，端起一根棍子作瞄准状，好像端起步枪要开火一般，然后把棍子使劲朝小柱子组成的“小城镇”扔过去（不过离目标还好远）。这时夕阳的最后一束光轻轻拂过松树干做的围

① 法语，回忆，回忆，你要我怎么样？秋天……

篱，在每根树干上留下一个火红的箍。夜幕最终降临，人们都睡了，卡佳和我挤在花园里一条又硬又冷、看不清楚的长凳上，望着昏暗的大房子，直到我们的骨头疼起来。一切都好像是很久以前已经发生过的事情一般：房子的轮廓映衬在淡淡的碧空下，树叶睡意蒙眬地摇动，我俩不能自制地长吻。

在你对那年夏天的雅致描写中，用了大量的点缀修辞，但有一件我们经常忘记的事情你倒是本能地时时记得，那就是那年二月以后，国家就处在"临时政府[①]的统治之下"。你非要卡佳和我密切地关注每一个革命事件，也就是说，你叫我二人进行着神秘的政治对话（这方面的描述长达十来页）——但我向你保证，我们从来没有进行过那样的对话。首先，我要是带着你借给我的正义感来谈俄罗斯的命运，我会觉得别扭；第二，卡佳和我彼此太投入，不会关心革命的。我只须说一句，革命留给我最真切的印象只是一件小事情：有一天，在圣彼得堡的百万大街上，一辆卡车满载着一车快活的暴徒，做了个笨拙却又精准的转向，为的是故意压扁一只路过的猫。压过去后，它就展展地躺在那儿，就像一块熨得极其平整的黑毯子（只有尾巴还能看出是猫的一部分——它笔直地挺立着，末端我以为还在摆动）。那一时刻，我突然领悟到某种高深莫测的意义。不过后来有一次，我又在一个田园般的西班牙乡村看到了一辆公共汽车以完全相同的方式压扁了一只完全一样的猫，我心里就不再纠结那隐秘的意义了。另一方面，你夸大了我的诗歌才能，到了言过其实的地步，你还把我变成了一个预言家，因为只有预言家才能在一九一七年的秋天谈论列宁死后的绿色脑浆，或者谈论苏维埃俄国知识分子"秘密"移居国外的事。

不，那年秋天和冬天我们谈论的是别的事情。当时我非常痛苦。我们的浪漫爱情正在遭受极其糟糕的事情。你给了一个简单解释：

---

① 即一九一七年俄国二月革命推翻沙皇统治后在圣彼得堡成立的临时政府，同年在十月革命中被布尔什维克推翻。

"奥尔加开始意识到自己追求的是肉欲，而非激情，而列昂尼德则正相反。他们危险的拥吻让她兴奋，这是可以理解的，可是在她内心深处，还总有一块没有化开的疙瘩"——如此等等。你此处下笔仍然是一样的粗俗，自以为是。你对我们的爱情作何理解呢？到现在为止，我一直故意回避直接对它进行讨论。但是现在，如果不怕受你风格的影响，我不妨比较详细地描述一下它的热烈和潜藏的悲哀。是的，是有那么一个夏天，处处树叶沙沙作响，我俩骑着自行车沿着园中所有的蜿蜒小径莽莽撞撞地跑，要看看从不同的方向谁最先骑到那个环岛处，那里的红沙地上留下了我们坚硬轮胎的印迹，像扭动的蛇一般。那是在俄国的最后一个夏天，每一个活生生的日常细节冲着我们声嘶力竭地尖叫："我是真的！我是现在！"只要这充满阳光的快活心情能够在表面上维持住，我们的爱情固有的悲哀就仅仅是迷恋不曾存在的过去而已。可是当卡佳和我重回彼得堡时，问题就出现了，留给我们的只有痛苦。那时彼得堡已经下了不止一场雪，街上的木板行道上盖了一层微黄色的东西——雪和马粪的混合物——没有这东西，我就描绘不出俄国的城市。

我现在能看见她了，穿着那件黑色海豹皮大衣，拿着个扁平的大暖手笼，穿着灰色的毛边靴，走在一条很滑的人行道上，两条细长的腿如踩着高跷一般。要么是穿着深色的高领连衣裙，坐在一张蓝色的矮沙发上，哭得太久之后，在脸上厚厚地补了妆。我每天傍晚步行到她家，半夜后返回，这时，在大理石般的夜色中，在星光灰白的寒冷天空下，我能认出一路上那些地标——总是一样的彼得堡高大建筑，传奇年代的孤独大厦，装点了夜里的荒凉，和所有的美一样，与行人若即若离。它看不见你，它在沉思，它无精打采，它的心思在别处。我总是自言自语，对着命运说，对着卡佳说，对着星星说，对着城堡的圆柱说。巨大的城堡心不在焉地耸立着，悄无声息。昏暗的街上传来零星的交火枪声，我无意间就会想到自己有可能被流弹击中，倒地而死，横卧在昏暗的积雪上，穿着雍容华贵的皮草外衣，圆顶高帽歪在一边，周围是古米廖夫或曼德尔施塔姆[①]新诗集的白色平装本。这些书是我倒地时掉出来的，现在散落在雪地上，纸页几乎看不出来了。我这么想时还颇有一丝快感。要么有可能边走边哭边呻吟，自己劝自己说，是我自己不爱卡佳了，这么想时就赶紧绞尽脑汁回忆她的种种不好：虚伪，自以为是，空虚无聊，贴块掩饰粉刺的俏皮贴，没必要说法语的时候说法语，法语的小舌音发不地道，还时不时故意冒出来；她还有个顽固透顶的毛病，喜欢有爵位的蹩脚诗人；还有，每当我逼着她告诉我前一天傍晚她是和谁一起度过的，她就发脾气，两眼神情呆滞，这种事已经发生上百次了。我绞尽脑汁，寻思掂量，结果痛苦地发现我的爱，尽管承载着所有她的不好，却越发坚定，越陷越深，就算是肌肉似铁的役马来拉，也拽不出泥坑。下一个傍晚到来时，我又要通过街头水手把关的身份检查站（要查验各种文件才能允许我接近卡佳的心灵边缘，也只能到这一步，再往她心灵里走一步，文件就失效了），又要去盯着卡佳看。我先开口可怜巴巴地说几句后，她就变成个僵硬的大玩偶，突起的眼皮垂下，答话也像个瓷娃娃一般生硬。有一次，在一个值得记住的晚上，我要她给我一个老老实实的最后答复，她干脆一言不发，躺在长沙发上不起来，一动不动，镜子一般的眼睛里反射着蜡烛的火苗。在那段动乱的时期，蜡烛代替了电灯。我从头至尾听完她的沉默，站起来走了。三天后，我打发我的男仆给她送去一张字条，上面写道我要是不能再见她哪怕一面，我就自杀。于是一个阳光灿烂的早晨，照着红红的太阳，踩着嘎吱作响的雪，我们在邮局大街上会面。我默默地吻了她的手，然后整整一刻钟的时间里，没有一句话打破我们的沉默。我们走来走去，不远处，就在近卫骑兵大道的街头，站着一个模样极其可敬的男人，戴顶俄国羔皮帽，抽着烟，装作没事人一般。就在她和我默默地走来走去的时候，过去了一个小男孩，拉着一辆人力雪橇，上面铺着一条四边

① Mandelshtam（1891—1938），俄罗斯白银时代最卓越的天才诗人。一九三四年五月由于一首对斯大林不敬的诗而被拘禁，被判处流放。

破破烂烂的毯子。站在街口的那个男人还在抽烟，这时候排水管里突然传来一阵嘎嘎声，接着吐出一块冰来。就在我们刚才见面的同一个地点，我像刚见面一样默默地吻了她的手，随后那只手永远溜回它的皮暖手笼里去了。

别了，我的痛苦，我的狂热，
别了，我的梦想。别了，我的疼痛！
沿着古老花园的小路
我们将永远不再相遇。

对，对：别了，如茨冈歌曲中唱的那样。一切都不论，你就是漂亮，毋庸置疑化地漂亮，如此讨人喜欢，令我痛哭，忽略了你短视的心灵，忽略了你想法的平庸，忽略了你一千次的小小背叛。我尽管一心一意爱你，可我对诗歌抱负太高，表达起感情来沉重而又模糊，说起话来喘气结巴，这些肯定让你讨厌，看不起。现在没有必要告诉你我后来经历了多少苦难，也没有必要告诉你我是如何将那张快照看了又看，照片上你的双唇光鲜，头发闪亮，漫不经心地看着我。卡佳，你现在为什么把一切搞得这么乱？

好啦，让我们平心静气地谈谈。随着一阵悲哀的嘶嘶声，空气从那个傲慢的橡皮胖子身上漏了出来。这封信刚开始时，这个橡皮胖子充足了气，胡闹一通。你，我亲爱的，真的不是躺在她小说吊床里的那个肥胖的女小说家，而正是昔日那个卡佳，有着卡佳那样得体的举止，有着卡佳的窄肩膀，一位模样好看、妆容精致的女士。这位女士傻乎乎地卖弄风情，编造出了一部毫无价值的书。想想吧，你甚至不容我们分手！在列昂尼德的信里，他扬言要枪毙奥尔加，她还与她未来的丈夫讨论这封信。那个未来的丈夫，充当了密探的角色，站在街角处，只要列昂尼德掏出他紧握在外套口袋里的左轮手枪，他就立即冲过去营救。他声泪俱下地恳求奥尔加不要去，边哭边不停地打断奥尔加冷静的话语。多么牵强的瞎编，太恶心了！写到结尾时，你让我加入了白军，在一次侦查巡逻时被红军俘虏，然后英勇就义，被一位身着“犹太黑衣”的人民委员打出的子弹击倒了，嘴里还念叨着两个叛徒的名字——俄罗斯和奥尔加。我要是还能看到你依然是十六年前的你，那我肯定会无比强烈地爱你，不惜付出痛苦的努力，把我们的过去从屈辱的监禁中解救出来，把你的形象从你自己笔下羞侮的酷刑架上解救下来！但老实说，我不知道我能否成功解救。说也奇怪，我的信有点像你匆匆背下的那些押韵诗文——记得这一句吗？

看到我的字迹可能让你吃惊了。

——不过我不能像阿普赫京那样发出邀请来结尾：

大海在这儿等着你，像爱一样宽广，
而爱又像海一样浩瀚！

我不能这样结尾，因为第一，这里没有海，第二，我一点也不想见你。看过你的书后，卡佳，我害怕你。我们真的没有必要再像过去那样一起欢乐一起煎熬，只为在一位女士的小说中找到我们被丑化了的过去。听着——再别写书了！至少把这次失败引为教训。说“至少”，是因为我有权利希望你在意识到自己犯了多大错误的时候，能感到痛恨，震惊。你知道我还期望着什么吗？也许，也许（这是一个微小无力的“也许”，但我还是抓住它不放手，所以到现在还不签名结束此信）——也许，说到底，卡佳，事事不出我所言，但唯有一事出了少见的意外，这个瞎编的故事不是你写的，你模糊不清但仍然迷人的形象并没有严重受损。果真如此，那就原谅我，索恩采夫同行。

列奥纳多

好多物体受到召唤聚集起来，从不同的地方慢慢聚拢。要做到这一点，有些物体不仅要越过空间上的距离，也要越过时间上的距离。你会觉得奇怪，哪一个流浪者对付起来更麻烦呢，这一个还是那一个？也就是说，是这棵曾经长在附近、很久以前被砍倒了的年轻白杨树呢，还是那个与众不同的院子？这个院子如今还在，不过所处的地点离这里很远很远了。请快点决定吧。

那棵长着卵形树叶的小白杨来了，四月的青绿嫩芽在它全身冒了尖。它依照吩咐站好了位置，也就是说，站在了那堵高砖墙旁边，墙是从另一个城市整体搬进院子的。墙对面是一幢阴暗肮脏的经济公寓房，阳台造得小里小气，像从桌子里拉出来的一个个抽屉一般。其他的小景致分布在院子里：一个桶，又一个桶，树叶投下的稀疏阴影，一个水缸一类的东西，还有一个石头十字架，立在墙脚下。所有这些现在只简单勾画一下，还会增添很多细节，并进行最后的加工。不过两个活人——古斯塔夫和他兄弟安东——已经出来站在他家的小阳台上了，他们面前滚来了一辆小小手推车，上面架着一个手提箱，一堆书，推车人是新来的房客罗曼托夫斯基，走进了院子。

从院子里看过去，尤其是在晴朗的天气里，房子里的房间个个好像漆黑一片（黑夜总是和我们在一起，在这儿或是那儿。在房间里面，二十四小时中的一部分是黑夜；在房间外面，二十四小时的另一部分是黑夜）。罗曼托夫斯基抬眼看看打开的黑洞洞的窗户，又看看小阳台上瞪着青蛙般的眼睛看他的那两个人，把自己的行李扛在肩上——朝前打了个趔趄，仿佛有人在他后脑勺上敲了一下似的—— 一头扎进了门厅。还在阳光下的东西有：放着书的手推车，一个桶，另一个桶，在阳光下烁烁发亮的年轻白杨树，砖墙上用沥青写的几个大字：投票选举（选谁就看不清了）。估计那是那兄弟俩在大选之前草草写上去的。

这就是我们如今安排世界的方式：人人都要流汗，人人都要吃饭。会有工作的，会填饱肚皮的，会有一个干净、温暖、阳光灿烂的……

（罗曼托夫斯基成了隔壁屋里的房客。那间屋子比他们的屋子还要简陋。不过他在床底下发现了一个橡皮娃娃。他由此得出结论：前任房客一定是个有家室的男人。）

尽管世界还没有最终全部转化成固态的物质，还保留着各式各样具有模糊和神圣性质的区域，但这一对兄弟觉得生活很舒适，也很有自信。哥哥古斯塔夫干着一份搬运家具的工作，弟弟碰巧暂时失业，不过尚未灰心丧气。古斯塔夫脸色相当红润，细眉倒竖，肩宽体阔，像个碗橱，老穿着一件灰色的粗羊毛套头衫。他粗胳膊的肘关节处系着松紧带，固定住衬衫的袖子，这样手腕处显得干净利落。安东的脸长满麻子，八字胡修剪成一个黑黑的梯形，瘦长的身上穿着一件深红色毛衣。不过他俩一起支着胳膊肘靠在阳台栏杆上时，他们的后背简直一模一样。都显得肩宽腰阔，颇有派头，穿着一样的花格布裤子，紧紧包住突出的臀部。

再说一遍：这个世界要流汗，也要吃饱饭。游手好闲的人、寄生虫和音乐家不受欢迎。一个人只要心脏在供血，这个人就要生活，见鬼！古斯塔夫到现在已经攒了两年的钱了，为的是娶安娜，买一个餐具柜，买一块地毯。

她隔一晚来一次，是个胳膊浑圆的丰满女人，宽鼻梁上长着雀斑，眼睛下面有一道铅灰色的阴影，牙齿缝很大，有一颗还拔掉了。

兄弟俩和她总是痛饮啤酒。她习惯把两条光胳膊垫到脖子后面，露出胳肢窝里汗津津的红毛。她往后一仰头，嘴大大张开，旁人就能看见她的整个下腭和舌根，好像煮熟的鸡屁股一般。兄弟俩都很喜欢变着法子让她开心，为逗她乐不遗余力。

白天哥哥去上班，安东就坐在一家相熟的酒吧里，要么躺在运河岸边凉爽却仍然碧绿的草地上，在蒲公英丛中四肢大展，羡慕地望着快活的乡下人往船上装煤，要么傻乎乎地静观空荡荡诱人入睡的蓝天。不过没过多久，兄弟俩平稳顺当的生活就遇上了些障碍。

从他推着手推车走进院子的那一时刻起，罗曼托夫斯基就在兄弟俩心中激起了一种既恼火又好奇的复杂感觉。他们看人从不走眼，凭这一点他们意识到来了个与众不同的人。一般情况下，随便看一眼也看不出罗曼托夫斯基身上有什么特殊之处，不过这兄弟俩偏偏就看出了。比如说，他走路的姿势就很特别：每一步都要用一种特别的姿势轻快地踮一下脚尖，走得也很快，健步如飞，好像一脚踩下去这么简单的动作就能给他一个机会，让他越过平常人的头顶，发现什么不平常的东西。他是那种所谓的“流线型”，很瘦，白脸，尖鼻子，一双眼睛极不安分。他双排扣外套的袖子太短，致使他的长手腕露出半截，露得荒唐可笑，惹人厌（就好像在说：“我们露出来了，现在该怎么办？”）。他出门回家没个准点。开头几天的一天上午，安东看见他在一个书摊旁：他在问价钱，要么是已经买下了什么书，因为小摊主麻利地把一本落满灰尘的书在另一本上磕了几下，然后拿着两本书去了书摊后面的隐蔽角落。还注意到其他奇怪之处：他的灯几乎亮个通宵；他不与人交往，怪得很。

我们听见安东的声音：“那位高雅的绅士在摆谱呢。咱们应该更仔细地观察观察他。”

“我去把烟斗卖给他。”古斯塔夫说。

烟斗来历不明。是安娜有一天带来的，但兄弟俩只认小雪茄。一个很贵的烟斗，还没有被熏黑。烟斗柄里插着一根小钢管，另外还配着一个羊皮烟斗套。

“是谁呀？有什么事？”罗曼托夫斯基隔着门问。

“隔壁的，隔壁的。”古斯塔夫用低沉的声音回答。

两位隔壁邻居进了屋，贪婪地四处张望。饭桌上堆着一摞参差不齐的书，旁边放着半截吃剩的腊肠。其中一本书打开着，那一页上是一幅千帆竞发的画，画面的一角上飞着一个鼓腮的婴儿。

“咱们认识一下，”兄弟俩声音低沉地说，“大家可以说紧挨着住在一起，可不知怎么的就是见不着面。”

五斗橱的顶上放着一个酒精炉和一个橘子。

“幸会。”罗曼托夫斯基轻声说。他坐在床边，低头去系鞋带，额头上的青筋胀得通红。

“你刚才休息了，”古斯塔夫客气地说，但不带好意，“我们来得不是时候？”

这位房客居然一个字也没回答，倒是突然站起身来，转向窗子，举起一根手指，僵住不动了。

兄弟俩看看窗子，没发现任何反常现象。窗框里有一片云，有白杨树的树尖，还有部分砖墙。

“怎么，你们难道什么都没看见吗？”罗曼托夫斯基说。

红毛衣和灰套衫一起走到窗前，实际上还探出身去，两人变成一对一模一样的双胞胎了。什么都没有。两个人突然觉得有什么东西不对劲，非常不对劲！他们转过身来。他站在五斗橱旁边，神情很怪。

“我肯定是看错了，”罗曼托夫斯基说，眼睛并不看他们，“刚才好像有个东西飞了过去。我曾经见过一架飞机掉下来。”

“是有这种事。”古斯塔夫表示同意，“听着，我们来是有点事。你想买这东西吗？崭新的。还有个很不错的套。”

“套？是个套吗？只是，你们要知道，我很少吸烟。”

“那不要紧，你以后会越吸越勤的。我们便宜卖，三马克五十芬尼。”

“三马克五十芬尼。明白了。”

他用指尖摸着烟斗，咬住下嘴唇思索。他的眼睛其实没有看烟斗，而是在转来转去。

与此同时，兄弟俩开始膨胀，越胀越大，充满了整个房间，整个公寓，然后胀到楼外去了。和他们相比，那棵年轻的白杨树这时就和一棵染色棉絮做成的玩具树那么小，放在圆形的绿色支架上摇摇晃晃很不稳当。这栋公寓房也变成了一个玩具房，一个落满灰尘的胶纸板做成的东西，还到不了兄弟俩的膝盖那么高。他们无比巨大，专横地散发着汗味和啤酒气味，声音粗壮，言谈愚蠢，头脑里换成了渣滓废物。他们造出可耻的恐怖气氛，令人不寒而栗。我不明白他们为什么推我。求求你们，别来我这里了吧。我没碰你，那么你也别碰我。我让步，只求别来我这里了。

“好吧，可我零钱不够，”罗曼托夫斯基低声说，“要是你能找我六马克五十芬尼……”

他们找了他六马克五十芬尼，呲牙咧嘴笑着走了。古斯塔夫对着灯光检查了一下那张十马克的纸币，收起来放进了一个铁皮钱盒。

然而他们还是没有让他们的隔壁邻居得到安宁。他们已经认识了他，只觉得更气恼，这个人还是和以前一样难以接近，这气得他们发疯。他躲着不和他们打照面，他们非得埋伏起来，设好圈套，才能飞快地瞧一下他躲躲闪闪的眼睛。安东已经发现了罗曼托夫斯基的灯整夜亮着，就再也不能听之任之了。他光着脚溜到他的门口（门底下露出一缕细细的金色光线），敲了敲门。

罗曼托夫斯基没有应声。

“睡吧，睡吧。”安东一边说，一边用手掌拍门。

灯光从门上的小裂缝里不声不响地露出来。安东摇摇门把手，细细的金色光线断了。

从此以后，兄弟俩（尤其是安东，幸亏他没有工作）针对他们邻居的失眠症建立了监视机制。可是敌人很机敏，耳朵极好使。不管走到他门口的脚步有多轻，他的灯都会立刻熄灭，就好像从来没有亮过似的。只有在冰冷的过道里屏住呼吸站上好久，才有希望看见那敏感的灯光再亮起来。甲虫就是这样晕过去又醒过来的。

结果侦察工作变得极其耗人。有一次兄弟俩总算在楼梯上碰见了罗曼托夫斯基，挤住了他。

“就当晚上读书是我的习惯，这又关你们什么事呢？请让我过去。”

他转身要走时，古斯塔夫开玩笑地把他的帽子撞掉。罗曼托夫斯基没说一个字，捡起了帽子。

几天以后，兄弟俩傍晚时分找了个机会堵住了他——他去厕所回来，没有很快地回房间。他们只有两人，却设法将他围住。他们邀请他去他们房间。

“去了有啤酒。”古斯塔夫一挤眼说道。

他想拒绝。

“走吧！”兄弟俩叫道。他们抓住他的胳膊，推着他下了楼梯（抓住他的时候，他们能感觉到他有多瘦——肩膀以下那么单薄，那么虚弱，真是难以抗拒的诱惑——哈，狠狠捏他一把，让他的骨头嘎吱作响；哈，手痒痒管不住，让我们至少边走边戳他一下，就一下，轻轻地……）。

“你们把我戳疼了，”罗曼托夫斯基说，“放开我，我自己会走。”

屋里果然有啤酒，有古斯塔夫未婚妻的大嘴，还有好浓的味道。他们试图灌醉他。他的上衣没有衣领，突出的喉结没有任何遮挡，下方扣着一个铜纽扣。他的脸又长又白，眼睫毛抖抖索索，坐姿也很复杂，腰弯得如叠起来一般，身子突了出来。等他从椅子上站起来时，身子就像一根弹簧伸直了。可是他们逼着他重新弯腰坐下，而且这一次，在他们的建议下，安娜坐到了他的膝头上。他不停地斜眼打量她的脚背，那脚紧紧地束在鞋里，脚面鼓了起来。他很气愤，尽量隐忍不发，不敢甩开这个赖在他膝头的红头发女人。

有过短暂的一瞬间，他们觉得已经制服了他，他变成了他们当中的一员。事实上古斯塔夫说了："你明白了吧，你瞧不起我们那是你犯傻。你一声不吭的样子我们一见就来气。你一晚上不睡觉都在看些什么呀？"

"看很老很老的故事。"罗曼托夫斯基回答，那声调让兄弟俩突然觉得好没意思。一旦没意思了，好不烦闷，糟糕透顶。可是喝下的酒阻止了风暴的发作，不但没发作，反而把眼皮都拉了下来。安娜从罗曼托夫斯基的膝头溜下来，昏昏欲睡的屁股刷过桌子。空酒瓶子像保龄球的木柱那样摇摇摆摆，有一个倒下了。两兄弟又是弯腰，又是摇晃，打着哈欠，困得泪眼迷离，还不忘打量他们的客人。只见他晃晃悠悠，红光四射，身子舒展开来，又变细了，最后渐渐消失了。

这么下去不行。他毒化了老实人的生活。对了，他极有可能月底就搬走了——完完整整，毫发未损，没有被打垮，仍然高傲地昂首阔步。知道他走路喘气与众不同还不够，麻烦的是我们摸不清究竟不同在何处，不能像逮兔子那样揪住兔子的耳朵尖把兔子拉出来。凡是摸不着、测不准、数不清的东西，都可恨！

一系列的小折磨开始了。星期一，他们设法在他的床单上撒满了土豆粉，这东西据说可以引起发疯般的奇痒。星期二，他们埋伏在他们住的这条街道的拐角处等他（他贴胸抱着一大堆书），非常巧妙地挤了他一下，结果他抱的那些书掉进了他们事先挖好的水坑里。星期三，他们在坐便器上刷了一层木工用的胶水。到星期四，兄弟俩绞尽脑汁想不出新招了。

他什么也没说，任何话都没说。星期五，他快步如飞在院子门口赶上了安东，递给他一本带插图的周刊——也许你愿意看看这东西？这份出乎意料的客气让兄弟俩感到迷惑，同时也让他们的怒火烧得更旺了。

古斯塔夫命令他的未婚妻去撩拨罗曼托夫斯基，这会创造一个向他找碴的机会。你要踢球，总会不自觉地让它先滚动起来。爱闹着玩的动物也总是喜欢一个活动的目标。安娜奶白色的皮肤上满是虫子一般颜色的雀斑，浅色眼睛里毫无表情，牙齿之间的湿齿龈宛如突起的海岬，这些都无疑令罗曼托夫斯基深为反感，但他还是觉得把厌恶之情隐藏起来为妙，怕的是看不起安娜会激怒她的情人。

他一周看一次电影，一贯如此，那么他就星期六带上她一起去，希望这么厚待她总可以了吧。他没注意到那两兄弟戴着新帽子，穿着橘红色的鞋，偷偷地跟在他们后头，小心地拉开一段距离。在那些颇为可疑的街道上，在蒙蒙的暮色中，有几百个和他们一样的人，但罗曼托夫斯基只有一个。

在细长的小电影院里，夜开始闪烁，一个人工造出的月夜。兄弟俩偷偷摸摸地溜了进来，坐在后排。他们感觉到罗曼托夫斯基就坐在前面什么地方，黑乎乎看不真切，但他在，他们就开心。在去电影院的路上，安娜没能从她这个合不来的伙伴身上探出任何秘密，也不大明白古斯塔夫到底想知道些什么情况。走着走着，一瞅他那瘦身影，还有他那副愁容，她就不由得想打哈欠。不过电影一开始，她就不再想他的情况了，把一侧没有真情的肩膀靠在他身上。幽灵用喇叭一样的声调在新发明的有声银幕上交谈。男爵品了一口酒，小心地把杯子放下——那声音就像丢下一颗炸弹似的。

过了一会儿，侦探们开始跟踪男爵。谁会看出他是个高明的骗子呢？他们穷追不舍，几近疯狂。汽车雷鸣一般飞速驶过。在一家夜总会里，他们用酒瓶、椅子、桌子大打出手。一位母亲把一个可爱的孩子放到床上。

电影演完了，罗曼托夫斯基跟着安娜走进清冷的夜幕中，步履有点蹒跚。安娜感叹道："啊，真是太美妙了！"

他清清嗓子，顿了一下才说："咱们不要太夸张了。在现实生活里，所有的情形都要平淡得多。"

"你才平淡呢。"她不高兴地反驳。过了一会儿，她又想起电影中那个漂亮的孩子，就轻轻笑起来。

在他们身后，那两兄弟一路悄悄跟了过来，保持着和先前一样的距离。两人都很阴郁，两人都在用阴郁的暴力给自己打气。安东阴郁地说：“这样做总归不对——和别人的新娘子一起出来散步。”

“尤其是在星期六晚上。”古斯塔夫说。

一个过路人走了过来，跟他俩并排而行，碰巧往他们脸上看了一眼——不由自主地加快了脚步。

夜风沿着树篱吹得垃圾沙沙作响。这是柏林一个昏暗荒凉的区域。路左边，运河上方，远远闪烁着稀疏的灯光。右边是一片片空地，几座匆匆显出剪影的房子又变得昏黑一片。过了一会儿，两兄弟加快了步伐。

“我妈和我妹妹住在乡下，”在天鹅绒般的夜色里，安娜柔声细语地对他说，“我想等我一结婚，就和他一起去看她们。去年夏天我妹妹……”

罗曼托夫斯基突然扭头朝后看。

“……赢了一张彩票。”安娜继续说，也机械地回头看。

古斯塔夫吹了一声响亮的口哨。

“原来是他们！”安娜叫道，高兴地笑起来，“哈，这两个坏小子！”

“晚上好，晚上好，”古斯塔夫喘着气匆匆说道，“你这头笨驴，在这儿和我女朋友干吗呢？”

“我没有干什么。我们刚才……”

“说眼下吧。”安东说着往回一收肘，朝罗曼托夫斯基软肋处一击，打得干净利落。

“请不要动手。你完全清楚……”

“伙计们，别惹他吧。”安娜轻轻地嗤笑着。

“必须教训教训他。”古斯塔夫说。他摩拳擦掌，预感到他将学着他兄弟的样子，摸摸那些软骨组织和那脆弱的脊梁骨，不由得异常兴奋。

“顺便说说，有一天我遇到一件好玩的事。”罗曼托夫斯基开始讲话，而且讲得很快，但是才说到这儿，古斯塔夫巨大的指关节并拢起来直捣他的肋下，引起根本无法描述的疼痛。罗曼托夫斯基连连倒退，脚下一滑，差点摔倒：假如摔倒了，那就意味着当场死亡。

“让他走吧。”安娜说。

他转过身，捂着肋部，沿着沙沙作响的昏暗树篱走开了。兄弟俩跟在后面，几乎踩着他的脚后跟。古斯塔夫在杀戮欲的折磨中沉重地走着，这种心情随时都会转化成凶猛的扑击。

前方很远处，一丝闪烁的亮光向他预示着平安。那光亮意味着一条有路灯的街道。虽然看见的也许只是一盏孤灯，但是它的光划破了黑暗，仿佛盛大的节日焰火一般。那是一个光明的极乐地带，到处都是得救的人。他明白他现在要是跑起来，到那儿人也就不行了，他现在的状况是不能很快到达那里的。他应该默默地、稳稳地走，这样还有望走过这一段路。路上不要出声，尽量不要把手紧按在他疼得发烧的肋骨上。于是他大步前进，迈着平时那样的轻快步子。他这样走路给人留下的印象是他在有意为之，为了嘲笑没有飞跑的人，兴许在下一刻他就飞奔而去了。

安娜的声音：“古斯塔夫，别跟他纠缠了。你很清楚，再纠缠下去你会停不住的。记得你有一次是怎么纠缠那个砌砖工的吧。”

“收起你的舌头，老婊子，不用你教训他该怎么做。”(这是安东的声音。)

终于到了有光的地方——可以看清一棵栗子树的枝叶，一根好像是贴海报的石柱，更远一些，靠左边，有一座桥——那缕望眼欲穿、气喘吁吁期待着的亮光，终于，终于，不是十分遥远了……不过还是不能跑。尽管他明白一跑就会犯致命的错误，可是突然之间，他实在控制不住自己，飞跑起来，呜咽着冲向前去。

他跑着跑着，好像开心地大笑起来。古斯塔夫猛跳两步，撵上了他。两个人都倒下了，只听见激烈的打斗声和撕扯声中还有一种特别的声音——平滑、湿润，一次，又一次，直至刀柄——接下来安娜手里提着她的帽子，一眨眼飞也似的跑进黑暗中去了。

古斯塔夫站起身来。罗曼托夫斯基躺在地上，用波兰语说着什么。他的声音突然中断了。

“现在我们可以走了，”古斯塔夫说，“我刺了他一刀。”

“把刀拔出来，”安东说，“从他身上拔出来。”

“我拔出来了，”古斯塔夫说，“上帝，多狠的一刀。”

他们匆匆跑了，但没有朝亮光跑，而是从那几块昏暗的空地穿了过去。从公墓旁边绕过去后，来到一个偏僻的小巷，交换一下目光，放慢脚步，恢复了正常的速度。

一到家他们立刻就睡了。安东梦见他坐在草地上，看着一艘船漂了过去。古斯塔夫什么也没梦见。

第二天一大早，警察来了。他们检查了被害人的房间，简短地问了安东几句话，他已经从屋里出来站在过道里。古斯塔夫睡着没起来，吃得饱，睡得好，他的脸色就像威斯特伐利亚火腿般红润，和他发白的蹙眉形成鲜明对照。

一会儿后，警察走了，安东回来了。他高兴得异乎寻常，笑得噎住了，两只膝盖直晃悠，用一只拳头不出声地砸手掌。

“太有意思了！”他说，“你知道那家伙是什么人吗？一个列奥纳多！”

在他们的行话里，列奥纳多（源自那位大画家[①]的名字）就是指假币制造者。安东讲了他设法探听出来的情况：那家伙看来属于一个黑帮团伙，刚刚从监狱出来。入狱之前，他一直在设计假钞：那么毫无疑问，是一个同伙刺死了他。

古斯塔夫也笑得发抖，不过他的表情突然变了。

“他把他的假币塞给我们了，这个混蛋！”古斯塔夫叫起来，光着身子跑到放钱盒的衣橱旁边。

---

① 即列奥纳多·达·芬奇。参见书末《注释》，第798页。

“没关系，我们可以再转手给别人，”他兄弟说，“外行看不出差别来。”

“对，可他还是个大混蛋！”古斯塔夫翻来覆去地说。

我可怜的罗曼托夫斯基！我本来和他们一样，相信你的确是个与众不同的人物。我本来相信，让我坦白相告吧，你是一个出色的诗人，被贫穷所迫，住在这么一个险恶的地区。我本来根据一些有力的迹象，相信每天夜里，你要么在推敲一行诗句，要么在酝酿一个逐渐成熟的想法，以此庆祝对那兄弟二人不可争辩的胜利。我可怜的罗曼托夫斯基！现在一切全完了。唉，我召集起来的物体也都散去了。年轻的白杨树暗淡下来，离开了——返回了它原来的地方。那堵砖墙融化了。公寓楼把它的小阳台一个个拉了进去，然后转过身，飘走了。每一样东西都飘走了。和谐与意义消失了。缤纷世界，一片虚无，又让我烦恼起来。

纪念希加耶夫

列昂尼德·伊万诺维奇·希加耶夫逝世……俄罗斯讣告中常常出现的省略号，肯定代表词语的踪迹。这些词语踮着脚尖毕恭毕敬地排成一列纵队离去了，把它们的足迹留在了大理石墓碑上……不过，我还是想打破这死一般的寂静。请允许我……只是些零零散散、混乱无序、基本上没有必要的回忆……不过说说没关系。他和我相识于大约十一年前，那对我来说正是多灾多难的一年，事实上我当时已经濒临崩溃了。你可以想象一下，一个年轻人，还非常年轻，整日孤单无助，怀着一颗永久受伤的心灵（它就像伤口处裸露的肉，轻轻碰一下都不行），无法承受悲伤的爱情带来的阵阵剧痛……恕我冒昧，我就先从这事说起吧。

那个身材瘦弱、留着短发的德国姑娘其实本没有什么特别之处，但那时每当看到她，看到她那晒得黝黑的面颊，看到她那满头浓密的金发，尤其是看到她那泛着金黄和橄榄色的光滑闪亮的发卷从头顶侧垂到脖颈时，我都忍不住想温柔地大喊几声。我那一腔柔情不愿就这样简简单单、舒舒服服地待在我心里，执意要破门而出，结果却偏偏塞在门缝中，既不得入，亦不得出——块头大，却很脆弱，对任何人毫无用处，对那个姑娘来说最没有用处。长话短说，我发现她背着我每周都在她家和一个受人尊敬的有妇之夫鬼混一次。顺便说一下，那个人是个一丝不苟的人，走到哪里都会自带鞋撑。这一切都随着我狠狠地打了她一记可怕的耳光而结束了。那耳光如马戏团闪亮登场般在她耳边炸开，她倒在那里蜷缩成一团，眼睛透过摊开的手指缝隙亮闪闪地看着我——现在想来，还算开心。我不假思索地想要找件什么东西朝她扔过去，结果看到了复活节时我送给她的那个瓷糖罐，于是我拿起糖罐夹在腋下，砰的一声摔门而去。

一条脚注：这只是我想象中和她分手的众多场景之一。当我酩酊大醉、头脑发热时，我想象过很多这种根本不可能发生的场景。一会儿想象着痛痛快快地扇她一耳光该是多么心满意足，一会儿想象着用一把旧帕尔贝卢姆手枪打死她和我自己，或者打死她和那个有妇之夫，或者只打死她，或者只打死我自己，然后，终于是冰冷的讽刺，崇高的悲哀，沉默——唉，事情的发展有诸多可能，而我早已忘了实际情况是怎样的。

我那时的房东是一个体格健壮的柏林人，却常年患有疖疮病：脖子后面贴着一块令人恶心的粉色橡皮膏药，上面还有三个整整齐齐的孔眼——可能是为了透气，要么是为了放脓。我在一家流亡人士出版社工作，老板看起来无精打采的，实际上都是狡猾的骗子。普通人一见他们，胸口就会阵阵发紧，如同爬上了高耸入云的峰顶一般。我开始迟到（他们称之为“系统性迟到”）、旷工，或者我人虽到了，他们却不得不打发我回家，这样我们的关系就变得水火不容了。在几个人的通力合作下——簿记员和一个拿着手稿进来的陌生人——我终于被解雇了。

我那可怜、可悲的青春！往事历历，如在眼前：月租五美元的寒酸小房间，墙纸上丑陋的小花朵，难看的电灯吊在绳上，裸露的灯泡发出惨白的光，有时一直亮到天明。我在这里活得如此凄惨，如此狼狈，可怜到了极点。这四壁之内，到现在一定还充满着霉运和疯狂！真是难以想象，在我离开之后，会有个快乐的家伙住在那里，还能吹着口哨，哼着小曲过日子。时光荏苒，转眼十年，可现在我依然能够清晰地回想起那时的我：一个脸色苍白的小伙子坐在微微泛光的镜子前，额头发青，胡须黝黑。他穿一件破旧的衬衫，纵情狂饮着廉价的酒，和镜中自己的影子碰杯。往事不堪回首！我不仅对世上任何人没有用处，也想象不出在什么情况下还会有人给我一丁点的在乎。

由于长时间持续不断地一个人喝闷酒，我的视觉也变得粗俗不堪，出现了典型的俄国人式的幻觉：我开始看见鬼了。每天晚上，当我从白日梦中醒来，打开那盏可怜的灯去驱除早已吞没了我的暮色时，我就会看到鬼。是的，我确确实实看到了鬼，甚至比眼下看到我这双不停抖动的手还要真实。那些宝贝闯了进来，经过一段时间之后，我甚至习惯了它们的存在，因为它们不怎么折腾。它们身材矮小，却十分肥胖，像超大号的蟾蜍那样大小——一些小怪物，举止安静，行动迟缓，皮肤黝黑，身上或多或少地长着疣。它们行动的样子与其说是在走，不如说是在爬。然而，它们貌似笨拙，实则难以捕捉。我记得曾买过一条打狗的鞭子，待到它们在我的桌子上越聚越多时，就试图狠狠抽它们一顿，但它们奇迹般地躲开了我的抽打。我挥鞭再抽，却见离我最近的那个鬼眼睛狡猾地转动一下，一闪身就躲过去了，活像一条紧张的狗，守着一点诱人的粪便，赶也赶不走一般。其他的鬼拖着后腿散去了。我擦除溅在桌上的墨水，扶起一张倒掉的画像，这时它们再次悄然而来，聚集在一起。一般来说，它们最喜欢聚在我那张写字台的附近。它们在桌底下现出身形，然后悠哉游哉地沿着桌子腿往上爬。它们黏黏的肚子拍打着木头，劈啪作响，那姿势颇似攀爬桅杆的水手。我曾试着用凡士林涂抹它们攀爬的路线，但并不管用。有时我碰巧看到个特别招打的小浑蛋正专心致志地往上爬，就一鞭抽下去，要么拿鞋子拍下去。只有在这样的情况下它才扑通一声掉到地上，像个肥胖的蟾蜍一般。可是不一会儿，它又出现了，正从另一个角落往上爬。由于全身发力，它那紫色的舌头也伸了出来。一到桌面上，它就加入到同伴中去了。这些多得数不胜数的东西，乍看之下，还和我有几分相似：同样的矮小、黝黑，都有着肥胖和蔼的面庞。它们时常五六个一群，聚在桌上。有的坐在各种文件上，有的坐在一本普希金诗集上，神情漠然地注视着我。其中一个用脚挠了挠耳后，长长的爪子发出刺耳的刮擦声，然后便一动不动，全然忘了一条腿还在半空中。另外一个则别别扭扭地靠在同伴身上打瞌睡。它的同伴让它挤着了，本身也有不是之处：这些两栖动物本就不懂得相互体贴，长得越大，应对复杂形势的能力也就越差。渐渐地，我能把它们一一区分开来了。我现在想起来了，我还根据它们与我认识的人或是各种动物的相似之处给它们取了名字。它们中大一点的和小一点的都好认出来（不过基本上都长得很小巧），有些长得难看，其他的外貌尚可接受。有些身上有肿块或瘤子，其他的则十分光滑。有个别的还有互相吐口水的习惯。有一次它们带来一个新成员，是一个变种：遍身灰色，眼睛就像是红鱼子酱的颗粒。它看起来昏昏欲睡，无精打采，慢吞吞地往上爬。如果竭尽全力，集中意志，我可以暂且阻止这种幻觉。但那么用力很痛苦，仿佛我全身是一块磁铁，硬要抗拒一个可怕的铁疙瘩。而我别无选择，只好放弃，轻轻地一点一点散了定力，于是幻觉再次出现，而且越发细致真实，恍若身临其境一般。这时我就感到非常放松，其实只是假象而已——绝望的放松，唉——当我放弃定力，任凭幻觉再次出现时，那些又冷又湿的厚皮家伙也就再次出现，对着我坐在桌子上。我不仅尝试用打狗的鞭子抽它们，还使用了一种久负盛名的方法。如今看来，是我使用不当，尤其不当的是，我想必用错了地方，完全用错了地方。不过，第一次使用时，这个方法还是管用的：我做了一个指头合拢的手势，是某个宗教圣礼的手势，不慌不忙地在这群密集的鬼魂上方几英寸处缓缓掠过。这手势从它们身上压过，如同滚烫的烙铁，发出烧灼汁液的嘶嘶之声，痛快，也刺耳。就这样烧得这些无赖蠕动着四散奔逃，扑通扑通地纷纷坠地。可是当我用这个办法对付新聚起来的一群时，效果就不显著了，到后来根本不管用了，也就是说，它们很快就产生了免疫力……真是无可奈何啊！我大笑一声——除了笑我还能做什么呢？——又大喊一声“T'foo！”（顺便说一下，这个感叹词是从俄语的“魔鬼”一词里借来的，相当于德语的“Teufel”），然后就和衣睡了（当然，我睡在被单外面，生怕和那些讨厌的家伙同床共枕）。日子就这样一天天过去——如果这还能称之为过日子的话——真不是人过的日子，而是一团永不散去的迷雾——我一觉醒来后，却发现自己滚到了地板上，和健壮的房东扭打在一起，家具乱成了一团糟。我拼命一扑，终于挣脱开来，冲出房间，跑到楼梯上。接下来我唯一记得的就是我走在大街上，浑身发抖，衣衫不整，手指上还粘着一块肮脏的外国膏药。我全身疼痛，脑子里嗡嗡作响，但人却十分清醒。

就是在那段艰难日子里，列昂尼德·伊万诺维奇照顾了我。“老兄，你怎么了？”（我们那时彼此有了点了解，他一直在编一本俄德技术术语袖珍词典，经常光顾我工作的办公室。）“等一下，老兄，你看你都成什么样子了。”就在那个拐角处（他刚从一个熟食店走出来，公文包里装着买好的晚饭），我放声大哭起来。列昂尼德·伊万诺维奇一言未发，把我带到了他的住处。他把我安顿在沙发上，给我吃了些肝泥香肠，喝了些牛肉汤，往我身上盖了一件棉大衣，大衣的俄国羔皮领已经破损了。我又是抖，又是哭，后来就睡着了。

简言之，我在他的小公寓里住了两个星期，就在沙发上对付着睡。之后我租了他隔壁的房间，两人每天都能见面。然而，谁会想到我俩有什么共同之处呢？无论从哪个方面看，我们都是截然不同的！他的年龄几乎是我的两倍；他踏实可靠，温文尔雅；他身材魁梧，总是穿着一身燕尾服，整洁而简朴，就像我们流亡者中大多数井井有条的老单身汉一样。值得好好看看，尤其是值得好好听听，他是如何在清晨一丝不苟、有条不紊地刷他的裤子的。那刷裤子的声音在我的记忆中印象极其深刻，如今与他密不可分了——尤其是刷子的节奏和刮刮停停的动静：只要怀疑有不干净之处，就停下刷子，用指甲轻轻刮一刮，或是拿到灯下细细查看。唉，这些“不明不白的污点”（他的说法），让天空的蔚蓝色在膝盖处闪烁，拿起来刮刮，不明不白的污点就不明不白地净化了！

他的住房尽管寒酸简陋，但却朴素整洁。他总是用一个橡皮图章（橡皮图章！）在信件中印上他的地址和电话号码。他知道怎么做botviniya，就是一种用甜菜做的冷汤。他会连续几个小时向别人展示一件他认为是天才作品的小饰品，比如一个新奇的袖口链扣，或是叫卖小贩花言巧语推销给他的一个打火机（列昂尼德·伊万诺维奇本人倒是不抽烟的）。要么展示他的宠物：三只脖子像老太太般皱巴巴的小乌龟。其中一只总是喜欢绕着桌边爬，好似一个跛子在匆匆行走，以为它走的是一条通向遥遥远方的直路，我眼看着它从桌边掉下来摔死了。还有件东西我记忆犹新：他的床就像监狱小床一般平整，床上方的墙上挂着两幅石版画：一幅是从亚历山大凯旋柱上鸟瞰的涅瓦河风景，另一幅则是亚历山大一世的肖像。这是在他一度怀念帝国时代时偶然买到的，他一直认为这种怀旧情绪和对故乡的怀念是截然不同的。

列昂尼德·伊万诺维奇毫无幽默感，他对艺术、文学，还有如今大家都知道的自然常识，一概不感兴趣。比如说，谈话碰巧转向了诗歌，他只能贡献一句这样的话："不，随你怎么说，但莱蒙托夫总比普希金离我们更近些。"我缠着要他引用哪怕一句莱蒙托夫的诗行时，他就绞尽脑汁地想，结果想出来的却是鲁宾斯坦的歌剧《恶魔》，要么答道："很久没有再读他了，'一切都是昔日辉煌'，随你怎么说，亲爱的维克多，让我一个人待会儿吧。"顺便说一句，他根本没有意识到他这句话恰好引自普希金的《鲁斯兰与柳德米拉》。

在夏季的周日，他总是去镇外游玩。他对柏林市郊了如指掌，并为自己熟知那些别人不知道的"精彩景点"而颇为得意。这是一种纯粹的自得其乐，或许和收藏家的快乐差不多，又或许和古玩业余爱好者的快乐差不多。否则，就很难理解他为什么要这么做：煞费苦心的路线设计，花样百出的交通方式（去时坐火车，回时坐汽船，接着坐巴士，一趟下来也花钱不多，谁都不知道，就连德国人也不知道可以如此便宜）。不过，当他和我最终来到树林中时，他却分不清蜜蜂和大黄蜂，也分不清桤木和榛木。他只是例行公事似的大体一看：

绿色的植物，晴朗的天气，长有羽毛的鸟，小虫子。当乡下长大的我纯粹为了好玩而说起我们周围的植物群跟俄罗斯中部森林的不同时，还惹得他生了气。他觉得，眼前的植物和俄国的森林没有什么重大区别，只是见景生情才觉得二者大有区别。

他喜欢舒展身子躺在树荫下的草坪上，用右肘撑起身体，然后开始滔滔不绝地谈论国际形势，或者讲他兄弟彼得的故事。显然，彼得是一个多事的家伙——他喜欢女人，喜欢音乐，爱打架。很久以前的一个夏日晚上，他淹死在第聂伯河里——真是个轰动一时的结局。这个故事由亲爱的老列昂尼德·伊万诺维奇讲出来，就变得索然无味。他讲得那么认真细致，那么面面俱到，以至于有一次在树林里休息时，他突然面带微笑地问道："彼得有次骑了村里牧师的母山羊，这故事我可曾跟你讲过？"我一听都要哭喊起来："听过，听过，你早就说过了，现在就饶了我吧！"

可惜如今再也听不到他那又臭又长的故事了，再也看不到他那茫然却又和善的眼神了，再也看不到他发红的秃顶和日渐花白的双鬓了。如果他的一切都是那么无趣，他如此迷人的秘密又在哪里？为什么每个人都那么喜欢他，为什么大家都对他依依不舍？他做了什么而如此受人喜爱？我不知道。我不知道答案。我只知道，那些他不在我身边的早晨，我常会感到不安。有时候他去社会科学院（他在那里专心研读《经济世界》的合订本，用工整而秀气的字体抄下他认为重要的、最值得注意的段落），有时候又会上门做俄语家教。他一直在给一对老夫妻和他们的女婿教俄语，和他们的交往使他对德国人的生活方式产生了很多误解——我们这些知识分子（也是世上最不被注意的群体）认为自己对德国人的生活方式最有发言权。对，我会感到不安，好像我早就有不祥之感，预料到他会在布拉格的街上突然心脏衰竭而死。尽管当初得到布拉格的那份工作时，他曾是那么快乐，笑得那么开心。给他送行那天的情景，依然历历在目。想想看，一个人终于有了机会去讲授他最喜欢的课程，那该是多么快乐啊！他给我留下了一堆旧杂志（若论过期之快，尘封之久，没有什么比得上苏联的杂志），留下了他的鞋撑（好像我命中注定躲不开鞋撑），还留下了一支崭新的钢笔（那是留作纪念的）。他走后还是很关心我，后来当我们的通信渐渐减少、终至停止时，生活又一次陷入了深沉的黑暗之中——黑暗中成千上万的人在哀号，我好像不大可能从中逃出——我知道，列昂尼德·伊万诺维奇一直没有忘记我，一直在打听我，尽力给我些间接的帮助。他是在一个美丽的夏日里走的，给他送别的人情不自禁，泪如泉涌。一个近视眼的犹太女孩，戴着长腿眼镜和白手套，捧来一大束罂粟花和矢车菊，列昂尼德·伊万诺维奇笨拙地闻着花香，满脸笑容。我当时是否意识到这有可能是我和他的最后一面呢？

当然我是意识到了的。我当时确确实实想到了这一点：对，我是来见你最后一面的。事实上，我从来都是这么个想法，对每件事情，对每个人。有些东西，有些人，我痛苦地、简短地、疯狂地向他们致意，他们往往不理不睬，我就不断地和这样的人和事告别，一辈子都是这样。

循　环

其次，他突然疯狂地迷恋上了俄国。第三，也是最后一点，他痛惜逝去的青春年华，痛惜随着青春年华逝去的一切——那时的义愤填膺，那时鲁莽冲动，那时的万丈豪情。还有那绿色明媚的清晨，矮树林里黄鹂啁啾，吵得你耳朵发聋。他坐在咖啡馆里，一边用带吸管的苏打水稀释着黑醋栗甜酒，一边揪心而忧伤地回忆过去。是什么样的忧伤呢？——唉，至今也没有好好思量过。一声叹息，胸口鼓起，随之也鼓起了遥远的过去，他父亲从坟里爬了起来，昂首挺胸站在他面前。他就是伊利亚·伊里奇·比奇科夫，le maître d'école chez nous au village，[①] 打着一条炭黑色的领带，领结打得漂亮别致，穿着府绸夹克，纽扣是传统式样，从胸骨以上扣起，往下不远就没有扣了，这样衣服的下摆就不会遮住横过马甲的怀表链。他脸色红润，头顶已秃，不过尚残留一簇软发，宛如春季里鹿角上的绒毛。他两颊上布满小皱纹，鼻侧长了个肉疣，这东西在肥大的鼻孔的映衬下，好像是一个趴在那儿的涡螺。上中学和大学的时候，每逢假期，因诺肯季叶都会从镇上出发，去勒什诺看望父亲。他于是陷入了更深的回忆之中：村头的那座旧学校拆除了，清出建新校的场地，然后是奠基仪式，风中举行的宗教仪式，康斯坦丁·戈杜诺夫-切尔登采夫伯爵掷出一枚旧金币，金币一侧栽进了泥土里。新学校的外面由灰色粗粒花岗岩砌成，里面散发着阳光晒胶水的气味，三四年里一直这样，又过了好长时间还是这样（也就是说，这气味和记忆粘在一起了）。

教室里配备了闪闪发亮的教学设备，比如放大了的农田和森林害虫的图像。不过因诺肯季叶对戈杜诺夫-切尔登采夫提供的那些鸟类标本很是厌恶。就想愚弄普通民众！是的，他认为自己就是一个地地道道的平民：年轻的时候，看河对岸的那座大庄园，透着古老的特权和帝国的气势，在绿色的水面上投下黑沉沉的巨大倒影，他就心生憎恨（也就是说好像很仇恨一般）。那片绿水一带依稀可见淡黄色的聚伞圆锥花，在冷杉林中到处开放。

新学校建于世纪之交，那时戈杜诺夫-切尔登采夫正好结束了他的第五次中亚探险回国，和他的年轻妻子（那时他四十岁，大妻子一倍岁数）在圣彼得堡政府为他建造的勒什诺庄园避暑。上帝啊，潜入往事之水，那是多深啊！一层透明的薄雾渐渐消散，这层薄雾仿佛起自水下一般。在这层薄雾中，因诺肯季叶看见自己三四岁时的模样，进了那座大庄园，在那些富丽堂皇的房间中跑来跑去。他父亲则踮着脚尖走动，手上还捧着一束湿漉漉的山谷百合。他手握得如此之紧，以至于攥得吱吱作响。周围的一切似乎也很潮湿，一层薄雾泛着微光，微微颤动，吱吱作响，这便是唯一能看清的东西。可是几年以后，这层薄雾变成了一段耻辱的回忆：他父亲紧攥花束，踮着脚尖走动，两鬓暗暗流汗，一副感恩戴德、奴颜卑膝的样子。原来一个老农民告诉因诺肯季叶，是“我们好心的主人”帮助伊利亚·伊里奇从一件虽说无足轻重但却十分麻烦的政治事件中解脱出来，要不是伯爵出面说情的话，他就被流放到帝国的蛮荒之地去了。

塔尼娅常说，不只是在动物界，就是在植物和矿物界，也同样能找到他们家的亲戚。的确，一直以来，俄国和外国的博物学家都用“戈杜诺夫”来命名新发现的野鸡、羚羊、杜鹃花等种群，甚至还出现了一整套的“戈杜诺夫系列”（他自己只命名昆虫类）。他有过这么多重大发现，对动物学作出过杰出贡献，还历险上千次，并以藐视

① 法语，我们村里的小学校长。

风险而闻名，然而这一切都无法让人们宽容他的贵族出身和万贯家产。更有甚者，别忘了，总有些知识分子会我行我素地进行些毫无用途的科学研究，所以戈杜诺夫常受人指责，说他关注“新疆臭虫”胜过关注俄国农民的疾苦。因诺肯季叶年轻时听了伯爵的故事，总是深信不疑。其实那都是些荒唐的传言，说他走到哪里都有情妇，像中国人一样凶残，还执行沙皇的秘密使命——和英国人作对。他的真实形象一直模糊不清，只记得他摘下手套投出一枚金币（在因诺肯季叶更早一点的记忆里，他只记得他初来庄园时，庄园主人在迎客厅里见到一个卡尔梅克人[①]领着的这个身穿天蓝色衣服的小孩，有点犯糊涂）。后来戈杜诺夫又去了撒马尔罕[②]或是维尔内[③]（他通常都从这两个地方出发开始他传奇般的游历），这一去就是好长时间。他外出时，他的家人就到南方避暑，看样子他们喜欢克里米亚乡村胜过自家的乡下别墅。他家的冬天都在首都度过。在首都，他家的房子靠着码头，是一幢二层私宅，漆成了橄榄色。因诺肯季叶有时会碰巧经过那里，所以他还记得透过落地窗前饰有图案的薄纱，依稀可见一尊女人雕像，撅着凹凸有致的白色屁股。几个肋骨暴突的橄榄色男人雕像柱子支撑起一个露台；这些石像紧绷着结实的肌肉，痛苦地扭曲着嘴巴，这让我们那位容易激动的贵族想起受奴役之苦的无产阶级形象。在涅瓦河多风的早春里，有那么一两次，因诺肯季叶在码头上看见过戈杜诺夫的女儿，牵着她的猎狐狗，身边陪着家庭女教师。她们也就是一闪而过，但给他留下的印象却历历在目：塔尼娅穿着齐膝的靴子，一件海军蓝短外套上镶着黄铜色的圆纽扣。她快步走了过去，还拍了拍海军蓝短裙上的褶皱——用什么拍的呢？我想是用那条牵狗的皮带。拉多加湖[④]的风吹起她海军帽上的丝带，身后不远

① Kalmuck，主要住在俄罗斯西南部卡尔梅克共和国的蒙古民族。
② Samarkand，乌兹别克斯坦首都塔什干附近的历史古城。
③ Vernyi，哈萨克斯坦前首都和经济、文化中心城市阿拉木图的原名，一九二一年改称今名。
④ Ladoga，位于俄罗斯西北部，是欧洲最大的湖泊。

走着家庭女教师，穿一件大尾羊皮的夹克衫，一边扭动着腰肢，一边甩着一只胳膊，手上套着一个紧紧卷起来的黑色皮手笼。

因诺肯季叶寄居在姨妈家，姨妈做裁缝，住在奥克塔的一间出租房里。他性情乖僻，不善交际，整日里只是埋头苦读。原本只期望得个过得去的分数就行，不料以优异的成绩毕业，十八岁时进了圣彼得堡大学学医，令所有人大感意外。他父亲崇拜慕戈杜诺夫-切尔登采夫，就是看他学业出众，现在更是顶礼膜拜了。因诺肯季叶在特维尔市[①]做了一夏天的家庭教师。第二年，也就是一九一四年的五月，又回到了勒什诺。他不无沮丧地发现，此时的河对岸庄园里，已经恢复了生机。

他又想起了那条河，那陡峭的河岸，还有那古老的公共浴室。公共浴室是一座木头建筑，建在木桩上。一条阶梯小径往下通向那里，台阶上每隔一层就有一只蟾蜍。沿土路下去就是教堂后面的茂密桤树林，但土路从哪里开始，并不是人人都能找得到的。经常陪伴着因诺肯季叶在河边玩耍的是瓦西里。他是村里铁匠的儿子，一个不知道确切年龄的年轻人（他自己也说不清楚是十五岁还是二十岁）。他体格强壮，长相丑陋，常穿一条不合身的裤子，上面还打着补丁。一双大脚不穿鞋子，颜色脏兮兮的像胡萝卜一般，性情与那时的因诺肯季叶一样阴沉。松木桩在水面上倒映出或弯或直的倒影，形成六角手风琴形状的图案。浴室里朽烂的房梁下传来响亮的流水声。一个圆形锡铁盒，装满泥土——装得不能再满了——以前是用来盛水果硬糖的，现在蚯蚓在里面无精打采地蠕动。瓦西里小心翼翼地不让钩子尖头穿透蚯蚓的躯体。他把蚯蚓丰满的那部分穿在钩子上，让其余部分自然垂着。接着用他神圣的唾沫给这家伙加了点味，然后把沉甸甸的钓鱼线从浴室外的木栏上垂下去。夜幕降临，有什么东西缓缓划过天空，宛如一把宽大的淡紫色羽扇，或像是飘在空中的

---

① Tver，俄罗斯特维尔州首府，位于伏尔加河和特维尔察河交汇处。

山脉，侧峰突出。蝙蝠已经飞了出来，沉重却毫无声息，膜翼带来的速度令人心惊。鱼儿开始咬钩了，瓦西里懒得用鱼竿收线，便用食指和拇指捏住越来越紧的鱼线，轻轻拽了拽，试试松紧，然后猛地一拉—— 一条斜齿鳊，或是一条鮈鱼，就突然蹦上岸来。鱼嘴又小又圆，没有牙齿，他从里头取鱼钩，总是漫不经心，无所顾忌，啪的一声轻响，就弹出来了。然后他把那发了狂的家伙（鲜血从撕裂了的鱼鳃中汩汩流出）放进一个玻璃罐里——罐子里早有一条突着下唇游来游去的圆鳍雅罗鱼了。垂钓最宜在温暖多云之时，看不见的雨丝落在水面上，荡起无数相互交织又不断扩大的涟漪。有时某处会出现一个不同的涟漪，突然形成一个中心：跳出一条鱼来，随即又消失了，或是落下一片树叶，随即随波而去。在不冷不热的蒙蒙细雨下洗澡，多痛快啊——两种同质却不同形的元素交织起来，下面是深厚的河水，上面是来自天上的轻柔雨水。因诺肯季叶聪明，游了几下，便悠然自得地用毛巾久久地擦洗身子。那些农民的孩子却在水中不停地扑腾，直至筋疲力尽才出来，结果一个个浑身发抖，牙齿打颤，肮脏的鼻涕从鼻孔一直流到嘴唇上。他们单足站立，跳来跳去站不稳，拉起裤子就往湿漉漉的腿上套。

那年夏天，因诺肯季叶比以往任何时候都郁闷。他很少和父亲说话，要说也是咕哝一下或“嗯”的一声。对伊利亚·伊里奇来说，面对儿子就是非常尴尬的事——他总结其中原因，主要是因诺肯季叶和自己当年这个年纪时一样，一心要躲在单纯而隐秘的世界里。每当想到这些，他心里又觉得害怕，又觉得可怜。比奇科夫校长的房间：斜斜照入的阳光里微尘飞舞，阳光照亮一张小桌子，那是校长亲手制作、亲手油漆的，还亲手在上面做了烫花图案。桌上天鹅绒的镜框里有一张他妻子的照片——那么年轻，穿一件漂亮的裙子，披一件细长的披肩，束一条紧身的腰带，长着一张迷人的椭圆形脸蛋（这个脸型正符合十九世纪九十年代女性美的观念）。照片旁边有一方水晶镇纸，内嵌珍珠母贝做的克里米亚风景图，还有一块小公鸡形状的擦笔布。墙上方，两扇窗子之间，有一幅列夫·托尔斯泰的肖像，上面用极小的字体印着他写的一篇故事全文。因诺肯季叶睡在隔壁小房间的皮革沙发上。在户外度过了漫长的一天，他睡得很香。不过有时候也会遇上色情梦境，兴奋之下醒了过来，有好几次紧张得不敢乱动，只能继续静静地躺着。

早上，他总是去树林里，腋下夹本医学书，双手插在白色俄式外套的一圈流苏下面。他学着左翼分子的风格把学生帽斜戴在头上，这样他棕色的头发卷就垂下来遮住不平整的前额。他的双眉总是紧锁，挽成一个死结。要是他嘴唇再薄一点的话，他还算得上英俊。一进入树林，因诺肯季叶就坐在一截粗壮的桦木树干上。这棵树不久前被雷电击倒，现在碰一下满树枝叶仍然晃动。他点起一支香烟，拿书堵住了蚂蚁匆忙爬过来的道路，陷入了忧伤的沉思之中。他是个孤僻、敏感、易于冲动的年轻人，对社会问题极其敏感。他厌恶戈杜诺夫乡村生活的整个环境，比如那些干粗活的人——“干粗活的人”，他重复了一下这个词，随即厌恶地皱了皱他那肉乎乎的鼻子。他把那位胖车夫也划分到这一类人当中。车夫满脸雀斑，穿着灯芯绒制服，打着橙棕色裹腿，浆挺的衣领紧紧裹着红褐色的脖子。每当他在车棚里支起那同样令人厌恶的红色皮革敞篷时，他的脖子就涨得发紫。还有那位花白络腮胡子的老仆人，他的工作就是割掉那些刚出生的猎狐狗的尾巴。还有那位经常昂首阔步地穿过村子的英语教师，他总是不戴帽子，穿着雨衣和白色裤子——村子里的男孩们都诙谐地将之称为穿着衬裤、不戴帽子的宗教游行。还有那些乡下女孩，她们的任务是在园丁的监督下，每天早晨给庄园里的道路清除杂草。那个园丁穿件粉红色衬衫，背有点驼，耳朵也聋了，每天傍晚收工时，他都会带着异样的热忱与悠久的虔诚把门廊旁的沙子打扫干净。因诺肯季叶仍旧将书夹在腋下——这样他就不能交叉双臂了。他平时喜欢抱起双臂来，斜靠在公园里的树上，闷闷不乐地思索各种各样的事情，比如那依然静寂的白色庄园闪亮的屋顶。

那年夏天他第一次看见他们是在五月底（旧历），从一个小山包上往下看到的。山脚下蜿蜒盘旋的路上过来一群人马：最前面的是塔尼娅，像个男孩似的骑在一匹神采奕奕的枣红马上；后面紧跟着的是戈杜诺夫-切尔登采夫伯爵，其貌不扬的他骑着一匹矮小得出奇的鼠灰色的马；他们后面是一个穿着长裤的英国人；再后面是某个表亲；最后面的是塔尼娅的弟弟，一个十三岁左右的男孩。小男孩突然纵身策马，一路越过其他人，向前面斜坡上的村庄疾驰而去，双肘像赛马师一样来回运动。

之后他又偶然遇见过他们几次，终于——好吧，我们就从这里开始吧。准备好了吗？那是六月中旬的一个大热天——

那是六月中旬的一个大热天，割草的人们正沿着通往庄园的道路两旁劳作，他们的衬衫时而搭在右肩上，时而搭在左肩上，很有节奏。"愿上帝帮助你们！"伊利亚·伊里奇按照过路人行礼的惯例向正在干活的人打招呼。他戴着他最好的那顶草帽，抱着一束淡紫色的沼泽兰。因诺肯季叶一言不发地跟在一边，嘴巴张得圆圆的（他一边嗑葵花籽，一边津津有味地嚼着）。他俩快到庄园了。网球场一头，有个侏儒聋园丁，穿着粉红色衣服，围着工作裙，正在往桶里浸泡一把刷子。他深深弯下腰去，一边向后倒退，一边在地上拖出一条粗粗的奶油色线。"愿上帝帮助你！"伊利亚·伊里奇走过去时说道。

庄园里的林荫大道上摆着一张桌子，俄罗斯的阳光在桌布上洒下斑驳的影子。女管家披着披肩，又直又硬的头发往后梳得整整齐齐。男仆端来巧克力，她正舀出来分放在深蓝色的杯子里。从近处看来，伯爵的容貌和年纪相称：淡黄色的胡子中有几绺已经发白，皱纹也从眼角到鬓角呈扇形散开。他一只脚搭在花园长凳上，引逗着一只猎狐狗跳跃。那只狗不仅跳得很高，够得着他手中湿漉漉的球，而且跳得非常巧妙：它会在空中扭动身子，以使自己蹿得更高。伯爵夫人伊丽莎白·戈杜诺夫身材高挑，面色红润，戴一顶硕大的波浪形帽子，和另一个女人从花园里走了出来。她正和那个女人聊得热火朝天，不时两手一摊，这是俄国人表达爱莫能助的手势。伊利亚·伊里奇手捧花束站住，鞠躬致敬。五颜六色的薄雾中（这是因诺肯季叶当时的感觉；他前一晚曾简短排练了如何摆出不屑一顾的样子，但到头来不管用，还是十分尴尬），好像有些年轻人忽隐忽现，还有孩子在奔跑；不知谁的黑色披肩，上面绣着艳丽的罂粟花；又是一条猎狐狗，而最重要的，最重要的，是那双透过亮光和暗影看过来的目光，还有那虽然有点模糊但已然对他形成致命诱惑的脸庞——那就是正在庆祝生日的塔尼娅。

大家落座后，他发现自己坐在长桌上较暗的一端。坐在桌子这端的人并不怎么交谈，只是个个都扭过头去，紧盯着长桌明亮的一端。坐在那边的人们正在高谈阔论，笑声不断。他们面前摆着一个豪华丰盛、极其诱人的粉色蛋糕，上面插着十六根蜡烛。孩子们大声叫嚷着，那两条狗也叫着跳到了桌子上——而在桌子这端，那些毫不起眼的人们在椴树的影子里坐成一排：伊利亚·伊里奇茫然傻笑；一位体态轻盈却长相丑陋的姑娘满头大汗，显得异常拘谨；一位年老体弱的法国家庭女教师，瞪着一双令人厌恶的眼睛，手在桌子底下抓着腿上一个看不见的什么小动物，不时发出叮当响声；如此等等。紧挨着因诺肯季叶坐的是庄园管家的兄弟，一个愚蠢无趣的结巴。因诺肯季叶和他聊天纯粹是为了打破沉默而已，尽管他们的谈话断断续续，他还是尽力维持着。不过因诺肯季叶后来成为这里的常客后，要是碰巧遇到这个可怜的家伙，从来不和他讲话，总想方设法避开他，像避开一个陷阱或是可耻的回忆。

椴树的翅果在风中缓缓飘零，旋转着缓缓落在桌布上。

在贵族就座的那一头，戈杜诺夫-切尔登采夫抬高声音，朝对面一位穿着花边礼服的年长女士说话，边说边伸出一只胳膊搂着女儿优雅的腰——女儿就站在他身边，不停地抛着掌中的橡皮球玩。因诺肯季叶一直不停地摆弄着一块掉在盘子外的美味蛋糕。最后他笨手笨脚地一戳，结果蛋糕上那可恶的树莓滚到了桌子底下（那就让它待在那里算了）。他父亲时而茫然傻笑，时而舔舔胡子。有人叫他递一下饼干，他就快乐地大笑起来，赶紧把饼干递过去。突然，因诺肯季叶耳边传来一阵急促的喘息声：塔尼娅面无笑容，手里依然抓着那个球。她邀请他过来和她以及她的表兄妹们一起玩。他顿感浑身发烫，头脑发懵，挣扎着从桌子边站起身来。花园长凳是两人坐一条，他把右腿从凳子下抽出来的时候还撞到了坐在旁边的人。

大家说起塔尼娅来，都会欢呼道："多么漂亮的女孩啊！"她长着浅灰色的眼睛，黑色天鹅绒般的眉毛。嘴巴稍大，薄唇柔嫩，皓齿尖尖——每当她身体不舒服或者心情不好时，依稀可见她唇上微黑的绒毛。她酷爱所有的夏日运动：网球、羽毛球、槌球等。她运动时身手矫捷，神情专注，非常迷人——当然，从此之后，因诺肯季叶和瓦西里下午钓鱼的那种天真质朴的日子也就寿终正寝了。瓦西里对他的这种突然改变大惑不解，常会在傍晚时分突然出现在学校附近，满脸堆笑，把一罐蚯蚓捧到他眼前来引诱他。这种时候，因诺肯季叶内心总在发抖，因为他感到自己背叛了人民的事业。同时又觉得也没能从他的新朋友那里获得多少快乐。因为他并没有真正被视为他们的一员。他们只允许他待在庄园外围的绿地上，参加一些户外娱乐活动，却从未邀请他到他们的家中去。他对此感到极为愤怒：他渴望他们邀请他去吃午饭或晚饭，这样他就可以高傲地拒绝他们，好从中得到快乐。总的来说，他总是小心谨慎，闷闷不乐；总是皮肤黝黑，头发蓬乱，下巴上绷紧的肌肉不停地抽动——他感到塔尼娅对她的玩伴说的每个字都在他心里留下一道侮辱的阴影。仁慈的上帝，他是多么痛恨他们每一个人啊！他恨她的表兄表弟们，恨她的女伴们，还恨那些嬉戏的小狗们。不料，这一切突然在无声的混乱中暗淡下来，最终消失了！八月里一个漆黑的夜晚，他坐在公园尽头的长凳上，心急火燎地等待着，因为他怀里揣了一封信，正如一部旧小说中描写的那样，那是一个赤脚小女孩从庄园里给他带来的信。信写得如此简短，以至于他一度怀疑这不过是一个故意羞辱他的玩笑罢了。

不过最后他还是屈就了这次召见——也的确算是屈就。秋风飒飒的夜晚，一阵轻轻的脚步声格外清晰。她来了，语无伦次的话语，十分亲昵的举动，都让他觉得不可思议。她用冰冷的灵巧手指突然亲密地抚摸起他来，使从没有过男女肌肤接触的他感到异常惊奇。一轮巨大的月亮迅速升起，透过树梢洒下亮光。塔尼娅泪如泉涌，用满是咸味的嘴唇对他乱亲一气。她说她妈妈第二天将带她去克里米亚，一切都完了——唉，他当时怎么会那么迟钝！他哀求道："塔尼娅，哪儿都不要去！"可是一阵风淹没了他的话语，她哭得更厉害了。塔尼娅匆匆忙忙地离开后，他一动不动地坐在凳子上，只听见耳朵里嗡嗡作响。过了一会儿，他才沿着那条乡村小路朝桥的方向往回走，小路似乎在黑暗中扭来扭去。后来就是战争年代——救护工作，父亲的去世——随后，一切土崩瓦解，不过生活逐渐恢复了正常。快到一九二零年时，他已经在波希米亚一个温泉浴场为贝尔教授当助教了。大约三四年后，他仍然在这位肺科专家手下工作，有一天，在夏蒙尼附近一个叫萨沃依的地方，因诺肯季叶碰巧遇到了一位年轻的苏联地质专家，就和他聊起天来。那位地质专家说，五十年前，伟大的费尔干纳[①]探险家费琴科就是在这个地方像一位普通游客那样死去了。多么奇怪（这个地质专家继续说道），事情往往是这个样子：死亡习惯在荒山沙漠中追赶那些英勇无畏的人，竟然会在各种环境中和他们开开玩笑——倒是毫无恶意，自己也不曾料想让他们死得措手不及。就这样死去的有费琴科、谢韦泽夫、戈杜诺夫-切尔登采夫，还有那些颇负盛名的外国人，像斯皮克、杜蒙特·德于维尔。因诺肯季叶此后又花了几年时间做医学研究，对政治流放问题就很少关心过问了。有一次，他碰巧在巴黎逗留了几小时，要和一个同行谈业务。他正一边往一只手上戴手套，一边往楼下跑，跑到一个楼梯平台处，一位高个子女士佝偻着背从电梯里走出来——他立刻认出那

---

① Fergana，乌兹别克斯坦东部城市，费尔干纳州首府。

是伯爵夫人伊丽莎白·戈杜诺夫-切尔登采夫。“我当然记得你，我怎么会不记得你呢?”她说道。她并没有看他的脸，却紧盯着他的身后看，好像有什么人站在他后面似的(她有点斜视)。“哦，请进，亲爱的。”她回过神来，接着说道。房门前放着厚厚的擦鞋垫，落满灰尘，她用脚尖挑起擦鞋垫的一角，从下面取出钥匙开门。因诺肯季叶跟着她进了屋，心里很是不安，因为她丈夫怎么死的，什么时候死的，他听别人说过，但现在怎么都想不起来别人到底是怎么说的。

过了一会儿，塔尼娅回家了。岁月的蚀刻针把她的脸刻得更加轮廓分明，脸盘变小了，眼睛越发亲切。她立刻点起一支烟，一边笑着，一边毫不拘谨地回忆起那个遥远的夏天来。他倒是觉得奇怪，塔尼娅和她母亲都未提起那位死去的探险家。她们说起往事，也就一笔带过，而不是失声痛哭。他这个陌生人，提起那些往事也得强忍着才不至于哭起来啊。也许，她们母女所显示出的正是她们这个阶级所特有的自控力?不久，一个十岁左右、脸色苍白的黑发小女孩走了过来。“这是我女儿，过来，宝贝。”塔尼娅一边说，一边把沾有唇膏的烟蒂放进一个用作烟灰缸的贝壳中。接着，她的丈夫，伊万·伊万诺维奇·库塔索夫，也回家了。伯爵夫人在隔壁房间迎接他，因诺肯季叶听到她用带俄国腔的法语介绍客人:“le fils du maître d'école chez nous au village。[①]”这使他想起有一次塔尼娅当着他的面让一个女伴注意他好看的手时所说的话:“Regarde ses mains![②]”现在，听着这个小孩用悦耳、地道的俄语回答塔尼娅的问题时，他脑海中不禁升起一个恶毒而荒唐的想法:哈，如今她们再也没有钱来请人给孩子们教外语了!——那一刻他并没有想到，在那些流亡岁月里，一个孩子生在巴黎，又上了法语学校，对他来说，俄语恰恰是最无用、最豪华的奢侈品了。

勒什诺的话题渐渐散去了。塔尼娅把一切都记乱了，坚持说他

---

① 法语，这是我们乡村教师的儿子。

② 法语，看他的手!

过去常常教她唱一些激进学生唱的革命前的歌曲，比如其中有一首是关于“暴君在他的宫殿里设宴享受，而命运之手已在墙壁上写了可怕的文字”[①]的。“换言之，我们最初的stengazeta（苏维埃墙报），”库塔索夫评价说，“真是个大智慧。”又提起了塔尼娅的弟弟：他现在住在柏林，公爵夫人便开始说起他来。突然，因诺肯季叶发现了一个绝妙的事实：什么都没失去。无论什么，都没有失去。记忆积累成了宝藏，储存起来的秘密在黑暗和尘土中增长。忽然有一天，一个过路的游客，来公立图书馆借一本二十二年都无人问津的书。他起身告别，她们也未盛情挽留。真是莫名其妙，他的双腿竟然在发抖。这真是一次震撼人心的经历！他穿过广场，走进一家咖啡厅，要了杯饮料，又赶紧站起来，把压扁了的帽子从身子底下拿出来。他感到坐立不安，非常害怕。他觉得令他不安的原因有好几个：首先，塔尼娅仍然和过去一样，还是那么迷人，那么坚强。

① 引自《圣经》中巴比伦王伯沙撒的典故，“命运之手已在墙壁上写了可怕的文字”，意为灾难即将来临的预兆。

俄罗斯美女

我们就要说到的奥尔加于一九〇〇年出生在一个家境富裕、无忧无虑的贵族家庭里。小时候她皮肤白皙，常穿一件白色海军服，栗色的头发偏分在一侧，一双快乐的眼睛，人人见了都忍不住要在上面亲一下。从小到大，她都被看作一个美人坯子。清纯的外貌，紧闭的嘴唇脉脉含情，长发如丝垂到后腰——全身上下真是无比迷人。

正如我国自古以来的传统一样，她的童年快乐、安逸而幸福。庄园里一缕阳光照在*Bibliotheque Rose*①的封面上，圣彼得堡的公共花园里满地皑皑白霜……一九一九年春她离开俄国时，昔日的记忆便是她唯一的嫁妆。那年头凡事都打上了时代的烙印。她母亲死于斑疹伤寒，哥哥被行刑队处死。这一切如今听来都是陈词滥调，是听厌了的小话题，可在当年都是实实在在发生过的事情。如今要说说，除了老调重弹外没有别的办法，你不爱听也没辙。

话说回来，到了一九一九年，我们的小女孩已经出落成了一位窈窕淑女。她有一张白净的大脸盘，五官显得比正常的略大，但照样惹人疼爱。她身材修长，胸部柔软，总是套一件黑色毛衣，白皙的脖子上围一条围巾，纤细的手指间夹一支英国香烟，手腕上一块突起的小骨头颇为醒目。

有一段时间，大约一九一六年年底，在她家附近的避暑胜地一带，每一个学童都甘愿为她饮弹自尽，每一个大学生都甘愿为她……简言之，她身上有一种特殊的魔力，这种魔力假如持续下来的话，可能会引起……会引起浩劫……不过不知为何，往后什么都没发生。要发生的事情也没发生，要么发生了也不了了之。送来的花太多了，她都懒得插到花瓶里去。暮色中的散步也是一会儿这个陪着，一会儿那个陪着，散完步就一吻告终。

她说一口流利的法语，说起les gens（仆人）这个词来，就好像和agence[②]这个词押韵似的，说août（八月）这个词时拆成两个音节来读(a-ou)。她天真地将俄语的grabezhi（抢劫）翻译成les grabuges（争吵），还常常使用一些已不通用但却依然活跃在一些古老的俄罗斯家族中的法语惯用语。虽然从未去过法国，但她发r音卷舌时总是显得底气十足。在她柏林家中梳妆台的上方，一个仿绿松石的图钉固定着一幅谢洛夫[③]绘制的沙皇肖像明信片。她笃信宗教，但有时也会在教堂里忍俊不禁。她写诗，和她那一代年轻的俄罗斯姑娘一样，写起诗来才华横溢，爱国诗、幽默诗，各种各样的诗都能写。

约摸有六年时间，也就是到一九二六年为止，她和父亲一直住在奥格斯堡大街（离大钟不远）的一幢公寓里。她父亲肩宽背阔，眉毛粗重，胡须微黄，双腿细长，喜欢穿紧身裤。他在一所很有前景的公司里任职，为人正派，友善热情，请他喝酒从不拒绝。

在柏林，奥尔加渐渐结交了一大群朋友，都是年轻的俄罗斯人。因此也就形成了轻松活泼的说话腔调。比如"我们看看电影去啦！"或者"真是个地地道道的德国Diele[④]，好舞场。"各种流行说法、时髦话语、滑稽模仿也在她嘴里层出不穷，例如"那些炸肉排难吃死了。""不知现在谁在吻她？"或者用嘶哑而哽咽的声音说："Messieurs les officiers……[⑤]"

在佐托夫家极其闷热的房间里，她伴着留声机的音乐节拍，优雅

---

① 《玫瑰图书馆》，法国第一套定位于少女读者的丛书。
② 法语，代办。
③ Valentin Serov（1865—1911），俄罗斯杰出的肖像画家。
④ 德语，地板。
⑤ 法语，先生们，那些官员们……

地迈着修长的小腿，懒懒地跳着狐步舞，一边跳一边把刚刚抽完的香烟远远推开。等眼睛瞟见烟灰缸时，就在伴随音乐节拍旋转的间隙，顺手将烟蒂丢到里面，舞步却一点不乱。要是遇上个向她吐露过爱意的人，她就透过睫毛朝他望去，同时将酒杯举到唇边，以第三方身份悄悄和他干杯，这时她显得多么迷人，那一杯酒喝得又是多么意味深长！她喜欢坐在沙发一隅，和这一位或那一位谈论另一个人的心中秘密，谈论那人错过了什么机会，是否有事要宣布——当然都说得迂回婉转。有时她会粲然一笑，这时她就睁大清澈的眼睛，眼睛底下和眼角一带细腻而隐隐发蓝的皮肤上显出几不可见的雀斑。可是在她自己看来，没有人真正爱她，所以她念念不忘那个在慈善舞会上摸了她一把，过后又靠在她的裸肩上痛哭的乡巴佬。小男爵R为此要和他决斗，但他拒绝应战。顺便说一下，奥尔加几乎在任何情形下，都会使用“乡巴佬”这个词。“这一帮乡巴佬，”她常会深情而又慵懒地低声说，“好一个乡巴佬……”“难道不是一帮乡巴佬？”

不过后来她的生活失去了往日的光彩。华彩的时刻结束了，人们已经站起来准备离开。多快啊！她父亲去世了，她搬到另一条街上住。她不再去见那些朋友了，而是每日里编织些时尚软帽，或是在妇女俱乐部之类的地方教教法语。就这样，日复一日，她转眼就三十岁了。

她还是那么漂亮，两只离得远远、微微上翘的大眼睛还是那么迷人，嘴唇依旧线条优美，微笑就像是刻在唇上的几何图形一般。但她的头发失去了光泽，也没有精心修剪。那身专门定做的黑色套装，已经穿到第四年了。那双手，指甲虽然光亮依旧，却久未修剪了。手背上暴起青筋，又因为焦虑紧张和无节制的长期吸烟而发抖。至于她那双长筒袜，我们还是避而不谈了吧……

如今，她手提包的丝绸内衬早已破烂不堪（不过这至少给了她从包里找出一枚漏网的硬币的希望）；如今，她常常感到身心疲惫；如今，当她穿上唯一的那双鞋时，必须强迫自己不去想鞋底的事情，正如当她放下自尊，踏入那家烟草店时，总强迫自己不去想她已经在此赊下多少账一样。如今，重回俄罗斯已经绝无可能了，仇恨也成了习惯，几乎不再是一种罪过。如今，每当夕阳从烟囱背后落下去，奥尔加时常会受到一些令人垂涎欲滴的奢侈品广告的折磨。她幻想着自己非常富有，能穿上广告上用三四笔粗线条勾画出来的高档衣服，站在轮船的甲板上，或者依在棕榈树下，或者靠在白色阳台的栏杆旁。然后还会想起一两样她心中怀念的东西。

有一天，她差点被一个人撞倒在地，原来是她昔日的朋友薇拉。薇拉还是平时急匆匆的样子，旋风一般从电话亭里冲出来，拎着一堆大包小包，身边跟着一只眼睛毛茸茸的猎狐狗，拴狗的皮带把她的裙子缠绕了两圈。她一把抓住奥尔加，恳求她去她的夏日别墅做客。她还说她们的重逢真是天意，真是太棒了。她还问她过得怎样，眼下是不是有很多爱慕者，等等。“不不，亲爱的，我已经过了那个年龄了，”奥尔加回答说，“再说……”她又补充了一些别的原因。薇拉哈哈大笑，皮包都差点掉到了地上。“我说的是真的。”奥尔加笑着说。薇拉一边劝慰着她，一边转来转去地拽着小狗。突然，奥尔加从鼻子里哼哼着说，她想从她那儿借点钱。

薇拉喜欢张罗事情，不管是安排聚会、办理签证，还是组织婚礼，她都喜欢干。现在她又热切地安排起奥尔加的生活来。“一见她你就想做媒人了。”她丈夫取笑她说。他是一个波罗的海东南岸人，头发剃得精光，戴一副单片眼镜。八月一个阳光灿烂的日子，奥尔加来到薇拉家。薇拉立刻给她换上了一件自己的上衣，还给她修剪了发型，重新化了妆。奥尔加有气无力地推脱着，但最终还是接受了。在这座充满喜悦的别墅里，连地板发出的咯吱声听起来都是快乐的！挂在绿色果园里的那些小镜子，本来是用来吓唬小鸟的，现在却那么闪亮夺目！

一个名叫福斯特曼的俄裔德国人来薇拉的别墅住了一周。他是一个富有而健壮的鳏夫，写过几本关于打猎的书。他一直让薇拉给他找一个新娘，找一个“真正的俄罗斯美女”。他长着又大又结实的鼻子，高耸的鼻梁上暴起一根细细的浅色青筋。他彬彬有礼，少言寡语，有时甚至显得郁郁寡欢，然而他懂得怎样在别人不知不觉间和一只小狗或者一个小孩迅速建立起长久的友谊。他的到来让奥尔加的生活变得困难起来：她整日里无精打采，烦躁不安，总是举止失措，而且也知道自己举止失措。当他们谈起昔日俄国时（薇拉本来想让奥尔加炫耀一下她的过去），她觉得自己说的每件事听来仿佛都是谎言，而且谁听了都知道那是谎言。因此，一说起过去，她一般并不积极配合，固执地拒绝谈论那些薇拉想让她谈论的事情。

他们几个会一起在阳台上打扑克，把扑克摔得啪啪响。也会一起到树林里散步，不过福斯特曼多半是在和薇拉的丈夫交谈。他们两个回忆起年轻时的恶作剧，就会满脸通红，哈哈大笑。他俩就这样跟在她们后面，又坐在草地上。福斯特曼离去的前夕，他们像往常一样又坐在阳台上打扑克。奥尔加突然感到喉咙里一阵莫名其妙的痉挛，不过她还是故作笑颜，假装从容地离开了。薇拉敲了敲她的门，她没有开。待到午夜时分，她已经打死了很多昏昏欲睡的苍蝇。她不停地吸烟，直吸到喘不过气来。她满腹幽怨，焦躁不安，沮丧不已，既恨自己，又恨每一个人。于是她走进了花园。花园里蟋蟀在叫，树枝摇曳，偶尔有苹果落地，发出一声闷响。月光在鸡舍的白灰墙上做着柔软体操。

第二天一大早，她走出房门，坐在早已发热的走廊台阶上。福斯特曼穿着一件深蓝色的浴袍，在她身边坐下来。他清了清嗓子，问她是否愿意成为他的配偶——他用的就是“配偶”一词。他俩去吃早饭的时候，薇拉、她丈夫、她丈夫的未婚表妹，个个一言不发，都在为并不存在的舞会练习舞步。奥尔加拖长声音深情地说：“真是一群乡巴佬啊！”第二年的夏天，她死于分娩。

故事这就结束了。当然，也许会有什么后续，但我并不知晓。因此，与其陷入瞎猜的困境，还不如重述一下我最喜欢的童话故事里那个快乐国王的话：哪支箭能永飞不落？是射中目标的那一支。

婉言相告

欧金尼娅·伊萨科夫娜·明茨是个流亡的老寡妇，总是穿身黑衣服。前一天她的独生子死了，至今她还不知道。

一九三五年三月的一天，雨后清晨，柏林地平线上楼房的倒影相互辉映——杂色的锯齿形楼房和平房混在一起。欧金尼娅·伊萨科夫娜的老朋友切莫比尔斯基夫妇早上七点左右收到来自巴黎的电报，两小时后一封航空信也到了。米沙干活的那个工厂的厂长说可怜的年轻人从楼顶掉进了电梯井，痛苦地撑了四十分钟：人虽然昏过去了，可还是不断地发出可怕的呻吟，直到最后一刻。

这时候，欧金尼娅·伊萨科夫娜也起床了，穿好衣服，瘦瘦的肩膀上交叉着围上一条黑色的羊毛披肩，到厨房煮了些咖啡。她煮的咖啡香气扑鼻，味道纯正，和她口中"又小气，又没文化的野兽"女房东多克托尔·施瓦茨太太相比时，她常引以为傲。欧金尼娅·伊萨科夫娜已经整整一个星期不和房东太太讲话了，这也不是她们第一次吵架。不过，她跟朋友们说起来时，总说自己无意搬走，理由嘛也很多，一条一条的，不嫌啰嗦。要是决定和谁断绝关系，她占有一个明显的优势；只要关上那个像黑色小拎包一样的便携式助听器就行了。

她提着咖啡壶走过门厅准备回房时发现地上有张明信片，是邮递员从门上的投信缝隙塞进来的。明信片是儿子寄来的。切莫比尔斯基夫妇通过更先进的通讯方式知道了米沙的死讯，其结果便是她现在读到的这几行字（实际上不是她儿子写来的）。她的房间很大，但不舒适，她一手提着咖啡壶，站在门槛上读。知道内情的人见此情景，会觉得这几行字犹如陨落之星尚存的余光。明信片上写道：亲爱的穆力克（她儿子从小对她的昵称），我一直拼命工作，晚上滑了一跤，哪儿都去不成了。

两条街之外，一所同样塞满异国杂物的奇怪公寓里，切莫比尔斯基今天没有下楼，正从一个房间踱到另一个房间。他长得又肥又壮，秃顶，浓眉毛弯弯的，嘴却很小。他穿着一套深色西装，但没有戴硬领（硬领和打在硬领上的领带像个牛轭一样挂在餐厅里的一个椅背上）。他一边走，一边无奈地摆手，说："该怎么告诉她呢？说了她非哭不可，那该想点什么办法呢？上帝，真不幸啊。她肯定受不了的。她那可怜的心脏啊，会爆裂的。"

他的妻子抽着烟，边哭边挠她白发稀疏的头，分别打电话给利普什泰恩夫妇，列诺什卡，奥尔尚斯基医生——但就是下不了决心自己先到欧金尼娅·伊萨科夫娜家去。他们家的房客是位女钢琴家，胸部丰满，戴着夹鼻眼镜，富有同情心，经验也丰富，建议切莫比尔斯基夫妇先别急着告知实情——"这个打击她反正受不住，不如晚点说吧。"

"可是话说回来，"切莫比尔斯基歇斯底里地叫道，"这事也不能往后推啊！明摆着不能往后推！她是做母亲的，会想到去巴黎看看——这谁说得准呢？我说不准——要么她想让儿子回家休养。可怜的米沙，可怜的孩子啊，还不到三十岁，好日子正等着他呢。想想这工作还是我帮他找的呢，想想啊，要是他没去那倒霉的巴黎……"

"好了，好了，鲍里斯·利沃维奇，"女房客冷静地说，"谁能料到呢？和你又有什么关系呢？你的想法真是可笑。总而言之，我必须顺便说说，我还不清楚他是怎么摔下去的。你们清楚吗？"

欧金尼娅·伊萨科夫娜喝完咖啡就去厨房冲洗杯子（根本不管施瓦茨太太在不在），然后挎上黑网兜，提上手提包，打着伞出门了。雨淅淅沥沥下了一阵就停了。她收起伞，继续沿着闪着水光的人行道走。她身子仍然挺得笔直，两条细腿上穿着黑色长袜，左腿上的袜子褪下去了一点。可以看出，她的脚不成比例，有点大，走起路来有点拖拉，脚指头也露出来了。不戴助听器的话，她就是个彻底的聋子。就是戴上，耳朵也很背。小镇的嘈杂声对她而言就是她血液的流动声。在这样已成习惯的背景中，周围的世界与她相安无事——行人是橡胶人，狗是毛绒狗，电车寂静无声——飘在头顶上的轻盈无比的浮云，好像零星透出点点蓝色。她在这一片寂静中行走，面无表情，但整体来说还是满意的：穿着黑衣，受着耳聋的迷惑和限制，东西嘛有眼睛盯着，事情嘛，心里各色各样都想着。她现在在想，明天，是个假日，可能有人来访。她应该买点上次买的粉色烤饼和俄罗斯小店里的marmelad（加了糖的水果布丁）。还有那间面饼小店，那里买的东西样样新鲜，不妨去买个十来种。一个戴圆顶硬礼帽的高个子男人朝她走来，她觉得此人好像来自远方（事实上也相当远），更为可怕的是，他长得像艾达的第一任丈夫弗拉基米尔・马尔科维奇・维尔纳。他因心脏衰竭，孤零零死在了卧铺车厢里，好悲惨。路过钟表铺时，她记起来该把米沙的手表拿回来。表是米沙在巴黎摔坏的，通过okaziya（即有人到那个方向去旅行，顺便托他带去）带给她。她走进了钟表铺，悄无声息，小心着没有擦碰到任何东西。钟摆晃动，各晃各的，各走各的时间。她从大一点的普通手袋里拿出了个钱包模样的小东西，急急地戴上，从前做这么快的动作还不好意思。钟表商熟悉的声音远远传来——起初很响——接着消失了，然后冲到她跟前猛响起来："Freitag[①]……Freitag——"

"好了，我听见了，下个星期五。"

一离开钟表铺，她又让自己与世隔绝起来。她带有黄斑的衰老眼睛（虹膜的颜色好像消失了）又一次显得安详平静，甚至露出快乐的神色。她沿着街道走，这些街道自她逃离俄罗斯后六年来已经非常熟悉了。不但熟悉，而且也爱逛，就像爱逛莫斯科和哈尔科夫[②]的

---

① 德语，星期五。

② Kharkov，乌克兰哈尔科夫州首府，乌克兰第二大城市。

大街一样。她一路走一路随意观看，将赞许的目光投向孩子、小狗。走了一会儿后，早春空气令人发困，她边走边打哈欠。身边走过一个极其不幸的人，长着一个不幸的鼻子，戴着一顶很旧的软毡帽。这是她众多朋友的朋友之一，朋友经常提到他。他的情况她现在全都了解——患有糖尿病，有个精神错乱的女儿，女婿品行恶劣。她走到一个水果摊跟前（去年春天发现的），买了一串极好的香蕉，之后就在杂货店排队，等了很长时间。有个女人来得比她晚，却挤到她前面，比她先到柜台，她两眼一刻也没离开过这个无耻女人的身影。突然前边的那个身影像把胡桃钳般打开了，后边的欧金尼娅·伊萨科夫娜也采取了必要的手段。在面饼店里，她仔细挑选面饼，身子前倾，像个小女孩儿一样紧绷着踮起的脚尖。她来回走动时不敢伸直指头——原来，黑羊毛手套上破了个洞。她出了门，隔壁店里在卖男式衬衣，引起了她的兴趣，刚要进去，突然胳膊肘被舒夫太太一把抓住。舒夫太太开朗活泼，妆化得有点过头。欧金尼娅·伊萨科夫娜正往店里观瞧，一见舒夫太太拉她，便迅速地调整好她的复杂机器。这时候世界才变得有声了，于是她朝朋友投去欢迎的微笑。只听见又是吵闹声，又是风声。舒夫太太俯身用力，红嘴唇都噘歪了，对准那个黑色助听器，要把她的声音直接灌入：“巴黎——有——消息吗？”

“有啊，经常有，”欧金尼娅·伊萨科夫娜轻声说道，又加了一句，“你为什么不来看我？为什么总是不给我打电话？”好心的舒夫太太尖声喊着回答，那声音刺得欧金尼娅眼里闪出痛苦的神色。

她们别过，舒夫太太到现在什么情况都不知晓，回了家。她丈夫此时还在办公室，切莫比尔斯基正在给他打电话，他边听边说“难，难”，紧贴着电话听筒的头一个劲地摇。

“我妻子已经去她那里了，”切莫比尔斯基说，“我也马上过去。如果我知道怎么开口，杀了我也行。不过我妻子毕竟是个女人，她也许总有办法先铺个路。”

舒夫建议写几个纸条给她看，从轻说到重：“病了。”“病得厉害。”“病得很厉害。”

“难，我也这么想过，恐怕无济于事。大难啊，是吧？年轻，健康，前途无量。想想吧，他那份工作还是我给他找的，是我帮助他谋得生计！什么？唉，我完全理解，但一想这些我就要疯了。好吧，我们不见不散。”

他又气又恼，呲着牙，胖脸往后一仰，总算把领子扣上了。出门时叹了口气。他已经拐进欧金尼娅·伊萨科夫娜住的那条街道，忽然看见她就在前面走，平静而又自信，手里提着一个网兜，里面装着买好的东西。切莫比尔斯基不敢追上她，只好放慢脚步。上帝保佑，别让她回头看！那双走得踏实的脚，那道窄窄的脊背，没起一点点疑心啊。唉，知道了那脊背就再也直不起来了！

她上了台阶才发现了他。切莫比尔斯基见她没有戴助听器，也就没有说话。

“哎呀，你来真是太好了，鲍里斯·利沃维奇。别，别麻烦了——我都提了一路了，还怕提不上台阶。要愿意就先替我拿着伞，我好开门。”

他们进了门，切莫比尔斯基太太和热心的女钢琴家先来了，已经等了好长一阵。煎熬就要开始了。

欧金尼娅·伊萨科夫娜喜欢朋友们来访，朋友们也经常登门，因此这一回她没有理由觉得意外。她只觉得高兴，赶紧热情地忙活起来。她这边忙忙，那边忙忙，行动说变就变（她心里闪过的念头就是留大家吃午饭），这样大家发现很难拢回她的注意力。最后，钢琴家在过道里拉住了她的披肩一角，大家听见钢琴家大声冲她喊，说没有人会留下来吃午饭。于是欧金尼娅·伊萨科夫娜拿出水果刀，在一个小玻璃瓶里放了些烤饼，在另一个里面放了些糖果……大家硬拉着她坐下。切莫比尔斯基夫妇、他们家的房客，还有一个不知道怎么赶在这个时候出现的奥西波夫小姐——小巧身材，几乎就是一个侏儒，大家也都围着椭圆形的桌子坐下来。这么一来，就成了个阵形，至少不显得乱了。

“看在上帝的分上，鲍里斯，开始吧。”他妻子恳求道。她没有敢看欧金尼娅·伊萨科夫娜，后者已经注意到周围人的脸色，开始比较仔细地观察起来。不过切莫比尔斯基太太那句亲切、悲伤、全无防备的话一出口，她倒没有打断她。

“Nu，chto ya mogul！（唉，我能说什么呀！）”切莫比尔斯基叫道，猛地站起来，绕着屋子打转。

门铃响了，房东太太穿着她最好的衣服，神情凝重地开门，请进来艾达和艾达的姐姐。她俩脸色白得可怕，显得非常关切。

“她还不知道。”切莫比尔斯基告诉她们。说话间他解开了三个外套纽扣，随即又一个个扣上。欧金尼娅·伊萨科夫娜眉头一皱，但嘴边依然露着微笑，抚着新到客人的手，重新坐下，热情地转动她的小小设备。助听器就放在她眼前的桌布上，一会儿朝着这个客人，一会儿又朝向那个客人，可是声音斜着传过来，听不真切。突然，舒夫夫妇走了进来，接着又进来了瘸子利普什泰恩和他母亲，后面还有奥尔尚斯基夫妇、列诺什卡，还有（纯属偶然）上了年纪的汤姆金太太——人家都互相说着话，不过小心不让欧金尼娅·伊萨科夫娜听见，其实大家已经分成几个组把她围在了中间，一个个严肃紧张。有的人已经走到了窗子边，发抖，喘气。奥尔尚斯基医生就挨着欧金尼娅·伊萨科夫娜坐在桌边，聚精会神地把玩着一个烤饼，又和另一个配起来，就像玩骨牌一样。欧金尼娅·伊萨科夫娜的笑容这时消失了，换成了怨恨一般的神色，继续把助听器伸向客人——躲到远处屋角抽泣的切莫比尔斯基咆哮道：“还解释什么——死了，死了，死了！”可是她已经不敢往他那边看了。

滞　烟

悬在暮色里的街灯亮起来了，实际上是一齐亮起来的，这时通往拜仁广场的路上那些没有亮灯的屋子里，每样物品都受到门外光线的影响而发生轻微的变化。变化反映蕾丝窗帘上，外面的光线一照，窗帘的花纹图案就映了出来。他懒懒地躺了三个钟头了（一个四肢瘦长、胸部平坦的年轻人，夹鼻眼镜在若明若暗的夜色里闪着微光），只是吃晚饭时有过一点短短的间歇，那也是在仁慈的沉默中度过的：父亲与姐姐又吵了一场，这会儿都在桌边看书。这种不知何时结束的压抑感他非常熟悉，如今已经麻木了，所以他躺在床上，目光穿过睫毛望去，每一条线、每一道边，或者每一道边的影子，都变成了海平面或是一片狭长遥远的土地。他的眼睛一旦习惯了这种变形规律，变形就自动发生（就像小石子连续不断地从巫师的背后变出来一样，毫无用处）。现在，在这间屋子的宇宙里，某一处就形成了一幅梦幻图景，一个遥远的幻象，框架透明，孑然独立，非常诱人：比如说，那是一片水域，一个黑色的岬角，长着一株南洋杉，小小的一点轮廓。

隔壁的客厅里有时传来模糊简短的说话声。那时候俄国流亡者在柏林租的中产阶级公寓里，客厅是比较宽敞的中央地带。他的房间和客厅之间隔有滑门，透过滑门的波纹亚光玻璃，一盏落地灯在那头闪着黄光。往下一点，可以看见一把椅子模糊的黑靠背，仿佛从深水里浮现出来一般。椅子之所以放在这个位置，是为了防止房门经过多次推拉后门扇错开缝。客厅里（也许在客厅最远一头的长沙发上）坐着姐姐和她的男朋友，有几次神秘的短暂停顿，最后变成了轻轻的咳嗽或者关心体贴的笑声，估计两人是在接吻。大街上传来其他声音：小汽车的声音自远处连绵传来，在十字路口又加上了喇叭声；反之亦然，喇叭声先传进来，紧接着是轰隆隆声，门扇抖动声也及时地加入其中。

水母在水中游动，每动一下便发出点点微光。他心中所想，正如水母游动一般。那种流动感变成了某种超凡的视觉。他平躺在沙发床上，觉得阴影浮动，把他带到了路边，同时，他好像在护送远处的步行之人，想象着现在人行道的路面正好在他眼底（自己的视觉简直就像狗一样敏锐）。指向天空的秃树枝还有点颜色，要不然就是商店的橱窗一个接一个：理发店的人体模型，对解剖学发展的贡献简直要超过红桃皇后了；一幅框架展览头像，配着紫色石楠花茎，肯定是《塞纳河畔的无名少女》，在德国非常流行，和许多兴登堡总统的肖像挂在一起。接下来是一个灯罩商店，所有的灯泡都亮着，人们不禁要问，这么多灯里面，哪一盏是商店自己日常用的灯呢？

猛然间他想到，他在黑暗中像木乃伊一样躺着，这是很别扭的——姐姐也许以为他不在家里，或以为他在偷听。但是要动一下实在不容易，因为他的存在形式已经失去了所有特定的标志，以及固定的界限。比如，房子另一边的小巷也许是他的手臂；东方的星星闪着寒意，一朵细长稀薄的云拖过天空，这可能就是他的脊背。他房间里是一道道暗影，客厅门上的玻璃变成了夜间金波闪闪的海，这两样东西都不能给他提供可靠的方法来测量或划分他自己。他找到的可靠方法仅仅是他有感觉的舌尖灵敏地一动，在嘴里突然一卷（好像半醒半睡间来了精神，要看看是否一切都好），通过触觉开始为一点点柔软的陌生东西而担心。那是一点熟牛肉，牢牢地塞在牙齿里，这时他才意识到，那个可见的、触摸得到的牙洞，十九年来已经改变了。如今舌头要将牙洞里的东西舔出来才舒服，留下一个大洞等着以后重新填满。

这时门那头公然不知羞耻地静了下来，于是他不好动得太厉害，但又想找一个好使的尖头小工具来帮一下那个孤独的瞎眼工人。他伸伸腰，抬起头，打开靠近沙发的灯，这样他的身体形状就完全显露了。他看着自己（夹鼻眼镜，稀疏的小黑胡子，粗糙的前额皮肤），心生厌恶。每次从疲倦的迷雾中醒来一看自己的身子，就会产生这种感觉。这预示着什么？那种压迫、戏弄他灵魂的力量到底是什么样子？那种在我身体内不断增长的东西，它究竟源于哪里？想从前我的日子基本上天天一样——大学，公共图书馆——可是后来，受父亲的差遣，我长途跋涉，去了奥西波夫家。在那儿，空地边上有个客栈，潮湿的顶棚，烟囱里冒出的烟贴上屋顶，又缓缓爬下来。湿气凝重，滞烟伴着湿气昏昏欲睡，不肯升起，不愿脱离它心爱的沉迷状态。就在这时候，那种冲动出现了，就在这时候。

台灯照亮了一本油布封皮的练习本。旁边一张落满墨水斑点的吸墨纸上放着一叶剃须刀片，刀片孔里落满一圈灰尘。灯光还落在一枚别针上。他掰开别针，顺着舌头舔舠的方向，把那一小块牛肉挑出来，咽了下去——胜过任何的美味。随后那个得到满足的器官平静了下来。

突然，一只美人鱼似的小手从外面伸到了门上的水纹玻璃上，门扇抖动着被拉开，他姐姐乱发蓬松的头探了进来。

“亲爱的格里沙，”她说道，“做个天使，从父亲那儿弄点烟来吧。”

他没有回答，她睫毛浓密的湿润眼皮眯成了一条线（不戴角质架眼镜的话，她的视力非常差），想看看他是否在沙发床上睡着了。

“给我弄点烟来吧，格里沙，”她又说，求得更见可怜了，“唉，求你了！昨天刚吵完，我现在不想找他。”

“也许我也不想呢？”他说。

“快去，快去，”姐姐亲切地说道，“快点去吧，亲爱的格里沙！”

“好吧，你别说了。”他总算答应了。他姐姐小心地合上门，消失在玻璃后面。

他又检查了一下他那块被灯光照亮的小岛，充满希望地想起他曾在某个地方放了一盒烟，是有一天一个朋友来碰巧落下的。闪闪发亮的别针不见了，原先放别针的地方放着半打开的练习本（就像睡着的人睡着睡着换了位置）。也许放在我的书中间了。书架在书桌上方，灯光只能照到书脊。都是一堆胡乱堆上的垃圾（绝大部分是垃圾），政治经济手册（我想要的是完全不同的东西，可是父亲最终赢了）。也有一些他喜爱的书，曾有益于他的心灵：古米廖夫的诗集*Shatyor*（《帐篷》），帕斯捷尔纳克的*Sestra moya Zhizn'*（《生活，我的姐妹》），加斯达诺夫[①]的*Vecher u Kler*（《克莱尔家的夜晚》），拉狄格[②]的*Le Bal du Comte d'Orgel*（《欧杰尔伯爵的舞会》），西林[③]的*Zashchita Luzhina*（《卢仁的防守》），伊里夫和彼得罗夫[④]合写的*Dvenadtsat' Stul'ev*（《十二把椅子》），还有霍夫曼[⑤]、荷尔德林、巴拉丁斯基，以及一本旧的俄罗斯旅游指南。那种轻柔神秘的冲动又来了一次。他聆听着。这感觉还会来一次吗？他神经高度紧张，思维逻辑都混乱了。他缓过神来后，花了好长时间回忆他为什么站在书架旁摸着书。一个蓝白相间的袋子夹在桑巴特教授[⑥]和陀思妥耶夫斯基的书之间，打开一看，是空的。唉，只好放回去，里面没有东西。不过，还有另外一种可能。

他穿着破旧的卧室拖鞋，短裤松垂，无精打采地拖着脚，几乎无声无息地从卧室走到了门厅，摸了摸门闩。梳妆镜底下的平台上，挨着客人漂亮的米色帽子，有一张皱皱的软纸：是玫瑰花的包装纸，花已经打开了。他在父亲的外套里翻找，手指抖抖索索地插进一个陌生口袋里，那是一个冷漠无情的世界。他以为在口袋里会找到一个

① Gaito Gazdanov（1903—1971），俄国流亡法国的小说家，《克莱尔家的夜晚》是其第一部长篇小说。

② Raymond Radiguet（1903—1923），法国诗人、小说家。

③ 即纳博科夫，西林是其早期的笔名。《卢仁的防守》现在的书名为《防守》。

④ Ilf and Petrov，两位俄国讽刺作家，两人合著的《十二把椅子》是代表作，也是讽刺名作。

⑤ E. T. A. Hoffmann（1776—1822），德国作家、作曲家。

⑥ Werner Sombart（1863—1941），德国思想家。

备用的烟盒，但没有找到，便知道父亲已有防范。没办法了，我必须去找他要。

这时他的梦游行程又到了一个不确定的点，再度陷入迷雾地带。这一次他体内再次出现的冲动具有强大的力量，是比所有外部的感知都活跃，以致他都没认出镜子里的人是谁。镜子里只见一个肩膀软塌塌的年轻人，没有刮过的苍白脸颊，红耳朵，无声无息地滑了过去，这正是他的模样和面容啊。他赶紧回过神来，进了餐厅。

餐厅里，父亲就坐在餐桌旁，女仆去睡觉之前往桌上放了晚间茶，已经放了很久。父亲的一只手捻着有几缕已经花白了的黑胡须，另一只手高高举着夹鼻眼镜，食指和拇指捏着眼镜的弹簧夹子。他坐在那里研究一份巨大的柏林地图，被折得很破旧了。几天前，在几个朋友家里有过一场激烈的俄罗斯式争论，争的是从一条街步行到另一条街最短的路是哪一条——顺带一提，这两条路争论的人谁也没去过。现在看他父亲皱着个脸，神情又惊又气，鼻翼两侧拉出了粉红色的八字纹，可以断定老人家这回是争输了的。

"你在看什么？"他问道，打量儿子一眼（也许他心里希望我坐下来，揭开茶壶的保温罩，给他倒一杯茶，也给我自己倒一杯）。"香烟？"他又问道，还是询问的口气，注意到儿子在往香烟那边看。儿子已经走到父亲身后去了，要拿放在桌子另一头的烟盒。但是父亲已经把烟盒推到另一头去了，一时间有点尴尬。

"他走了吗？"这是他问的第三个问题。

"没有。"儿子答道，伸出软软的手抓了一把香烟。

走出餐厅的时候，他注意到父亲整个身子转了过去，看着墙上的挂钟，仿佛挂钟说了什么似的。接着转回身来——但这时我正在关的那扇门合上了，我没有看见他最后做了什么。我没有看到他最后做了什么，我心中又想起了别的事情。还是和刚才一样，遥远的大海，姐姐通红的小脸，再就是澄澈夜幕边缘上听不真切的隆隆声——不知为何，每一样东西都有助于形成最终的景象。我的灵魂仿佛被一场无声的爆炸点亮了，我极其清晰地看到了未来自己对往昔的回忆。我突然明白，将来有一天我会不得不回忆起我父亲令人心酸的双肩，就像回忆起当年饭桌上的争吵太厉害时，死去的母亲总是紧按两鬓，泪流满面。那情景残酷无情，历历在目，难以抹去：父亲心情郁闷地靠在那张破旧的地图上，穿着家里保暖的夹克衫，上面满是灰尘和头皮屑。这一切极有创意地和最近的景象混在一起：青烟滞留在潮湿屋顶上的枯叶里，久久不散。

透过双页门的缝隙，看不见的手指急匆匆拿走了他握着的东西。现在他又躺在了沙发床上，不过先前的懒散已经消失了。一条有韵律的线，巨大，活跃，蜿蜒伸展，弯曲时出现一个优美的韵，如雷霆般闪亮。它闪到哪里，哪里就出现又一首诗的移动剪影，如同你点着一支蜡烛上楼，走到哪里，墙上就投下你的影子。

意大利音乐一般的俄语头韵令人陶醉，带着对生活的渴望，废弃的词汇产生了新的诱惑（现代的bereg回归到breg，一片更远的“水岸”；holod回归到hlad，就是更古雅的“寒冷”；veter回归到vetr，“北风之神”更好的表达）。幼稚的诗歌容易消亡，等印刷下一版的时候它当然就枯萎了，就像以前那些写在黑色练习本里的诗歌一样，一首接一首凋零。不过不要紧：此刻我相信仍然活着、仍然流传的诗歌是有美妙前景的，我泪流满面，心中充满了快乐，也知道这种快乐是地球上现存的最了不起的事物。

新　遇

他年老，他有病，世上没人需要他。因为贫穷，瓦西里·伊万诺维奇已经沦落到不问明天怎么过，只奇怪前一天竟然过来了的境地。就个人的财物来说，除了他的病，这世上任何事情都对他没有多大意义。二十世纪二十年代，他和姐姐一同从俄罗斯流亡到柏林。姐姐一生未婚，十年前就去世了。姐姐的形象已经成为虚无，他习惯了，也不再思念她。不过就在那一天，他从俄罗斯流亡者公墓参加D教授的葬礼回来，在电车上，突然忧郁地想起姐姐的墓破败不堪的状况：十字架上的漆皮零零星星地剥落了，椴树树荫掠过墓碑，擦拭着墓碑，墓碑上的名字已经很难看清了。约有十来个没有工作的老流亡者参加教授的葬礼，怀着死亡面前人人平等的粗俗心理聚到一起。就像葬礼上常见的那样，大家稀稀落落站在一起，伤心地等候着。仪式很简单，没有走宗教规程，用树枝在头上方隔一阵晃一晃，很快就结束了。阳光强烈，难以忍受，尤其是饥肠辘辘，更难忍受。然而，为了不失体面，他外面穿了一件大衣，以遮掩外套的寒酸。他和教授是老熟人，站在令人愉快的七月暖风里，他想把死者的音容笑貌端端正正、稳稳当当地摆在自己心灵的眼睛之前，可是风轻轻一动，就把死者的相貌卷起来，吹散了，他怎么抓也抓不住。他的思绪老是拐到别处，在他记忆的一角，他姐姐真真切切地死而复生了。只见她和他一样又沉又胖，长着个男人一般的鼻子，又红又大，油光闪亮，宛如涂了一层漆，上面架着她常戴的眼镜。她身上穿着一件灰夹克，就像如今活跃在社会政治圈里的俄罗斯女性一样。初看之下，她是个活力四射、光彩照人的人，聪明，能干，活泼。可是说来奇怪，她还有忧郁沉闷的一面，令人费解，也只有他才能注意到她的这一面。不过话说回来，姐姐的各个方面里，他最喜欢的还是她忧郁沉闷的这一面。

柏林的电车挤得不像是人坐的，乘客中另一位年老的流亡者几乎一直坐到了终点站。他是一个目前没有执业的律师，也是参加完葬礼返回的。也是对任何人没有用处的人，眼前可能只对我有点用。瓦西里·伊万诺维奇对此人也就是略知一二，如果在疾驰的电车上挤在混乱的乘客中二人有缘相遇的话，那要不要和他聊几句呢？与此同时，另一位仍旧贴窗而坐，看着窗外的街景，他过于平庸的脸上露出冷嘲的神情。（这是我看到的片刻情景，之后我的视线就一直没有离开瓦西里·伊万诺维奇这位新遇之人。）他终于下车了。他身子沉，行动笨拙，售票员扶着他下车，站到车站的长方形石板候车岛上。落地之后，他不紧不慢地表达了谢意，从车上收回自己的胳膊，售票员刚才一直抓着这只胳膊的袖口。然后他缓缓迈开脚步，转弯，小心地四面看看，朝马路走去，想穿过危险的街道，到一个街心公园去。

他安全地穿过马路。一小会儿之前，就在教堂墓地，颤巍巍的老牧师根据仪式提议唱诗班为永久纪念死者而咏唱，瓦西里·伊万诺维奇花了好长时间，费了好大劲，这才跪下身来，一直跪到唱诗结束。那时他的膝盖和地面连在了一起，竟然站不起来了。老蒂霍茨基像刚才那个电车售票员扶他下车一样扶他站起来。这两次相似的印象加剧了他格外疲惫的感觉。毫无疑问，这种疲惫感觉有旱田干透的味道，但也自有乐趣。瓦西里·伊万诺维奇觉得现在返回那些呆笨的好心人和他一起寄宿的公寓无论如何都太早，于是他拄着手杖朝一个长凳挪过去，缓缓地往下坐，直到最后一刻才顺应地球引力，总算瘫坐下来了。

不过我想了解，这种快乐，这种膨胀的幸福感，是从何而来的。有了它，人的灵魂立刻就变得巨大，透明，珍贵。不管怎样，想想看，这里有个病老头，死亡的迹象已经显在他身上。他已失去了他所有的心爱之人：他的妻子，当年还在俄罗斯时就离开他投奔了有名的反动分子马林诺夫斯基博士；他工作的报纸关闭了，他的读者、朋友、和他同名的亲爱的瓦西里·伊万诺维奇·马勒在国内战争期间被红军折磨致死；还有他的哥哥，在哈尔滨死于癌症；后来又失去了姐姐。

他又一次难过地想起姐姐坟墓上字迹模糊的十字架，它已渐渐融入大自然的阵营。算来肯定有七年多了，姐姐的坟墓他再没有管过，就随它去了。突然间，瓦西里·伊万诺维奇清晰地记起了姐姐曾爱过的一个男子——也是她爱过的唯一一个男子——他的相貌历历在目：一个有着加尔申[①]气质、半疯癫、患肺痨的迷人男子，留一把黑炭般的大胡子，长着吉卜赛人一般的眼睛，出人意料的是，他竟然为了另一个女子开枪自杀了：血滴在他的假胸领上，小巧的脚上穿着精致的鞋。接着，没有任何联想，他就看见了中学时代的姐姐，患伤寒后理了个新发型。他俩坐在搁脚凳上，她向他解释自己陷入了一种复杂的触觉感知系统，这么一来，她的生活就变成了不停地在物体之间保持神秘的平衡：走路要摸着墙走，先是左手掌顺墙轻轻滑动，然后再换右手，好像要用两手来感知物体。似乎只有这样，她的手才干净，才能和世界和平相处，感知世界。久而久之，她的兴趣集中在女性问题上，办起了各式各样的妇女药店，发疯一般地害怕鬼魂，原因是，如她自己所言，她不信仰上帝。

姐姐常夜里流泪，对此他特别关心，也特别喜欢她这样。如今这样一位姐姐不在了。在墓地的时候，可笑的话语，几铲新土，复活了他对往事的记忆。身体沉重，虚弱，笨拙，都到了很严重的程度，这使得他要么跪下去站不起来，要么在电车上下不来（我觉得那位宅心仁厚的售票员不得不俯身伸手扶他下车——乘客中有一位也扶了

① Vsevolod Garshin（1855—1888），俄国作家，性格敏感、脆弱，痛恨谎言与暴力，深受契诃夫赞赏，称之为“加尔申气质”。

他）。从墓地回来时，困倦，孤独，肥胖，羞愧，和人不一样的地方太多了：过时的谦恭，缝缝补补的内衣，褪了色的裤子，还有那一身不干净、讨人嫌、穿戴寒酸的肥肉。尽管如此，瓦西里·伊万诺维奇还是不由自主地感到一种来源不明的快乐，想来不好意思，但这种快感在他漫长而艰辛的一生中不止一次地突然袭来。他非常平静地坐着，两手平摊（手指很少有舒展开来的时候）歇在手杖的弯头上，两条宽阔的大腿分开，肚子的底部鼓圆了，露在解开纽扣的外套外面，安放在长凳边上。头顶上，蜜蜂在开花的椴树上忙碌。密实的树叶间飘来一阵甜丝丝的暗香，底下树荫里，沿着人行道，躺着些酸橙树的残花，活像压扁了的马粪。一根红色的湿水管穿过小公园中心的整个草坪，稍远一点，清亮的水从管中喷涌而出，水雾里出现了幽灵般的虹彩。山楂林和一个小农舍风格的公厕之间，一条浅灰色的街道隐约可见。街边一根贴满海报的广告石柱像个胖小丑矗立着，一辆又一辆电车驶过，发出咔嚓声和哀鸣声。

这个小小的街心公园，这些玫瑰，这个花房——他看了上千次了，见过它们并不复杂的所有变化。但不论何时，当我和他经历着这样的幸福瞬间，它们自始至终都闪烁着生机与活力，参与到人的命运之中。一个男子拿着当地的俄文报纸在同一张长凳上坐了下来。这深蓝色的长凳被太阳晒得暖暖的，谁来坐都热情接纳。要我描述这个男子不容易，再说，也没有必要描述，因为自画像很少是成功的，也因为他的眼神一直显得很紧张——眼神如镜，反映出心灵中了催眠之咒。为什么我断定坐在我旁边的那个男子名字就叫瓦西里·伊万诺维奇呢？因为这个姓和父名的组合看起来像是一张扶手椅，宽厚温柔。他的大脸盘上露着惬意，双手搭在手杖上，舒适地、一动不动地坐在那里，只有眼珠在眼镜片后面来回移动，扫过一片向一个方向移动的云朵，又移向一辆朝另一个方向奔驰的卡车，或者扫过一只在沙石地上喂养雏鸟的母麻雀，又移向一辆磕磕绊绊前行的木制小汽车——小汽车后面拴着一根绳子，一个孩子拉着它，拉着拉着就忘了，它侧翻过来，但还继续前进。D教授的讣告在报纸上占了一块突出的位置，这就是我为什么给瓦西里·伊万诺维奇安排了这次葬礼行程，也匆匆给他那天的上午尽可能安排了典型的忧郁背景。虽然报纸上说对葬礼的日期会有专门交代，但我再说一遍，我是在匆忙中安排的。我确实希望他真的去了墓地，因为他就是你在国外俄罗斯葬礼仪式上能见到的典型代表，虽然站在一边，但正是因为他来了，这才加强了葬礼的传统性质。他的整个脸刮得干干净净，神色温柔，透出的某种气质让我想起一位莫斯科社会政治活动家安娜·阿克萨科夫女士——她是我的一位远方亲戚，我从童年就认识她，所以几乎是不经意地，但又好像早已了解了压抑不住的细节，我把她当成他的姐姐。这一切以令人眩晕的速度发生了，因为我必须不惜一切代价创造一个像他这样的人物，用在我已经奋斗了两年多的一部小说的一章之中。即使这个我第一次看见时正从电车上下来，现在就坐在我旁边的胖老先生也许根本不是俄罗斯人，那又有什么关系呢？他让我如此满意！他的容量如此之大！说来奇怪，我百感交集，我正在用我炽热的创作快感感染着那个陌生人，那种快感足以让艺术家全身皮肤战栗。我希望，不管瓦西里·伊万诺维奇年岁多大，多么贫困，胃中还有肿瘤，他总可以分享给我带来快乐的强大力量。我的快乐虽不合法，但有他分享，也算得以弥补。如此一来，我的快乐就不再是独一无二的感觉，不再是比较少见的疯狂种类，不再是跨过我整个心灵的巨大日虹。它至少让两个人得以感受，变成他们谈话的主题，从而让日常生活取得存在的权利，否则我那粗野的、原始的、沉闷的快乐就失去了存在的依据。瓦西里·伊万诺维奇（我坚持用这个名字）摘下他的黑色软呢帽，好像不是为了让头脑清醒，而是表示他完全赞同我的想法。他缓缓摸着头顶。椴树叶影婆娑，掠过他那只大手上的青筋，又落在他的满头灰发上。还是这么缓缓地，他朝我转过头来，瞅瞅我手里的流亡者报纸，又瞅瞅我装模作样读报的脸，神情凝重地移开目光，重新戴上帽子。

但他已经是我的了。过了一会儿，他使劲站起来，挺直身子，将手杖从一手换到另一手，试探着迈开短短一步，然后平静地离开了——如果我没想错的话，他是永远离开了。然而他带走了像瘟疫一般的罕见疾病，因为他神圣地与我缚在了一起，注定要短暂地出现在某一章的末尾，出现在某一句的转折之处。

我的代表，那个拿着俄文报纸的男子，现在独自坐在长椅上。随着树影移动，他已经坐进了瓦西里·伊万诺维奇坐过的树荫之中，刚才给前一位客人盖上一层凉爽阴影的椴树树荫此刻在他的额前，簌簌抖动。

一段生活

隔壁屋里，帕维尔·罗曼诺维奇在讲述他妻子是怎样离开他的，边说边哈哈大笑。

我忍受不了那么可怕的喧闹声，就冲进这个屋子里（房东的餐厅）——连镜子都没照上一照——当时我正好是午饭后和衣小睡了一会儿，衣服压得皱皱巴巴。一进去就碰上了这么个场面：名叫普列汉诺夫（和那位社会主义哲学家[①]全无关系）的房东坐在那里听，一副欲罢不能的样子—— 一边听，一边用一只烟草填充器往烟管里装烟草，做成俄国香烟。帕维尔一直绕着桌子转悠，一脸标准的悲伤神情，苍白的脸色似乎蔓延到了剃光的头顶——那个光头在不伤心的情况下倒显得生气勃勃。这光头是典型的俄国式干净整洁风格，令人习惯性地想起干净利落的特种工兵部队，但眼下的情景让我想起了不好的事情，像犯人的光头那样可怕的东西。

他来这儿实际上是找我兄弟的——他刚刚走了，但找没找着他也无所谓。反正他要倒倒苦水，找个现成的人听就行，哪怕这个人是个素不相识的路人。他在哈哈大笑，但眼神里并没有笑意。他说他妻子把他们居住的寓所扫荡一空，卷走了所有东西，也不仔细看看，连他最喜欢的一副眼镜也带走了。还说她的所有亲戚都先于他知道内情，他真不知道……

“对了，有一点甚为关键，”他接着说，现在直接对着敬畏上帝的鳏夫普列汉诺夫讲（此前，他的话不论多少都是自说自话，没有冲着谁讲)，“关键的一点，有趣的一点，是从今往后将会如何——她是和我一起过呢，还是和那头猪一起过？”

“我们到我的屋里去吧！”我用清晰的语调说——这时他才注意到我的存在。我一直站在那里，孤独地斜靠着餐具柜的一角。餐具柜颜色很深，我个头太小，似乎融化进了餐具柜的黑色之中——是啊，我穿着丧服，为每个人服丧，为每件事服丧，为我自己服丧，为俄国服丧，为我流掉的胎儿服丧。他和我进了我租的小房间：里面有一张盖着绸布的长沙发，宽得出奇，险些就放不下了，紧挨着沙发是一张小矮桌，桌上沉甸甸压着一盏台灯，台灯的底座是个仿真炸弹形状的厚玻璃缸，里面装满了水。我这个私密环境很舒适，帕维尔·罗曼诺维奇立马变了一个人。

他坐下来，一言不发，揉揉他红肿的眼睛。我盘腿坐在他旁边，拍拍我们周围的靠垫，陷入沉思，女人托腮的那种沉思。我看着他，看着他青绿色的头，看着他结实宽大的肩膀，心想这样的身材穿一身古代的战袍要比现在这身双排扣夹克衫合适得多。我盯着他，好生奇怪，这么个又粗又矮的家伙，相貌也非常一般(除了牙齿——我的天，真是一口好牙！)，怎么会让我站不稳脚跟呢？就在两年前，我在柏林的流亡生活刚开始的时候，就迷上了他，当时他正计划娶他的女神。我对他多么着迷啊，为他痛哭，多少次梦见他戴在毛茸茸手腕上的细钢链。

他从裤子后兜中掏出他的“战地”(这是他的叫法)大烟盒，沮丧地点点头，拿出一支俄国烟来，烟管一端抵住烟盒盖，连敲好几下，比平时敲的多了好几下。

“是的，玛丽亚·瓦西耶芙娜，”他终于说话了，一边点烟，一边从牙缝里挤出声来，高高抬起他的三角眉毛，“是的，没人能预见这种事情。我信任那个女人，绝对信任。”

---

① 指格奥尔基·瓦连廷诺维奇·普列汉诺夫(Georgi Plekhanov, 1856—1918)，俄国马克思主义理论家、俄国和国际工人运动的活动家、文艺理论家、美学家。

他喋喋不休地说了好多之后，一切都显得出奇地安静。能听到雨打窗台的声音，普列汉诺夫装烟的敲击声，还有狗的哀鸣声。那是一条神经质的老狗，锁在走廊对面我兄弟的房间里。我不知道为什么——要么是因为天气太阴沉，要么也许是因为已经降临在帕维尔·罗曼诺维奇身上的不幸要求周围的世界（分散的世界，没有光彩的世界）做出一点反应——不过我的印象是：天色已然很晚了（虽说实际上只是下午三点），我还是得横穿柏林到城市的另一头去办一件我那位迷人的兄弟亲自去才能办好的事情。

帕维尔·罗曼诺维奇又说开了，这一次声细如丝："那个老臭婊子，她和她钻在一起拉皮条。我老觉得她讨厌，这情绪也没瞒着列诺什卡。好一个婊子！我想你见过她的——六十左右，头发染得像匹杂色马。胖，胖得背都鼓起来了。尼古拉斯出去了，真遗憾。让他一回来就给我打电话。你知道的，我是个有话直说的简单人，长期以来一直告诫列诺什卡，说她母亲是坏婊子。现在我脑子里想的是这么个主意：也许你兄弟可以帮我一把，给那老妖婆写封信——算是个正式声明，就说我原本知道，现在也完全明白，这一切都是谁教唆的，是谁带坏了我的妻子——对，字里行间是这个意思，但措辞当然要十分客气。"

我什么也没说。这就是他第一次拜访我的情形（不算他多次拜访尼古拉斯），第一次坐在我的kautsch[①]上，把烟灰抖在我的彩色靠垫上。这次拜访若放在过去，会给我天大的快乐，现在却让我一点也高兴不起来。很久以前，正派人都在说他的婚姻是个败笔，他的妻子是一个低俗轻佻的傻瓜——还传出颇有远见的谣言，说她找了个看上她一身肥肉的怪人当情人。所以我听到这桩婚姻触礁沉没的消息时，并不觉得意外。其实没这个消息，我也会隐隐有所预感，帕维尔·罗曼诺维奇迟早有一天会被一阵风浪打到我的脚前。然而到了

① 德语，沙发。

这一天，我无论多么深刻地作自我检查，都找不到一丁点快乐的感觉。我的心情恰恰相反，唉，太沉重，我都说不上有多沉重。我所有的恋爱，在那些男主角的合谋之下，都毫无例外地走上了预先设定的平庸和悲剧的不归路。要么更准确地说，是他们的平庸，迫使我的恋爱向悲剧倾斜。我都不好意思回顾他们的开局招式，一想到结局的卑劣，更让我胆战心惊。中间一段，本应该是某段恋爱的本质和核心部分，留在我脑中的印象却是无精打采的沉重脚步，拖着走过泥水和湿雾。我对帕维尔·罗曼诺维奇的迷恋至少有让人高兴之处，那就是和过去所有的恋爱形成对照，比较冷静，也比较愉快。不过这种迷恋颇为遥远，被过去深埋。以现在借鉴过去，回顾之下生出一丝不幸之感，失败之感，甚至明明白白的悔恨，原因仅仅是我不得不听这个男人不停地抱怨他妻子，抱怨他岳母。

"我真的希望，"他说，"尼古拉斯早点回来。我又有了另外一个计划，我认为是个很好的计划。同时，我也好出去溜达溜达。"

我还是什么都没说，满怀哀伤地看着他，拉起黑披肩的穗边遮住嘴唇。他在玻璃窗前站了一会儿，窗玻璃上有只苍蝇往上爬，又是翻滚，又是扑打，又是嗡嗡叫，刚爬上去一点，又滑了下来。后来他的指头点过我书架上的书脊。和大多数很少看书的人一样，他对字典有着深藏不露的喜爱。这时他抽出一本粉红色的厚底书，书面上画着蒲公英种子球和一个鬈发的小姑娘。

"Khoroshaya shtooka。[①]"他说道——说着就把那shtooka（东西）塞了回去，突然间痛哭流涕。我让他挨着我在沙发上坐下来，他侧身倒在一边，哭得更厉害了，最后脸贴在我腿上才止住了哭。我轻轻摸着他那像砂纸一样热烘烘的头皮和红润强壮的颈背，我发现这部位是男性最吸引人的地方。慢慢地，他抽搐得不太厉害了。他隔着裙子轻轻咬我，坐起身来。

① 拉丁文转写的俄语，什么东西。

“怎么样？”帕维尔·罗曼诺维奇说道，边说边将他平放着的双手合掌一碰，发出一声响（我忍不住笑起来，因为这声音让我想起了我的一个叔叔，他是个伏尔加地主，经常学一队威风凛凛的母牛夹着阴部啪嗒啪嗒走路的声音）。“怎么样，亲爱的？我们到我的住所去吧。一想到我要在那里孤身一人，我就受不了。我们在那边共进晚餐，喝一点伏特加，然后去看电影——你看如何？”

我虽然知道去了会后悔，可是我拒绝不了他。原本是要去尼古拉斯以前上班的地方的（他把橡胶套鞋落在那里了，需要取回来），现在打电话取消此行。就在打电话时，我在门厅的镜子里看见了自己，活像一个孤独的小修女，板着一张苍白的脸。不过一分钟后，我就打扮起来，戴上帽子，可以说是一头扎进我那双又大又黑、阅历丰富的眼睛深处，发现那里闪动着远非修女一般的东西——那双眼睛甚至透过我的香粉在闪闪燃烧——上帝啊，那双眼睛烧得多厉害啊！

在去往他家的电车上，帕维尔·罗曼诺维奇又变得冷淡起来，闷闷不乐：我告诉他尼古拉斯在教会图书馆找到了新工作，但他眼神游离，分明没在听。我们到了。他和他的列诺什卡曾住的三个小小的房间，现在乱得让人无法想象——好像他和她的东西刚刚大战了一场似的。为了让帕维尔·罗曼诺维奇开心，我开始扮演轻佻女仆的角色。我穿上了早被遗忘在厨房一角的一件极小极小的围裙，给拉得乱七八糟的家具带来和平，餐桌也收拾得整整齐齐——于是帕维尔·罗曼诺维奇又一次拍起双手，还决定做个罗宋汤（他对自己的厨艺很自傲）。

喝了两三杯伏特加后，他一下子来了精神，一副说干就干的样子，好像真的有什么事情现在就要去关注一般。我迷惑起来，不能确定他这是故作姿态演戏呢（老练的喝酒专家能用这种办法让人看不出他喝了俄国酒），还是真以为他和我，还待在我房间的时候，就早已开始做规划，讨论要做些什么呢。不料他在那边给自来水笔灌上了墨水，然后神情庄重地拿出他称为档案的东西：去年春天他在不来梅收到的他妻子写给他的一些信，他当时是代表他受雇的那家流亡人士保险公司到那里去的。他开始从这些信中引用一些段落，以证明她爱的是他，而不是另外那个家伙。这中间不停地反复说些简短的套话，像“就是这样”、“好的”、“现在咱们看看”——还继续喝酒。他说来说去就一个意思，列诺什卡只要写了“我在内心拥抱你，亲爱的宝贝诺维奇”，她就不可能爱上别的男人。如果她以为她爱上了别人，那就是她的错误，必须耐心地给她说清楚。又喝了几杯后，他的态度变了，神情凝重，气也粗起来。他无缘无故地脱下他的鞋子和袜子，然后开始抽泣，边走边哭，从寓所的一头走到另一头，只当没我这个人。一把椅子挡在他走来走去的道上，他抬起一只强壮的光脚，凶猛地将它踢到一边，顺便又带倒了玻璃水瓶。一会儿后进入了醉酒的第三阶段，就是醉酒三部曲的最后一部分。现在三部曲已经联合起来了，遵循严格的辨证原则，最初表现得活蹦乱跳，中间阶段便是彻底的消沉。在目前阶段，有些情况看样子我和她已经搞清楚了（到底搞清楚了什么，依然相当模糊）。那么她的那个情人是个坏透了的人渣，应该明白无误了。于是计划以我为主，由我主动提出去见她，好像去“警告”她一般。也有了以下这样的理解：帕维尔·罗曼诺维奇仍然坚决反对别人干涉，给她施加压力，他自己提出的建议则像大使一般置身事外。我还没来得及理清自己的思路，就已经被紧紧缠在他密集低语的网中（他在低语的同时匆匆穿上鞋子）。我不知不觉间拨通了他妻子的电话，直到听见她又高又响、傻里傻气的声音时，我这才突然意识到自己喝醉了，做事像个白痴一样。我摔下话筒，不料他开始吻我一直紧攥着的冰冷双手——我又拨通了她的电话，毫无热情地报了姓名，说有急事定要见她。她迟疑片刻后同意马上过来见我。直到这时——也就是说直到他和我动身了，我们的计划这才明晰起来，每个细节都成熟了，也惊人地简单。我将告诉列诺什卡，说帕维尔·罗曼诺维奇要交给她一些极其重要的东西——和他们破碎的婚姻绝无关系，什么关系都没有（这一点他一再强调，像个谋士一样做了特别叮嘱),他将在她家街对面的那个酒吧等她。

爬上楼梯花了好长时间,宛如过了昏暗的漫长岁月。一想到我们上次见面时我戴着和这次相同的帽子,穿着相同的黑狐皮大衣,我心里很不是滋味。列诺什卡则正好相反,穿得光彩照人,出来迎接我。她的头发似乎刚烫过,不过烫得很差,整体来说,比从前朴素多了。她的嘴唇涂得很讲究,可是周围长满肿起来的小水疱,害得那点儿涂出来的优雅也消失殆尽了。

"我根本不相信,"她说,好奇地打量我,"事情就有这么重要。不过他要是觉得我们还没有吵够,那好,我同意回来,但我要当着证人的面吵。和他单独在一起,我害怕,我已经受够了。非常感谢你。"

我们进了酒吧,帕维尔·罗曼诺维奇坐在挨着吧台的桌边,胳膊肘支着身子。他一边用小指揉发红的眼睛,一边用单调的声音给坐在同一张桌子上的一个完全陌生的人和盘托出他所谓的"一段生活"。陌生人是个德国人,极其高大,分头油滑光亮,但脖颈上长满细细的黑毛,手指甲咬得一塌糊涂。

"不管怎么说,"帕维尔·罗曼诺维奇用俄语说,"我父亲不想和官府惹上麻烦,就决定在房子四面围上篱笆。好,问题解决了。我们家到他们家和这里到——"他回头望望,心不在焉地朝他妻子点点头,完全放松下来,继续讲,"和这里到电车轨道那么远,这样他们就不能提出任何要求。不过你必须同意,没电的情况下,在维尔纳度过整个秋天可不是开玩笑的事。这么说来,最无奈的是……"

我发现要听明白他在讲什么是不可能的事。那个德国人半张着嘴,听得很尽心:他对俄国知之甚少,想听明白的努力过程让他觉得快乐。列诺什卡开始在包里乱翻,她紧挨着我坐着,我能感觉到她身上令人不快的体温。

"我父亲的病,"帕维尔·罗曼诺维奇接着说,"促使他下了决心。要是如你所讲,你真的在那里住过,那当然会记得那条街。一到晚上就很黑,有人碰巧看见也不是稀罕的事……"

“帕夫里克，”列诺什卡说，“这是你的夹鼻眼镜，我不小心把它放在我的包里拿走了。”

“一到晚上街上就很黑。”帕维尔·罗曼诺维奇又说了一遍，说着打开了她隔着桌子扔过来的眼镜盒。他戴上眼镜，掏出一支左轮手枪，朝他妻子射击。

她大吼一声，拖着我倒在桌子底下，那个德国男人在我们身上绊了一跤，和我们摔在了一起，就这样我们三个人纠缠着躺在地上。不过我还是来得及看见服务员从后面冲向肇事者，抡起一个铁制的烟灰缸，兴致昂扬地狠狠砸到那人头上。之后就是这类事件的常见尾声，慢慢收拾残局，加入其中的有吓得目瞪口呆的行人，有警察，有救护人员。列诺什卡放声呻吟着（子弹差点射穿了她晒黑的胖肩膀），被救护车送去了医院，但不知怎的，我没看见他们是怎样带走帕维尔·罗曼诺维奇的。等一切收拾完毕——也就是说，所有的东西，街灯、房屋、星星，都恢复了原来的样子后，我发现自己在我们这位德国幸存者的陪同下走在空无一人的人行道上。这个高大英俊的男人，没戴帽子，身上的宽松雨衣在我身边飘摆。起初我以为他是要送我回家，后来才明白过来，我们是在朝他家的方向走。我们在他家门前停了下来，他向我解释——说得很慢，很沉重，不过并非毫无诗意；不知为何，他讲的是蹩脚的法语——说他不能带我进他的房间，原因是他和一个好朋友住在一起，这个好朋友对他而言就像父亲、母亲、妻子一样。他的借口欺人太甚，我命令他立刻叫一辆出租车，送我回我的住处。他露出了一个惊讶的微笑，冲着我的脸关上了房门。我沿着一条街走去，雨虽然几个小时前就停了，但街上仍然很湿，而且潮气逼人——是的，我独自一人一路走去，就像我从时间之初走来一般，眼前不停浮现出帕维尔·罗曼诺维奇，只见他站起身来，从他可怜的头上擦掉血迹，抹去尘土。

菲雅尔塔的春天

菲雅尔塔的春天多云且沉闷。各种东西都泛着湿气：悬铃木斑驳的树干、杜松灌木、围栏、铺路的小石子。远处几幢淡蓝色的房屋，错落排成一行，摇摇晃晃爬上斜坡（一棵柏树指示了爬坡的方向）。就在那些高低参差的屋檐之间蒸腾着一片水汽，水汽中影影绰绰的圣乔治山显得越来越不像明信片上画的样子。画着圣乔治山的明信片自一九一〇年以来一直是招徕观光旅游者的法宝。它们（如那些戴草帽的年轻出租马车车夫所言）始终在旋转售卖支撑架上，和带紫晶的岩石以及壁炉上梦幻般的贝壳装饰待在一起。空气中没有风，很温暖，隐隐有一丝烧糊了的气味。雨水冲淡了海水中的盐分，大海这时不是碧蓝而是灰色，海浪懒懒涌动，不愿碎成泡沫。

三十年代初，就在这样的一天，我不知不觉间走在了菲雅尔塔一条陡直的小街上。我所有的感觉都敞开着，各种景色马上尽收眼底：货摊上摆着品种繁多的海产品，商店橱窗里有珊瑚做的基督受难十字架；墙上贴着一家巡游马戏团垂头丧气的演出海报，被浆糊浸湿了，一角已从墙面上脱开。灰蓝色的旧人行道上扔着一小块尚未熟透的柑橘的黄皮，是它留住了即将消逝的记忆，时不时令人想起古老的马赛克图案。我喜欢菲雅尔塔。我喜欢它，是因为在流淌着紫罗兰色音节的山谷里我感受到了一朵遭受风吹雨打最厉害的小花隐隐散发出的香甜湿气，也是因为这个可爱的克里米亚小镇有一个中提琴般的名字，仿佛有浓浓情思回响在琴音中。我喜欢菲雅尔塔，还因为这里的四旬斋[①]湿气凝重，昏昏的睡意中自有净化心灵的特殊之物。所以我故地重游，非常高兴。我沿着排水沟中的潺潺流水溯流朝山上爬去，没戴帽子，脑袋湿了。虽然衬衣外面只罩了一件轻便雨衣，皮肤上却早已暖洋洋的。

我是乘卡帕拉贝拉快车来的。这种火车具有山区火车独有的风格，跑起来不顾一切危险，一夜间风驰电掣，不知穿过了多少山洞。我预计能在那里逗留的时间只有一两天，相当于出公差途中可以喘口气，稍事休息。我把妻子和孩子们留在家里。家是一个幸福之岛，它总是出现在我生命的晴朗北方，总是漂浮在我的身旁，甚至有可能穿透我的身心。不过在多数时间里，它仍然处于我的身外。

一个没穿裤子的小男孩，紧绷着泥灰色的小肚皮，一摇一晃地下了一个门阶，又弓着腿往前走，想一次捧住三只橘子，却总是把第三只不听话的橘子弄掉，最后他自己也摔倒在地。这时过来一个十二岁左右的女孩，黑黝黝的脖子上挂着一串沉甸甸的珠子，穿着一条像吉卜赛人常穿的长裙，猛地伸出她那双更灵活的手，一把抢走了小男孩手里所有的橘子。不远处是一家咖啡店，湿漉漉的露台上，服务生在擦厚厚的餐桌桌面。一个面容忧郁的当地人在兜售当地出产的棒棒糖，那东西样子很精巧，泛着月色般的微光。他把装得不能再满了的一个篮子搁在有裂缝的栏杆上，和服务生隔着篮子说起话来。要么是毛毛细雨停了，要么是菲雅尔塔已经习惯了毛毛细雨，现在呼吸的是潮湿空气还是温暖的雨水，她自己也不清楚。一个英国男子，穿着质地结实、可以出口的那种高尔夫球灯笼裤，从一座拱门下走了过来，进了一家药店，边走边从一个橡胶小袋里掏出烟丝，用拇指压进烟斗里。药店里有一个蓝色的花瓶，里面几大块苍白的海绵眼看就要渴死在玻璃后面。这样一个灰蒙蒙的日子，浸润着春的精髓，它自己似乎感觉迟钝，没有觉察出来，我却全身心地投入其中，感受着它

① 在基督教中，复活节前的四十天为四旬斋期，也称大斋期。信徒于此期间进行斋戒，模拟当年耶稣在旷野禁食。

的悸动与气息。想到这一点，我满怀感激，觉得所有的血管里都荡漾着无比甜美的欣喜。我的神经度过一个无眠之夜，接受能力变得非同一般地强，我吸收了一切：小教堂过去有一片杏树林，里面一只画眉在啭鸣；眼看快要倒塌的房屋一片寂静；远处大海的脉搏在薄雾中跳动。与此相伴的是一堵墙，墙头插满了破碎的瓶子玻璃，闪着防贼的莹莹绿光。还有一张马戏广告，用各种牢实不褪的颜色画着一个头插羽毛的印第安人，他骑在一匹后腿直立的马上，正甩出套索套捕一匹当地特有的斑马；还画着一些呆若木鸡的大象，坐在各自金星闪闪的宝座上沉思。

不久，刚才那个英国人从后面赶上了我。我正要把他连同其他东西一并收入眼底时，碰巧注意到他的一只蓝色大眼睛突然斜瞄向一边，扯得深红色的眼角都变了形。看他匆匆舔湿嘴唇的样子，我猜是看过药店里那些干燥海绵的缘故吧。但紧接着，我顺着他的目光，看见了尼娜。

在我们十五年的——唉，我找不到确切的术语来形容我们之间那种关系——之中，每一次见她，她似乎都不能一眼认出我来。这一次，她又是在对面的人行道上呆立了片刻，然后朝我半转过身来，神情犹犹豫豫的，同情中混杂着好奇心。只有她的黄色围巾已经开始飘动，就像狗总是先于其主人认出你——接着她叫了一声，双手高举，十个指头全都跳起舞来。就在街道的正中间，她吻了我三下，都是有口无心的吻，就像老朋友见面，一激动先吻几下再说（每次分别时也是这样，她冲我急匆匆地画画十字）。然后她就走在我身边，紧紧依偎在我身上，调整步子，和我保持一致。只是她的棕色裙子太窄，凑合着开了个边缝，步子跨得不那么自如。

“对呀，费迪也在这里。”她回答道，接着马上客气地问候叶连娜。

“他肯定是和塞居尔在哪里闲逛，”她继续说她的丈夫，“我呢，要买些东西。吃过午饭我们就离开了。等一等，亲爱的维克多，你这是带我去哪儿？”

回到从前，回到从前，每次见她都是这样，重复多年积累下来的整个过程，从最开头直到最近一次新添的情节——就像俄国的童话故事，每到故事有了新的转折时，就要把已经讲过的部分再讲一遍。这一次我们见面是在温暖多雾的菲雅尔塔。即使我知道这是最后一次，也不能多施手段来一番隆重庆祝，无法在命运提供的现有菜单上再添点新鲜花样。我口口声声说这是最后一次，因为我想象不出天堂里有哪一家代理公司会答应安排我与她在葬入坟墓后再见一面。

我初识尼娜的那一幕要放在多年前的俄国，从后台传来的左翼剧团吵吵闹闹的声响判断，应该在一九一七年前后。那是一场生日宴会，地点在我姨妈家的乡下庄园，离鲁加镇不远，时间正值隆冬之季（走近那地方的第一个标志我至今记得清清楚楚：一片白色荒野中矗立着一座红色的谷仓）。我刚从皇村学校毕业，尼娜则已经订婚了。她与我同龄，也与那个世纪同龄，但看起来至少有二十岁，也许是她生得纤细匀称的缘故。到三十二岁，这身材反而让她看上去相当年轻。她的未婚夫是个青年近卫军，从前线回来休假。他长相英俊，身材结实，极有教养，为人冷淡，说话时每个词都要在最精确的常识天平上称量过，然后用丝绒般的男中音讲出来，这样的嗓音在对她说话时会变得格外悦耳。他太讲究礼数，对她太忠心，可能让她有点烦。如今他是个成功的工程师，不过在某个极其遥远的热带国家工作，稍微有点寂寞。

窗户上亮起了灯光，亮光拖长，落在了波浪一般起起伏伏的昏暗雪地上，使窗户间反映着前门上方的扇形光亮。大门两边的侧柱各有毛茸茸的白边。本来这侧柱可以作为我俩生命之书的绝妙藏书票，却让这白边破坏了藏书签完美的轮廓。我现在想不起来大家当时为何从喧哗的大厅游荡到宁静的黑暗中，那里只有银装素裹、块头比平时肿胀了一倍的冷杉树。是不是守夜人请我们去看天上阴沉的红光，因为那预示着会有大火烧起来？可能是这样的。要么我们是过去欣赏池塘边上的一座骑士冰雕，那是我姨妈家几个孩子的瑞士家庭教师雕刻的。这也很有可能。我的记忆直到返回灯火通明的庄园大宅途中才苏醒过来。当时我们排成一行，沿着两道雪堤之间的一条窄沟，踩着雪沉重地朝大宅走去，嘎吱嘎吱的踩雪声响是寂静的冬夜对人类所作的唯一评论。我走在最后，前面三步开外，噌噌走着一个弯腰弓背的小身影，冷杉树沉重地伸出积着雪的爪子。我滑了一下，出门时有人强塞给我的那个按不亮的手电筒掉在地上。要把它捡回来可真是千难万难。我咬牙切齿地骂起来，立刻引起尼娜的注意，她回头摸着黑朝我走来，发出一声低沉而又热烈的笑，期待着找点乐子。我现在叫她尼娜，可当时我并不知道她的名字；我们，我和她，也压根没时间讲什么客套。"谁啊？"她饶有兴致地问——这时我已经吻上了她的脖子，那么柔滑，在大衣的狐皮长毛领子下热得滚烫。那领子老是妨碍我的吻，后来她就抓住我的肩膀，带着她特有的坦率个性，将她慷慨而温顺的双唇贴在我的唇上。

一阵欢闹突然爆发，分开了我们。原来是一场雪球大战在黑暗中打响。有人逃跑，跌倒，踩得雪嘎吱嘎吱响，大笑，喘气，爬上风吹而成的雪堆，使劲跑，发出了一声可怕的呻吟：深深的积雪对一只套靴实行了截肢手术。过了没多久，大家都四散回家，我不曾和尼娜交谈，不曾筹划过未来，也不曾想过接下来牵扯不断的十五年。这十五年从那一刻起就已经向着黑暗的地平线启程，一路上满载着我们零零碎碎没有集合起来的会面。我记得那一晚余下的时间里全是手势和姿势的迷宫，手势和姿势的阴影（大概是在客厅里做各种游戏，尼娜总是分在游戏的另一方），我在这些迷迷乱乱的影子里注视着她，她在雪地里和我那样亲热一番后竟然再不理我。令我惊讶的倒不是她不理我，而是她的态度来得那么天真自然。我当时还不知道，只要我一句话，她的漫不经心就会立刻转变为阳光四射般的美妙热情，转变为欢欢喜喜、百依百顺，好像女人的爱是含有盐分的泉水，喝了有益于健康，只要有人稍加注意，她就会心甘情愿地让他饮用。

"让我想想，我们上回是在哪儿见的面，"我开始说道（对着菲雅尔塔版本的尼娜），为的是让她颧骨突出、嘴唇暗红的小脸上生出一种我熟知的表情。果然不出所料，她又是摇头，又是皱眉，那意思倒不像是说她忘了，而是在感叹老说这样的笑话，太没意思了。说得更确切点，那表情就好像在说，命运在所有那些城市安排了我们各种各样的约会，却从未亲自出席；那些站台、楼梯、三面是墙的房间和昏暗的屋后小巷，只不过是很久以前别人的生活结束后存留下来的陈腐的布景，它们和我们自己漫无目的的命运的表演没什么联系，提起来实在倒人胃口。

我陪着她走进拱廊下的一家商店，珠子门帘外天色已暗，她指着几款里面垫着薄绵纸的红色女式钱包，仔细看标价牌，像是要了解博物馆里的展品名称。她说她想要的正是这种式样，不过得是淡黄褐色的。经过十分钟忙忙乱乱的翻腾，那位达尔马提亚[①]老头竟奇迹般地找出来这么一个稀奇古怪的东西，我至今都百思不得其解。尼娜正要从我手里抠出几张钱来，又突然改变了主意，什么也没买就穿过飘动的珠帘走了出来。

外面和先前一样，还是乳白色的沉闷天空，还有一股燃烧的气味，从那些灰白房屋毫无遮挡的窗户里飘出来，搅动了我对鞑靼人往事的回忆。一小群小飞虫正忙着在一株含羞草上方织补空气，含羞草无精打采地开着花，枝叶都拖到了地上。两个戴着阔边帽的工人正就着奶酪和大蒜吃午饭，他们背后靠着一块马戏广告牌，广告牌上画着一位红色的轻骑兵和一头老虎模样的橘色野兽。奇怪的是，画家竭力把这只野兽画得尽可能地凶猛，但他用力过猛，便从别的方面设法弥补，因为老虎的脸看上去分明像张人脸。

"Au fond,[②]我刚才想买一把梳子。"尼娜说道，觉得后悔为时已晚。

她办事老是犹犹豫豫，想了再想，想到第三遍又回到头一次的想

---

① Dalmatia，克罗地亚的一个地区，包括亚得里亚海沿岸的达尔马提亚群岛和附近千余小岛。

② 法语，其实。

法上去，连上下火车时都要担心一会儿，这些我都多么熟悉啊。她总是要么刚刚到达，要么马上要离开，对此我一想起来就有受辱之感。约会本来是定好了的，就是游荡成瘾的混混也知道那是非去不可的，她却要把路线搞得复杂多变，叫你疯跑。假如要我在我们俗世评判人面前提供一个她平时的典型姿势，那我也许要把她放在库克旅行社[①]，让她斜靠着一个柜台，左小腿交叉在右小腿上，左脚的脚指头轻敲地面，两只尖瘦的胳膊肘和装满硬币的手提袋放在柜台上。旅行社的工作人员则手握铅笔，和她一起谋划着给她订一个一劳永逸的永久卧铺。

大批人离开俄罗斯移居国外后，我在柏林的一些朋友家里见过她——那是第二次见面。我快要结婚了，她刚刚与她的未婚夫分手。我一进那间屋子，一眼就看见了她。我又扫了一眼别的客人，凭直觉判断在场的男人中哪一个比我更了解她。她坐在一张长沙发的一角，双脚收在沙发上，小巧的身体舒适地蜷曲成一个"Z"形，一只鞋跟前面的沙发上歪立着一个烟灰缸。她眯缝着眼睛看了看我，听我报了姓名，然后从嘴唇上取下那个花梗一般的烟嘴，这才缓缓地、乐呵呵地说道："好吧，见过大家——"她一张嘴，大家立刻明白了，我们的亲密关系由来已久。不用问，当年那场热吻的事她早就全忘了，然而不知为何，倒是因为有过那桩微不足道的事，她好像不由自主地老是隐约想起一段热烈快乐的友情，其实那样的友情在我俩之间根本不存在。我们的关系完全是一个虚架子，建立在想象出来的感情上——这与她待人随便的好心肠无关。从我们说的话来看，这次见面被证明是没有多大意义的，但我们之间已经没有了隔阂。那天晚餐时我的座位碰巧排在她身边，我厚着脸皮试探了一下，看她藏在心

① 十九世纪中期英国人托马斯·库克（Thomas Cook，1808—1892）创办了世界上第一家旅行社——库克旅行社，标志着近代旅游业的诞生。十九世纪下半叶在库克本人的倡导和其成功的旅游业务的鼓舞下，欧洲各地出现了一些类似于旅行社的组织，多数都叫库克旅行社。

里的容忍程度到底如何。

此后她又消失了。一年后，我和妻子到火车站送我弟弟去波兹南[1]。火车开走以后，我们沿着站台的另一边朝出口走去，突然在巴黎快车的一节车厢旁边看见了尼娜，她把头埋在她捧着的一束鲜花里，站在一伙人中间。那些人是她的朋友，我不认识。他们站成一圈，呆呆地望着她，就像无所事事的人望着大街路面，望着一个迷路的孩子，或者望着车祸的受害者一样。她爽朗地挥着花向我打招呼，我把她介绍给了叶连娜。在偌大一个火车站里，每一件事情都在其他事情的边缘上颤抖，颇有生命匆匆的气氛，所以每一件事情都是大事，都要只争朝夕，倍加珍视。在这样的环境中，只言片语的交谈就足以让两个完全不同的女人在下一次见面时互用昵称了。那一天，在巴黎快车投下的幽幽阴影中，她第一次提到了费迪南德。我得知她要嫁给他了，竟然觉得痛苦，想来实在可笑。车厢门开始砰砰地关上，她和朋友们吻别，很急促，但很真诚，然后上车进了车厢，消失了。接下来我透过窗户玻璃看见她在自己的隔间里坐了下来，好像突然间忘了我们，进入了另外一个世界。车厢像个玻璃鱼缸，里头隐隐约约有一个不容置疑的生命在移动，我们大家都手插在衣袋里，定睛观察。后来她明白过来我们在看她，便咚咚地敲窗玻璃，又抬起眼睛，在车窗的窗框上摸索，好像上面挂着一幅画一般，但没有任何结果。有个和她同车的旅客帮着她放下了窗子，她探出头来，是个有声有色的真人了，开心地笑着。火车无声无息地滑动起来，我们中的一个人赶了过去，递给她一本杂志和一本陶赫尼茨[2]出版的书（她只有在旅行途中才会看英文）。一切都滑走了，走得美好、平稳。我攥着一张站台票，揉得不成样子，一支上个世纪的老歌（据传这首歌与一出巴黎的爱情剧有关）在我的脑海里响个不停。它是从记忆的音乐盒里冒出来的，为什

---

① Posen，波兰中西部城市，波兹南省首府。历史上曾为波兰首都。

② Tauchnitz，德国老牌印刷出版商，自十八世纪以来代代都以印制古典文学和廉价本英文书籍出名。

么会冒出来，只有上帝知道。那是一支感伤的歌谣，我的一位终生未嫁的姨妈过去经常唱。这位姨妈长着一张黄脸，黄得像俄国教堂里的石蜡，但天生一副好嗓子。每当她一展歌喉，唱起这两句：

On dit que tu te maries
tu sais que j'en vais mourir[①]

那圆润响亮、如痴如醉的歌声会产生神奇的力量，让她仿佛沉浸在一片火烧云发出的霞光中。旋律如泣如诉，诉说着屈辱和痛苦，节奏激发出婚礼与死亡间的联想。唱它的姨妈早已故去，现在想起来的只有她的歌声，搅得我在尼娜离开之后的几个钟头里心神不宁。甚至到后来就像一艘驶过的大船搅起的余波，小浪平缓，朝岸边扑打，梦幻般渐渐慢下来。要么就像钟楼里传出的钟声，敲钟人早已回家与家人重新欢聚，唯有铜钟仍在颤悠悠地挣扎。又是一两年过去了，我去巴黎办事。一天早晨我到一家旅馆找一位电影演员，在楼梯转弯的平台上又看见了她，穿着一套合身的女装，正在等电梯下楼，手指下方晃荡着一把钥匙。"费迪南德击剑去了。"她兴致勃勃地说道。她的眼睛盯住我的下半张脸，仿佛在读唇语一般。沉思片刻后(她对肉体欢爱的了解之深是无人可及的)，她转过身，细细的脚脖子快速扭动起来，领着我走过铺着海蓝色地毯的过道。她的房门口放着一张椅子，上面摆着一只托盘，早餐吃过后还没有收拾——上面放着一把沾着蜂蜜的餐刀，托盘灰色的瓷面上撒着面包屑。不过房间已经打扫过了。因为突然开门通风，一幅绣着白色大丽花的棉布帘波浪一般扑卷进来，在落地窗的两片窗扇之间好一阵抖动撞击。房门锁上了后，窗扇才放开了扑进来的窗帘，发出一声响，好像心满意足地舒了一口气。一会儿后我走出房间，来到外面一个铸铁小阳台

① 法语，人们说你就要结婚了，你知道我会为此死去。

上，闻到一股干枫树叶和汽油混合起来的气味——原来是雾蒙蒙、灰蓝色的清晨街道上还未清理的垃圾。那时已有病态的感伤在不断增长，这将使我和尼娜之后的相逢更加痛苦。但我当时毫无察觉，所以也许表现得和她一样泰然自若，无忧无虑。我陪着她从旅馆出来，到一个什么办公室去查查她丢了的一只手提箱找着了没有，然后又去了一家咖啡店，她丈夫正在那里召集他当时的部属开会。

那个男人是个法裔匈牙利作家，我就不说他的名字了(偶然有几处提到他的名字，那也是出于礼貌用了化名)。我宁愿只字不提，但我又不由自主地要说说——他像浪涛一般从我的笔下冒出来。如今人们很少听说他了，这是好事，因为这证明我当初抵制他的邪恶魔力是对的。无论何时，手一沾到他的任何一本新书，我就会感到一股令人毛骨悚然的寒气顺脊梁而下，有这样的感觉也是对的。像他这样的人，名声传得很快，但很快就沉寂了，过时了。就历史而言，他这种人也就是生死两个日期之间的一个破折号而已。胸无实学，又傲慢自大，随时备好恶毒的双关语，毒箭一般朝你射来。他那双沉郁的棕色眼睛里深藏着一种充满期待的奇怪神情，我敢说，这个虚伪的调笑者对于弱小的啮齿动物有不可抗拒的影响力。他出口成章的功夫已练到了炉火纯青之境，尤其以词语编织匠颇为自豪，他把这个头衔看得比作家的头衔还要高。就我个人而言，我绝对不明白胡编乱造些书有什么好处，写些根本没有以任何方式真正发生过的事情有什么好处。我记得有一次，他点头鼓励我发表高见，我不怕受他嘲笑，便对他说假如我是个作家，我就会只允许自己的心灵拥有想象，其余一切都得依赖于记忆，记忆是真实的人生在夕阳下拖长了的影子。

我在认识他之前就知道他的书。那时隐隐的反感早已代替了我看他第一本小说时曾经历过的审美愉悦。他刚刚写小说时，还有可能表现出些人间美景，古老的庄园，透过他那彩色玻璃一般的花哨文风也能看出梦里常见的排排树木……然而随着每一本新书的问世，那块文风玻璃上的色彩越来越浓厚，红色紫色越来越像不祥之兆。

到如今，那块玻璃已经色彩斑斓，面目狰狞，透过它再也看不出任何东西了。就算将它打碎，里头也好像空无一物，只有完全彻底的一片黑暗对着我们发抖的灵魂。但想当初他是个多危险的人啊，可谓毒汁四溅，惹急了会挥起鞭子一顿猛抽！他的讽刺如同龙卷风，所过之处皆成荒原，那里橡树被成排击倒，尘土仍在盘旋。谁要是发表了不同的意见，就会惨遭不幸，像陀螺一般被他抽得满地乱转，在飞扬的尘埃中哇哇痛叫。

那一次我们见面时，正值他的小说*Passage à niveau*[①]在巴黎走红。就像大家所说的，他“被包围了”。尼娜（她的适应能力奇妙地弥补了她的文化缺失）已经担当了重要角色，如果算不上缪斯，至少也是一位精神伴侣和灵犀相通的顾问，跟得上费迪南德弯弯绕绕的创作思路，忠实地分享着他的艺术趣味。要说她从头至尾参与过他哪一本书的写作，那是根本不可能的，但她有一种神奇的本领：听文学界的朋友们闲聊文学，无意间冒出来的精彩段落她都能给收集回来。

我们走进咖啡店时，一支女子乐队正在演奏。我先注意到一根镜面柱里映出一架鸵鸟腿般的竖琴，然后看见一张拼凑起来的桌子（几张小桌子拉起来拼成一张长桌），费迪南德背靠贴着厚绒布的墙壁，正在主持会议。有一阵子，他神情专注，两手张开，一桌子的人脸全都转向了他，这一切让我想起了某些离奇的、梦魇般的东西，我并不确定那是什么，但后来回想了起来，他那模样和我想起的东西太神似，让我觉得他在亵渎神明，其邪恶程度一点不亚于他的艺术。他穿着一件花呢外衣，里面是一件白色高领毛衣，油光闪亮的头发从两鬓梳向脑后，头顶上悬着香烟散出的烟雾，活像神像头上的光环；清瘦的脸像个法老一般一动不动，只有眼睛四处乱转，眼神里饱含着深藏不露的满足。他放弃了两三个原先常去的显眼地方，要不然对蒙帕

① 法语，《平交道口》。

纳斯[①]生活不太了解的天真无知之辈会想着去那几个地方找他。然后他转而光顾这家小资情调十足的咖啡馆。这地方有令人心酸的spécialité de la maison[②]，他仗着自己特有的幽默感竟然从中获得乐趣，真是残忍至极。所谓spécialité de la maison就是这个乐队，由六位面带倦容、羞羞答答的女士组成，正在一个拥挤的平台上合奏柔和的乐曲。照他的说法，这些女子的乳房都是给孩子喂奶的，在音乐世界里显得多余，她们不懂得如何处置。每一曲奏毕，他都会癫痫病发作一般鼓一阵掌，引得全身抽动。几位女子早已不再对他的掌声表示谢意了，我也觉得他这么鼓掌已经在咖啡店老板和该店常客的头脑中引起了疑问，不过费迪南德的朋友们似乎对此高度赞赏。我记得他的朋友中有这样一些人：一位秃头画家，头光得无可挑剔，只是稍微带点疤痕；就是这么个头，还经常被他找出种种借口画在他那满是眼睛和吉他的画布上。一位诗人，他的拿手玩笑是用五根火柴表演“亚当的堕落”，你想看他就演。一位地位低下的商人，只要允许他在书角印上几句暗示的话，捧捧他包养的一位女演员，他就出钱资助超现实主义者的聚会，聚会的开胃酒也由他来买单。一位钢琴家，就脸来说还算过得去，但手指上的弹奏功夫实在糟糕。一位刚刚从莫斯科来的苏联作家，外表潇洒，但语言功底太差，握着一只旧烟斗，戴着一块新手表，全然不知自己在什么样的圈子里混，显得很滑稽。出席会议的还有几位先生，都是些什么人现在记不起来了，其中有两三个无疑与尼娜关系密切。她是桌边唯一的女性，弓着背，像个小孩子一般噙住吸管一阵猛吸，只见她的柠檬汽水水位迅速下降，直到最后一滴汩汩吱吱地响过之后，她才用舌头推开了吸管。我一直在毫不松懈地寻找她的目光，只到此刻，才总算见她望了望我。但我仍然搞不明白这样一个事实：她哪里有工夫把早上刚刚发生过的事

① 位于塞纳河左岸的巴黎街区，一九一〇至一九四〇年间，巴黎的艺术中心逐渐转移至此，其餐馆、咖啡馆内诗人画家云集。

② 法语，本店特色。

情全忘了呢——忘得如此一干二净，以致她碰上我的目光后大惑不解地笑笑作为回应。直到定睛仔细望了一阵后，她才突然想起我期待着的是什么样的回应。与此同时，费迪南德（那些女子把她们的乐器像放家具一般放到了一边，暂且离开了演奏平台）咂巴着口水招呼他的朋友们注意店里远处角落里的一个人，那是个正在吃午餐的老头。那人和某些法国人一样，出于某种原因，在他外衣的翻领上系了一条小小的红丝带，下巴上的灰白胡须和嘴唇上的八字胡合在一起为他胡乱咀嚼的嘴巴提供了一个淡黄色的安乐窝。不知为何，关于老年的点点滴滴总是让费迪看得很开心。

我没有在巴黎久留，不过待了一个星期，结果证明这点时间足够我和他之间产生出一番虚情假意的亲密友谊来，因为他有装模作样的天赋，假意也能装成真情。到后来，我甚至变得对他些用处了：我的公司从他那些比较好懂的小说中选了一部，买下了电影改编权，从此他便一有时间就发电报骚扰我。多少年过去了，我们在某个地方见了面还经常不由自主地笑脸相对，不过有他在场，我就不自在。那天在菲雅尔塔也是这样，听说他在附近晃悠，我的心情就经历了一场熟悉的郁闷。不过有一件事情让我大为释怀：他新近一个剧本演砸了。

他正朝我们走来，穿着一件带腰带和兜盖的全防水外衣，肩上背着一架照相机，脚下是双层橡胶底的鞋。他边走边舔一根长长的月长石糖棍，那是菲雅尔塔的特产。他一本正经地舔，其实是故意要惹人发笑。走在他身边的是塞居尔，长得短小精悍，面色红润，像个洋娃娃。他爱好艺术，也是个十足的傻瓜，我怎么都看不出费迪南德出于什么目的会有求于他。我至今仍能听见尼娜低沉而多情的赞叹声：“啊，塞居尔，多么可爱的人！”这话看似深情，实则无意。他们走近了，费迪南德和我起劲地互致问候，又是握手，又是拍背，尽可能显得热情洋溢。其实两人根据以往经验，心里都明白这一套全是装出来的，只是个假模假式的开头。事情往往是如此这般发生：每一次分别后，我们在弦乐的伴奏下会面，那音乐奏得激动人心，在欢乐友好的忙乱中，在感情纷纷落座的喧闹中；不过引座员将会关上门，门一关，谁也不许再进来了。

塞居尔对我抱怨这里的天气，一开始我还不明白他在说什么。就算菲雅尔塔湿漉漉、灰蒙蒙、温室一般的基本状况可以被称为“天气”，它也和我们用来充当话题的任何事物都搭不上边。比如说，尼娜的瘦胳膊肘就是现成的话题，正好托在我的拇指和食指之间。要不可以说说谁扔下的一点锡箔纸头，正在远处的鹅卵石街道中间闪闪发光。

我们四个人继续往前走，隐隐觉得到前面会买点什么。“上帝啊，好一个印第安人！”费迪南德突然兴致盎然地叫道，猛地用胳膊肘捣捣我，指着一张海报让我看。再往前走走，在一处喷泉附近，他把他的棒棒糖送给了一个当地孩子，是一个皮肤黝黑的小女孩，好看的脖子上戴着一串珠子项链。我们停下来等他，只见他俯身对她说话，冲着她低垂的乌黑睫毛。随后他赶上了我们，咧嘴笑笑，发了一番议论，他平时就喜欢用这样的议论给他的言谈加佐料。后来他的注意力被陈列在纪念品商店里的一件倒霉玩意吸引过去：一件极差的大理石制品，仿的是圣乔治山，底座上露出一道黑沟，其实那是墨水池的出口，还有一个搁笔架，造得像铁轨的样子。他大张着嘴，嘴唇抖抖索索想来几句讥讽话摆摆谱，两手捧起那个笨重的、落满灰尘的、极不牢靠的东西，翻转一下，也没讨价还价就买了下来。然后他拿着那个怪物走了出来，仍然大张着嘴。他就像某个被围在驼背和矮子中间的独裁者，喜欢的也是这样那样的丑东西。这股迷恋劲少则持续五分钟，多则长达好几天；如果那东西是个活物，那就要迷得更久一些。

尼娜想吃午饭，拐弯抹角地提了一下。费迪南德和塞居尔在一家邮局前停了下来，我便抓住这个机会匆匆带她走了。我至今仍不明白她对我到底意味着什么，这个长着窄肩膀和“抒情诗一般的四肢”（这是一位装模作样的流亡诗人的话，他是追随她、对她发出柏拉图式赞叹的几个男人之一）的又小又黑的女人。如今我更不明白的是命运当时老把我们凑到一起，究竟是何目的。那次在巴黎逗留以后，我又有很长时间没见过她。后来有一天，我下班回到家里，发现她正和我的妻子一起喝茶，端详着她那只戴着丝绸手套的手。那手套的质地就像在陶恩沁恩大街[1]上廉价买来的袜子，透出一枚闪闪发亮的结婚戒指。有一次有人给我看一本时装杂志，里面登有她的一幅照片，背景是秋风萧瑟的高尔夫球场，到处是落叶和手套。在某一年的圣诞节，她寄来明信片，上面画着雪和星星。在里维埃拉的一处海滨，她戴着一副墨镜，皮肤晒得像赤陶土的颜色，我险些没注意到是她。又有一次，我出差时间没有安排好，中途落脚在一些陌生人的家里，他们正在开派对，我看见衣帽架上挂着许多外国式样的吓人衣服，其中有她的围巾和皮外衣。还有一次是在一家书店，她正在读一本她丈夫写的小说，读到某一页时抬眼朝我点头。那一页正好讲到一个女仆，是个插曲人物，不过作者无意之间偷用了尼娜的形象：“她的脸，”作者写道，“与其说是工笔严谨的画像，不如说是造物者随意拍下的快照，因此每当……他试图想象这张脸时，能够在脑海中成形的只是些互不相关的特征，一一闪现，转瞬而逝：阳光下她的颧骨柔和的轮廓，机灵的眼睛里琥珀一般的褐色暗影，嘴唇扬起一个友好的微笑，随时准备变成热烈的亲吻。”

一次又一次，她匆匆出现在我生活的边缘，一点没有影响我生活的基本内容。一个夏天早晨（是星期五——因为家里的女仆们正把地毯拿到阳光下灰尘飞扬的院子里拍打），家里人都去了乡下，我懒洋洋地躺在床上抽烟，突然听见门铃震天响——原来是她站在门厅里，急急忙忙地冲进来，要寄放一只发夹（这是顺带留下的）和一个贴着旅馆标签的箱子（这是主要留下的）。两个星期后，一个可

① 柏林著名的购物、餐饮一条街。

爱的奥地利男孩替她取走了箱子。那个男孩（根据他身上不太明显却又确实存在的一些特征来看）也是我所在的那个世界性组织的成员。有时候，谈话间会提到她的名字，而她顺着某个偶然说出的句子跑下层层台阶，头也不回。在比利牛斯山旅游时，我在一个城堡别墅住了一个星期，当时她和费迪南德碰巧跟别墅的主人一家一起在这里小住。我永远不会忘记我到那里的第一个夜晚：我等了不知多久；本来确有把握，不用告诉她，她就会偷偷来我房间的，可她并没有来。成千上万的蟋蟀在石头花园参差不齐的石缝深处喧闹，那声音和月光一起洒满花园，小溪疯狂地奔涌流淌。我一整天在山脚下的碎石堆里打猎，回来困得要命，真想像南方人一样无忧无虑地倒头就睡，却又狂热地渴望她偷偷过来，渴望低低的笑声，渴望看见天鹅绒装饰的高跟拖鞋上露出的粉红色脚踝，就这样在困意和渴望间挣扎。然而一夜折腾过去，她还是没有来。第二天，大家一起到山里闲逛，路上我告诉她我等了一夜，她惊慌地紧握两手——还马上快速地瞥了一眼，看看正在打着手势交谈的费迪和他的朋友是否已经走远，留下模糊了背影。我记得有一次我横跨半个欧洲给她打电话（为她丈夫生意上的事情），刚开始没听出她狂呼乱叫的声音。还记得有一次我梦见了她：梦里我的大女儿跑进来告诉我，说看门人遇上了大麻烦——我下楼去看，只见尼娜躺在一个箱子上呼呼大睡，头枕着一卷细麻布，嘴唇苍白，身上裹着一块羊毛方巾，就像凄凄惨惨的难民睡在被上帝遗弃了的火车站一样。不论我发生了什么，她发生了什么，或者我俩都发生什么，我们从来没有讨论过任何事情，好像我们在命运有转机之时根本没有想过对方一般。所以当我们相遇时，生活的步伐马上发生了变化，所有的原子重新进行了组合，我们活在了另一种更轻的时空中，这种时空不用漫长的分离来计算，而是用几次短短的相聚来计算：有了几次这样的短聚，一场短暂的、可能无足轻重的人生就人为地形成了。我们见面每多一次，我的忧虑就添一分：不——我没有经历后院起火的感情灾难，悲剧的影子没有笼罩我们的狂欢，我的婚姻生活没有受到任何损害。另一方面，她那不拘一格的丈夫对她的风流韵事也不闻不问，其实他会从中捞到好处，拉些好交往又有用的关系。我之所以添了忧虑，是因为某种可爱的、精致的、不可重复的东西即将消耗殆尽：我没有珍惜这么好的东西，在过于匆忙之中只可怜巴巴地扯下了几块闪光的外皮，却将不太闪亮但堪称精华的核心弃之一旁。也许这种真正的精华一直在伤心低语，提醒我注意，我却不予理睬。我之所以添了忧虑，还因为到头来我不知为何正在接受尼娜的生活，接受其中的谎言、空虚和无聊。即使没有任何感情上的冲突，我也不由自主地觉得一定要为自己的存在寻找一个合理的解释，且不说合乎道德的解释了。这就意味着我要在两个世界之间做出选择：一个是我的现实世界，我像画肖像一般端坐着，身旁是我的妻子、我的两个小女儿、那条短毛德国猎犬（还有田园诗一般的花冠、一枚私章戒指、一支细长的藤杖），一个幸福、智慧、美好的世界……另一个是什么样的世界呢？真能有实实在在的机会与尼娜一起生活吗？我简直无法想象，因为我知道，这种生活会被无法忍受的强烈痛苦击穿，它的每时每刻都会意识到那段过去，处处是众多行踪不定的伴侣。不行，这样的事情太荒唐。再说了，难道没有比爱情更强大的东西把她牢牢捆在她丈夫身边，让两个囚犯之间结下牢不可破的友谊？荒唐！可是话说回来，尼娜，我拿你怎么办呢？你我那些看似无忧无虑、其实终无结果的会面，逐渐积累，形成了一个装满悲伤的仓库，我又该如何安置这个仓库呢？

菲雅尔塔由旧城和新城两部分组成，随处可见过去和现在纠缠交错，相互撕扯，不是想摆脱对方，就是想把对方排挤出局。它们各有招式：新来的出招光明正大——引进棕榈树，组建漂亮的旅行社，在平坦的红色网球场上画些奶油色的线条。老手们则暗中使劲，从某个角落背后悄悄伸出一条岔路小径，或几级不知通向何处的台阶。在去旅馆的路上，我们经过一座建了一半的白色别墅，里面杂乱无章，一面墙上又画着和先前一样的大象，它们巨大的肉鼓鼓的膝盖分得很开，都坐在花里胡哨的大鼓上。马戏女骑师（已经用铅笔画上了八字胡）一身飘逸装束，端坐在一匹阔背骏马上；小丑鼻头像个西红柿，正在走钢索，打着一把伞保持平衡，伞上面装饰着反复闪现的星星——隐约象征着杂技演员对天堂般故乡的追忆。这里就是菲雅尔塔的里维埃拉，湿漉漉的卵石路被轧辗得更厉害，海水懒洋洋的叹息声也听得更清楚。在旅馆的后院，一个厨房伙计提着一把刀，正在追逐一只母鸡，母鸡咯咯乱叫，狂奔逃命。一位擦鞋匠咧着没牙的嘴冲我笑笑，把他的古老宝座让给我。悬铃木树下停着一辆德国制造的摩托车，一辆溅满了泥点的大轿车，还有一辆黄色的加长伊卡鲁斯小轿车，看上去就像一只巨大的圣甲虫（"那是我们的车——我是说那是塞居尔的车，"尼娜说，又补充道，"维克多，何不跟我们一起走？"不过她很清楚我不会和他们一起去的）。蓝天和树枝投影在小轿车鞘翅的亮漆里，如一幅水粉画；车灯形如炸弹，我们自己的影子一晃一晃地映在一个车灯的金属盖上；车身凸出的表面中走动着一些细瘦的行人身影，像电影放映一般。又走了几步，我回头一瞥，几乎直觉就预见到了一个钟头或更久以后真实发生的事情：他们三个人戴上乘车安全帽，坐进车里，微笑着朝我挥手。在我看来他们像鬼一样透明，尘世的颜色穿透他们，闪闪而过。然后车子就启动了，远去了，消失了（最后消失的是尼娜挥着十个指头的告别）。不过当时的实际情况是那辆车仍然停在那里，一动不动，像个鸡蛋那样又光又圆。我伸出胳膊，护着尼娜走进一个一侧长着月桂树的门道，就在我们坐下时，能从窗户里看见费迪南德和塞居尔。他俩走的是另一条路，现在缓缓过来了。

在我们吃午饭的露台上，除了我刚刚看见过的那个英国人外再没有别人。在他正前方，一只高脚杯盛着亮闪闪的绯红色饮料，在桌布上投下一个椭圆形的影子。从他的眼睛里，我注意到了和饮料颜色一样的血色欲望，不过这欲望与尼娜毫不相干。他贪婪的目光根本没有投向她，而是盯住了他座位附近那扇宽窗子的右上角。

尼娜从她瘦小的手上摘下手套，开始吃她特别爱吃的海贝，这是她一生最后一次吃她爱吃的东西了。费迪南德也在忙着吃饭，我就占了他饿得只顾吃饭的便宜，开始谈话，这样颇有点像我占了他的上风：具体来说，我提到了他最近的失败。原来他赶时髦，曾有过一次改变宗教信仰的短暂经历。改宗期间，神灵降临到他身上，他也有过一番颇具雄心壮志的朝圣之举，不过到头来实实在在是丢人现眼的一场闹剧，于是他呆滞的目光又转向了野蛮的莫斯科。有一种自以为是的说法：意识的流水中荡起涟漪，讲几句无伤大雅的下流话，随便找只脏水桶往里头倒点某种主义，就会点石成金一般自动产生出超现代的文学来。我如今对这样的说法，老实讲，一听就烦。我认为艺术一旦人为地和政治挂上钩，就会不可避免地降至意识形态垃圾的水平，这个信念我死守到底。就费迪南德这而言，的确，这一切都无关痛痒：他的艺术灵感格外强大，更何况他对弱势群体的艰难困苦毫不关心。但就是有那种说不明道不清的污浊潜流，致使他的艺术越来越令人反感。除了个别给他抬轿子的势利鬼外，没人看得懂他的剧作。我自己没有看过他这部剧的上演情形，但我能想象出他是如何精心编排那个克里姆林宫之夜的：拿来子虚乌有的螺线，摇动各种各样的纺车，纺出许多支离破碎的象征。想到这里，我不无乐趣地问他，最近是否读过一点对他的评论。

"评论！"他叫道，"好一个评论！不懂事的毛孩子，仗着伶牙俐齿，就配给我上课。别理睬我的作品，算他们有福。碰我的作品得小心翼翼，像碰什么不小心会爆炸的东西一样。评论！我的作品受到各种观点的审查，唯独缺了最根本的评论。这就像一位博物学家，描述马这类动物，一开始却唠唠叨叨尽讲马鞍或者德维夫人。"（他提到的是一位爱好文学的知名女主人，她倒是真像一匹龇牙咧嘴的马）。"我也想来点那种深红色的。"他继续像刚才那样扯着嗓子大声说道，招呼服务生过来。服务生顺着他留着长指甲的指头方向看过去，这才明白了他的意思，原来他很不礼貌地指着那位英国人的酒杯。出于某种原因，塞居尔提到了鲁比·罗丝，就是那个在胸上绘画鲜花的女士，谈话这才少了点侮辱性质。这时那个高大的英国人突然心血来潮，起身站到一把椅子上，从椅子上一步跨上窗台，往上伸出胳膊，直到够着了窗框上他心心念念的那一角，那里歇着一只毛茸茸又结实的飞蛾，他老练地抓住它，塞进一只药盒里。

“……很像沃弗尔曼[1]的白马。”费迪南德说道，关于他正和塞居尔讨论的什么事情。

“Tu es très hippique ce matin。”[2]后者说。

不一会儿他俩都打电话去了。费迪南德特别喜欢打长途电话，也特别善于给它们捐钱。任何时候只要有必要，比如现在要落实免费的住宿，那么不论相隔多么遥远，他的电话都会打得热情友好。

远处传来音乐的声音—— 一把小号，一把齐特琴。尼娜和我又出去散步了。很显然，马戏团已在来菲雅尔塔的路上，早早派出人来作宣传：一支广告彩车队正在走过。但我们没有看到领头队列，它拐上小山包，进了一条侧街：一辆镀金马车的车尾正在渐渐消失。一个穿着连帽斗篷的男子牵着一匹骆驼，四个平凡无奇的印第安人排成一队，举着挂在高竿上的海报。在他们后面，一位游客的小儿子，身穿水手服，得到特别许可，恭恭敬敬地坐在一匹小小的矮马上。

我们走过一家咖啡店，那里的桌子现在差不多都干了，却仍然空着。服务生正在查看一个模样可怕的弃婴（我希望他以后能收留了它），就是那个墨水池之类的荒唐东西，费迪南德路过时顺手扔在栏杆上不要了。在下一个拐弯处，一段旧石阶引起了我们的注意，我们便爬了上去。尼娜上台阶时提起了裙子，裙子太窄，每一步迈开的角度很尖锐，她得保持与先前长度同样的姿势把全部台阶上完，我一直看着她这样走了上去。她的身上散发出一种熟悉的热气，我和她并排往上走，想起了我们前一次的相聚。那是在巴黎的一所宅子里，

① Philips Wouwerman（1619—1668），荷兰画家。

② 法语，你今天早上怎么对马如此着迷。

到处都是人，我的好朋友朱尔斯·达布想帮我来一次审美升华，便碰了碰我的衣袖，说："我想让你见见……"说着领我去见尼娜。她坐在一张长沙发的一角上，身体蜷成一个"Z"形，脚跟处放着一只烟灰缸。她从嘴唇上拿下一只长长的绿松石烟嘴，缓缓地、乐呵呵地叫道："好吧，见过大家——"接下来的整个晚上，我都觉得心要碎了一般。我手里紧攥着一个黏糊糊的酒杯，走过一堆一伙的人群，时不时远远地看她一眼（她却没有看我……），听听只言片语的谈话，无意中听见一位男士对另一个人说道："真有意思，那些黑头发的瘦姑娘，她们身上的气味怎么都一样，不管用了哪种香水，还是遮不住一股烧树叶的味道。"一句无足轻重的话，说的又是不熟悉的事情，却会缠绕在人心最私密的记忆深处，久久挥之不去，像一条令人难过的寄生虫——这是常见的现象。

到了台阶的顶端，我们发现顶上原来是一个粗糙的平台。从这里可以看见鸽灰色的圣乔治山精巧的轮廓，一面山坡上有一些骨白色的斑点连成一片（是个小村庄）。一列看不见的火车冒出的烟沿着圆形的山底起起伏伏地飘荡——突然间又消失了。再往低处，在凌乱的屋顶上方，可以看见一棵孤零零的柏树，样子很像一支水彩画笔蘸湿了的黑笔尖。在右边，可以看见海水一闪一闪，灰白的海面荡着银色的波纹。我们脚下躺着一把生锈的旧钥匙，一座半塌的房屋连着平台，院墙上仍然悬挂着几根电线头……我心想从前这里是有过生命的，一家人曾在夜幕降临时享受过这里的凉爽，笨手笨脚的孩子们曾借着灯光在这里作画……我们恋恋不舍地在那里徘徊，像是在聆听什么。尼娜站在高一点的地方，把一只手放在我的肩上，微笑着吻了我一下，吻得非常小心，为的是不让自己的微笑走了样。我带着一股难以承受的力量，再次体验了（或者此刻在我看来是如此）我们之间以一个相似的吻开始的所有一切。我说："听着——我要是爱你怎么办？"（我没有用我们之间廉价而正儿八经的称呼"您"，而是不可思议地用了那个感情丰富、意味深长的"你"。仿佛天涯游子，四海游历后，最终返回这个称呼。）尼娜瞥我一眼，我把那几个字重复了一遍，还想再说几句……可是某些东西像只蝙蝠一般飞快掠过她的脸庞，是一种迅速、怪异、接近丑陋的神情，而她这个素来能带着完美的天真口吐粗言的人，竟然变得局促不安起来。我也觉得颇为尴尬……“别在意，开个玩笑罢了。”我赶紧说道，轻轻地揽住她的腰。一束捆得结结实实的紫罗兰不知从哪里突然出现在她的手中，朵朵深色的小花无私地发出芳香。在她回到她丈夫和小轿车那儿之前，我们在低矮的石墙边又站了一会儿，我们的浪漫故事比以往任何时候都渺茫无望。不过墙上的石头像肌肤一样温暖，突然间我明白了某些我一直在看却未能理解的事情——为什么一张锡纸会在人行道上闪闪发光，为什么一只酒杯的光影会在桌布上抖动，为什么海水会一闪一闪：不知为何，菲雅尔塔上方的天空已在不知不觉间一点一点地浸透了阳光，现在天空已是艳阳高照，充盈的白光越来越宽阔，一切都融入其中，一切都消失了，一切都过去了。我站在姆莱希火车站的站台上，拿着一份刚买的报纸，它告诉我，我曾在悬铃木树下看见的那辆黄色轿车在菲雅尔塔城外惨遭车祸：一辆巡回马戏团的大卡车正往城里开来，小轿车全速撞了上去。在那场车祸中，费迪南德和他的朋友，那两个刀枪不入的无赖，那两个命运的火蜥蜴，那两个洪福齐天的蛇怪，竟死里逃生，只受了一点局部的、暂时的皮肉之伤；而尼娜，尽管曾长期忠实地效仿他俩，却最终不治而亡。

云·堡·湖

我的一位代理人—— 一个谦逊温和的单身汉，办事很有效率——在一次俄国流亡人士举办的慈善舞会上中了一张旅游券。那是在一九三六年或一九三七年。柏林的夏季雨水太多（又湿又冷的天气已经一个多星期了，眼看着四周枉自绿意盎然，甚为可惜，只有麻雀一直欢叫）。他实在无心出游，但他跑到旅游局的办公处要退掉他的旅游券时，人家告诉他，要退券必须得到运输部的特许才行。到了运输部，又变了说法，说他先得到公证处领一页盖了章的文头纸，在上面写一个复杂的申请报告。另外，还得到警察局去领一个所谓“夏季未曾离城的证明”。

他颇为感慨，决定参加这次旅游。他从朋友那儿借来一个铝质水瓶，修理好自己的鞋底，买了一根皮带和一件式样奇特的法兰绒衬衫——是一种一洗就缩的蹩脚货。再说他是个小巧玲珑的男人，这样的衣服他穿太大了。他的头发总是修剪得整整齐齐，目光亲切睿智。我一时记不准他的名字了。我想，大概叫瓦西里·伊万诺维奇吧。

出发前一夜，他睡得不好。为什么睡不好呢？因为他必须早起，非同寻常地早。于是床头柜上嘀嗒作响的手表便进入他的睡梦，每个梦里都有那个精致的表盘。不过，主要原因还在于一睡下就无缘无故地开始想这趟旅行。这趟旅行是一位身穿低领礼服的命运女神强行塞给他的，他极不情愿地接受了，会不会带来美妙刺激的快乐呢？这样的快乐和他的童年颇有共同之处，也有点像俄国抒情诗在他心中激起的兴奋，还有点像一次梦里见过的夜空美景，再就是像那位女士，别人的妻子，他已经无望地爱她七年了——不过话说回来，这次旅行说不定比这一切还要丰富，还要有意义。此外，他觉得人生真要有意义，就必须把某件事情或某个人作为奋斗的目标。

上午是阴天，但闷热，太阳不见出来。旅游集合点在火车站，很远，一路坐着电车晃荡过去，也挺开心的。到了一看，一起要去的有好几个人呢。他们都是谁，这些打瞌睡的人？仿佛芸芸众生对于我们而言仍是未知的。旅游券上附有说明，让上午七时到六号窗口。他按照说明过去，看见了这几个人（他们已在那儿等候，他迟到了大约三分钟）。

一个瘦长的金发年轻人，穿一身蒂罗尔服装[①]，立刻站了出来。他皮肤晒成了鸡冠花色，有一对砖红色、长着金黄色毛发的大膝盖，鼻子看上去像上过漆似的。他是旅游局派来的领队。新来的人一加入我们的行列（我们一行有四个女人，四个男人），他就马上带我们朝一列藏在别的火车后面的列车走去。他背着一个巨大的背包，却一点也不显得吃力，脚下穿着平头钉靴子，叮叮当当走得很稳。

在一节无疑是三等车厢的空车厢里，每个人都找到了座位。瓦西里·伊万诺维奇独自坐下，往嘴里放了一粒口香糖，打开一本丘特切夫[②]的诗集。这位诗人的诗他一直想再读一遍，但现在大家要求他放下书，和大家一起说说话。一个戴眼镜的邮局老职员，头皮、脸颊、上唇都刚刚刮过，泛着青，好像是专为这次旅行把刚长出来的又密又硬的须发刮了一遍似的。他一见大家就马上宣称他去过俄国，还会点俄语——比如会说patzlui[③]——他还回忆在察里津[④]的一些艳遇，说时挤眉弄眼的，气得他的胖太太在空中做了个反掌抽他一记耳光

① 奥地利蒂罗尔地区的服装，一般为粗布上衣，皮短裤，旅行靴，缀羽毛的帽子。

② Tyutchev（1803—1873），俄罗斯诗人。

③ 拉丁文转写的俄语，吻。正确拼写应为potzlui，此处讽刺其发音不准。

④ 即伏尔加格勒，伏尔加河流域最大的工业和农业中心。一九一七年十月革命后改称察里津，一九二五年改名为斯大林格勒，一九六一年又易名为伏尔加格勒。

的手势。一伙人越说越吵闹。同一个建筑公司的四名职工正在互开玩笑，闹得不可开交。其中一个是中年男人舒尔茨，一个是年轻一点的，也叫舒尔茨，另外两个是年轻女子，大嘴大屁股。红头发的那个是个风趣的寡妇，穿着一条运动裙，也知道些俄国的事情（如里加海滨）。还有一个叫施拉姆的小伙子，皮肤黑，两眼无光，人和举止都软塌塌的，有点讨人嫌。他常把话题扯开，引到此次要去的某个景点上去。他第一个发出信号，让大家说些高兴的事情。后来才知道，他是旅游局专做宣传鼓动工作的人。

机车的弯管飞转，列车疾驶入一片松林，然后舒缓地行驶在田野间。瓦西里·伊万诺维奇到现在只是隐隐意识到此行的荒唐和恐怖，也许还想说服自己一切还算不错吧，所以他就尽可能地欣赏沿路飞过的景色。说来也是，窗外的风光实在迷人。大自然像旋转木马一般翻腾，多么美好啊！太阳悄悄地爬上车窗一角，突然间阳光洒满了整张黄色长椅。列车的影子紧贴在长满青草的斜坡上，疯狂地奔驰，坡上盛开的鲜花融成了一条条彩带。在一个岔道口，一个骑自行车的人在等候，一脚支在地上。树木有成林的，也有独秀的，平稳冷静地闪过，展现着最新的风采。一道峡谷幽深潮湿。一段爱情的回忆，化成了一片绿茵。云朵舒卷——犹如跑在天上的灰狗。

我们两个，瓦西里·伊万诺维奇和我，遇上一片风景，却不知其的地点名称，这让我们颇为感慨。这是一种对心灵的莫大威胁。看见了一条路，却没有可能知道它通向何方——瞧啊，灌木丛多么诱人！远处斜坡上，或林中空地上，偶尔出现一片迷人的景致——一片草坪，一块梯田——停留了片刻，如同吸了一口新鲜空气在肺中存留片刻一般。如此亲切善良、尽善尽美，令人不禁想停住火车，走到那儿去，永远陪伴你，我的最爱……然而上千棵山毛榉树早已疯狂地闪过车窗，在一摊灼热的阳光中旋转，于是幸福的机会又一次消失了。

每到一个车站，瓦西里·伊万诺维奇总会看看一些毫无意义的小东西，观察其外形特征。也许是月台上的一摊污迹、一颗樱桃核、一截烟蒂，然后会自言自语，说他永远永远都记不起这三样小东西相互之间有什么特殊的关系，尽管此刻看得明明白白、真真切切。还有一次，他注意到等车的一群小孩子，他总会竭尽全力从中挑选出哪怕一处非同寻常的命运轨迹—— 一把小提琴，或是一顶花冠，或是一个螺旋桨，或是一把里拉琴。他会目不转睛地盯着他们，直到这群乡村小学的学生仿佛出现在一张旧照片上；照片上右排最后那个男孩的脸上现在打了个小白叉：一个英雄的童年。

不过窗外的景致只能断断续续地看到。旅游局给大家发了带有歌词的音乐单，歌词如下：

别担心，别发愁，
拿起多节的手杖，站起身，
到户外大步行走，
和健壮的好伙伴一起！

踩着乡下的青草和残茬，
与健壮的好伙伴一起。
消灭了隐士和他的忧患，
让疑虑和叹息见鬼去吧！

在石楠花的乐园里，
田鼠尖叫，死亡。
让我们与结实坚韧的伙伴
一同前进，一同流汗！

这是一首大家合唱的歌。瓦西里·伊万诺维奇不但不会唱，甚至连德语的歌词也念不清楚。他趁合唱声盖过一切之便，只是轻轻晃着身子，张张嘴巴，好像真的在唱一般。可是细心的施拉姆打了个手势，领队一见便突然让大家都停下来，斜眼看看瓦西里·伊万诺维奇，要求他一个人独唱。瓦西里·伊万诺维奇清清嗓子，怯生生地唱了起来。这样独自受了一分钟罪后，大家又合唱起来。不过，他往后也就不敢不唱了。

他随身带着从俄罗斯商店里买来的自己爱吃的黄瓜，一大块面包，三个鸡蛋。傍晚时，红日西沉，照遍整个车厢。车厢像船一样颠簸，又脏又吵，每个人都被要求把自己的食物交出来，好让大家分着吃。这很简单，除了瓦西里·伊万诺维奇外，大家带的东西都是一样的。他们个个笑话黄瓜，说这东西吃不得，便扔出了窗外。这样瓦西里·伊万诺维奇贡献不多，他分到的香肠也就比大家的少一点。

有人叫他去打牌。有人拉他到一旁，问他问题，考查他能不能在地图上指出这次旅行的路线——总而言之，所有的人都有事找他。起初还是出于好意，后来变得居心叵测，快到晚上时更加居心不良了。两个姑娘都叫格蕾塔；红头发的寡妇不知怎么的活像一只公鸡首领；施拉姆、舒尔茨，还有另一位舒尔茨，邮局职员和他的妻子，这些人渐渐凑到一起，组成了一个集体，人多手杂，想躲也躲不开。这个集体从四面八方压向瓦西里·伊万诺维奇。不过在某个车站上，这帮人突然全部下车了。天色已暗，但西边还挂着一缕粉红色的长云；沿着铁路的远处，射来一道刺目的光，一盏灯星星一般抖动在机车缓缓喷出的烟雾中；蟋蟀在黑暗中鸣叫；不知什么地方传来茉莉和干草的香味；我的爱。

他们在一个破败的小旅馆里过夜。一只成熟的臭虫令人生畏，不过柔软光滑的蠹虫动起来倒有几分优雅。邮局职员跟他妻子分开歇息，妻子被安排跟寡妇睡，他则跟瓦西里·伊万诺维奇睡。两张床占据了整个房间。被子在床上，夜壶在床下。那职员说，不知怎么的他就是不困，于是讲开了自己在俄国的冒险经历，比火车上说的更详尽。他是个强壮汉子，干劲十足，性子倔强，穿着一条长长的棉布衬裤，肮脏的脚趾上长着珍珠母色的爪子，肥硕的胸膛中间覆着熊一样的毛。天花板上一只飞蛾窜来窜去，和它自己的影子嬉戏。“在察里津，”邮局职员说道，“现在有三所学校。一所是德国人的，一所是捷克人的，一所是中国人的。话说回来，这都是我姐夫说的。他当时去那里造拖拉机。”

第二天，从一大早直到下午五点，他们都在一条公路上扬尘飞驰，起起伏伏过了一山又一山，然后上了一条绿色之路，两边是茂密的冷杉树。瓦西里·伊万诺维奇负担最轻，便分到一块大大的圆面包，必须夹在臂下。真恨死人了，每天的口粮！不过，他见多识广的眼睛依然没放过应该注意的事物。衬着冷杉树昏暗的背景，一片干枯的针状叶悬垂在一根看不见的线上。

他们又挤进了火车，然后那节无隔间的小车厢又空了。另一个舒尔茨开始教瓦西里·伊万诺维奇弹曼陀林。到处一片笑声。他们厌倦了这种玩法时，又想出了一种好玩的游戏，让施拉姆担任监督。游戏是这样玩的：女人们各选一张长凳，在长凳上躺下来，长凳下面则是事先藏在那里的男人。凳子下面时不时会探出一张红脸和两只耳朵，要么伸出一只摊开的大手掌，手指头做出要撩女人裙裾的样子（这时会吓出一片尖叫声），然后就知道凳子上下谁和谁配成了一对。瓦西里·伊万诺维奇三次躺在黑暗肮脏的凳子底下，每次爬出来时，都发现凳子上空无一人。大家公认他游戏玩输了，逼他吃了一个烟蒂。

他们在一间谷仓的草垫上过夜，一大早又徒步出发了。一路上是冷杉、峡谷、激流飞溅的溪水。天气热，还要不停地高声唱歌，瓦西里·伊万诺维奇累得筋疲力尽。中午小憩时，他倒头就睡，直到他们开始拍打他身上其实并不存在的马蝇时，他才醒了过来。又走了一个钟头后，他曾在梦中隐约见到的美景突然出现了。

这是一个纯净、碧蓝的湖，湖水非同一般地清澈。湖中央真真切切地倒映着一大片云彩。湖对岸有一座小山，山上树木茂密，郁郁葱葱（那种翠绿越是幽深，越是诗意盎然）。山头上高耸起一座黑色的古堡，一层层参差地显现出来。当然，在欧洲中部，这种景致是常见的了。但唯有这一处——云、堡、湖三个主要景致和谐相配，独一无二，妙不可言。它的笑容，它神秘的纯净，啊，我的爱！我称心如意的最爱！——如此独特，如此熟悉，允诺已久，仿佛懂得观赏者的心情。瓦西里·伊万诺维奇不禁伸手按胸，像是要看看心还在不在，好一把掏出来。

远处，施拉姆正用领队的登山杖往空中指来指去，提醒大家注意这个景致或那个景致。大家已经在草地上四散歇息，摆开业余快照的各种姿势。队长坐在一截树桩上，背对着湖，正在吃零食。瓦西里·伊万诺维奇藏在自己的影子里，沿着湖岸静悄悄地走，来到了一所小旅馆模样的房子前。一条相当年轻的狗迎接了他，肚子贴在地上，嘴巴大张着，尾巴热情地拍打地面。瓦西里·伊万诺维奇跟着狗进了屋。这是一幢斑斑驳驳的两层楼房，凸出的瓦檐犹如眼睑，一扇窗户在下面眨眼。他找到了店主，一个高个子老头，隐约像是俄国退伍老兵。他德语说得很差，柔声细语地拖着腔调，瓦西里·伊万诺维奇便改说自己本国话了。但那个人听得恍惚如梦，还在说他自家的话。

楼上是一间供游客住的客房。"你知道吧，我后半辈子就要住这儿了。"据说瓦西里·伊万诺维奇一进房门就这样脱口而出。房间本身并无特别的地方。相反，是再普通不过。红地板，白墙壁，墙上画着雏菊。一面小镜子，一半映着花，黄黄的一片——但眺望窗外，能清晰地看见湖，那湖上的云，那湖边的古堡，它们平静，完美，与幸福关联。如此引人入胜的美景，其真实就是它的力量。这力量瓦西里·伊万诺维奇以前从没有领教过，现在一见，不用推理，不用考虑，完全被它折服，仅此而已。他灵光一闪之间，明白了就在这间小屋里，看着那片美得令他几乎落泪的景色，在这里生活，才是最终随了自己素来的心愿。真在这里生活，会是个什么样子，会发生些什么，这他当然不知道，但他觉得住在这里有益，充满希望，能得到安慰，那么毫无疑问他一定要住到这里来。他马上盘算开了，如何安排才能不回柏林，如何取来他的一点点财物——也就是几本书，一套蓝西装，她的照片。这样一算，事情多么简单啊！作为我的代理人，他挣了不少钱，够他维持一个流亡俄国人的中等生活。

“朋友们，”他一边叫，一边跑回到湖边的草地上，“朋友们，再见了。我要永远住在那边的那幢房子里了。我们不能一块儿继续旅行了。我不往前走了。我哪里都不去了。再见！”

“这是怎么啦？”领队停了片刻，怪声怪气地问。就在领队停顿的片刻间，瓦西里·伊万诺维奇唇上的笑意慢慢消失了。坐在草地上的人都直起了身子，目不转睛地用冷峻的目光盯着他。

“可是为什么呀？”他结结巴巴地说，“正是在这里……”

“住嘴！”邮局职员突然发力，大吼道，“清醒过来吧，你这喝醉的猪！”

“等一等，先生们。”领队说，转向瓦西里·伊万诺维奇，舌头舔遍了上下嘴唇。

“你可能喝醉了吧？”他平静地说，“要不就是神志错乱了。你正在和我们一道愉快旅游呀。明天，按照预定的行程——你看看旅游券——我们就要返回柏林了。任何人——也就是说你——不和大家一起走，那是想也不要想的。我们今天还一起唱了个歌呢——想想那歌词是怎么唱的。不要再闹了！好了，孩子们，咱们继续前进。”

“到埃瓦德有啤酒，”施拉姆用亲切的声音说道，“坐五个钟头的火车。再走一段，有一个狩猎木屋，还有煤矿。有趣的事儿多着呢。”

“我要抗议，”瓦西里·伊万诺维奇哀号着，“把我的包给我。我有权待在我想待的地方。可是这，这简直就是个斩首之邀[①]！”——他告诉我，他们抓住他的胳膊不放，他气得直喊。

“必要的话，我们就拖你走！”领队厉声说道，“可那样一来就

① “斩首之邀”是纳博科夫一九三八年出版的一部长篇小说的书名。书中主人公莫名其妙地入狱，等待着遥遥无期的死刑通知。

闹得不愉快了。我对你们每一个人负责，不管你是死是活，都得带回去。”

瓦西里·伊万诺维奇被连推带搡地带上了一条林中小路，像是一个可怕的童话故事一般。他连身子都转不动，只觉得身后的湖光在渐渐远去，被树木遮挡，最后彻底消失了。四周昏暗的冷杉焦躁不安，却也无可奈何。每个人都进了车厢，火车一开动，大家便动手打他——打了好久，还创造了好多打法。他们想到的花样之一是用螺丝开瓶器钻他的手掌，钻完手掌再钻脚掌。那个去过俄国的邮局职员找了一根棍子，缠上皮带，做成一根俄式刑鞭，下手之狠，好不熟练。好家伙！别的男人更喜欢用他们钉了铁片的鞋跟踩他，女人们则喜欢掐他，扇他耳光。人人打得好不过瘾。

回到柏林后，他来见我，变化太大了。他平静地坐下来，双手按膝，讲了他的故事。他口口声声说非辞职不可，求我放他走。他一口咬定干不下去了，他没有力气与人类为伍了。我当然让他走了。

被摧毁的暴君

一

他的权力越来越大，声望也越来越高，在我的想象里，希望施加给他的惩罚也越来越厉害才好。因此，我起初满足于通过选举打败他，平息民怨。后来我已经改为监禁他，再后来就是将他流放到遥远的平坦海岛上。岛上只长着一棵棕榈树，像一个黑色的星号，指引他进入地狱的无底深渊，在那里受尽孤独、耻辱和绝望的折磨。最后到如今，他只有一死我才能解恨。

他的上升用曲线图表示，一目了然。可以看出他的追随者在逐渐增多，开始还是个小数目，后来渐渐变大，再后来就是个天文数字了。我对他的仇恨也逐渐增强，一开始仇恨的胳膊是抱起来的，就和他画像上的姿势一样。后来仇恨在我灵魂的天地中央不祥地膨胀，直到充满了我的整个灵魂，只在边缘留下一道窄窄的弧光（不像殉道的光环，更像疯狂的光晕），不过我预见到这一点点弧光也将彻底消失。

他的首批画像出现在报纸上，出现在商店橱窗里，出现在海报上——在我们这个伤痕累累、哭泣、流血的国家里，他的画像越来越多——看上去比较模糊，当时我还不确定我的仇恨最终会变成要他性命。有些情况是人都会遇上的，比如他有可能失败，有可能精神崩溃，有可能生病，那么天知道他那些画像隐隐透出的都是些什么信息呢。比如他随意摆出的各种尚未规范的姿势，再比如经典表情成形前的犹疑目光。不过一点一点地，他的面容固定起来了：在官方肖像照片中，他的脸颊和颧骨增添了神圣的光泽，涂上了具有公众影响力的橄榄油，刷上了完美杰作的清漆。看着这样的照片，不可能想象擤鼻涕，或是手指头伸进嘴里把塞在烂牙后面的饭粒挖出来之类的事。经过多种试验后，达到了神圣化的整齐划一，确立了他现在为大家所熟悉的目光：冷静，不带光彩，既不睿智也不残忍，但不知为何阴森恐怖，令人难以忍受。确立下来的还有他结实多肉的下巴，青铜色的两颊。有一个特征已经变成了全世界漫画家的共同财产，而且大家处理时几乎是自动用了相似的技法——画一道横跨他整个额头的粗大皱纹——那是思想厚实的积淀，不是思想的伤疤。我不得不相信他的脸上抹了各种各样的专用香脂，否则的话，我就不能理解那金属般的质感是哪来的。因为我认识那张脸曾经的样子：病恹恹地浮肿着，刮得也不干净，转头时能听见胡茬子刮擦脏硬领的声音。还有眼镜——他年轻时戴的眼镜到哪儿去了？

二

我不但从没有被政治迷惑过，而且连一篇社论也没读过，哪怕是党代会上一篇小小的报告。社会学的问题从来没有激发起我的兴趣，至今我也无法想象自己参与一项阴谋，或者坐在一个烟雾缭绕的房间里，与紧张而严肃的政治狂热者们一起就最近的发展形势讨论斗争方案。我一点不在乎全人类的利益；我不但不相信多数人的意见自然就是对的，而且倾向于重新审视这样一个问题：在人人都吃不饱、上不起学的情况下，还要为之奋斗到底合适不合适。我进一步了解到，我那正被他奴役着的祖国，在遥远的将来注定要经历许多其他动乱。这些未来的动乱与这位暴君的行为并无关系，但无论如何，他必须受死。

三

从前的神都是尘世人形，穿着紫罗兰色的衣服，强健的脚上穿着一尘不染的便鞋，走起路来端庄有力，看上去就像是地里干活的人，或山上的牧羊人。他们的神性并没有因此减少分毫，相反，他们呈现出的凡人魅力正是他们神灵本质的有力证明。但是一个狭隘、粗俗、没有受过多少教育的人——初看之下是个三流的狂热分子，实际上是一个顽固、野蛮、阴沉的俗人，怀着病态的野心，这种人一旦披上神的外衣，会让人觉得太对不住神了。要我相信他与此事无关，那是不可能的。我不相信让他坐上这个钢筋混凝土宝座并坐得安稳的原因是我的祖国中了邪，偏爱动物学、动物国[①]一类的黑暗思想；这黑暗思想经过演变，到了无法收拾的地步。因为思想是死的，人是活的；思想只管配斧柄，人却装好斧头，随意使用。

那么让我再说一遍，我不擅长区分什么事情对国家有利，什么事情对国家不利，也不善探究国家为什么像鹅身上滴水一般在滴血。在所有人和所有事之间，我只关心一件，那就是我的病痛，我的困扰，同时还是不知为何只属于我、并只有我自己要独自判断的一件事。从我年幼时起——我现在已不再年轻——人性之恶就令我震惊，觉得厌恶，难以忍受，到了令人窒息的程度，需要马上制止之，清除之。另一方面，我很难发现人性之善，就是注意到了，我也总是觉得这不过是正常的、不可或缺的情形，本该如此，不可剥夺，如同能够呼吸就暗示着活着这一事实。随着年岁的增长，我养成了一点天分，对人性之恶极度敏锐，不过我对人性之善的看法也有了一点小小的改变。我开始认识到，自己原以为善念人人生而有之，这也造成了我对它视而不见，其实远非如此，在需要之时它并不总是伸手可及的。这就是

① 原文“Zoorland”，又译“佐尔兰德”，是纳博科夫长篇小说《荣耀》（*Glory*）中的虚构国度，拥护绝对的平等。

我为什么一直过着艰难孤独的生活，总是缺钱，住在破旧公寓里的原因。但我始终隐隐觉得，我真正的家就在街道拐角一带等着我，当我处理完生活中忙忙乱乱的上千件假想的事情后，就可以马上进入家门。仁慈的上帝啊，我多么痛恨古板无趣的心灵！一个好心人，我偶然发现他有点可笑之处，如吝啬，或是慕富，我就会很不公道地看待他。如今我看人性之恶，不再像随便从哪个人身上就能获取的那么稀薄，而是一种高度浓缩、未经稀释、满满地装在一个大瓶里密封起来的恶。

四

他把我的百花绚丽的国家变成了一个大菜园。菜园里特别受到关注的是萝卜、卷心菜和甜菜。如此一来，这个民族的所有激情被降低到良田蔬菜大丰收上。菜园挨着一个工厂，于是背景中总是伴有一台火车头在运转。市郊的天空没有希望，没有生机，一切在想象中都与绝望的景象相联系：一道篱笆，蓟草中一只生锈的罐头盒，破碎的玻璃，排泄物，脚下嗡嗡作响的苍蝇——这就是我的国家目前的模样。一副极度沮丧的模样，可是沮丧在这里很受欢迎。他抛出了一个口号（陷入了愚蠢的垃圾坑）——“我们的一半国土必须用来耕作，另一半必须铺上沥青。”这个口号被傻瓜们重复着，似乎这是人类幸福至高无上的表达。他从最迂腐的诡辩者那里学了点冒牌格言，想转手塞给我们，那还情有可原。可是他塞给我们的是没有真实内容的空壳，要求我们把思考方式不仅是建立在虚假的智慧上，更是建立在虚假智慧摇晃不稳的碎石堆上。然而，对我而言，问题的症结也不在这里。顺理成章的想法是：即使奴役了我们的思想是极其优秀的、精美的，提神醒脑，滋润人心，自始至终充满阳光，但只要这思想是强加给我们的，奴役就仍然是奴役。不对，现在的关键是，随着他的权力增长，我开始注意到国民的义务，还有告诫、规章、法令以及施加在我们身上的形形色色的压力，都越来越像他这个人了，都准确无误地显示出与他的个性特点和他的经历细节有必然联系。于是在这些告诫和法令的基础上，一个人可以重塑自己的人格，就像章鱼通过触角重塑自己一般——深知他那种人格的人为数不多，我就是其中之一。换句话说，他周围的一切开始有了他的模样。立法开始荒唐地表现出像他的倾向，像他的步态，像他的姿势。蔬菜商开始储备大量的黄瓜，原来他年轻时就非常爱吃黄瓜。学校的课程里如今也有了吉卜赛摔跤，原来二十五年前，他就在地板上跟我弟弟练这种摔跤，很少会兴致不高。报纸上的文章和谄媚作家写的小说风格突变，故作高雅（基本上没有意义，因为每个编造出来的语句都是用个别的关键词再说一遍，都是同样的官样文章）。那种语言看似很有力量，实则是思想虚弱，还有所有其他的矫揉造作的文风，都带有他的特点。很快我有了这样的感觉：我记忆中的他，正在渗透到每一处地方，以他的存在影响着大家的思维方式，影响着每个人的日常生活，以至于他的平庸，他的冗长乏味，还有他的灰暗习惯，正在变成我国人民生活的主体。最后，他制定的法律——大众具有难以压抑的力量，所以要向大众的偶像不停地祭献——丧失了所有的社会学意义，因为他就是大众。

五

他是我弟弟格列戈里的一位同志，我弟弟在他短暂一生的最后几年里对极端的社会组织形式有着富于诗意的激情（那些极端的社会组织形式长期以来令我们现有的温顺体制担惊受怕）。他二十三岁那年，一个夏天的晚上在一条非常宽的河里洗澡，溺水而死，以致如今我回忆起我的弟弟，出现在我脑海里的第一幕便是一汪粼粼碧水，一座长满桤树的小岛（在我颤抖的模糊记忆中，他一直朝着这座小岛游去，却永远没有到达）。一朵长长的黑云正穿过另一朵非常松散的橙色云，这便是星期六上午一场雷雨留在星期天清澈碧空上的所有痕迹。天上将会闪过一颗星，然后再没有任何星星。不论何时，只要我全神贯注地研究绘画史，准备我的洞穴起源专题论文，就顾不上去盯着那帮诱惑我弟弟的年轻人。关于这一点，我现在回想起来，他们不是很固定的群体，不过是几个凑到一起的年轻人，各有各的情况，当时都是受了叛逆冒险的吸引，往来也并不密切。然而，眼前的事总是对回忆产生如此不良的影响，以致我现在很不情愿地将他挑出来，放在模糊的背景下，赋予他（他既不是格列戈里最亲密的伙伴，也不是最能嚷嚷的伙伴）一种阴沉冷静的意志力。这种意志力深知其阴沉的自我，最终把一个毫无天分的人铸造成一个战无不胜的恶魔。

我记得他在我家乡下寒舍阴暗的餐厅里等我弟弟，坐在他第一眼看到的椅子上，马上从黑夹克衣袋里掏出一份折皱了的报纸看了起来。他戴着烟灰色的玻璃眼镜，镜架半遮住他的脸。他装出一副厌烦欲哭的样子，好像想起什么不称心的事情。我记得他那鞋带胡乱系起来的靴子总是很脏，好像刚刚在没人管的草地间的马车道上走了数英里似的。他的头发剪得很短，前额上留了又短又硬的一撮（当时还一点看不出如今他那恺撒般的秃顶）。一双发潮的大手，指甲被咬得很短，看他丑陋的指尖上紧紧套着的护甲套，真令人难受。他身上散发出一股山羊的气味。他手头拮据，睡什么样的床铺不加挑选。

我弟弟到了（在我记忆中，格列戈里做事很拖拉，进来时总是上气不接下气，好像日子过得特别匆忙，但照样姗姗来迟——因此匆匆的生活最终弃他而去），他向我弟弟问好，毫无笑意，猛地站起身来，伸过手去，同时奇怪地一抖，是胳膊肘提前回抽了一下。看那样子好像对方若不及时抓住他的手，它便会像弹簧一般喀嚓一声弹回去，收进他可拆卸的袖口中。要是我家有谁进来，他充其量也就冷冷地点个头。与此相反的是，如果厨娘进来，他就会热情地跟她握手。厨娘会大感意外，没来得及擦干手掌就被紧紧握住了，她随后再擦手，好像要把握手场面重来一遍似的。他是在我母亲去世后不久才来我家的，那时我父亲对他的态度有点心不在焉。这和他对每个人和每件事的态度并无两样——对我们，对生活中的不幸，对格列戈里收留的那些脏狗，甚至对他的病人，都一样心不在焉。另一方面，我的两位上了岁数的姑妈对这种古怪态度公开表示担忧（如果说曾经有人恰是“古怪”的对立面，那个人就是他了）。同样地，这两位姑妈对格列戈里交的其他朋友也公开表示了担忧。

如今，二十五年后，我常有机会听到他的声音，他那野兽般的吼叫通过广播传来，声震四方。不过想当年，我记得他说话总是很柔和的，甚至有些沙哑，有点口齿不清。一句话说完后，还要来点喘气声，令人讨厌。只是这个毛病很有名，当年就有了，对，当年就有了。他站在我弟弟面前，低着头，垂着胳膊，我弟弟深情地呼喊着迎上去和他打招呼，还试着至少抓住他的胳膊肘或他的瘦肩膀。他的腿异常地短，也许是因为夹克衫太长了，一直垂到屁股中间。他这么故作伤心的姿势，到底是因为内向怯生呢，还是因为使尽全力要讲个悲伤的消息呢，实在无法判断。后来我觉得他这模样终归还是要说出坏消息的，比如在那个可怕的夏日夜晚，他从河边回来，抱着像是一堆衣服的东西，其实只是格列戈里的衬衣和帆布短裤。但如今，我认为他那模样所酝酿的消息不是别的，而是他自己恶魔般的未来在低语。

有时候，透过半开着的门，我能听到他跟我弟弟说话，说得停停顿顿，很不正常。要么就坐在茶几旁，掰开椒盐卷饼，夜鹰般的眼睛避开煤油灯的亮光。他喝牛奶的方式很奇怪，看着令人不快：先用牛奶漱几下口，再咽下去。他咬椒盐卷饼时，小心地歪起嘴来。他的牙齿不好，一发炎疼得厉害，为了吸一点凉气镇痛，他就反复往嘴里吸气，嘴角发出嘶嘶声。我记得有一次我父亲用含有鸦片的棕色药水为他泡了一点药棉，没有针对性地笑笑，建议他看看牙医。他并不领情，生硬地答道：“整体强于局部，所以我会战胜我的牙齿。”但我现在不再能确定，这句僵硬的话是我亲耳听到的呢，还是他们随后学着那腔调讲给我听，为了体现他的“古怪”。只是我已经说过，他并不怪。一个人对自己那朦胧的启明星怀有动物般的信仰，这怎能被认为是独特、少见的呢？但是，信不信由你，他的平庸能给人留下深刻印象，正如别人因才华出众而令人印象深刻一样。

六

有时候他会突然快乐得发抖，难以控制，很不雅观，这时他那与生俱来的忧郁就会暂且消失。我听到他的笑声，像猫叫一样突然、刺耳。猫嘛，你习惯了它毛茸茸的安静，夜里一叫，那声音听上去既疯癫又邪恶。他被同伴拉着做游戏，一起扭打时，就这般尖叫。后来才知道，他的手臂瘦小软弱，但腿如钢铁般强壮。有一次一个特别顽皮的男孩在他的口袋里放了一只蟾蜍，他不敢用手指去碰，就开始脱沉重的外套。使劲时挣得脸色黑红，头发凌乱，破汗衫外面什么也没穿，只戴着一副假胸衬。他迷上了一个无情的驼背女孩，很多人看上了她的大辫子和蓝墨水般的眼睛，也就心甘情愿地原谅了她长得像象棋中的黑马那么黑。

我是从那个女孩那里得知他的恋爱偏好和追求模式的。这个女孩，说来不幸，如今已不在人世，和大多数知道他年轻时底细的人一样（好像死神是他的盟友，把了解他过去的危险见证人从他的道路上一一清除了）。他常给那个活泼的驼背写信，或是用教训的口气——引经据典（他从政治小册子上学来的），一种常见的教育类型，或是用隐晦枯燥的话语抱怨另外一个女人（我想受抱怨的这位也是身体有某种残疾的）。这个女人我一直不认识，有一阵子他和她住在城市里最凄凉的地方，睡在一张床上。今天我可以花大价钱调查并审问这个无名的人，可是她，毫无疑问，也是铁定死了的。他的信件有一个很奇怪的特点，就是冗长得令人生厌。他暗示神秘的敌人在策划阴谋诡计，和某个打油诗人展开详尽的辩论，他在一本日历里读过那人的诗作——唉，如有可能，应该修复那些珍贵的练习本，页页都是他密密麻麻的真迹！说来可惜，他写的那些东西我现在一句也记不起来（那时我就不感兴趣，尽管我的确听过，也笑过）。如今在我的记忆深处，能非常模糊地看见她发辫上的蝴蝶结，瘦瘦的锁骨，黝黑的手上戴着暗红色的手链，把他写的信揉成一团；我也听到了背弃他的女人发出的轻柔笑声。

七

梦想一个秩序被重建的世界和梦想按自己的心意来重建一个世界，这两者是有重大而深刻的区别的。然而他的朋友里面，包括我弟弟，好像没有一个人能把他们抽象的反叛和他追求权力的残酷欲望加以区别。我弟弟死后一个月，他就消失了，把他的活动转移到了北方诸省（我弟弟的小组衰落了，解散了。据我所知，小组里的其他成员中再没有人进入政坛）。很快就有消息传来，说那里的工作正在开展，只是在目标和方法两方面都和那个年轻团体初始之际所讲、所想、所希望的截然相反了。回想他当年的神态，我惊奇地发现，没有人注意到无论他走到哪里，他身后都拖着一个长长的、瘦削的叛逆影子。他坐下时，这个影子就在家具底下翻起边来。他要是端着一盏煤油灯，借着灯光下楼朝门走去，那个影子就奇怪地插入了楼梯扶手映在墙上的影子。抑或当年投在那里的影子预示着我们当前的黑暗时代？

我不知道他们是否喜欢他，但是无论如何我弟弟和其他人都把他的阴郁当成了精神力量特别强的表现。他的想法冷酷无情，这好像是他遭受过神秘苦难的自然结果，他不起眼的外壳也仿佛预示着干净利落的内核。我也可以承认，自己曾有过转瞬即逝的印象，觉得他能做到慈悲为怀。只是紧接着我就看透了他。那些喜欢廉价悖论的人很久以前就注意到刽子手的感伤了。说来也是，肉铺门口的人行道总是潮湿的。

八

悲剧发生后的头几天，他照常来，有几次还在我家过夜。我弟弟的死好像没有引起他明显的悲伤。他的举止一如往常，我们也一点不奇怪，因为平日里他已经很忧伤了。他和平时一样，坐在屋里某个角落，读点没意思的东西。总之，他的举止和遭了很大不幸的人家一样，大家既不特别亲近，也不完全生分。更有甚者，他经常出现，又阴郁沉默，可能被误解成一种不善言表的同情心了——你明白，就是一个意志坚强又沉默寡言的人具有的同情心，不显眼，但总是存在——同情的柱石——后来你才知道，那些夜晚，那个家里人人泪眼蒙眬，他就在这家里的一把椅子上过夜，自己也病得厉害。然而，他的情况却完全是个可怕的误会：那时候他要是果真喜欢我们家的话，那只不过是因为他在任何地方都不会像在忧伤和绝望的气氛里那么自在：当时吃完饭的盘子扔满一桌没人收拾，不抽烟的人也可以要烟抽。

我如今还真切地记得我和他一道去办一件小事的情形。那是一件极其细小的事，记不清楚了，就是死人把活人纠缠得越久越好的小事情（死了人都一样，有好多繁文缛节）。可能有人对我说了："好吧，就让他跟你去。"于是他来了，小心地清着嗓子。也就在那一次（我们走在两边没有房屋的街道上，到处是尘土，我们走过了一道道篱笆和一堆堆木材），我做了一件事。如今一想起这事来，我就从头顶到脚趾过电一般地羞愧难当。天知道我是中了什么邪——也许不完全是出于感激别人的吊唁，更多的是出于同情别人的吊唁——一阵不合时宜的紧张情绪袭来，我抓起他的一只手紧紧握住（这让我们两个都轻轻晃了晃）。整个动作就是一瞬间的事，然而，假如我当时是拥抱了他，嘴唇贴在了他又短又硬的可怕金发上，那我今天肯定会倍受折磨。如今过去了二十五年了，想来纳闷：当时我们走过一片废弃的街区，就我们两人，我的衣袋里装着格列戈里子弹上膛的左轮手枪，这东西是我刻意藏起来的。离得那么近，我完全可以一枪打发了他。那么一来，今天的一切就不会发生了——不会有冒雨的假日；不会有我的千百万同胞奴隶一般扛着铁锹、锄头和钉耙浩浩荡荡游行庆祝的场面；不会有震耳欲聋的扩音器，反复播送着同样的声音，令人无处逃遁；每一户人家不会有不敢声张的丧事；不会有花样繁多的酷刑；不会有麻木的心灵；不会有巨幅画像——不会有这一切。唉！要是能爬回过去，抓住错过的机会，拽住它的头发，把它扯回现在，重现满是尘土的街道，空旷的地段，我裤兜里沉甸甸的东西，还有走在我身边的年轻人，那该多好呀！

九

我迟钝又肥胖，就像哈姆雷特王子。我能做什么呢？我是一个乡下中学的图画老师，地位卑微；他坐在首都大监狱中一间不知名的房间里，前面有无数的铁门和木门，我和他之间有着难以想象的距离。那座监狱为了他变成了城堡，因为这位暴君自称是“选举他的人民的意志的囚徒”。就在他把自己和我锁在地下室后，有人告诉我，他的一个远亲，一个老寡妇，因为种出了重达八十磅的萝卜，得到奖赏，来见这个至尊之人。有人领着她穿过一道又一道大理石铺地的走廊，过了无数个在她面前打开又在她身后关上的门，最后她发现自己来到一个灯火通明的白色大厅内，里面的全部陈设就是两把镀金椅子。有人告诉她站在这里等。过了一段时间，她听见门后传来无数的脚步声，接着他的六个男卫士相互谦让着走了进来。她抬起惊恐的眼睛，在卫兵们中间找他，但他们的目光没有投向她，而是看着她脑袋后面的地方。这时她一转身，看见就在她身后，另有一扇不引人注意的门，他自己已经无声无息地从这扇门进来了，停在一把椅子旁，一只手按在椅背上，习惯性地摆出鼓励大家的姿态，仔细观察这位国家请来的客人。然后他自己坐了下来，建议她用她自己的话描述一下她的辉煌成就（一位侍者带进来她种的蔬菜的黏土模型，放在第二把椅子上），她花了令人难以忘怀的十分钟讲述她是如何种萝卜，又是如何拔萝卜的。拔呀拔，拔不出来；她觉得她看见了她死去的丈夫过来和她一起拔，就是这样也拔不出来；她只好先叫儿子来帮，又叫她侄子来帮，还叫了两个在草棚里休息的消防员来帮；最后，大家排成一串，齐心协力才把这个大怪物拔了出来。她讲得绘声绘色，他显然深受感染。“这是真正的诗，”他对随从说道，“这里有一位诗人们应该学习的人物。”说罢他生气地命令那个萝卜模型应该用青铜浇铸，然后就走了。不过我不种萝卜，所以我没有办法去见他。即使我种了，我怎么会带着我珍贵的武器去他的兽穴？

他偶尔在人们面前露面，但不许任何人接近他，还给每个人发一面旗子，用很重的材料做成，让大家高高举起，这样两手就一直保持着忙碌状态。每个人都受到监视，警卫不计其数（更不用说便衣特务和监视便衣特务的便衣特务了）。即便如此，机敏果敢之人还是有机会找到漏洞的。一个透明的瞬间，一个小小的命运裂缝，透过它就可以扑上前去。我心里一一想过各种杀人办法，从古典的匕首到现代的炸药，但都不可用。于是我经常梦见自己反复地扣动武器的扳机，这也在情理之中。可是那武器在我手里解体了，子弹就像水滴一般淌出枪管，要么就像毫无杀伤力的豆子一样从我那龇牙咧嘴的敌人胸膛上弹落下来，而敌人开始不慌不忙地打断我的肋骨。

十

昨天我邀请了几个人，他们并不相熟，但为了同一项神圣的任务聚到了一起。这项任务极大地改变了他们，以至于能在他们中间看到难以言说的相似性——比如说，在年长的共济会会员中呈现出的那种一致性。这些人有着各种不同的职业—— 一个裁缝，一个按摩师，一个内科医生，一个理发师，一个面包师——但一个个都仪态威严，很少使用手势。一点不奇怪！第一个给他做衣服，这就意味着要丈量他那身瘦臀宽的身体。他的骨盆很奇怪，如女人一般，背部浑圆。裁缝恭敬地量到他的腋窝，和他一起照照镀金常春藤镶边的镜子。第二个人和第三个人更进一步了，他们看到了他的裸体，揉捏他的肌肉，听他的心跳。据说根据他的心跳可以很快调好我们的时钟，所以他的脉搏，毫不夸张地说，可以成为一个基本的时间单位。第四个人给他刮脸，刮脸刀看上去很锋利，我恨不得也有这么一把刀。他沿着他的两颊往下刮，再刮脖子，刮得嚓嚓有声。最后是第五个人，给他烤过面包。这个笨蛋，纯粹出于习惯，往他爱吃的面包里放了葡萄干，没有放上砒霜。我想接触这些人，好至少了解一下他们神秘的行业之道，了解一下他们的恶魔手法。在我看来，他们的手上沾满了他的气味，他也通过这些人显示自己的存在。那次聚会很好，一本正经。我们说了些与他无关的事情，我也知道，我要是提及他的名字，他们每个人的眼睛里都会闪现出僧侣受惊般的目光。我突然发现自己穿着一套我右手边邻居剪裁的正装，吃着我的酥皮糕点，喝着我左手边邻居给我的一种特殊矿泉水，这时我产生了一种梦幻般的可怕感觉，马上清醒过来——我仍在我那可怜人的房间里，伴着没装帘子的窗户中一轮可怜人的月亮。

我感激昨晚让我做了那么一个梦，醒来后再没有睡着。好像是他的特务早有准备，要让我见识见识那些如今审讯罪犯最常用的酷刑。我写"如今"，是因为自他上台后，就出现了一种全新的罪犯类型，好像是政治犯吧（其他类型的罪犯实际上不复存在了，因为小偷小摸也从重定为贪污盗窃，依此推论，也就是图谋暗中破坏政权）。政治犯都是些极其虚弱的人，皮肤透明，突出的眼睛里闪着明亮的光。这是难得的珍稀物种，像一只年幼的霍伽狓或体型最小的狐猴。人们热情忘我地追捕它们，每捕获一只，公众就欢呼喝彩。追捕实际上并不困难，也没有危险，因为这些奇异的、透明的动物非常温顺。

有谣言斗胆说，他并非不想亲自去审讯室看看，但这很可能不是事实：邮政局长不会亲自分发邮件，海军部长也不一定非是游泳健将不可。我讨厌拉家常、说闲话的腔调，那些幸灾乐祸的顺民就是用这样的腔调谈论他，说着说着就拐到一边去，变成了一种特殊的古老笑话。比如上古时代，普通大众总是编撰关于魔鬼的故事，给他们出于迷信的恐惧穿上滑稽逗乐的外衣。仓促编成的粗俗逸闻趣事（可以上溯到凯尔特语的原型），或者“有可靠来源的”秘闻（比如谁受宠了，谁失宠了），总带有仆人住处的味道。不过还有更差的例子：我的朋友N，父母三年前被处决（更不要说他自己所受的屈辱迫害），有一次参加一个官方的庆典，庆典上见到了他，听了他讲话，回来后说了这么一番话：“你知道，不管怎样，那人还是有一定力量的。”我真想冲他脸上砸去一拳。

十一

一位广受欢迎的外国作家在他出版的名为《落日岁月》的书信集中提到，现在任何事情都提不起他的热情，都不能让他着迷，一切都无所谓了，一切，只有一件事情例外：那就是如今回首青年时代，和他后来不可一世的成就相比，和他现在达到的白雪皑皑的高峰相比，真可谓寒酸至极，每想到此，他就感到充满活力、激情四射的兴奋。想当初无足轻重，诗与痛苦相伴，那是年轻的艺术家和上百万的同道共同的经历，如今吸引着他，一想起来就激动，就充满感激——感激他的命运，感激他的技巧，感激他的创作意志。重访他曾经在贫困中生活过的地方，和他的同龄人相聚，不管是谁，反正都是上了年纪的人，这都给他提供了一笔丰富的精神财富，仔细地品味其中的无穷韵味，将会使他的灵魂从今往后永享快乐。

就这样，我试图想象我们那位郁郁不乐的统治者回首他的昔日岁月时有何感觉。我清楚地知道，第一，真正的人类是一个诗人；第二，我们的统治者，绝非诗人的化身。然而国外的报纸，尤其是那些报名有晚祷书意味的报纸，懂得如何将“故事”轻易地转化为“销量”，都喜欢强调他命运的传奇性质，把他们的读者群领进他出生的那座巨大的黑房子里，那里据说时至今日仍然住着和过去一样的贫民，无穷无尽地晾晒着洗过的衣物（贫民总是洗很多衣物）。他们也印了一张照片，天知道是怎么得到的，上面有他的生母（父亲不知是谁），是一个鼻子又宽又厚、留着一绺刘海的女人，在城门附近的一家啤酒店干活。他童年和青年时期的目击者活下来的如此之少，那些还住在那一带的人回答得那么小心（天啊，怎么没有人问过我），因此当记者的得有胡编乱造的大手笔，才能描绘出当今统治者的形象：他还是个孩子的时候，就精通打仗一类的游戏，青年时代常挑灯夜读，鸡鸣方罢。他蛊惑人心的运气被解释为命运的基本力量，自然而然便有很多关注投入到那个浓云密布的冬日，就在他入选议会之时，他和他的帮派逮捕了全体议员（之后，军队羊羔一般温顺地叫了几声，立刻转身站在了他那一边）。

不怎么神奇，却也神奇（在玄妙之处记者没有搞错），神就神在那是一个封闭的圆圈，一个离散了的整体，随时准备开始自己封闭的生活，而且它已经不可能被事实真相来替代。不可能了：神奇故事的主角还活着，他是唯一一个了解真相的人，但他不能做目击证人，这并不是因为他有偏见或不诚实，而是因为像一个逃跑的奴隶一样，他现在“一概记不得了”！哦，他记得他旧时的敌人，当然，也记得两三本他读过的书，还记得他从一个柴堆上掉下来压死了两只鸡，遭人一通狠打。也就是说，还有一个粗糙的记忆机制在他身上起作用，不过，就是神仙也不好让他依着自己的记忆合成出自己来，还要符合合成出来的形象具有不朽性这样的条件。如果一定要这么合成，那结果就会是一个模糊不清的胚胎，一个早产儿，一个又瞎又聋的侏儒，绝不可能不朽。

假如他到他贫困时住过的房子去看看，他的全身不会激动得发抖——就连一点点衣锦还乡的虚荣心也不会有。不过我倒是去他从前的家看了看。没有看据说是他出生地的那幢多层大厦，那地方现在是一个专门为他而设的博物馆（一些旧海报，一面沾满阴沟污泥的旗，一个钟形罩下放着一枚纽扣，表示有纪念意义：他青年时代留下的东西太少，能保存的也就这么些了）。我去看的是那几间陈设很差的屋子，他和我弟弟走得很近的时候就在那里住过几个月。从前的房主死去很久了，房客从那以后再没有登记过，所以也就没有留下他在这里住过的痕迹。他忘了他的这些出租屋——数量还不少，如今世上就我一人知道此事，一想到这一点，我就觉得非常满意。我伸手摸摸死气沉沉的家具，透过窗子看看邻近的屋顶，觉得自己的手好像触到了他生命的钥匙。

十二

我刚刚接待了又一位来访者：一个衣衫褴褛的老头，他显然处于一种极度焦虑的状态下：双手皮肤紧绷，手背光滑，不停地发抖，一滴混浊的老泪打湿了他粉色的内眼睑。面容苍白，各种表情，从蠢笨的微笑到痛苦的皱纹，都很不自然。他用我借给他的笔在一张纸片上写出一串数字，原来是很重要的年、月、日：那一天——几乎半个世纪过去了——是这个统治者的生日。他提起笔，凝视着我，好像不敢继续写下去，又好像是用这个犹豫的表情来强调他即将使出的小把戏。我点了点头，以示鼓励，催他快写，于是他写下了另一个日期，比前面写下的日子早了九个月，在下面划了两道线。他张开嘴巴，好像要发出一阵得意的大笑，但没笑出来，突然两手掩面。“赶快，说正题啊。”我说道，摇摇这个无动于衷的演员的肩膀。他很快回过神来，翻翻衣袋，递给我一张厚厚的、发硬的照片。多年过去了，照片蒙上了一层透明的奶白色。上面是一个高大强壮的年轻人，身穿军装，尖顶帽子放在一把椅子上。他摆出一副不自然的轻松模样，一只手按在椅背上。在他身后能看见楼梯栏杆和传统的照相背景。

我把客人和照片上的人来回看了几眼，确信客人的相貌和照片上没有阴影、脸蛋扁平的士兵（留着浓密的八字胡，理了一个寸头，这样前额看上去比较小）之间没有相似之处，可实际上照片上的士兵和客人就是同一个人。照片上的他约摸二十岁，照片本身应该有五十多年历史了，要填补其中的空白很容易，老生常谈地讲个三流生活的故事，故事的印记可以从这类人的脸上读出来（这种解读带着令人痛苦的优越感，偶尔有失公正）：捡破烂的老头，公共花园的护理人，穿着老式军服的苦难残疾人。我正要追问他保守这样一个秘密是何感觉，他是如何承受这可怕的父亲身份带来的压力，又是怎样不断地看见、听见他的后代公开露面——但这时我注意到迷宫般无解的壁纸图样从他身后显现出来，我伸手挽留客人，但步履蹒跚的老人慢慢消失了，走时带起寒气，冷冷地发抖。

然而他依然存在，这位父亲（要么一直活到最近），幸亏他命大，没有认下和他暂时同床共寝的女人是谁，否则的话，天知道我们大家要遭什么样的罪。不敢说出来，也许更敏感，那不幸的家伙拿不准谁是他的生身父亲，因为那女佣是个水性杨花的女人，结果很可能是世界上有好几个像他这样的人，不知疲倦地数着日子，不知算错了多少数字，记错了多少依稀的往事，卑鄙地梦想着从过去的阴影中榨取好处，害怕立刻出现的惩罚（因为某个错误，或一句不慎之言，或爆出了过于难听的真相），又在内心深处感到骄傲（毕竟，他才是统治者！），最后在计算和推测之中失去理智——太可怕了，太可怕了！

十三

时光流逝，这期间我陷在荒唐的、难以忍受的幻想之中。事实上，我很震惊，因为我知道了很多值得我肯定的果敢甚至冒险的行动，我也一点不怕暗杀图谋落在我身上的危险后果。相反，我虽然一点也不清楚要采取的行动将如何发生，但我能清晰地想象出随即而来的打斗——有人如飓风一般抓住我，我就像木偶一般在那些贪婪的手里扭来扭去，衣服撕得咔嚓作响，眼睛打肿了，头晕目眩，最后（如果我还能从这样的打斗中活下来的话）被狱卒铁腕紧扣，投入大牢，快速审判，严刑拷打，送上断头台，这就是陪伴我的异乎寻常的极度快乐。我不期望我的同胞们会马上意识到他们得到了解放，我甚至可以允许这个政权纯粹出于惯性而变得更加残暴。我算不上为人民而死的国家英雄，我只是为我自己而死，为了我自己的那个善与真的世界——善良与真理，如今在我心里，在我身外，都扭曲变形，受到亵渎了。如果善良与真理对他们和对我一样珍贵，那敢情更好；如果不是这样，如果我的祖国需要的是和我不一样的人，我就甘心承认自己的无用，但仍会履行自己的职责。

我的生活充满仇恨，被仇恨淹没了，连起码的欢乐也没有。我不害怕死亡引起的阴暗心情和痛苦，尤其是我早知道一死便是解脱，这样想就达到了超自然的境界，一种不论是原始人还是信仰古老宗教的现代人做梦都想不到的境界。因此，我脑袋清醒，手脚自由——然而我不知道，我不知道如何动手杀掉他。

我有时候想，之所以这样，是因为谋杀，也就是想杀人的打算，也太没有新意了，令人难以接受。再说还要思前想后地考虑杀人的办法和武器种类，也是一个不光彩的任务。越觉得这么想很虚伪，便越觉得出于正义非干不可。否则我就有可能出于拘谨而杀不了他，就像有些人那样，非常讨厌爬行的东西，却连花园里的一只虫子都踩不死，原因是他们觉得踩虫子就像踩上自己内脏沾满尘土的末端一般。可是无论我为自己的犹豫不决寻找什么样的借口，逃避我想杀掉他的事实都是愚蠢的。哈姆雷特啊，又呆又笨的哈姆雷特！

十四

他刚刚在一个新的多层温室的奠基仪式上讲了话，讲话中提到了人类的平等和田野里麦穗之间的平等，还为了富有诗意，用了拉丁语，也就是不正规的拉丁语，arista，aristifer，甚至“aristize”（意思是“结穗”）等词语——我不知道是哪个老气横秋的教师出主意让他用这种颇有争议的办法，不过，作为回应，我现在明白了，近来杂志诗歌里为什么出现了这样的古词语：

贤明兮兽医
医好了乳牛

他巨大的声音如炸雷般在整个城市里回响了两个小时，带着不同程度的力量从这一家或哪一家的窗户里喷出。这时你要是走在大街上（顺便说一下，坐着听被认为是大不敬，很危险），你会觉得他在陪伴着你，从屋顶坠落下来，爬到你两腿中间蠕动，又猛扑上来啄你的头，咯咯叫，呱呱叫，模仿着人类的语言乱叫，你无处藏身，躲不开那个声音。我的祖国已经被成功地打晕了，每个城市，每个村庄，都是这般情景。好像除了我，再没有人注意到他狂热的演讲里有一个有趣的特征，那就是在一个特别有感染力的句子后面停顿一下，颇像一个当街而立的醉汉，和所有的醉汉一样我行我素，滔滔不绝地说着前言不搭后语的脏话，多半是强调他很愤怒，很激动，信念很坚定，但意义模糊，目标不明，动辄停下来憋气鼓劲，思考下一段，让大家消化他刚才说过的。等停顿一过，他就又把刚才吐出来的胡言乱语逐字逐句重复一遍，只是换个腔调，暗示他想到了新的论点，又有了绝对新颖、无可辩驳的好想法。

统治者终于讲完了，那不露面、不见形状的高音喇叭开始播送我们乡村风味的国歌，这时我不但没有感到轻松，反而感到苦恼、茫然：他讲话时，我至少还能盯着他，知道他在哪里，在干什么；现在他又融入空气之中，这空气我呼吸着，却没有焦点，无可触摸。

我能理解我们山区部落里那些头发整齐的女人，她们每天早上遭到恋人的抛弃，就用棕色的指头持续压着一枚绿松石别针的针冠，用针尖刺一个陶俑的肚脐眼，这个陶俑就代表着弃她而去的人。近来我好多次聚集起头脑中的全部力量，想象他的心思会在某个特定的时刻流露出来，这样就可以复制他的生活节奏，将这节奏放出来，让它失事：就像一支队伍正在过一座悬索桥，桥和士兵有节奏的步伐一起振动。桥塌了，士兵也会消亡——那么我也一样，当他在他遥远的城堡里倒地死去之时，就是我抓住节奏之际，那一刻我将丧失理智。不过，不管用什么方法诛杀了暴君，我反正是难逃一劫。我清晨醒来，大约八点半左右，就使劲想象他也醒来了：他起得不早也不晚，每天都在那个点上，正如他自称的那样——"一个普通人"——我想官方也这么认为。九点钟，我和他一起吃早餐，很节俭，一杯牛奶，一个小圆面包。要是某一天我不在学校忙，我就继续探索他的心思。他读三四种报纸，我陪着他也读这几种报，找找看有什么东西引起他的注意，不过我知道他前一天晚上就知道了我的晨报上的大体内容，知道了晨报上的头版头条、头版头条的摘要，以及国内新闻，因此这么读报并不会让他特别关注他的行政事务。看完报后，他的助手们拿来报告和请示。与他一起，我会知道铁路交通今天感受如何，重工业步履维艰，冬小麦今年每公顷产量多少。他看了几份要求赦免的请求，在上面批上一成不变的拒绝符号—— 一个铅笔打的叉——他心灵文盲的象征——然后他如常开始午餐前的散步：就像许多不太聪明又缺乏想象力的人一样，散步是他最喜欢的运动。他就在有围墙的花园里散步，以前这里是一座大监狱的院子。他的午餐不讲究，吃什么菜我很熟悉。饭后我们一起午睡，考虑一些令他权力发扬光大的计划，或是一些镇压骚乱的新举措。下午我们检查了一栋新大楼，一处要塞，一场论坛，还看了象征政府兴旺发达的其他东西。我和他批准了一个发明家的新通风设备。晚餐通常是庆典宴请，不同部门的官员出席作陪，我就没有去。不过另一方面，夜幕降临之时，我的思绪活力翻倍，我给报纸编辑们发布命令，听取各种会议的综述，然后一个人待在渐渐黑下来的房间里低语，打手势，比任何时候更为疯狂地希望至少我的思绪之一和他的某一缕思绪一致起来——那时候，我知道，桥就会振动，像提琴琴弦一样。可是，过分急切的赌徒们熟悉的坏运气缠着我不散，想要的牌就是不来。不过我肯定还是和他有了一定的神秘联系，因为十一点左右，他睡觉去了，这时我全身觉得散了架一般，一种空虚、虚弱、忧郁的轻松。一会儿后他睡着了，就睡在他的犯人睡的简易小床上，没有一丝入睡前的想法干扰他。我也安闲下来，只是偶尔想写下他的梦，把他过去的点点滴滴和目前的印象结合起来，但没抱一点成功的希望。也许他不做梦，我白费气力，再说了，高贵之人从不租用夜晚来咽气，好让历史写下"暴君在熟睡中死去"的结论。

十五

怎样才能除掉他呢？我忍无可忍了。他无处不在，我爱的每一样事物都被他玷污了，事事都有他的影了，都有他的镜像。在路人的举止里，在我不幸的学童们的眼睛里，他的面容越来越清晰，越来越挥之不去。我那些被迫印成彩色的海报没有任何用处，只是在解释他的人格模式，就连我让低年级学生们画的简单的白色立方体在我看来也像是他的画像——也许是他最好的画像。立方体的恶魔啊，我怎样才能除掉你？

十六

突然间我意识到有办法了！那是一个宁静的霜气弥漫的清晨，淡粉色的天空，排水管的接合处结了冰块。到处是一片在劫难逃的寂静：再过一个钟头人们就醒了，会怎样醒来呢？这一天是他的五十岁生日，将有庆典。人们已经悄悄出门，拥到街上，在白雪的映衬下，像一个个四分音符。他们按计划要在不同的地点集合，准备加入由各自行业组成的游行队伍。我是不准备参加任何庆典游行的，这就要冒失去我那点微薄的收入的危险。我心里有别的打算，比较重要一点。站在窗前，我能听见远远传来的第一批号角声，还有各个十字路口广播员的鼓舞动员声。一想到我，只有我，才能中断这一切，心中觉得很舒坦。是的，解决办法找到了：暗杀暴君现在变成一件又快又简单的事情了，我不出房门便能做到。暗杀武器也是现成的：用一把老式但保存得很好的左轮手枪，或者用窗子上方的一个钩子，那东西想必一度是用来钩窗帘杆的。用后面这个武器更好，用枪的话，我还怀疑二十五年前的子弹打不打得响。

杀了我就等于杀了他，因为他整个就在我体内，我强烈的仇恨养肥了他。杀了他，我也就毁了他创造的世界。那个世界充满了愚昧、懦弱、残酷，和他一起，在我体内长得无比巨大，占据了最后一点沐浴着阳光的大地，占据了最后一点童年的记忆，剥夺了我拥有的所有宝珍。我意识到了自己的力量，我沉醉于此。我不慌不忙地为自我毁灭做准备，检查我的随身用品，修改我写的编年史。就在那时，突然地，一切压倒我的感觉都不可思议地加强了，经历了一种炼金术般的奇怪变化。窗外的庆典活动正在进行，太阳把蓝色的积雪变成了亮光闪闪的羽绒。可以看见远处的屋顶上有人在燃放一种新式的烟花（是一个天才农民最近发明的），那焰火的颜色即使在明亮的白昼也缤纷耀眼。众人在欢腾，统治者宝石般发光的模样闪现在天空的焰火中。游行的欢乐色彩洒遍了积雪的河岸，欢快的纸板上画着祖国繁荣昌盛的景象。标语设计得繁纷多样，格调高雅，在游行者的肩头跳动着。欢快的古老音乐，旗帜的海洋，乡下青年一脸满足，丰满的少女穿着民族服装——这一切构成了温柔的红色浪潮，在我心中汹涌澎湃，我明白了反对我们伟大而仁慈的领袖就是犯罪。难道不是他肥沃了我们的土地？难道不是他指引穷人穿上鞋子？我们能过上文明的生活，分分秒秒要感激的难道不是他？领袖如此仁慈，我怎么就一直反对他呢？他创造的一切多美啊，社会秩序、生活方式、闪亮的胡桃木新围篱，我怎么就视而不见呢？我怎敢密谋朝自己下手，以此来威胁他的一个臣民的生命呢？想到这里，我泪水夺眶而出，溅在窗台上，悔恨的泪水，滚烫的泪水，真诚的泪水！我刚才说了，庆典活动正在进行。我站在窗前，整个人被泪湿透了，放声大笑，笑得全身颤抖，听着我们最著名的诗人创作的诗句，由一位演员用激情的声音在收音机上朗诵，男中音的声调不高也不低：

> 现在，公民们，
> 你们记得有多久，
> 我们的大地因缺少一位父亲而凋敝？
> 没有父亲，便没有啤酒花，
> 不管我们多么饥渴。
> 太难啊，太难，
> 既酿制啤酒，又创作酒歌！
> 想想吧，我们缺少土豆，
> 没有萝卜，没有甜菜，
> 所以现在盛行的诗歌，也就荒废了，
> 废在了字母表的根茎中！
> 我们选择了陈旧的老路，
> 吃着苦涩的毒蕈，
> 直到一记重击
> 震动了历史的大门！
> 直到整齐的白袍
> 把光辉投在我们身上。

领袖露出他美妙的微笑，
终于来到他的臣民面前！

对啊，“光辉”，对啊，“毒蕈”，对啊，“美妙的”，都对。我，一个小人物；我，一个瞎眼的乞丐，今天重见光明，拜倒在您的面前，向您忏悔。处决我——不，更好一点吧，宽恕我，因为阻碍就是您的宽恕，您的宽恕就是阻碍，以疼痛的仁慈之光，照亮我的全部邪恶。您是我们的骄傲，我们的荣耀，我们的旗帜！啊，宏伟的、仁慈的巨人啊，您关切地、疼爱地看护着我们，我发誓从今天起为您效劳，我发誓要像您的其他孩子一样，我发誓要成为您不可分割的一部分，直到永远，永远，永远。

十七

事实上，是笑声救了我。经历了那一切不同程度的恐惧和绝望，我达到了可以鸟瞰荒唐的高度。一声发自心底的欢乐吼叫治愈了我，就像儿童故事书里讲的那样，一位绅士“见到一条卷毛狗的可笑把戏时，喉咙里喷出了一个脓疮”。再次读了我的编年史，我看到，自己在竭力把他写得很可怕，结果只是把他写得很可笑，由此摧毁了他——这是一个经过验证的老办法。我评价我的混乱写作时很谦虚，但其中还是有些名堂，让我明白，那并非出自平凡手笔。文学灵感那是远远谈不上的，但所见词语都是在我敢怒不敢言的多年岁月里锤炼而来的。我立论真诚，充满感情，换另一个人的话，也许会写得颇具艺术性和创造性。这是一种咒语，一种驱魔术，从今以后任何人都可以用它来驱除奴役。我相信奇迹。我相信我写的这部编年史，会以某种我不知道的形式，让其他人读到，不是明天，也不是后天，而是在一个遥远的时代。那时候世界上还没有出现和现在一样令人不快的新烦恼，大家还有一两天考古发掘的休闲时光。

我的想法是，我偶然写下的东西说不定千古流芳了呢，有时遭贬，有时受捧，总有危险，也总是有用——我没有排除这样的想法也许是对的，谁知道呢？将来，我在已被忘却的无眠之夜中取得的那些成果，要是能永远作为一种秘密方法来反对未来的暴君、披虎皮的恶魔、愚蠢的迫害者，那我，一个“无骨的幽灵”，un fantôme sans os，[①]也就满足了。

① 法语，*无骨的幽灵*。

利　克

二十世纪二十年代有一出戏，*L'Abîme*（《深渊》），是法国著名剧作家叙尔写的。它已经从舞台直接进入了小忘川（就是那条为戏剧服务的溪流，刚巧，小忘川含有的遗忘溶液稀一点，不像大忘川那样忘得一干二净。因此，垂钓的人很多年以后还会从中钓上东西来。）这出戏——压根是愚蠢的，甚至愚蠢得很完美。要不换个说法：完全以传统的戏剧手法来构建，固守陈规。它讲的是一个法国中年女士的痛苦，她富有，虔诚信教，突然对一个叫伊戈尔的俄罗斯年轻人燃起了有罪的激情。伊戈尔来到了她的庄园，爱上了她的女儿安热莉克。作者为了营造神秘和纵欲的气氛，随手给这个家里加了一个阴沉顽固、意志坚强的老朋友。女主角对伊戈尔很感兴趣，引起这位老朋友的嫉恨，伊戈尔则看上安热莉克，女主角又为此而嫉恨。总而言之，该剧引人入胜，忠于生活，每句台词都带有可敬的传统风格。一切正常发展，不用担心灵机一动扰乱了定好的行动进程。该怎么写就怎么写，必要时插上一点抒情场景，或让两个老仆人来一段恬不知耻的解释性对话。

引发是非的苹果往往是未成熟的酸苹果，那就要煮着吃了。所以此剧里的年轻人多少有些苍白无趣。作者明显要了些花招，把他写成个俄罗斯人，但如此为人物润色，依然是徒劳。根据叙尔的乐观意向，他是一个俄罗斯的流亡贵族，新近被一位老太太收养，这位老太太是附近一位地主的夫人。一天晚上，雷电大作，伊戈尔来了，敲门进来，手握短马鞭，焦急地说自己养母地产上的松树林起火了，我们的松树林也很危险。打动我们的与其说是树林起火的消息，不如说是年轻人朝气蓬勃的神采。我们更想躺在厚厚的垫子上，埋头摆弄我们的项链；这时我们那位阴沉的朋友注意到，这火光的投影有时比真正燃烧的火更危险。如你所见，此处情节充实，水准尚佳，让人一看就明白，那个俄罗斯人将经常来访。事实上，第二场就全是阳光明媚的好天气，人们穿的也是艳丽的夏装。

根据该剧的剧本，伊戈尔自我表达的方法并非不妥（至少开始几场是如此，作者还没对此感到厌烦），只是有点迟疑，时不时插入一个问题："我想用法语应该是这么说的吧？"后来，故事乱了，作者没有时间顾及这些细节，所有的外国人的用语特征都被删去了，俄罗斯青年掌握了大量的法语词汇，俨然一个地道的法国人。直至快结尾时，在最终爆发之前的平静中，剧作家才惊讶地记起伊戈尔是哪国人。伊戈尔不经意地对老仆人说了这番话："J'étais trop jeune pour prendre part à la …… comment dit-on …… velika voïna …… grande, grande, guerre ……"[①]如果对作者公平对待，说真的，除了那个"velika voïna"[②]和客气的"dosvidania"[③]外，他没有对他的朋友们滥用俄语。舞台指导的意见是"斯拉夫语的单调节奏让伊戈尔的话有了一定的魅力"，他努力做到了这一点。

该剧在巴黎大获成功，伊戈尔由弗朗索瓦·库洛扮演。他演得不错，不过不知为何带着浓重的意大利口音。这很明显，是为了去掉俄语口音，巴黎的任何一位批评家都不会觉得奇怪。后来，这部戏慢慢到外省去演，这个角色碰巧由一个真正的俄罗斯人扮演。此人叫利克（拉夫连季·伊万诺维奇·克鲁日夫尼钦的艺名），瘦长身材，一头金发，深咖啡色的眼睛，从前在一部电影里演过一个结巴的小角

① 夹杂着俄语的法语，我太年轻，没能参加上……怎么说来着……那场世界大战……大战。
② 用拉丁字母转写的俄语，大战。
③ 用拉丁字母转写的俄语，再见。

色，因演得传神而出了名。

不过很难说利克（这个名字在俄语及中世纪英语里是“面容”的意思）成名是因为他真有舞台表演天赋，还是因为他是一个具有多样潜在才艺的人。如果是后一种情况，他就是随便干了某个别的行当，也能成为画家、珠宝商或者捕鼠能手。这样的人就像一个有着好多不同房门的房间，其中也许有一道门直通美丽的花园，进入非凡人性那洒满月光的夜色深处，在那里发现精神上一心追求的珍宝。可是尽管如此，利克还是没有成功地打开那道门，而是选择了演艺之途。他在这条路上毫无激情地走着，像一个心不在焉的人寻找实际上并不存在的路标。这个路标也许他在梦中见过，也许只能在一张没有冲洗出来的相片上依稀见到，那是他永远永远不会去的某个地方。从人间习俗的传统标准看，他三十来岁，当时也正好是三十年代。老一些的人不仅被置于自己国家的边境之外，也被置于自己的生活边境之外。怀旧情绪演变成了一种特殊的复杂器官，它不停地运转，产生出分泌物来弥补失去的东西。否则，它就会变成心灵上的致命肿瘤，让人难以呼吸，难以入睡，难以与无忧无虑的外国人交往。在利克的记忆里，俄罗斯仍处在胚胎阶段，仅限于他朦胧的儿时记忆，比如乡村第一个春日散发着树脂的芳香，或者他的风帽毛边上落下形状独特的雪花。他的父母过世了，留下他一人独自生活。生活里总有些爱情和友谊的破烂事。没有人给他写来饶舌的信，自己的事就自己管，没人为他操心。他从两位医生—— 一位法国医生，一位俄罗斯医生——那里得知自己（就像许多主人公那样）患有无法治愈的心脏病，可是要找个人去诉诉他这平白无故害上的病，却找不到一个人，尽管满大街都是身强体壮的老年人。他的疾病似乎与他对美好昂贵东西的嗜好有一定关系。比如，他会花光身上仅有的两百法郎买下一条围巾或一支自来水笔，可是围巾很快就脏了，自来水笔也很快就坏了。不管他怎样小心翼翼地爱惜它们，甚至像神一样供着它们，结果总是如此，总是如此。

他加入这家剧团纯属偶然，就像一个女人脱了皮衣，随手放在某一把不起眼的椅子上一样。就和剧团里别的成员相处而论，他到现在还是一个彻头彻尾的陌生人，和参加头场排练时的情况一个样。他一来就马上感到自己是个多余的人，像是挤占了别人的位子。剧团老板对他一直很友好，但利克过于敏感，总是幻想着有可能发生争吵——他的病情随时会被公开，大家骂出一些让他承受不了的难听话。老板对他长期以来的友好态度也被他曲解成对他工作的漠不关心。好像长期以来每个人都暗自认为他演技太差，无可救药——大家如此忍受着他，仅仅是没有合适的理由把他撵走罢了。

利克以为事情可能是这样的——也许真的是这样的：那些花哨时髦的法国演员，通过人情和职业结成了一张关系网，在他们看来，他就是一个意外碰上的东西，就像第二场里的那辆旧自行车，三下两下就被剧中的一个人物给拆卸了。怀着这样的想法，当有人对他热情打招呼或递给他一支香烟时，他就会认为其中必有误会，唉，要马上解决。由于生病，他滴酒不沾，也不参加友好聚会。可是这没有被归因于不善交际（不善交际嘛，也就是招人骂他傲慢，那也因此让他至少有了类似于傲慢的个性），而是无人理会，好像压根没他这个人一般。有时候他们倒是真的邀请他去某个地方，但口气总是含含糊糊，带着疑问（“和我们一起去，还是……？”）—— 一个人盼着大家劝他一起去，一听这样的口气就特别痛苦。大家谈论的笑话、典故和绰号他一概不懂，别人却背着他偷偷乐。他甚至希望有些笑话是在拿他的花销开涮，可是就连这点希望也落空了。即便如此，他还是很喜欢这些同事中的某几位的。扮演那个阴沉老头的演员在现实生活中是个友善的胖小伙儿，他新近买了辆跑车，一说起这辆车就眉飞色舞。那个演天真少女的演员也很有魅力—— 一头乌发，身材苗条，眼睛明亮清澈，还精心描画一番——戏里面她对她的俄罗斯未婚夫一往情深，不加掩饰，可是一到白天，她就全然忘了她晚上躺在絮絮叨叨的未婚夫怀里表白爱情的事。利克心里喜欢这么想：只有在演戏时，她过的才是真实的生活，其余时间她就周期性地精神错乱，一错乱她就不再认识他，她自己也就换了个名字。除了台词，他与女一号没有说过一句话。每当这位身材壮实、神情紧绷的漂亮女士在后台从他身边走过，她的面颊一抖一抖，他感到自己不过是一道布景，只要被人蹭一下，就会平展展倒在地上。到底是什么问题，的确很难讲得清。完全是可怜的利克想象的那样呢，还是因为他不主动与人交往，那些完全没有恶意、自我中心的人们才让他独来独往？也许大家就像坐在火车里的一帮人，坐在一起的人形成了一个圈子，有个陌生人在一角埋头读书，那么大家也不会主动和他搭话。即使利克偶尔有了自信，努力说服自己相信他隐隐受到的折磨不合情理，可是类似的折磨记忆犹新，经常是在新的场合重新出现，他实在没法不当回事。孤独如果是一种状态，那还可以改正；可孤独如果是一种心境，那便成了一种无法治愈的疾病。

他认真地演好自己的角色，至少就口音而言，比他的前任成功。因为利克说的法语带有俄语的音调，尾音拖得长，句子说出来柔和动听。句子结束前重音下降，法国人说话时从嘴里灵敏而又快速地飞出来的辅助音他格外小心地过滤一番，不会说得唾沫四溅。他演的是个小角色，尽管其戏剧效果会反映在其他角色的行为上，但角色本身微不足道，也就不值得关注了。但他自己很在意，尤其在他刚出道之时，这倒不完全是出自对艺术的热爱：角色如此卑微，其所带来的复杂戏剧效果又如此重要，两者之间形成反差，让他有左右为难的感觉，这种感觉又不知为何让他觉得脸上无光。然而，虽然他很快冷静下来，认为艺术和虚荣（两者通常难分难舍）同时兼顾也是可能的，但他还是急着上台去体验那永不改变的神秘喜悦，好像每一次都料定会得到特殊的回报——当然不是盼着按惯例得到点不冷不热的掌声，也不是希望让表演者内心得到满足。他想得到的回报，倒是潜藏在不同寻常的皱纹和折痕里，他在戏剧人生中可以觉察到，如同生活中平凡、无望的路人一般。它就像任何一场活人演出的片段，天知道何时拥有了一个独立的灵魂，在区区几个小时内努力生存，进化出自己的心灵和力量，与原作者可怜的想法毫无关系，也与演员的平庸毫不相干。它就是自己觉醒了，如同生命在被阳光烘暖的水中自行觉醒一样。比如说，利克会希望在一个朦胧可爱的夜晚，日常演出之中，仿佛踩上流沙般脚下一软，永远陷入一种新生的元素中，和任何已知的事物不一样——他独立自主地发展了剧中陈腐的主题，使之焕然一新。他要义无反顾地投入这种创新，娶安热莉克为妻，策马越过鲜脆的石楠灌木，得到剧本里暗示的所有物质财富，住进城堡，更有甚者，发现自己生活在一个妙不可言的温情世界中—— 一个浅蓝色的微妙世界，在那里感官会经历绝妙的冒险，心灵会经历闻所未闻的质变。当他想着这些美妙景象时，不知为何也想象着自己死于心脏病的情景——他离死不远了——肯定在演出时发病，就像可怜的莫里哀，在医生守护下大喊不规范的拉丁语。不过死就死了，他不会留意，他要穿越剧中偶然的现实世界，而不是陷于其中。一出剧因他的到来而焕然一新，他死了也值，就让他微笑的尸体躺在舞台上，一只脚的趾头从落下的幕布底下露出来。

夏末，《深渊》和其他两部戏在一个地中海小镇轮流上演。利克只在《深渊》中上台，因此在第一轮和第二轮演出中间（只安排了两轮演出），他有一个星期的空闲，但他还不清楚如何利用才好。再说，他不适应南方的气候。头一轮坚持下来了，犹如在温室里热糊涂了一般，热油彩滴下来，时而垂在鼻尖上，时而灼痛了上嘴唇。第一次中场休息时，他走到外面平台上透风。平台在剧院背后，对面是英国圣公会教堂。他突然觉得坚持不到演出结束了，舞台上充满多彩的雾气，他会消解于其中。透过雾气，在最后的致命时刻，闪现出另一种——对，另一种生命的幸福之光。尽管如此，他还是坚持下来了，也不知怎么做到的。眼睛里进了汗水，透过汗水看什么都是重影。他年轻搭档的凉裸臂摸上去非常光滑，加重了他的手掌就要融化的感觉，让他好生气恼。他返回公寓时全身散了架一般，肩膀酸痛，后脑勺一阵一阵地疼。夜色中的花园里，各种花都在盛开，闻起来有糖果气味，还有连续不断的蟋蟀叫声，他误以为是蝉鸣（所有俄罗斯人都会这样误会）。

他的屋里点着灯，和南边敞开的窗户截出的夜色相比，屋里无疑很明亮。他拍死了墙上一只喝饱血肚皮发红的蚊子，然后在床沿上坐了很长时间。他害怕躺下，害怕心头悸动。他觉得大海就在柠檬树林之外，离得很近，让他感到压抑。这片湿黏闪耀的宽阔空间，被一层薄薄的月光紧紧裹着，就如同他自己鼓点咚咚的心脏，上面紧绷着血管；它也像心脏一样，令人苦恼地裸露着，没有东西把它和天空隔开，和人类拖沓的脚步隔开，和附近酒吧里演奏的音乐带来的无法承受的压力隔开。他瞥了一眼手腕上昂贵的表，痛苦地意识到水晶表盖不在了。是的，就在刚才，他上坡时绊了一跤，衣袖蹭在一个石头栏杆上。表仍在走动，但没有了防护，赤裸着，宛如被医生的手术刀剜出来的活体器官。

他在寻找树荫和渴望凉爽中度过了他的日子。看看海，看看海岸，有些景致惨如地狱：古铜色的怪物在炎热的沙滩上晒太阳。他绝不愿走狭窄街道的向阳面，所以要想到达某个目的地，就不得不解决寻找路线的复杂问题。不过他也没处可去。他漫无目标地沿着商店门面逛，店里的东西林林总总，有些看起来像粉色琥珀的手链，很有意思，还有皮革书签和镀金钱包，绝对吸引人。一家咖啡馆的橙色遮阳篷下放着一把椅子，他总是坐在上面休息一会儿，然后回家，躺在床上——光着身子，苍白瘦弱得可怕——想他不断在想的事情。

他心想，自己怎么就命里注定活在生活的边缘上，以前是这样，以后还会是这样。以此而论，倘若死亡不给他一个通往现实的入口，他就干脆不懂得生活。他也这么想了：假如父母没有在流亡初期就离开人世，现在还活着，那么他十五年的成人岁月就会在温暖的家里度过。假如不是命途多舛，他就会在一所高中里完成学业。他当时随机报了三所高中，都是在欧洲中部，规模不大不小，水平不高不低。

有了这个背景，现在也就会有一份稳定可靠的好工作，结交稳定可靠的好人。但是，他就算竭尽全力地去想象，也想象不出稳定可靠的好工作是什么工作，稳定可靠的好人又是怎样的人，就像他想不通他为什么年轻时要在一家电影学校学表演，而不是学了音乐，学了钱币学，要么学了擦窗户或记账。他的思绪总是这样的：从思绪周长的任何一点上，沿着半径返回到昏暗的中心，返回死期将至的预感。这么个没有精神财富积累的人，死神也没兴趣折磨他。尽管如此，死神看样子还是决定给他留个优先权。

一天晚上，他躺在阳台的帆布椅上，退休了的客人中有一个不停地缠着他。这是个爱说话的俄罗斯老头（已经两次向利克讲过他的一生，头一次是一个讲法，从现在讲到过去；第二次又是另一个讲法，与前者截然相反。讲了两种不同的生活，一种成功，另一种失败）。他舒适地坐着，手指头摸着下巴，说："我的一个朋友到这儿来了，说是'朋友'，c'est beaucoup dire[①] ——我就在布鲁塞尔见过他两次，仅此而已。现在，唉，他是个无家可归的人了。昨天——对，我想就是昨天——我无意间提到了你的名字，他说：'怎么啦，我当然认识他——事实上，我们还是亲戚呢！'"

"亲戚？"利克惊奇地问，"我几乎从来没有过亲戚。他叫什么？"

"大概叫科尔杜诺夫——奥列格·彼得洛维奇·科尔杜诺夫……彼得洛维奇，对吗？认识他吗？"

"这不可能！"利克喊道，双手捂住自己的脸。

"就是这名字。好好想想！"对方说道。

"这不可能，"利克又说了一遍，"你看，我过去总以为……这也太可怕了！你没把我的地址给他吧？"

"给了。不过我理解你。你讨厌他，又觉得对不起他。到哪里都没有立足之地，受尽苦难，还拖家带口的。"

---

① 法语，言过其实。

“听着，帮我个忙。你难道不能告诉他我已经离开这里了？”

“我要是见到他，就会这样讲的。可是……不巧啊，我刚刚在底下码头那里碰到他。哎呀，码头上的游船多可爱！这就是我所说的幸运之人啊。住在水上，想到哪里就扬帆到哪里。香槟酒，漂亮小妞，样样完美……”

老头咂着嘴，摇头晃脑。

这事太疯狂了，利克整个晚上都在想。真是一团糟……他不知道是什么让他产生了这么一个念头——奥列格·科尔杜诺夫已经死了。理智的头脑没有必要主动地保持活跃状态，这是明摆着的道理之一，科尔杜诺夫的事早就被贬到最遥远的意识深处去了。现在科尔杜诺夫复活了，他不得不承认两条平行线最终有交叉起来的可能性。可是往日形成的观念在头脑里已根深蒂固，要排除它，既困难，又痛苦——要去除一个简单的错误观念，有可能使其他观念的整体秩序遭到破坏。他现在回忆不起来是什么信息让他得出科尔杜诺夫已经死了的结论。科尔杜诺夫遭了厄运的消息最初也是隐隐约约听说的，为什么在过去的二十年里，这个模糊的消息就变成了个链条，环环都不断得到加强呢？

他们的母亲是表姐妹，奥列格·科尔杜诺夫长他两岁。一连四年他们都去当地同一所中学，这几年利克一想起来就恨从心起，以致不愿意回忆少年时代。说来也是，他少年时代的俄罗斯也许是浓云密布，这让他有理由不看重自己的任何回忆。不过梦就是到如今也依然存在，挡也挡不住。有时候在利克的梦里，科尔杜诺夫以真身出现，就是他自个儿的形象，环境也是少年时代的环境——在梦境导演的指导下，由以下陈设匆匆集合而成：一间教室，一些书桌，一块黑板，还有一块没有重量的干海绵板擦。除了这些场面真实的梦外，也有一些离奇的，甚至颓废的梦——也就是说，这些梦里科尔杜诺夫没有明确出现，但程序是由他编制的，充斥着他不可一世的幽灵，或者弥漫着关于他的谣言，梦境和梦境的影子不知为何都显露着他的本质。这种残酷的科尔杜诺夫式布景，意外之梦总是以它开演的，比利克记忆中的科尔杜诺夫直接来访的梦要糟糕多了。利克记忆中的科尔杜诺夫是一个高中学生，粗鲁，强壮，剪个寸头，长相英俊，却不面善。五官不错，但眼睛破坏了五官的匀称分布——两眼挨得太近，眼皮沉重粗涩，如皮革一般（怪不得大家给他起了个“鳄鱼”的绰号，因为他的目光里果真有一种尼罗河水般的混浊特质）。

科尔杜诺夫是一个没希望的差学生，带有典型的俄罗斯式绝望，中了邪一般的笨，成绩直线下降，在三四个班里换来换去，总是垫底的一名。学校里最年轻的男孩一茬一茬地赶上了他，见他就怕，提心吊胆地过上一年，然后松一口气，把他甩在后面。科尔杜诺夫是出名了的傲慢、邋遢、粗野，力气也大。谁要是跟他打了一架，房间里就总是有一股兽笼般的臭味。利克又是另一种情况，虚弱、敏感、傲气，容易受伤害，因此他就是一个理想的受气包，没完没了地受欺负。科尔杜诺夫总是一言不发就朝他扑过来，把他按倒在地，狠狠地折磨被压在身下不停蠕动的牺牲品。科尔杜诺夫张开巨大的手掌，做出下流猥亵的动作，直奔利克惊恐万状、吓得抽搐的隐秘部位。然后他会放开利克，这时利克的背上沾满了粉笔灰，耳朵疼得烧着了一般。他让利克太平一两个钟头，但还是重复一些没有意义的脏话，骂利克。然后他就又来劲了，几乎很不情愿地叹口气，又扑过来压在他身上，用牛角一般的指甲戳利克的肋骨，要么一屁股坐在利克的脸上休息。他精通恶霸的所有伎俩，伤人极重还不留痕迹，所以同学们对他都毕恭毕敬。同时，他对这位经常挨他欺负的同学还好像隐隐有恻隐之心，课间休息时故意伸出一只胳膊搂住利克的肩头，一同走出走进，那只沉重的爪子心不在焉地摸着利克瘦削的锁骨，利克挣扎着要保持独立有尊严的样子，却是徒劳。就这样，利克的中学时代是饱受折磨的时代，不合常理，难以忍受。他也不好意思向任何人诉苦，一到晚上便冥思苦想怎样才能杀了科尔杜诺夫，结果只是想得心力交瘁。幸运的是，他们在校外几乎从没遇见过，尽管利克的母亲想和她的表姐拉近关系，因为表姐比她富得多，还有自个儿的马匹。后来革命开始重整乾坤，利克发现自己到了另外一个城市，而十五岁的奥列格，已经留了小胡子，完全成了头野兽，在一片混乱中失踪了，他这才开始了一段幸福的安宁时期。可是没过多久，那个最初折磨他的大师后继有人，他落入了他们之手，遭受了更加巧妙的新折磨。

说来可悲，利克很少说起过去，就是偶尔说起时，也会强装笑脸不偏不倚地回忆这个据说已经死了的人。这样的假笑我们会用来奖赏一个遥远的时代（“想当年都是快乐时光”），它吃饱喝足了睡在恶臭笼子的一角。然而现在科尔杜诺夫经证实还活着，不管利克援引了怎样的成年人观点，也不能战胜似曾相识的无助感——被现实改变了形状但却更加明确的无助感——这种无助感在梦里压迫着他，梦中只见窗帘后面走出了梦境领主，一个黝黑的、令人恐惧的学童，傻笑着玩弄皮带的扣环。利克完全明白，就算科尔杜诺夫真的还活着，现在也伤害不了他，但一想到有可能遇上他，就觉得兆头不祥，难逃厄运。这样的感觉对他来说是太熟悉了，隐隐与整个邪恶体系相联系，好像又要受到虐待和折磨。

和那个老头交谈过后，利克决定尽量少待在家里。离最后一场演出只剩三天，所以不值得再折腾搬到别的公寓去。不过天气已经凉快多了，常伴着和风细雨，他可以出去一整天，比如说，穿过意大利边境，或进山游玩。第二天一大早，他正沿着一条窄窄的小道漫步，两边墙上挂满了花，突然看见一位壮实的矮个男人朝他走来。来人的服装与常见的地中海度假打扮有所不同——贝雷帽，开领衬衫，帆布登山鞋——但不知为何，不像是季节搭配，更像是贫困所致。乍看之下，最先让利克吃惊的是来人的身材，印象中那么大的块头，怪物一般，到跟前才发现，其实个头和他自己差不多一样高。

“拉夫连季，拉夫鲁沙，你难道认不出我了吗？”科尔杜诺夫停在小道中央，拖长声音说道。

他面色灰黄，五官粗大，脸颊和上嘴唇一带有一片粗糙的黑影，一口坏牙时隐时现，傲慢的鹰钩鼻，混浊的目光带着狐疑——全都是科尔杜诺夫式的，即使时隔太久不太真切了，但不容置疑是他的。可是利克看着看着，科尔杜诺夫曾经的模样悄无声息地消解了，站在眼前的是一个邋遢肮脏的陌生人，长着一张恺撒的大脸，不过是个衣衫破旧的恺撒。

“让我们像真正的俄罗斯人那样接吻吧。”科尔杜诺夫咧嘴一笑说，把他带有咸味的冰凉脸颊在利克孩子气的嘴唇上贴了片刻。

“我一眼就认出你了，”利克含混不清地说，“我昨天刚从《人名录》里听说了你，加夫里柳克。”

“那东西靠不住，”科尔杜诺夫打断他说道，“Méfie-toi。[①]好，好，在这里碰到了我的拉夫鲁沙。了不起啊！我很高兴。再见到你很高兴。这是你的命！记得吗，拉夫鲁沙，我们经常一起去抓鱼。就像昨天的事情一样。那是我最美好的记忆之一。最美好的。”

利克记得清清楚楚，他从来没有和科尔杜诺夫一起钓过鱼，可是他眼下觉得困惑，打不起精神，也有点胆怯，就不好意思说这位陌生人盗用了本不存在的往事。他突然觉得自己有点扭扭捏捏，穿得也过于讲究。

“有多少次，”科尔杜诺夫继续说，饶有兴趣地打量利克淡灰色的裤子，“过去这些年里，不知有多少次……哦，没错，我不知多少次想起你。对，真是想起了你！我在想，我的拉夫鲁沙现在在哪里？我常跟我的妻子提起你。她以前可是个漂亮女人。你现在干哪一行呢？”

“我是个演员。”利克叹息道。

“恕我冒昧，”科尔杜诺夫诡秘地说，“我听说在美国有个秘密会社，他们认为‘钱’这个词不正派，如果要付钱，他们会把钱包在厕纸里。真的，只有富人才入这样的会，穷人没有时间干这个。现在，我想要的就是这东西。”说着他带着疑问神色眉毛一扬，伸出两个指头

① 法语，要小心。

和大拇指做了个粗俗的数钱动作——数现金的动作。

“唉，不行！”利克故作天真地叫道，“今年我大部分时间没戏演，收入惨淡啊。”

“我知道是怎么回事，一清二楚，”科尔杜诺夫微笑道，“不管怎样……哦，没错——不管怎样，有个计划，我要找时间跟你谈谈。你能好好赚一笔。你眼下有急事吗？”

“这个嘛，你看，我其实是要去博尔迪盖雷[①]，去一整天。坐大巴去……明天还……”

“太遗憾了——你早告诉我的话，我在这里认识个俄罗斯司机，他有辆漂亮的私人汽车，我可以带你逛遍里维埃拉。你这个傻瓜！好，好，我送你到汽车站。”

“我无论如何得马上走了。”利克插话道。

“告诉我，你家里人怎么样了？……娜塔莎姨妈怎么样了？”科尔杜诺夫心不在焉地问。他们沿着一条拥挤的小街道走，小街下去就是海滨。“我明白，我明白。”听了利克的回答，他点头说道。突然，他邪恶的脸上飞快地闪过一丝疯狂罪恶的神色。“听着，拉夫鲁沙，”他说道，不由自主地把利克推到狭窄的人行道上，把脸凑近利克的脸，“遇见你对我来说是个好兆头。这是一个信号，说明并非一切都完了。我必须承认，前几天我还认为一切全完了呢。你明白我在说什么吗？”

“唉，现在人人都会这么想。”利克说。

他们走到了海边。大海在阴沉的天空下有点浑浊，泛着波浪，泡沫不时飞过护栏，溅到人行道上。四下无人，只有一位孤独的女士坐在一条长凳上，穿着宽松的裤子，大腿上放着一本打开的书。

“这样，给我五法郎，我给你买点香烟，你路上抽。”科尔杜诺夫急急说道。拿上钱后，他语调一变，又很轻松地说：“看，那边就是我

---

① Bordighera，意大利西北边陲小镇。

亲爱的夫人——你先陪她一会儿，我马上回来。”

利克走到这位金发女士跟前，像背台词一样说道：“您丈夫马上就回来，他忘了介绍我，我是他的表弟。”

与此同时，一阵碎浪凉凉地溅在他身上。女士抬起英国人的蓝眼睛望望利克，不慌不忙地合上她的红皮书，一言不发地走了。

“开个玩笑，”科尔杜诺夫再次出现，喘着气说，“Voilà[①]，我拿几根自己抽。对了，恐怕我的小女人没时间坐在长凳上看海了。我求你，答应我以后再见面。记住这个好兆头！明天，后天，什么时候都可以。答应我！等等，我给你留个地址。”

他抓过利克的皮面金边的崭新笔记本，坐下来，往前挺着青筋暴胀的汗津津的额头，并拢膝盖，写下了他的地址，又仔细读了一遍，令人厌烦，在一个字母i上重新打了点，在一个词下面画了加重线。不光写了，还画了一幅街道草图：这样走，这样走，再这么走。显然他给人写地址不止一次了，别人以忘记地址为借口让他白等一场也不止一次了。所以他现在写地址很勤奋，很用力——用力之猛，几乎就像在写咒语。

公共汽车来了。“好，我等你来！”科尔杜诺夫叫道，扶利克上了车。然后他转过身，满怀希望，精神抖擞，坚定地沿着海边走了，好像有什么紧急的重要事情要做，尽管一看就知道他是一个游手好闲的乡下酒鬼。

第二天是个星期三，利克到山里去了一趟。星期四的大半天他都躺在自己的房子里，头疼得厉害。晚上有演出，第二天又要出发去别处。下午大约六点钟，他出门到钟表店取回了手表，又买了一双好看的白鞋——这个创新他想了好久了，要在第二幕上亮出来。他拨开珠帘，从店里出来，鞋盒子夹在腋下，与科尔杜诺夫撞了个满怀。

科尔杜诺夫的问候不似以前那么热情，反而有点嘲弄的意味。

---

① 法语，拿着。

“啊哈！你这一次不会设计逃走了吧，”他说，牢牢抓住利克的胳膊肘，“来，咱们走吧！让你看看我是怎么生活，怎么工作的。”

“我今晚有演出，”利克反对道，“再说明天我就要走了！”

“正好，我的朋友，正好呀。要抓住机会！利用机会！机不可失，时不再来。王牌在手，必胜无疑！走吧，快点走吧。”

科尔杜诺夫重复着互不相关的词语，使尽讨人厌的浑身解数模仿一个高兴到极限甚至超越极限的人不由自主地表现出来的喜悦（蹩脚的模仿，利克心下暗想）；他推着身体虚弱的伙伴，走得很快。整个剧团的演员们正坐在街角一家咖啡馆的阳台上，看见了利克，一个个微笑着向他打招呼。那漫不经心的笑容实际上不属于剧团里的任何一位成员，只是从每个人嘴唇上一掠而过，就像一块与人无关的阳光反射在嘴唇上一般。

科尔杜诺夫领着利克沿一条弯弯曲曲的小街往上走，四处歪歪斜斜地散落着昏黄的阳光。利克从没来过这个破旧、肮脏的街区。拥挤的房屋正面没有遮挡，高高耸起，两边似乎斜立在人行道上方，屋顶几乎挨在一起。有几处屋顶就完全相连，形成拱顶。门口晃荡着脏兮兮的孩子，街边的阴沟里流淌着臭气熏天的污水。突然间科尔杜诺夫改变了方向，推着他进了一家商店。他炫耀了一句最粗俗的法语俚语（好多俄罗斯流浪汉都是这样的），用利克的钱买了两瓶酒。显然他在这家店里赊账由来已久，这会儿有了钱，便手舞足蹈，高兴至极，打招呼全是惊叹句，令人恶心。可是店主和店主的岳母听了后，一概毫无反应，这让利克更不舒服。他们又往前走，拐进一个胡同。原以为他们刚刚走过的恶心街道代表了肮脏拥堵之极限，可是眼前的这个胡同，头上挂着松垂的洗晾衣物，体现出更加严重的颓丧状态。一个小广场一头大一头小，走到拐角处时，科尔杜诺夫说他先进去，让利克跟在后面，朝一个黑洞般敞开的门走去。就在这时，一个金发小男孩从里面跑了出来，一见科尔杜诺夫迎面而来，转身就往回跑，撞上了一个桶，发出刺耳的响声。“等等，瓦休克！”科尔杜诺夫喊道，挤进了他家昏暗的寓所。他一进去，里面就传来狂乱的女人声音，嚷嚷着什么，听声调好像是一贯处于紧张焦虑之中。不过这尖叫声突然停了，过了一会儿，科尔杜诺夫探出身来，咧嘴示意利克进去。

利克跨过门槛，发现进了一间天花板很低的昏暗屋子。四面光秃秃的墙壁上有走向不明的曲线，墙角也不成墙角的形状，好像有可怕的压力从顶上压下来，弄得墙壁扭曲变形了一般。屋里到处是脏兮兮的舞台道具，破烂不堪。刚才见过的那个小男孩坐一张塌陷的双人床上，一个块头极大的金发女人赤着一双厚实的大脚从屋子一角转了出来。她浮肿苍白的脸上没有一丝笑容（她的面容，甚至眼神，都隐隐发黑，或是因为疲劳，或是因为忧伤，或是因为上帝才知道的原因），见了利克，一言不发地打了个招呼。

"认识一下，认识一下。"科尔杜诺夫自嘲地咕哝道，说着就动手开酒瓶。他的妻子把一些面包和一盘西红柿放在餐桌上。她如此沉默寡言，倒叫利克心生怀疑，刚才尖叫的女人是不是她。

她坐在房间靠里面的一张长凳上忙起自己的事来，在擦什么东西……一张铺开的报纸上好像放着一把刀——利克不敢凑近看。那个小男孩眼睛发亮，走到墙跟前，小心地演习了几次，最终溜到街上去了。屋里苍蝇很多，不断疯狂地扑向餐桌，落在利克的脑门上。

"好吧，我们喝一杯。"科尔杜诺夫说。

"不行——我是不能喝酒的。"利克刚要拒绝，又想起噩梦中非常熟悉的受虐情景，抵抗不过，便答应下来——他咽下一口酒，结果引发了一阵咳嗽。

"不让喝酒更好。"科尔杜诺夫叹口气说，伸出手背擦擦颤抖的嘴唇。"你看，"他继续说，给利克和自己的杯子填满酒，"情况是这样的。现在进入业务洽谈！请允许我给你大概说一下。夏天头上，我在这里工作了一个多月，收集海边的垃圾，和一些俄国人一起干。不过你非常清楚，我是个实话实说的坦率人，要是有无赖出现，我会站出来说：‘你是个无赖。’如有必要，我会猛抽他的嘴巴。就这样，有一天……”

科尔杜诺夫开始讲了，详详细细地讲，翻来覆去地讲，讲的是一段乏味的悲惨故事，给人的感觉是他的生活中长期以来不缺这样的故事。故事里有羞辱，有失败，从不光彩的游手好闲，到同样不光彩的脏活累活，如此循环，心情沉重，最后这些经历排成不可避免的一行，长期以来就是他的职业。这时利克已喝完了第一杯酒，觉得要醉了，但还是继续一点一点地啜饮着，心里反感也不好露出来。一股麻酥酥的雾气渗进了他身体的每个部位，但他不敢停下来，仿佛拒绝喝酒就会让他蒙羞受辱，受到惩罚。科尔杜诺夫胳膊肘支在桌子上，不停地说话，一只手摸着餐桌边，偶尔抬手一击，强调某一句特别严重的话。他的头几乎全秃了，面色如土，眼下有眼袋，鼻孔动来动去，样子很怪，凶神恶煞一般——这一切与当年欺负利克的那个强壮英俊的学童形象没有任何联系，然而当年的噩梦至今没有改变，甚至变本加厉。

“你都听到了，朋友——这都不再重要了，”科尔杜诺夫说道，换了一个腔调，不像刚才的叙述语气，“老实讲，这个小故事我上一次就打算说给你听。当时我就突然想到，你我相遇，那是命中注定——我信古老的宿命论——可以说，你就是我的救星。可是现在我明白了，首先，你——恕我直言——就像个犹太人一样小气；第二……谁知道呢，也许你真的没有能力借钱给我……不要害怕，不要害怕……这个话题不说了！还要说的话，那就只剩一个问题，一笔小钱，好让我不必步行回家——这要求太奢侈——但没有钱就只能爬回去了。我讨厌一脸污泥地爬回去。我不求你任何事，低声下气不是我的风格。我想要的是你的意见，对某些事情的看法。这只是个哲学问题。女士们没必要听。你怎么解释这一切呢？你看，如果有个确定说法的话，那就好，我满脸是泥也甘心忍受。有解释就意味着这一切之中有合乎逻辑的正当道理，也许其中的道理对我有用，或者对别人有用，我不知道。现在，给我解释一下：我是个人——这一点你肯定不会否认，对吧？那就好。我是个人，血管里流着跟你一样的血。不管你信不信，我是我已经故去的妈妈最疼爱的独生子。小的时候我爱恶作剧，长大了我去参战，从此不得安宁——上帝，不得安宁啊！出了什么错？不，你告诉我——出了什么错？我只是想知道出了什么错，知道了我就满足了。生活为什么有条不紊地诱惑我？为什么我被指定为悲惨无赖中的一分子，遭受每一个人的唾弃，受骗，挨打，被投入大牢？我这里给你举个例子：在里昂，一场冲突后他们带走了我——我不妨补充一句，我做得绝对正确，我现在还后悔没有干掉他——好吧，警察带走了我，我怎么抗议他们也不管，你知道他们做了什么吗？他们在我脖子上扎进一只小钩子，就扎在这里，活生生扎进肉里啊。我问你，这算是哪一种待遇啊？然后警察又把我带进了警察局，我就像一个梦游者一样轻飘飘地走过去，因为多动一点我就会痛得眼前发黑。好了，你能解释为什么他们不这么对待别人？为什么突然就这么对待我？为什么我的第一任妻子跟一个切尔卡西亚人[①]跑了？为什么一九三二年，有七个人在安特卫普港的一个小房间里几乎把我打死？看看这一切吧——这一切都是为什么？——这些破衣烂衫，这些破墙，那边的卡佳？我生活的故事吸引着我，长期吸引着我！这难道不是杰克·伦敦或陀思妥耶夫斯基在给你写小说吗？我生活在一个腐败的国家——好。我一心要赶上法国人。行！可是先生们，我们必须找到解释！我曾经和一个年轻人谈话，他问我：'你为什么不回俄罗斯？'究竟为什么不回呢？回与不回有多大差别呢？回去了，他们照样迫害我，敲掉我的牙齿，把我扔进冰窖，然后请我吃枪子——可那里的迫害至少是直来直去的。你看看，我甚至愿意尊重他们——上帝知道，他们是直来直去的杀人犯——而这里的恶棍会想出各种法子折磨你，你实在受不了，就会产生乡愁，

① Circassian，西亚民族，高加索人的一支。主要分布在土耳其、叙利亚、约旦和伊拉克。

想念俄罗斯直来直去的老式子弹。嘿，你干嘛不看着我——你，你，你——你难道不明白我在说什么？”

“不，我什么都明白，”利克说，“只是请原谅，我不舒服，必须走了。我得赶快回剧院。”

“别急，就等一分钟。有几件事情我自己是明白的。你是怪家伙……说吧，好歹给我出个价……说呀！反正你可以浇我一身金币，对不对？听好了，你知道吗？我要卖给你把枪——那东西你拿着演戏很管用：砰，主人公就完蛋了。连一百法郎都不用，可是我需要不止一百法郎——我要你出一千法郎买下它，怎么样？”

“不，我不要，”利克无精打采地说，“再说真的没有钱。我自己也吃尽了苦头，又饿又……别，我再不喝了，我觉得不舒服。”

“你一直在喝，你这狗娘养的，会有什么不舒服。好了，忘了它吧。我这么做就是要看看你会怎么说——我不让你买就是了。只是请你回答我的问题。是谁决定我该受苦，然后又判我的孩子遭受同样的俄罗斯厄运？就一分钟，不过——我要是也想穿着睡袍坐下来听收音机呢？是什么地方出了错，嗯？就以你为例——你凭什么过得比我好？你走路昂首阔步，住宾馆，搂着女演员亲嘴……那是什么原因？说呀，给我解释一下。”

利克说：“我最终是有——碰巧有了……唉，我不知道……一点不大不小的戏剧天分。要说就这么说吧。”

“天分？”？”科尔杜诺夫叫道，“我让你看看什么是天分！你要是明白了天分，你就在裤裆里烹调苹果酱——坐立不安吧！你是个脏耗子，朋友。那才是你的天分。我得说那还是好天分！”（科尔杜诺夫非常拙劣地装出捧腹大笑的样子，笑得全身发抖）“那么照你所说，我是最低等、最下贱的害虫，活该没有好下场？说得好，说得妙。一切都解释清楚了——答案找到了，找到了！王牌在手，铁板钉钉，畜生受死！”

“奥列格·彼得洛维奇心绪很乱——现在你也许该走了。”科尔杜诺夫的妻子突然说话，声音从屋角传来，带着很重的爱沙尼亚口音。她的话音里没有分毫感情色彩，听起来呆板生硬。科尔杜诺夫在椅子上慢慢地转过身来，手的姿势没有变动，好像个没生命的东西被放在桌上，眼睛出神地盯着妻子。

“我没有硬留任何人，”他说道，声音又轻柔又欢快，“别人也不要硬留我，我就感激不尽。别人也不要教我怎么做。那么再见，先生。”他补充道，没有看利克，倒是利克不知为何觉得有必要这么说一下：“到了巴黎我会给你写信，一定……”

“这么说他要给我写信，是吗？”科尔杜诺夫轻轻地说，看样子还是对着妻子说。利克费了些劲才从椅子上站起来，往她那边望去，但突然一转身，撞到了床。

“走吧，没事的。”她平静地说。随后，利克客气地笑笑，跌跌撞撞地出了门。

他的第一感觉就是解脱了。他终于逃出了那个喝醉后满嘴道德说教的傻瓜自行运转的轨道。接着他觉得越来越难受：胃不舒服，胳膊和腿仿佛都不属于自己。这叫他晚上怎么演出？最糟糕的是浑身不适，好像到处是坑坑点点，觉得要犯心脏病了。仿佛有一根无形的尖桩冲他刺来，随时会将他钉住，动弹不得。这就是他为什么走起路来摇摇摆摆，甚至还时不时停一下，退一下。不管怎样，他的意识还是很清晰的，他知道离演出开始只有三十六分钟了，他也认得回家的路……不过有个更好的主意，那就是下到防波堤那里，坐在海边，让自己缓过劲来。会过去的，会过去的，只要不死就行……他也明白太阳刚刚落山，天空已经比地面更亮，更柔和。好一通多余的胡言乱语，招人厌烦。他走着，数着步数，但有时会数错，路过的人会回头看他一眼。欣慰的是，他没有碰到很多人，因为这会儿正是神圣的晚餐时刻。他走到海岸边，发现这里非常荒凉。码头上亮着灯，在映着色彩的水里投下长长的影子。那些明亮的光点和倒过来的感叹号似乎在他的脑海里若明若暗地闪动。他在一张长椅上坐下，可是一坐下尾椎骨就疼，便闭上眼睛。接着只觉得天旋地转，心脏就像一个可怕的球，映在黑沉沉的眼皮内侧。为了让天旋地转的感觉停下来，他睁开眼睛，想定睛观瞧——看看晚星，看看海上黑沉沉的浮标，看看人行道尽头上一棵朦胧的桉树。这一切我都熟悉，他心想，这一切我都看得明白。晚色中，那棵桉树竟像是一棵高大的俄罗斯白桦。敢情要死了吗？死得这么没出息……我觉得越来越不行了……我会怎么样啊……啊，我的上帝！

约摸十分钟过去了，不能再耽搁下去了。他的手表在滴答走动，很巧妙地躲开他的视线。他想到死的同时恰恰想到半小时后演出时的情景，他将从幕后出来，走到明亮的舞台上，说出他那个角色的第一句话："Je vous prie d'excuser, Madame, cette invasion nocturne。"[①]这句话清晰而优雅地刻在他的记忆中，似乎比疲惫的海浪拍打、泼溅的声音真切得多，比附近一家别墅石墙后面传来的两个女人的欢笑声音真切得多，也比科尔杜诺夫刚才说过的话真切得多，甚至比他自己的心跳真切得多。突然间，他难受的感觉达到了令他惊慌的程度，他连忙站起来，沿着护栏往前走，头昏眼花地扶着护栏，凝视着夜色下深蓝如墨的大海。"无论如何，"利克大声说，"我必须冷静下来……赶快缓过劲来……缓过来就死不了。"人行道开始下坡，护栏也没有了，他慢慢走下去，嘎吱嘎吱地走过沙石海滩。海滩上除了一个衣衫褴褛的人外再没有别人。那人正好仰卧在一块大石头旁，两脚摊开，两腿和肩膀的轮廓不知为何让利克想起了科尔杜诺夫。利克摇摇摆摆走不稳当，腰已经直不起来了，只是下意识地往水边走去，准备用手掬点水浇在头上。但水流在流动，有打湿双脚的危险。我调整调整气息，也许能脱下鞋和袜子，他心想。就在此刻，他记起来那个装着他新鞋的纸盒子。他把那个纸盒子落在了科尔杜诺夫家里！

一想起此事，盒子的模样太有刺激作用了，一切马上变得简单起

① 法语，深夜打扰，请原谅，夫人。

来。这救了利克，同样道理，危急之势有时候也是通过理性思考得以挽救的。他必须马上拿回这双鞋，幸好时间还够。只要鞋子拿回来，他就能穿着新鞋上舞台。(这一切清清楚楚，合乎逻辑。) 他忘了胸闷，忘了迷迷糊糊的感觉，忘了恶心，赶紧爬回人行道。一辆空出租车刚刚驶离路对面的别墅车道，他用低沉响亮的声音叫住它。车子刹住了，发出了一声撕裂似的呻吟。利克拿出笔记本，让司机看了写在上面的地址，叫司机尽可能开快一点，尽管整个路程——从这里到那里，再到剧院——不会超过五分钟。

出租车出了广场，朝科尔杜诺夫家的方向驶去。那边聚起了一大群人，司机不停地按喇叭，车子这才挤了过去。科尔杜诺夫的妻子坐在街边喷泉旁的一把椅子上，前额和左脸颊上血光闪闪，头发凌乱。她笔直地坐着，一动不动，四周围着好奇的人。她的儿子挨着她站着，也是一动不动，衬衫上满是血迹，一只拳头遮着脸，宛如一个舞台造型。一个警察误把利克当作医生，陪着他进了屋子。一个死人躺在洒满陶瓷碎片的地板上，嘴里打了一枪，脸炸飞了，摊开的双脚上穿着一双崭新的白鞋——

“这双鞋是我的。”利克用法语说。

O 小姐

一

我经常注意到，我把自己过去的一些宝贵经历赋予我小说中的角色以后，它就会在我将它匆匆放入的人造世界中变得干瘦起来。虽然它在我的意识中苟延残喘，但它的人性温暖、它无穷的回味性都消失殆尽，不久就变得更像我的小说，不像我自己的过去，即使它看上去似乎很安全，不会受艺术家的侵扰。房屋在我的记忆中无声地倒塌，就像很久以前无声电影中房屋倒塌的情形一样。我曾经的法国家庭女教师的肖像被我借给了我写的一本书里的一个小男孩，所以眼看就要消失，隐没在我所描写的与我完全无关的童年之中。内心中的我在和小说家的我斗争，于是就有了如下不顾一切的努力，要挽回对那位可怜小姐的回忆。

小姐是个又矮又胖的壮实女人，一九〇五年进入我们的生活，那时我六岁，我弟弟五岁。当时的情景如在眼前。我清清楚楚地看见她浓密的乌发，高高盘起，隐隐有点花白。光秃秃的额头上有三道皱纹，眉头突出，黑边夹鼻镜后面有一双冷冰冰的眼睛。上嘴唇上有残留的唇须，满脸雀斑，发怒的时候，三层下巴的第三层，也就是最肥厚的那一带，就会变得格外红，威风凛凛地垂在花边衬衣上方。她坐下的时候，更确切地说是她在应付坐下这项任务的时候，下巴上的肉在颤动，一侧有三颗纽扣的巨大臀部小心翼翼地下降，直到最后一刻，

我弯下腰，掬起一捧，四十五年的岁月在我的指缝里碎成了闪闪的霜尘。

二

一盏煤油灯驶进了薄暮之中。它轻轻地漂浮，轻轻地下楼。记忆中有一只手，戴着一个男仆的白色手套，将灯放在了一张圆桌的桌面中央。灯苗调得不大不小，一个镶着荷叶丝边的玫瑰色灯罩拢住了灯光。灯光里映着一间温暖明亮的屋子，外面大雪纷飞。这个家——很快就被称为“le château”[①]——是我太祖父建的。建时怕发生火灾，楼梯都做成了铁的，这样即使房屋彻底烧毁了——苏维埃革命之后就烧毁了——那些生锈了的楼梯仍在，孤零零地立在那里，还能照常上上下下。

请再说说那间屋子吧。椭圆形的镜子，挂在两根紧绷的细绳子上，明亮的镜面呈倾斜状，使劲要把家具和地板都纳入镜中。镜中的家具要倒了一般，闪亮的地板变成了一道斜坡，都想滑出镜子的怀抱。再看枝形吊灯上的悬饰，任何时候往楼上的房间里搬东西，它们都会发出细细的叮铃声。还有那些彩色铅笔，一小堆翠绿色的铅芯粉末堆在油布上，旁边一把折叠刀，它刚刚尽了自己要反复尽的责任。我们坐在桌子旁，我、弟弟，还有时不时看看手表的鲁宾逊小姐：这么大的雪，路上肯定糟糕透了；再说，这位即将接替她当家庭女教师的法国人不熟悉这里的情况，还要交代很多专业方面的棘手问题呢。

现在，再来详细说说那些彩色铅笔吧。绿色的那支，手腕只需转动一下就能削好，铅芯够画出一棵枝繁叶茂的树，或者画出一间正在煮菠菜的房子烟囱里冒出的烟。蓝色的那支，可以画一条直线穿过页面——大海的地平线就遥遥看见了。还有一支说不清什么颜色的

① 法语，城堡。

钝头铅笔不停地进入视线。棕色的那支总是断，红的也总是断。不过有些时候，刚刚断了就找一个小木片别住断头，让松动的笔尖挺立不倒，仍然能凑合着用，只是不一定很牢。那支紫色的小伙伴是我特别喜欢的，用得很短，都快抓不住了。只有那支白色的，铅笔里瘦长的白大个，还是原有的长度，或者说至少在我发现它很好用之前一直保持着原有的长度。其实它并不是一个不在纸上留下任何痕迹的冒牌货，而是一支理想的画笔，我用它乱画一通，也觉得很像我想画的东西。

唉，这些铅笔也被我分发给我书中的角色了，它们让我虚构的那些孩子们忙碌着，所以现在它们不仅仅是我一个人的了。在某一章书里的某一家公寓里，在某一个段落里的某一间租住的屋子里，我也曾经放置过那面斜镜，那盏油灯，那些枝形吊灯的悬饰。如今留下来的没几样东西了，很多东西都被滥用掉了。我把博克斯（管家的宠物狗鲁鲁的儿子和丈夫），那只在沙发上熟睡的棕色老达克斯猎狗，也送出去了吗？我想没有，它依然是我的。它那灰白的口鼻埋在后腿弯里，皱巴巴的嘴角堆起了一团肉，不时发出深深的叹息，吸进去的气令肋间鼓胀起来。它太老了，睡得那么沉，不知做了多少梦（梦见可以啃一啃的拖鞋和一些刚闻过的气味），以至于门外响起微弱的门铃声时它都没动一下。这时前厅的门带着风打开了，一阵叮当响。她总算来了，我多么希望她不要来呀。

三

另一条公狗虽然性格温和，但是属于凶猛的大丹狗，所以不让它进到家里来。接下来的几天里——如果不是第二天，就是那之后的某一天——发生了一件危险的事情，它发挥了重要作用，令人欣慰。当时家里碰巧只留下我和弟弟来应付这位新来者。现在回想起来，我母亲可能几个小时前去圣彼得堡了（大约五十英里的路程），父亲在那里卷入了那年冬天发生的一起严重的政治事件。母亲有孕在身，十分紧张。鲁宾逊小姐并没有留下来给小姐交代工作，她也走了——也许是我三岁的妹妹缠着她，她只好跟着去了。为了证明我们不该受此对待，我立即想出一个计划，把一年前搞过的一场激动人心的闹剧又折腾了一遍。那一次是逃离亨特小姐，地点在人多热闹的威斯巴登庄园，庄园里落英缤纷，美如天堂。这一次则在荒郊野外，四面白雪茫茫，所以很难想象我策划的这次行程到底要去何方。我们刚刚结束第一次和小姐一起的下午散步，回来时又恼又恨，气得心怦怦乱跳。我们非得听一种我们不熟悉的语言（我们所了解的法语仅限于几个日常用语），要熟悉它就得放弃我们喜欢的所有习惯，这都是我们不能忍受的。她答应我们的bonne promenade[①]结果是绕着我家房子无聊地走，一路上积雪倒是清扫了，但地面上结了冰，还有沙子。她让我们穿上我们即使在最寒冷的日子里也从来没穿过的衣服——可怕的长筒靴和风帽，害得我们每动一下都很艰难。夏季的花坛一带积雪像凝脂一般光滑，我们忍不住想上去勘探一番，她却不许我们去。她也不许我们在屋檐下方走，因为屋檐下悬挂着巨大的冰柱，整个像架管风琴，在夕阳下燃烧一般地闪亮。散步一回来，小姐还在门厅的台阶上喘气，我们扔下她冲进家中，让她以为我们会藏在某个偏僻的小屋子里。实际上，我们是跑到了家的另一端，然后穿过一段走廊，又跑进了花园里。前面提到的那条大丹狗正在摆开架势朝附近的雪堆移动，就在它决定先抬哪条后腿时，看见了我们，便立刻欢快地跟上我们跑了。

我们三个沿着一条相对好走的小径，穿过比前面更深的积雪，来到去村庄的路上。这时太阳已经落山了，黄昏不可思议地突然降临。弟弟说他又冷又累，但是我逼着他往前走，后来让他骑上了那条狗（此刻，它是我们三个当中唯一还在自得其乐的）。我们已经走了

① 法语，愉快的散步。

两英里多的路了，月亮亮得出奇，弟弟也一声不吭了，时不时还会从狗背上掉下来。就在这时候，一个打着灯笼的仆人赶上了我们，把我们领了回家。“Giddy-eh? Giddy-eh？”小姐在门廊上发疯般大叫着。我红着脸从她身边走过，一句话也没说。弟弟眼泪夺眶而出，一五一十全交代了。大丹狗的名字叫图尔卡，它继续去干先前被打断的事：看房子周围的雪堆上有什么情况，好尽它的职守。

四

童年时，我们对人的手了解很多，因为人的手就垂在跟我们身材齐高的那个位置。小姐的手让人看了不大舒服，那紧巴巴的皮肤如同青蛙皮 样，上面布满了棕色的瘀斑状斑点。在她之前，还没有陌生人摸过我的脸。小姐一来就拍我的脸蛋，倒是真心疼爱的自然流露，却叫我极不自在。一想到她那双手，我就会想起她的各种特殊习惯。她削铅笔的动作像是给水果削皮，笔尖对着她紧紧裹在绿毛衣下面的胸部；那乳房又不喂孩子，却长得那么大。她还有个习惯，把小拇指塞进耳朵里，快速地抖动。每次给我一本新的习字本时，她都遵循同一种仪式。她会喘一阵粗气，嘴巴微张，连续不断地发出一系列快速的呼哧呼哧声，然后打开习字本，在里边弄出页边空白；也就是说，她会用大拇指甲划一条清晰的竖线，把页边顺着这条线折起来，压一压，再打开，用手掌抚平，然后快速地把本子掉转过来，放在我面前让我用。紧接着是一支新笔。她会用她柔软的嘴唇舔湿亮闪闪的笔尖，然后把笔尖像洗礼一般浸入墨水盒。于是每个字母的一笔一划都非常清晰，我看得高兴（尤其是因为先前的习字本写到最后都一片模糊了），就会非常认真地写下Dictée[1]一词，这时小姐则从她的拼写测试集里搜寻一段既难又好的文字，准备听写。

① 法语，听写。

五

与此同时，外面的背景也改变了。白霜和积雪被一个不言不语的道具管理员清理掉了。夏日的下午景色生动，疾云攀上蓝天，带眼状斑点的阴影在花园小径上移动。不久，课上完了，小姐在阳台上给我们读书，阳台上的垫子和藤椅在阳光下散发出浓烈的饼干香。阳光透过菱形和正方形的彩色玻璃射进来，碎成各种几何形状的宝石，落在白色的窗沿上，落在窗下盖着褪了色的白色印花布的长椅上。这是小姐状态最佳的时刻。

就在那阳台上，她给我们读了不知道多少卷书！她那尖细的声音不停地读，一刻也不减弱，一点不打磕巴，不带一点犹疑，就是一台令人称羡的阅读机器，丝毫不受她有毛病的支气管的影响。以下作品我们全听了：*Les Malheurs de Sophie, Le Tour du Monde en Quatre-Vingts Jours, La Petite Chose, Les Misérables, Le Comte de Monte Cristo*，[①]还有好多其他的。她坐在那里，就像一座静静的监狱，读书声从里面被提取出来。她的上半身宛如佛像般一动不动，除了嘴唇之外，唯一动的部分就是她的一层下巴，是最小的却也是真正的那一层。黑边夹鼻眼镜闪着恒定的光。偶尔有一只苍蝇落到她严厉的前额上，额头上的三道皱纹便立刻全部跳将起来，就像三个赛跑者跨越三个跳栏。不过她脸上的表情不会有任何变化——那张脸我经常试图在我的速写簿上画下来，原因是它毫无表情，到处简单对称，这给我鬼鬼祟祟的铅笔带来的诱惑要远远大于我本该描画的物体—— 一盆花，或者眼前桌子上的鸭子摆设。

不久我的注意力就游荡得更远了，也许就是在这种时候，她那节奏分明的声音中罕见的纯净实现了其真正的目的。我看着一片云

① 法语，《苏菲的烦恼》、《八十天环游地球》、《小东西》、《悲惨世界》、《基督山伯爵》。

彩，几年后依然能想起它的具体形状。园丁在牡丹花丛里从容干活。一只鹡鸰走了几步，突然停了下来，仿佛想起了什么事情，接着又往前走，表演着自己的名字。[①]不知道从哪里来的一只黄钩蛱蝶停落到门槛上，沐浴在阳光中，尖尖的黄褐色翅膀伸展开来，又突然收拢，正好露出翅膀内侧像粉笔写上去的小小字母，接着又突然飞走了。不过这个朗读过程中最为常见的迷人源泉还是阳台上的彩色玻璃，镶嵌在阳台两侧的白色窗框里，像小丑的脸一样被画得五颜六色。透过这些神奇的玻璃，花园看上去出奇地安静，远离尘世。如果透过蓝色的玻璃看，沙子就变成了煤渣，而墨黑色的树似乎在热带的天空中游泳。黄色的玻璃创造了一个琥珀色的世界，仿佛额外注入了阳光酿造的浓酒。红色的玻璃把枝叶变成深红色的宝石，滴落在珊瑚色的园中小径上。绿色的玻璃把草木浸泡在了更绿的绿水之中。看过了如此丰富多彩的玻璃后，再看一块毫无情趣的普通方玻璃，上面爬着孤独的蚊子，或者跛腿的长脚蜘蛛，那感觉就像一个并不渴的人喝了一口水一般。透过这块普通玻璃，还会看到熟悉的树下有一条实用的白色长凳。不过在所有的窗口中，只有这一扇才是多年以后炽热的思乡之情盼望透过而一窥往事的。

小姐从未意识到她那平缓的声音是多么有力。但她说下面这些话的语气却截然不同。“啊！”她一声叹息，“comme on s'aimait（难道我们不爱彼此么）！”“在城堡里度过的那些好日子！死去的蜡制娃娃，被我们埋在了橡树下！”[不对——那是一个用羊毛填充的丑布偶。]“那一次，你和塞尔日逃跑了，让我在树林深处跌跌撞撞地寻找，扯着嗓子喊叫！”[太夸张了。]“Ah, la fessée que je vous ai flanquée（天啊，那次我打你的屁股，打得好狠啊）！”[她试图打我，真有其事，但以后再没有动过手。]“Votre tante, la Princesse，[②]你拿小拳头揍过她，因为她对我不好！”[不记得有此事。]“还有你悄悄给我

① 鹡鸰的英文是“wagtail”，意为“摇尾巴”。

② 法语，你的姑妈，那位公主。

讲你儿时烦心事的样子！”[从来没讲过！]“我屋里那个舒服的角落，你就喜欢窝在那儿，因为你在那里觉得又温暖，又安全！”

小姐的房间，不管是在乡下的还是在城里的，对我来说都是个怪异的地方——就像一个温室，庇护着一株枝繁叶茂的植物，散发着一股怪味，浓烈刺鼻。我们当时还小，她的房间就在我们隔壁，但她的房间好像不属于我们那个空气清新、环境舒适的家。在令人恶心的雾气中，散发着各种各样的臭气，其中有一种苹果皮氧化后的沉闷气味。油灯昏暗，书桌上各种古怪的东西闪着微光：一个放着甘草棒的漆盒子，她总是用削笔刀从甘草棒上切下一些黑色的碎片，放在舌头下慢慢含化；一张绘有湖泊和城堡的明信片，城堡的窗子上装饰着亮晶晶的贝壳；几个紧紧揉起来的锡箔纸团，都是她晚上吃巧克力剥下来的包装纸；几张她死去的外甥的照片，外甥的妈妈的照片，上面还有她的题字——悲伤的母亲；还有一个叫马兰特的先生的照片，他在家人的逼迫之下娶了一个富有的寡妇。

有一张照片放在所有的照片之上，镶有高贵的石榴石相框。照片上拍摄了一个黑发年轻女子的侧脸肖像，身材细长，穿着紧身连衣裙，长着一双勇敢的眼睛，头发浓密。“一条辫子跟我的胳膊一样粗，垂到我的脚踝那么长！”这是小姐戏剧化的评论。这就是曾经的她——然而我的眼睛看遍她现在这熟悉的身躯，无论如何也难找出相框里装的那个优雅形象。我和充满敬畏的弟弟发现了一些情况，使得要找出她当年优雅形象的任务更为艰巨。大人们看到的小姐是白天穿得严严实实的小姐，他们从来没见过我们小孩子在晚上看到的她的样子。晚上我们中的某一个做噩梦，尖叫起来，把她从睡梦里惊醒，她就头发凌乱，手里端着蜡烛，趿着一双光脚进了我们的卧室；血红色的睡衣包不住她那摇摇晃晃的大块头身材，睡衣的蕾丝金边在灯下闪烁，那模样活像拉辛荒诞剧里可怕的耶洗别①。

① Jézabel，《圣经·列王纪》中以色列王亚哈之妻，以邪恶淫荡著名。

我一生中睡眠一直很差。不管有多累，与意识分离的痛苦会引起我无法言说的反感。我诅咒睡眠之神，那个把我捆在木桩上的黑脸刽子手。这么多年之后，我已经习惯了夜里不能入睡的折磨，就算那把熟悉的行刑之斧眼看就要从天鹅绒大箱里拿出来，我几乎能昂首阔步地面对。不过我当初可没有这般从容，也没有如此的防卫之术：我什么都没有——只有一扇通向小姐房间的半开半掩的门。门上一道垂直的微弱亮光正是我能依赖的东西，因为在彻底的黑暗中我会头晕，正如灵魂会在昏暗的睡眠中消解一样。

星期六晚上通常会有快乐的期盼，因为那是小姐每周纵情享受的洗澡时间，这样门缝上的那道微弱亮光也就让我受用得更久一些。不过接着又有更加微妙的折磨来临。在我家位于圣彼得堡的房子里，育儿室的浴室在一道之字形走廊的尽头，离我的床大约有二十次心跳的距离。我一面害怕小姐从浴室回到她开着灯的卧室，一面羡慕弟弟木讷的鼾声，除此之外，我无法真正利用这段时间让自己迅速入睡，因为黑暗中的一个小亮缝说明我怎么努力都是徒劳。终于它们来了，那些不可阻挡的脚步，沿着走廊重重地走过来，震得某个悄悄陪我守夜的玻璃制品在架子上发出惊慌的叮当声。

现在她进了她的房间。灯光的明暗度轻轻变了变，让我明白她床头柜上的蜡烛取代了书桌上的灯。属于我的那一线亮光依然在，不过变得苍老暗淡了，而且小姐一动，床咯吱一响，光影就会摇曳。我仍然听得到她的动静。一会儿是一阵清脆的沙沙写字声，好像在拼写“Suchard”[①]，一会儿是水果刀嚓嚓地裁开*La Revue des Deux Mondes*[②]杂志书页。我听到她在微微喘息。整个这期间，我都极其痛苦，拼死拼活地想哄着自己入睡，过几秒钟就睁开眼睛看看那微弱的亮光，想象着天堂就是一个不眠的邻居借着永不熄灭的烛光读着一本永无止境的书。

---

① 瑞士苏卡牌巧克力。
② 法语，《两个世界评论》。

不可避免的事情发生了：夹鼻眼镜盒“啪”的一声合上了，杂志搁在了床头柜的大理石桌面上。小姐噘起双唇猛吹了一下，第一次尝试失败了，灯苗喝醉了一般摇摇晃晃地躲开。然后第二次冲锋，灯光彻底灭了。一团漆黑中我失去了方位感，我的床似乎在缓缓漂移，惊恐之下我坐起来，瞪眼观瞧。终于我的眼睛慢慢适应了黑暗，从眼内出现的诸多漂浮物当中搜寻到了几个更为珍贵的模糊亮点，它们漫游在没有方向的遗忘世界里。直到后来，半忘半记，那几个模糊亮点固定下来，原来是窗帘昏暗的褶皱，窗帘后面远远亮着街灯。

相对于那些痛苦的夜晚，圣彼得堡令人振奋的清晨是多么不同啊！北极之春凛冽而又温柔，潮湿而又闪亮，碎冰归拢起来，沿着海蓝色的涅瓦河顺流而下。春光映得屋顶闪闪发亮，春光给街上的雪泥涂上一层厚厚的藏蓝色阴影，这景象我在任何其他地方都没见过。小姐穿着仿海豹皮的大衣，胸部一块高高地鼓起来。她和我弟弟并排坐在四轮马车的后座，我坐在他们对面，中间一块护膝毯连接着我们。我抬起头，能看见沿街的房屋之间高高地拉起一道道绳子，上面挂着半透明的好看旗子，绷得展展的，在高空飞扬。旗子上有三色宽条——浅红色的、淡蓝色的和纯白色的——在阳光和流云的遮挡下显不出与国庆节有直接联系，不过此刻，在记忆中的城市里，它们毫无疑问是在庆祝这春日的精华，庆祝四溅的泥浆，庆祝那只毛茸茸的异域小鸟——它落在小姐的帽子上，一只眼睛里布满了血丝。

六

她跟我们一起生活了七年，课教得越来越少，脾气变得越来越坏。出入我们这个大家庭的英国女家教和俄国男家教如潮水般，不知换了多少，跟他们相比，她就像一块摇撼不动的岩石。她和所有的家教关系都不好。家里吃饭平时很少少于十二人，遇上给谁过生日，吃饭的人数就上升为三十或者更多，这时在餐桌上坐在什么地方就是小姐格外敏感的问题。叔叔舅舅姑姑婶婶以及表兄妹等人都会从邻近的田庄赶来，村里的医生会驾着他的双轮马车来，能听见村里小学的校长在冷飕飕的门厅里擤鼻涕，然后走过门厅里的一面面镜子，手里紧握着一束从山谷里采来的鲜百合，嫩绿潮湿，刷刷作响，要么紧握着一把脆弱的天蓝色矢车菊。

如果小姐发现自己远远地坐在桌子末端，尤其是如果她的位置排在和她一样胖的某个穷亲戚之后时（她就会轻蔑地耸耸肩说："Je suis une sylphide à côté d'elle。"①），她觉得深受伤害，嘴唇禁不住抽动，似乎要露出讥讽的微笑——这时某个不知就里的邻座也冲她微笑的话，她就会连连摇头，好像刚才是陷入了沉思，现在才清醒过来，还要说上一句："Excusez-moi, je souriais à mes tristes pensées。"②

造化似乎不希望放过任何一件会让她超级敏感的事情，所以让她耳朵有点背。有时候正在吃饭，我们会突然发现小姐丰满的脸颊上滚下两颗泪珠来。"不用管我。"她会小声说，继续吃饭，直到没有擦去的眼泪模糊了双眼。这时她会伤心地打个嗝，站起来，跌跌撞撞地走出餐厅。后来慢慢知道了实情。比如说，大家的谈话主题转向了我叔叔指挥的军舰上，她就觉得这是变着法子讽刺瑞士没有海军。要么就是她猜想只要说起法语来，那就是故意设局，不让她主导谈话，不让她重视谈话内容。可怜的女士，餐桌上明明说着她能听懂的话，她却偏要紧紧张张、慌慌忙忙地控制谈话，于是谈话转回俄语，她听不懂也就不足为怪了。

"先生，贵国的国会情况如何？"她会突然从她所坐的餐桌另一头大声地向我父亲提问，而父亲烦了一天后，并不真的想和一个既不关心也不了解国家大事的世外怪人共商国是。以为有人说起音乐，她便会滔滔不绝："可是，寂静也挺美的。何必呢，有天晚上，在阿尔卑斯山的一个荒凉山谷里，我确实听见了寂静。"尤其是后来她越来

① 法语，我坐在她身边就是一个仙女。
② 法语，对不起，我只是在对自己的忧思微笑。

越聋，没人问问题，她反而答话，说的都是这类俏皮话，结果引起的只是一片痛苦的沉默，而不是逗得大家轻松愉快地闲聊起来。

说真的，她的法语非常好听！她珍珠般的法语流水般倾泻出来，阳光般喷薄出来，感觉之纯真，就如同拉辛虔诚诗行里用头韵体描写罪恶一样，这时我们还会在乎她浅薄的文化、暴躁的脾气、平庸的思想吗？教会我欣赏真正诗歌的是父亲的图书馆，而不是她那有限的知识，但尽管如此，她的母语中有清澈华美之气，对我产生了特殊的振奋作用，就像白花花的嗅盐可以用来净化血液一样。这也是我现在想到小姐说话声音就难过的原因。那时小姐看到自己大象般的身体里发出来的夜莺般的声音不受欣赏，不受重视，肯定觉得痛苦。她在我们家待的时间很长，太长了，一直固守着一个希望，希望有朝一日奇迹出现，把她变成朗布依埃夫人[①]那样的人，办起一个金箔锦缎装饰的沙龙，在她精彩咒语的影响下，吸引来诗人、王子和政治家。

要不是因为一个叫兰斯基的人，她还会如此希望下去。兰斯基是一个年轻的俄国家教，眼睛有点近视，持有强烈的政治观点，曾经给我们教过很多门课，还参加我们的体育活动。他之前还有过几位俄国家教，没有一个是小姐喜欢的。不过对他，用她自己的话说，就是“le comble”[②]。兰斯基虽然敬重我父亲，但不大欣赏我们家的某些方面，比如男仆和法语。他认为说法语是贵族习俗，在一个自由主义家庭中没有好处。另一方面，小姐坚信，兰斯基要是只用简单的哼哼声（因为他不会用更好使的语言，哼哼声便带点德语的味道）来回答她直截了当的问题，那并不是因为他不懂法语，而是因为他想当众羞辱她。

我现在能听到也能看到小姐请求兰斯基把面包递给她，声音优美动听，但上嘴唇微微颤动，让人觉得要出事。我同样也能听到并看

① Madame de Rambouillet（1588—1665），于一六一八年创立文学沙龙，邀请文学界人士和贵族中的社会名流以平等身份参加，对当时法国文化产生了相当大的影响。

② 法语，讨厌到了极点。

到兰斯基若无其事地喝着汤，装作一点听不懂法语的样子。终于小姐忍无可忍，狠狠说声“Pardon, Monsieur”[①]，伸手径直探过兰斯基的盘子，一把抓起面包篮，回身坐下时又说一声：“Merci！”[②]那声音充满讥讽，以致兰斯基那毛茸茸的耳朵会变成天竺葵的颜色。“畜生！无赖！虚无主义！”过后她在自己的卧室里这样哭骂——那屋子已经不在我们隔壁了，但还在同一层楼上。

要是碰上兰斯基下楼，她正好上楼，那就冤家路窄。我们圣彼得堡家里的液压升降机会经常拒绝运行，故意欺负人似的，她只好吃力地爬楼梯，每爬十个台阶就要停下来呼哧呼哧喘一阵。小姐坚持说是兰斯基心地歹毒，故意撞上她，推她，将她打翻在地。我们几乎已经看到小姐趴在地上，兰斯基正在踹她的情形。她吃饭中途退场也越来越频繁，要是错过饭后甜点，我们就出于礼节送到她屋里去。她和我母亲不住在同一层楼，她就在她屋里给我母亲写一封长达十六页的信，等我母亲赶到楼上来时，会发现她在演舞台剧一般地收拾行李。后来终于有一天，她收拾行李时再没人去管，由着她收拾完毕走人。

七

她返回了瑞士。一战爆发了，接着又是革命。二十世纪二十年代前期，我们之间中断联系已经很久了。有一次我在流亡生活中偶然出行，碰巧跟一位大学同学去了一趟洛桑，于是我想，不妨去看望一下小姐，说不定她还健在。

她果然健在。比以前更结实了，头发花白，耳朵几乎全聋了。她非常激动，饱含爱意地欢迎我。她家里现在挂的不是西庸城堡[③]图，而是色彩艳丽的俄式三驾马车图。她说起她在俄国的生活时充满深

---

① 法语，对不起，先生。
② 法语，谢谢。
③ Château de Chillon，瑞士古堡，位于日内瓦湖畔。

情，仿佛那是她自己失落的故乡。说来也是，我发现她居住的这个小区里住着和她一样的瑞士女家教。她们经常聚在一起，争相翻腾往事，于是她们在一个与自己毫不相干的环境里形成了一个小小孤岛。小姐的密友是木乃伊般的戈莱小姐，我母亲当年的女家教，八十五岁了，仍然衣着整洁，性格开朗。母亲结婚后，她跟着来我家又待了好多年，只比小姐早两年返回瑞士。当年同在我家屋檐下时，她俩并不怎么搭话。人说起往事总是分外亲切，这也能部分地解释这些可怜的老太太们在离开她们工作过的异国他乡以后才对它热爱有加，尽管她们对那个国家并不真正了解，当年在那里时也没有一个人感到非常满意。

小姐耳聋，也就不可能交谈，于是我和朋友决定第二天给她带去一个助听器，这东西估计她自己买不起。她一开始不能把这个笨重东西调试到位，但调好后马上朝我转过头来，目光迷惑，眼里闪动着带泪的惊奇和喜悦。她发誓能听见每句话，能听见我的每一句低语。我心下怀疑，这是不可能的，因为我压根没有说话。假如我真说话了，我会让她谢谢我的朋友，这仪器是他掏的钱。那么她听见的是不是寂静？就是她过去曾经说起过的阿尔卑斯山谷里的寂静？过去她是在对自己撒谎，而现在，她在对我撒谎。

在动身去巴塞尔和柏林之前，我碰巧在雾蒙蒙的寒冷夜晚沿着湖边散步。在一处地方，一盏孤灯冲淡夜色。灯光下，雾气似乎变成了看得见的毛毛细雨。“Il pleut toujours en Suisse”[①]，是一句随便说说的话，想当年小姐一听，放声痛哭。下面，一道宽阔的涟漪，差不多是一道大浪，还有一样隐隐发白的东西，吸引了我的目光。走近轻轻拍打的湖水，我看清那是什么东西了—— 一只老天鹅，大块头，又粗又笨，渡渡鸟一般，很可笑地要让自己站稳在一条停泊的小船上。可是它站不稳。它沉重的翅膀无力地拍打，打在随波摇摆的小船上，发

① 法语，瑞士总是下雨。

出滑溜溜的声音，水波涌起，遇上灯光，闪着黏稠的微光——所有这一切似乎一瞬间带上了奇怪的意义，这意义有时候在梦中与一根手指头相联系，它先按在紧闭的嘴唇上，然后又指向某个东西，然而做梦人来不及看清那是什么东西就惊醒过来了。虽然我很快就忘记了那个阴沉的夜晚，但是奇怪的是，那个夜晚，那种复合的意象——战栗、天鹅、波涌——两年之后当我得知小姐已经去世时，首先出现在我的头脑当中的就是这些景象。

她一生都在感受痛苦，痛苦是她人生的基本部分。痛苦有轻有重，有深有浅，只有痛苦才让她感受到生命的运动与存在。令我感到不安的是，假如没有别的东西，只有痛苦感，那就不足以铸造永恒的灵魂；我那大块头的忧郁小姐可以生存于世，但不会达到永恒。我真的把她从小说中救出来了吗？就在我听见的节奏之声摇摇摆摆、渐渐消失之前，我抓住了自己的疑问：在我认识她的这么多年里，我是不是完全忽略了她的内心世界？她的内心世界是否远比她的下巴、她的习惯，甚至她的法语更为丰富？她的内心世界是否和我最后一次见她的那一刻密切相关？是否与她为了让我尽到善心高兴离去而说的那个漂亮谎言密切相关？要么与那只天鹅密切相关？它的痛苦比跳天鹅舞的演员弯曲低垂的苍白胳膊更接近艺术真实。总而言之，我忽略了的东西只能等到以后才能明白，等到我在童年的安定环境中所最爱的人和事已经化为灰烬或者从心头消失之后，才能明白。

瓦西里·希什科夫

我对他仅有的一点点回忆集中在去年春天的一段时间内：一九三九年的春天。我参加过几次“俄国流亡文学之夜”的活动——从二十年代早期开始流行于巴黎的枯燥乏味的活动之一。当我疾步下楼梯时（休息时间给了我开溜的机会），好像听到身后有急切追赶的脚步声。我转头回望，这便是我第一次见他。他在高出我几层的台阶上停了下来，说道：“我叫瓦西里·希什科夫，是个诗人。”

然后他下了楼梯，来到我站的那层——一个典型的俄罗斯青年，身材健壮，厚嘴唇，灰眼睛，嗓音深沉，握起手来让人觉得宽松舒适。

“我想请教你一些问题，”他继续说道，“你我之间见个面还是可取的。”

我自己不是个特别爱与人见面的人。我所以答应他，只因为我心肠软。我们决定他第二天来我住的破旧旅馆（倒有个豪华名字：皇家凡尔赛）。我很准时地下了楼，到了一个客厅模样的地方。这地方有电梯抽筋般上上下下，还有四名德国流亡者常聚在一个角落里说话，讨论的是身份证办理过程中错综复杂的手续事宜。如果不在意这些情况的话，这个地方在这个时间上还算清静。四个德国人中有一个人好像觉得他的境况不像其他人那么糟糕，但其他人争论说大家都是一模一样的。后来第五个人出现了，不知为何用法语向他的几位同胞打招呼：是开玩笑，还是炫耀？或者是新语言的诱惑？他刚买了一顶新帽子，大家都戴上试了试。

希什科夫进来了。他脸上的表情很严肃，肩膀甩动起来好像也很严肃。旋转门生锈了，转动不灵活，他费了好大劲才进来，还没顾上四面瞅瞅，就看见了我。我很高兴地注意到，他没有露出见人就咧嘴笑的样子。那种笑容我非常害怕——我自己也容易见人就咧嘴笑。我费了好大劲把两张加有厚软垫的扶手椅拉到一起——又一次令我极其高兴的是，他没有做出要帮我一把的机械手势，而是很自在地站在一旁，双手插在他那老式的防水上衣的口袋里，等着我安排座位。我们刚一坐下，他便掏出一本茶色的笔记本。

"首先，"希什科夫说道，抬起他睫毛浓密的漂亮眼睛凝视着我，"一个人必须拿出他的证件来——我说的对吧？这要是在警察局，我就出示身份证了；可是对你，格斯伯丁·纳博科夫，我必须拿出这个来—— 一本诗集。"

我匆匆翻阅了一下。笔迹很有力，微微向左倾斜，洋溢着健康与天赋。唉，一旦加快速度一行行往下看，我就感到了强烈的失望。这诗糟透了——平淡、俗艳、过分地矫饰。华而不实的头韵和故意堆砌的大量蹩脚尾韵使其显得平庸透顶。列几组押韵搭配便足以说明其蹩脚，如teatr和gladiator相押，mustang和tank相押，madonna和belladonna相押。至于主题，最好不谈了：作者拿着里拉琴，碰到什么就唱什么，曲调一成不变。对一个敏感的人来说，一首接一首地读这样的诗就是活受罪。但作者紧紧盯着我不放，目光控制着我视线的方向和手指的动作，弄得我不好意思就此罢手，便只好翻到每一页时暂停一两次。

"好了，有何裁决？"我读完后他问道，"不算太糟？"

我打量着他，他那张脸，毛孔粗大，但还算光滑，没有现出任何恶意的神情。我回答说他的诗太差，不可救药。希什科夫弹了一下舌头，将他的笔记本塞回了防水上衣的口袋，说道："这些身份证明不是我的。我的意思是说，这些东西的确是我写的，但只是瞎编的。这三十首诗全都是今天早上写成的。说实话，我觉得模仿赋诗狂的作品是一项很讨厌的任务。反过来说，我现在知道你对人不留情面——这就意味着你是可以信赖的。这才是我真正的护照。”（希什科夫递给我另外一本笔记本，比前一本破烂得多。）“请随便读一首，对你我来说，一首足够了。顺便说一下，为了避免误解，我要告诉你我不喜欢你的小说。你的小说让我烦躁不安，就像一束强烈的光，或者像一个人在不愿说话而想思考时陌生人之间的大声交谈。但同时，从纯粹的生理学角度来说——如果我可以这么说的话——你掌握了一定的写作秘诀，某些基本色彩的秘密，一些相当少见也很重要的东西，可惜，这些东西你应用无方，只局限在你一般能力的狭小范围内——打个比方说，你开着一辆马力很大的赛车四处乱跑，其实这种赛车你绝对用不着，但你开着它就会不停地想下一步能轰隆隆地跑到哪里去。不管怎么说，你还是掌握了写作的诀窍，人们就必须正视你——这也是我有事想求你支持的原因。不过首先，还是请看看我的诗。”

（我必须承认，他对我的文学作品如此品头论足，我既没有料到，也觉得多余，但给我留下的印象相当深。和他此前编造的那套无关痛痒的谎言比起来，这些话要放肆得多了。我写作只为实实在在的快乐，我发表作品并不是为了实实在在的钱，尽管这后面一点多多少少意味着一个消费者的存在。我好像总是觉得，我那些出版了的书，在它们自然演变的过程中，离开赖以自足的源泉越远，它们会遭遇到的偶然事件就越抽象，越无关紧要。至于所谓的读者评价，我觉得，交由他们审判，我就算不上是被告，顶多就是最不重要的证人的一个远亲。换句话说，一个评论家的表扬在我看来是一种古怪的sans-gêne[①]；评论家要是谩骂，那就是与鬼打斗，徒劳而已。此刻，我正在尽力忖度希什科夫是每遇到一个自负的作家都会如此直白地来个当头棒喝，还是因为他觉得只有我配得上他的评论才对我直言不讳的。

① 法语，放肆的行为。

我得出的结论是，就像那些打油诗的把戏是他有点幼稚但真诚渴求真理的表现一样，他说出对我的评价也是出于一种愿望，想最大限度扩大双方坦诚相对的襟怀。）

我隐隐约约地担心，他这些真正的作品会不会露出些许在他的仿作里被无限夸大了的缺陷，但后来证明我的担心没有根据。这些诗写得很好——我希望另抽时间进行更为细致的讨论。最近，我设法让其中一首发表在一家流亡杂志上，诗歌爱好者们注意到了它的原创性。[①]面对一个如此奇怪地渴求他人观点的诗人，我不由自主地说了我的观点，还作为矫正补充说，讨论到的这首诗风格上有一些小小的瑕疵，例如，“v soldatskih mundirah”用法不是很地道；这里的“mundir”（制服）用来指较低层的人时最好用“forma”。即使如此，这行诗还是太好了，不能改动。

“你是行家，”希什科夫说，“既然你同意我的意见，认为我的诗不是毫无价值的小东西，那就把这个本子留给你保管吧。人保不准会出什么事，我老有奇奇怪怪的想法，非常奇怪的想法——好啦，无论如何，现在看来一切美好。你看，那天我拜访你，为的是邀请你参与我正计划推出的一本新杂志。星期六在我那里有个聚会，各样事情都得敲定。当然，我并不幻想以你的能力会痴迷于现代世界的问题，但我想从风格上说，这本杂志也许会令你有兴趣。所以，请你一定来吧。顺便提一句，我们也期待……”（希什科夫提到了一位非常著名的俄国作家）“……和其他一些著名人士的参加。你得理解——我已经身陷绝境，必须渡过难关，否则会发疯的。我转眼就三十了，去年来到这里，巴黎，之前在巴尔干半岛度过了一事无成的青春时代，后来又去了奥地利。我现在的工作是装订工，但我以前做过排字工，甚至图书管理员——简言之，我总是和书打交道。是的，我再说一遍，我有生以来一事无成，最近，我老是冒出要有所作为的想法——一种令人极其痛

① 编者德米特里·纳博科夫原注：参见书末《注释》，第804页。

苦的感觉——因为你必须从另外一个角度看自己，也许吧，但你还得看看周围，有多少苦难、愚昧和污秽。然而我这一代的人什么都注意不到，什么行动也没有，尽管行动不可或缺，就像是呼吸或面包一样。提醒你一下，我讲的并不是让每个人都烦得要死的燃眉大事，而是大家不会注意到的大量琐事，尽管这些琐事无疑是会孕育出怪物的胚胎。比方说吧，有一天，一个母亲失去了耐心，将她两岁大的女儿淹死在浴盆里，然后她又用同一盆水洗了澡，因为水很热，热水是不应该浪费的。上帝啊，这跟屠格涅夫一篇冗长的小故事中写的老农妇有多大区别啊！那位老农妇刚刚失去了儿子，但她平静地喝完了一碗白菜汤，因为'汤里已经加了盐'，这让那个来她小木屋拜访的体面女士震惊不已。大量类似的琐事时时发生，处处发生，重要程度不同，形态各异——带细菌状尾巴的、点状的、立方体状的——能搅得人心神不宁，以致透不过气，吃不下饭——这是实情，你要是觉得荒唐，我一点都不介意。不过，你可以照样来我这里。”

第二天希什科夫寄给我一封冗长的信，以此落实我要去之事，我从信中摘录了几段，和我们在“皇家凡尔赛”的谈话合在一起。到了星期六，我赴会稍稍晚了点，所以当我走进他那狭小但却整洁的 chambre garnie[①] 时，人都到齐了，只缺那位著名作家。与会的人里，我看着眼熟的有一家已经停刊了的杂志的主编，还有几个人—— 一个体态丰满的女人（我感觉是一个翻译家，要么是一个见神论者），带着一个阴沉沉、活像一件黑色饰品的小个子丈夫，还有她的老母亲。两个外表猥琐的绅士，穿着不合身的西服，流亡卡通画家马德笔下的人物就是如此穿戴。还有一个精神饱满的金发家伙，是主人的朋友——这些人我都不认识。我注意到希什科夫不停地竖起一只焦虑的耳朵——我还注意到，他非常自信、非常快活地一拍桌子站起，结果发现他听到的门铃声是另外一套公寓里传出来的——看他这样，我也热

① 法语，带家具的房间。

切地盼望着那位著名人士的到来，可是那个老家伙始终没有出现。

“女士们，先生们，”希什科夫说道，开始介绍他要办一份月刊的计划，说得头头是道，娓娓动人。月刊名为“痛苦与庸俗博览”，主要是收集当月报纸上的相关材料，不按时间顺序排列，而是按“艺术性的高下”从低到高“渐升式”地排列。那位昔日的主编引用了相关数据，宣称他能断定这样的一份俄语流亡刊物是卖不了钱的。那位体态丰满的文学女性的丈夫摘下夹鼻眼镜，捏捏鼻梁，又是打嗝，又是喘气地说，如果办刊物意在与人类的悲惨处境作斗争，那么把办刊物所需要的钱直接分发给穷人不就实际得多了嘛。本来还指望从他那里得到办刊物的钱，一听这话，大家心都凉了。之后，主人的朋友又重复了一遍希什科夫已经说过的那些话——说得比较简洁，但要点更为分明。也问了我的意见。希什科夫一脸悲剧神情，所以我竭力支持他的计划。大家很早就散了。他送大家到楼梯平台时，滑倒了，坐在地板上不起来，带着难以置信的眼神快活地笑，想引得大家也笑起来，结果过了许久才等来了一阵笑声。

两星期之后他又来找我，那四个德国难民又在讨论护照问题，过了一会儿第五个人进来了，很欢快地用法语说道：“你好，魏斯先生；你好，梅耶先生。”希什科夫回答我的问题时心不在焉，好像不大情愿似的，说办刊物的想法看来不现实，他已经不再考虑这件事了。

“我想跟你说的事是这样的，”经过一阵心神不宁的沉默后，他开始说道，“我一直试了又试，要作出个决定，现在我觉得或多或少有些眉目了。我为什么会处境如此糟糕，原因你是不会感兴趣的。能说的我都在我的信里说了，但那主要是当时手头上要办的那件事——就是要办那刊物。问题要比办刊物的事更复杂，更令人绝望。我一直在试图决定该怎么办——怎样停下来，怎样摆脱困境。逃到非洲去，逃到殖民地去？可是要办那些必要的证件太费周折，划不来。就是办下来了，要考虑的事情还是一样的，在海枣和蝎子的迷雾中考虑和在巴黎的雨里考虑没什么不同。试一试重返俄罗斯？不，不能再入虎口。退隐进修道院？可是对我来说，宗教没意思，也很陌生，要让它与我所认为的精神现状发生联系，无异于让它与假想中的怪兽发生联系。自杀？可是死刑是我特别讨厌的事，怎能充当自己的行刑者。再者说，我害怕遭遇哈姆雷特哲学里未曾梦想到的某些结局。因此，余下只有一件事：散了，化了，消失了。”

他还问了他的手稿是否安全，稍后就走了——肩膀宽阔，背却有点驼，穿着防水短上衣，没戴帽子，颈后的头发需要修理一下——一个纯真、忧郁的人，有着非同寻常的魅力，对他我不知道该说些什么，该提供什么帮助。

五月下旬，我离开巴黎去了法国的另外一个城市，八月底回到了巴黎，碰巧遇到了希什科夫的朋友。他给我讲了一个非常怪诞的故事：我离开巴黎一段时间后，瓦西里扔下他那点微薄的财产，消失了。警察找不到任何线索——只发现“希什科夫先生”早已任由自己的“牌子”——俄国人是这么叫护照的——过期了。

到此为止。我的叙述以一桩神秘故事的开头引子结束了。我从他的朋友——此人或许是他偶然认识的熟人而已——那里了解到有关希什科夫生活的零星信息，草草记了下来——将来有一天或许会被证明是有用的。可是他到底去了哪里呢？一般说来，当他提到“散了，化了，消失了”时，他脑子里是怎么想的？其实只是信口一说，不合常理，他的意思是要消失在他的艺术中，散化在他的诗章里，如此给他自己，给他这个闲云野鹤的人，什么都不留，只留下诗歌？他的诗里有两句：

> 如此不同寻常的棺材，
> 透明而又坚固。

不知这样说是否太过。

极北之国[①]

假定记忆能够脱离头饰而存在，你还记得在你去世几年前，你我共进午餐（分享营养）的那一天吗？让我们假想——也就是随便想想——有这么一本全新的信函范文手册。致一位头去右手的女士：我亲吻您的"省略"。致一位已故之人：对您充满敬意的某某某。但是我受够了这些矫揉造作的小品文。你要是不记得了，那么我来帮你回忆。对你的记忆也能算你自己的回忆，此话至少语法上说得通。说得好听一些，我完全赞同这样的说法：你死后，我和世界仍然存活，那只是因为你还记得我和这个世界。我现在给你写信，基于下述原因。我现在给你写信，是在下述场合。我现在给你写信，就是想同你聊聊福尔特。瞧这命运！瞧这神秘！瞧这字迹！我讨厌硬让自己相信他不是个弱智就是个kvak（你总是用这个俄语词来代替英语词"假内行"），所以他给我的印象是这么一个人，他……他因为真理之弹在他体内爆炸而不死……所以就成神了！和他相比，所有的昔日先知们全都微不足道了：夕阳下牧群扬起的尘埃，梦中之梦（醒了还在做梦），我们这个学术殿堂里的隐逸学者们严防死守不让外人进来的门缝。福尔特站在我们这个世界之外，在真正的现实之中。好一个真正的现实！——就像蛇膨胀的喉咙一般，让我着迷！还记得我们在福尔特经营的酒店吃午餐吗？那地方临近意大利边境，周围是肥沃的梯田，柏油马路两边长着一望无际的紫藤，空气中散发着橡胶和天堂的味道。那时候，亚当·福尔特还是我们中的一员。如果说当时他还没显示出什么征兆……我叫它什么征兆呢？——比如说先知的征兆——他那强壮的整体构造（身体的动作如同桌球连击一样协调，软骨上仿佛装了轴承，举止精准，鹰一般超然），现在回想起来，至少也说明了他能劫后余生的原因：原有的基数太大，减去一些也没关系。

哦！我的爱，你依然存在，你的微笑从传说中的海上飘来——我再也看不到了！哦！我咬住指节，不让自己哭得浑身发抖，可是痛哭怎么都止不住。就像刹车虽已踩到底，可车子依然下滑，我哇哇地痛哭失声，还表现出一些很丢人的肢体语言：眨巴发烫的眼睛，胸口闷得慌，擦脏了手帕，又是流泪，又是张大嘴抽搐——可我就是没办法，没有你我活不下去。我擤了把鼻涕，咽了口唾沫，然后再一次使劲对着我抓在手里的椅子和砰砰敲打着的桌子说，我不能因为没有你就这么哇哇大哭。你能听见吗？这来自一份陈腐的问卷，鬼魂不会回答的，但我们的死囚伙伴们却欣然替鬼魂作答。"我知道！"（手胡乱指向天空）"我很乐意告诉你！"你可爱的脑袋，两鬓下陷，一枚勿忘草般的灰色眼眸斜睨着一个初吻，撩起头发时温柔地露出耳朵……我怎能接受你消失在那个巨大的洞穴里？你进去了，一切都滑进去了——我的整个人生，潮湿的沙砾，各种物体，各种习惯——又有什么样的墓室围栏能够阻挡我怀着静默的憧憬跌进这深渊之中呢？灵魂眩晕了。还记得吗，你刚刚过世时，我是多么匆忙地冲出了疗养院啊！不是走着出来的，而是跌跌撞撞出来的，甚至在悲痛中起舞（人生就像手指夹在了门缝中）。我独自走在蜿蜒的小路上，周围都是表皮极其粗糙的松树和多刺的龙舌兰，这片披着绿色装甲的世界悄悄地收起自己的脚，以免染上疾病。唉，是啊——我身边的一切都高度警觉，专心致志地保持着沉默，只有当我注视着某样东西时，那东

---

① 原文为Ultima Thule。Thule（图勒）是古代欧洲传说中位于世界最北端的遥远岛屿。本书中的《极北之国》及《单王》原是一部长篇小说中的头两章，极北之国就是单王所在的国度。参见书末《注释》，第807页。

西才一惊之下招摇地动起来，发出沙沙声或者嗡嗡声，假装没有注意我。普希金称之为“冷漠的大自然”。一派胡言！准确一点说，应该是一直在躲避我们的大自然。

然而多么可惜啊！你是个多么可爱的人！我们的孩子也随你而去了，在你体内靠一个小小的扣子与你紧紧相连。不过，我可怜的先生，一个女人喉部患了结核，就不该让她怀孕。不知不觉从法语翻译成了阴间语言。你怀孕六个月时死去，把余下的十二个星期也一并带走，真像是欠债没有还清一般。我多么想要她为我生一个孩子啊，红鼻子的鳏夫对着墙壁倾诉道。Êtes-vous tout à fait certain, docteur, que la science ne connaît pas de ces cas exceptionnels où l’enfant naît dans la tombe？[①]我做了一个梦：那个散发着大蒜味的医生（他同时也是福尔特，或者是亚历山大·瓦西里耶维奇？）格外爽快地回答说，当然会的，这种事情过去的确时有发生，这样出生的孩子（也就是母亲死后出生的）被叫作尸亲。

至于你，自从走后从来没有出现在我的梦中。也许是管理部门有人阻止你，也许是你故意躲着不来梦中的监狱探视我。刚开始的时候，我是个十足的笨蛋，我害怕——迷信，害羞——害怕晚上房间里老是发出的劈啪声。不过这种害怕现在表现为头脑里闪现出可怕的镜头，让我的心像咯咯叫的小鸡逃命一般，拖着低垂的翅膀快速奔跑。更可怕的是夜间的等待。我躺在床上，就怕想到你会真的突然来敲门。我尽量不这么想，但这只会加重心理上的负担，好比大括号里再放进小括号（想着让自己不去想），括号里面的恐惧越来越强。唉，桌子靠里一面似有鬼魂的指甲在枯燥地敲击，多么恐怖啊！这声音当然不像你的灵魂发出的声音，也不像你生命的声音。那只是一个丑恶的鬼魂，会啄木鸟的把戏。只是一个没有身形的滑稽演员，趁我极度悲伤之时开个老掉牙的玩笑。但话说回来，在白天，我并不害

---

① 法语，医生，你能完全确定科学也有不能解释的特殊病例吧？孩子会生在坟墓里吗？

怕，而是会大胆地挑战你，让你用任何你喜欢的方式作出回应。我坐在海边的沙滩上，那里曾是你金黄色的美腿伸展过的地方。和从前一样，一个浪头打来，累得气喘吁吁，但没有任何情况可以汇报，便敬礼致歉，四散而去。小卵石像布谷鸟的蛋，一块瓦片像手枪的弹夹，一片黄玉色的玻璃碎片，一把干扫帚一样的东西，我的泪，一粒微小的珠子，一个空烟盒，上面画着一个身套救生圈、长着黄胡子的水手；一块像庞贝古城墙基石的石头，一块生物的小骨头，要么是一把小抹刀，一个煤油罐，一片紫酱红色的碎玻璃，一个坚果壳，一个难以形容的生锈玩意，跟任何东西没有联系；一块碎瓷片，和它一起的其他碎片肯定在什么地方——我想到了一种永远的折磨，囚犯的服刑，对我这样的人来说是一种最好的惩罚：我这种人一生中思想延伸得太远，也就是说要弓着背走在雾蒙蒙的荒凉海边，找到所有的碎瓷片，收拾起来，重新拼凑成一个调味瓶或一个汤盘。毕竟有这种可能，有人运气极好的话，也许头一天早晨就能修复好汤盘，而不用熬过无数个日日夜夜。这就是运气问题，命运之轮的问题，彩票中奖的问题，极度烦人。一个人没有此等运气的话，死后就得不到永恒的幸福。

在这些早春的日子里，窄窄的圆石子小路上没有花草，一片荒凉，但行人还沿着一旁的人行道来来去去，某个人看到我的肩膀时毫无疑问会说："那是希涅乌索夫，艺术家——前几天他妻子死了。"假如人行道上真的没有人再认出我，我也许就会永远那样坐着，捡点海里漂流而来的废弃物，瞧瞧翻滚的浪花，望望天边拖长的朵朵小云流露出的虚幻柔情，再看看寒冷的青绿色大海冲刷来的阵阵深红色暖意。

然而（当我在断丝般的词语丛中摸索之时），还是让我转回来谈福尔特吧。如果你还记得的话，我们去过他那里一次。那天很热，我俩就像爬上花篮带子的两只蚂蚁，因为我突然很好奇，想去看看我从前的家庭教师（他上课的内容仅限于他针对我课本的编写者提出一些巧妙的争论）。他的外表刚强，衣冠整洁，一个很大的白鼻子，头发中间梳着一道油光闪亮的中缝。后来他事业上一帆风顺，好像走过了一条如头发中缝这般闪亮的路。他的父亲，伊利亚·福尔特，只是圣彼得堡梅纳德餐厅的老厨师：il y a pauvre Ilya，[①]换成俄语的povar，就是"男厨"的意思。我的天使啊，我的天使，也许我们在人世的一切对你来说只是一个双关语，或者是一个怪异的韵脚，就像"牙科"和"超验"[②]（还记得吗？）押韵一样。现实，这个残酷的词语，它的真正意义排除了我们作出的那一切奇怪的、梦幻般的、矫揉造作的解释之后，现在对你来说是那么单纯，那么甜美；怪不得你，天使，会觉得我们太可笑，竟然把睡梦当真（虽然我俩也隐隐明白为什么每样东西轻轻一触就立刻解体——比如词语、日常习俗、制度、人——所以，你知道的，我认为笑就是反映真实的小猿猴，意外地迷失在了我们的世界中）。

时隔二十年之后，我现在又见到了他。当我走近宾馆时，我很正确地理解了宾馆所有的古典装饰——黎巴嫩的雪松，桉树，香蕉树，网球场的红土，草坪外围起来的停车场——我把这些看作运气不错的表现，看作现在需要改变福尔特过去形象的一种象征！在我们分离的岁月里（分离对我俩都不算痛苦），他从一个瘦长的穷学生变成了一位儒雅、发福的绅士。学生时代他长着充满活力的黑眼睛，左手写得一笔刚劲有力的好字，如今眼中的活力和那双大手的好看样子没有消退，只是从背影认不出来是他。他原先的头发浓密光滑，脖颈也是刮过的，现在稀疏的黑发围着一块宛如剃光了的棕色秃顶。穿着炖甘蓝颜色的真丝衬衫，打着格子花纹的领带，下边是宽大的珍珠灰色裤子，杂花鞋子，在我看来好像是打扮起来要去参加化装舞会似的。不过他的大鼻子还是和从前一样。当我走过去时，他的鼻子准确无误地嗅出了淡淡的故人重逢的味道。我拍了拍他宽大的臂膀，摆出姿势让他猜我是谁。你远远地站在一旁，穿着深蓝色的高跟鞋，赤裸的足踝靠在一起，怀着不露声色却又调皮的兴趣打量当时空无

---

① 法语，他是个贫穷的伊利亚。

② 原文为"dental"和"transcendental"。

一人的宽敞大厅里的陈设——扶手椅上垫着的河马皮，没有装饰的吧台，玻璃桌面上摆着英国杂志。壁画故意弄得简单明了，金色的背景下画着几个胸部平平的金发女孩，其中一个不知何故单膝跪地，两缕秀发垂下脸庞。我们能否设想，这奢华房屋的主人会有一天再也看不见这一切？我的天使……这时福尔特握住我的手，紧紧攥住，眉心皱成一团，眼睛眯成一条缝盯住我。他在遵循一时反应不过来的暂停规律，想要打喷嚏的人就遵循这样的规律，要打，却不能确定打不打得出来……不过他打出来了，眼前一亮，往事历历在目，他大声喊出了我的昵称。他吻了你的手，但是没有低头。接着他好心地嚷嚷着，显然很得意让我这么一个见过大世面的人现在看看他通过自己坚强的意志力而取得的辉煌圆满的人生成就。他让我们坐在露台上，订了鸡尾酒和午餐，然后把我们介绍给他的妹夫L先生。L先生十分有教养，穿着深色西装，和福尔特华丽的奇装异服形成鲜明的对照。我们一块儿喝酒吃饭，谈论过去，也谈到了某个身患重病的人。我把餐刀稳稳地架在了叉子的背面，你抚摸着那条好看的狗，它害怕主人，很紧张。大家沉默了一分钟，期间福尔特突然清晰地说了声"对了"，好像他一直想着什么事情，现在突然想明白了一般。然后我们就分开了，相互许了一些彼此都没有打算遵守的诺言。

你在他身上没有找到可圈可点的地方，是不是？的确，这种类型的人太多了：青年时代单调乏味，靠给人上课来供养酗酒成性的父亲，然后靠着顽强努力和开朗性格渐渐地发了家。除了这家利润不是很丰厚的旅馆之外，他对葡萄酒生意也有浓厚的兴趣。你说那样的生活有些无聊，还说像他那样精力充沛、事业成功的人总是一身臭汗，但我后来意识到你这么说是不对的。说实在的，我现在非常羡慕福尔特早期的基本素质：他的"意志力"的精度和力度——可怜的阿道夫在另一种截然不同的环境中提到过这东西，你还记得么？不论是蹲战壕还是坐办公室，不论是赶火车还是在一个没有暖气的房间里天没亮就起床，不论是安排生意上的往来还是交友树敌，亚当·福尔特不仅总能尽展其能，不仅每时每刻都像一把子弹上膛的枪，而且总能确保达到今天的目标，达到明天的目标，也能确保循序渐进地全面实现所有目标。与此同时，他还非常务实，目标定得不高，也十分清楚自己的局限。他最大的长处就是有才而深藏不露，凡事都以平淡普通为好。实际上他有神鬼莫测之奇才，换了不如他小心谨慎的人，有那样的奇才就要好好施展一番。也许他只是在初出茅庐时偶尔不能控制自己，在对一个小学生就某一门单调的课程进行单调的训练时加进了数学思维不同寻常的优雅表现，于是当他急匆匆地赶去上下一堂课的时候，留在我们教室里的是一股诗歌的寒气。我心怀嫉妒地想，假如我的神经和他的一样坚强，我的灵魂和他的一样刚健有力，我的意志力能和他的一样有凝聚力，他就会把他最近超乎常人的发现之精髓透露给我了——也就是说，他不用担心这信息会击倒我。另一方面，我也会一再坚持让他把一切从头至尾都告诉我。

人行道上传来沙哑的声音，小心地冲着我轻喊。不过上次和福尔特一起吃午饭已时隔一年多了，所以当喊我的人身影都投在了我坐的石头上，我依然没有马上认出来他就是福尔特那很不起眼的妹夫。我出于礼貌，机械地起身和他一起散步，他也说了些很深情的话：他说他碰巧到我住的旅馆去了，那边的好心人不仅告诉了他你的死讯，也老远把我在空旷的海边散步的身影指给他看。我的身影引起了当地人的好奇，一时间我很不好意思，每户人家的露台上竟然都能看见我那痛苦的浑圆后背。

“我们在亚当·伊里奇那里见过面。”他说话时露出了门牙牙根，这让我软弱无力的意识记住了他。我肯定得再接着又问他福尔特的情况。

“噢，你没有听说么？”这个话匣子吃惊地问道，也就是这时我才知道了整个故事。

事情是在去年春天，福尔特出差去了一个满是葡萄园的里维埃拉小镇，和往常一样住在一家安静的小旅馆里，旅馆主人是他的长期债务人。有必要描述一下这家旅馆。它坐落在一个郁郁葱葱的山窝里，山上长满了含羞草，一条小路还没完全修好，两边有五六幢小别墅。那里某个小小的住处，收音机在星空下熟睡的夹竹桃林里唱着歌。福尔特的房间在三楼，开着窗户，下面是一片空地，蟋蟀的鸣叫声响彻夜空。福尔特在穆图阿莱特大道上的一家小妓院里过了个保健之夜，十一点左右回到旅馆，心情愉悦，头脑清醒，腰部轻松，马上上楼进了自己的房间。星光染灰了夜空的额头；夜空的表情略带疯狂；古老的小镇灯光密集；前一年他与一位瑞典学者通信讨论过一道有趣的数学题；昏暗的空旷地方似乎飘荡着干燥的香甜气味，这气味没有思想，没有任务，就是四处乱逛。有一种酒，口感玄妙，购销两旺；最近收到一则消息，来自一个遥远的、不引人注意的国家，说一个同父异母的妹妹去世了，她的模样早在他的记忆中枯萎了——所有这些，我想，就是福尔特走过大街再上楼时心中所想的事情。他想着念着的这些事情，分开来看，没有一样对他这个长着坚挺鼻子、不算普通，却很肤浅的人（就人的核心基础而言，我们可以分为专业人和业余人，福尔特和我一样，是个业余人）来说是不同寻常的新事情，但这些事情加在一起形成了也许是最容易产生闪电的媒介。那闪电异常神秘，极其偶然，如同中了大奖一般突如其来的灾难，远非他理智的正常功能所能预测，当晚在那个小旅馆里击倒了他。

这座白色的小建筑，装饰只是褶纱一般的蚊帐和壁花，他回来约摸半个钟头后，全楼人的沉睡突然被打断了——不，不是打断了睡眠，而是一些声音，可怕的声音，把沉睡的人们撕醒了，扯醒了，炸醒了——我亲爱的，那些声音至今让听到的人难以忘怀。那声音不像一个娇生惯养的孩子被几个坏蛋匆匆扔进沟里时发出的杀猪般的尖叫，也不像一个伤员在野蛮的医生给他截下严重受伤的腿时发出的吼叫——都不是，比这些叫声更可怕，可怕得多……后来小旅馆的老板帕翁先生说，要是做个比较的话，那声音很像女人在分娩的剧烈疼痛中一阵一阵发出的尖叫，几乎有些喜气洋洋——只是这尖叫的女人成了男人，子宫里是一个庞然大物。那阵撕裂人类喉咙的风暴，其主调很难分辨——是痛苦、害怕，还是凄厉的疯狂，要么什么都不是，而是要表达一种深不可测的感觉，这种感觉的不可知性传给了从福尔特屋里爆发出来的狂叫，狂叫又引起了听者的恐惧，听者便想立刻制止它。一对新婚夫妇正在隔壁床上翻云覆雨，听见这叫声停了下来，双双转移了视线，屏住了呼吸。住在楼下的荷兰人仓皇逃进了花园，花园里已经来了客房部经理和匆匆闪过的十八个女仆（女仆实际上只有两个，因为来回奔跑，显得人影杂多）。旅馆老板还算镇定自若，讲了事情的经过。他冲上楼去，查明了飓风般的嚎叫是从哪个门里不停地发出来的。叫声实在厉害，仿佛在推人后退。结果发现门从里面反锁了，不论是砸门还是苦苦恳求，都无济于事。这时可以断定嚎叫的人是福尔特（他的窗户开着，里面一片漆黑，那种令人难以忍受的声音就是从那里传出来的，不会带上别人的印记），他的嚎叫远远越过了旅馆的范围，左邻右舍摸着黑聚集过来，有一个家伙手里拿着五张牌，全是王牌。到现在人们根本不能理解一个人的声带如何能承受那么大的压力。有一种说法是福尔特至少叫了十五分钟，另外一种也许比较准确，说他叫了五分钟。老板犹豫不决，不知是大家合力破门而入呢，还是从外面搭个梯子，要么就叫警察。这时那尖叫，可能是达到了痛苦、恐惧、吃惊或者其他一些难以名状的感觉的极限，突然变成了混杂不清的呻吟，然后彻底停了。一时间分外安静，在场的人窃窃私语起来。

老板又小心翼翼地敲了敲门，门里头传来几声叹息，还有踉跄的脚步声。一会儿后听见有人摸门锁，好像不知道怎么开门。一只虚弱无力的拳头开始从里面有气无力地砸门。帕翁先生找来另外一把钥匙，打开了房门——他其实早就能这样做了。

“人都喜欢光明。”福尔特在黑暗中轻轻说道。老板起初以为福尔特在刚才发作的时候把灯打坏了，便下意识地检查了一下开关，结果灯应声而亮。福尔特带着病态的惊奇眨着眼睛，目光先盯着那只带来光的手，然后移到了刚刚亮起来的玻璃灯泡上，好像头一次见灯泡是如何亮起来的一般。

福尔特的整个外表都起了变化，变得很怪，令人恶心：他看起来好像被卸掉了骨头一样，淌汗的脸这会儿不知为何软肉松弛，嘴唇耷拉着，眼睛变成了粉红色，表现出来的不仅仅是虚弱迟钝，也是一种解脱，一种剧痛后产下一头大怪兽一般的解脱。他裸着上半身，下面只穿了条睡裤，低着头站在那边，手心对着手背使劲搓。帕翁先生和旅馆里的客人自然要问他问题，他一概不予回答。他只是鼓着双颊，推开围观的人，走到楼梯平台边，在楼梯上肆无忌惮地小便起来。然后返回房间，躺在床上睡着了。

天亮后老板给福尔特的妹妹L太太打了电话，告诉她她哥哥疯了，身体瘫软，神志不清，捆起来送回家去了。家庭医生认为这只是一次轻微的中风，开了相应的处方，但福尔特却不见好转。过了一段时间后，他倒是真的开始自如走路了，有时候甚至吹吹口哨，或者破口大骂，还故意吃一些医生禁止他吃的食物。然而，他的变化依然存在。他就像一个失去一切的人：失去了对生活的尊重，失去了对金钱和生意的兴趣，失去了所有约定俗成的感觉，失去了日常的习惯和举止，彻底失去了一切。让他独自去任何地方都是不安全的，因为他非常好奇，虽然好奇的都是不要紧的事，自己很快也就忘了，但这样老是冒犯别人。走路碰上人他就打招呼，讲讲某某人脸上的疤是怎么来的，或者说说道听途说的事情。经过水果摊时会拿走一个橘子，不剥皮就吃，卖水果的女人追着他嘟囔，他只是冷冷一笑。他累了，觉得无聊了，就会像土耳其人那样盘腿坐在人行道上，坐下还不老实，伸手抓女孩子的脚后跟，像抓苍蝇一般。还曾经使心计顺手牵羊，从几家餐馆里拿了几顶帽子、五条毛毯、两顶巴拿马草帽，警察也为他头疼。

他的病症吸引了一位著名的意大利精神病医师的注意，当时他正好在福尔特的旅馆里为一个病人做治疗。这位年轻的博诺米尼医师，用他自己喜欢的说法，正在研究“精神动力学”。他的著作不仅仅在学术界广为流传，通过这些著作，他试图说明所有精神错乱都可以用发生在病人祖先身上的不幸事件的潜意识记忆来解释。例如，病人的病症是自大狂，那么要彻底治愈他，就要搞清楚他祖上哪一代追求权力失败了，然后向现在患病的子孙说明那位祖先已经死了，永远安息了。不过在症状复杂的病例中，的确有必要借助舞台表演，让患病的子孙来演他的那位祖先，穿上祖先时代的服装，表演祖先死去的情形。这些tableaux vivants[①]变得十分流行，所以博诺米尼医师不得不发表文章向公众解释，称这种表演如果没有他的直接指导，是很危险的。

问过福尔特的妹妹后，博诺米尼医师确定福尔特家的人对他们的祖先了解不多。伊利亚·福尔特酗酒成性，这不假，但根据博诺米尼医师的理论，“病人的病只能反映遥远的过去”，这就和民间史诗只能“提炼”很久以前的事情是一个道理，所以福尔特父亲的详细情况对他无用。但他还是主动提出要试试看，希望借助睿智的询问，启发福尔特对他自己的症状作出解释，以此推断出他的病应在哪一代祖先身上。下面这件事情也证实了这种解释是成立的：当福尔特的一些好友成功地打破了他的沉默时，他会心不在焉地简略提到他在那个神秘之夜所经历的不同寻常的事情。

一天，博诺米尼医师把自己和福尔特一起关在福尔特的房间里，他就像一个洞察人心的智者，戴着他的角质架眼镜，胸前的口袋里插着一条手帕，看样子定要从他嘴里挖出详尽的答案，以解释他为何深夜吼叫。这种治疗中催眠术很可能发挥了作用，因为事后问起时，福尔特口口声声说他是言不由衷，信口胡说，现在懊悔不已。但他又说不要紧，这种试验现在不做，迟早也要做，但现在做了，就坚决不再做第二遍。尽管如此，《精神错乱的豪言壮语》一书的作者最终变成了

① 法语，活人画表演。

福尔特的美杜莎之猎物。福尔特的妹妹埃利奥诺拉原本在阳台上织一条灰色披肩，觉得医师和病人之间私密会晤时间似乎太长了，不大正常，而且已经有好长时间没有听到精神病医师那诱人放松的声音了。那声音或兴致勃勃，或假着嗓子细声细气地说着诱导之语，刚开始的时候，隔着半掩的落地窗或多或少听得到，现在却消失了。于是她走进兄长的房间，发现福尔特闲着无事，正在好奇地看一本介绍阿尔卑斯山区疗养院的小册子，小册子很可能是医师带过来的。然而医师却四肢摊开，上半身躺在椅子上，下半身瘫在地毯上，背心和裤子之间露着半截衬衣。他的两条短腿叉得很开，脸色苍白如牛奶咖啡，向后仰着，后来被确定为心脏病突发所致。警察管得宽，问这问那，福尔特心不在焉地草草应付。警察受不了这样的折磨，快坚持不下去了，这时福尔特指出了关键问题，说是他自己意外地解开了“宇宙之谜”，和他谈话的人想打探秘密，使出狡猾手段诱供，他扛不住便把答案告诉了他，他听了便吃惊而死。当地各家报纸争相报道这个故事，做些恰当修饰，福尔特摇身一变，成了一位西藏圣僧，一连好几天给并不起眼的新闻专栏注入了营养。

不过，如你所知，那些日子里我是不看报纸的：那时你快不行了。但现在仔细听完福尔特的故事后，我产生了一种非常强烈的愿望，也许夹杂着一点愧疚。

你当然明白我的意思。人要是处在我的境况下，失去了想象——也就是说想象力对他不闻不问——就会关注奇迹创造者的广告。就会关注戴着滑稽长头巾的手相师，他们能把神奇的商业和推销老鼠药或者橡胶手套结合起来。就会关注又黑又胖的算命女巫。不过尤其会关注的是降神师，他们能伪造出来历不明的神力，让幽灵现出乳白色的原形，再让这些显形幽灵自动表演可笑的肢体动作。不过我有自己的想象力，所以就存在两种可能性：第一是我的工作，我的艺术，以及我的艺术带来的慰藉；第二就是冒险相信像福尔特那样的人。他那种人，尽管精于算计，总的来说很平庸，甚至很俗气，相信他就等于相信他果真学会了任何先知、任何巫师都不曾学会的东西。

我的艺术？你记得他，对吧？就是那个奇怪的瑞典人或丹麦人——要么是个冰岛人，反正我不清楚——不管怎样，那个古铜色皮肤的金发瘦子，长着老马一般的眼睫毛，自我介绍说他是"知名作家"，刚用自己的语言完成了一部史诗《极北之国》，雇我为这部史诗画一套插图，价格包你满意（你已经下不了床了，说不出话了，但总是用彩色粉笔在石板上为我写一些有趣的琐事——比如你一辈子最喜欢的东西是诗、野花、外汇）。当然，要我彻底了解他的手稿是不可能的，因为他的法语基本上是道听途说学来的，我们用法语交流，别扭得很，他也没法把他的诗意给我翻译过来。我使劲听懂了的只有这些：诗中英雄是位北方国王，郁郁寡欢，不善交际，他的王国在一个遥远孤寂的岛上，四面环海，烟波浩渺，饱受政治阴谋、暗杀、叛乱之苦，一匹失去主人的白马正在茫茫荒野上飞奔……我先给他画了个blanc et noir[①]样本，他很满意，我们便定下了其他插图的主题。他说好一个星期后再来，结果一个星期后没有来，我就到他下榻的旅馆去找他，得知他已经去了美国。

我对你隐瞒了我的雇主消失的信息，但我再没有继续画那些插图。再说你已经病得那么重，我根本没有心思考虑什么金色钢笔和墨汁画美图的事情。可是你死了后，每一个清晨，每一个黄昏，都变得特别难捱，心中悲切，急得发慌，想起你就热泪盈眶，没法子我就继续画起来，明知画了也没人来取。也是出于那个原因，我觉得这么画画挺适合我的——不可捉摸，像个幽灵，没个目标，也不图报酬，倒把我领入了另一个王国。在我看来，你就活这个王国里，我幽灵般的目标，我的宝贝，我心爱的尘世创作，没有人回来取这些东西。任何事情都不能让我专心，任何事情带给我的只是一时的涂鸦，而不是永恒的图像设计。你留在海滩上的足迹折磨着我，海边的石头折磨着我。明亮

① 法语，黑白的。

的海岸令人讨厌，你留在那里的蓝色身影折磨着我。于是我决定返回我们在巴黎的住所，安定下来认真工作。《极北之国》中的那个岛，出生在灰蒙蒙的荒凉大海上；失去你，我心中的悲伤就像那荒凉大海一样。现在，那座荒海孤岛吸引着我，如同我难以表达的思绪之家。

但在我离开里维埃拉前，我一定要去看看福尔特。这是我为自己发明的第二种慰藉。我努力说服自己，他无论如何不是一个单纯的疯子。他不光相信他自己的发现，而且也相信他的发现才是他变疯的原因，而不是相反。我得知他已经搬到了我的住所隔壁的一座公寓里。我也得知他的健康每况愈下。他的生命之火无人看管，燃到尽头时无声无息地离开了他的身体。他也许很快就会死去。最后我还得知，这个情况对我很重要，最近他尽管身体虚弱，却变得不同寻常地唠叨，经常一连几天给来看望他的人（唉，那些人和我不一样，都是出于好奇来看热闹的）发表讲演，批评人类思维机械呆板。讲得很古怪，曲曲折折，没有揭示出任何道理，只是充满苏格拉底式的激昂与讽刺。我提出去看看他，但他的妹夫说那个可怜人需要散散心，也有力气走到我家来。

于是他们过来了——那位永远穿着劣等西装的妹夫和他的夫人埃利奥诺拉（一个沉默寡言的高个女人，长得轮廓分明，身强体健，令人想起她哥哥的身板。现在她就是他的活教材，近在咫尺的道德图示），还有福尔特本人。福尔特的模样吓我一跳，尽管我早有准备，料定他会变的。我该如何说他的变化呢？L先生说过他看起来好像被卸掉了骨头一般，我倒得出不同的印象：他的灵魂被卸掉了，但作为补偿，他的思维却加强了十倍。我这么说的意思是，看一眼福尔特，就足以明白，不必指望从他身上看到生活中常见的人类感情，他已经彻底丧失了爱的能力，丧失了怜悯心，连自己也不会怜悯；丧失了行善的能力，丧失了偶尔善待他人的心灵的能力，也丧失了尽己所能帮人一把的习惯，那本是善之本源，即便拿他自己的标准衡量，也是如此。这就好比他丧失了与人握手的能力，丧失了使用手帕的能力。然而他给人的印象并不像个疯子——唉，不像，恰恰相反！他的五官奇怪地肿胀起来，目光不快却显得满足，还有那双扁平的脚，不再穿时尚的牛津鞋，而是穿廉价的帆布便鞋。从这种种现象中，可以感受到某种强大的力量，这种力量神经质一般控制着他的肌肉，对肌肉的松弛和必然衰退却毫无影响。

他现在对我的态度跟上次我们短暂相遇时不同，倒是像我记忆中年轻时他给我辅导功课时一样。毫无疑问，他完全清楚，从那时到现在，四分之一个世纪已经过去了，然而他的灵魂丢失了，时间意识仿佛也随之丢失了（没有时间意识，灵魂也无法存在），他显然注意了我——没有通过多少言语，而是他的整个神情——好像我和他相识就在昨天一般。但他和我没有共鸣，没有一点热情——什么都没有，一点点表示都没有。

他们让他坐在一把扶手椅上，他的四肢奇怪地摊开，就像一只黑猩猩在主人的要求下拙劣地模仿一个懒汉横卧的姿势一般。他妹妹坐下来做她的编织活，整个谈话过程中她那着灰白短发的头没抬起过一次。她丈夫从衣袋里拿出两份报纸—— 一份当地的，一份马赛的——也是一言不发。福尔特注意到一张碰巧出现在他视线内的你的大照片，便问你躲到哪儿去了，这时候L先生才说道："好啦，你很清楚她已经死了。"声音故意抬得很高，就像对聋子说话，说时眼睛也不抬，继续看他的报纸。

"唉，是死了。"福尔特漠然说道，没有一点人情味。接着又对我说："那好吧，愿她在天国安息——场面上是应该这么说的吧？"

接下来我俩开始对话。完全是回忆，不是速记笔记，现在让我原原本本地把它写下来。

"我想见你，福尔特，"我说（事实上我当时是用他的名和姓一起称呼他的，但在叙述中，他的形象是超越时空的，不好把那个有确定国籍和遗传历史的人扯进来），"我想见你，为的是跟你好好谈谈。不知你可否考虑让你的亲戚们离开一下。"

“他们无所谓。”福尔特突然说道。

“我说要‘好好’谈谈，”我接着说，“那意思是我假定你我之间有互惠的可能，不论问什么问题，都要有问必答。只是问问题的是我，希望得到你的回答，那么一切都取决于你是否愿意坦诚相告。你不需要我作此保证。”

“问得坦诚，我就答得坦诚。”福尔特说。

“既然这样的话，我就直入主题了。我们先请L先生和L太太出去一会儿，然后你把曾经对那位意大利医师说过的话一字不差地告诉我。”

“这个嘛，我是绝不会说的。”福尔特说。

“你不能拒绝我这个要求。首先，你说的不会要了我的命——这点我可以向你保证。我可能看起来无精打采的，但你别担心，我听下去的劲头还是很足的。其次，我保证替你保密；你要是愿意，我一听完立即开枪自尽。你看，我死都不怕，还怕唠唠叨叨地烦你吗？怎么样，你同意了？”

“我全然拒绝。”福尔特回答道，把身边桌子上的一本书拂开，腾出地方放他的胳膊肘。

“只要我们聊得起来，怎么都行，我暂时接受你的拒绝。让我们从头开始。那么现在，福尔特，我知道事物的本质已经昭示于你了。”

“是的，句号。”福尔特说。

“同意——什么样的本质你是不会告诉我的。尽管如此，我还是得出了两个重要推论：事物都有本质，本质会昭示于思维。”

福尔特微微一笑。“只是别称其为推论，先生。它们只是长途车暂停的站点而已。对于短程的心灵交流来说，逻辑推理可能是一种最便捷的方式，可是地球的弯曲度，说来可叹，不也是通过逻辑反映的嘛。一种完全理性的思想进程将最终把你带回起点，你返回起点后明白了原来天才非常简单，你很开心，觉得领悟了真理，其实你只是领悟了自己而已。既然如此，何必开始那趟旅程呢？你就对这个法则知足吧：事物的本质昭示之时——你也无意间在其中铸成大错。我无法向你解释，因为哪怕有一点点解释的迹象，那便是致命的一瞥。命题不变，错也就看不出来。凡是你能称为推论的东西本身已露破绽：逻辑发展下去必然就是死胡同。”

“好吧，眼下说这么多我也满足了。现在请允许我问个问题。当科学家头脑里出现一种假设时，他会通过计算和实验来检验它，也就是说，通过对真理的模拟和再现来检验。检验可靠的话，就可以影响别人，假设也就得以认可，以为是对某种现象的真实解释，直到有人发现了它的错误。我相信整个科学就是由这些被流放了的或退休了的思想观念构成的，然而它们也都有过各领风骚的辉煌。如今留下来的只不过一个空名或一份养老金而已。可你福尔特的情况不同，我想你已经找到了一种不同的发现方法和测试方法。从神学意义上讲，我能称它为‘启示’吗？”

“不能。”福尔特说。

“等一下，现在我感兴趣的倒不是你的发现方法，而是你自信你的发现结果是正确的。换句话说，要么你有检验结果的方法，要么你意识到结果本身就是正确的。”

“你看，”福尔特回答说，“在印度支那，彩票抽奖的数字是由猴子抽取的。现在我呢，恰巧就是那只猴子。再给你打个比方：在一个人人诚实的国度里，一艘小游艇停靠在岸边，它不属于任何人，但没人知道它不属于任何人。大家都觉得它是属于某个人的，所以大家对它视而不见。我却碰巧上了这艘小游艇。我要是开玩笑一般说这话，事情就再简单不过。不是非要开数学玩笑——我提醒你，数学只是一种蛙跳世代玩的游戏，它们跳过自己的肩膀繁衍后代——我是不断地把各种想法组合到一起，最终找到了恰当的组合，像贝特霍尔德·施瓦茨[①]一样揭示出了爆炸的秘密。我莫名其妙地活了下来。

① Berthold Schwartz，德国传说中的人物，相传为发明火药的炼金术师。

换个人，处在我的境况下，说不定也能活下来。然而在经历了我和我亲爱的医生的那场事故后，我一点都不想再被警察骚扰了。”

“你活跃起来了，福尔特。但是让我们回到关键问题吧：是什么让你确信那就是真理？猴子并不是真正的抽签人员。”

“真理，还有真理的影子，”福尔特说，“在这个世界上确实太少了。当然我这是说真理的种类，而不是真理的样本。现有的真理不是微不足道，就是受到了玷污，从而使得——让我怎么说呢？——使得对感悟真理的冲动变成一种陌生现象，很少有人研究，那种冲动本是感悟真理时全身心的迅速反应。哦，对了，有时候孩子身上会发生这种情况——当一个孩子害了猩红热，醒过来恢复知觉后，有一种触电一般脱离现实的感觉。毫无疑问，是相对的现实，因为你们人类除了相对的现实就一无所有了。任何自明之理，都是一具相对真理的尸体。遇到‘黑色比棕色的颜色深’或‘冰是冷的’这样的话，分析一下你听到这话时引起的身体感觉。你的思想太懒了，懒得连出于礼貌从凳子上抬下屁股也不愿意，仿佛同一个老师进了你的教室一百次，给你教一节古俄语的课程。不过，我小时候，有一天霜很重，我轻轻舔了下小门上闪亮的锁。我们不谈身体上的疼痛，也不谈值得自豪的发现，即使是一次愉快的体验也不谈——因为它们不是对真理的真实反应。你看，感悟真理的意义鲜为人知，以至于我们都找不到一个恰当的词来描述它。你的整个神经系统会同时说‘对！’——就是那样的情形。我们也不要谈什么惊奇感，那只是不寻常地吸收了真理的物体属性，而绝非真理本身。如果你告诉我某某某是个小偷，我会立刻在头脑中把我突然之间搞明白的一些琐事联系起来。那些琐事是我亲眼所见，但我还会得空惊叹一阵：那个看起来如此正派的人居然是个贼。然而我已经不由自主地接受了这个真理，因此我的惊奇就马上呈现出了一个颠倒的形式（我们怎么会把那么明显的一个窃贼看成是老实人呢）。换句话说，真理的敏感点恰好在于第一次和第二次的惊奇之间。”

“对，这已经非常清楚了。”

“另一方面，当惊奇达到了震撼人心、不可思议的程度，”福尔特接着说，“会产生非常痛苦的后果，但这和真理本身引起的震惊相比，就不算什么了。这种情况再也不会被接受了。这种情况没有置我于死地，那是偶然，就像它偶然冲击了我一样。我怀疑人能不能想到对如此强烈的感觉做个检测。然而，检测都是事后回溯，我个人倒觉得没必要去做复杂的证实。以任何一个普通的真理为例——两个角都等于第三个角，则这两个角也相等，那么这个假设是不是对‘冰是热的’或者‘加拿大有岩石’这类命题也成立呢？换句话说，一个小真理在创造一个更小的真理时并不包含其他相关的小真理，更不包含属于其他不同知识层次或者不同思想领域的小真理。那么你怎样谈论一个大真理呢？大真理本身就包含了对所有思维有可能认可之事的解释和证明。一个人会相信野花的诗意或金钱的力量，但不管是信野花还是信金钱，都不能预先决定是相信顺势疗法呢还是相信有必要灭绝维多利亚湖诸岛上的羚羊。但无论如何，在已经了解了我该了解的东西之后——如果可以称作了解的话——我拥有了一把绝对能打开全世界所有大门和宝箱的万能钥匙，只是我无须使用它罢了，因为关于它的各种现实意义的想法会根据它的性质自动变成一系列上着铰链的盖子，无法打开。我可以怀疑自己没有真正的能力去想象我的发现最终会带来什么样的结果——也就是说，在何种程度上我还不算疯；或者反过来说，我离发疯还有多远。但我当然不能怀疑你说的话：‘事物的本质已经昭示于你了。’请给我点水。”

“给你水。但是福尔特，让我想想，我正确理解你的意思了吗？你是不是从今往后真的要成为一个全知的人呢？不好意思，但我并不这么认为。我可以说你知道了一些本质的东西，但是你的言语并没有明确地显示你已经掌握了绝对的智慧。”

“这就让我省力气了，”福尔特说，“不管怎样，我从来没有肯定地说过我现在知道了一切——比如说阿拉伯语，我就不懂。你一辈子刮过多少次胡须，我也不知道。那边的傻瓜正在读报，报纸的版式是谁设计的，我也不知道。我只是说，凡是我想知道的事，我就知道。这话人人都可以说——对不对？——只要翻过百科全书，想知道什么就知道什么。只是我所知道的这本百科全书的准确名称（这里顺便说一下——我现在正在给你一个更加简洁的定义：我知道的是事物的名称）真正地包括了一切，这也就是我和这个世界上大多数多才多艺的学者们之间的区别所在。你看，我已经知道了——现在我正领着你来到里维埃拉的悬崖边上，女士们请别看——我已经知道了关于世界的一件非常简单的事情。这事情本身是显而易见的，太明显了，只有我可怜的人性才把它看成是怪异的。当我提到‘一致性’这个词时，我指的是那种与你们所知道的一致性绝对不一样的东西，就像我发现的本质和任何物理或哲学推测的本质是完全不一样的。目前我内在的主体和宇宙的主体是一致的，这种一致性不会受到身体痉挛的影响，尽管那种痉挛已经击垮了我。与此同时，随着知道了本质事情，便有可能知道所有事情，这种可能性没有因为我体内器官足够坚固而被消解殆尽。我通过意志力来训练自己，不要离开这个生态动物园，若无其事地关注你们的精神规则。换句话说，我就像是一个乞丐，一个拙劣的诗人，虽然收到了一百万的外汇，但是仍然住在自己的地下室里，因为他知道哪怕是稍微向奢侈妥协一下就会毁了他的肝脏。”

“可是福尔特，你已经拥有了这个宝藏——这就是让你痛苦的根源。我们别再讨论你对它的看法了，来谈谈宝藏本身吧。我再说一遍——我已经注意到了，你拒绝让我偷窥你的美杜莎，我现在就要进一步避开那些显而易见的论断，因为正如你所暗示的那样，任何逻辑的推断都是对于思想本身的束缚。我向你建议一种不同的问答方式：我不问你那宝藏的内容，但你无论如何可以告诉我你的宝藏是否放在东方，宝藏中是否有块黄玉，甚至告诉我是不是有人曾经与它失之交臂。你告诉我这些肯定不会泄露宝藏的秘密。我提问题，你只需要回答是或不是，这样我不但能保证避开进一步追问的特殊线路，而且保证谈话彻底结束。”

“理论上说，你正在引诱我走进一个拙劣的圈套，”福尔特说，身子微微发抖，好像人笑得全身发抖一般，“老实讲，这样的问题你只要能问我哪怕一个，那也就是一个圈套。但这几乎是不可能的。所以，如果你乐得无聊，那就开问吧。”

我想了一会儿，说：“福尔特，请允许我像传统的旅行者一样开始发问——旅行者看了一座古老的教堂，这座教堂他不陌生，见过它的图片。现在我来问你：上帝真的存在吗？”

“冷。”福尔特说。

我不理解，又问了一遍。

“就当我没说吧，”福尔特厉声说道，“我说过了，‘冷’。就像人们玩游戏，藏起一个东西，让大家找。你要是在椅子下面找，或在椅子阴影下面找，是找不到那东西的，因为它恰好在别处，那么有没有椅子或者有没有椅子阴影的问题就与游戏毫无关系。说椅子也许存在，但东西不在那里，这就和说东西也许存在，但椅子不存在是一回事。这就意味着你又在人类思维所青睐的那个圈子里走进了死胡同。”

“尽管如此，福尔特，你肯定会同意这个观点：如果按你所说，被寻找的这个东西和上帝的概念相去甚远，而且那个东西，用你的话来说，是一种包罗万象的‘名称’，那么上帝这个概念是不会出现在标题页上的。由此而论，这样的概念也就没有必要存在了。既然不需要上帝，上帝也就不存在了。”

“这么说你还是没有理解我所说的某一个可能的位置和在那个可能的位置上不可能找到东西之间的关系。好吧，让我说得更清楚一点。你提到一个特定的概念，这种行为本身已经把自己放在了一个谜题的位置上，就好像找东西的人自己藏起来了。如果你还坚持你的问题，那就是你不仅自己藏了起来，而且认为通过与被寻找的东西分享‘藏起来’的特性，你自己离‘藏起来’的特性更近了。当我们讨论的话题可能是甜豌豆，或者是足球边线裁判员的旗子时，我如何能回答你上帝是否存在的问题呢？你用错误的方式把目光投向了错误的地方。我亲爱的先生，这是我能给你的唯一答案。如果你能从这个答案中得出一点点结论，比如上帝是无用的或者上帝有必要存在，那恰恰是因为你用错误的方式把目光投向了错误的地方。刚才承诺不用逻辑思维模式的不就是你吗？”

“福尔特，现在我也要给你设个套了。让我们来看看你如何成功地避免了给出一个直接的回答。一个人是不能在自然神论的象形文字里找到世界的名称的，对吗？”

“没听明白，”福尔特答道，“蓝胡子[1]用华美的辞藻和语法骗术，就轻而易举地把我们所期望的否定伪装成了期望中的肯定。这时我所能做的就是进行否定。我不赞成在普通神学的王国里寻找真理这一权宜之计，为了不让你无谓地浪费脑子，我要赶快补充一句，我用过的那个名称是一个死胡同：千万不要钻进去。如果你惊叫：‘啊，又有了一个非同寻常的真理！’我就不得不停止我们之间的谈话，因为咱谈不到一起去。你的惊叫意味着你把自己隐藏得太好了，好到迷失了自我。”

“好，我相信你。我们得承认神学把问题搞乱了。是不是这样，福尔特？”

“扯得太远了。”福尔特说。

“好，这条歧路我们也不走了。即使你能够向我说明它为什么是歧路（因为有些事情古怪、难懂，会惹你生气），我还是看得清你并不情愿回答我。”

“我会的，”福尔特说，“不过这就等同于告诉你事情的本质。也就是说，事情的本质你是不会从我这里原原本本得到的。”

“再重复一遍，福尔特。我问你一个问题，比如，人死后能复生吗？对这样的问题你总不能含糊其辞吧。”

---

① 法国民间传说中的邪恶人物，诱骗并虐杀了多名新娘。

"你对这样的问题很感兴趣吗?"

"就像你对它着迷一样,福尔特。不管你对于死亡了解多少,我们两个都是会死的。"

"首先,"福尔特说,"我想提醒你注意下面这个奇怪的圈套:人终有一死。你是人,所以你也有可能不会死。为什么呢?因为一个特定的人(你或者我)出于特定的原因会不再是终有一死的'任何人'。我们两个人还是会死的,但我的死法和你不同。"

"不要刁难我可怜的逻辑能力,给我一个简明的回答吧:人死后有没有一线复生的希望呢?还是说,人一死就永堕黑暗之中?"

"Bon[①],"福尔特答道,这是移居法国的俄国人常说的话,"你想知道戈斯波丁·希涅乌索夫是否将永远住在戈斯波丁·希涅乌索夫体内,否则蓝胡子,或者说一切事物都将突然消失。这里有两个概念,对吧?全天候的光明和黑暗的空间。尽管两者在超自然的色彩上有所区别,其实彼此还是极其相似的。两者如影相随,甚至会高速运动。赌资总额计算器万岁!嘿嘿,透过赛马场的眼镜看看吧,两者正在赛跑,你很想知道哪一个会首先到达真理的终点。但是到底是这个还是那个先达终点,你要我给出肯定或否定的回答的话,那你就是要求我在两者全速飞奔的时候抓住其中一个的脖子——这两个魔鬼的脖子可是滑溜得不得了。即使我为你抓住了其中一个,我也只是干扰了这场竞赛,胜利者就会是我没有抓住的那一个。这是一个毫无意义的结果,因为竞争已不存在了。但如果你问我哪一个跑得更快,我会用另一个问题来反驳你:强烈的欲望和强烈的恐惧感,这两者哪个跑得更快?"

"我猜,一样快。"

"这就对了。人类可怜的小脑瓜,看看那里面都想些啥。它也无法表述你们——我是说我们——死后会发生些什么。完全的无意

---

① 法语,很好。

识不在此列，我们完全可以想象到这一点——我们每个人都经历过无梦之眠中的那种黑暗。要么反过来说，死亡可以想象到，那么人类的理智就自然而然地不会接受永生这一概念。永生是一种未知的实体，与地球上的任何东西都不一致，但的确很有可能是真的——比如昏迷中的黑暗就不陌生。比如一个喝得烂醉的人在熟睡中由于偶然的外部原因死掉了，因此也就失去了一切他不再拥有的东西，但他很有可能会重新获得思考能力，并且为他的不幸境遇的延伸、巩固、完善而心怀感恩。说实在的，一个相信自己理智的人怎么会接受这样的事情呢？所以，如果你仅仅想问我一件事：身为人类，我是否知道人死之后将会怎样——也就是说，如果你试图转移那个谬论，那个让看似对立、本质相同的两个概念之间的竞争逐渐削减的谬论——那么我就给你一个否定的回答，你会通过逻辑推断得出一个结论，认为你的生命不会以虚无告终。如果我给你一个肯定的回答，你就会得出一个截然相反的结论。你看，无论怎样，你都会一如既往地坚守自己的立场，因为一个干巴巴的'不'只能向你证明：我对这个话题和你一样并不了解。一个含含糊糊的'是'则表明你接受了天堂是普遍存在的这种说法，而你的理智又不能不对此存有怀疑。"

"你躲躲闪闪，就是不直截了当地回答。不过请允许我无论如何提醒一下，在谈论死亡这个话题时，你不要给我一个'冷'字作答。"

"你又往那边去了，"福尔特叹气道，"难道我没有向你解释，无论什么样的推理都是对思想的歪曲么？只要你还在世俗的领域之内，这种推理便是正确的。但是当你试图超越世俗领域时，你超越得愈远，你的错误就愈严重。不止如此：你的思维将会完全从一个功利的角度来解释我给的任何一个答案，因为你只会把死亡想象成自己墓碑的样子，由此也会导致你极大地歪曲我的答案的内涵，使之最终成为一个谎言，千真万确。所以即使在处理超验思想时，我们也要注意规范。我说得再清楚不过了——你应当感谢我躲躲闪闪的回答。我猜，你会这么想：每一个问题都怎么也问不出个名堂。顺便说一句，这解不开的症结比对死亡的恐惧还可怕。你内心的这种感觉犹为强烈，对吧？”

“对，福尔特。我一想我将来的无意识状态，就深感恐怖。同样，我头脑里预见自己躯体腐烂时，就感到厌恶。”

“说得好。这种痼疾是不是还有其他的症状？半夜三更，心脏突然隐隐作痛，好像某个野生动物突然闪现出家养动物的感情和宠物的各种想法：‘总有一天我也肯定会死。’这样的症状也会发生在你身上，对吗？你仇视这个世界，世界没有你照样高高兴兴地运行。你会有这样的基本感觉：与死亡的痛苦相比，与自己的生命相比，世上万物都微不足道，虚幻不真，因为你对自己说，生活不过是死亡之前的痛苦。对啊，对，疾病折磨着你们，折磨的程度或重或轻，我完全能想象得到。我只能说一句话：我搞不明白，人在这种状况下还怎么活呢。”

“好啦，福尔特，我们似乎谈得有些眉目了。看样子我得承认，当我兴高采烈欣喜若狂时，当我的灵魂没有任何负担时，我会突然觉得，人死之后并非就此灭绝。附近有一间上锁的屋子，房门下出来了一幅白霜般的草图，图上流光溢彩，画着喜气洋洋的金字塔，样子像我孩提时代的圣诞树。我会觉得，一切事物——生命、近邻、四月、春天的声音或者心爱之人的甜美嗓音——只不过是一篇杂乱的序言，正文部分还在后边——福尔特，如果我能有那种感受的话，难道我还不可能永存——永存——请告诉我这是有可能的。你告诉我，我就不再问你问题了。”

“如果是那样的话，”福尔特再次摇头说道，无声地笑笑，“我更加不了解你了。跳过序言吧，没有什么疑问了。”

“Un bon mouvement，[①] 福尔特——把你的秘密告诉我吧。”

福尔特说：“你想干什么？趁我不备俘获我么？我看出来了，你很狡猾。不行，这是不可能的。刚开始的时候——是的，刚开始的时

① 法语，一步好棋。

候，我觉得也许有可能与人分享我的秘密。一个成年人，除非他跟我一样壮得像头牛，否则是经受不住的——没错。但我转念又想，能否培养出一代新人呢？也就是说，把我的注意力放到孩子身上。你知道，我当初不能马上克服方言的影响。但真正做起来的话，会发生什么呢？首先，要求孩子们像教士一样保持沉默，以免因一句梦话误伤人命，这是很难做到的。其次，曾经传授给孩子们的信息，被他们毫不怀疑地接受了，沉睡在孩子们意识深远处的某个角落里，一旦他们长大成人，这些信息就会苏醒，导致悲惨的后果。即使我的秘密不总是毁灭物种中的成熟一员，也很难想象它会饶过年轻人。谁人不知，生命中有那么一段时期，各样东西——高加索温泉上方星光灿烂的天空、在厕所里读的书、一个人自己对于宇宙的猜想、对唯我论的痴迷与恐慌——都有可能在年轻人的所有感官中引发疯狂。我没有理由成为刽子手，我也不打算拿个话筒喊喊话去击溃敌人的军团。简言之，没有我信得过的人。”

“福尔特，我问了你两个问题，你两次都向我证明了是不可能有答案的。看来，我再问你其他问题，比如宇宙的范围，或生命的起源，似乎都是白费功夫。你也许会说，能够在一个二流太阳所照耀的二流星球上生活上短暂的一刻，我应当感到满足，或者你会把所有的事情都归结为一个谜：比如‘异源性’这个词本身就是异源的。”

“有可能。”福尔特伸展身子打了个哈欠，表示同意。

他妹夫悄悄地从马甲里掏出手表，看了一眼妻子。

“福尔特，这确实是件奇怪的事，一面是终极真理的超人类知识，一面是一无所知的平庸诡辩者的机敏，两者怎么就在你身上结合在一起了呢？承认吧，你所有的荒诞诡辩只是故意装出来的嘲讽。”

“这个嘛，只是我的防守之道罢了。”福尔特说道，斜眼看看他的妹妹。妹夫把外套拿给他穿，他妹妹正敏捷地从那外套袖子里抽出一条长长的灰色毛纺围巾。“你知道，我要是没有这点防守之道，你说不定已经骗得我说出秘密了。但是，”他在穿袖子，但伸错了胳膊，然后马上把该伸的一只伸了出去，同时在他妹妹和妹夫的推动下，一边往前走，一边继续说，“但是，即使我真的吓着你了，让我来安慰一下你吧：在我所有的唠叨和废话当中，我还是不小心把自己出卖了——虽然只有三言两语，但就这三言两语也显示出了绝对的洞察力——幸运的是，你并没有注意到。”

他被领走了，我们恶魔般的谈话也因此告一段落。福尔特不仅什么都没告诉我，甚至都不允许我接近关键话题。毫无疑问，他最后的话和先前所有的一样只是一种讥讽罢了。第二天，福尔特的妹夫在电话里用沉闷的声音告诉我，福尔特要为这次拜访收取我一百法郎。我问他为什么没有提前告诉我，他立即答复说，如果想再进行一次谈话的话，两次谈话只收我一百五十法郎。购买真理，即使打折，也吸引不了我。给他寄出了那笔出乎意料的欠款后，我强迫自己不再去想福尔特了。尽管昨天……对，是昨天，我收到了福尔特从医院写来的亲笔便条：他用清晰的字迹写道，他将在星期二死去，在弥留之际，他斗胆告诉我——接下来的两行字，本来就很难看清，然后好像故意讥讽一般，全部涂黑了。我回复道：我感谢他的考虑周全，并祝愿他死后过得有趣，并永垂不朽。

但是，我的天使，所有这一切并没有让我离你更近。尽管我觉得你不会屈尊以古老的鬼魂方式出现，但为了以备万一，我还是让所有的生命之窗、生命之门都为你大开着。最可怕的是，我想从今以后你将在我体内发光发热，所以我必须保全我的生命。我转瞬即逝的肉体躯壳也许是你完美生存的唯一保证：我灭亡了，这个保证也就不存在了。唉，带着叫花子的激情，我注定只能依靠肉体的本性来把你的故事向自己讲完，然后依靠我自己的“省略”……

单　王[1]

像往常一样，国王被两个卫士的争论吵醒了，一个是夜间卫士，另一个是上午卫士。夜间卫士过分地守时，规定的时间一到就离开岗位，而上午卫士总是迟到几秒钟，倒不是因为玩忽职守，大概是因为痛风病人的时间习惯上就慢一点。于是，要离开的卫士和即将到达的卫士总是于一点钟在同一个地方碰面——单单在国王卧室窗户下的人行小道上。这条小道夹在宫殿的后墙与一畦长势茂密但花朵稀疏的金银花之间，金银花下面乱扔着各种各样的垃圾：鸡毛，破碎的陶器，装过波莫娜（一种全国知名的水果罐头）的红脸蛋锡皮人罐。他们一碰面，无一例外地要压低声音来一阵简短友善的争执（正是这阵争执吵醒了国王）。原来夜间值班的这个卫士天性顽皮，假装不想把写有口令的石板交给值早班的那个卫士，那个脾气暴躁的傻老头，斯沃赫尔姆战役后退伍的老兵。然后，一切又归于平静，这时唯一能听到的声音就是那有条不紊、时缓时急的雨声。一年三百六十五天或三百六十六天里有三百〇六天都在不间断地下雨，因此天气的突变老早就不会给任何人带来麻烦了（风对金银花就是这么说的）。

国王向右翻了个身，醒了过来，一只白皙的大拳头支在脸颊下，绣花枕套上的纹章图案在脸颊上留下了棋盘般的印痕。褐色的窗帘松松地拉下来，遮住了单扇却很宽大的窗户，窗帘靠里的两条边之间渗进一缕滑腻细润的光线。国王突然想起了一个迫切的任务（他得出席横跨伊戈尔河的一座新大桥的落成典礼)，这个任务一想起来就让他烦，一天的日子是个苍白的三角形，而这个任务就像躲不开的几何图案，硬生生地挤了进来。他对桥梁、运河或者造船业都不感兴趣，虽说他稀里糊涂地主政五年——对，整整五年(八百二十六天)，他真的早该养成了辛勤理事的习惯。要处理的事情复杂多样，自然而然地在他头脑里乱作一团，他烦得要命(而那些完全不同的事情，只要与王室公干无关，就是无比完美的事，好得不能再好的事)。可事情不得不处理，每一次都让他郁闷心烦：有自己存心不想知道的事，处理起来就需要强装笑脸；也有毫无道理或者有可能根本不存在的事，处理时只不过拿虚有其表的传统标准往上一套罢了。关于大桥的落成典礼，他根本不记得有此计划，但他毫无疑问是批准过了的，印象中这只不过是个什么民俗节庆，因为从来没有人不嫌麻烦地问一下他是否对这个复杂的科技成果感兴趣。那桥悬在半空，他今天还得乘一辆装有齿状护栏的豪华敞篷车从桥上缓缓驶过，这也太折磨人了。此外还有那名工程师。有一次国王随口说(就随便一说，为的是摆脱什么人或什么事)自己喜欢爬山，可惜岛上没有一座像样的山(海边上那座古老的死火山不算，再说了，火山山顶上还有座灯塔——顺便说一下，这座灯塔如今也不亮了)，从此大家就不停地对他说起这位工程师。这个工程师的名声不大可靠，是在宫女和官场交际花们的客厅里发迹的，她们爱他面如蜜糖，能说会道。他提议通过地下膨胀的方法将岛上中部平原抬高，变出一座山岳来。选好的膨胀地点渐渐隆起时，当地居民可以照旧住着，不必搬迁。试验区内的小砖房会往一处挤，红毛的奶牛也会感到海拔有变而受惊乱叫，胆小怕事的人想撤走，将会受到惩罚：他们再要回来就得沿着新隆起的悬崖绝壁走，和留在原地躲过平地变山之劫的人相比，花的时

① 作者弗拉基米尔·纳博科夫对本文标题作过如下说明："至于题目，让我引用布莱克伯恩《棋局术语和主题》(伦敦，一九〇七年)一书中的话：'黑方棋盘上如果只剩王一个子，就成为单王局。'"参见书末《注释》，第808页。

间要多得多。渐渐地，草地鼓了起来，巨石松动起来。一条昏睡的小溪翻下了床，变成了一道高山瀑布，连它自己都惊骇不已。树木排着队走向云端，其中许多品种（比如冷杉）都喜欢如此高耸入云。村民们靠在门口的栏杆上，挥动手帕，欣赏着这充气鼓起来的大地巨变。山会越来越高，直到那位工程师下令让那个怪兽般的泵停下来。然而国王没等到泵停就又打盹迷糊过去了，连后悔的时间都没有。凡是头脑一热作出的计划，议员们一听就支持上马，他倒是经常拖着不批（可话说回来，他的多数天然权利和多数人权都被死板的法律压缩了），这一次大桥典礼要是像平常一样别让试验就好了。但现在已经太晚了，那个始作俑者自杀了，突发奇想把一棵树搬进室内当作绞刑架（不管怎样，睡眠精灵对熟睡的人是如此复述的）。

国王一直睡到七点半。通常在这个时候，他的意识会唤醒行动，准备迎接进入卧室的弗雷。这个老态龙钟又患有哮喘的贴身男仆行动时总是发出一种多余的奇怪声音，好像干什么都匆匆忙忙一般。其实匆忙二字显然与他无缘，他分明还不到眼看要死的地步。他把一个银盆子放在一张小凳上，凳面上刻着心形图案。这件事他已经做了半个世纪了，侍奉过两位国王，今天，他要叫醒第三位国王。这盆水散发着香草气味，好似施了魔法一般，给前两任国王端来，也许是真叫他们沐浴的；可是到如今，端来倒是多余的。然而这个脸盆和小凳每天早上照样出现，一起端来的还有一块五年前就折好的毛巾。这位老男仆继续发着他独有的声音，拉开窗帘让光线充分地进入房间。国王一直纳闷，为什么弗雷不先拉开窗帘，而是摸着黑把小凳和那个无用的器皿搬到床前。不过跟弗雷说话是不可能的事，他就是个聋子。他无声的世界和他雪白的头发很相配：那高龄的棉絮让他与世隔绝。当他弓着身走到床前时，卧室墙上的钟开始更加清晰地滴答响，好像这钟也是越老越精神似的。

现在卧室成为焦点。卧室顶上一条龙形裂缝横穿屋顶，屋角立着一个巨大的衣架，宛如一棵橡树。靠墙立着一个非常精致的熨衣板。一把扶手椅，罩着白色的家具套，椅边下方隐藏着一个生铁铸造的形似独角仙的东西，那是个过了时的老用具，用来扣住鞋底脱下马靴。一个橡木衣橱，巨大无比，颜色暗淡，发出一股卫生球味，立在一个用来放脏衣服的卵形藤条容器旁边，这个藤条筐也不知是谁放在那里的。淡蓝色的墙上胡乱挂着些物件：一口钟（这家伙已经滴答响着昭示了它的存在）；一个药品柜；一个陈旧的温度计，显示的是当年的气温，而不是现在的真实气温；一幅铅笔素描画，画上是一个湖，岸边芦苇丛生，一只鸭子离岸而去。还有一位绅士的近身照，打着皮革绑腿，跨在一匹看不清尾巴的骏马上，一位神情严肃的马夫牵着马站在门廊前方，门廊的台阶上聚集着几个神色紧张的仆人。一个落满灰尘的圆形玻璃镜框下压着一些毛茸茸的花……卧室里陈设稀少，也毫不实用，不管谁用这间宽敞的卧室都显不出温馨来（似乎前任国王的妻子曾经在这里住过，她的绰号叫"哈斯莫德"[①]），这让它看起来怪怪的，好像没人住过一般。要不是那个端进来的脸盆，还有铁床边坐着的男人，真无法想象竟然有人在这里过夜。那男人穿着镶边领子的睡衣，一双结实的光脚踩在地上，用脚趾头摸索出一双摩洛哥羊皮拖鞋来。他披上一件像这个早晨一样灰暗的晨袍，走过咯吱作响的地板，来到有毛毡垫的门旁。他后来回忆起那个早晨时，便觉得刚一起来内心和身体就都经历了一种从未有过的沉重感，即将到来的这一天如千斤重担要压垮他。所以这一天带来的可怕灾难（这个灾难隐藏在无聊小事的面具下，已经守在伊戈尔桥上了），尽管荒唐，也预见不了，但对他而言，倒是一副冲淡压力的解药。我们习惯于把眼前的事情归因于刚刚过去的事（我刚才手里还拿着它，我把它就放那儿了，现在它却不在那儿了），把过去与出乎意料的当下联系起来，其实这个当下只是个暴发户，为刚买的纹章盾牌而沾沾自喜。事件都是环环相扣的，我们是它们的奴隶，试图用链条中神奇的

① 原文Husmuder，是husband（丈夫）和murder（谋杀）二词的变形缩合。

一环去堵缺口。回望过去，我们确信，回头看到的那条路，正是已经把我们领向坟墓的那条路，要么正是让我们正本清源、发现自我的那条路。只有在以往的事件里能发现可以恢复、可以改变的迹象时，生活中飘忽不定的鲁莽和失误才能得到真心容忍。顺便说一下，这些也是那个不再独立的艺术家德米特里·尼古拉耶维奇·希涅乌索夫的想法。夜幕降临，竖排的深红色字母闪烁出“RENAULT”[①]字样。

国王出去找早餐。冰冷的石头画廊一边是尖顶窗户，窗角上布满了蜘蛛网，另一边有五间屋子，他从来不清楚其中哪一间里会备好他的早餐咖啡。他依次打开一间又一间房门，看看里面有没有摆好那张小餐桌。总算找到了，摆在最不常放的地方：一幅黑沉沉的前任国王的巨幅肖像下面。画匠给加丰王画这幅肖像时，国王已经到了记事的年龄，记得他的样子。但画像中人物的五官、姿态和体型都被赋予了富丽堂皇之气，远不是当年那个驼背、烦躁、衣着不整的老头模样。那时他有点儿歪的上嘴唇上没长胡子，嘴角一带布满了乡下干瘦老太太才有的皱纹。他家祖训是“审时而治（sassed ud halsem）”，到了他这里，常常被幽默打趣的人改为“扶手椅和榛子白兰地（sasse ud hazel）”。他在位三十余年，既没有引起任何人的特别爱戴，但也没有引起任何人的特别仇恨。他既相信善的力量，也相信钱的力量。他对议会中的多数人言听计从，因为他们那些枯燥无味的人道主义情怀很容易感染他那颗多愁善感的心。他也慷慨地从秘密金库中拿出钱来，奖励那些为王权的稳定作出贡献的人。对他来说，治国之术早已变成了靠机械规律运转的飞轮，以及举国上下的惟命是从。Peplerhus（议会）就像一根吱吱作响的微弱烛芯，闪着迷迷蒙蒙的光，看起来还像是正常运转的机构。如果说他在位的最近几年也受到猛烈反叛的冲击，好比无忧无虑地吃了一顿漫长的晚餐，之后打了个嗝，那也不能怪他，要怪那位王储人品不好，行为不端。

① 即雷诺汽车，法国第二大汽车公司，世界十大汽车公司之一。

说来也是，善良的市民们在怒火中烧之时发现曾经一度是学界的祸害、现在已被遗忘了的凡·斯昆克教授说的话并无大错。他断言，分娩只是一种病，每个婴儿都是父母身上的肿瘤，通常都是恶性的，生下来就“外化”为独立的存在物。

现任国王（我们姑且以国际象棋符号K来称呼他）登基之前，是老国王的外甥。一开始，没人想到继承王位的会是这个外甥，原定的合法继承人是加丰王的儿子阿道夫王子。这位王子在民间有个极其不雅的称号（根据贴切的谐音而来），为了文雅起见，就翻译成“无花果王子”[①]吧。K在一个偏远的王宫里长大，由一位脾气阴郁又野心勃勃的贵族和他那位马一般剽悍的妻子来监护。因此，他几乎不认得表兄，直到二十岁时才开始和表兄多了点接触，那时阿道夫已将近四十岁了。

我们面前是一位心宽体胖、脾气随和的人，脖子短粗，骨盆宽大，颧骨凸起，红扑扑的脸上面色匀称，眼睛好看，有点鼓。小小八字胡不好看，像一对蓝黑的羽毛，不知为何与他厚厚的嘴唇不相配。那嘴唇看上去总是油乎乎，好像刚刚啃过鸡骨头似的。他的头发又黑又密，气味难闻，也油乎乎的，使得他那结实得生了根一般的大脑袋有了花花公子的派头，这在极北之国很少见。他酷爱华丽的服饰，但同时又像papugh（神学院）的学生一样不爱清洗。他精通音乐、雕塑和绘画，但也会花上几个小时陪伴粗俗无聊的人。听到大音乐家珀勒曼沁人心脾的小提琴声，他会失声痛哭；同样，摔了心爱的杯子，捡起碎片时也会悲伤流泪。如果有人需要帮助，只要那一刻没有别的事务缠身，他会想方设法去帮。他得意洋洋地拨弄着生活，品味着生活，也时不时巧妙地给他从不在乎的第三方带来一些远远超过他自己心理底线的痛苦——适合他人、别人、世人遭受的痛苦。

K在二十岁的时候进入极北大学。大学坐落在灰色的海岸，距

① 原文为“Prince Fig”。Fig Sign（无花果手势）在欧洲文化中是极为不雅的手势。

离首都四百英里，沿途满是紫色的石楠。在那儿，他得知了一些关于王储道德败坏的情况。假如他没有躲着人们的谈话和讨论的话，他就会了解到更多的情况。但他好不容易隐藏了自己的真实身份，参与大家的谈话和讨论就会让隐瞒身份的事变得困难。他的监护人，那位伯爵，每周都会来看他一次（有时候来时就坐在摩托车的侧斗里，由他那位能量充沛的妻子驾车）。伯爵总是不停地强调：这个瘦弱忧郁的年轻人，在学习上的表现和在图书馆楼后面具有两百年历史的球场上的表现一样好，要是叫任何一个学生或者教授知道了这个年轻人根本不是什么公证员的儿子，而是国王的外甥，那该多么丢人现眼，也很危险。这算是心血来潮的突发奇想，还是那位坏脾气的监护人私下里的安排，我们就不得而知了。如果这是无数突发奇想的其中之一，那么它愚蠢得令人费解；估计是一个比国王更厉害的无名之人和议会合谋，不知为何要故意扰乱这个北方岛国的生活。这是一座“triste et lointaine”[①]的岛，生活简朴单调，信守着快要被遗忘了的信条。如果是那位监护人的计谋，那可算深谋远虑了，抚养国王这等事情理应保密。到底是哪一种情况，我们说不上，也没有理由去推测，因为无论如何，这位特殊的学生一直忙着别的事情。读书，打壁球，滑雪（那时候的冬天都会下雪），但最重要的是，晚上坐在壁炉边沉思，再后来，没过多久，便和贝琳达谈起了恋爱——这些事情足以填充他的生活，让他无暇顾及那些庸俗的政治小勾当。再说了，他正在认真学习自己祖国的历史，所以他根本想不到他体内沉睡着历代先王的血脉。他也没有想到，刚刚过去的现实生活同样也会成为历史——成为穿越时光隧道来到苍白阳光下的历史。要么是因为他主攻的那部分历史在加丰王在位前一个世纪就终止了，要么是因为极其冷静的编年史学家们无意间变了个魔术，其价值好像比他自己作出的论证更高，于是他身上的学者气质压倒了史实考证，到后

① 法语，悲伤而遥远。

来，他试图把历史与现在重新联系时，就只好满足于临时拼凑，这样做的结果只能是破坏了传说原有的悠久性（伊戈尔河上的那座桥，那座沾满了鲜血的桥）。

也就是在那时候，即大二开学之前，K到首都过了一个短暂的假期，租住在号称“议员俱乐部”的简陋地方。他第一次参加宫廷招待会时遇见了王储，一个喜欢热闹、体态丰满的万人迷，面相年轻，一副老不正经的模样，谁要是不夸他貌美，他就不给谁好脸看。这次会面时老国王也在场，坐在一个彩色玻璃窗旁边的高背扶手椅上，大口地吃着橄榄黑色的李子，吃得又快又麻利，这东西对他来说是美食而非药品。尽管一开始王储阿道夫似乎没有注意到这位年轻亲戚，一直在跟两位大臣交谈，但后来还是说起一个精心算计过的话题，好让新来者听得入迷。他只让新来者看到了他四分之三的轮廓：大腹便便，两手深深插在皱巴巴的格子裤口袋里，脚跟踮一下，然后脚尖踮一下，身子也随之轻轻摇晃。

“举例说，”他得意洋洋地说，用的是专门在公众场合讲话的声音，“纵观我们的历史，先生们，你们会发现，权力的根源在我们中间常常被理解为魔法，只有在服从权力的人心目中能证明它具有咒语一般的可靠效力时，才谈得上真正的服从。换句话说，国王要么是一个魔法师，要么就是被施了魔法；给他施法的人有时候是他的人民，有时候是议员，有时候是他的政敌。政敌会轻而易举地摘掉他头上的王冠，就像从衣架上取走帽子一样。想想那些陈腐的古代习俗，想想mossmons（大祭司“泥沼人”）的统治，想想对发着冷光的泥炭之类东西的崇拜；或者以最初的异教徒国王——吉尔德拉斯，对，还有奥夫德拉斯，还有另外一个，我忘了他叫什么来着。反正就是那个家伙，把高脚酒杯扔进了海里，过了三天三夜，渔民舀上来的海水变成了酒……Solg ud digh vor je sage vel, ud jem gotelm quolm osje musikel。”（“大海的波浪甘甜，营养丰富，少女用贝壳舀来饮用”——王储引用的是古代民谣。）“还有最早的天主教修士，他们乘坐小型帆船来，船上挂的不是帆而是十字架。还有‘洗礼石’的交易——就是因为他们猜准了我们人民身上的弱点，这才成功地引入了疯狂的罗马信条。更有甚者，”王储接着说，突然将渐次加强的声音放缓了，因为这时有个身份显赫的牧师站在不远处，“如果说所谓的教会之所以从没有真正吞噬我们国家的实体，而且在过去的两个世纪中，完全丧失了其政治意义，那完全是因为它所制造的那些初级的、相当单调的奇迹很快就变成了平淡无聊之事，”——那位牧师走开了，王储的声音又放了开来——“不能和自然魔法，也就是我国的la magie innée et naturelle[①]竞争。以后来历史上毫无疑问曾在位执政的列位国王和我们本朝初期为例，当罗格弗里德一世即位时，或者说当他扑向那个摇摇晃晃、被他自己称为海上颠簸之桶的王位时，国家正值多事之秋，狼烟四起，动乱频仍。在这种情况下，他要坐稳天下如同小儿稚梦一般。你们记得他登上王位做的第一件事情吗？他立刻下令铸造六指手形硬币，有一克朗的、半克朗的，还有一格罗斯肯的。为什么是手形？为什么是六个指头？没有一个史学家能搞明白，就连罗格弗里德国王本人搞明白了没有也值得怀疑。然而事实是，这种神奇的措施立刻让国家安定了下来。后来他的孙子在位时，丹麦人企图强迫我们接受他们的保护，大兵压境，可发生了什么呢？极其简单，反叛党（我忘了叫什么来着，反正是叛徒，没有他们，整个阴谋也就不会存在）突然派一名信使向侵略者很客气地宣布：从今往后他们不能援助他了。原来是这样的，‘那些帚石楠’——也就是叛军必经之地上的一种石楠，叛军要穿过那片平原和外国军队会合——‘缠住了叛乱士兵的马镫和小腿，部队无法继续前进。’这种事如今好像只能姑妄听之，可不能当作老故事来教育学童。还有一件事——唉，对了，一个非常好的例子——伊尔达女王，我们不应该忽略那位胸部酥白、绯闻多多的伊尔达女王，她总是用咒语解决所有的国家大事，

① 法语，土生土长的魔法。

还解决得非常成功，以致谁不顺着她的心意，谁就会失去理智。你们也都知道，现今老百姓把疯人院就叫做‘伊尔达小镇’。当老百姓开始参与立法和行政事务，那就荒唐地表明，魔法倒向了人民一边。我向你们保证，比如说，如果可怜的埃达里克国王发现自己在招待入选官员的宴会上无法入座的话，那当然不是因为痔疮的问题。如此等等，如此等等……”（王储开始对自己选择的话题有些厌倦了）“……我们国家的生活，就像个两栖动物，抬起的脑袋放在简单的北欧现实当中，腹部却淹没在寓言里，淹没在丰富的、生机勃勃的魔法中。我们的每一块长了苔藓的石头，每一棵古老的大树，都至少参与过某一种魔法事件，我这么说并非信口开河。这里有个年轻的大学生，他是学历史的，我保证他会证实我的观点。”

K在认真地聆听阿道夫的推理，甚为折服，惊叹他的见解与自己的观点甚是相合。当然了，在K看来，刚才健谈的王储引经据典地列举的那么些例证有点粗糙。难道整个要点不是在魔法惊人的表现方式上，而是在某些奇幻事件造成的微妙影响上？奇幻事件深刻而又朦胧地粉饰了这个岛国的历史。但他无条件地同意基本观点，而且也是这么回答王储的，回答时垂下头点了几下。只是过了好一会儿，他才意识到这令他吃惊的意见巧合其实是意见持有人下意识的狡猾之处，此人无可争辩地具有一种特殊的本能，新遇任何一个听他讲话的人，他都能猜准给对方下什么诱饵最有效。

国王吃完李子后，招手示意外甥过来。没想好要和他说什么，便问他那所大学里有多少人。K大惊失色——他不知道有多少人，也不够机敏，无法随便编出一个数字。“五百？一千？”国王穷追不舍，语气像个急切的少年。“肯定比一千还要多。”因为没有得到一个清晰的答案，他便这样圆了场。他想了一阵，又问外甥是否喜欢骑马。这时王储突然插话，邀请表弟下星期四和他一起去郊游。他插话和平时作风一样，挥洒自如，毫无拘束。

“真是惊人啊，他太像我那可怜的妹妹了，”国王机械地叹口气说，说着摘下眼镜，放到他带饰扣的棕色夹克胸前口袋里，“我太穷，给不起你一匹马，”他继续说道，“但我有一条很好的小马鞭。格特森！”（在喊宫务大臣）“那条很好的小狗头马鞭在哪里？下去以后找一找，给他……一件有趣的小东西，有历史价值吧。好了，我很高兴把它给你，但马我就无能为力了——我只有两匹老马，还得留着给我拉灵车。别生气——我不富有。”（“Il ment。”[①]王储压低声音说，然后哼着曲子走开了。）

郊游那天天气很冷，阴晴不定，晴空一掠而过，暗黄色的灌木林蜷伏在山沟里，巧克力色的车辙里是填满烂泥的小水坑，马蹄子啪嗒啪嗒地踩过，烂泥飞溅，乌鸦也在呱呱地叫。两人骑马过桥之后，离开了大路，马儿小跑着穿过了幽深的石楠花丛，花丛上方时不时会冒出一棵树干细长、已经发黄的桦树。王储看来是个优秀的骑手，但显然没有上过正规的马术学校，因为他的坐姿不算很好。他的屁股又大又沉，裹在灯芯绒和羚羊皮的大衣中，在马鞍上一弹一跳的，圆鼓鼓的溜肩在他的同伴心中隐隐引起一阵奇怪的同情，但只要一看王储那张散发着健康和富足的红润脸膛，一听他催促前进的话语，K刚刚产生的同情感就彻底消失了。

那条马鞭前一天就送来了，但今天出来没有带。王储（顺便提一下，宫里说蹩脚法语的时髦是由他兴起来的）看不上它，称之为“ce machin ridicule”[②]，他还认为，那马鞭本来是马夫小儿子的东西，落在国王的门厅里了。“Et mon bonhomme de père, tu sais, a une vraie passion pour les objets trouvés。”[③]

“我一直在想，你讲的那些事情有多少是真实的。书本里可一点都没有提到那些事。”

“哪些事？”王储问道。他最近在表弟跟前卖弄过不少零碎理

① 法语，他在说谎。
② 法语，可笑的玩意儿。
③ 法语，你知道，我的老好人爸爸对捡到的东西很感兴趣。

论，不知他指的是哪一条，还得煞费苦心地重新建构一番。

“噢，你记得的！权力的神秘起源，还有，那件事……”

“对，记得，记得，”王储赶紧打断他的话，以便毫不拖延地想出最好的办法来对付这个已经失去了新鲜感的话题，“我当时没讲完，因为周围耳目太多。你也明白，现如今，我们的所有不幸都要归咎于政府出奇的懒散，举国上下缺乏活力，还有国会议员无聊的争吵。造成这一切的原因又都是因为咒语，不论是民间的咒语还是王室的咒语，不知为何都丧失了原有的力量，我们世代相传的魔法也沦落为骗术。别再谈这些令人扫兴的事情了，说点高兴的吧。比如说，你在大学里肯定听到过不少我的情况吧？我都能想象出来！告诉我，他们都说了些什么？你为什么不说话？他们都叫我花花公子，对吧？”

“我不听居心叵测的瞎扯，”K说道，“但确实有那类闲言碎语。”

“这个嘛，街谈巷议是真相之诗。你现在还是个孩子—— 一个容易哄骗的孩子——所以呢，有很多事情你眼下是搞不明白的。我只能给你提供这样的意见：人基本上都非善类，但如果是私下里的事情——比如你躲在隐蔽的角落匆匆吞果酱，或是天马行空地胡思乱想，人是善是恶都无所谓，没有人会认为你的所为是犯罪。然而，一个人要是肆无忌惮地满足他蛮横的身体强加给他的欲望，那时，唉，到那时，人们就说这是放纵，就开始公开谴责了！再比如说，以我为例，假如我的合理享受只限于一种方式，始终不变，那公众舆论就会变得温和，最多也就指责我情妇换得太频繁。可是，上帝啊，我要是没有遵守淫荡的潜规则，而是见蜜就采，那公众会掀起轩然大波。注意了，我什么都爱——不管是朵郁金香，还是根普通的草茎——原因嘛，”王储总结道，笑得眼睛眯成了缝，“我真的只追求零敲碎打的美，把整体的美留给大众。零星的美能在芭蕾舞女演员身上找到，也能在码头工人身上找到；能在中年维纳斯身上找到，也能在年轻的骑手身上找到。”

“对，”K说道，“我理解。你是一个艺术家，一个雕塑家，你崇拜具体的形态……"

王储勒马，大笑起来。

"嗨，怎么说呢，这并不纯粹是个雕刻问题——à moins que tu ne confondes la galanterie avec la Galatée[①] ——不过，你这个年纪不懂风流倒也是可以原谅的。不，不，风流远没那么复杂。别跟我如此害羞，我又不会吃了你。我只是看不起qui se tiennent toujours sur leurs gardes[②] 的小伙子。你要是没有更有兴趣的事情可谈，我们就可以经格兰洛格返回，顺道在湖边用餐，到时候再看能想起什么事来。"

"不行，我恐怕——那个——我有事情要办——碰巧今晚我……"

"那么好吧，我就不强求了。"王储友好地说道。走了一阵，到了磨坊边上，他们互道再见。

K不得不答应此次骑马出行的时候，他就预见到了一项特别烦恼的苦差事，因为阿道夫是出了名地健谈，很多不善交际的人遇上他的情况都会如此。假如同行的是一个比较温和、地位不高的人，那还比较容易事先定好此行的基调；但他是常人心态，而阿道夫是激情四射，一起出去，有必要把自己提升到他的水平，那样势必会遇上不少尴尬时刻，这一点K在为这次出行做准备时都设想到了。更有甚者，他初遇阿道夫时就觉得要向他看齐；事实上他不假思索地赞同了某人的观点，那人就可以据此理所当然地预计彼此在接下来的各种场合都会相处愉快。他仔细地盘点了自己可能会出现的失误，还特别清晰地想象了自己的下巴会紧张，铅一般沉重，会觉得极度无聊（他天生有这种能力，在任何情况下都能斜着眼睛看到预期中的自我）——他把这些逐一列表，还考虑到要徒劳地尝试与预期中的自我相融合，要徒劳地从那些假定有趣的事情中去寻找乐趣，于是K退

① 法语，除非你没有和伽拉忒亚风流一场。伽拉忒亚是古希腊神话中著名雕塑家皮格马利翁雕塑的少女，雕塑家完成这个作品后爱上了"她"，爱神为他的真情感动，将伽拉忒亚变为活人，与雕塑家终成眷属。

② 法语，永远依赖保护人。

而求其次，明确了一个很实用的目标：料未来之难料。这个目标他差点就达到了。命运也有选择不当的时候，看来对他留在料想领域之外的小事情还是满意的：苍白的天空、荒凉乡野上的风、清脆的马鞭声、马儿不耐烦的嘶鸣、洋洋得意的同伴滔滔不绝的长篇独白……这一切融化成一种还算可以忍受的感觉，尤其是K在思想上已经为此次出行限定了一定的时间。不就是个奉陪到底的事嘛。可是王储提出了一个新的建议，具有把他心里限定的时间无限延长的危险。一旦如此，对可能会发生的事情就得再一次进行痛苦的估量（其中"有趣的事"又会强加给K，需要表现出期待的欣喜）。所以这种额外的时段——太多了！太难预料了！——让人受不了。于是，他冒着失礼之嫌，找了一个根本不存在的事由作为借口。的确，就在调转马头的那一刻，他后悔自己失礼了，后悔的程度和片刻之前为自己的自由担心的程度一样强烈。由此可见，原是对将来的厌恶之感，现在却恶化成了对过去的质疑之声。他想了一会儿，考虑自己是否应该追上王储以加固友谊的基础，因为追过去就意味着默认新的考验，虽然晚了一步，但更显得珍贵。可是他太担心得罪一个友好快乐的人，同时又害怕自己显然配不上人家的友好和快乐，于是就打了退堂鼓。这么一来，阴差阳错，命运到底还是击败了他，到最后又悄悄地给他一丝烦恼，把他自认为很有把握的一次胜利变得毫无价值。

几天后，他又收到了王储的一份邀请，请他在下个星期的任何一个晚上来"随便坐坐"。K不能拒绝。此外，他感到王储并没有因为他的欺骗而恼火，便放下心来，顺利成行了。

他被引进一间黄色的大屋子，里面像温室一般热。有二十个人，男女比例大致相当，有的坐在矮沙发上，有的坐在厚垫子上，有的坐在长毛地毯上。在刚开始的一瞬间，主人好像对表弟的到来隐隐有点困惑，仿佛忘了邀请过他一般，要么以为是请他在另外一天来的。不过这点短暂的疑惑立刻让位于好客的微笑。一笑之后，王储便不再理会表弟了，其他客人也对他不予理睬。这些人显然都是王储的密友：有几个骨瘦如柴、头发柔顺的年轻女子，六个古铜色脸膛、胡须刮得很干净的中年绅士，还有几个年轻小伙子，穿着当时流行的敞领丝绸衬衫。K突然认出其中一个是著名的杂技演员翁德里克·居尔文，一个郁郁寡欢的金发男孩，手势和步态出奇地温柔，好像他在舞台上极富表现力的身段现在被衣服紧紧捆住了似的。对K来说，这个杂技演员是群星汇聚的关键人物。他这个从旁观察的人，尽管初来乍到，未谙世事，但是他也能立即感觉到那些穿着朦胧纱裙、身材高挑的漂亮姑娘们是那个聋哑世界里的人，也就是从前被称为"风流社会"的那个世界（所有的窗帘都拉上了，不知还有别的世界）。她们摆出各种各样的放纵姿势，没有真正的交谈，只是装作交谈的样子（缓缓地作出似笑非笑的模样，香烟都插在贵重的烟嘴里，透过吐出的烟雾发出"嗯嗯"的声音，表示疑问或者应答）。她们中也有几个曾经在宫廷舞会上露过面，但这丝毫没有改变事情的本质。男客们也是一丘之貉，尽管其中有些是贵族子弟，有些是指甲肮脏的艺术家，还有一些是贩夫走卒之类的粗俗年轻人。一点不错，他这个从旁观察的人初来乍到，未谙世事，所以立刻对自己起初那下意识的印象产生了怀疑，责怪自己是俗人偏见，轻信了市井传言。他断定这里一切都秩序井然，也就是说，他的世界绝不会因为接纳了这个新的领域而受到干扰，这里的一切都简单明了：爱找乐子的独立的人可以自由地选择朋友。

聚会很安静，无拘无束，不知为何节奏甚至像孩子们闹着玩，这大大消除了K的疑虑。机械地抽烟，金色纹理的小盘子里摆着各种精致的小点心，一套套充满友爱的动作（某个人会为另一个人找来几张活页乐谱，一个女孩在试戴另一个女孩的项链），简单，宁静，一切都显示出这种聚会特有的友善。这种友善K本人并不具备，但可以在生活的各种现象中表现出来，如皱纸包着的一颗糖绽放出一丝微笑，别人的闲谈中能探测出老友情深的回声。王储正忙着把六个小球推进一个口袋大小的玻璃迷宫中央去，他蹙眉专注，时不时发出一连几声激动的呻吟，到最后变成了一声愤怒的哼哼。一个红发女郎，身着绿色裙，赤脚穿着凉鞋，故作悲伤，拿腔拿调，在一旁不停地说他永远不会成功。但是王储却坚持了很久，轻轻地抖动那些不听话的小玩意儿，一跺脚，又从头开始。最后，他把一个迷宫扔到沙发上，沙发上坐着的几个人又马上接着玩了起来。有一个眉清目秀的男子，面部痉挛给他破了相，他坐到钢琴前，学着某人弹琴的样子，忽轻忽重地敲击键盘，接着马上又站起来，和王储讨论起另一个人的天赋，估计说的是他刚才没头没尾地弹奏了一段的那首乐曲的作者。那个红发女郎撩起裙子，一边挠露出的美腿，一边给王储解释刚才被他们中伤的那位作曲家在一桩复杂的音乐圈内斗中处于什么地位。王储突然看了看手表，转向那个在角落里喝橙汁的年轻金发杂技演员，用一种略带担忧的语气说道："翁德里克，我想到时间了。"翁德里克闷闷不乐地舔舔嘴唇，放下手中的杯子走了过来。王储用肥胖的手指解开翁德里克的裤子前裆，把他粉红色的私处整个掏了出来，拣出其中最重要的部分，开始有规律地抚摸那根光洁的小棍。

"刚开始，"K讲述道，"我想我是失去了理智，产生了幻觉。"让他最吃惊的是那个过程是那样地自然。他感到胃在翻腾，就离开了。一到街上，他甚至跑了一会儿。

他觉得他只能向他的监护人倾诉他的愤怒。虽然他不喜欢那个相貌平平的伯爵，但他还是决定同他商量，就当他是自己唯一的熟人。他绝望地问伯爵，像阿道夫这样的人，道德如此败坏，年纪又不小了，因此很可能无法悔过自新，这样的人怎么能成为今后的国家统治者呢。王储的行为让他突然看清了王储的本质，同时也让他明白了，这个无比下流的家伙，尽管爱好艺术，其实是个野蛮人，是个自我放纵的畸形儿，缺乏真正的文化教养，仅仅掠取了文化的一点皮毛，学会了如何发挥他善变头脑中的亮点，还丝毫不用担心注定能得到的王位有什么问题。K不停地问，让这样一个人做国王，岂不是发疯般的愚蠢，噩梦般的荒唐。不过在提出这些问题时他就没期望能得到真实的回答：这只是一个年轻人觉醒的措辞而已。尽管如此，他还是继续用粗鲁生硬的短语表达自己的困惑（他天生说话不利索），渐渐触及了事实，看到了事实的真面目。不可否认，他立刻又后退了，但已经看到的事实真面目印在了自己心头，让他猛然意识到，一个国家一旦注定将成为一个淫秽恶棍的玩物，那它将会面临怎样的危险。

伯爵聚精会神地听K讲完了话，期间时不时地抬起他那没有睫毛的秃鹰般的眼睛盯住他看：目光中反射出一种奇怪的满意之情。作为一个工于心计、头脑清醒的指导者，他回答得极为谨慎，好像并不完全赞同K，说他偶然看到的现象过多地干扰了他的判断，想以此让K冷静下来。他说王储的行为只是为了保健，并非允许青年朋友把精力浪费在嫖妓上；他还说阿道夫具有一定的品质，在他登基后会显现出来的。会见结束时，伯爵提出带K去见个聪明人，著名的经济学家古姆。伯爵这样做是一举两得：一方面，以后无论发生什么，他可以逃避责任，并且可以保持中立，万一有什么不幸的事，也能左右逢源；另一方面，他可以借此将K交给一个老谋深算的阴谋家，以此开始实施他这个邪恶狡猾的伯爵蓄谋已久的计划。

那就去见见古姆，见见经济学家古姆。一个大腹便便的小老头，穿着羊毛背心，粉红色的脑门上高高地架着一副蓝色眼镜，精神矍铄、衣着整洁、乐呵呵的古姆。他们见面的频率不断增加，在大学第二年的年末，K甚至在古姆家逗留了一个星期。那时候K已经发现了许多关于王储行为的事，也就不再后悔自己第一次的怒火喷发。K还知道了一些已经尝试过的限制王储的措施，但由于古姆好像总是四处溜达，所以这些措施他主要是从古姆的亲戚和随从那里听到的，倒不是来自古姆本人。起初，人们试图向老国王告发他儿子的胡闹，想让老国王以父亲的身份管管王储。说来也是，也曾有某个人通过层层关卡进了老国王的密室，直陈王储的胡作非为，他老人家听完后脸涨得紫红，焦急地把睡袍的边攥成一团，表现出的愤怒程度超出任何人的想象。他大声嚷嚷着说这种事情一定要有个了结，说容忍之杯正在满溢（说到这里他上午喝的咖啡疾风暴雨般地泼溅出来）。他说很高兴听到坦诚的报告，说他要把这淫荡的狗东西流放到suyphellhus（修道院式的船）上，随波隐居六个月，还说他要……会见就要结束了，开心的官员就要躬身退出时，老王虽然还怒气难平，但已经平静下来，便把这位官员拉到一边，摆出一副推心置腹面授机宜的样子说（其实书房里只有他们两个人）："是的，是的，你说的我全明白，也都如你所言。可是听着——仅限于你我之间——告诉我，我们能否理性地看待这事——毕竟我的阿道夫是个快活的单身汉，他喜欢一些小运动——有必要搞得满城风雨吗？别忘了，我们也都是从小男孩过来的。"这最后一条理由听起来相当可笑，因为国王的青年时代像牛奶一般平静地流过去了，后来已故的王后，他的妻子，对他管束异常严格，一直到他六十岁。顺便提一下，她是一个非常顽固的女人，愚蠢，小气，总爱做些无知而又极其荒唐的白日梦。很可能是由于她，宫廷的习惯，甚至整个国家的状态，在某种程度上都带上了那种特殊的、难以定义的特征，死气沉沉和反复无常奇怪地混在一起，目光短浅和呆板的非暴力疯狂混在一起，这些让现任的国王饱受折磨。

按时间顺序来讲，第二种反抗形式要深入得多：它包括对公共资源的集中及强化。这种反抗很难指望平民阶层能够自觉参与。对于岛上的农夫、织工、面包师、木匠、玉米商贩和渔夫等而言，任何一位王储变为国王就像天气变化一样自然，大家接受就是了：农夫望着积云里的微光，摇摇头——仅此而已。在他地衣般的大脑深处，总为传统的灾害，自然的或人为的，留有一席传统之地。经济贫乏，发展缓慢，价格一成不变，长久以来没有活力（通过这样的经济，空洞的头脑和空空的胃之间立刻形成了联系）；农业常年形势严峻，收成微不足道，只不过够吃而已；蔬菜和谷物之间有秘密协定，好像是同意相互补充，从而保持农艺学的平衡——所有这一切，根据古姆所说（见《经济基础与经济进军》），让人们习惯了逆来顺受。如果某种魔法在这里盛行的话，那么咒语附身，受害者情况只会更糟。更有一层——有见识的人发现这种情况可导致特殊的悲哀——这位“无花果”王储在下层社会和小资产阶级之中受到低俗的欢迎（这两个阶层之间的区别很难界定，如同我们会经常看到的一种令人困惑不解的现象：一个店铺老板的儿子生意兴隆，不料要去接手他祖父低贱的手工活）。谈到“无花果”的胡作非为时，人们总是毫无例外地面露诚恳的微笑，这样就不至于受到谴责：人人嘴上挂着欢笑的面具，一副赞许的样子，已经和实际的想法难以区分了。“无花果”闹得越淫乱，人们笑得越响亮，酒吧里通红的拳头敲打木板桌就越有力，越欢快。举个非常具体的例子：某天，王储叼着雪茄，骑着马走过一个偏僻的小村庄，碰到了一个长相好看的小女孩，于是就让她一同骑马，毫不顾忌她父母的反感（即使他们尊敬王储，也抑制不住心中的反感），她的老祖父一路奔跑追赶，直到跌进一条沟里。全村的人，根据情报人员的报告，笑声雷动，表示羡慕，猜测有好事上门，向这一家人贺喜。那孩子过了一小时回来后，他们还居心叵测地问长问短。只见她一只手里捏着一张一百克朗的纸币，另外一只手里拿着一只刚刚钻出鸟巢的幼鸟，那是她在回村庄路上经过荒凉的树丛时捡到的。

军界对王储也不满，这倒不主要出自对道德准则和国家威望的考虑，而是王储对火力打击、枪炮齐鸣的态度引起了军界的愤恨。加丰王自己和他那位好战的前任相反，是一个“彻底的文职”老古董，尽管如此，军队还是容忍了他；在军事上他对军方唯命是从，这样就弥补了他对军事的无知。与此相反，他儿子却对军事问题公开讥笑，近卫军觉得不能原谅。军事演习、列队行进、鼓足腮帮子吹奏音乐、按照各种习俗操办部队团体宴会，以及这小小岛国军队所进行的其他各种认真的娱乐活动，在阿道夫极富艺术气质的心里激发出来的只有瞧不上眼的讨厌。不过军队的不满也没有走得太远，仅仅是一些零散的埋怨，外加半夜发点誓言（对着微弱的烛光、酒杯和剑）——第二天早晨也就忘记了。所以说，能够主动反抗的还是公共知识分子，可是说来悲哀，他们人数不多。不过，反阿道夫阵营中包括某些政治家、报纸编辑和法理学家，都是些受人尊敬、筋骨强健的老家伙，掌握着大量的机密或具有明显的影响力。换句话说，公众舆论也应时而起，随着王储的恶行进一步加剧，抑制王储的倾向被认为是代表了体面和明智。现在只剩一件事，就是找到管用的武器。唉，缺的偏偏就是武器。媒体有的是，国会也存在，但是根据宪法规定，对王室成员如有一点不敬，必定会导致报纸遭禁或议会解散。试图引起举国震动的行动发生过一次，但失败了。这就是著名的翁泽博士的审判案。

那个案子突显了一些前所未有的事情，甚至在极北之国的司法记录中也是前所未有的。有一个人美德誉满天下，是一名大学老师，也是写民事和哲学问题的作家，极受推崇，观点严谨，原则性很强；总而言之，他的人品完美无瑕，光昭日月，任何人与他相比，声望都似有瑕疵。可是他却受到指控，说犯有违反道德的多项罪行。他绝望之下笨拙地做了自我辩护，最终认罪伏法。事情到了这个境地，也就没什么不寻常的了：天知道精美的乳头在细看之下会变成怎样的疥疮！这件事的不寻常之处和精妙之处就在于这样一个事实：该案的控告和证据形成了一个切实可行的副本，所有的罪名都可以指向王储。简直就是一幅原尺寸的画，无需任何增减就可以装进事先准备好的画框里，每一点细节的精准程度让人不得不惊叹。画上大部分内容都是新的，让谣传已久的陈词滥调准确地落在一个人身上，以至于大众一开始都没有认出来这画是以谁为模特的。然而，报纸上天天报道，很快就激得那些能够看出门道的读者大感兴趣，过去大家旁听审判顶多掏二十克朗，现在花五百克朗也在所不惜。

最初的主意是由prokuratura（地方行政官）孕育而生的。首都最老的法官非常喜欢这个主意。现在要做的只有一件事，就是要找到一个人，这个人要足够正直，不至于同这类事件的原有当事人混淆起来；这个人要足够聪明，不至于在特别法庭上表现得像个小丑或白痴；这个人尤其要有足够的忠诚，愿意为这个案件献出自己的全部，愿意忍受这场骇人听闻的泥浆澡，愿意牺牲他自己的事业以节省别人大量的劳动。这个角色的候选人不好找：此计的谋划者大多来自富裕的家庭，他们喜欢扮演任何角色，就是不愿意扮演这个没了他戏就不能上演的角色。形势看来已经无望了——直到有一天，翁泽博士身穿一身黑衣出现在密谋者的会议上。他没有坐下，就宣称自己完全同意任他们支配。有了机会就要抓紧，刻不容缓自在情理之中，这样他们没有时间为此感到惊讶。乍看之下，此事肯定不好理解：一位思想家，生活单纯，怎么会甘愿自带枷锁，效命于政治阴谋呢。其实他的案例并不是那么非同寻常。翁泽博士经常思考一些精神问题，也常常把最刻板的法律原则应用到最经不起推敲的抽象案例中去，所以一旦有机会去做一件无关私利或者很可能是毫无意义的事情时（因为毫无意义，所以依然抽象，这是抽象事物极纯的本质所决定的），他便不可能弃用他个人惯用的老一套方法。更有甚者，我们应该记得翁泽博士就要放弃教职，就要放弃他钟情的四面皆书的书房，就要放弃他新书的写作——简言之，他就要放弃一个哲学家有权珍惜的一切。我们还应该提到，他的身体也不太好；还要强调的是，在案子提交细审之前，他不得不花了整整三个晚上深入研究一些相当专业的文献，文献讨论的是一个禁欲者知之甚少的问题。我们还要补充一点，在作出决定前不久，他刚刚与一个自己暗恋了多年的老姑娘订了婚，那女子的未婚夫一直在遥远的瑞士与肺结核斗争，直到未婚夫去世，她才摆脱了同情对她的束缚。

案子起始于这位真正的女中豪杰对翁泽博士的起诉，称被他引诱到他的秘密garconnière[①]，“一个奢华而又放荡的狗窝”。一个并不很聪明的少女也对“无花果”王储进行了同样的起诉（唯一的不同

① 法语，单身公寓。

之处是那套被阴谋家秘密租赁并装修的公寓并不是王储过去常租来用以特殊玩乐的那一套，而是在街对面与之相对的那一套——这就立刻形成了整个案件的镜像构思特征）。但这个少女碰巧不知道引诱她的居然是王位继承人，即是说，一个在任何情况下都不会被告发的人。接下来便是许多目击证人的证词（证人中有的是毫无私心拥护王储的人，另一些是雇来的特工：比第一类人要少）。这些人的陈述是由一个专家委员会精心起草的，我们可以注意到其中有一个著名的历史学家，两个重要的文学界人士，还有几个经验丰富的法理学家。在这些陈述中，王储的行为都是按照恰当的时间顺序逐渐发展的，不过与王储令公众震怒的行为实际所花费的时间相比较，还是有所节略。轮奸、同性恋、诱拐年轻人，以及许多其他荒淫行为都以详细提问的方式讲给被告听，但被告的回答却比提问简短得多。翁泽博士独特的思考方式是有条不紊地下功夫，所以他事先对整个案件以他这种独有的方法进行了研究。他根本没有考虑过戏剧艺术（事实上，他也从未去过剧院），便以一种学者的方法，无意间成功地扮演了此类罪犯角色。这样的罪犯抵赖罪行时（抵赖是一种态度，在当前案件中意在促使诉讼加快进行），会在矛盾的陈述中找到养料，在糊涂的顽固中获得支援。

一切都如计划的那样进展，可是，唉，很快就清楚了，原来那些阴谋家并不知道他们真正想要的是什么。是要人民睁开眼睛？可人民都知道“无花果”王储本来就不是个正派人。是要将道德义愤转化成民变？可究竟如何转化，没有任何迹象。也许要将恶行更为有效地揭露出来，是一个环环相扣的漫长过程，现在的整个计划只是其中一环而已？那么，他们实际上让事情带上了不可重复的独有特点，使之太显眼，太棘手，便不由自主地在第一环和第二环的连接处断了一环，要把这一环重新锻造，比锻造任何一环都要多费些时日。

案件的所有细节一公开，只有助于养肥报业：他们的发行量如此猛增，以至于在随之而来的强劲影响下，一些头脑灵活的人（例如西恩）着手创办新的新闻媒体，宗旨各式各样，但只要报道了该案情况，便能保证他们的成功。摇唇鼓舌之徒，小道消息之辈，远远多于出自公心而义愤填膺的市民。普通民众看了报道，一笑了之。在那些公开的报道中，大家看到的是一个由流氓无赖设计的极其可笑的滑稽故事。王储留在他们心目中的形象就是一个小丑模样，油光锃亮的秃头顶上也许挨了一记疥癣怪魔杖的重击，不过依旧是看客们的宠物，展示柜中的品牌。另一方面，翁泽博士的高尚人格不仅没能得到大家的认可，反而引来了恶意的哄笑（黄色报刊可耻地遥相呼应），民众误认为他是一个随时准备卖身投靠的文人。总之，已经包围了王储的淫荡报道有增无减，甚至出现了极具讽刺意味的猜测，他在阅读有关自己丑行的报道时会有何感受呢？这样的猜想打上了善意的标签，我们无意间助长了另一个年轻人嚣张的鲁莽行径。

贵族们、政务要员们、法官们，还有国会中的"侍臣"议员们，都打盹一般毫无作为。他们懦弱地决定慢慢等待，结果失去了宝贵的政治时机。的确，在陪审团裁决之前的几天里，保皇党的成员通过错综复杂甚至不正当的手段，成功地通过了一条法律，禁止报纸报道"离婚案件或其他可能包含诽谤内容的听证会"。但是根据宪法，通过的法律必须在四十天之后才能生效（这段时间被称为是主管法律与正义的女神忒弥斯的临产期），因此，报纸有充裕的时间把案子报道到最后。

阿道夫王储本人对这件事情一点也不在意，更有甚者，他不在意的态度表达得非常自然，以至于人们都觉得奇怪，他是否明白大家到底在谈论何人。此案的每一个片断他肯定都非常熟悉，所以人们不得不得出这样的结论：他要么是患了遗忘症，要么就是自控能力太好了。只有一次，他的几位密友认为他们看见一丝忧虑的阴影掠过了他的大脸盘。"真遗憾，"他叫道，"为什么那个polisson[①]不邀请

① 法语，浪子。

我参加他办的聚会呢？ Que de plaisirs perdus！[①]”至于国王，看样子也漠不关心，但在将报纸放进抽屉、摘下眼镜的时候，他会清嗓子；另外，他经常在一些不合理的时间请某个议员密谈，根据这些情况，可以推断出他还是极其不安的。据说，在审判期间，好几次他都装作随口一说，提出把皇家游艇借给儿子，让阿道夫来一次“小小的环球旅行”。但阿道夫只是笑着亲了下他的秃头顶。“真的，我亲爱的儿子，”老王坚持道，“在海上航行愉快得很！你可以带几个音乐家，外加一大桶葡萄酒！”“Hélas[②]！”王储回答说，“海上航行，一路上下起伏，会伤了我的太阳神经丛。”

审判终于进入了最后阶段。辩护律师谈到了被告的“年轻”，“血气方刚”，也说到作为一个光棍，“诱惑”自会找上门来——这些听来似曾相识，和国王对儿子过度溺爱如出一辙。公诉人发表了一通慷慨激昂的演说——还放了狠话，要求判处被告死刑。被告最后一席话引出了完全出乎意料的事情。长期的压力使他精疲力竭，现在又被迫蹚了另一趟浑水，受尽了折磨，再加上公诉人猛烈抨击，听得他不由自主地胆战心惊，这一切让这位不幸学者的神经崩溃了。在一阵不连贯的喃喃自语之后，他突然声音一变，歇斯底里地开始交代，口齿清楚。他说他年轻的时候，有天晚上，他喝下了有生以来的第一杯榛子白兰地，同意和一个同学去一家妓院，只是晕倒在大街上，没有去成。这番意料之外的交待逗得听众大笑不止，公诉人也一时脑子发懵，试图用物理的办法强行堵住被告的嘴。然后陪审团离席到指定的房间隐蔽投票，一会儿后返回宣布了判决：翁泽博士应判处十一年的苦役。

媒体唠唠叨叨地赞同这个判决。他的朋友们秘密地去看望他，和这位殉道者握手告别……不过老好人加丰王有生以来第一次做了一件相当巧妙的事，出乎所有人的意料，也许连他自己也料想不到：

① 法语，逝去的快乐！
② 法语，可惜。

他利用至高无上的特权赦免了翁泽，判他无罪。

就这样，对王储施压的第一种和第二种方法都无果而终了。还有第三种方法，一种最果断、最可靠的方法。古姆的幕僚谈论的话题无一例外都倾向于实施第三种方法，尽管这第三种方法的真实名称好像没人提起过：死亡总是有很多委婉的别称。K刚卷入这场阴谋乱局时，还不大明白正在发生着什么事。这种茫然的原因不仅仅是因为他年纪轻，经验少，也是因为他本能地以为自己是整个事件的始作俑者。其实他搞错了，事实上他不过是个名义上跑龙套的，或者说名义上的人质。正因为他理解有误，他就不相信自己发起的这项事业竟然会以流血告终。其实，压根就没有什么事业，只是他自己隐隐约约地觉得，在调查表兄生活的过程中，自己如能克服厌恶情绪，那就是完成了一件相当重要、相当迫切的任务。随着时光流逝，他对那项调查感到厌倦了，也讨厌对同一件事喋喋不休的讨论。但是他仍然参与其中，尽职尽责地守着那无聊的话题，而且依然认为他在履行自己的职责，与某种力量进行合作。这种他始终弄不清楚的力量，最终会一挥它的魔棒，把一个不可能是王储的人变成一个水到渠成的王位继承人。有时候他也想过，如能迫使阿道夫放弃王位，那何乐而不为呢（谋划者们说过很多奇特的比喻，很有可能暗含着让他放弃王位的意思）。然而说来够怪的，他从没有把这个想法进行到底，也就是说，他从没有把自己排在下一个王储的位子上。近两年的时间里，在大学学业之余，他频繁地跟矮胖子古姆及其朋友们联系，几乎没有发觉自己被困在了一张精密的网中。也许，他越来越强烈地感觉到的那种厌倦不应该降低到简单的无能——其实他天生就具有无能的特点——不能对那些日渐形成习惯的事情保持关注（事情一旦形成习惯，他就再看不出恢复原有面貌的希望了）。不过，也许这是一种难以察觉的警告，故意改变了一下声音。与此同时，在他参与之前早就开始了的那项事业已经接近血淋淋的尾声了。

一个阴冷的夏日夜晚，他接到邀请，出席一个秘密集会。他去了，因为邀请没有露出任何反常的迹象。后来他倒是回想起来，自己赴会极不情愿，觉得是被强迫的，心情沉重。但话说回来，以前参加了多次会议，差不多都是和这次一样的心情。开会的屋子很大，没有暖气，装饰就像是做个样子给人看的（墙纸、壁炉、餐具柜和架子上落满灰尘的角质酒杯——所有的东西看起来都像是舞台上的道具），屋里坐着二十个男人，一半以上K都不认识。在这里，他第一次见到了翁泽博士：他的秃头顶像大理石一样苍白，沿着正中央陷下去了一条缝；浓密的金黄色睫毛，脑门上几个小雀斑，颧骨上泛着红晕，双唇紧闭，眼睛像鱼，像个宗教狂热者那样穿着教士长袍。他神色冷峻，一点若隐若现的愁容也没有改善他一脸的晦气。大家对他说话时毕恭毕敬。人人都知道审判后他的未婚妻跟他分手了，理由是他假扮另一个人时承认了肮脏的罪行，如今她还是不可理喻地继续在这个男人脸上看到那些罪恶的痕迹。她退隐到了一个遥远的村庄，全身心投入教书。翁泽博士在这次聚会引发的事件之后不久，就到一个小小的修道院隐居了。

在场的人中，K还注意到了著名法理学家施利斯，几个国会的frad（自由党）成员，公共教育部部长的儿子……一张并不舒适的皮沙发上还坐着三个瘦高、阴沉的军官。

他还看到窗边有一张空藤椅，窗台上坐着一个瘦小的男人，远远离开聚会的其他人。他长相平平，手里玩弄着一顶邮政工作帽。K离他很近，能看清他那双穿着粗糙鞋子的大脚，跟他弱小的身躯很不相配，活像就近给脚专拍了一张照片似的。后来K才知道此人就是西恩。

一开始K以为聚在房间里的人在谈论那些他熟悉已久的话题。他心头的什么东西（又是那个内心最深处的朋友）甚至幼稚地渴望着这次会议与之前一切会议没有任何不同。可是古姆在走过K身边时将手放在他肩上，神秘地点了点头，姿势奇怪，不知为何令人讨厌——还有他缓慢、警惕的说话声，那三个军官的眼神，都让K不由得竖起了耳朵。不到两分钟，他就知道了他们在这个缺乏真实感的房间里冷酷地谋划什么，原来已经定好了要刺杀王储。

他的太阳穴附近感到了命运的呼吸，上次在表兄家的晚上聚会后觉得恶心，现在又有了同样的感觉。坐在窗台上的那个小个子一言不发，看了他一眼（眼神既好奇又挖苦），从这一眼中他明白了，他进来时表现出的迷惑并非没有引起注意。他站起身，这时每个人都朝他转过头来，那个正在说话的短发胖男人（K已经许久没有听他在讲些什么了）突然停住了。K走到古姆面前，古姆的三角形眉毛充满期待地扬了起来。"我必须走了，"K说，"我觉得不舒服。我想我还是离开的好。"他欠欠身，个别几人礼貌性地站起来，坐在窗台上的那个人微笑着点起烟斗。K走向出口的时候，有种噩梦般的感觉，觉得那门也许是一幅静物画，门把手也是en trompe-l'oeil[①]，根本就不能转动。不过一瞬间那门变成了真的，从另外某间屋里轻轻地出来一个年轻人，穿着卧室拖鞋，拿着一串钥匙，领着K往前走去，下了一段又长又暗的楼梯。

① 法语，错视画。即运用"视觉陷阱"的作画技巧，令二维的画面给人以三维空间的错觉。

助理制片人

一

什么意思？唉，只因生活往往不过如此—— 一个助理制片人而已。今晚我们就去看电影。回到三十年代，再往前回到二十年代。拐过街角，到老欧洲电影院。她是位著名歌星。不唱歌剧，就连《乡村骑士》也不唱，不唱那类东西。“斯拉夫斯卡”——这是法国人给她起的名。风格：十分之一的茨冈人，七分之一的俄国村姑（她原来的出身），九分之五的通俗流行——我所谓的通俗流行，是一种大杂烩，既有编造的民间故事，也有军事情节剧，还有官方爱国宣传。剩下不多的一点空白，似乎足以用来代表她奇妙歌喉的实质华彩。

她的这种风格来自俄罗斯的最中心地带，那地方从地理上看至少是俄罗斯的中心。渐渐传到了大城市，像莫斯科、圣彼得堡等，也传到了沙皇周围，沙皇圈子对这种风格特别欣赏。费奥多·夏里亚平[①]的更衣室里挂着一张她的照片：俄罗斯风格的珍珠头饰，一手托腮，丰满的唇间牙齿闪亮，一行笨拙潦草的大字横穿照片，写的是“费兄留念”。大家排起了长队，等售票房开门，片片雪花在花边融化之前展现出复杂的对称性，轻轻地落在排队人的肩上，衣袖上，胡须上，帽子上。直至去世，她始终把沙皇皇后给她的一块特殊奖牌和一枚硕大的胸针奉为至宝，超过所有东西——也许是假装如此。这两样东西来自一家财源广进的珠宝店，这家店生意兴隆靠的是逢年过节向沙皇夫妇呈献某样标志着沙俄大帝国的礼品（价值一年高过一年）。要么是一大块紫水晶，顶上搁着一辆镶满红宝石的青铜三驾马车，宛如诺亚方舟搁浅在亚拉腊山上；要么是一个西瓜大小的水晶球，上面立着一只金鹰，嵌着方钻的鹰眼酷似拉斯普廷的双眼（多年之后，一些象征意义弱一点的同类礼品被苏联政府当作自己艺术繁荣的样品在世界博览会上展出）。

假如当年的形势就如当时那样发展下去，她今晚可能依然在某个有中央暖气系统的贵族厅演唱，或在皇村演唱，我则会在草原之母西伯利亚的某个僻远角落关掉她的广播歌声。然而命运拐错了弯。革命一爆发，“红白战争”接踵而至，她狡黠的农家头脑便选择了比较实际的党派。

电影上助理制片人的名字淡出后，可以看到鬼魅一般的哥萨克人骑在鬼魅一般的马上冲锋而来，鬼魅一般地多。然后出现了衣着整洁的戈卢布科夫将军，正用一副歌剧望远镜懒懒地查看战场。想当年电影和我们都还年轻，我们通常看到的正是被视线整整齐齐框在两个圆圈里的东西。如今不是这样的了。我们接下来看到的是戈卢布科夫将军，全身的懒散突然消失，飞身上马，在后腿直立起来的马背上高耸入云地闪现了一下，然后火箭一般冲入疯狂的厮杀中去了。

但出人意料的是艺术光谱中的红外线：没有机关枪答答答的反射，远方却传来了女人的歌声。歌声越来越近，最终盖过了所有声音。美妙的女低音扩展成音乐指导在他资料中找得到的任何俄罗斯风格的曲调。是谁在带领这支红外线里的红军？原来是个女人。那支训练有素的独特部队里有个唱歌的幽灵。她一马当先，踏着苜蓿草，高唱着她那首“伏尔加—伏尔加”的歌。衣冠楚楚而又英勇无畏

---

① Feodor chaliapin（1873—1938），著名的俄罗斯男低音歌唱家。

的戈卢布科夫居高临下（现在我们知道他刚才望见什么了），虽然身受几处伤，仍能将她一把掳上马来。她性感迷人地挣扎着，被远远带走了。

说也奇怪，这么个滥剧本也居然真的上演了。我本人就至少认识两名目击此事的可靠证人。历史的哨兵也毫不盘查，就将它顺利放行。不久我们便发现，她以黝黑丰满的美貌和狂野的歌曲让军官俱乐部为之疯狂。她是个多情的美女[①]，身上有股那个无情的绿妖女路易丝·冯·伦茨所缺乏的冲击力。自从她在戈卢布科夫将军大营中神奇地出现后，白军便全面败退。也正是因为有了她，败退才变得甜蜜。我们瞥见阴沉的一瞬，是渡鸦，还是乌鸦，反正是见得着的鸟，在暮色中盘旋，缓缓降落在一片尸体横陈的平原上，大概在文图拉县什么地方。一名白军士兵死去的手中仍握着一枚胸坠，上面有他母亲的脸。附近一名红军士兵碎裂的胸膛上躺着一封家书，同样一个老太太闪现在已经模糊的字里行间。

接着，以惯用的对比方式，强烈的音乐和歌声"啪"地爆发出来，配着拍手打出的音乐节拍，穿着靴子的脚也踏着节拍，我们看见戈卢布科夫将军的手下正在狂欢作乐——一名体态柔软的格鲁吉亚人拿着一柄匕首跳舞，铜茶壶上自觉地映出一张张扭曲的脸。斯拉夫斯卡头往后仰，发出嘶哑的笑声，部队中的那个胖子已喝得昏了头，松开了紧扣的衣领，噘起油腻的嘴唇，想来一个野蛮的吻。他一弯腰扑向桌子对面（镜头一个特写，一只翻倒的玻璃杯），要抱住什么——却扑了个空，原来精瘦的戈卢布科夫将军异常清醒，已经巧妙地将她拉到一边。这时他二人站在大伙面前，他用冷静清晰的声调宣布："先生们，我要向大家介绍一下我的新娘"——接下来大家惊得鸦雀无声，外面一颗流弹碰巧击碎了青色黎明的

① 原文为"a Belle Dame with a good deal of Merci"，戏仿英国诗人济慈《无情的美女》（*La Belle Dame sans Merci*）一诗，该诗咏叹骑士为妖女所惑，丧失斗志。后世又有不少以此为题的画作。

窗玻璃，屋里这才爆发出雷鸣般的掌声，向这对魅力无限的新人道贺。

毫无疑问，她被掳一事，不完全是桩偶然事件。制片厂是严禁非决定论的。更无疑问的是，大逃亡一开始，他们和大家一样，经西鲁克兹街到莫茨街，再到伏吉拉尔街，[1]一路上将军和他的夫人已经形成了同一个团队，同一首歌，同一个密码。自然而然，他成了“白盟”（白军战士联盟）的一员干将，四处奔走，为俄罗斯小伙组织军事课程，安排慰问音乐会，寻找兵营安置穷人，排解当地纠纷，而且做了这么多好事却不出风头。我以为这么做在某些方面是有用的。说来不巧，那个“白盟”为了保持精神上的优势，始终不能与海外的保皇党划清界线，也不能像流亡的知识分子那样体会到那些荒唐而邪恶的组织中存在着可怕的暴力倾向，希特勒主义盛行。每当美国人出于好意问我认不认识迷人的某某上校，或显赫的奇科夫斯基老伯爵时，我总不忍心告诉他们阴暗的事实真相。

不过和“白盟”有关的还有另一类人。我想到的是那些喜欢冒险的人，他们用别的方式帮助这事业。他们穿过白雪覆盖的冷杉森林，跨越边界，利用昔日社会革命派独特设计的各种伪装在故国大地上游荡，然后把一些有用的、凡是间谍都要给老板带回来一些的小道消息带回到巴黎那家叫“啊，面包圈”的小咖啡馆，或是带到柏林那家没有专门名字的Kneipe[2]。这些人里面有一些和其他国家的情报部门纠缠起来，难分难解，你要是从背后轻拍一下他们的肩头，他们会可笑地跳起来。倒是有不多几个是觉得好玩而去做探子的。也有一两个也许真的相信他们是在用某种神秘的方式为重建过去做准备，一种神圣的、略带霉味的过去。

---

① 西鲁克兹街在土耳其伊斯坦布尔，莫茨街在柏林，伏吉拉尔街在巴黎，分别代表当年许多俄国人的流亡路线。

② 德语，小酒馆。

二

此刻我们要去看看一连串极为奇怪，又极其没意思的事件。“白盟”第一任主席，死在了任上。他是整个白派运动的领袖，到目前为止，也是众多主席里最优秀的一个。他是突然病倒的，有些说不清楚的症状使人隐隐感到是有人下了毒。下一任主席，一个大块头的壮汉，讲话声大如雷，头像一颗炮弹，既高且壮的家伙，被不知名的人绑架了。我们有理由相信他死于过量的三氯甲烷。第三任主席——我的电影胶片也跑得太快了些。其实除掉头两个主席就花了七年时间——倒不是因为这种事干起来不可能是举手之劳，而是因为有些特殊的情况需要非常精确的时间计算，才能协调一个人自己按部就班的升迁与位子突然空出之间的间隔。让我们解释一下。

戈卢布科夫不仅是个多才多艺的间谍（事实上是个三重间谍），也是个野心极大的小家伙。他梦想主持一个势同墓园落日的组织，这个梦想对他为什么如此重要，这对那些没有爱好或缺乏激情的人来说只是一个谜。他就是很想当这个头儿——如此而已。让人不好理解的是，他坚信自己能在强大派系之间的倾轧中保存自己微弱的实力，从各派那里都收受危险的金钱和危险的帮助。我希望你们集中注意力，因为形势变化莫测，漏过了微妙之处可就遗憾了。

苏维埃政权的主体已经巩固，幽灵般的白军向他们重新开战的可能性微乎其微，所以他们并不为此特别担心。但飘忽不定的“白盟”黑手到处搜集军事重镇和工厂的情报，然后德国人坐享其成，这让他们非常恼火。流亡人士的政治色彩千差万别，深奥微妙，德国人懒得过问，但一位“白盟”主席爱国心切，每每因坚持道义而阻碍了友好合作的流畅进行，他们也会感到恼火。

于是，戈卢布科夫将军遇上了天赐良机。苏维埃一心盼望由他统治“白盟”，那样他们就会对“白盟”的所有间谍了如指掌——同时随机应变，让德国人虚耗精力，得到假情报。德国人也同样相信，通过他，他们可以把一大批自己绝对可靠的情报员安插在“白盟”的日常情报员中间。两方都不幻想戈卢布科夫将军对自己忠诚，但两方都以为有他在两边摆来摆去，自己便从中有利可图。单纯的俄国老百姓，那些流散在边远地区辛勤劳作的俄罗斯难民家庭，仍和在萨拉托夫或特维尔一样，操持着他们卑微而诚实的生意，养育着脆弱的儿女，天真地相信“白盟”是什么“亚瑟王的圆桌骑士”之类，代表着俄罗斯童话过去和未来的一切美好、体面、强大的事物——这就是俄国老百姓的梦，这些梦想很可能被影片剪辑者视为长在主题上面的赘疣。

“白盟”成立之初，戈卢布科夫将军的掌门候选地位（当然是纯理论上的地位，因为谁也不曾预料到当时的领导会死）还远在一长串名单的下端——其中原因并非他传奇式的英勇事迹没有得到同辈军官的充分赞赏，而是他碰巧是全军最年轻的将军。快到第二任掌门选举之时，戈卢布科夫将军已经展现了组织者的巨大才能，觉得他能够安全地从掌门候选名单上划去好几位，也就顺便救下了这几位的性命。第二位将军除去之后，许多“白盟”成员都相信，下一位候选掌门费琴科将军会将他凭年纪、声誉和专业素养理当享受的权利让给这位后起之秀。然而老先生虽对“理当享受”心存怀疑，却觉得躲开已经要了两条人命的工作有懦夫之嫌。于是戈卢布科夫将军一咬牙，又从头做起。

他在外表上缺乏吸引力。全身上下没有一点你们熟悉的俄国将军的样子，没有一点和善、魁梧、凸眼、粗颈的样子。他身材瘦弱，五官鲜明，嘴上一道短髭，头发剪成俄国人所谓的“刺猬”型：又短又硬，笔直，密实，耸立而整洁。多毛的手腕上戴着一圈细细的银镯，他递给你的香烟要么是纯粹的俄国自造烟，要么是带李子干气味的英国“卡普斯腾”牌——这个牌子他念出来就是这样的音[①]——烟卷整整齐

① 即英国的名牌香烟“绞盘牌”，英文是“Capstan”（卡普斯坦），这位将军念出来是“Kapsten”。

齐地排列在一个宽大的黑皮旧烟盒里，这个烟盒曾伴他经历过无数战役，受过的硝烟洗礼应是可想而知的。他为人极其客气，从不招摇。

每当“斯拉夫斯卡”在她众多的“艺术资助人”家里“搞接待”时（有一位波罗的海的什么男爵，一位首任妻子曾是歌剧《卡门》名角的巴克拉克医生，还有一位是个老派俄国商人，正在通货急剧膨胀的柏林生意兴隆，以十英镑一栋的价格买下一幢连一幢的房子），她毫不起眼的丈夫会一声不响地穿梭在客人中间，要么给你端上一份腊肠黄瓜三明治，要么送来一小杯淡霜颜色的伏特加。“斯拉夫斯卡”歌唱的时候（她在这样的非正式场合下，总是坐着唱，一拳支腮，另一只手摊掌托肘），他会远远站在一边，要么靠在什么东西上，要么踮着脚尖踱向远处的一个烟灰缸，将它拿来轻轻摆在你座椅的宽大扶手上。

我认为，从艺术角度看，他如此不露声色，做得过了头，无意间有奴颜婢膝之嫌——如今看来倒是恰到好处。不过他当然是希望把自己的存在建立在对比原则上，也常以此取得激动人心的效果。他会从一些美好的迹象中——有人头一偏，眼睛一转——准确地得知屋里远处的某人正在请一位新来宾注意一个令人神往的事实：眼前这位低调谦恭的人竟然是一场传奇式的战争中功勋卓著的英雄（曾单枪匹马攻城掠地，以及类似的事迹）。

三

德国的电影公司，当年就像毒蘑菇一样纷纷冒出（那时候光的孩子还没有学会说话），通过雇用俄国流亡人士找到了廉价的劳动力。那些俄国流亡人士，希望和工作全都在过去——也就是说，这是一帮完全虚幻的人——让他们来代表影片中“真实”的观众。一个幻觉紧接着另一个幻觉，让敏感的人产生住在镜子宫里——或者不如说住在镜子囚室里的印象，一时分不清孰为镜子，孰为己身。

说来也是，我只要想起“斯拉夫斯卡”在柏林和巴黎唱歌的地方以及在那里见到的形形色色的人，就会觉得我仿佛在对某部旧电影进行色彩和声音的技术处理。影片中的生活是一阵灰色的振动，葬礼上的惊慌奔走，只有大海带上了颜色（一种病态的蓝色），后台某种手动的机器模仿着与画面不同步的海浪拍岸声。一个故事中的人物，形迹可疑，受到救援组织的憎恨。这人是个秃顶男子，眼露凶光，双腿盘坐，像个上了年纪的胎儿一般，缓缓地飘过我的视野，然后神奇地落在后排一个座位上。我们的那位伯爵朋友也在，全身从高领到脏鞋罩都可看见。还有一位可敬却又俗气的神甫，宽厚的胸上一枚十字架在微微起伏，坐在第一排，两眼直视前方。

一提“斯拉夫斯卡”这个名字，我头脑里就浮现出那些右翼庆典节目，其性质和她的听众一样虚幻。一个多面手的艺人，取了个斯拉夫假名，是个吉他高手。这种人在音乐厅演出中常是最先出场的廉价艺人，在这里反而极受欢迎。他的乐器装有玻璃面板，上面缀着闪亮的小饰品，腿上穿着天蓝色的丝裤，他后面的演出者也大体都是如此打扮。有个大胡子的老无赖，穿着一件下摆裁成圆形的破旧外衣，从前是“神圣俄国至上会”的会员，常做主持人，把“以色列之子”和“互济会”（两个秘密的闪族人组织）对俄国人民的所作所为作一番生动的描述。

现在，女士们，先生们，我们高兴而又荣幸地请到——这时她就会站在那边，背后是棕榈树和国旗组成的难看背景。她用苍白的舌头舔湿浓妆艳抹的嘴唇，戴着小山羊皮手套的手悠闲地握起来，放在紧身衣收束的腹部。她那位固定的伴奏，脸上像大理石一般冷静的约瑟夫·莱温斯基，追随着她的歌声，从沙皇御用的音乐厅到卢那察尔斯基同志的沙龙，再到君士坦丁堡一些无名的地方，弹出一串跳板般的音符，组成简短的引子。

有时候，唱歌的地方要是个正经地方，她就会先唱国歌，再唱她那些有限却广受欢迎的曲目。免不了会有那首哀怨的《去卡露加的老路》(第四十九里处有株雷劈过的松树),还有开头是“我的俄罗斯深埋雪中”的那一首,俄文的歌词印在德文翻译前面。再就是那首古老的民谣(一位平民写于八十年代[①]),唱的是一个土匪头子和他可爱的波斯公主,后来他的手下抱怨他儿女情长,他就把公主扔进了伏尔加河。

她不讲究艺术品味,歌唱技巧也是时好时坏,整体风格堪称粗暴。可对有些人来说,音乐和感情浑然一体,也有些人喜欢用歌声作灵媒,把昔日里最早让他们害怕过的场景再次招魂于眼前。这样的人听她的歌,总是心怀感激。他们在她无比响亮的歌喉里找到了对往昔的怀念,对故国的热爱。如果她的歌声里响起一股狂野鲁莽的气概,大家便认为这时的她尤其富有感染力。假如这种狂放气概不是那么公然地做作的话,她或许还能凭此摆脱彻底的粗俗。那又小又硬的东西,原是她的灵魂,从她的歌声中突显出来,她性情所能达到的最高境界只是一个漩涡,而不是自由奔腾的洪流。如今在哪个俄国家庭里打开留声机,一听见她保存在唱片上的女低音,我就不由自主地要打冷战。我就会记起她假装唱到高潮时忸怩作态的样子,发出最后一声激情的呼喊时,嘴的全部构造展现无遗,蓝黑色的头发像美丽的波浪一般飘动,双手交叉按在胸前的缎带奖章上,接受大家发狂的喝彩。她肥胖的黝黑身躯即使在鞠躬时仍然僵硬,这是因为裹在结实的银色绸缎里,使她看上去像个雪堆成的妇人或一条高贵的美人鱼。

四

接下来你就可以看到她(如果电影审查官不觉得以下内容有辱宗教虔诚的话),跪在一间拥挤的俄罗斯教堂蜜色的烟雾中,放声痛

① 即十九世纪八十年代。

哭，身旁就是那位遭了绑架的将军的妻子或者遗孀（是妻子还是遗孀她心里清清楚楚）。原来绑架是她丈夫精心策划的，老板派了几个高大干练的无名汉子来巴黎实施，做得干净利落。

两三年后的另外一天，你也会看见她在乔治·桑大街上某间公寓里歌唱，身边围着一群捧场的朋友。你可以看见她两眼轻轻眯成一条线，歌唱时的微笑渐渐消失，原来她丈夫悄悄溜了进来。他方才在处理手头一桩事情，最后的细节交代完毕才进来。一位头发花白的上校想把自己的座位让给他，他轻轻打了个不要起来的手势。她任由一首唱了一千遍的歌下意识地流淌而出，眼睛则朝他斜瞟过去（她像安娜·卡列尼娜一样略微近视），试图看清一个确切的信号。然后她沉入水中，他的画舫扬帆远航，最后一个信号是萨马拉州那段伏尔加河上的一圈涟漪，荡进了单调的永恒之中（因为这是她演唱的最后一首歌了），她丈夫走到她身旁，用一种人类的掌声无法盖过的声调说："玛莎，那棵树将在明天砍倒！"

关于树的这点情况，那只是戈卢布科夫将军在他鸽灰色的事业中让自己享受的一点戏剧性的乐趣。这是挡在他前途路上的最后一位将军，次日的事件将自动导致他当选，记得这一点的话，我们就会原谅他那么口无遮拦了。近来，他们的朋友间流传着一个小笑话（俄国幽默是只一点面包屑就能喂饱的小鸟），说这两个大孩子正在闹口角，很有意思。原来他们郊外夏日别墅旁有一株高大的老白杨树，遮暗了她的录音室窗户，她一气之下要砍了它。他争辩说，这个老而弥坚的家伙是她最嫩的仰慕者（令人捧腹大笑），理应赦免。也请注意这位披着貂皮披肩的胖女士，她好心地寻将军的开心，嘲笑他没坚持多久就投降了。还有"斯拉夫斯卡"容光焕发的微笑，她舒展开来的像果冻那般冰凉的胳膊。

第二天傍晚时分，戈卢布科夫将军陪着夫人到她的裁缝铺里，坐下看了会儿《巴黎晚报》，然后受到差遣，回家去取一件她本来要放宽一点却忘了带来的衣服。这中间她找几个适当的时候，装模作样地往家里打电话，喋喋不休地指点他翻找那件衣服。剪裁师是个亚美尼亚女人，缝制师是杜曼诺夫小公主，这两位就在隔壁屋里津津有味听她用各种各样的乡下话赌咒发誓（多亏了这些乡下话，她才不至于把一个单凭她的想象实难应付的角色演砸）。这个证明不在作案现场的伎俩老掉牙了，设计之初就没有设想万一出错当如何补救——原因是不可能出错。它的意图很简单，就是在大家想知道谁最后见过费琴科将军的时候，一个大家做梦都不会想到的人站出来把自己的日常行程作个解释。等假想的衣物被翻箱倒柜进行了足够的搜寻后，又见戈卢布科夫将军返回裁缝铺，拿来找到的衣服（那当然是早就在车上放好的）。他继续读他的报，他的夫人继续试她的衣服。

五

他离开了仅仅三十五分钟左右，这点时间其实已经绰绰有余。就在她开始拿切断了的电话做戏时，他已经在一个行人稀少的街角接将军上了车，送他去见一个假想中要见的人。这场会见事先做了周密安排，令其自然而然显得既是个秘密会面，又不得不去。驱车几分钟后他停了下来，两人都下了车。“不是这条街。”费琴科将军说。“不是，”戈卢布科夫将军说，“但这里停车方便。我不想正对着咖啡馆门口停车。我们抄近路从那条小巷穿过去。就两分钟的路。”“好，我们走过去。”老先生清清嗓子说。

在巴黎那个特别的区里，街道以各位哲学家命名，他们正走的那条小巷就被某位博学的创市之父定名为皮埃尔·拉宾街。它温柔地引你经过一座昏暗的教堂，经过一些脚手架，来到一个叫不上名字的地带。私家住宅挂着百叶窗，远远地坐落在各家院子深处，院外围着铁栏杆。垂死的枫叶从枯树枝上飘落到潮湿的人行道上，途中就在铁栏杆上暂歇。巷子左边有道长墙，粗糙的灰色墙面零零星星地露出砖头来，像是填词游戏的条形框。墙上某处有扇绿色的小门。

他们走近那门的时候，戈卢布科夫将军掏出他那个战痕累累的烟盒，旋即停下来点烟。费琴科将军不吸烟，但讲究礼貌，便也停了下来。暮色中刷拉拉刮起一阵急风，第一根火柴熄灭了。“我还是觉得——”费琴科将军谈起他们近来正在讨论的某桩小事。“我还是觉得，”他说（他要说点什么事情，这时就站在那扇绿色小门附近），“菲德尔神父要是坚持自掏腰包负责所有的食宿费用，那我们起码能做的就是提供燃料。”第二根火柴也熄灭了。一个过路人的背影朦朦胧胧地远去，终于消失了。戈卢布科夫将军提高声音骂起风来。原来这是动手的信号，那扇绿门打开了，三双手以惊人的速度与技巧将老人一拂，就不见了踪影。门砰一声关上。戈卢布科夫将军点燃他的香烟，迈着轻快的步子原路返回去。

从此人们再没见过这位老人。几个安安静静的外国人，租下了某一栋安安静静的房子，安安静静地住了一个月，他们不是荷兰人就是丹麦人，什么也不知道。这只是个障眼法。根本没有什么绿门，只有一扇人力撞不开的灰门。我翻遍了权威的百科全书，也没找出来：压根就没有叫做皮埃尔·拉宾的哲学家。

但我在她眼里看见了惊恐。俄语里有句老话“vsevo dvoe i est; smert' da sovest'”——可以这样翻译：“世上真正存在的只有两件事——人终归要死，人良心自知。”人性的可爱之处，就在于人行善时常常糊里糊涂，作恶时却是永远心知肚明。有一个非常可怕的罪犯，其妻子比他还可怕，当年我做教士的日子里，他曾告诉过我，让他始终感到困惑的是，他有个问题想不通，想和她讨论讨论，却又羞于启齿，为此他深感自卑。他想不通的问题是：她有没有可能打心底里瞧他不起，要么她是否暗自疑惑他有没有可能打心底里瞧她不起。正是出于这个原因，我才准确地知道戈卢布科夫将军和他的夫人最后单独相处的时候，两人脸上是何种表情。

六

然而好景不长。晚上十点左右，“白盟”秘书长L将军接到R将军的通知，说费琴科太太为丈夫无缘无故消失而万分焦急。直到这时候，L将军才想起中午时分主席曾漫不经心地（不过这是老先生一惯的风格）告诉他，他下午晚些时候要到城里办点事，如果晚上八点还没回来，就请L将军看看主席书桌中间那个抽屉里的一张字条。两位将军立即赶往办公室，半途折返，回来取L将军忘了的钥匙，再回头奔去，终于找到了那张字条。上面写着：“一种奇怪的感觉困扰着我，以后也许会因庸人自扰而不好意思。今天下午五时半，我在笛卡儿大街45号的一家咖啡馆有个约会，会见来自另一边的一位间谍。我怀疑其中有诈。整个事情由戈卢布科夫将军安排，他开车来接我过去。”

我们在此略过L将军说了什么，也略过R将军答了什么——不过他二人显然思维迟钝，跟一位怒气冲天的咖啡馆老板在电话上纠缠不清，为此又浪费了一些时间。等到身披印花睡袍、故作睡眼惺忪的“斯拉夫斯卡”把他们让进门的时候，已经差不多午夜时分了。她不想吵醒丈夫，说他已经睡着了。她问这是怎么回事，莫非是费琴科将军出了事。“他失踪了。”老实的L将军说。“斯拉夫斯卡”“哎呀”一声晕死过去，跌倒在地时险些砸坏客厅。她给歌坛带来的损失不像她的歌迷们所想的那么严重。

出于某种考虑，两位将军故意不向戈卢布科夫将军提起那张小字条的事，因此当他准备随他们前往“白盟”总部的时候，还以为他们真要和他讨论讨论是该立刻给警察局打电话呢，还是该先请示八十八岁高龄的海军上将格罗莫鲍耶夫，他老人家不知为何被视为“白盟”的所罗门王。

“这是什么意思？”L将军说道，将那个要命的字条交给戈卢布科夫将军，“请你仔细读一下。”

戈卢布科夫将军仔细读了——他马上明白一切全完了。我们无须俯瞰他内心感受的无底深渊。他耸耸瘦削的肩膀,递还了字条。

"如果这真是将军所写,"他说,"我也得承认这看来的确很像是出自他的手笔,那么我只能说有人在假冒我。不过,我有理由相信,格罗莫鲍耶夫海军上将一定能替我洗清罪名。我建议马上就去。"

"对,"L将军说,"虽然很晚了,我们还是马上去。"

戈卢布科夫将军抖抖索索地穿上雨衣,第一个出了门。R将军帮L将军捡回围巾。围巾刚才从一把椅子上半耷拉下来,这几把前厅座椅从今往后注定只会载物,不会坐人了。L将军叹口气,戴上他那顶旧毡帽,用双手来完成这个轻柔的动作。他走向门口。"等等,将军,"R将军压低声音说,"我想问你点事。我俩军人间的对话,你能绝对肯定……呃,戈卢布科夫将军说的是实话?"

"这正是我们要调查的。"L将军答道。他是那种深信只要句子是个句子就必然有其意义的人。

他们在门口轻轻地碰碰对方的胳膊肘礼让对方先出门。最后年纪稍长的那位接受了这个特权,面带得意之色出了门。然后两人在楼梯口站住,楼梯上太过寂静,让他们愕然。"将军!"L将军冲楼下喊。他们面面相觑,而后匆忙而笨拙地奔下楼去,踩得丑陋的楼梯通通响。他们出来了,站在漆黑的细雨之中,这边看看,那边看看,然后再互相看看。

她在次日清晨被捕。整个审讯过程中,她始终不曾丢弃伤心无辜的姿态。法国警方在追查可能线索的时候,表现出一种奇特的冷漠态度,好像他们认为俄国将军的失踪已是当地一种独特风俗,是一种东方现象,是一种自动消解的过程,也许不该发生,却也无法阻止。然而人们还是有这样的印象:比起外交智慧,法国保安局更适合讨论这类消失戏法的运作。海外报纸报道此事,都是出自善意,但方式上带些嘲讽,不太生动。整体而言,"斯拉夫斯卡事件"做不成醒目的新闻提要——俄国流亡人士铁定都在新闻焦点之外。有趣的巧合是，一家德国新闻社和一家苏联新闻社不约而同地对两名在巴黎的俄国将军席卷白军资金潜逃一事作了简要报道。

七

那场审判离奇得很，糊涂了事，无果而终。证人没一个像样的，给“斯拉夫斯卡”最后定为绑架罪，这在法理上很难站得住脚。不相干的琐事不断地遮掩了要害问题。错误的人记起了正确的事，或者正好相反。有一份账单，是一位农人加斯东・库洛签的，事由是“砍倒了一棵树”。L将军和R将军在一名虐待狂律师手中饱受折磨。一个巴黎街头的流浪汉，本是烂鼻头、从不刮脸的那种人（一个不难演的角色），衣服上的几个大口袋里揣着他们在人世间的全部家当，最后一只袜子丢了后，便把破报纸一层一层地裹在脚上。常见他们坐在某栋永远不曾完工的房子前，抱着酒瓶，舒舒服服地叉开两腿靠在墙皮剥落的墙上。就是这么个人也作了一番可怕的描述，说他从某个有利位置目睹了一位老人受到粗暴对待。两个俄国女人，其中一个曾长期接受严重的歇斯底里症的治疗，说她们在案发当天看见戈卢布科夫将军和费琴科将军同乘前者的车走了。一位俄国小提琴家坐在一辆德国火车的餐车中时……但实在没有必要把那些差劲的谣言再说一遍。

我们看到“斯拉夫斯卡”在狱中的最后几幅画面：窝在角落里乖乖地织毛线；给费琴科太太写信，满纸沾泪，说她们如今就是亲姐妹，因为她二人的丈夫都被布尔什维克掳走了；哀求让她使用口红；在一位脸色苍白的俄国年轻修女怀中啜泣祈祷，修女来此是为了告诉她，自己曾做了一梦，说明戈卢布科夫将军是清白的；吵着要那本还扣在警方手里的《新约》——扣着的主要原因是不让专家顺利地开始破译写在《约翰福音》书页边上的某些密码。二战爆发后的某个时期，她得了一种不明不白的内科病症。一个夏日早晨，三名德国军官到监狱医院要求见她，当即被告知她已经去世——这可能是事实。

人们不免疑惑，是不是她丈夫通过某种途径设法让她得知了他的行踪，要么是他觉得对她不闻不问更为安全。他往何处去了，这可怜的迷路的人？可能性的明镜不能代替窥见真情的小孔。也许他在德国找到了安身之所，在贝德克尔青年间谍训练学校里谋得了一个行政管理方面的小职位。也许他回到了他曾赤手空拳攻城掠地的那片大地。也许他没有回去。也许他的顶头上司把他召去，用我们大家都熟悉的那种略带外国腔而又特别平静的语调对他说："我的朋友，我们恐怕再用不着你了。"——正当那个X转身要走时，普朋迈斯特[①]博士纤细的食指按下了安装在他并不起眼的书桌边上的按钮，一个陷阱在X脚下张开大口，他跌下去摔死了（他知道得太多了），或是正好掉进楼下那对老夫妇的起居室里，摔碎了他的肘关节。

不管怎样，电影演完了。你帮女伴穿上大衣，加入由许多像你一样的人组成的人潮，缓缓朝出口移动。安全门打开，没想到门外已是黑夜，人流在附近渐渐稀散。如果你像我一样，为了不迷失方向而选择原路返回，你就会再次经过那些两小时前还似乎相当诱人的海报。穿着半波兰式制服的俄国骑兵从他的小马背上弯腰捞起脚穿红靴的浪漫情人，她的黑发从羊羔皮帽中翻滚出来。凯旋门与圆顶昏暗的克里姆林宫并肩而立。戴着单片眼镜的外国间谍从戈卢布科夫将军手中接过一捆秘密文件……快点，孩子们，让我们离开此地，走进清醒的夜里，走进在熟悉的人行道上漫步的宁静里，走进由长着雀斑的好男孩和同志情谊的精神所构成的坚实世界里。欢迎回到现实！经过那些廉价的刺激之后，这支货真价实的香烟该多么让人提神。看看，走在我们前头的那位衣着整洁的瘦削男子，也把一支"醒目"牌香烟在他那个旧皮烟盒上顿了几顿，然后点着了它。

① 原文Puppenmeister，有"木偶大师"之意。

“那曾是在阿勒颇……”[①]

亲爱的弗——这封信除了别的事情外，主要是要告诉你，我终于到了这里，到了这个国家。在老家，看过多少夕阳都是朝这个国家的方向落下去的。刚来此地见到的人里有一位是我们的昔日好友格列布·亚历山德洛维奇·盖科，当时他正愁眉苦脸地穿过哥伦布大街，想找一个我们三人再也无缘重访的那种街头小咖啡馆。他似乎认为，你不管出于何种原因，总归是背叛了我们的民族文学。他给了我你的地址，颇为不满地摇着他花白的头，仿佛你不配得到我的来信似的。

我要给你讲个故事。这故事让我想起了——我是说这故事一讲好像会让我想起当年我们刚开始写诗的岁月，那些乳臭未干、充满泡沫般空想的诗，所有的东西，一朵玫瑰、一个水坑、一扇亮灯的窗子，都在向我们呼喊：“我是韵脚！”不错，写诗是个极其有用的领域。我们嬉戏，我们死去：“ig”韵，“umi”韵。[②]俄语动词响亮的灵魂使树枝的胡摇乱摆有了意义，也使没有尽头的防波堤上随风乱飘的那张废报纸有了意义。曾记得那张废报纸滑行一阵，停下来，又刷刷滑行一阵，像没有翅膀的东西扑腾着要飞一般。不过此刻我可不是诗人。我到你这里来，就像造访契诃夫的那位女士，滔滔不绝，巴不得让作家把她描写一番。[③]

我结婚了——结婚的时间嘛，让我想想看，大约是在你离开法国一个月后，温文尔雅的德国人轰然拥入巴黎之前一两周。虽然我能提供婚姻的证明文件，但现在我十分肯定，我的妻子压根不曾存在。

你也许会从别的渠道获悉她的名字，但那也无关紧要：只是个幻想出来的名字。所以我现在说起她，能做到淡然处之，就像在说一个故事中的人物一般（准确点说，是你的一篇小说中的人物）。

我和她与其说是一见钟情，不如说是一触钟情，因为我先前已和她见过几面，却没有体验到任何特殊的情绪。不过有一晚，我送她回家，她说了几句极其精妙的话，惹得我笑弯了腰，也轻轻地吻了她的头发——当然我们都知道那种盲目的冲动，如同在一间人去楼空的屋子地板上拾起一个人家不要了的小玩偶。深陷在这种盲目冲动中的士兵是什么都听不见的，对他来说，那一阵冲动就是有生以来聚在他生命昏暗中心的一点微弱的亮光一下子来了个没有声响、没有边际的狂喜大爆炸。其实我们为何常用升天之类的话来说死亡呢，原因在于举目可见的苍穹就是我们内心无声大爆炸的象征，我们切切实实地感觉到它的永恒存在——尤其是夜里，在我们灯火管制的巴黎，伊克赛尔芒大道上一道道拱门面目憔悴，无人的公共厕所里发出的水声汩汩不绝于耳的时刻。

然而我无法看清她。她至今仍像我最好的一首诗那样朦朦胧胧——就是你在《文学札记》上好好笑话过一场的那首。每当我想象她的模样时，我必须集中心思细想她有汗毛的小臂上的那个褐色

① 阿勒颇是叙利亚西北部城市，接近土耳其国境。标题此句引文出自莎士比亚《奥赛罗》一剧：奥赛罗因伊阿古挑拨，怀疑妻子苔丝狄蒙娜与副将凯西奥有染，一怒杀妻。及至发现真相，悔恨莫及，遂拔剑自戕。刎颈前独白（第五幕第二场）："那时候你们应当说，这个人对爱情并不理智，但爱得刻骨铭心；这个人并不轻易嫉妒，但受人蛊惑，就会走上极端；这个人的手，就像低等的印第安人，扔掉了一颗比全部落还要贵重的珍珠；这个人的眼睛，尽管有泪不轻弹，但到伤心处却也会泪如雨下，就像阿拉伯胶树那样流下可作药用的树脂。你们记下这番话。另外再添一句：那曾是在阿勒颇，有一个裹着头巾的土耳其恶人，殴打一个威尼斯人，还骂我们的城邦，我抓住这个受过割礼的狗东西的脖子，就这样一剑宰了他。"

② 这里是作者玩的文字游戏。"我们嬉戏，我们死去"的俄语读音是"my igraem, my umiraem"，类似英语的"ig"韵和"umi"韵。前文的"一朵玫瑰、一个水坑、一扇亮灯的窗"，也都要还原为俄语才押韵。

③ 高尔基写的回忆契诃夫的文章中曾提到一位健壮、丰满、衣着漂亮的女士造访契诃夫，说起话都是契诃夫笔下人物的腔调："生活真无聊……一切都是灰色的……"

胎记，就像读一句看不懂的句子时必须全神贯注地盯着一个标点符号。也许，她要是妆化得浓一些，或者化得勤一些，我今天还有可能想象出她的模样，要么至少能想起她又干又热的红唇上细细的横纹。可我想不出来，想不出来——尽管那双红唇捉摸不定的触觉我至今仍然感觉得到，在我的理智盲目迷乱之时，在呜呜咽咽的梦中。在梦中，她和我穿过伤心的迷雾，笨手笨脚地要拉住对方；我看不见她眼睛的颜色，因为她满眶的泪水淹没了眼眸，闪动着没有颜色的光泽。

她比我年轻得多——虽不像曼妙裸肩、长串耳环的娜塔丽亚和黑黝黝的普希金相差那么多岁，但仍有一定的差距，足以产生那种旧式的浪漫情怀。那情怀使我们乐于模仿一位旷世奇才的命运。即使模仿不了他的诗句，总可以模仿他的嫉妒，模仿他遭受的侮辱，模仿他眼看着她孔雀翎扇后一双杏眼转向一头金发的凯西奥[①]时尖刀剜心一般的痛苦。我的诗她倒还喜欢。别的人一见诗超过了十四行诗的长度就会哈欠连连，她却很少这样。如果说她在我心目中始终是个幻影，那么我在她心目中恐怕也是如此。我以为她爱的只是我诗歌的朦胧感，后来她在这层朦胧面纱上戳了一个洞，看见了一张并不惹人喜爱的陌生脸孔。

你也知道，当时我一度筹划，要以你为榜样，来个幸运出逃。她同我谈过她的一位叔父，据她说住在纽约。他曾在一所南方大学教过骑术，娶了个有钱的美国女人，借此发了迹，两人有个未成年的女儿，天生耳聋。她说她早把他们的地址丢了，但一两天后地址又奇迹般地被找到了。我们写了一封言辞生动的信，结果石沉大海。这也没关系，因为我已经从芝加哥的洛姆琴科教授那里得到可靠的担保书，只是我还没来得及开始办理手续以取得必要的文件，德国人就打进来了。那时我就料到，如果我们在巴黎继续住下去，迟早会有某个乐于助人的同胞向有关当局指出，在我写的书中，某一本的不少段落都表

① 《奥赛罗》中奥赛罗怀疑与自己妻子有染的副将，此处指普希金的情敌。

达了我的看法：德国因其罪孽深重，注定成为全世界永远的笑柄。

于是我们开始了多灾多难的蜜月。在《出埃及记》一般的流民潮中挤压颠簸，等候不知什么时候到、也不知开往哪里的火车，穿过像陈旧的舞台背景那样景象萧条的城镇，永远活在疲惫不堪的暮色之中：我们就这样流亡。流亡越久，我们便越清楚地感到，驱赶着我们的，不光是一个穿着长靴、挎着佩剑、拥有各色推进式垃圾的蠢人——他只是一个象征，还有更为可怕的、不可捉摸的事情，一种无时不在的、没有模样的恐怖，如庞然大物，不知来自何时何处，至今紧紧跟在我的身后。即使在这里，在这城市中心公园绿色的空旷中，仍然摆脱不了那种恐怖。

唉，这么一个蜜月，她倒是勇敢地忍受下来了——还有点晕乎乎的高兴。不过有一次，在一节富有同情氛围的车厢里，她突然抽泣起来。"狗，"她说，"我们留下的那条狗。我忘不了那可怜的狗。"她是实实在在地伤心，我不由得吃了一惊，因为我们从来没养过狗。"我知道，"她说，"可是我刚才想象着我们当初买下了那条猎狗。想想看，它现在就在一扇紧锁的大门后面哀号。"可是我们也从来没商量过要买什么猎狗。

我也不想忘掉某段公路上的那一家难民（两个女人，一个小孩），他们的老父亲，要么是祖父，半路上死了。天空中黑色和肉色的云混在一起翻滚，远处云雾笼罩的山顶上落下一缕难看的残阳。死人仰面躺在一株落满灰尘的梧桐树下，两个女人靠一根棍子和两双手，拼命要在路边挖出一个坟来。可是路边的土太硬，她们实在挖不动了，就并排坐在贫血的罂粟花丛中，稍微离开那具尸体和那把翘起来的胡须。但那小孩还仍然又挖又刮又刨，直到他翻开一块扁平的石头，一时间忘掉他庄严劳动的目的，蹲下身来，伸展开又细又长的脖子，仿佛要把颈上每根椎骨全让行刑的刽子手看个明白。原来他发现了成千上万的褐色小蚂蚁，便又惊又喜地仔细观察起来。只见蚂蚁拥拥挤挤，蜿蜿蜒蜒，聚聚散散，向各处安全地带爬去，去了嘉德省，去了奥德省，去了德罗姆省，去了瓦尔省，去了比利牛斯-大西洋省——而我们只在波城[①]略作逗留。

去西班牙太过困难，我们便决定前往尼斯。在一个名叫弗热赫的地方（此站停车十分钟），我挤下车去买点食物。两分钟后我回来的时候，火车已经开走了。我眼前一片空虚，好不凄惨（只见两根光铁轨，对你的惨状不理不睬，中间有煤灰一闪一闪地冒着热气，还有一片孤零零的橘子皮）。要为这一切负责的那个昏了头的老头，还蛮不讲理地告诉我，说我本来就无权下车。

当时要是在一个好一点的世界里，我还有可能联络上我的妻子，告诉她该怎么办（我们两人的车票和大部分的钱都在我身上）。可是事与愿违，我在电话上噩梦般挣扎一场，结果只是徒劳。于是只好放弃了电话上像是远远冲我咆哮的一系列微弱声音，拍了两三封可能到如今还没送达的电报。天色已晚，我只好搭下一班区间慢车驶往蒙彼利埃，那是她乘的那列火车的最后一站。在那里还是没找到她，我只剩下两个选择：要么继续前行，因为她可能上了我刚刚错过的马赛专列；要么返回弗热赫，因为她有可能折了回去。现在我都忘了，当初是怎样心乱如麻，让我选择了先到马赛，再到尼斯。

警察平时只会干些往错误的地方送去错误的信息之类的事，其他事就一点忙也帮不上了。其中一个冲我吼叫，嫌我太烦人，另一个避开眼下的问题，怀疑我的结婚证书有问题，因为他非说证书上的印章盖在了错误的一面。第三个是个胖局长，棕色的眼睛很清澈，自称业余时间写诗。尼斯有很多俄国人，或是定居，或是暂住，我在他们中间查找，问了各种各样的熟人。听他们中有些碰巧有犹太血统的人讲，他们落难的亲人挤满了开往地狱的火车。我的苦难则和他们相反，平平常常，看上去有点脱离实际：坐在某个拥挤的咖啡馆里，望着眼前淡蓝色的大海，身后是空壳响声一般的喃喃细语，反反复复

---

① Pau，位于法国西南部、西班牙边境，是比利牛斯-大西洋省的首府。

诉说着犹太人遭受的屠杀和苦难，还有大洋彼岸的灰色天堂，那些领事们办事的粗暴态度和反复无常的怪脾气。

我到了尼斯一星期后，一位懒洋洋的便衣侦探来访，领着我走进一条曲曲弯弯、臭气熏天的街道，来到一栋黑漆漆的房子跟前，房子上的“旅馆”二字饱经污垢和岁月的侵蚀，几乎看不清了。他说，就在这里找着了我的妻子。当然啦，他领来一个姑娘让我看，完全是个陌生的人。可是我这位福尔摩斯朋友却锲而不舍地花了好长时间，非要我和她承认是已婚夫妇。与此同时，她那个肌肉强健的床伴就一声不吭地站在一旁听，两只光胳膊交叉起来抱在带条纹的胸前。

当我终于摆脱这些人，回到我住的地方时，碰巧经过一行排得密密实实的队伍，在等食品店开门。我的妻子就排在这行队伍的尾端，正踮着脚尖费力张望店里到底在卖什么东西。我现在想想，她对我说的第一句话是她希望店里在卖橘子。

她的故事有点含混不清，但完全是老套路。她返回弗热赫，没有在我留下口讯的火车站询问，而是直接去了警察局。一群难民建议她加入他们的行列，她便在一间没有自行车的自行车店里过夜，与三名老妇同睡在地板上。这三个老妇，据她说，躺在地上就像排成一行的三截木头。次日她发现身上钱不够，去不了尼斯。最后她向三个木头老妇中的一个借了点钱，却又搭错一班火车，抵达一个她记不得名字的城镇。两天前她来到尼斯，在俄国教会找到几个朋友。他们告诉她我在这一带转悠着找她，肯定很快会出现的。

又过了些时候，有一次我坐在我那小阁楼中唯一一把椅子的边缘上，搂着她年轻娇小的屁股（她正在梳理她细软的头发，每梳一下，头就往后甩一下），这时她淡淡的微笑一下子让一切都奇怪地抖动起来。她将一只手搁在我的肩上，低头盯住我，仿佛我是个池中倒影，她如今第一次注意到这个倒影的存在。

“我一直没有对你说实话，亲爱的，”她说，“我是个骗子。我和一个在火车上遇见的野蛮家伙在蒙彼利埃过了几夜。那根本不是我情愿的。他是推销洗发液的。”

什么时间，什么地点，受了什么样的折磨。哪来的扇子，哪来的手套，哪来的面具。[①]那天我花了整整一夜，后来又花了不知多少个夜晚，想从她口中一点一点地查证清楚，但没能全部搞清。我当时有个奇怪的想法，觉得我首先必须查明所有的细节，重建每一分钟，然后才能决定我是否受得了。可是想要得知事实的欲望漫无边际，我自己也不能断定大概到了哪一步我才可以自认满足。我想得知的情况可以分解为无限多个片断，每个片断之间的间隔不知有多大，那分母也不知会有多大。

唉，第一次盘问时她烦得很，对我的盘问懒得回答，第二次盘问时她干脆无所谓，因为她确信我已经不要她了。她那些解释，都是胡编乱造，只能引得我痛苦，她却好像认为那是安慰我的奖品。事情就这样没完没了地拖下去，她动辄精神崩溃，但很快又振作起来，回答我那些不好写下来的低俗问题时，要么声音低得断了气一般，要么可怜巴巴地笑笑，话题一拐，净说些不着边际的事。我恨得发疯一般直咬牙，牙关疼得快要爆裂了——那种疼痛火烧火燎，但不知为何，好像比迟钝而沉重、默默忍受的痛苦要好受一些。

请注意，就在这种审讯逼问的间歇期间，我们也在尽力从那些办事不力的部门办出必要的文件来。有了这些文件，才能合法地申办第三种文件。有了这第三种文件，就等于得到一块垫脚石，借此垫脚石可以拿到一个许可证，持有此证就可以申办一些别的文件。持证人凭借这些别的文件就多少有可能发现这事原来是怎么发生的，为什么会发生。即使我能想象出那种反复出现的邪恶场景，我却仍然不能把它和我的妻子联系起来。那些场景像长着尖角的恐怖幻影，而我凶狠地抓住妻子逼问时，她的柔软肢体却摇摇晃晃，嘎吱作响，瘫倒在我紧抓她的手掌中。

① 两句皆为《奥赛罗》中的台词。

就这样余下的事只有互相折磨，连续好多个钟头在有关部门等候，填表，和已经摸清了各类签证五脏六腑的朋友交换意见，向那些办事员哀求，再填表，结果是她那位健壮能干的旅行推销员的形象和那些长着老鼠胡须咆哮的官员可怕地混在了一起。还有快要腐烂了的老旧记录宗卷，紫色墨水的臭味，塞在疽疮点点的吸墨纸下的贿赂，用敏捷冰凉的带垫脚爪搔弄潮湿颈部的肥苍蝇，你的六张新洗出来的近似本人的照片笨拙地呈凹形，那些出生于斯鲁茨克、斯塔罗杜布或博布鲁斯克[1]等地的申请人悲哀的眼神和耐心等候的礼貌，像宗教异端裁判所里的刑具一般的漏斗和滑轮。还有一个戴眼镜的秃顶男人，被告知护照找不着了，脸上露出可怕的笑容。

现在我承认，有天晚上，经过特别可怕的一天后，我跌坐在一条石凳上，哭着诅咒这个虚幻的世界。在这个世界上，千百万人的生命掌握在这些领事和办事员阴冷的手里，任由他们摆布。我注意到她也在哭，于是我告诉她，假如她没有跑去干她干过的那些事，眼下的事情再麻烦也没什么关系。

“你会以为我疯了，”她激动地说起来，刹那间她几乎像个真实的人了，“其实我什么也没做——我发誓我什么也没做。也许我同时过着好几种生活。也许我那么做是想考验你。也许这凳子是个梦，我们现在是在萨拉托夫[2]，要么是在某颗星星上。”

要回到她最初解释为何姗姗来迟的说法上得经过好几个不同的阶段，一点点细说下来太啰嗦。我没有跟她说话，多数时候我独来独往。她经常会闪现一下，然后消失，也常带点她以为我会喜欢的小东西再出现—— 一把樱桃，三支名贵香烟，诸如此类——对我就像护士照顾一个脾气暴躁的康复期病人，平平静静地来来去去，一言不发，只是悉心照料。我俩共同的朋友中绝大部分我不再去拜访了，因为他们对我办护照的事情已经完全失去了兴趣，也似乎对我隐隐有

① Slutzk, Starodub, Bobruisk，皆为俄罗斯城市，犹太人的聚集区。

② Saratov，俄罗斯地名。

了敌意。我写了几首诗，喝掉了所有能够到手的酒。一天，我将她搂在我充满渴望的胸前，我们便去卡布尔住了一周，躺在狭窄的海滩边粉红色的小圆石子上。说来奇怪，我们的新关系越是融洽，我便越能隐隐感到一股钻心的哀伤，但我不断告诉自己，这是一切真正幸福固有的特征。

与此同时，我们命中注定的漂泊方式有了变化，我终于从一间又暗又热的办公室出来，颤抖的双手中捧着两本厚厚的出境证。这东西里面适时地注入了美国血清，我飞快地赶往马赛，设法买到了下一班的船票。我回家沉重地踏上楼梯。我看见桌上一只杯中插着一枝玫瑰——美得鲜亮，白里透红，花茎上有在水里养了些时候的气泡。她的两件替换裙装不见了，她的梳子不见了，她的花格外衣不见了，她当帽子用的那条打着紫红色蝴蝶结的紫红色发带也不见了。枕头上没有别上便条，屋里也没有任何东西能让我明白是怎么回事。当然有那枝玫瑰，但那东西只不过是法国打油诗人所谓的une cheville[①]罢了。

我上韦雷坦尼科夫家，他们无可奉告。到海尔曼家，他们守口如瓶。再往埃拉金家，他们拿不准该不该告诉我。最后还是那位老太太——你知道安娜·弗拉季米罗夫娜在关键时刻是个什么样子——她要来她专用的那根垫了橡皮的拐杖，从她最爱坐的扶手椅中沉重却精神矍铄地抬起她庞大的身躯，领着我进了花园。到花园里，她告诉我，她年岁长我两倍，凭此她有权说我是个欺负弱小的无赖。

你必须想想当时的场景：铺着小石子的小花园，里面摆着一只《一千零一夜》中说到的蓝色瓷瓶，长着一棵孤独的柏树；一个裂了缝的平台，想当年老太太的父亲从诺夫哥罗德州州长任上退休后，到尼斯过了最后几晚，膝上盖着毯子在平台上打盹。淡淡的碧空；渐浓的暮色中一丝香草气息；蟋蟀发出金属般的颤声，调门高出中音C

① 法语，凑韵脚的无意义的词。

两个八度；再就是安娜·弗拉季米罗夫娜，正冲我一顿臭骂，激动得脸颊上的皱褶突突晃动。她像母亲一样教训我，却大大冤枉了我。

我亲爱的弗，就在前几个星期，我那幽灵般的妻子还独自拜访过我俩都认识的三四户人家。每次去时，她都往那些好心人急不可耐的耳朵里灌输一个离奇故事。故事说，她疯狂地爱上了一个法国青年，他能给她一个带塔楼的家，让她姓一个贵族的姓。所以她向我提出离婚，遭我拒绝。她还说，事实上我说过我宁肯开枪杀了她，然后自尽，也不愿意独自去纽约。她还说她说过她父亲曾遇上类似的情况，却表现出君子风度，我则回答说我一点也不在乎她的cocu de père[①]。

还有大量这类荒谬细节——但都以奇异的方式串联起来，难怪老太太要我发誓决不端着上膛的枪去追寻那对情侣。她说他们已经住进洛泽尔省的一座城堡。我问她可曾亲眼见过那男人。没有，不过她见过那人的照片。我正准备告辞，情绪已经稍显放松、甚至伸出五指让我吻别的安娜·弗拉季米罗夫娜突然又发作起来，用拐杖敲着石子，声音低沉而有力地说道："可是有件事我永远不会原谅你——她的那条狗，离开巴黎前是你亲手勒死了那可怜的畜生。"

究竟是游手好闲的公子哥变成了旅游推销员，还是变过来的人又变了回去，抑或他两者皆非，只是我们结婚前追求过她的那个不知底细的俄国人——现在这一切绝对是无关紧要的了。她走了，一切都结束了。我要是把找她等她这种噩梦一般的事情从头再做一遍，那我就是个傻瓜。

一次漫长郁闷的航程中，第四天早晨我在甲板上遇见一位不苟言笑却和蔼可亲的老医生，我在巴黎和他下过棋。他问我，海上风浪大，我妻子是否很不舒服。我回答说我是独自航行。他一听面露迷惑，接着说他在上船前一两天还见过她，也就是在马赛的防波堤上散步，他觉得是在随便闲逛。她说过一会儿我会带着行李和船票来和

① 法语，戴绿帽子的父亲。

她一起上船。

我想，这便是整个故事的点睛之处——只是换你来写的话，最好别把他写成医生，因为这太老套了。就在那一刻，我突然明白过来，她压根就没有存在过。还有一事我要告诉你。我刚到时，就急于满足某种病态的好奇心：按她给过我的那个地址找过她一次，结果那是两栋办公楼之间一个无名的空隙。我在电话簿中查找她叔父的名字，电话簿里没有这个人；我又到处打听，无事不知的盖科告诉我，此人和他那位特别喜欢马的妻子倒是的确存在，但他们的聋哑小女儿死后，两人就搬到旧金山去了。

回首栩栩如生的往事，我看见我们遍体鳞伤的浪漫恋情陷入了迷雾重重的深渊，两边是悬崖峭壁。这悬崖峭壁正好比现实中的两座大山，一座是从前的真实生活，一座是从现在起即将变得真实的生活。我希望以后的生活真实起来，但未必是明天就开始。也许过了明天再说。你，快乐的凡人，有个可爱的家（伊内丝可好？双胞胎可好？），工作也丰富多彩（你的苔藓采得如何？），不好指望你和我心心相通，体味我的不幸。不过你可以以你的艺术为棱镜，明鉴我的往事。

可是实在可惜。[①]我要诅咒你的艺术，我实在高兴不起来。她仍然在海边走来走去，棕色的渔网晾晒在热石板上，海水拍打着一条泊在海边的渔船，闪着湿漉漉的光。不知在何处，不知为什么，反正我犯了个致命的错误。棕色的渔网里，随处可见碎鱼鳞，星星点点地泛着白光。我要是不小心，到头来也许是阿勒颇一幕。放过我吧，弗，你要是拿它作题目，恐怕会一语成谶，叫人无法忍受。

① 《奥赛罗》第四幕第一场的台词，是奥赛罗在伊阿古挑拨下决定杀妻时所说的话。

被遗忘的诗人

一

一八八九年，圣彼得堡的日子沉闷而又舒适，这时一个有名的文化组织——“俄罗斯文学促进会”决定举办隆重会议，纪念诗人康斯坦丁·佩罗夫。这位诗人死于半个世纪前，不满二十四岁就英年早逝。人们称他为“俄国的兰波”。尽管那位法国男孩天赋超过他，但将他比作兰波也并非全无道理。他十八岁时，写下了皇皇巨著《乔治亚之夜》，一部布局凌乱的长篇“梦幻史诗”。诗中有些篇章扯下了传统东方背景的面纱，造出了天堂般的美妙画面，于是突然像一首真正的好诗一般，能令人两块肩胛骨之间产生过电感觉。

这部作品完成三年后，又一卷诗集问世了。他引证了几位德国哲学家，有几首诗也难以卒读，原因是诗人想法奇特，要把正宗的抒情感怀和对宇宙形而上学的解释结合起来。不过别的诗作仍很生动，不落俗套，和当年的作品一样。想当年那个古怪的年轻人打乱了俄语词汇的原有体系，扭断了约定俗成的词语的脖子，为的是让诗歌嘶鸣尖叫，而不再轻声啁啾。大部分读者最喜欢他那些倡导解放的诗歌，极具俄罗斯五十年代的特点，隐而不露中有疾风暴雨的磅礴气势。曾有一位评论家指出，其气势“不指明敌人之所在，但让你怒火欲燃，一心要投入战斗”。就个人而言，我更喜欢比较纯净一些同时又韵律不太齐整的诗作，如《吉卜赛人》或《蝙蝠》。

佩罗夫是个小地主的儿子。关于这个小地主，现在我们只知道他的田产在卢加附近，他曾在他家土地上试种茶叶。年轻的康斯坦丁（用传记笔法来说）大部分时间在圣彼得堡，心不在焉地念大学，后来又心不在焉地找了一份文书工作——工作时的活动真的所知不多，只能依据他那类人一般都有些什么活动，从中推断出他的琐碎行踪。当时有一位著名诗人，名叫涅克拉索夫，有一次在一家书店碰上他，后来和他通信，其中有一段写到他的外貌，说是一个“笨拙而又凶狠的”年轻人，话不多，情绪不稳定，长着“孩子一般的眼睛，家具搬运工的双肩”。

有一份警察报告中也提到了他，说他“和另外两个大学生”在涅夫斯基大街上的一家咖啡馆里“低声说话”。他的姐姐，嫁给了来自里加的一位商人，据说她强烈反对诗人和女裁缝、洗衣女工等产生感情纠葛。一八四九年的秋天，他去看望他父亲，其实别有打算，想要点钱，前往西班牙。他父亲是个直脾气，扇了他一记耳光。几天后可怜的孩子在附近的河里游泳时淹死了。他的衣服，还有一个吃了一半的苹果，放在一棵桦树下，可是尸首怎么都找不到。

他的名望迟迟不起：选自《乔治亚之夜》的一段被收录在所有的诗歌选本中，也总是这么一段。一八五九年，一位激进的评论家杜勃罗留波夫写了一篇感情强烈的文章，从他最差的诗作中挑出革命的暗语，大力吹捧。八十年代总的看法是：才华横溢，即使有点不善辞令，但生不逢时，不能尽展其才，最终毁灭——看法也就是这么一些。

到了九十年代，人们对诗歌的兴趣相对健康了一些，政治上相应地出现了一个稳定的时期，不那么敏感了，这也是常有的事。围绕着佩罗夫的格律诗刮起了重评之风，另一方面，思想开明之士也不反对跟着杜勃罗留波夫的暗示走。大家捐款，要在一个公园里为诗人建座纪念碑，这证明了诗人的极大成功。一家顶级出版社收集了有关佩罗夫生平的所有能够收集到的零散资料，出版了他的全部诗作，印成厚厚一卷。学术月刊上登载了好几篇全面述评的研究文章。首都最好的一所会堂里召开了隆重的纪念大会，吸引了大批的各界名流。

二

纪念大会开始前几分钟，发言人还聚在主席台后面的会议室里，门一阵风似的打开了，闯进来一个身强体壮的老头，身穿一件双排扣大衣——这身衣服在他身上或在别人身上时日已久，历尽风霜。两位佩戴袖章的大学生兼任会务，过来要挡住他，他根本不予理会，昂首挺胸地径直走到众发言人跟前，一欠身，说道："我是佩罗夫。"

我的一位朋友，年纪几乎长我一倍，当年那番情景的见证人中如今只有他还健在。他告诉我，当时会议主席（是一家报纸的主编，对付擅自闯入的人很有经验）眼皮抬都没抬，说："赶他出去。"没人遵命——也许是因为人家对一位看上去醉得不轻的老先生还存有几分敬意。他在桌边坐下，选中了一个长得最为面善的人，开始问话。此人名叫斯拉夫斯基，是个翻译家，翻译过朗费罗、海涅、苏利·普吕多姆[①]（后来还有一个恐怖组织的成员）。老头语调平淡，问"纪念碑捐款"是否已经筹齐，如果筹齐了，他什么时候能拿到手。

所有的记述一致认为他说要钱的话时出奇地平静。他也没有过分强调要钱的事。他只是说了此事而已，好像根本不知道自己的话有可能引起怀疑。大家不知所措，这么奇怪的一件事，一开场就是这么个老头，来到那间不好找的隐秘屋子，当着那么多各界名流，翘着一大把老族长式的胡子，迷糊着一双棕色老眼，挺着个土豆似的大鼻子，平平静静地打听会议上的钱财问题，甚至不打算出示任何证据。

① Sully Prudhomme（1839—1907），法国诗人，一九〇一年获诺贝尔文学奖。

就是普通的江湖骗子,也恐怕要弄出点证据示人吧。

“你是诗人的亲戚?”有人问道。

“我的名字叫康斯坦丁·康斯坦丁诺维奇·佩罗夫,”老头耐心地答道,“依我理解,我家的一位后人应该在会堂里,可是哪儿都找不到。”

“你多大岁数?”斯拉夫斯基问道。

“我七十四岁,”他答道,“连续歉收好几年了。”

“你必须明白,”演员叶尔马科夫说,“我们今晚集会纪念的那位诗人淹死在奥列杰日河里了,距今整整五十年。”

“Vzdor(胡说),”老头反驳道,“那是我演的一出戏,原因嘛我自有道理。”

“那么现在呢,我亲爱的伙计,”主席说,“我真的认为你该走了。”

他们从他们的意识中赶走了他,然后鱼贯而入,走上了灯火辉煌的主席台。主席台上另有一张会议桌,铺着庄重的红色桌布,桌后面摆着必要数目的座椅。会议桌上放着一个传统的玻璃酒瓶,闪闪发光,晃得台下参会者眼睛迷离,已有好一阵子了。这个酒瓶靠左,众人可以欣赏到一幅油画,从舍列梅捷夫斯基画廊借来。画上是二十二岁的佩罗夫,皮肤黝黑的年轻人,披头散发,衬衣领子敞开着。油画的底座用绿叶和鲜花做了细致装饰。讲台的正前方也摆着一只阴沉沉的玻璃酒瓶,一架大钢琴等候在台侧,稍后便会被推到台中央,为有音乐的节目伴奏。

大厅里各界人士济济一堂,有文人骚客,有见多识广的律师,有教师学者,有热情洋溢的男女大学生,等等。还有几个便衣警察,受命出席会议,分散在会场上不引人注意的地方,因为政府根据经验知道,一本正经的文化聚会有一种特殊本领,常会悄无声息地演变成狂乱的革命宣传。事实上,佩罗夫早期诗歌中有一首就遮遮掩掩但很善意地提及了一八二五年的动乱,这让人不得不防。像“西伯利亚落叶松的萧萧悲鸣与地下矿产相呼应(sibirskikh pikht oogrewmyi shorokh s podzemnoy snositsa roodoy）”这样的诗句，要是在公众场合朗诵，实在难说会闹出什么乱子来。

有一种记述是这样说的："很快大家明白了，情况隐约有点像一出陀思妥耶夫斯基笔下的闹剧，正在酝酿一种拙劣的悬疑气氛。"（作者认为是指《群魔》中著名的一章。）这都是因那位老先生而起，他故意跟着纪念会主席团的七位委员，走到台上，还打算和他们一起在主席台上就座。大会主席盘算着还是不要在大庭广众之下厮打起来为好，便使了个招不让他坐下来。他堆起在公共场合下自会堆起的礼貌笑脸，悄悄对这个大胡子族长说，要是不放开斯拉夫斯基紧握的椅子背，就将他赶出会场。那张椅子已经被控制在斯拉夫斯基铁钳一般的手里，他表面上不动声色，手上一使劲，悄悄地从老头粗糙的手里夺了过来。老头不松手，但椅子已不在他掌控之中，他便没有座位可坐了。他四面看看，瞧见了台侧的钢琴凳，便沉着冷静地将它拉上台来。幕后的服务生伸手阻拦，只慢了不到一秒钟，没有拦住。老头将凳子放在离主席台有一段距离的地方，坐了下来，立马成了地位突出的一号人物。

此时主席团犯了一个致命的错误，即又一次没有理睬他的存在。我们再说一遍，主席团格外关心的，是不起争执。再有一点，摆在油画底座旁边的八仙花半遮住了那个令人讨厌的家伙，主席团乍一眼看不到他。说来不巧，那老先生对着台下，大家看得清清楚楚。只见他坐在不该他坐的座椅上（那东西不停地发出吱扭吱扭声，暗示着这响声有持续下去的倾向），打开了眼镜盒，像鱼一般往眼镜片上呵呵气，心平气和，舒坦自在，一颗沧桑头颅，一身破旧黑衣，一双两边带松紧的靴子，这模样既像俄罗斯穷酸的教授，也像俄罗斯有钱的殡葬工。

大会主席走到讲台前，准备进行他的开场发言。会场里响起絮絮低语声，此起彼伏，大家自然奇怪，那老头到底是谁呀。老头稳稳地戴上眼镜，双手放在膝盖上，侧目看看台上挂着的画像，然后转过头来，盯着台下前排仔细观瞧。台下回望过来，忍不住望望他亮闪闪的脑门，又望望画像上留着鬈发的脑袋。主席发言冗长，期间问长问短的低语声越来越多，有些人想象力丰富，展开了这样的思绪：可能有一位几乎是属于传说时代的诗人，后人只通过教科书才了解其人其诗，本是一个错误时代的产物，一个落入无知渔民网里的活化石，一个瑞普·凡·温克尔[①]式的人物，到年老昏聩之时亲身参加了纪念他早年辉煌的聚会。

"让佩罗夫这个名字，"主席结束发言时说道，"永远不要被俄国思想界忘记。丘特切夫说过，普希金将被我们的国家当作初恋永远记住。那么就佩罗夫而言，我们可以说他是俄罗斯自由的初次体验。在眼光肤浅之人看来，这种自由似乎仅仅反映在佩罗夫诗歌意象的无比繁杂上，这让艺术家着迷，民众却不以为然。可是我们呢，代表着比较清醒的一代，倾向于为我们自己破译其诗句中更深刻、更重要、更具人性、更有社会价值的意义，比如以下诗句：

当最后一场雪盖住了墓园围墙的阴影，
我家邻居那匹黑马的外衣
在敏捷的四月阳光下闪烁着敏捷的蓝光，
小水坑像一座座天堂，托在大地的黑色掌中，
这时我的心跳了出来，穿着破烂的外衣，
去看望穷人，看望盲人，看望愚笨的人，
弓身为了饱腹，辛勤劳苦，
所有这样的人，因忧愁或欲望呆滞了目光，
看不见雪中的洞，蓝色的马，神奇的水坑。"

他的话迎来一阵掌声，不过突然之间，掌声骤停，接着传来阵阵

① Rip van Winkle，美国作家华盛顿·欧文（Washing ton Irving，1783—1859）创作的著名短篇小说中的人物，在深山中一觉睡了二十年，醒来时已是人世沧桑。

不和谐的笑声。原来主席发言余音未尽、正返回座位时，那个留着大胡子的陌生人站起身来，频频点头接受鼓掌，还伸出一只手笨拙地挥舞致意，脸上的表情既有合乎规矩的谢意，也有不耐烦的样子。斯拉夫斯基和另外两位工作人员费了九牛二虎之力，才将他架开，可是台下人群深处升起了喊叫声："不要脸，不要脸！""Astavte starika（把老人放开）！"

我在一种记述中发现这样的暗示：台下观众里有心怀叵测之人。但我认为，大众的同情心和报复心都是说来就来，这就足以说明台下是同情和报复轮番交替的。那老头又要应付架他的三个人，又要尽量保持行为举止不失体面，所以当那几个并不是真心要架他出去的人放手后，他重新坐上了刚才打斗时弄翻的钢琴凳，台下发出了满意的咕哝声。可是话说回来，这么一闹，大会的庄重气氛算是彻底被破坏了。观众中那些爱吵闹的年轻人开始尽情嬉闹。主席鼻孔抽得直哆嗦，给自己倒了一杯水。两个便衣特务从大厅里两处不同的据点警惕地互换眼色。

三

主席演讲之后，会计向大家报告收到捐款的账目。捐款来自各个机构和个人，为的是在郊区一个公园里建一座佩罗夫纪念碑。那老头不慌不忙地拿出一点纸头和一支又短又粗的铅笔，将纸头在膝盖上摊开，开始核对正在报告的数字。这时佩罗夫的姐姐的孙女出现了，在主席台上站了一会儿。大会组织者原来就对议程中的这一项颇感头疼，原因是这个要站到台上的人是个肥胖的年轻女人，凸眼睛，脸色苍白，眼下正在一家精神病院接受抑郁症治疗。她歪着嘴，穿着粉色病号服，对着观众亮了个相，然后被匆匆带了下去，交到她家里人委派的一个高大健壮的女人结实的手里。

叶尔马科夫当年是戏迷追捧的对象，用戏剧行话说，他是beau

ténor[①]。当他开始以甜美的声音演绎《乔治亚之夜》中王子的演说时，可以很清楚地看出，他最热情的粉丝对那个老头的反应比对他的优美表演更感兴趣。只听他念到以下几句：

如果金属不朽，那么在某处
放着我遗失的闪亮纽扣
它在我第十七个生日那天遗失在花园之中。
请替我找到那颗纽扣，我的灵魂将得知
每个灵魂已得救，得到了珍藏。

这时老头沉着镇定之中第一次出现了闪失，他缓缓地打开一块大手帕，使劲地擤鼻涕——只听一声响，害得叶尔马科夫那化了浓妆、钻石般闪亮的眼睛像受惊小马驹一样斜瞪起来。

大手帕被放回外衣口袋里，又过了几秒钟，坐在第一排的人这才注意到老头眼镜下面流下泪来。他没有打算擦去泪水，尽管他的手往眼镜那儿伸了一两次，手指像爪子那样张开着。但眼泪又流了下来，好像他手这么一伸，就引得眼泪流下一般（这时朗诵也到了整个作品精要之所在）。朗诵结束后全场掌声雷动，但掌声激赏的肯定是老头听得老泪纵横，而非叶尔马科夫朗诵的作品。掌声渐渐稀落，老头站起来，大踏步走到台边上。

主席台没有拦住他的意思，原因有二。其一是主席被老头夺人眼球的表现激怒了，暂且退场，放话说不要管他。其二是这中间疑窦丛生，大会组织者中有些人开始不知所措。所以，当老头两肘往讲台上一支，全场顿时鸦雀无声。

"这就是名望。"他说道，声音沙哑，于是后排传来了喊声："Gromche, gromche!"（"大声点，大声点！"）

① 法语，美妙的男高音。

“我在说这就是名望，”他重复道，犀利的目光翻过眼镜盯着观众，“多少无聊诗，都是荒唐言，一个人的名字受到纪念，好像他对人类有点用处似的！别这样，先生们，不要自欺欺人了。我们的帝国和我们国父沙皇的宝座依然耸立着，像被冰雪封冻的雷电那样坚不可破。半个世纪前，它误导一个年轻人写下反叛诗句，如今这个年轻人变成了遵纪守法的老人，受到正直民众的尊敬。一位老人，让我多说一句，一位需要你们保护的老人。我是环境的牺牲品：我流汗耕耘过的田地，我亲自喂养过的羔羊，我见过的金臂挥舞的小麦……”

就在此时，两个彪形大汉飞快地过来，毫不费力就把老头架走了。观众看见了老头被架出会场的一幕——他的外衣前襟往一边张开，胡子翘向另一边，一副手铐晃荡在他的手腕下，但眼神仍是那么威严、高傲。

第二天，当地的主要日报报道这一庆典时，对于破坏庆典的事件却只简单地用一句“令人遗憾之事”一笔带过。但声誉不好的《圣彼得纪事报》却与众不同。这是一家专搞骇人新闻的反动小报，由赫斯托夫兄弟编辑，维护中下层阶级和有幸成为半文盲的底层劳工的利益。它连连开火，刊登了一系列文章，坚持认为那件“令人遗憾之事”不是别的，正是真正的佩罗夫再次现身。

四

与此同时，老头被一位非常富有但性情古怪的商人格罗莫夫接走了。格罗莫夫供养了一大批食客，都是些流浪的僧侣、江湖医生，还有些与集体迫害有关。《圣彼得纪事报》刊登了这个冒名顶替的骗子的访谈录，他在访谈录中说了些有关“革命党奴仆”的事情。他们骗走了他的身份证，抢了他的钱。据他讲，这些钱都是他从《佩罗夫全集》的出版商那里合法取得的。一位投在格罗莫夫门下的学者酒后失言，指出（不幸被他言中）那老头的五官特性和那幅画像极为相似。

有一则记述甚是详细，却令人难以置信。说他演了一场自杀戏，那是为了在圣俄罗斯的怀抱中过上基督徒的生活。他什么事都干过：贩过毒，捕过鸟，在伏尔加河上做过艄公，还因要求在偏远省份得到一块地而被打伤。我曾看过一本破旧不堪的小册子，书名叫《康斯坦丁·佩罗夫的死亡与复活》，过去都是由颤抖的乞丐在大街上叫卖的，一起出售的还有《萨德侯爵历险记》和《亚马逊人回忆录》。

不过在翻阅那些旧文档时，我最大的发现却是一张污点斑斑的照片，照的是那个大胡子骗子，高高站在还未完工的佩罗夫纪念碑的大理石底座上，纪念碑建在一个没有绿叶的公园里。照片上的他两臂交叉，站得笔直，头戴圆形皮帽，穿着新胶鞋，但没穿大衣。一小群他的支持者簇拥在他的脚下，一张张白色的小脸注视着镜头。那些眼睛长得很特别，如肚脐眼一般；表情也很特别，自鸣得意的样子，像旧时私刑队的照片。

那时的风气是流氓横行，保守分子当道（如此切合统治者的看法，不管沙皇名叫亚历山大、尼古拉斯还是乔），丑化佩罗夫就是种灾难，知识界很难忍受。佩罗夫是个单纯、热情、有革命理想的诗人，那形象是融化在他的诗行之中的，怎么能变成一个在漆过的猪圈里打滚的粗俗老头呢。可悲的一点是，格罗莫夫和赫斯托夫兄弟都不真正相信给他们提供乐趣的那个人是真正的佩罗夫，还有很多有教养的正派人被一种不可能的想法所困：他们所排斥的正是真理和正义。

最近公开了一封斯拉夫斯基写给科罗连科的信，信中写道："不敢想象，一份前所未有的命运厚礼，可能被无情地忽略了，那就是昔日一位大诗人像拉撒路一般复活了——唉，我们甚至认为那是一场精心策划的骗局。而所谓骗子的罪过仅仅是沉默了半个世纪，然后发表了一两分钟的胡言乱语。"信中措辞很含混，但主旨很清晰：俄国知识界不怕上当受骗，怕的是支持了一个丑陋的错误。但有些事情他们更加害怕，那就是理想的毁灭；因为你们激进得很，随时准备打翻世上的任何东西，但有些小玩意儿却是例外。这样的小玩意儿，不管多么可疑，多么无用，激进分子还是会出于某种原因供在神龛里的。

如今传言说，俄罗斯文学促进会有一回秘密开会，会上将那个老头不停地寄给学会的无数封出言不逊的信同诗人少年时代写下的一封很旧的信做了仔细对比。这封旧信是在一份私人档案中发现的，据说是佩罗夫唯一的真迹。有些学者仔细研究过信上已经淡去的墨水痕迹，认为此信是真的，别的人一概难辨其真伪。

更有传言说，人们筹了一大笔钱，送给了那老头，没有叫他那些下三滥伙伴知晓。好像是给他一笔可观的月俸，条件是他立刻回到他的乡下农庄，从此再不出山，来个体体面面的人间蒸发。也许他接受了条件，因为他真的突然消失了，如同当初突然出现一般。与此同时，格罗莫夫丢了他的宠物，为求安慰，找了一个有法国血统的江湖催眠术士，此人一两年后在宫廷里发了迹。

纪念碑如期揭幕，当地鸽子找到了个好去处。收集诗人作品出售的事，也到第四版中间悄无声息地收了场。最后，也就是一两年后，在佩罗夫出生的地方，当地最老的但不一定是最聪明的居民告诉一位女记者，说他记得他的父亲曾对他讲，在一片长满芦苇的河湾里发现过一具骷髅。

五

要不是发生了革命，这事也就了结了。革命一来，厚厚的沃土翻开了，带出小株植物白色的细根和淡紫色的肥胖小虫。要不是革命，这些小东西也就一直深埋土下。二十年代初，在那个昏暗、饥饿但又病态地活跃的城市，千奇百怪的文化机构涌现出来（比如有名气却一贫如洗的作家开书店卖自己的书等），动辄有人办个小小的佩罗夫博物馆，以此谋得一两个月的生计，这就引起了一次佩罗夫复活热。

办展览？什么都可以展出，除了一样东西（那封信）。一些二手材料在一个破旧的大厅里传递。舍列梅捷夫斯基画廊的那幅珍贵肖像（敞开的衣领处有一道裂口，暗示斩首之意），椭圆形的眼睛，棕色的发束；一卷破旧的《乔治亚之夜》，曾被认为是涅克拉索夫的作品；一张拍得不太好的照片，照的是一所乡村小学，建在诗人父亲当年拥有一座房子和一片果园的地方。还有博物馆里来过的某位观众落下的一只旧手套。三四种佩罗夫的作品，分布得颇有讲究，尽可能占据了最大的空间。

所有这些可怜的遗物仍然不足以组成美满的体系，所以几样有时代特征的物品加了进来，比如一位著名的激进评论家在他那洛可可风格的书房里穿过的睡衣，还有他在西伯利亚木头牢房里戴过的项链。可是问题仍然存在，不论是这些作品还是那个时代众多作家的肖像都不够分量，于是人们做了一个在俄国首次上路的火车模型（那是四十年代，在圣彼得堡和沙皇村之间运行），安放在那间阴冷屋子的正中央。

那个老头，现在早过了九十高龄，但讲话仍然口齿清楚，坐在马车里身板还相当挺直，有人来访，就领着四处参观，好像他是那里的主人，而非看门的。参观的人会觉得奇怪，转悠一会儿，他就领你进了下一个屋子（其实不是个屋子），到那里就请你用晚餐。但他的全部家当只有屏风后面的一个炉子和一条他睡觉的长凳。不过，门口摆着展销的书，你要是买上一本，他就会在书上亲笔签名，这已形成惯例了。

后来有一天早晨，给他送饭的女人发现他死在了他睡的长凳上。三家争吵不休的人暂时住进了博物馆，很快展品就一件也不剩了。就像是一只巨手从一大摞书中撕下了一大摞书页，发出了巨大的撕扯声；要么是某个轻浮的故事写手把虚构的小魔鬼装进了真理的容器，要么是……

不过没关系。无论如何，再过二十多年，俄罗斯也就与佩罗夫的诗歌完全失去联系了。年轻的苏维埃民众对他的作品几乎一无所知，如同他们不知道我的作品一样。毫无疑问，他得以重见天日、重受尊崇的时代肯定会到来，但现在人们还是禁不住觉得，在目前情况下，失去的也太多了点。人们还会疑惑，将来历史学家如何写那老头的事情，如何写他那非同寻常的争吵。不过，那自然都是非常次要的问题了。

似水流年

一

一场大病后，在卧床疗养的第一个繁花之季，没有人知道，至少病人自己不知道，一个九十岁高龄的人能否撑得过去。我的朋友诺曼和努拉·斯通力劝我先不要考虑我的科学研究工作，纯粹放松一下，玩玩字谜或纸牌。

玩字谜是不可能的事，所谓玩字谜就是从晚报最后一页上一堆纷乱的音节中找出一个亚洲城镇的名字或者一部西班牙小说的书名（这是我最小的曾孙女最拿手的绝活），可对我来说远比摆弄动物组织艰巨得多。不过纸牌倒是可以考虑的，要是玩这种游戏的人看重它的补脑功能，就尤其值得考虑了。人要是回忆昔日往事，过去的事件和感情一一来过，悠闲自在地重现一番，这不也是一种补脑游戏吗？

据报道，亚瑟·弗里曼曾说过，写回忆录的人都是想象力过于贫乏、写不了小说的人；他们的记忆力也差，写的回忆录也不真实。自我表达日渐衰退，我也就随波逐流了。我和之前的老人一样，发现时间上离得越近的事越记不清楚，令人苦恼，而隧道尽头反而有色彩和亮光。我能明确地说出一九四四年或一九四五年每个月都发生了什么事，但我要是选择一九七七年或二〇一二年，哪个季节发生了什么事就成了一团浆糊。一位杰出的科学家批评过我最近的一篇论文，我却记不起他的名字。一些同样很杰出的科学家为我辩护，说到了他的别名，我也记不得了。我不能随口说出是哪一年雷克雅未克自然爱好者协会胚胎学分部选我为通信会员，也说不出到底是哪一年美国科学院授予我该院最高奖的荣誉。（不过我记得这两项荣誉给我带来的巨大欢乐。）所以一个通过高倍望远镜观察的人是看不到他迷人果园上方秋高气爽的卷云的，但是一定能看到金星上一个潮湿的山谷里密集的气团，如同我一个不幸的同事——已故的亚历山大·伊万琴科教授两次观察到的那样。

毫无疑问，过去一个世纪那些单调、乏味，还带着奇特忧郁色彩的照相术留给我们“无数如星云般模糊的相片”，那些不记得那个世纪的人一看，就会产生极不真实的感觉。但事实是，我儿时的那辈人在现今一代人看来似乎比十九世纪还遥远。他们仍然固守着十九世纪的拘谨与偏见，固守着传统，如同藤条紧紧缠绕着一棵死树。他们围着大桌子吃饭，坐在硬木椅子上，座位依据个人的地位排列，固定不变。服饰也很繁琐，每一处都留有一些没用的过时点缀（一个城里人穿晨服时得往三十个扣眼里系进去三十颗纽扣，还要打上三个领结，检查十五个衣袋里都有什么东西）。

他们写信时，称呼根本不认识的陌生人也用“敬爱的先生”一类的话——只要用的词语有点意义就行。信的开头用一个理论上什么时候都可以用的套话，对一个人含含糊糊地表达白痴般的忠心，而这个人的存在对写信人来说压根就是无所谓的事情。他们颇为艺术地赋予集体一些他们不愿意赏给个人的品质与权利。他们痴迷于经济学，如同他们的祖先痴迷于宗教一样。他们肤浅，粗心，短视。和其他时代的人相比，他们更容易忽视杰出人才，所以才让我们有了发现大师杰作的荣幸（比如理查德·辛纳屈在世时一直是一个默默无闻的“护林人”，要么在一株特柳赖德松树下做梦，要么对着圣·伊莎贝尔森林里的松鼠吟诵他那惊世骇俗的诗篇。然而那时人人都知道的是另一位也有东方血统的二流作家辛纳屈）。

基本的异常反应现象致使他们所谓的招魂巫师以最愚蠢的形式

搞一些超验推测，让所谓的常识耸起宽肩膀，以示同样愚蠢的无知。我们的时间计数对他们来说会是“电话”号码。他们用各种方法玩弄电，却一点不懂电到底是什么东西——难怪有人偶然揭示了电的真实性质便引起一片惊奇（那个时候我已经成年了，现在还清晰记得安德鲁斯老教授在校园里伤心地哭泣，周围一群人惊得目瞪口呆）。

我少年时代经常遇到可笑的习俗和繁文缛节，但那时我的童年世界依然是英勇顽皮的小世界。它用一点点干涩的幽默抵制着当时的逆境，也总是镇静地奔赴遥远的战场，好压下希特勒或墨索里尼的野蛮行径。只要我放开手脚，许多事情就会变得光明，变得仁慈，变得绝妙，变得可爱，让记忆充满激情的美好事情会在昔日岁月中找到。可悲的是，如今已无从知晓一个仍然强健的老人一旦卷起袖子会做出怎样影响时代的事。不过这也就足够了。历史不是我的研究范围，所以我还是说自个的事情为好，别去侵犯别人的合法领地，免得被警告：“每一个哨兵应该守住自己阵脚”——就像萨斯卡切万诺夫先生被当今小说中最迷人的角色所警告的那样（我的曾孙女可以证实这一点，她当今小说读的比我多）。

二

我出生在巴黎。小小年纪时母亲就去世了，所以我现在对她的记忆只能是模糊的碎片，好像总是热泪涟涟，面容上没有多少印象。我父亲教音乐，同时也是一个作曲家（我至今珍藏着一个节目单，那上面他的名字就排在一位伟大的俄国人旁边）。父亲看着我读完了大学，后来在南美战争的时候因患一种无名的血液病去世了。

在我七岁那年，父亲带着我和老祖母——小孩子有幸得到疼爱的至亲之人——离开了欧洲。那时的欧洲正在遭受难以描述的灾难，一个堕落的国家把灾难强加给一族人民，我是其中一员。在葡萄牙，一个女人给了我一个前所未见的大橘子。客轮的尾部有两根粗短管，遮挡着弯弯曲曲的航流。一群海豚在表演精彩的空翻。祖母给我读美人鱼的故事，这鱼儿长出了双脚。好奇的微风有时候也会过来凑凑热闹，将书页乱翻一通，似乎想看看故事接下来将会发生什么。我对这次航行的记忆也就是这些了。

船到达纽约的时候，空间旅行者常常跟时间旅行者一样被古老的“摩天大楼”所吸引。其实所谓“摩天”是用词不当，因为它与天空发生联系，特别是在温室般晴暖的一天隐隐将尽时，远没有摩擦的感觉，而是难以形容的微妙、宁静。我稚气的目光穿过那些曾为城市中心增添光彩的开阔广场，看摩天大楼好像非常遥远，丁香花的颜色，水一般奇怪的质感，华灯初上时，和落霞浑然一色，半透明的建筑中脉动的内容带着梦幻般的坦诚呈现出来。

一些黑人小孩们安静地坐在人造石上。树木都有拉丁文名称，展示在树干上，就像穿着花哨、金龟子般蹲坐着的出租车司机背上贴着自己陈旧的照片画一样（在我脑海里，他们一般是和一些同样花哨的自动音乐播放机连在一起的，那里面的音乐如同便秘一般出不来，插入一枚硬币，这才神奇地一泻千里）。我们那时生活在一个身份证和表格的时代，看人看事都要通过名称和外号，不相信还有任何无名的事物存在。

最近流行一出话剧，写的是四十年代腾飞的新美国。易拉罐大行其道，但络腮胡子和衬衣硬领很可笑，不合时宜。演员们爱坐蘑菇式的旋转高背椅，我小的时候就没有这种没完没了猛转的东西。我们那时喝的是劣质的混合饮料（吸管也比现在舞台上用的吸管短得多），闷头贪婪地吸。我记得海报上浅薄的花样和低级的诗歌：一块冰冻的人造奶油沉了下去，上面冒起大量的泡沫，或者是一滴棕色稀泥一般的软糖汁，正从奶油块光秃秃的顶上往下滴。黄铜与玻璃的表面，电灯呆滞的反光，螺旋桨闪着微光，呼呼响，一张世界大战的海报，画的是山姆大叔和罗斯福那类疲惫的蓝眼睛，或者是一个下嘴唇厚得过分、穿着整齐制服的女孩（噘着嘴，摆个气哼哼要吻的模样，是一九三九年到一九五〇年间流行一时的女性魅力)。还有混杂的交通噪音,从街上传来,令人难忘——声音模式和旋律特点,只有刻意分析才能知道是哪个时段的,否则听起来就是药店加金属世界的声音;在那个金属世界里,人在折磨金属,金属在反击人。

我在纽约上的学,后来移居到了波士顿,再后来又搬走了。我们似乎总是在搬家——有些新家反不如旧家。但是不管城镇有多小,我总是能找到一个修自行车轮胎的地方,一个卖冰激凌的地方,和一个放电影的地方。

山谷里似乎遭了洗劫,没有回声。这是因为要对声音进行柔和的特殊处理,使得经过压缩的语音与昏暗大厅里月白色屏幕上的一系列图片动作达到一致。一个男人一拳把他的同伴打进了高高摞起来的板材箱堆里。一个皮肤格外光滑的女孩,挑起一道弯弯的眉毛。从河对岸护林人工作的地方远远传来一记沉重的关门声,声音和画面没有配合好。

三

我已经足够老迈,能记起昔日的铁路客车。我年幼时崇拜火车,长大一点后转而关心提速问题。昔日的火车至今不时隆隆地驶过我的梦境,车窗憔悴,灯光昏暗。它们听任煤灰遮盖了自己的青春年华,色调变得与工厂车间和贫民窟的墙壁相差无几。假如不是这样,它们本身的颜色经过风雨无阻的长途征程,也就完全脱落了。说到贫民窟,那是进入城市前不可避免的景观,犹如要习得平常知识先得有语法规则并出点错一样。车厢一头堆放着低矮的学生罚站帽,用它可以软塌塌地盛一点矿泉水(一阵半透明的清凉感会传到指头上)。出水的是个小喷泉,人一碰,水就乖乖地抬头冒出来。

老人们就像比我那个时代更为古老的童话故事里的白发摆渡

人，断断续续地唱着他们的“下一个”，为旅行者检票。如果旅途较长，旅客当中肯定有许多疲惫不堪的士兵，四处乱躺着；也肯定有一个精神饱满的醉醺醺的士兵，来回乱窜，只有苍白的脸色把他与死亡联系在一起。在某个特定的历史时期，这样的人总是单独出现：一个怪人，泥塑的年轻造物。一些相当现代的历史教科书将这一时期巧言称为汉密尔顿[①]时期——这个称谓是一个无关紧要的学者提出的，为的是让没头脑的人受益。

不知怎么的，我那聪明却又不切实际的父亲，不能充分地适应学术环境，所以在一个地方待不了很久就要换一个地方。我现在还能清晰地回想起这一切，不过有一个大学城记得尤为真切：没有必要说出它的名字，只消说，与我们相隔三块草坪，在一条树木茂盛的巷子里，坐落着一幢房子，它现在是一个国家的麦加圣地。我记得在一棵苹果树下，阳光洒满花园的椅子，一条漂亮的古铜色猎犬，一个胖胖的长满雀斑的男孩，膝盖上摊着一本书。在树篱荫凉处，我摘下了一个伸手可及的苹果。

旅游者如今拜访那个一代伟人的出生地，观看具有那个时代特征的家具——家具为了能永远珍藏，用长毛绒绳了围了起来，大家自觉地站在绳子外面——那个时代和我有意外之缘，我怀疑他们能否感受到与之相联系的自豪感。无论发生什么，无论图书管理员在索引卡上填上多少我发表过的论文的标题，我都将作为曾在巴雷特扔过苹果的人流传后世。

七十年代[②]是科学发现多得惊人的时代，那时出生的人除了风筝或玩具气球外再没见过会飞的东西（就我理解，玩具气球有三四个州现在还允许使用，尽管最近德·萨顿博士对此问题发表了几篇文章）。对他们来说，想象飞机已经不是件容易的事了，特别是这些辉

---

① Alexander Hamilton（1757—1804），美国开国元勋之一，宪法的起草人之一，曾是美国的第一任财政部长。

② 这里指的是十九世纪七十年代。

煌壮丽的机器展翅飞翔的旧照片缺乏只有艺术才能将其保存下来的生动性。但说来也够奇怪的，从没有哪位大画家将飞机选为专门描绘的对象，将他的天才注入其中，从而使飞机的形象得以保存，不致变质。

我认为自己对待生活的态度在许多方面都是过时的了，而这许多方面也碰巧都在我研究的科学分支以外。很有可能我这么老的人人格是分裂的，就像那些欧洲小镇，一半在法国，另一半却在俄国。我知道这一点，小心前行。我根本没有打算提高自己对飞行器的兴趣，也没有病态地后悔没有研究飞行机器。但与此同时，我又无法抑制把过去当作一首交响乐而向往的浪漫情怀。

在过去遥远的岁月中，从当地机场起飞到地球上的任何一点所用时间不会超过六十小时。那时一个男孩对飞机的了解，可以从螺旋桨毂盖到方向舵平衡调整片，也能根据翼梢的状况或驾驶舱活动突出程度区分飞机的种类，甚至还能根据夜空中排放的火焰模式来判别；于是和那些疯狂的自然探索者——林奈[①]之后的分类学家展开了认识事物特征方面的竞赛。一个机翼和机身构造的截面图会给他强烈的创造快感。他用轻木、松木和回形针制成的模型让他对制作过程激情倍增，欲罢不能。与制作过程相比，结果似乎毫无意义，好像东西一旦成型，灵魂便出窍离去了。

获取与科学，存留与艺术——这两对各有其妙，但它们会合起来时，便是世间最高境界。所以我要踮着脚尖离开，向我的童年告别，在它最典型的时刻，以它最可塑的姿势：沉迷于低沉的嗡嗡声之中，让这声音在头顶上方颤动，聚集音量；它静止不动，忘记了它跨着的温顺自行车—— 一只脚踩在脚踏板上，另一只脚的脚尖触到了沥青路面，眼睛、下巴、肋骨都抬起来，向着裸露的天空；天上一架军用飞机过来了，速度快得可怕，只在飞机的中部变成了尾部、机翼和轰鸣

① Carl Linnaeus（1707—1778），瑞典自然学者，现代生物学分类命名的奠基人。

声远远消失后，那底色才变成不慌不忙的广阔天空。令人羡慕的怪物，了不起的飞行器，它们过去了，它们消失了，就像成群的天鹅在一个春天夜晚振动千万只翅膀，哗啦啦飞过了缅因州的骑士湖，不知来自何处，也不知飞向哪里：是哪个种类的天鹅，科学上没有界定，以前没有见过，今后也不会再见——然后天上空无一物，除了孤星一颗，犹如一个星号，标志着一条无从知晓的脚注。

谈话片段，一九四五年

我碰巧有一位名声不佳的同名者，此人从姓到名与我完全相同。虽然我从来没有见过他本人，但他动不动就闯入我的生活城堡，所以我也能够据此推断出他的粗俗人格。事情始于布拉格，二十年代中期我正好住在那里。在那儿我收到一封信，来自一家小图书馆，这个图书馆显然隶属于某个白俄组织，该组织和我一样，也是从俄国流亡出来的。这封信用激愤的口气勒令我立即归还一本名为《锡安智者备忘录》的书。这本书当年曾为沙皇激赏，其实是一部伪书，是秘密警察雇了一个半文盲的骗子编造出来的，唯一目的就是煽动屠杀犹太人。写信的图书馆员签名为“希涅波佐夫”（一个姓氏，意思是“蓝色的肚子”，在俄语中引起的想象就类似“温特博特姆”[①]这个姓氏在英语中引起的想象），他一口咬定，说我把他特别称之为“颇受欢迎而且很有价值的”那本书留在手头已一年有余。他还提到以前曾几次写信要求我归还这本书，那些信分别寄到贝尔格莱德、柏林和布鲁塞尔，显然那位与我同名的人过去一直在这几个城市漂泊。

我想象这个和我同名的家伙是个年轻的白俄流亡者，骨子里的反动派，革命打断了他的大学教育，现在正在按照传统的方式成功地弥补失去的时光。他显然是个萍踪不定的旅行家，我也是——这是我们之间唯一的共同点。有一次在斯特拉斯堡，一个俄国女人问我，那个在列日娶了她侄女的人是不是我的兄弟。有一年春天，在尼斯，一位戴着长耳环、面无表情的姑娘来到我住的旅馆，要求见我，看了一眼后，道了个歉，转身就走了。又有一次在巴黎，我收到一封用法文匆匆写成的电报："不要来阿方斯有可能返回希望你小心谨慎我很不安爱你。"我承认，想到我那位轻浮的同名人按往常习惯手捧着鲜花冲进去，却碰上了阿方斯和他的妻子，我不由得幸灾乐祸。几年后，我正在苏黎世教书，突然遭到逮捕，罪名是在一家餐馆里砸了三面镜子——三面镜子如同一组三联画，表现他的三副模样：醉（第一面镜子）、大醉（第二面镜子）、酩酊大醉（第三面镜子）。最后，在一九三八年，一位法国领事粗暴地拒绝在我的那本破旧的海绿色南森护照[②]上盖戳，理由据他说，是因为我曾有一次未经允许擅自进入这个国家。在那份最终搞定的厚厚卷宗里，我扫了一眼那个同名人的脸。他留着八字短胡，海员发型，正是这个坏蛋。

时隔不久，我便漂洋过海到了美国，在波士顿定居，心想这一下肯定摆脱了那个荒唐的影子。后来呢——准确地说，就是在上个月——来了一个电话。

一个女人用生硬而又迷人的嗓音对我说，她是西比尔·霍尔太太，夏普太太的好友，夏普太太写信建议她与我联系。我倒是真的认识一位夏普太太，便忍不住想，我认识的夏普太太和我自己总有一个可能是搞错了。金嗓子的霍尔太太说星期五晚上她要在自家公寓里搞一个小小的聚会，叫我也来，因为她听说过我的情况，由此确信我对这样的讨论会非常感兴趣。其实我对任何形式的聚会都很厌恶，但又想要是不去的话，多少会让夏普太太失望，于是就接受了邀请。夏普太太是个和气的老太太，常穿栗色的裤子，留着短发。我是在科德角遇上她的，当时她和一个比她年轻的女人合住一间小屋。这两位太太都是才华平平的左派艺术家，独立谋生，为人极其和善。

那天出了点与我现在要说的话题完全无关的事情，我到达霍尔

① 原文Winterbottom，意为"冬天的臀部"。

② 南森护照是由国际联盟推出的一种国际认可的身份证，当时是为没有国籍的难民设置的。

太太公寓的时间比我预想的晚了许多。一位年长的电梯工，长相竟然颇似理查德·瓦格纳，阴沉着脸送我上去。我在客厅里脱外套和橡胶套靴时，霍尔太太不苟言笑的女仆等在一旁，两只长胳膊垂在身子两侧。客厅里主要的装饰品是一种中国制造的雕花瓷瓶，可能是件值钱的古董——上面刻着某种颜色病态的高大怪兽——这种东西我每次看见都觉得心生厌恶。

我穿过了一个精心布置的小房间，到处摆着广告作者们常说的象征"高雅生活"的东西，然后被引入——理论上是有人引路，其实女仆已经离开了——一个宽敞雅致、充满小资情调的沙龙。我渐渐明白了，正是在这种地方，一个人可以指望被引见给某个曾在克里姆林宫用过鱼子酱的老傻瓜，或某个木头一般的苏维埃俄国人。每当我攻击苏共的路线并对共产主义者及其导师的言论表示轻蔑时，我这位熟人夏普太太，出于某种原因，总是表示愤怒。我现在明白了，这个可怜的人认定让我来参加讨论有可能对我这种大不敬的心灵产生有益的影响。

来的人有十来个，中间走出了女主人，原来是个四肢细长、胸部扁平的女人，向外突出的门牙上还沾着口红。她迅速地把我介绍给那位特邀嘉宾和其他客人，然后因我进来而中断了的讨论立刻继续进行。特邀嘉宾正在回答问题。他形容单薄，一头乌黑油亮的头发，额头闪闪发光，明亮的长柱落地灯照在他的肩头，可以看清落在他晚餐礼服领子上的头皮屑。他双手紧握，手白得令人羡慕，我发现其中一只令人难以置信地柔软、湿润。这家伙属于尖嘴猴腮那类人，喉结难看，刮脸两小时后，廉价的爽身粉一旦脱落，刮过的地方就露出一系列分布复杂的粉红色小点，小点上还盖着青灰色的胡茬。他戴着一个有顶饰的戒指，说来奇怪，这让我想起了曾在纽约碰到的一个皮肤黝黑的俄国姑娘，她生怕被误认为是犹太女人，便在脖子上戴了一个十字架，虽然她就像缺心眼一般地缺少宗教感。这位演说者的英语讲得很流利，令人羡慕，然而他的语音里带有"德国"语音中生硬的“djair”音；话里不停地出现“妙极了[①]”一词，该词的第一个音节老是发成“wan”的音，这些都表明他是日耳曼血统。他当时是，或从前是，要么即将成为，一位德语教授，或者音乐教授，或者二者兼有，在中西部某个地方教书。但我没有听清楚他的名字，所以我以下就称他为舒博士。

“他那时当然是疯了！”舒博士回答在座的一位太太提出的问题时高声叫道，“请注意，只有疯子才会像他那样把战争搞成一团糟。我当然和你一样，希望过不了多久，假如他还活在世上的话，就会被安全地囚禁在一个中立国某个地方的疗养院里。他这是咎由自取。不去入侵英格兰，反而攻打俄国，这就是发疯。以为和日本并肩作战就能阻止罗斯福积极参与欧洲事务，这就是发疯。想不到别人也有可能发疯的人就是不可救药的疯子。”

“人们不禁会想，”一个肥胖的小个子太太说，我现在想起来了，她叫马尔伯里太太，“假如我们把那些送给英国人和俄国人的飞机和坦克全用于摧毁日本，那么我们成千上万的孩子们就不会战死在太平洋上了。”

“一点不错，”舒博士说，“这也是阿道夫·希特勒的过错。他发了疯，没有仔细考虑那些不负责任的政客们提出的方案。他发了疯，就相信其他国家的政府会按常理厚道行事。”

“我常常想到普罗米修斯，”霍尔太太说，“普罗米修斯，他盗了天火，却被发怒的诸神弄瞎了眼睛。”

一位身着浅蓝色上衣的老太太，坐在一个角落里做编织活，请舒博士解释一下为什么德国人不起来反抗希特勒。

舒博士将眼皮垂下片刻。“这个问题的答案是可怕的，”他郑重其事地说，“你们知道，我自己就是德国人，纯粹的巴伐利亚血统，不过我现在是一个忠诚的美国公民。但不管怎样，我要对我从前的同

① 原文为wonderful。

胞说几句很不中听的话。德国人”——那双长着柔软睫毛的眼睛又半闭起来——“德国人都是梦想家。”

到这时候，我当然完全明白了，这位霍尔太太说的夏普太太与我认识的夏普太太完全不同，正如我和那个同名者完全不同。我被强行拉入的这场噩梦对他来说也许就是一个与一群意气相投的人共同度过的美好夜晚，舒博士在他眼里也许是一个聪明绝顶、极富才华的谈话人。出于不好意思，也许还有点病态的好奇心，我没有离开这个房间。再加上我一激动就会结巴得厉害，如果想试着对舒博士谈谈我对他的看法，那听上去就会像寒夜里高低不平的郊区小路上一辆发动不起来的摩托车发出的爆裂响声。我看看四周，努力说服自己：这里的人都是活生生的真人，并非傀儡戏中的木偶。

女人中没有一个长得俊俏的，都年近四十五，或者过了四十五。可以肯定，她们都是读书俱乐部、桥牌俱乐部、胡言乱语俱乐部的成员，都属于那种了不起的、冷漠的、注定要瓦解的妇女社团。她们看上去都是不能生育的，还因此感到快乐。其中有些人可能有过孩子，但她们是怎样生了这些孩子的，如今已是一个失传的秘密。许多人在各式各样的审美追求中找到了发挥创造力的替代品，比如说，美化这间会议室。我看了一眼坐在我身边的那个人，是一位脖子上长着斑点的太太，看上去在专心听讲。其实我知道，她一面心不在焉地听着舒博士讲话，一面很可能在操心一项与某个社会事件或战时娱乐有关的装饰活动，具体是什么，我就无法确定了。但我知道她是多么需要这种额外的兴趣。桌子中央的某个东西，她在想，我需要能让人眼红的东西——可能是个盛着人造水果的巨型大碗。当然不是蜡制的。要有精巧的大理石花纹。

令人极其遗憾的是，我被介绍给大家时，没有把这些太太们的姓名记在心里。有两位身材苗条的未婚女士坐在硬椅子上，哪怕两人互换也认不出来，她们的名字都是以W打头。其他人中，我能肯定的是有一位叫做比辛小姐。这名字我听得清清楚楚，但过后却不能把它与任何一张特定的面孔或类似的东西对上号。男人除了舒博士和我，就只剩一个了。此人原来还是我的俄国同胞，人称马里科夫上校或者梅尔尼科夫上校，霍尔太太念这个名字时听起来更像是“米尔沃基”。在大家开始传递一些淡色的软饮料时，他倾身和我说话，声如撕革，仿佛他那身破旧的蓝色西装下面还套着一副马具似的。他悄悄用俄语粗声粗气地告诉我，他有幸认识我受人尊敬的伯父。一听这话，我立即把他所说的这个人想象成长在那位同名人家族之树上的一颗好看不好吃的苹果。不过此时舒博士又口若悬河地讲了起来，那位上校便坐正了身子，露出一颗破黄牙冲我笑笑，意思是现在不说了，然后慎重地做了几个手势，意思是以后我们会好好谈谈。

“德国的悲剧，”舒博士一边说一边把一张他刚刚擦过薄嘴唇的餐巾纸仔细折叠起来，“也是文明美国的悲剧。我在无数妇女俱乐部里说过，也在别的教育中心说过，每到一处我都注意到，这场谢天谢地现在已经结束了的欧洲战争，在那些优秀的、敏感的人们心灵深处引起多深的憎恶。我也注意到，文明的美国人是多么急切地想恢复对昔日快乐时光的记忆，想恢复他们出国旅行的体验，想恢复曾在那个艺术之国、音乐之国、哲学之国、幽默之国里度过的难忘的那一月，甚至难忘的那一年。他们至今还记得他们在那里遇上的亲密朋友，还记得他们在一个德国贵族家庭的怀抱里受到的教育和度过的幸福日子，还记得那里的每样东西都精致整洁，还记得美好的一天结束时听到的歌声，还记得那些令人神往的小城镇，还记得他们在慕尼黑和德累斯顿发现的充满友善与浪漫的整个世界。”

“我的德累斯顿再也不是从前光景了，”马尔伯里太太说，“我们的炸弹已经摧毁了它，也摧毁了它所代表的一切。”

“要说炸弹，那也是英国的炸弹，”舒博士轻轻说道，“不过当然了，战争就是战争，虽然我承认，很难想象德国轰炸机会刻意在宾夕法尼亚或弗吉尼亚专挑某个神圣的历史景点作为攻击目标。是的，战争太可怕。事实上，战争强加在两个有许多共同点的国家头上时，它就可怕到几乎无法容忍的地步。它就像一个悖论，令你震惊，但实际上，想想那些在欧洲丧生的士兵，你就会对你自己说，我们普通老百姓担惊受怕，只好默默忍受，他们至少免了此等痛苦。”

“我认为这么讲很对。”霍尔太太评论道，缓缓点头。

“那些故事又是怎么回事呢？”一个正在做编织活的老太太问道，“报纸上连篇累牍登的那些讲德国人如何残暴的故事。我能说这些故事基本上都是宣传吗？”

舒博士露出了一丝疲倦的微笑。“我刚才就料到会提出这个问题，”他说道，声音中带着一丝悲伤，“说来不幸，宣传、夸张、伪造照片等等，都是现代战争的工具。如果德国人自己也编造出一套美国军队残暴对待无辜平民的故事的话，我也不会觉得意外。姑且想想一战中编造出来的所谓德国人如何残暴的胡言乱语吧——那些可怕的传言，说比利时妇女遭到诱奸，等等。好，战争刚结束，就在一九二〇年夏天，如果我没有记错的话，一个由德国的民主主义者组成的特别委员会彻底调查了整个事件，我们都知道德国专家做起事来是学究一般地彻底和精确。可是他们没有发现一丝一毫的证据来证明德国人曾经有过不符合军人精神和绅士风度的行为。”

两位W小姐中的一位讥讽地说，外国记者胡编乱造，那也是为谋生计呀。她的话说得机巧，在座的每个人对她这句暗藏机锋的话表示赞赏。

“另一方面，”刚才的小风波平息下来后，舒博士接着说，“让我们忘掉宣传，来看枯燥的事实吧。请允许我向你们根据过去画一幅小小图画，一幅相当悲伤，但也许是必不可少的图画。我想请你们想象一下德国小伙子们骄傲地进入他们打下来的某个波兰或俄国小镇的情景。他们一边行军一边唱歌。他们不知道他们的元首已经疯了，他们天真地相信自己是在给这陷落的小镇带来希望、幸福和美妙的秩序。这些德国小伙子们原以为他们打下城镇，是要给那里带来永久的和平，不料他们的占领最终导致敌人把这些城镇变成了烈火熊熊的战场，他们不明白这样的结果都是阿道夫·希特勒后来一意孤行、一错再错而造成的。当他们身着漂亮的戎装，带着他们美妙的战争机器，扛着军旗，雄赳赳走过大街时，他们对任何人，对任何东西，都笑脸相迎，因为他们当时是满怀友好和善意的。他们天真地希望当地百姓对他们怀有同样友好的态度。随后，他们渐渐发现，自己像小孩子一般充满信心地走在街道上，街道两旁却站满了一排排沉默无语、一动不动的犹太人，满怀仇恨地瞪着他们，侮辱着每一个走过去的士兵——不是用言辞，他们太聪明，不会恶语相加的——而是以阴暗的目光和暗藏恶意的讥笑。”

“我知道这种目光。”霍尔太太厉声说道。

“可是他们不知道，”舒博士哭诉一般地说，“这就是问题所在。他们被弄糊涂了。他们不理解，他们伤了心。那么他们怎么办呢？起初他们试图通过耐心的解释和小恩小惠来化解那种仇恨。然而围住他们的仇恨之墙眼看越来越厚。到头来他们被迫把那些邪恶而傲慢的联合组织的头目监禁起来。除此之外他们还能怎么做？”

“我碰巧认识一个俄国犹太老人，”马尔伯里太太说，“唉，不过是马尔伯里先生生意场上的一个熟人。他呀，有一次直言不讳地对我说，他要是遇上德国兵，就先亲手掐死一个再说。听了这话我惊呆了，站在那儿不知如何应答。”

“我可以回答他，”一个矮胖的女人说，她坐在那儿，两膝分得很开，“事实上，惩罚德国人的话人们听得太多了。他们也是人。任何一个心灵敏感的人都会同意你的说法：他们不能为那些暴行负责。所谓暴行，多半也许是犹太人编造出来的。如今我要是听人还在大谈焚烧炉和酷刑室的话，我准会发疯。这些东西当年果真有的话，那也是由少数几个像希特勒一样的疯子在操持。”

“依我说吧，”舒博士带着他那不真实的微笑说，“犹太人的想象活灵活现，控制着美国出版界，其作用我们一定要明白，也要有所考虑。还必须记住，有不少措施纯属卫生领域，讲究秩序的德国军队采取这些措施来处理死在难民营里的老年人的尸体，在某些情况下，也用这些措施来处理死于流行性疾病的人。本人没有任何种族偏见，我不明白这些由来已久的种族问题与我现在对已经投降的德国的态度之间有什么关系。尤其是当我想到英国人如何对待殖民地的土著人时就更不明白了。”

“抑或记得犹太血统的布尔什维克过去是怎样对待俄国人民的——唉——唉——唉！”梅尔尼科夫上校评论道。

“如今再不是这样的情形了吧？”霍尔太太问道。

“不是了，不是了，”上校说，“伟大的俄罗斯人民已经觉醒，我的国家又成为一个伟大的国家。我们有过三位伟大的领袖。有过伊万，他的敌人称他为‘恐怖伊万’，然后我们有了彼得大帝，现在我们有约瑟夫·斯大林。我是一个白俄，曾在近卫军里服役，不过我也是一个俄罗斯爱国者和一个俄国的基督徒。今天，我说的一词一句都出自俄国，我感到它的力量，我感到俄罗斯老母亲的辉煌。她是一个战士之国，宗教之国，真正的斯拉夫之国。我也知道当红军进入德国城镇时，没有一根头发从德国人的肩膀上掉下来。”

“是头。”霍尔太太说。

“对，”上校说，“没有一颗头从他们的肩膀上掉下来。”

“我们都羡慕你的同胞，”马尔伯里太太说，“可是对共产主义向德国扩散你又如何看呢？”

“如果允许我提一个建议的话，”舒博士说，“那么我愿意指出，要是我们不小心谨慎，德国将不复存在。这个国家不得不面对的主要问题将会是阻止胜利者奴役日耳曼民族，是阻止胜利者把年轻的、强壮的、残疾的、老年的——知识分子和老百姓——送到东部的广大地区去，像囚犯一样劳动。这是有悖于民主与战争的所有原则的。如果你们告诉我德国人对已被他们征服的民族也是这样干的，那么我将提醒你们三件事：第一，德国不是一个民主国家，不能指望它像个民主国家那样行事；第二，大多数（即使不是全部）的所谓‘奴隶’

都是有他们的自由意志的；第三点——也是最重要的一点——他们吃得好，穿得好，住在文明的环境里。尽管我们对俄国的众多人口和广阔地域怀有天然的迷恋，但德国人在苏维埃之国不大可能找到德国的那种文明环境。”

“我们也不应该忘记，”舒博士继续说，嗓音突然抬高，“纳粹党其实不是一个德国的组织，它是一个压迫德国人民的外来组织。阿道夫·希特勒是奥地利人，莱伊[①]是犹太人，卢森堡[②]是半个法国人、半个鞑靼人。日耳曼民族在这个非日耳曼人的重轭下遭受的痛苦和其他欧洲国家遭受在自己的国土上进行的战争之苦一样多。平民百姓不仅受伤致残，甚至被杀，而且他们宝贵的财产和美好的家园被炸弹炸毁，这些炸弹是德军的飞机投下的还是盟军的飞机投下的也就无关紧要了。德国人、奥地利人、意大利人、罗马尼亚人、希腊人，还有欧洲所有其他国家的人，如今都是难兄难弟会的成员，在苦难和希望中一律平等，大家应该一视同仁。让我们把查罪定罪的任务交给将来的历史学家，交给在海德堡、波恩、耶拿、莱比锡、慕尼黑等地各个大学里任教的老学者，他们处在欧洲文化的永恒中心里，不带任何偏见。让欧洲这只凤凰再次展开它那鹰一般的翅膀，让上帝保佑美国！”

舒博士颤巍巍地点燃了一支烟，屋里出现了片刻宁静，对他表示敬意。然后霍尔太太两只手掌紧紧合在一起，做了个小姑娘般的漂亮手势，请他来一曲美妙的音乐以丰富会议的内容。他叹了口气，站起来，走过去时踩在我的脚上，他伸出指尖点点我的膝盖，以示歉意。他在钢琴前坐好，低下头，一动不动地停了好几秒钟，仿佛能听到时间的脚步。然后他把烟卷缓缓地、轻轻地放在烟灰缸上，又把烟灰缸从钢琴上挪开，放到了霍尔太太伸过来准备接住的手上，然后又低下

① Robert Ley (1890—1945)，纳粹党主管组织行政工作的头目。
② Alfred Rosenberg (1893—1946)，纳粹党的高级理论家，长期主管意识形态。

头。他终于说话了，声音略带哽咽："我先演奏《星条旗永不落》[①]。"

我觉得实在忍受不下去了——事实上，我已经到了生理上开始产生不适的地步——我站起身，匆匆离开了这个房间。来时我曾看见女仆把我的东西放在衣橱里，我快走到衣橱跟前时，霍尔太太赶上了我，同她一起过来的是远处滚滚而来的音乐。

"你非走不可？"她说，"真的非走不可？"

我找到了我的外套，扔掉挂衣架，跺着脚穿上了橡胶套靴。

"你们不是杀人犯就是傻瓜，"我说，"要么两者都是，那个男人是一个下流的德国特务。"

我已经提到过，我在关键时刻常受语塞之苦，所以当时那句话从嘴里说出来不像写在纸上这么顺畅。但毕竟说出来了。她还没能定下神来回答我，我就砰的一声带上了门，抱着外套跑下楼，就像抱着一个孩子冲出一栋失火的房子。等我到了街上，才注意到我抬手要戴上的帽子并不是我自己的那一顶。

那是一顶破旧的浅顶软呢帽，灰颜色比我那顶更深一些，帽边比我的窄一些。要戴上它的那个脑袋比我的脑袋小。帽子里面有个标签，写着"维尔纳·布罗斯，芝加哥"，还散发出另一个人的发梳和发乳的气味。它不可能是梅尔尼科夫上校的，他的头秃得像一个保龄球。我也断定它不是霍尔太太的丈夫的，霍尔太太的丈夫不是死了，就是另有地方放他的帽子。随身带着这样一个东西，实在觉得恶心，但这天晚上下着雨，也很冷，所以我就把它权当一件基本的雨具来用。我一到家，就马上给联邦调查局写信，但没写多少就停了下来。我记人名的能力太差，这严重地损害了我想要提供的消息的质量。另外，我不得不解释我为什么会出席那次会议，这样就势必扯进来好多理不清、有疑点的事情，桩桩件件都和我那个同名人有瓜葛。最糟糕的是，整件事如果展开细说，就带上梦幻般的怪异色彩，我唯一能

---

① *The Star-Spangled Banner*，美国国歌。

如实陈述的就是有一个人，来自中西部某个不知叫什么的地方，我甚至不知道此人姓甚名谁，他一直在一家私人住宅里向一群糊里糊涂的老太太讲些同情德国人民的话。说来也是，对德国人民表示同情的话不断出现在某些知名专栏作者的文章中，依此而论，整件事情，就我所知，大概是完全合法的。

第二天一大早，我听到门铃响，开门一看原来是舒博士，他没戴帽子，披着雨衣，默默地把我的帽子递给了我，那粉里透青的脸上半露出一丝小心翼翼的微笑。我接过帽子，含含糊糊地道了个谢，没想到让他错当成是请他进屋。我记不起把他的软呢帽放在什么地方了，只好赶快寻找。既然当着他的面，找得就很起劲，这情形很快便显得滑稽可笑了。

"这样吧，"我说，"等我找到帽子，就邮寄给你，送去给你，托人转交给你。要是找不到，就给你寄去一张支票。"

"可我今天下午就要走了，"他轻声说道，"再者，你向我非常亲密的朋友霍尔太太说了句奇怪的话，我想听听解释。"

我尽可能简明扼要地告诉他，警察、当局会找霍尔太太解释一番的。他耐心地等着我讲完。

"你不明白，"他最后说，"霍尔太太是社交界的名流，在官场有很多关系。感谢上帝，我们生活在一个伟大的国家。在这个国家里，每个人都能畅所欲言，不会因表达了某种个人意见而遭受侮辱。"

我让他滚。

我最后一番激烈急促的话说完后，他说："我走了，但请记住，在这个国家——"他伸出一根指头，弯起来冲我斜着摇了摇。这是个德国人惯用的手势，意思是戏谑地指责我。

我还没能决定揍他的哪个部位，他就溜走了。我气得全身发抖。我的这般没出息，不知多少回让自己哑然失笑，甚至莫名其妙地高兴，这一次却表现得粗野、卑劣。突然间，我瞥见舒博士的帽子就在客厅电话小桌下面的一摞旧杂志上放着。我奔到最前面的窗子边，打开窗户。等舒博士往下走了四层楼梯时，我把帽子朝他扔去。帽子画出了一道抛物线，像个大饼一般落在了街道中央。它在那里翻了一个跟头，差几英寸就掉到一个水坑里了，仰面朝天，躺在那里喘息。舒博士看都没往楼上看一眼，挥手表示感谢，然后捡起帽子，满意地发现上面还不算沾满了泥，就戴在头上，得意洋洋地扭着屁股走开了。我经常纳闷：一个瘦瘦的德国人穿着雨衣时从后面看为什么总是显得那么丰满。

余下的故事就是一星期以后，我收到了一封信，用俄文写的，其独特风采很难通过翻译来欣赏。

“尊敬的先生，”信中说，“在我的全部生活中，你一直追踪着我。我的好友们读了你的书后，都以为是我写了这些堕落、颓废的书，纷纷离我而去。在[illegible]九四[illegible]年，然后又在一九四三年，我在法国被德国人逮捕，指控我说了那些根本没说过，也从来没想过的话。如今在美国，你还不满足于从前在别的国家给我带来的种种麻烦，竟敢冒充我到一个德高望重之人的家里去大耍酒疯。对此我不能容忍。我本来可以把你投进监狱，给你打上冒名骗子的印记，但我想这样的结果你是不满意的，所以我建议通过赔偿之法……”

他提出的数额的确非常适中。

符号与象征

一

这是他们四年来第四次面临同一个难题：给一个精神错乱到无可救药的年轻人送一件什么样的生日礼物。他倒是没有任何要求。人造的东西在他看来是邪恶的蜂巢，上面抖动的全是只有他能看出来的邪恶行为；要么就是粗俗的享受，而在他那个抽象的世界里享受是毫无用处的。在排除了一大堆有可能气着他或者吓着他的东西（比如小玩意之类都属禁忌）之后，他的父母挑选了一件精致而又无害的礼物：一只篮子，里面装有十个小罐，小罐里装着十种不同的果冻。

他出生的时候他们已结婚多年，到如今又过了二十年，他们都垂垂老矣。她的浅褐色头发已经灰白，胡乱收拾起来，身上穿着廉价的黑色衣衫。她和同龄的女人不一样，比如索尔太太，他们家的隔壁邻居，脸上涂脂抹粉，搞得红里透紫，小溪边采来一簇花儿当帽子戴。而她则对着喜欢在人脸上挑毛病的明媚春光展露出一副毫不掩饰的苍白面容。她丈夫在故国曾是一位相当成功的商人，如今生活全靠他兄弟艾萨克接济。这个兄弟到美国差不多四十年了，算是个地道的美国人。他们很少能见到他，常戏称他为“王子”。

那个星期五事事都不顺。地铁列车在两站之间失去了它赖以运行的电流，在一刻钟的时间里，人们什么都听不见，只能听见自己的心脏在尽职尽责地跳动，再就是报纸刷拉刷拉地响。坐完地铁还得坐公共汽车，等车一等又是好久。车终于来了，里面挤满了唧唧喳喳的中学生。他们刚走上通往疗养院的褐色小路，瓢泼大雨便下了起来。到了疗养院，又等了好久。平时他们的儿子会拖着脚步走进屋（他可怜的脸上乱糟糟地长满了粉刺，胡子没有刮干净，沉着脸，神情困惑），这一回却不见他来，等到最后终于来了一位他们认识却不喜欢的护士，对他们直言相告，说他又一次企图自杀。他现在还好，她说，不过探访可能会打扰他。这个地方工作人员少得可怜，东西很容易放错、搞混，所以他们决定不把礼物留在办公室里，等下次来时再带来交给他。

她等着丈夫撑开雨伞，然后挽住他的手臂。他不停地清喉咙，每清一下就发出一声低沉的特殊声响，他心烦意乱时总是这样。他们走到街道另一边的公共汽车站的雨篷底下，他收起了雨伞。几步开外，一棵摇摇摆摆的树滴着雨珠，树底下一只羽毛未丰、半死不活的小鸟在一处水坑里绝望地扑腾。

公共汽车开到地铁站的路程很长，一路上她和丈夫谁也没说一句话。他那双苍老的手（青筋鼓胀，手背上满是褐色的斑）紧握在一起，靠在伞把上抽搐，她每瞥一眼，就觉得泪水在给眼睛加压。她赶紧扭头，想把注意力转移到别的事情上，这时她看到一幅景象，打动了她的柔肠，让她觉得又怜悯又好奇：原来乘客中有一位，是个女孩，一头黑发，肮脏的脚指甲涂成了红色，正伏在一个年岁大些的女人肩头哭泣。那个女人长得像谁？很像丽贝卡·鲍里索夫娜，她的女儿嫁给了一个叫索洛韦伊奇克的人——那是好多年以前发生在明斯克的事。

上一次他们的儿子企图自杀时用的方法，用医生的话说，简直是项了不起的发明创造。要不是一个心怀嫉妒的病友以为他要学飞行而阻止了他，他就成功了。其实他真正想做的只是要在他的世界里撕开一个洞，逃出去。

一家科学月刊曾经登过一篇论述详尽的论文，主题就是他那错乱的精神系统。不过在此之前，她和她丈夫已经自己摸索着想了很久了。赫尔曼·布林克把它称为“联想狂”。这种病症很少见，患者发病时会想象他身边发生的每一件事情都隐隐指向他的个人情况和生存情况。他把真实的人排除在他的冥想之外——因为他认为自己比别人要聪明得多。不论他走到哪里，自然现象都如影随形。盯着天上的云彩看，一朵连一朵都在通过缓慢的符号传达与他有关的信息，其详细程度令人难以置信。每当夜幕降临，黑沉沉的树林像在打着手势用手语讨论他内心深处的种种想法。小卵石、污点或斑驳的阳光，会形成信息模式，表达着他必须截取的各种讯号。每一样东西都是密码，他则是每一样东西的主题。打探他秘密的间谍中，有些是不偏不倚的观察者，比如用玻璃做成的各种表面，平静的水池等。其他的，像商店橱窗里的衣服，就是心怀偏见的证人，一心要将他私刑处死。还有别的一些（如流水、暴风雨等），也是歇斯底里、几近疯狂，对他抱有扭曲的看法，还把他的行为曲解为怪诞。他必须保护自己，常备不懈，把生活的每一分钟、每一个板块都用来破解事物曲曲折折的变化。他呼出的气息都是经过索引编目、归档存放的。他制造出的影响要是只限于他周围的环境倒也罢了，可说来悲哀，并非如此！他的疯名如滔滔洪水，流得越远，越顺畅，水势也越大。他血液中的血球轮廓放大了百万倍，掠过大漠平原；在更远处，坚硬无比、高耸入云的群山用花岗岩和叹息的冷杉树总结了他生命的终极真理。

二

当他们从地铁雷鸣般的噪音和污秽难闻的空气中走出来时，白日最后的一点余晖已经与街灯混合起来了。她想买点鱼做晚饭，就把装着果冻罐的篮子递给他，让他先回家。他走到楼梯的第三个转弯平台处，才想起白天早些时候把钥匙给了她了。

他静静地坐在楼梯上，约摸十分钟后又静静地站起来。是她回来了，吃力地爬上楼来，有气无力地笑笑，摇着头怪自己糊涂。他们进了他俩住的两居室公寓，他立刻朝镜子走去。他用两个大拇指掰开嘴角，脸扭得像一副可怕的面具，取下他死活戴不惯的那副新的假牙托，然后扯断了连在牙托上带出来的像獠牙那么长的口水。她来摆放餐具时他正在看他常看的俄语报纸。他一边吃无须用到牙齿的软饭菜，一边还在看报。她明白他情绪不好，便也沉默不语。

他睡觉去了，她还待在起居室里，守着那副已经摸脏了的扑克牌，还有几本旧影集。狭窄的庭院里雨水在夜色中滴下，打在几个破破烂烂的垃圾箱上。院子对面有两扇窗户，映着柔和的光。透过其中一扇能看见一个穿黑色裤子的男人，抬着裸露的胳膊肘，仰面躺在一张被褥凌乱的床上。她拉下百叶窗，看起照片来。他还是个婴孩时，看上去就比大多数孩子更容易受惊吓。影集的一页里掉出来一张照片，上面是他们在莱比锡时用过的一个德国女仆和她的胖脸未婚夫。明斯克、大革命、莱比锡、柏林、莱比锡。还有一座房子的正面，焦距没对好，照歪了。四岁时在一个公园里：爱生气，怕见人，皱皱的前额，看见一只不怕人的小松鼠，赶紧扭过头去，和平时见生人就扭头一样。有一张照的是罗莎姨妈，一个瘦骨嶙峋的老小姐，唠唠叨叨，动辄怒目圆睁。她一直生活在一个动荡不安的世界里，遭遇的都是坏消息、破产、火车事故、癌症晚期——后来德国人把她和她为之担心的所有人都害死了。六岁时——他开始画长着人手人脚的怪鸟，也开始像个大人一样遭受失眠的痛苦。有一张照的是他的表哥，如今是一位著名的国际象棋高手。又是他，八岁左右，已经让人难以理解，害怕楼道里的糊墙纸，害怕书里的插图。其实那幅图画的只是田园风景，山坡上几块大石头，一棵枯树，树上悬挂着一只旧马车轮子。十岁：这一年他们离开了欧洲。屈辱，可怜，一道道令人心酸的难关，还有那个特殊学校里和他一起上学的孩子们，个个不学好，长得又丑，心眼又坏。再后来就到了他生命中的关键时期，患肺炎后好长时间才恢复过来。这期间那些小小的恐惧加重了，好像这孩子的头脑成了一团乱麻，各种幻觉有条有理地互联起来，害得他完全不能像正常人一样思考。孩子的父母对这种情况没有重视，一直顽固地认为一个大天才可能就会有这么多古怪症状。

这一点，还有以后更多的事情，她都接受了——因为生活毕竟意味着丧失一份又一份的快乐，都得接受。何况对她来说，丧失的不是快乐，只是改善现状的可能性而已。她想着的是她和丈夫不知为何必须承受的痛苦，如波似浪，永无穷尽。她想着的是用某种难以想象的方式伤害着她儿子的隐形巨人。想着的是这世上还有无尽的柔弱，可这些柔弱又是何下场呢？不是被糟蹋了，就是被浪费了，要么被转化成了疯狂。想那些没人照管的孩子，在没有清扫过的街头独自哼哼。想那美丽的野草，在可怕的夜幕降临之际，躲不开农人的身影，只好无可奈何地看着他弓起猿猴般的背，一路过去留在身后的全是被他踩倒的花儿。

三

子夜时分，她听到起居室卧室里传来丈夫的呻吟声。过了一会儿，他摇摇晃晃地走了进来，睡袍上披着一件俄国羊羔皮领的旧大衣。比起他那件好看的蓝色浴袍，他更喜欢这件旧大衣。

“我睡不着。”他叫道。

“为什么，”她问，“为什么睡不着？你刚才不是很累吗。”

“我睡不着是因为我要死了。”他说着倒下来躺在长沙发上。

“是胃不舒服吗？要不要我去叫索罗夫医生？”

“不叫医生，不叫医生，”他呻吟着说，“让医生都见鬼去吧！我们必须赶快把他从那里接出来。要不然我们难辞其咎。难辞其咎啊！”他连说两遍，一骨碌坐起身来，两脚踩在地板上，挥起攥紧的拳头猛砸自己的脑门。

“好吧，”她平静地说，“我们明天一早就接他回来。”

“我想喝点茶。”她丈夫说道，说完进了浴室。

她吃力地弯下身，拾起从沙发上滑落到地板上的扑克牌和一两张照片：红桃杰克、黑桃九、黑桃A，照片是美女艾尔莎和她的野性情郎。

他兴致勃勃地转了回来，高声说道：“我都想好了。卧室给他住。我俩晚上有一个守在他身旁，不守的一个就睡在沙发上。轮流看护。让医生每周至少来两次。王子有什么说法不要紧。再说他也说不了多少，因为这样算来更便宜。”

电话响了。他们的电话一般不在这个时间响。他左脚上的拖鞋刚才掉了，他站在屋子中央，用脚跟和脚趾摸索着找它，张着没牙的嘴，孩子一般冲妻子打哈欠。她懂的英语比他多，接电话的一般都是她。

“我能和查理说话吗？”一个女孩用单调细小的声音说道。

“你拨的什么号码？不是。你打错了。”

听筒轻轻地挂上了。她的手按到她苍老疲惫的心上。

“这电话吓坏我了。”她说。

他飞快地笑了一下，接着马上重新开始他那激情澎湃的独白。天一亮，他们就去接他。家里的刀子都要藏在一个上锁的抽屉里。他即使在最糟糕的状态下，也不会对别人造成危险。

电话又一次响了起来。还是那个要找查理的年轻声音，呆板，着急。

“你拨的号码不对。我告诉你这是怎么回事：你把字母‘O’误当零拨了。”

他们又坐了下来，意想不到地在夜半时分喝起了庆祝生日的茶。生日礼物还放在桌子上。他啧啧有声地抿着茶，满面红光，还时不时举起杯子，转着圈儿摇晃摇晃，好让加进去的糖溶化得更彻底些。他的秃脑门上有一块很大的胎记，脑门一侧的血管明显地凸了起来。早上他刮过脸了，但下巴上还是露出了一片银白色的胡茬儿。她给他又倒了一杯茶，他戴上了眼镜，愉快地重新查看了那些装果冻的小罐，有黄色的、绿色的、红色的，一个个闪闪发亮。他笨拙的湿嘴唇念着罐子上动听的标签：杏子、葡萄、山李子、柑橘。他已经念到山楂了，电话铃突然又响了起来。

初　恋

一

本世纪[①]头几年里，涅瓦大街上的一家旅行社展出了一辆三英尺长的橡褐色国际列车卧铺车厢模型。它做得极其精巧，和真车一模一样，远胜于我的镀锡发条玩具火车。可惜它只展不卖。可以看出车内整体装潢是蓝色的，隔间墙壁上垫着压印出雕花的皮质衬垫，镶板光滑，有嵌入式的镜子和郁金香形状的台灯，还有其他恼人的小细节。宽大的窗子和窄一点的窗子交替排列，有单层的，也有双层的，其中几扇装着磨砂玻璃。有一两个铺位上的床已经铺好了。

这就是当年显赫一时的北方快车（第一次世界大战之后它就再也不是这个样子了），整列都是这样的国际卧铺车厢，一周只开两班，往来于圣彼得堡和巴黎之间。要不是乘客必须在俄国和德国的边境上（维尔兹波洛夫—埃德特库嫩）换乘一辆大致相似的列车，我就可以说它是直达巴黎的车。一到边境，宽敞懒散的俄国六十英寸半的宽轨就改成了五十六英寸半的欧洲标准轨，燃料也由桦木变成了煤。

在我脑海深处，我想至少还能记起五次乘这趟车去巴黎，终点是里维埃拉或比亚里茨。我现在想起其中的一次，那是一九〇九年，我的两个幼小的妹妹留在家里，由奶妈和姨妈照管。我父亲戴着手套和旅行帽，坐在他和我家的家庭教师合住的隔间里看书。我弟弟和我在另一间，和他们隔着一个洗手间。我母亲和女仆住在我们隔壁。我们都是两人一间，最后有一个人落单，是我父亲的贴身男仆奥西普（十年后被迂腐的布尔什维克枪毙了，因为他私吞了我们家的自行车，却没有上缴国家），于是他就和一个陌生人为伴。

那年四月，皮尔利[2]到了北极。五月，夏里亚平在巴黎演唱。六月，传言有了更好的新式齐柏林飞艇，闹得人心惶惶，于是美国国防部告诉记者，说计划建立一支空中海军。七月，布莱里奥从加来飞到多佛（他迷失了方向，多绕了一个小圈）。我们出发时是八月末。俄国西北部的冷杉和沼泽快速闪过，第二天则被德国的荒漠取代，长着松树和石楠灌木。

我和母亲在一张折叠桌上玩一种叫"杜拉契基"的扑克牌游戏。虽然是大白天，我们的牌、杯子和一只手提箱上一高一低的两把锁仍然映在车窗上。列车穿过森林和田野，有时突然进了深谷，有时又穿行在急速闪过的农舍之间，没有在车窗上投下身影的两个赌徒在不停地玩牌，还不停地下注，以求刺激。

"Ne budet-li, tï ved' ustal（还没玩够吗，你就不觉得累吗）？"我母亲老是这么问，问完便一面缓缓地洗牌，一面陷入沉思。我们隔间的门开着，我能看见过道的窗户。窗户里有电线——六根黑色的细电线——正在使劲地爬上斜坡，向天空爬去，尽管电线杆一根接一根地对它们形成意外的打击。就在这六根电线可怜巴巴地来一次豪迈的冲锋，眼看要冲到车窗的顶上去时，又遭到一根电线杆的狠狠一击，整个打落下来，落到原来的最低点，只好重新开始爬起。

在这样的旅行中，每当我们经过某个德国大城镇时，列车会放慢速度，气度优雅地徐徐前行，几乎和房屋的门面和店铺招牌擦身而过，这时我往往会感到一种到达终点站也不会感到的双重兴奋。我看见一座城市里跑着的玩具般的电车、街上的椴树，还有砖墙，都闪

① 指二十世纪。
② Robert Peary（1856—1920），美国探险家，一九〇九年四月成功到达北极。

进我们的车厢，和车厢里的镜子亲密接触，也把过道里的玻璃窗户占得满满当当。火车与城市之间这种不拘礼节的接触是旅途中令人兴奋的一个原因。另一个原因是我把自己放在一个过客的位置上，想象这个人看到如下景象会和我一样感动：长长的、传奇一般的红褐色列车开过，一节节车厢连在一起，每节之间挂着的隔帘黑得像蝙蝠翅膀。车厢上的金属字在夕照中闪着黄铜色的光。一条每日繁忙的大街上方架着一座铁桥，列车不慌不忙地从桥上驶过，然后拐弯，所有的车窗突然都闪亮起来，原来它是绕过了最后一片街区。

车窗里闪过的那些视觉的混合中也有不尽如人意之处。餐车车窗宽大，可以看到几只没有打开的矿泉水瓶子、斜对角折起来的餐巾、摆样子用的巧克力棒（包装纸上写着“凯乐”、“科勒”等牌子，里头包的却是木头块）。这些东西乍一看构成了一个平静的港湾，不受一连串摇摇晃晃的蓝色车厢的影响。然而饭吃到尾声，上最后一道菜时，人就会不停地缩回身子以适应车身的运动，服务生步履蹒跚，眼前的所有景象都东倒西歪。它们经历了一场系统的复杂运动：白天的月亮固执地紧跟着人们的餐盘，远处的草地呈扇形铺开，近处的树木荡着看不见的秋千朝铁轨扑来，一条平行的铁道线突然间寻死一般靠近，一道长着稀疏青草的斜坡在上升，上升，上升，终于这番混合速度的小目击者晕得吐出了他吃下的那份omelette aux confitures de fraises[①]。

不过，“Compagnie Internationale des Wagons-Lits et des Grands Express Européens”[②]这个名头到了夜里才真正大显魔力。我的铺位在弟弟睡的卧铺下面（他睡着了吗？他是不是在那儿？），隔间里半暗下来，我留神观察着事物和事物的某些部分，还有影子和影子的某些部分，在小心地动来动去，看不清要干什么。木制品轻轻地发出吱吱的响声。在通向洗手间的门附近，衣钩上影影绰绰挂着一件上衣，

---

① 法语：草莓酱蛋卷。

② 法语，欧洲国际卧车和特快列车公司。

再往上，是蓝色的双层壳夜灯的流苏在颇有节奏地摆动。很难把车厢里这些走走停停、暗中悄悄做些小动作的情况与车外向前飞奔的夜色联系起来。我知道那夜色正在飞驰而过，如流光一般，辨不清模样。

我只要把自己想象成火车司机就可以入睡。我把一切都安排妥当——无忧无虑的乘客在各自的隔间里享受着我带给他们的旅行，抽烟，相互微笑致意，点头，打瞌睡；服务生、厨师、车警（我必须找个地方安顿他们）正在餐车里痛饮；我自己则瞪大眼睛，满身脏灰，从机车驾驶室探头观瞧，望着尽头处逐渐变窄的铁轨，望着黑沉沉的远方像红宝石或绿宝石一般的亮点——这时候一种高枕无忧的安乐感便浸入我的血管。后来我就睡着了，睡梦中会看到全然不同的东西——一架大钢琴下面滚动着一只玻璃弹子，要不就是一辆玩具火车，侧翻在地，轮子仍在兴致勃勃地转动。

车速的改变有时会打断我酣畅的睡眠。车窗外昂首挺立的灯缓缓移过，每过一盏，灯光会探查车厢之间的缝隙，然后犹如一块闪亮的罗盘测量着黑影。一会儿后，火车发出一声威斯汀豪斯[①]气动刹车的长叹，停了下来。有什么东西从上面掉下来（第二天发现是我弟弟的眼镜）。我身后拖着半截被单挪到床脚处，这样就可以小心地解开百叶窗的搭扣，真是不可思议地令人兴奋。百叶窗只能往上拉一半，原来是上铺的床沿挡住了，再拉不上去。

几只灰白的蛾子围着一盏孤灯打转，就像木星的卫星一样。一张撕裂了的报纸在凳子上簌簌抖动。能听见列车里的某个地方有捂着嘴发出的沉闷声音，那是有人在为了顺气而咳嗽。我眼前的这片站台上没有什么特别有意思的事情，但我还是不忍从站台上收回目光，直到站台自动和我告别。

第二天早晨，只见湿漉漉的田野上一条水渠两岸长着歪脖子的

① George Westinghouse（1846—1914），美国发明家和工业家，威斯汀豪斯电气公司创始人。一八六九年获得空气制动器的发明专利，广泛用于火车刹车。

柳树，远处或许是一排白杨，中间隔着一道乳白色的雾，这说明火车正驶过比利时。火车下午四点抵达巴黎。即使在巴黎只停留一夜，我也总有时间买些东西——比如一个黄铜制成的小小埃菲尔铁塔，表面粗粗地刷了一层银白色的漆。第二天中午我们登上南方快车，开往马德里，约莫晚上十点，我们半路在比亚里茨的内格莱斯火车站下了车，离西班牙边境只有几英里。

二

当年的比亚里茨仍保持着它的传统本色。通往我们下榻之处的路上两旁都是灰蒙蒙的黑莓灌木丛和杂草丛生的待售土地。卡尔顿大酒店仍在建造之中。三十六年后，陆军准将萨缪尔·麦克罗斯基才占领了皇宫酒店里的皇家套房。这家酒店坐落在从前一所宫殿的原址上，据说那宫殿建成后，身手异常矫健的巫师丹尼尔·霍姆在六十年代造访，他用一只赤脚（模仿幽灵之手）抚摸欧仁妮皇后[①]那张善良真诚的脸。在赌场附近散步时，一位年长的卖花女画眉抹粉，满脸堆笑，截住一位散步者，将一枝含苞欲放的康乃馨灵巧地插进他的上衣扣眼里。他侧目俯视花儿含情脉脉地插进扣眼里时，左下颌的赘肉上堆起了一道凸显的褶痕。

海滨浴场沿线摆着各式各样的海滨椅和搁脚凳，上面坐着孩子们的父母，孩子们戴着草帽在海边的沙滩上玩耍。在其中可以看到我，双膝跪地，正试图用一只放大镜点燃一把捡到的梳子。男人们炫耀着他们的白裤子，这样的裤子用今天的眼光来看，就好像洗后缩了水那样可笑。在这个特殊的季节里，女士们穿着丝绸翻领的轻便外衣，戴着大帽顶的宽边帽子，帽子上垂下绣得密密实实的白色面纱，胸前、手腕、遮阳伞上都缀着花边。微咸的海风吹在人的嘴

① Empress Eugénie（1826—1920），法兰西第二帝国皇帝拿破仑三世的皇后。

唇上。一只迷途的金黄色蝴蝶一头撞了过来，急匆匆地飞过喧闹的海滨。

还有其他的活动和声响，是小贩们发出来的。他们叫卖花生、糖衣紫罗兰、颜色翠绿的果仁冰淇淋、口香糖丸，还有从一个红桶里拿出来的又干又硬、像华夫饼一般的东西，表面上有大片大片凸起来的皮。那个卖饼的人背着沉重的桶，弯着腰深深陷入白色沙滩，艰难地行走，这一幕至今仍历历在目，后来见过再多事情也不曾把这一幕冲淡。有人叫住他时，他就把背桶的皮带一扭，从肩上甩下桶来，砰的一声甩在沙地上，这时那桶的样子活像比萨斜塔。然后他用袖子擦擦脸，开始熟练地在桶盖上摆上带有数字和箭头的投标圆盘。箭头发着锉磨声嗖嗖飞转，一苏[①]一块饼，大小由转盘运气决定。饼越大，我心里就越为他难过。

海水浴在海滩的另一头进行。浴场有专业人员，都是魁梧健壮的巴斯克人[②]，穿着黑色泳衣，帮助女士们和孩子们见识惊涛骇浪。这样的救生员会托着你的背把你放在冲过来的浪头上，然后牵着你的手，等绿色的海水翻滚着泡沫整个升起，然后以雷霆万钧之势从你身后压过来，强大的冲力打得你站立不住。经过十来次这样的冲击后，像海豹一样全身水光闪闪的救生员就会把又喘又抖、鼻子里进了水的顾客领上岸，来到平坦的地方，那里有一位令人难忘的老太太，下巴上长着一撮灰白的毛，她会立刻从挂在晾衣绳上的三四件浴衣中选出一件来。在一间确保安全的小木屋里，另一位浴场服务员会帮你脱下湿淋淋的、沾满沙子的泳衣。泳衣扑通一声落在木板上，你还在不停地抖，从泳衣里跨出来，踩在这时凌乱散开的蓝色浴衣的条纹上。小木屋里散发着松木的香味。满脸皱纹的驼背服务员笑容可掬地端来一盆热气腾腾的水，让你泡泡脚。从他那里我学会了巴斯克语里“蝴蝶”是“misericoletea”——至少听起来是这么个词（我翻

① Sou，旧时法国辅币，相当于二十分之一法郎。
② Basque，西南欧民族，主要分布在西班牙比利牛斯山脉西段和比斯开湾南岸。

遍词典，找到七个词，发音最接近的一个是“micheletea”）——这个词从此永远存入了我记忆库中的一个玻璃小间里。

三

有一天，我在海滨浴场颜色较深也比较潮湿的地方挖泥玩，那里退潮后挖的泥最适合堆城堡。和我一起挖泥的是个法国小女孩，叫科莱特。

她到十一月就十岁了，我则在四月已经满了十岁。一块有缺口的紫色珠蚌贝壳引起我的注意，她长着细长脚趾的光脚刚刚正好踩在这块贝壳上。不，我不是英国人。她轮廓分明的脸上满是雀斑，连绿莹莹的眼睛里似乎也闪动着斑斑点点。她穿着一套现在也许叫做运动装的衣服，上身是件蓝色的针织紧身内衣，袖子挽了起来，下身是条蓝色的针织短裤。一开始我把她当成个男孩子了，后来才觉得不对，因为她纤细的手腕上戴着手镯，水手帽下面晃动着螺旋状的棕色鬈发。

她说话很快，像小鸟那样叽叽喳喳，英语法语混在一起说，英语像她的家庭女教师教的英语，法语带着巴黎腔。两年前，也是在这个海滨浴场，我曾深深喜欢上了一位塞尔维亚内科医生的小女儿，她模样可爱，皮肤晒得黝黑。如今一见科莱特，我立刻明白了这才是我的真爱。科莱特似乎比我在比亚里茨偶遇的所有玩伴都要独特！我不知为何产生了这样的感觉：她不如我快活，也不如我那样受到关爱。她娇嫩柔软的小臂上有一块淤青，这勾起我的种种联想。“它掐起人来和我妈妈一样狠。”她这是在说一只螃蟹。我想了各种各样的办法，要把她从她父母手里救出来。我曾听人对我母亲说过，她父母是“des bourgeois de Paris”[①]，说时还不屑地轻轻耸了一下肩。我对这

① 法语，巴黎的资产阶级。

种鄙视有我自己的理解，我知道她父母是坐着蓝黄相间的私家豪华大轿车从巴黎一路观光而来的（这是当年流行的游览方式），却让科莱特带着她的狗和家庭女教师了无生趣地坐着没有卧铺的普通火车来。她的狗是一只猎狐小母狗，项圈上挂着铃铛，摇摇晃晃地跟在她后面，几乎寸步不离。它精力特别旺盛，老是跳起来舔科莱特玩具桶外面的咸海水。我至今记得画在桶上的船帆、落日和灯塔，但就是记不起那只狗的名字，令人好生烦恼。

我们在比亚里茨住了两个月，我对科莱特的感情几乎超过了我对蝴蝶的迷恋。我父母不大喜欢和她父母来往，所以我只能在海边见到她。不过我时时刻刻想着她。要是发现她哭过，我心中就会涌起无可奈何的痛苦，自己也会热泪盈眶。我无法消灭那些在她单薄的脖颈上留下叮咬伤痕的蚊子，但我能和欺负过她的一个红头发男孩打上一架。这一架我打了，还打赢了。她经常给我一把还带着手上温度的硬糖。有一天我们一起俯身看一只海星，科莱特的鬈发蹭得我的耳朵发痒，她突然转过头来亲了一下我的脸。我心潮澎湃，能想到要说的只是这么一句话："你这个小淘气！"

我有一枚金币，我觉得这就足够我们私奔了。我要带她去哪儿呢？西班牙？美国？还是耸立在波城往上的大山里？"Là-bas, là-bas, dans la montagne。"[①]这是我听卡门在歌剧里唱的。一天夜里很奇怪，我躺在床上睡不着，听着海水循环往复的冲击声，计划着我们的出逃。大海似乎在黑暗中站起来，摸索着探路，然后沉重地一头栽倒在地。

我们是怎么出逃的，详情我无可奉告。我的记忆中只保留着这么一幕：一个帐篷被风吹得哗哗响，背风处她温顺地穿上系带的帆布鞋，我则把一只叠好的捕蝶网塞进一个棕色纸袋里。能记起的下一幕是：为了躲避追踪，我们进了赌场附近的一座漆黑的电影院（赌

① 法语，在那里，在那里，就在大山里。

场当然是绝对不允许进去的)。我们坐在电影院里,手拉着手,中间隔着狗,它的铃铛时不时在科莱特的膝头轻响。正放映的是在圣塞巴斯蒂安举办的一场斗牛比赛,画面晃动,闪得像下毛毛雨,但相当刺激。我记忆中的最后一幕是:我自己由我的老师领着走在海滨人行道上。老师的两条长腿迈得好生轻快,惹人讨厌,我现在都能看见他紧咬牙关的凶狠样子,下腭上的肌肉在绷紧的皮下抽动。我九岁的弟弟,戴着眼镜,正好被抓在老师的另一只手里。他时不时往前小跑几步,偷偷回头看我,表情又是害怕,又是好奇,像只小猫头鹰。

离开比亚里茨前得到的一些小纪念品中,我最喜欢的不是用黑石头做的小牛,也不是那只能吹响的海贝,而是现在看来颇有象征意义的东西—— 一个海泡石做成的笔架,装饰部分上有一个小小的水晶窥视孔。把笔架拿起来贴近一只眼睛,眯起另一只,控制住眼睫毛,不让它闪动,这时就能在水晶孔里看到一幅栩栩如生的神奇画面:一片海湾,一排海岸峭壁,绵延到尽头处是一座灯塔。

现在发生了一件开心事。重新捧起这个笔架,看着小圆孔里的小天地,这个过程刺激我的记忆做了最后一次努力。我再一次努力回想科莱特那条狗的名字——当然了,再一次沿着当年那遥远的海滨,走过往昔黄昏里光滑的沙滩,沙滩上每个脚印缓缓注满了夕照下的海水。终于想起来了,终于想起来了,它回响着,颤动着:弗罗斯,弗罗斯,弗罗斯!

我们在巴黎停留了一天,然后继续上路回国。就在这一天之前,科莱特返回了巴黎。巴黎寒冷的蓝天下一个浅褐色公园里,我见了她最后一面(我相信这是我们的两位老师特意安排的)。她带着一个铁环和一根滚铁环的短棍,穿一身巴黎秋装,一副都市少女的打扮,整个显得既得体又时髦。她从家庭女教师那里接过一件告别礼物,匆匆放到我弟弟手中。那是一盒糖衣杏仁,我知道是专门送给我的。东西一放下她就跑开了,滚动着闪闪发亮的铁环,穿过阳光和阴影,绕着一个枯叶塞满喷口的喷泉一圈一圈地跑,我就站在这个喷泉附近。如今在我的记忆中，那些枯叶和她的皮鞋皮手套混在了一起。我还记得她衣着上某个细节（可能是苏格兰女帽上的缎带，要么是长筒袜上的花纹），当时让我想起一种玻璃弹子里面彩虹般的螺纹。我至今似乎仍然紧握着那一缕彩虹，不知该往哪里安放。而她至今仍然滚着铁环绕着我跑，卵石小路边低矮围篱的交错拱顶在路上投下了影子，她越跑越快，最终消失在那稀疏的阴影之中。

连体怪物的生活情景

几年前，弗里克医生问了我和劳埃德一个问题，现在我想试着回答。他带着搞科研很快乐的那种梦幻般的微笑，轻轻抚摸把我和劳埃德连在一起的那块肉鼓鼓的软骨组织——脐部和剑突联胎，与潘克斯特医生遇到的病例差不多。[①]他还问我们是否能回忆起我们中的一个，或者两个，第一次认识到我们这种特殊状况与命运的情景。劳埃德所能记起的只是我们的外公（易卜拉辛，要么是亚辛或者亚罕——如今听起来是一堆讨厌的烦人声音！）总是摸刚才医生正摸的地方，还把那东西叫黄金之桥。我则什么也说不上。

我们的童年是在俯瞰黑海的一座肥沃的小山丘顶上度过的，小山就在我们外公家的农庄上，离卡拉兹不远。外公最小的女儿，东方的玫瑰，灰头发亚罕的掌上明珠（要真是他的掌上明珠的话，那个老恶棍也许会好好照顾她），在路边的一个果园里被我们不知姓名的父亲强奸，生下我们之后不久就去世了——死因据我猜想，纯粹是恐惧加上悲伤。谣言传开了，一说是个匈牙利的小商贩，另一说是个德国的鸟类搜集者，或者是他的远征队里的成员——很可能是他的标本剥制师。一些满身尘土的姨妈，戴着沉甸甸的项链，宽大的衣服散发着玫瑰油和羊肉的味道，怀着一种残忍的兴趣来照顾我们这两个怪物般的婴儿，满足我们的吃喝欲望。

很快附近的村庄都知道了这个令人震惊的消息，他们开始派各种各样的陌生人来我们农庄打探。在这些节日般的日子里，你能看见他们吃力地爬上我们这座小山的斜坡，就像鲜艳的彩色画片中的朝圣者。有一个七英尺高的牧羊人，一个戴眼镜的矮个子秃头男人，一些士兵，还有柏树拉长的影子。孩子们也来了，随时随地，看护我们的姨妈盯得紧，一来就轰他们走。有一个年轻人，小平头，黑眼睛，穿着褪了色的蓝裤子，几乎天天都来。他像蠕虫般穿过山茱萸、忍冬草和歪脖子的紫荆树林，来到铺着鹅卵石的院子里。院子里有个湿漉漉的旧水池，旁边一堵白灰墙，墙下坐着小劳埃德和小弗劳埃德（那时我们还有别的名字，听起来全是乌鸦叫的声音——不过这都无关紧要），不声不响地大口吃着杏干。随后，突然之间，就像字母“H”看见了“I”，罗马数字“*ii*”瞧见了“*i*”，剪刀看见了一把刀。

人们知道了我们的事，闹得沸沸扬扬，尽管烦人，但还是和我母亲受到的精神打击不能相比。（顺便说一句，这里故意用了“我母亲”而不是“我们的母亲”，该是从来没有的福气！）她肯定明白她生下了一对双胞胎，但当她得知双胞胎是连体的——毫无疑问她是知道了的——那时她经受了什么样的打击？那些不懂规矩的、无知的、急着要交谈的村民围着我们，满屋子高声的话语早就传到我母亲垮塌的床前，她肯定立刻意识到出了糟糕透顶的事。可以肯定的是，她的姐姐们，又怕又同情，慌乱之下把连体婴儿抱来让她看了。我不是说一位母亲不可能爱这样一个连体的东西——并且忘记母爱的本源中并不圣洁的黑暗露珠。我只是想，当时可能是厌恶、同情和爱混合在一起，让她受不了。她瞪大眼睛看着眼前的这个双生系统，各自的构件都很好，健康又漂亮，淡紫色的脑袋上长着柔软如丝的金黄色头发，小胳膊小腿长得很好看，强韧有力，动起来就像某种长了好多腿脚的神奇海洋动物一般。每一个部件都很正常，可是放在一起就组成了一个怪物。说来也真是奇怪，就这么一点点肌肉组织，一块片状垂悬的肉，比羊肝子长不了多少，由于它的存在，竟然能将人们的欢

① 一八九〇年，美国一位名为威廉·潘克斯特（William Pancoast）的外科医生曾接手一对连体姐妹，对其进行治疗与医学研究。

乐、自豪、温柔、爱慕、对上帝的感恩全都转化成了恐惧和失望。

对我们自己而言，一切都格外简单。大人们在各个方面都与我们不一样，和他们没什么可比的。不过，我们的第一个同龄人来访者让我略微看出点名堂。那孩子七八岁，站在一棵带瘤的无花果树下看着我们，那树仿佛也在盯着我们瞧。他惊得目瞪口呆。劳埃德平静地看着他，我记得自己完全看清了来人和我之间的根本差别。他在地上投下一个短短的青色影子，我也投下了影子。那个粗略的、扁平的、不确定的影子，我和他一样，都归功于太阳，天色一阴，就不见了。可是除了这一点之外，我还多了一个影子，一个我自己肉体的明明白白的反映，我永远带着它，就在我的左边，而我的这位来访者却不知怎的把他的这么个影子丢掉了，或者取下来放在家里了。连在一起的劳埃德和弗劳埃德是完整的、正常的，他却既不完整，也不正常。

不过，为了把这些事情作一番称得上彻底的解释，也许我应该说一些更早的往事。除非成年人的感情污染了孩提时的感情，我想我能保证还记得一件隐隐反感的事情。因为先天连体，我们从开始就面对面躺着，连着的地方就是我们共有的肚脐眼。我们出生的最初几年里，我那位连体兄弟的硬鼻子和湿嘴唇老是蹭着我的脸。这样的接触很烦人，自然而然的反应就是各自的头尽可能往后仰，脸尽可能错开。我们的连体处非常灵活，这就允许我们或多或少地换着侧侧身。开始学步时，我们就是这样侧着身蹒跚而行，这样的姿势看上去想必比实际情形更紧张，使我们看上去就像一对喝醉了的小矮人，互相搀扶着走路。有很长一段时间，我们睡觉时一直重新回到胎儿时的姿势。可是这么睡会引起身体上的不适，老把我们弄醒，这时我们总会赶快把脸再扭开，越看越觉得讨厌，不禁双双嚎啕大哭。

我坚持认为，三四岁时，我们的身体就隐隐开始厌烦连在一起的别扭状况了，只不过我们的意识里还没有怀疑这是一种不正常的现象。在我们对这种别扭现象能够有个理性认识之前，生理上的本能已经发现了对付的办法，所以我们对此几乎不予理会。我们的一举一动变得非常默契，共同的行动和各自的行动达到了高度的协调。共同的动力激发出共同的行为模式，于是形成了一种天衣无缝的均匀的灰色背景，在这种背景之下，各自想干什么，不管是他还是我，都会顺势而为，比常人更清楚，更准确。这种背景模式本身悖于常理，我们反倒觉得正常，所以它从来不误事，不管是两人共同的步调，还是其中一个的突发奇想。

我现在说的仅仅是我们童年的情况，那时候我们人还小，相互之间如有冲突，也不足以消耗我们来之不易的体力。在以后的岁月里，我经常后悔，我们本该在离开童年阶段后就死去，要么做手术分离。在那个人生之初的阶段，始终存在着一种节奏，宛如远远响在我们神经系统里的丛林战鼓一般，我们的行动规则就由这种节奏来调节。举个例子，如果我们中的一个正要俯身去采一朵漂亮的雏菊，恰在此刻，另一位正好要伸手去摘一颗成熟的无花果，谁能成功，取决于谁的动作正好和我们固有的共同节奏在当时的爆发点相一致，结果便是那个没有踩在点上的动作，经过一阵非常短暂的舞蹈般的抖动，被活活扯了回去，融化到另一个已经完成的动作荡开的涟漪中。我说"荡开的涟漪"，是因为没采到的花似乎阴魂不散，还在正要摘果子的手指中间抖动。

有时一连好几个星期，甚至好几个月，那种指引鼓点更多地响在劳埃德一边，不在我一边，然后接下来一段时间，我又占据波峰优势。不过我记得童年时代不曾有过任何由此引起的不快，那时不论谁的动作成功或是失败，我俩都没有得意或怨恨之感。

不过在我体内的什么地方，肯定有一些敏感的细胞在纳闷，怎么老有一股奇怪的力量突然间扯着我离开我想去拿的东西，拽着我朝向别的东西。那些东西我分明不想要，却强行进入了我的意愿领域；意愿并没有自觉地去接近，伸出触须包住想要的东西。于是我仔细观察某一个偶然来看我和劳埃德的小孩，我记得自己当时在思考一个问题的两方面：第一，如果是单体状态，有没有可能比我们的双体状态更占优势；第二，是不是别的孩子都是单体的。我现在想起来了，那时经常困惑我的问题都是双面的：劳埃德大脑活动的细流有没有可能渗透到我的头脑中，两方面问题的其中之一是不是他想到的。

贪婪的外公亚罕决定把我们展出来赚钱，参观者真是络绎不绝，其中不乏热心的下作之徒，非要听听我们互相说话。那些人头脑简单，非要用耳朵来证实眼睛所见。我们的亲戚们逼着我们满足这样的要求，他们不理解这样的要求令我们多么苦恼。我们本可以以怕见生人为借口推脱，不过事实上我们的确从来没有互相说过话，甚至单独在一起的时候也不曾说过。偶尔有点交流，也只是不连贯地简单哼哼几声，示意要做什么或别做什么，就连这情形也很少有（比如，一个刚刚伤了腿，要扎上绷带，另一个想下河涉水），再说这也很难算得上对话。我们无言地进行简单的基本交流：落叶漂流在我们共同的血脉之河上。简单些的思想能互相传递，在我们之间旅行；丰富一些的思想就各自闷在心里，但即使闷在心里也会发生奇怪的现象。所以我据此猜测，劳埃德尽管性子比较平和，其实困扰着我的现实新情况也同样困扰着他。他长大后把那些困扰大多都忘记了，我却一点都没有忘记。

我们的观众不光希望我俩说话，也想让我俩一块玩耍。这些笨蛋！他们想让我们下跳棋，或玩类似的游戏，比比智力，结果没有得逞。我设想，假如我们碰巧是一对异性双胞胎的话，他们会逼我们当着他们的面犯乱伦罪的。不过，我俩玩游戏就和互相说话一样形成不了习惯，就会因此受些精心设计的折磨。他们逼我们进行缩身运动，把一个球放在我们的胸骨之间，叫我们拍打，或是叫我们假装为争夺一根棍子大打出手。我们还得伸出双臂搂住对方的肩头，绕着院子跑，以此赢得人们疯狂的鼓掌。我们虽然连体，但能跳能跑。

有一个专利药品的推销员，秃头小个子，穿着件脏兮兮的白色俄国式衬衫，懂得些土耳其语和英语，教了我们这两种语言的几个句子。从此，我们就不得不向一些痴迷的观众表演这种能力。他们那些热切的面孔现在仍然在我的梦魇中追逐着我，无论什么时候，我的造梦者需要一些跑龙套的角色，这些脸就会到场。我又看见了那个古铜色大脸盘的牧羊人，穿着各种颜色混在一起的破衣服。也看见从卡拉兹来的士兵、独眼驼背的美国裁缝（一个怪物长在他的右边）、咯咯笑的女孩子、唉声叹气的老太太、孩子们、穿着西装的年轻人——眼睛闪亮，牙齿洁白，嘴大张着像个黑洞。当然还看见外公亚罕，长着黄色象牙一般的鼻子，灰羊毛一般的胡须，指挥着参观事宜，或是在数肮脏的纸币，边数边舔大拇指。那个语言学家，穿着绣花衬衫，秃头，向我的一个姨妈求婚，却老是透过金丝眼镜羡慕地观察亚罕。

快到九岁时，我已经相当清楚了我和劳埃德是罕见的畸形人。明白了这一点，我心里既不觉得得意，也不觉得耻辱。不过有一次，一个歇斯底里的厨娘，是个长着一点小胡子的女人，非常喜欢我们，同情我们的不幸，发下毒誓，说反正要在什么时候什么地方，拿一把闪亮的刀把我们劈开，让我们获得自由。她说着就突然亮出刀来（立刻被我们的外公和一些我们新近才认识的舅舅们制服了）。出了那件事后，我经常做无关痛痒的白日梦，幻想我和可怜的劳埃德不知怎么就分开了，可是劳埃德还是个怪物样子。

我并不在意刀子的事，再说用什么方法分开我们仍然是说不清楚的。不过我清清楚楚地想象过，我的累赘突然融化了，我感受到了由此而来的轻松和自在。我幻想翻越了一道树篱——这道树篱的桩柱顶上挂着一些白森森的农场动物的头盖骨——然后一路下坡，到了海边。我看见自己跳过一块块海中巨石，纵身跳入波光闪闪的海水中，又爬回岸边，和另外一些光着身子的小孩一起蹦蹦跳跳。我是在夜里梦见这些的——看见自己从外公家里逃了出来，带了一个玩具，要么带了一只小螃蟹，紧贴在我的身子左侧。我看见自己遇见了可怜的劳埃德，他在我的梦里一拐一拐地走，无望地和另一个跛足的孩子连了体，我却自由自在地绕着他们跳舞，拍打他们直不起来的背。

我不知道劳埃德是否也有过同样的梦境。医生说有时候我们做梦，两人的脑子会一块儿使用的。一个灰蒙蒙的早晨，劳埃德捡起一根小树枝，在地上画了一艘带有三根桅杆的船。就在前一天的夜里，我做了一个梦，梦中看见我自己在地上也画了那样一艘船。

一件宽大的黑色牧师斗篷盖在我们的肩膀上，我们席地而坐，全身除了两人的头和劳埃德的一只手之外，都包在斗篷下垂的衣褶里。太阳刚刚升起，三月冷飕飕的风就像一层层半透明的冰，紫荆树上开着粗糙的花，在风里形成淡紫色的朦胧小点。我们身后是又长又矮的房子，里面住满了胖女人和她们的恶臭难闻的丈夫，全都在酣睡。我和劳埃德没有说一句话，连看都没互看一眼。劳埃德扔了他手中的树枝，伸出右臂搂住我的肩头。我们平时两个人都想走快一点时就是这样做的。我们共同披的那件衣服的后摆拖在枯黄的野草上，小石子不停地从我们脚下滚出来。我们朝那条柏树小径走去，再往下就是海边。

这是我们第一次试着造访大海。从我们的小山顶上远眺，能看见大海悠闲自在地闪着温柔的光，海浪无声地冲刷着光滑的岩石。我不必把记忆集中在这一点上，我们跌跌撞撞地逃跑了，那是我们命运中一次明确的转变。几个星期前，我们十二岁生日那天，外公易卜拉欣开始盘算一个鬼主意，想将我们送到一个舅舅办的新公司里，到全国各地进行一次为期六个月的巡回展览。他俩不停地谈条件，吵吵嚷嚷，甚至打了起来，结果易卜拉欣占了上风。

我们害怕外公，憎恨诺维斯舅舅。可以设想，我们对此束手无策（我们少不更事，但也隐约觉得诺维斯舅舅在想尽办法欺骗外公），只觉得要有所行动，免得被一个马戏团老板关在一个活动的囚笼里像猩猩或老鹰一般到处展览。要么我们只是灵机一动，觉得这是我们争取自身小小自由的最后机会，要干桩绝对不让我们干的事。我们要走到一段带尖桩的树篱那儿，打开一扇大门。

我们没费什么力气就打开了那扇摇摇晃晃的大门，但没有设法把它推回原来的位置。一只脏兮兮的白色小羊，长着一对琥珀色的眼睛，又硬又平的前额上打着一个深红色的印记，它跟着我们走了一阵，然后消失在橡树林里。我们往山下走了一段，但还远没有下到山谷，这时我们非得穿过盘山道。盘山道一头通向我们的农庄，一头连着滨海大道。山上传来沉重的马蹄声和刺耳的车轮声，朝我们压来。我们在一蓬灌木后面连人带斗篷摔倒了。马车的隆隆声平息了，我们穿过了盘山道，沿着一面杂草丛生的斜坡继续往前走。柏树林和残破的旧石墙后面渐渐露出了银色的大海。我们开始觉得黑色斗篷又热又沉，但我们还是坚持披着它作为保护，生怕让某个过路人发现我们的畸形。

我们出现在滨海大道上，离涛声滚滚的大海只有几英尺——大道上，一棵柏树下，一驾熟悉的马车等着我们，高高的轮子上有个像拉草车一般的东西，诺维斯舅舅正从那个车厢里走下来。狡猾、阴暗、野心勃勃、没有原则的小人！几分钟前，他从我们外公家的一个长廊里看到了我们，没有扛住作恶的诱惑，鬼使神差地把我们逮个正着。我们没有挣扎，也没有哭喊。他一边冲着两匹胆战心惊的马咒骂，一边粗鲁地把我们塞进了车厢。他将我们的头按下去，还放话说我们要是试图从斗篷里探头张望，就会揍我们一顿。劳埃德的一只胳膊仍然搂着我的肩膀，可是马车一动，胳膊一抖就松开了。此时车轮正吱吱嘎嘎地滚动着。过了好长时间我们才明白赶车人没有把我们往家里送。

那个灰蒙蒙的春天早晨已经过去二十年了，但它清晰地保存在我的脑海中，比许多后来发生的事情要清晰得多。它在我眼前放了一遍又一遍，如同一段电影胶片。我见过一些了不起的戏法大师看着电影胶片来回顾自己的演出，我也是这么回顾我们那次不成功的逃跑的，每一个阶段，各种情况，细枝末节，等等——最初的颤抖，后来的大门、小羊，我们笨重的脚底下滑溜溜的斜坡。我们惊动了画眉鸟，在它们看来，我们构成了一种极不寻常的景观：那么一件黑斗篷裹住全身，上面钻出两颗毛茸茸的脑袋，支在两根细细的脖子上。那脑袋小心翼翼地这边转转，那边转转，最后来到滨海大道上。假如在那一刻，一个喜欢冒险的陌生人从他停在海湾的小船中走上岸来，他一定会为这样的古老魔法大惊失色，他会发现自己在一片柏树林和白石头组成的风景中遇到了一个不算凶猛的神话怪物。他会朝这个怪物顶礼膜拜，他会流下快乐的泪水。然而可惜，当时没有遇上任何人，只有那个别有用心的恶棍，慌慌张张地绑架了我们。那是一个满脸麻子的矮小男人，戴着廉价的眼镜，一块镜片坏了，用一点点胶布粘着。

瓦内姐妹

一

要不是那天晚上偶然撞见四年来未闻音讯的D，我也许永远不会得知辛西娅的死讯；而我要不是涉入了一连串的琐碎调查，也许永远不会撞见D。

那天是一个令人后悔出门的星期天，暴风雪折腾了整整一周，地上一半晶莹，一半泥泞。我在一所女子学院教法国文学，学院挨着一个依山而建的小镇，我平时下午都来这里散步。就在那天散步途中，一座木头房檐下挂着的闪亮的冰柱往下滴答淌水，引得我驻足观看。冰柱投在后面白墙上的影子异常清晰，我便由此断定水珠滴落的影子也是可以看到的。然而没有。也许是屋顶太过突出，也许是视角不对，也许我看的并不是正有水珠滴落的那根冰柱。水珠滴落中有种节奏，有种变化，我觉得像是硬币魔术一般令人着迷。它引得我一连看了几条街边上的房子，看着看着就到了凯利路，来到了D当教师时住过的那栋房子前。我抬眼往挨着房子的车库屋檐上一看，上面挂满了透明的钟乳石，后面是它们映在墙上的青色剪影。我总算没有白来一趟，赶快选了一个来观察，只见一个惊叹号一般的点，正在脱离它的正常位置，急速下滑——比和它一起下落的融冰水滴稍快一点。这对孪生的闪烁很好看，但我看得不过瘾，也就是说它仅仅吊起我的胃口，我要看看明暗组合的其他花样。我继续往前走，怀着一种本能的感觉，好像自己会整个化成一颗巨大的眼珠，在世界的眼眶中滚动。

透过孔雀彩屏般的眼睫毛，我看见低垂的太阳在一部停放的汽车圆背上反射出钻石般炫目的光。海绵般的融雪让所有的东西都带上了生动的图画感。水一波叠着一波，沿着一条斜坡街道流去，一拐弯又优雅地流入另一条街。房舍间的窄道里露出富裕人家的紫色砖墙，多多少少带着点追求浮华的俗气。我第一次注意到还有简朴的凹槽，架在一个垃圾桶上当装饰——在如今算是石柱上架水槽这种古物最后的遗风了。我也看见了垃圾桶盖上的涟漪——从一个想来历史悠久的中心一圈一圈四散开来。死雪带着黑色的头顶（上星期五推土机铲起来留下的），立在路旁，宛如一只只没有长大的企鹅，沿着路缘排开，望着底下排水沟里闪闪的波光。

我往上走走，又往下走走，然后直接走进了一片柔美的垂死天色中。到我平时吃饭的时间，一连串被我观察和观察着我的事物终于引我来到一条街上，那儿离我平时吃饭的地方太远，我只好决定试试一家位于小镇边缘上的餐馆。吃完饭出来，夜已经无声无息地降临，没有任何仪式。一柄停车计时器在一块潮湿的雪地上投下拉长了的暗影，像个瘦削的鬼魂，带着一丝奇怪的淡红。我找出了其中的原因，那是人行道上方餐馆招牌发出的茶色红光。也就在此时——我在那儿晃悠，有点疲倦，心想在拖着沉沉脚步回去的途中，会不会交好运，遇上相同的景象，只不过换成霓虹灯的蓝光——就在此时，一辆小轿车嘎吱一声停在我身旁，D装模作样地惊呼一声，从车里钻了出来。

他是从奥尔巴尼去波士顿，路过这个他曾住过的小镇。旅行中的人若是故地重游，每一步都应该勾起撕心裂肺的记忆，此时他却显得丝毫无动于衷。我对这号人先是替他心如刀割，接着是怒从心起，这样的感受一生中有过不止一次了。他领我返回，进了我刚才离开的那个酒吧。和往常一样打着哈哈寒暄一番后，不可避免地出现了冷场，他为了补这个空当，随便说了几句：“唉，我从没想到辛西娅·瓦内的心脏会有毛病。我的律师告诉我，她上个星期死了。”

二

他还是那么年轻，那么傲慢，那么狡狯，还是没有和那个小巧玲珑的温柔女子离婚。这个女人从来没听说过，也没怀疑过他和辛西娅那歇斯底里的妹妹有过一段灾难般的婚外情，辛西娅的妹妹也从不知晓我和辛西娅的会面。那次是辛西娅突然把我叫到波士顿，逼着我发誓找D谈谈，他要么立即停止与西比尔见面——要么和他的妻子离婚，否则就“轰走”他。（透过西比尔胡言乱语的棱镜折射，辛西娅无意间把D的妻子看成一个凶神恶煞的泼妇。）我立刻逼D表态。他说没什么好担心的——反正他已决定放弃在这个学院教书的工作，要带妻子移居奥尔巴尼，去他父亲的公司上班。这桩绯闻事件也就至此戛然而止了——它本来险些会成为一团拖上几年也无望解开的乱麻，在并无恶意的外围朋友中没完没了地被当作公开的秘密谈论——甚至在这种与自己无关的痛苦上建起他们之间新的亲密关系来。

我记得找D谈过话的第二天，我坐在大教室高高的讲桌旁，给学生进行法国文学课程的期中考试，那正是西比尔自杀的前一天。她脚穿高跟鞋，拎着一只手提箱，走进教室，把箱子往已经堆放着几个皮包的角落里随便一扔，一耸肩让毛外套从瘦削的肩头滑下，叠好放在手提包上，然后和另外两三个女生一起来到我的桌前，问我何时将成绩单寄给她们。我说阅卷要花一个星期，从明天算起。我也记得当时我还猜测D是否已将他的决定告诉了她——我为这个对学业一丝不苟的小女生感到强烈的悲伤，在一百五十分钟的考试时间里，我的目光频频转向她。她穿着灰色的紧身衣服，像个孩子一般又瘦又小。我不停地观察她细心烫卷的深色头发，还有那顶极小的绣花帽子，上面配有当季流行的透明小纱网。帽子下面是她那张小脸，因某种皮肤病而留下的伤疤将它切割成了一幅立体主义的画。又因照太阳灯治病，她面容僵硬，像戴着面具一般，好生可怜。脸上能上妆的地方她都上了妆，这样一来那魅力又遭到进一步的破坏。干裂的嘴唇涂成了樱桃红，中间露出苍白的牙龈，深色眼睑下的眼睛像稀释了的蓝墨水，整张脸上只有这两处还可以显示出她的美貌来。

第二天，我将丑陋的试卷册按学生姓名字母顺序排好，便一头扎进写得乱麻麻的答卷之中。最先见到的是瓦列夫斯基和瓦内的答卷，我不知为何把这两册错置在了前边。前一份是为应付考试装扮得有点清晰可读的样子，可是西比尔的答卷展示的是她惯用的几种魔鬼手笔的组合。她先用极淡极硬的铅笔写，在黑色的纸背上印出明显的浮雕，却不曾在纸的正面留下任何有持久价值的东西。幸而不久铅笔头折断，西比尔改用一支颜色深一些的铅笔继续写，写着写着变了样，字体粗得糊成一片，简直像用木炭涂出来的。又因为她老舔磨钝的笔尖，便贡献出了少许口红。她的答卷虽然比我预期的还糟，却从各个方面显示出绝望的意识，如划了好多加重线，划了好多前后倒换符号，加了好多没必要的脚注，好像她一心要以最受人尊敬的方式把一切来个彻底了断。后来她借用玛丽·瓦列夫斯基的钢笔加了一段："Cette examain est finie ainsi que ma vie。Adieu，jeunes filles！[①]拜托，Monsieur le Professeur，[②]请与ma soeur[③]联系，告诉她死亡不比'D减'的成绩好，但死亡绝对好过减去了D的生活。"

我没有耽误片刻，立刻拨通了辛西娅的电话。她告诉我一切已经结束了——早晨八点彻底结束了——并请我把西比尔写的那段话给她带过去。我拿去交给她的时候，她含泪微笑，颇为得意地钦佩西比尔拿一份法国文学的试卷开了个稀奇古怪的玩笑（"她就是这样的！"）。一转眼她"调制"出了两杯威士忌苏打水，手里始终没放下

① 法语，这次考试结束了，我的生命也结束了。别了，女孩们！
② 法语，教授先生。
③ 法语，我姐姐。

西比尔的试卷册——此时已溅上了苏打水和泪水。她继续仔细研究其中的死亡信息，我则不得不为她指出其中的语法错误，并解释在美国大学里是如何翻译“女孩子”的，以防学生出于无知把法语的“女孩子”一词用走了样，弄出“女佣”或更糟糕的意思来。[①]这些乏味的琐事使得辛西娅心情大振，她气喘吁吁地站起来，摆脱了如波似浪的悲痛。然后她捧着那本软塌塌的试卷册，仿佛它是一本护照，凭此可去一个随心所欲的天堂（那里铅笔头不会折断，有一个梦幻般的年轻美女，面容姣好，把一绺头发绕在轻柔的食指上，正对着某一份天国里的试卷沉思）。辛西娅领我上了楼，来到一间阴冷的小卧室，只为让我看看两个空了的药瓶（仿佛我是警察或一个满怀同情的爱尔兰邻居），还有那张垮塌的床，床上已经移走了一具无关紧要的脆弱躯体，一具从头到脚每一个细微之处D都必定熟悉的躯体。

三

辛西娅的妹妹去世四五个月后，我开始相当频繁地与辛西娅见面。当我来到纽约，在市立图书馆做点假期研究时，她也搬到这个城市来了。出于某种奇怪的原因（我隐约觉得可能是出于作画的艺术动机），她租下了一间不怕浑身起鸡皮疙瘩的人们称之为“冷水公寓”[②]的房子，地处纽约市最靠边的横向大街上。吸引我的不是她的待人之道，我认为她太活泼，讨人嫌；也不是她的容貌，虽说别的男人都认为她容貌出众。她两眼之间的间隔很宽，很像她妹妹。双眸闪着坦诚而惊恐的蓝色，周围四散着暗点。浓黑的眉毛之间总是亮闪闪的，鼻孔的涡旋比较肥厚，也是亮闪闪的。皮肤质地粗糙，看上去就像男人的一般。在她画室毫无掩饰的灯光下，能看见她三十二岁的脸上毛孔一张一合，简直像水族馆里的某类生物。她使用化妆

① 西比尔所用法语“女孩子”（fille）一词，有女佣的意思，还有妓女的意思。
② 即缺乏热水炉、空调等现代设备的公寓。

品的热忱一如她的妹妹，只不过多了几分潦草，总是让自己的大门牙沾到一些口红。她肤色黑得俏丽，衣着品位也不算太差，都是些相当讲究的混合材质，再说她还有一副所谓的好身材。不过她全身上下显得出奇地邋遢，我隐约觉得她是学了左派风格，热心于政治，艺术上讲究“先进的”平庸，其实她两者都不喜欢。她的发型是半分半盘的鬈发造型，幸亏头发在脆弱的脖颈一带本身长得蓬松柔软，这样头发也就理顺了，不然看上去又凶又野。她的指甲涂得艳丽，但咬得乱七八糟，也不干净。她的恋人中有一位年轻的摄影师，话不多，爱突然发笑。还有两个年纪大些的男人，兄弟俩，在街对面开着一间小小的打印社。每当我瞥见她苍白小腿上的黑色体毛透过她的尼龙丝袜，以标本压平在玻片下的科学清晰性展现出杂乱的条纹时，或者当我在她的一举一动里感到她很少洗澡的肉体在失去效力的香水和乳膏之下散发出虽不特别明显却四处弥漫、令人厌恶的陈腐气味时，我总是暗自心惊，怀疑起她那些恋人的品位来。

她父亲赌博，输掉了优裕家当的大半，她母亲的第一任丈夫是个斯拉夫后裔，除此之外，辛西娅·瓦内出身于一个受人尊敬的好家庭。据我所知，这家人的祖上可以追溯到极北之岛云雾深处的王室和占卜世家。后来他们移民新世界，来到一个风景优美的地方，那里原先长满茂密的落叶树木。她家先人初来乍到时，先是顶着暴风雨前的沉沉黑云，让一间白色教堂里挤满了农人；然后是仪表堂堂的市镇居民，经商做生意。也出了不少饱学之士，如烦人的瘦子乔纳森·瓦内博士（一七八〇至一八三九），他在列克星敦蒸汽船火灾中丧生，后来便成了辛西娅那张倾斜画桌上的常客。我常想一个家族的族谱倒过来看会怎么样，现在终于有了一个这样的机会，因为能在瓦内王朝中继续体现重要意义的，正是它的末代传人辛西娅，也只有辛西娅。我指的当然是她的艺术天分，是她那些欢快喜气但不甚流行的画，这些画隔上很长时间才会有她的朋友的朋友们购买。我也很想知道她去世以后那些画都到哪里去了，那些真实又富有诗意的作品曾让她的起居室为之一亮——金属物品画得极其细致，我最喜欢的一幅是《透过挡风玻璃所见》——挡风玻璃一半盖着白霜，一缕闪亮的细流（来自想象中的车顶）流过它透明的部分，透过这透明的玻璃可以看见闪着蓝宝石光辉的天空，还有一棵绿白相间的冷杉。

四

辛西娅有种感觉，她已故的妹妹对她不是十分满意——在此之前她妹妹已经发现是辛西娅和我合谋破坏了她的恋情。因此，为了摆脱她心中的阴影，辛西娅决定采取一种比较原始的祭献方式（不过略带一点西比尔的幽默），开始往D上班的地方邮寄一些小东西，故意不定期地寄去。寄去的东西有在昏暗的光线下拍的西比尔坟墓的快照；有一份新英格兰的截面地图，在D和西比尔没有停留过的两个小镇之间用墨水打了个叉，表示那就是十月二十三日D和西比尔停留过的地点——他们在光天化日之下进了一家来者不拒的汽车旅馆，旅馆就在一个半红半褐色的树林中；还寄过被制成标本的臭鼬，寄了两次。

她是个健谈的人，爱说有余，清晰不足，所以她从来无法将她不知如何演变出来的那套通灵理论作个完整的描述。就她的个人信仰而言，基本上没有特别新颖之处，无非是预设一种相当传统的来世概念，把不死的灵魂（与现世发生过的事件相联系）设定为一个静默的阳光房，其主要乐趣是灵魂定期光顾活着的亲人。有趣的是，辛西娅的玄学理论可因人而异，她根据实用情况给它来了个奇特的扭曲。她相信她的生活受到所有已故朋友的影响，他们轮流引导着她的命运，仿佛她是一只走失了的小猫，被路过的一个女学童抱起，贴着脸颊亲了一下，然后又被小心翼翼地放在某个郊区的树篱附近。过了一会儿，又有一只路过的手将它抚摸，或者哪位好客的女士将它带到一个有家有舍的世界里。

辛西娅说，某个人死后发生在她身上的事情，往往表现出那个人的习性和心情，一连几个钟头，或一连几天，都是如此；有时候是周期性的显示，没有一定的规律，持续几个月或者几年。发生的事情可能非同寻常，会改变人的生命轨迹；也可能是一连串的小事情，不够明显，不足以凸现出来影响人的日常生活，然后就随着灵气逐渐消失而淡化成更不明显的日常琐事。造成的影响有好有坏，要点在于确定影响的来源。她说，这就好比步行穿越一个人的灵魂。我曾试图反驳，说她未必总能确定准确的来源，因为并不是每个人都有清晰可辨的灵魂。比如说匿名信、圣诞礼物等，任何人都可以寄或送。其实辛西娅所谓的“寻常生活”本身既可能是各种灵气混杂的稀释溶液，也可能是某一个平凡的守护天使按部就班地履行职责。上帝又当如何呢？人生在世，常对任何一个无所不知的独裁者心怀憎恨，到天堂后还会不会盼望再有一个？战争又当如何？死去的士兵继续与活着的士兵搏斗，或者鬼魂的大军通过一批残疾老人的余生来对垒交锋——这是多么可怕的想法啊！

可是辛西娅对于泛泛而谈向来是置若罔闻，如同她对逻辑不屑一顾一样。要是一锅汤惹人恼火地沸溢出来，她就会说：“啊，这是保尔。”要是在一次慈善抽奖中赢得一台正好是自己希望得到的漂亮吸尘器，她就会说：“我猜好心的贝蒂·布朗过世了。”她还经常回忆贝蒂与保尔在世时的某一段往事，说得就像詹姆斯[①]的故事那般迂回曲折，让我的法语思维备受折磨。她还给我讲了好多次她获得意外之财的事，都是出于好意，但过于奇特，无法接受——她会从一只旧钱包讲起，那是她在街上捡到的，里面有一张三美元的支票，当然是物归原主了（还给了前面提到的贝蒂·布朗，一位年迈体弱的黑人老太太——她到这里才首次出场）。讲到最后是一个不合情理的要求，由她的一个昔日情郎提出（这里便是保尔出场之处），要她

① Henry James（1843—1916），出生于美国，后旅居欧洲和英国，小说以心理探索见长，叙事迂回折绕。

为他的房子和家人画些“写真”画，付给她合理的报酬——这一切都发生在某位佩吉太太去世之后。这位老太太心地善良，但作风老派，她从辛西娅还是个小孩子时起就不断地给她提些一板一眼的琐碎忠告，缠得她好不心烦。

她说，西比尔的个性带着一圈彩虹般的边，犹如照相焦点没对准，略微偏了一点。她说要是我和西比尔更熟悉一些的话，就会立刻明白，西比尔自杀后，屡屡发生在辛西娅生活中的小事件就是通灵现象，这和西比尔多么相像啊。姐妹俩自丧母之后，便一直打算放弃波士顿的家，搬到纽约来。她们以为在纽约，辛西娅的画会有机会受到更为广泛的关注。但那老房子却伸出了它所有的舒适触角把她们牢牢拴住。不过西比尔一死，那房子也跟着面目全非了——这么一来严重影响了“家”的意义。窄街道的正对面，一项建筑工程把生活变成了噪音和脚手架的丑陋场景。两株熟悉的杨树在那年春天枯死，变成了两具淡黄的骷髅。工人们来了，拆了暖色的旧人行道。这条可爱的人行道，每年四月一下雨就透出一种特殊的紫罗兰色的光泽，也曾令人难忘地回响着莱弗先生清晨去博物馆上班的足音。他六十岁退休，将整整四分之一世纪全部奉献给了蜗牛研究。

说起老一辈的人，应该补充一句，人死之后说他好话坏话往往都是滑稽可笑的。辛西娅曾与一位叫波洛克的性情古怪的图书管理员关系不错，此人与旧书灰尘打了一辈子交道，最后几年全用来查找旧书中不可思议的印刷错误，比如“hither”一词中，第二个“h”换成了“l”。[①] 他和辛西娅刚好相反，不在乎那些隐约的兆头带来的刺激。他寻求的是怪异本身，是伪装成必然选择的偶然现象，是看上去如花般美貌的瑕疵。对畸形的或不合规则的词语、双关语、字谜等东西，辛西娅并非行家里手，却比波洛克痴迷得多。她曾帮助这个可怜的怪人进行过一项调研，这项调研她向我举例说明，令我吃惊不小，因为从统计

① 这么替换的结果是该词成了“hitler”，即“希特勒”。

学上看这简直是发疯。不管怎么说，据她讲，波洛克去世后的第三天，她在读一本杂志时遇到一句引文，出自一首不朽的诗（一首她和其他容易上当的读者都相信是在梦中写成的诗[①]），突然之间她明白过来，诗中的“Alph”正是预示性的序列，由“Anna Livia Plurabelle”的词首字母缩略而成；这个词组指的是另一条圣河，流过或流经另一个虚构的梦。[②]多出来的那个“h”如同一个隐秘的路标，隐隐指向令波洛克先生生前如此着迷的那个词。可惜我现在记不起来是哪一部小说或哪一则短篇小说（好像是某位当代作家的作品），其最后一段就含有这几个词的词首字母；根据辛西娅的破解，这些字母在作者自己浑然不知的情况下，组成了一则来自作者已故母亲的信息。

五

我要遗憾地说，辛西娅对这类空泛的机巧游戏不满意，竟荒唐地迷上了招魂术。我拒绝陪她去参加由聘请的灵媒主持的法事，我从其他渠道对那种形式了解的太多了。不过我还是同意参加由辛西娅和她那两位扑克牌面孔的打印社男朋友草草组织的小闹剧。那是两个身材矮胖的老家伙，彬彬有礼，相貌古怪，不过文化教养还可以，我也就满意了。我们坐在一张轻巧的小桌边，指尖刚刚往上一放，小桌便劈里啪啦地震动起来。他们叫我看形形色色的鬼魂轻而易举地敲打[③]出它们的报告，只是凡有我没完全看明白的地方，它们也不予

---

① 即英国诗人柯勒律治（Samuel Coleridge，1772—1834）的名诗《忽必烈汗》（*Kubla Khan*），据说该诗是柯勒律治服用鸦片后于梦中所得，只因梦被“一个来自波洛克岛上的生意人”打断，诗人醒来后只能记下片断。“波洛克岛”与本文中的人物波洛克暗合，“Alph”是该诗中圣河之名。

② Anna Livia Plurabelle是爱尔兰小说家詹姆斯・乔伊斯的长篇小说《芬尼根守灵夜》中的女主人公安娜・丽维雅，“另一个虚构的梦”指丽维雅的丈夫、酒店老板伊厄维克在为从梯子上跌落身亡的搬运工人芬尼根守灵时所做的梦。“另一条圣河”指穿过都柏林的利菲河（River Liffey），屡屡出现在伊厄维克的梦中。圣河女神也叫安娜・丽维雅。

③ 降灵会中，召唤出的鬼魂会以叩击桌子的方式与生者沟通。

解释。奥斯卡·王尔德显灵了，敲打的是快速而混乱的法文，带着常见的英国惯用语，隐隐约约指责辛西娅已故的双亲犯了什么法，我记下的是"plagiatisme"①。一个很活跃的幽灵不请自来地提供信息，说他、约翰·摩尔和他的兄弟比尔都曾是科罗拉多州的煤矿工人，一八八三年一月在"戴冠美人"②的雪崩中丧生。费德里克·迈尔斯是玩这种游戏的老手，他敲打出了一首诗（奇怪的是它很像辛西娅自己的一些即兴之作），其中一部分在我的笔记里有记录：

> 这是什么——魔术师的白兔，
> 或者是残缺但真诚的流露——
> 能戒除危险的恶习，
> 能驱散哀愁的梦？

最后，随着一声激烈的爆响，桌子呈现出各种各样的抖动和快步跳舞一般的摇摆，这时列夫·托尔斯泰造访了我们这个小组。我们要他提供曾在尘世间居住过的具体情况以证实他的身份，他就开始作复杂的描述，说的似乎是一些俄国式的建筑木饰（"木板上的图形——人、马、鸡、人、马、鸡"），都不容易记下来，也不好懂，更无从证实。

我又参加了两三个降灵会，比这一次更可笑，但我也得承认，比起辛西娅在家里搞的那些可怕的聚会来，我更喜欢他们提供的这种孩子般的娱乐，也喜欢我们饮用的苹果汁（两个矮胖子都是禁酒主义者）。

她的聚会都是在隔壁惠勒家那个不错的公寓里举行——这种安排很符合她那离心式的个性。不过话说回来，她自己的起居室当然

---

① 这是英文、法文混合而成的词语，意为"剽窃、抄袭"。英文词是plagiarism，法文词是plagiat。

② 科罗拉多州的滑雪胜地名为"Crested Butte"，和此处的"戴冠美人"（Crested Beauty）近似。

看上去总是像个又脏又旧的调色盘。客人的外衣，遵循着野蛮、不卫生、通奸的习俗，里面余温未散，就由一声不吭的秃脑袋鲍勃·惠勒抱进一间圣地般的整洁卧室，堆在那张婚床上。给大家斟酒的也是他，斟好后由那位年轻的摄影师传给大家，辛西娅和惠勒太太则张罗下酒面点和小菜。

晚到的人会有这样的印象：好多高声嚷嚷的人毫无必要地聚集在两面镜子之间的烟青色空间中，镜子中塞满了人的身影。我猜测辛西娅想当屋里年龄最小的一个，所以经常受她邀请的女人，不论已婚还是单身，一般都至少在四十上下。她们中有些常乘着昏暗的出租车，从家里带来完整的美貌遗迹，但随着聚会进展，那美貌便消失了。我总是觉得惊异，这些善于交际的周末狂欢者都有一种能力，能根据纯粹出于经验却非常精确的方法几乎是立刻找到一个喝醉了的共同标准，每个人都忠实地坚持这个标准，然后降低这个标准，统一降到下一个层次。已婚的妇人们非常友善，放肆的弦外之音让她们的友善更突出。男人们则亲切拘谨，表情呆板内向，亵渎般地模仿孕妇。宾客当中虽有些人以某种的方式与艺术相关，但没有充满灵感的言论，没有支起胳膊肘扶住戴花冠的脑袋进行沉思的模样，当然也没有吹笛的女孩。辛西娅和一两个年轻点的家伙坐在浅色的地毯上，她脸上亮晶晶地闪着一层汗，摆出美人鱼搁浅的姿势。这个姿势使她占据一定的优势，她不时地跪着挺起身来，一只手端上一盘果仁，另一只手清脆地弹一下考克兰或是考尔克兰的健美小腿。此人是个艺术代理人，坐在一张珠灰色的沙发上，夹在两位脸泛红潮、快活得快要融化了的女士中间。

聚会进入另一个阶段后，会爆发出一阵阵更为喧闹的欢笑。考尔克兰或是考兰斯基会抓住辛西娅，要么抓住另外某个闲荡女子的肩膀，领她到一个角落，冲着她嬉皮笑脸地胡乱说些私密笑话和传言，她听了一甩头哈哈大笑，然后赶紧离开。再晚些时候，又会爆发出一阵阵男女之间的亲热打闹，闹一会儿又笑着停一会儿，一只丰腴的光胳膊刷地一下勾住另一个女人的丈夫（他在人人都在晃动的屋中央站得笔挺）。要么突然发出一阵调情的怨恨，一阵笨拙的追逐——鲍勃·惠勒则半露微笑，平静地捡起像朵朵蘑菇一般长在椅子阴影里的玻璃杯子。

最后一次参加这样的聚会之后，我给辛西娅写了个短笺，毫无恶意，总的来说是一片好心，里面对她的几位客人开了几句带拉丁文的玩笑。我也为自己没有碰她的威士忌向她致歉，说作为一个法国人，我喜欢葡萄胜过谷物。几天后，我在纽约市立图书馆的台阶上碰见她。太阳突然残缺，一阵细雨飘下，她正在打开她的琥珀色雨伞，胳肢窝里使劲夹着两本书（我暂时接了过来，减轻她的负担）。一本是罗伯特·戴尔·欧文[①]的《另一世界边缘上的脚步声》，另一本是讲“招魂术和基督教”的书。我根本没有惹她，突然间她就发起火来，态度粗暴，话语恶毒，说——透过稀疏的梨形雨滴冲着我——说我是个自命不凡的势利小人，说我只看人的姿态与伪装，说考克兰曾在两个不同的大洋里救起过两个落水的人（一个不相干的巧合：两人都叫考克兰）。说爱笑爱尖叫的琼·温特有个小女儿，不出几个月就注定要完全失明了。说那个穿绿衣、胸膛上有污斑的女人，我曾横竖看人家不顺眼，可人家一九三二年写出了一部全国最畅销的书。奇怪的辛西娅！我听人说过，她可能会对她所喜欢、仰慕的人无礼地大发雷霆。不过这也该有个限度吧。我那时已经对她的有趣的通灵术进行了充分的研究，也了解了其他的奇人怪事，于是就决定干脆不再见她。

六

D告诉我辛西娅死讯的那天夜里，我过了十一点才回到我与一

---

① Robert Dale Owen（1801—1877），美国社会改革家，也是招魂术的忠实信奉者。

位退休教授的寡妇分层合住的双层楼房。快到门口时，我怀着畏惧孤独的忧虑，望望两排窗户中的两种黑暗：无人的黑暗和人已入睡的黑暗。

我能改变无人的黑暗，却不能复制入睡的黑暗。我的床无法给我安全感，它的弹簧只会令我神经乱跳。我一头钻进莎士比亚的十四行诗中，却发现自己白痴般地看起每行的第一个字母，看它们能组成些什么样的神圣词语。我找到了"FATE"（第七十首）、"ATOM"（第一百二十首），还两次找到"TAFT"（第八十八首、第一百三十一首）。我不时环顾四周，看看我屋里的东西有什么动静。我的想法说来很奇怪，此刻就算有炸弹开始落下，我也只会感到赌徒般的兴奋（再加上大量现世的解脱感）。但要是那边架子上某个看起来紧张可疑的小瓶子往一旁移动一丁点的话，我的心脏就会爆炸。寂静也十分可疑，把屋子填得密密实实，仿佛有意要形成一道黑幕，好衬托出被任何来源不明的细微声响引发的神经闪光。所有的交通都停止了。我祈祷能听见一辆卡车沿着珀金斯街上坡的呻吟声，却怎么也听不见。楼上那个女人有时会制造出巨石落地般的轰然响动，往往惊得我发疯（其实在白天，她是个又矮又小的人，活像一只风干了的天竺鼠），此刻她要是拖着脚步走进她的浴室，我就会对她千恩万谢。我熄了灯，清了几次喉咙，意思是至少可以为那个声响负责。我搭上一辆来自脑海深处的便车，来一趟精神旅行，可是我还没来得及打个盹，它就让我下车了。过了一会儿，废纸篓里突然一声轻响，接着又没动静了（我希望这响声来自一张被揉成一团丢进去的废纸，它就像一朵卑微的、一定要在夜间才开的花，突然绽放了），而我的床头小桌咔嗒响了一下作为回应。这情形正像辛西娅在世时半夜三更表演低劣的闹鬼剧一般。

我决定和辛西娅斗一斗。我把现代敲打降灵的活动在头脑里过了一遍，从一八四八年在纽约州海德斯维尔村的敲打声开始，到马萨诸塞州剑桥镇的怪诞现象止。我想起福克斯姐妹的踝骨与其他解剖学上的响板（据水牛城大学的先贤们所述）。[①]在荒凉的艾普沃斯或泰德沃斯，[②]统一身披神秘穿戴的柔弱少年在散布和古代秘鲁同样的恐慌。隆重的维多利亚狂欢会上，玫瑰花败落，手风琴飘出圣乐的旋律。职业的骗子吐出潮湿的白纱布。邓肯先生，一位女灵媒的丈夫，很有身份，问他愿不愿意接受搜身时，他借口内裤太脏躲了过去。老艾尔弗雷德·拉塞尔·华莱士[③]，天真的博物学家，在波士顿一个群魔乱舞的私人聚会上，拒绝相信他面前那个赤着双脚、耳垂上没有穿耳洞的白色人形就是端庄的库克小姐；他刚才分明看见她睡在挂着帘子的屋角里，一身黑衣，脚上的皮靴系得紧紧的，还戴着耳环。另外两个前来测试灵媒的人，又矮又瘦，但相当聪明，也很主动，腿脚并用，把身宽体胖、散发着蒜味的老太太优萨比亚[④]紧紧围住，结果还是被她设法糊弄过去了。不信邪的魔术师[⑤]陷入尴尬，年轻迷人的玛杰里施展"控制术"，引导他不要在浴袍的衬里中迷了路，而是要顺着她左腿的丝袜往上，一直摸到赤裸的大腿处——在此处温暖的肌肤上，他摸到了一块"灵"的黏质物，手感很奇特，宛如一块没有煮的冷肝脏。

七

我求助于肉体，也求助于肉体的可腐性，要以此驳倒，进而击败生命在肉体消失后还有可能继续存在的说法。唉，思来想去，只令我

---

① 一八四八年，美国纽约海德斯维尔村的福克斯家中出现怪声与震动，凯特和玛格丽特两姐妹借此和一个死去的小商贩进行了灵魂沟通，一时名声大噪，这个事件成为现代通灵术诞生的标志，后来发展出借敲打声与鬼魂沟通的方法。一八五一年，水牛城大学一群医生曾经检查福克斯姐妹，指出响声来自她们的趾部关节与膝盖骨。

② 英国的艾普沃斯和泰德沃斯两地分别在一七一六年与一六六一年传出闹鬼的事，主要现象都是怪异的敲打声。

③ Alfred Russel Wallace（1823—1913），英国博物学家，"自然选择论"的提出者，但同时也是招魂术的信奉者。他在访问波士顿期间参加了一次当地的降灵会。

④ 继福克斯姐妹之后，意大利人优萨比亚·帕拉蒂诺（Eusapia Palladino，1854—1918）很快也声称自己是肉体灵媒，可以使用通灵物让三维实体现身，还能进行意念移物。

⑤ 这位魔术师是哈利·胡迪尼（Harry Houdini，1874—1926），以揭穿通灵术为己任，有"魔鬼克星"之称。他揭穿的灵媒当中最出名的就是波士顿的玛杰里（Margery）。

更加害怕辛西娅的鬼魂。恍如隔世的平静随着黎明降临，我不知不觉睡着了。太阳透过茶色的窗帘，刺穿了一个不知为何满是辛西娅的梦。

这令我失望。在日光的堡垒中有了安全感，我便告诉自己，这远非我原本的期待。她，一个把细节画得像玻璃一般透明的画家，此刻居然如此含糊！我躺在床上，一边回想我的梦，一边听窗外的麻雀叫：这些小鸟的声音，如果录下来，再倒放回去，谁知道它们会不会变成人类的语言，变成人说出的话？正如把人的话语录下来倒放，会不会就变成麻雀的叽喳声？我定下心来再读我的梦——倒着读、斜着读、往上读、往下读——极力想在梦里解析出点像辛西娅的东西，梦里肯定存在着奇特而又给人启示的什么。

但我意识到我从梦中隔离不出什么来。一切都显得模模糊糊，如黄云遮蔽，产生不出任何清晰的东西。她笨拙的首字母组合法，感伤的遁词，静默中通神的能力——往事一桩一件，组成了涟漪般的神秘意义。一切都好像泛着朦朦胧胧的黄色，虚幻，迷离。[①]

① 本段原文是："I could isolate, consciously, little. Everything seemed blurred, yellow-clouded, yielding nothing tangible。 Her inept acrostics, maudlin evasions, theopathies —— every recollection formed ripples of mysterious meaning。 Everything seemed yellowly blurred, illusive, lost。"每个词的首字母组合可成"Icicles by Cynthia, meter from me, Sybil"，意思是"冰柱是辛西娅所为，滴落的节奏出自我，西比尔"。

兰　斯

一

假定这个星球已经有了一个名字，这无关紧要。它正对着地球，与地球相隔的距离相当于上个星期五与喜马拉雅山形成日之间相隔的漫长岁月——也就是读者平均年龄的百万倍。透过想象的望远镜视野，透过眼泪的棱镜，这个星球所呈现的特性与其他星球相比并无显著之处。一个玫瑰色的天体，密密麻麻地布满了灰暗的斑点，是浩瀚可怖的自由空间中不停运转的无数物体之一。

我这个星球的海（不同于地球上的海）和它的湖（也不同于地球上的湖）也都有了我们假定的名字，其中有些名字和花园里的玫瑰花名比起来，显得不那么空洞，另外一些和它们的观察者的姓名比起来，显得没什么意义（随便举例来说，一位天文学家可以起名为Lampland[①]，一位昆虫学家可以起名为Krautwurm[②]，都一样新奇）。不过大部分名称都像古董一样，华而不实，讹误迭出，与骑士传奇中的地名不相上下。

就像我们这地方叫“松树山谷”，一路下去，没什么好景致可看，只见路的一边有个鞋厂，另一边是废弃生锈的汽车垃圾。那个星球地图上富有魅力的地名，如阿卡狄亚、伊卡里亚和泽弗利亚斯，[③]到头来很可能是毫无生机的沙漠，上面甚至连偶尔在垃圾场也能看到的马利筋草都不长。月面学家将会证实这一点，不过到那时他们使用的镜头比我们现在的好。目前情况下，镜头的放大率越高，星球表面就显得越是斑驳陆离，就像潜在水中游泳的人透过半透明的水看它一样。如果某些相联的标记隐隐约约像是跳棋棋盘上的线和孔，那我们权当它们是几何图形的幻觉。

我不让一个特别确定的星球充当我故事中的角色——那是由我故事中的所有圆点和句号来扮演的角色（我把它看作一种天文图纸）——而且我不想与那些记者报道的科学家们的科学预言有任何瓜葛。我不要喧嚣腾空的火箭，不要人造的地球小卫星，不要插着星条旗登陆的飞船（“宇航员们”）—— 一，二，三，四，接着便是建起成千上万座太空城堡，每一座都带有厨房和一应物品。那是地球国家疯狂竞争的结果，利用人造的重力，插着野蛮飘舞的旗帜。

另一件毫无用处的东西是太空特殊装备——密封服装，氧气罐——都是些设计精巧的玩意儿。我和伯克老先生一样（过一会我们就要谈到他），天生讨厌这些实用的东西（对于未来的宇航员，比如伯克先生的独子来说，这些实用的东西将来注定会变得极不实用），原因是这些小玩意儿在我内心激起的情绪从简单的不信任发展到了病态的恐惧。一只电灯泡莫名其妙地寿终正寝，我自己要拿出英雄般的气概才能把它旋下来，再换上另外一只。换上的这一只一亮，我眼前就会出现自己手中凭空孵出一条恶龙的骇人景象。

最后我彻底摒弃了所谓的科幻小说。我已经考察过科幻小说了，发现它和神秘小说杂志一样乏味——这就好像那种风格沉闷的作品，充斥着大量的对白和逗笑段子。陈词滥调当然是披上了伪装。实质上，这样的东西贯穿在所有的低级读物中，不管写的是飞越宇宙还是穿过起居室。它们就像所谓的各式各样的小甜饼，只是在形状

---

① 该词由英文的lamp（灯）和land（陆地）构成。

② 该词由德文的kraut（野草）和wurm（虫）构成。

③ 这三个地名都出自希腊地名与神话。历代天文学者依据所观察到的反射率特征为火星表面不同区域命名，其中以意大利天文学者乔凡尼·斯基亚帕雷利的命名沿用最广。此处即模仿该命名方式。

和颜色深浅上互有不同罢了。制造小甜饼的人很精明，利用各异的外表把馋嘴的消费者引诱进疯狂的条件反射世界。消费者一旦进入这个世界，制造商不用多花任何额外成本，就能使简单的视觉价值花样翻新，影响并逐渐代替了味道。才华和真实一旦误入这样的歧途，便是同样的下场。

好人露齿微笑，恶棍切齿冷笑，一颗高尚的心跃动着充满俚语的演说。星际的沙皇，银河系的主宰们，其实是地球现实工作中朝气蓬勃的红发行政主管的翻版，它们用小小的起伏波纹演绎了登载在漂亮客厅里翻旧了的通俗杂志上的人间故事。狮子座第二亮星和处女座主星的入侵者，其名字以麦克开头。冷漠的科学家一般都叫什么什么斯坦，其中有一些与超星系共用一些抽象的名号，比如比奥拉或瓦拉。陌生星球的居民，“智慧的”生物，类似人类的生物或者各种神话传说中的生物，都有一个共同的显著特征：他们的内部结构从未被描述过。在进化为两足生物的光辉过程中，半人马不仅腰上缠着绷带，而且一直缠到前肢一带。

这似乎完成了进化——难道有人要讨论进化时间的问题？话说回来，为了聚焦于年轻的埃默里·兰斯洛特·伯克，我很乐意把如下任务留给星际泰山[①]那能干的爪子和别的喜剧演员以及原子能科学家：用自命不凡的“二”或“三”来更换“一九〇〇”里实实在在的“一”。这位年轻的埃默里·兰斯洛特·伯克或多或少可以算作我的一个远房后代，他将成为首支星际探险队的成员之一（这次星际远征，说到底，是我的故事里乱编的假设）。就让一九〇〇年变成公元二一四五年或者未来不知什么纪年的二〇〇年，这并不要紧。我不打算干涉任何既得利益。严格说来，这只是一场业余表演，临时搭了个舞台，道具从简，布景极少，还有旧粮仓角落里一头死豪猪带毛的残骸。在这里，我们有了众多朋友，布朗一家，本森一家，怀特一家，

① 原文Starzan，是对“人猿泰山”（Tarzan）一词的戏仿。

威尔逊一家。有人出去抽烟，他听到蟋蟀鸣叫，听到远处农场的狗吠（那狗叫几声，停片刻，聆听我们听不到的动静）。夏夜的天空满是星星。埃默里·兰斯洛特·伯克，二十一岁，他对星星的了解，比我多得多。我五十岁了，还对星星充满恐惧。

二

兰斯又高又瘦，小臂晒得黝黑，上面肌肉厚实，青筋暴起，眉头上有道伤疤。每当无所事事时，他就像现在这样闲坐着，从一张低矮的扶手椅边上探过身子，耸起肩膀，两肘撑在他那硕大的膝盖上。他有个习惯动作，缓缓地合起他漂亮的双手，又缓缓地分开。这个动作是我从他祖先那里给他借来的。他常常神情凝重，全神贯注地想着什么，很不自在（大家有心事都会不自在，年轻人尤其如此）。然而，这副模样只是面具而已，要掩盖的是想要摆脱长期心情紧张的强烈愿望。他一般是不常露出笑容的，再说用“笑容”一词来形容他脸上突如其来的明显扭曲则过于平淡。他的笑容是突然闪现在嘴眼之间，双肩高耸，慢慢移动的双手合掌，停住不动，一个脚趾头轻轻跺了一下。他的父母待在屋里，还有一位不速之客。这位客人愚蠢无趣，他不知道眼下正在发生的事情——因为这是一座昏暗屋子里一次特殊离别前的尴尬时刻。

一个小时过去了。来人终于拿起放在地毯上的大礼帽，走了。兰斯一个人和父母待在家里，这样倒使得气氛更为紧张。伯克先生这个人，我记得明明白白。但伯克太太，不论我在艰难的回忆中陷得多深，都不能稍微真切一点地看清她。我知道她快活时的神情——闲聊，睫毛扑闪个不停——但这种神情对她儿子露出时刻没有对她丈夫的多。伯克先生人老心衰，自己的身体自己明白，既要忍着自己可怕的痛苦，还得应付他太太造作的轻浮之风。比起自己身体上无计可施的全面崩溃，太太的轻浮作风更让他心烦。我描述不出伯克太太的相貌，这让我多少有点沮丧。我能想起的只是一片灯光洒在她薄雾般的一侧头发上，这一点我想我可能是受了现代摄影艺术技巧的潜移默化。我总觉得从前的写作比现在容易得多，因为那时人的想象力没有受到太多视觉辅助工具的束缚，就像开拓边疆的人们第一次看到沙漠里的巨大仙人掌，或第一次看到高原积雪时，头脑里不见得会出现轮胎公司的图片广告。

要说伯克先生的情况，我就不由自主地写起一个历史学老教授的种种特点来。有才气的中世纪研究家，白胡须，粉色的秃脑门，一身黑色西装，这在最南部某座阳光明媚的校园里算是有名景观。不过他与这个故事的唯一关联（除了与我的一位去世多年的大伯有些相似外）便是他的模样太过时了。如果一个人完全忠实于自己，像这样给穿戴举止赋予一种陈旧的色调，带上点压得皱巴巴，邋邋遢遢，灰扑扑的东西，在遥远的将来（正巧说的就是将来的事）也没什么特别之处了。因为“不合适宜”、“跟不上时代”等迟早会是我们能想到的说法，我们可以用它去表达一些怪现象，这些现象不用多少研究就可以预见到。未来只不过是倒转过来的过时而已。

在那个破旧的房间里，昏暗的灯光下，兰斯讲着一些最近发生的事。他最近从安第斯山脉的一个荒凉地方—— 一处他一直在攀登的尚未命名的峰顶——带回了一对快成年的栗鼠——兔子般大小的啮齿动物（豪猪型亚目），毛茸茸的灰色外皮，长长的胡须，圆滚滚的屁股，花瓣般的耳朵。他把它们圈在室内的一个铁丝笼子里，给它们吃花生、米花和葡萄干，有时还会特别款待一下，放进一枝紫罗兰或紫菀花，希望它们能在秋天生出小栗鼠来。现在他反复叮嘱他母亲，要保证它们吃的东西松脆，住的笼子干燥，千万不要忘记每天给它们洗沙浴（细沙混着粉笔末），栗鼠可以在里面打滚嬉闹。说这些的时候，伯克先生点了一次烟斗，又点了一次，最后索性把烟斗放在了一边。他经常假装漫不经心的样子，不料发出的响声和动静瞒不了任何人。他清清嗓子，背着手，踱到窗前，抿着嘴哼了一段不成调的曲子。好像这小声的哼哼驱赶着他一般，又哼着走出了起居室。不过他刚一走下台阶，就打了个可怕的寒战，赶紧放下了那副装出来的不拘小节的绅士风度。在卧室或浴室时，他会停下片刻，好像胆怯又孤独，要从怀里摸出一只酒瓶，抖抖索索地使劲喝上一口。之后他又摇摇晃晃地走了出来，满嘴酒气，一脸悲伤。

他一边扣纽扣，一边哼着小曲，平静地回到台阶上，台阶还是老样子。这样的情景如同几分钟前一般。兰斯走前检查了栗鼠笼子，智恩和智拉蹲坐着，各自捧着一枝花。关于这最后的时刻，我还记得一件事情，那就是我没有多说几句提醒他注意的话，比如“你确信没忘记带上洗好的丝绸衬衫？”或者“你还记得把那双新拖鞋放在哪里了吗？”兰斯要随身带走的东西已经集中起来放在了一个神秘的启程地点，这个地方连名字都不能提，绝对可怕。我们需要的东西他一概不需要。他走出屋子时空着手，也没戴帽子，漫不经心、轻松愉快地走向书报摊——或者走向壮观的断头台。

三

陆地上的空间喜欢隐藏起来。能映入眼帘的景象基本上全是整体的面貌。地平线像一扇缓缓盖上的天窗，压得旅行者往后闪身。对那些留下来没走的人而言，距离此地一天路程的任何一个小镇都是看不见的，尽管你可以轻易把这些超凡之景想象成月光下的圆形剧场，围成一圈的屋脊投下了阴影。展现苍穹的魔术师已经卷起袖子表演，让那些小观众一览无余。行星可以浸没在黑暗中，不见踪影（就像事物消失在人自己的颧骨那模糊的曲线中一样）。但是当地球转过头时，它们就又出现了。一丝不挂的黑夜令人害怕。兰斯已经离开了，他年轻的四肢随着他越走越远而显得越来越弱。从他家的阳台上，伯克老两口看着恐怖的茫茫夜空，突然羡慕起那些渔夫的妻子们来。

如果伯克家的来历可靠的话，“Lanceloz del Lac”[①]这个名字第一次出现是在十二世纪*Roman de la Charrette*[②]这部史诗的第三千六百七十六行。兰斯、兰斯林，兰斯洛蒂克——几个小不点，在满是咸味的潮湿星球上喃喃低语。少年时成为年轻的骑士，学弹琴，学驯鹰，学打猎。去过危险森林和悲伤塔，也去过金牛座和猎户座——听过撒拉森人宣战的雷霆。神奇的武功，神勇的斗士，在伯克家阳台上空可怕的星座间闪着灿烂光辉。黑衣骑士佩卡德爵士，红衣骑士佩里莫恩斯爵士，绿衣骑士佩特利普爵士，蓝衣骑士佩尔桑爵士，还有虚张声势的老头儿格鲁默尔·格鲁默苏姆爵士，上气不接下气地用北方方言骂人。望远镜的功能不是很好，星图也因潮湿而皱巴巴的，伯克对太太说：“你手电筒举得不到位。”

深深吸口气。再看。

兰斯洛特不见了。要活着见他的希望就和死后见他的希望一样渺茫。兰斯洛特被逐出了L’Eau Grise[③]（我们称之为大湖国），正在夜空的星尘中骑马前行，就像我们本地的宇宙（有阳台，有漆黑一团、看起来斑斑驳驳的花园）朝着亚瑟王的竖琴座飞去一般。那儿织女星在燃烧，在呼唤。借助这个该死的星图，能看清楚的没几个星座，织女星便是其中之一了。恒星的迷雾让伯克夫妇头晕目眩——灰蒙蒙的烟，疯狂，没完没了的反胃。但他们俩割舍不下噩梦般的星空，他们不能回到亮着灯的卧室——卧室的一角闪现在玻璃门中。不久，那颗星升起了，像一堆小小的篝火。

右边是通向另一个世界的“剑之桥”（“dont nus estranges ne retorne”[④]）。兰斯洛特忍着剧痛从桥上爬了过去，苦恼难以言说。

---

① 此名戏仿法语“Lancelot du Lac（湖上的兰斯洛特）”。兰斯洛特是亚瑟王圆桌骑士中的第一勇士，为救心上人桂妮维亚不惜乘坐囚车，并爬过剑一般锋利的桥。中世纪有著名骑士传奇《兰斯洛特，或乘坐囚车的骑士》。

② 法语，《囚车传奇》。

③ 法语，灰色的水。

④ 法语，那里有去无回。

“你不要过一个叫‘险关’的关口。”但另一个巫师命令道：“你要过这道关。你甚至得带上幽默感，它会帮助你渡过难关。”勇敢的伯克老两口认为他们能认出兰斯穿着钉子鞋在太空中攀爬冻雨之崖，要么在柔软如雪的星云间默默地开路。位于十号和十一号营地之间的牧夫座是一道巨大的冰川，满是碎石和冰瀑。我们试图认出兰斯洛特攀爬时的蜿蜒路径，似乎能看到兰斯敏捷单薄的身子，和几个腰缠绳索的身影一起攀登。不见了！那是他还是丹尼（一个年轻的生物学家，兰斯最好的朋友）？我们在垂直天空脚下黑暗的山谷中等待，回忆起（伯克太太记得比丈夫更清晰）那些冰隙和哥特式风格的冰原的专有名称。兰斯童年时住在高山上，经常怀着攀岩专家的兴致讲出那些名称（如今他长大了几光年）。那些 sérac[①] 和 schrund[②]，那些雪崩和雪崩的轰隆声。法兰西的回声，日耳曼的魔法，如鞋底铁钉一般隆隆响起，就像中世纪传奇里描绘的那样。

啊，他又出现了！跨过两颗星星间的豁口，然后试图缓缓地爬过一座陡峭的崖壁。崖壁上支撑点如此脆弱，以至于一次指尖的摸索和靴子的打滑声都令人感到恐高症的眩晕。伯克老两口泪如雨下，看见兰斯时而困在一块高凸的岩石上，时而继续攀登，时而有惊无险，背着冰斧和背包，站在群峰之巅，青春焕发的身影闪闪发光。

莫非他已经走在下山的路上了？我猜想，探险者那边没有传来消息，可怜的伯克老两口连日悲伤，不曾合眼。他们等着儿子回返，他的每条下山之途似乎都将他们引向绝望的深渊。不过他也许已经荡过了那些悬临万丈深渊的陡峭湿壁，已经抓住了湿壁上突出的石头，现在正沿着险峻的天体之雪愉快地滑降？

然而，想象中响起了一连串的脚步声（不论我们等得多么耐心，这脚步声还是在我们的脑海中越来越近）之后，伯克家的门铃并没有顺理成章地响起，我们只好将他推了回去，让他又从头开始

---

① 法语，冰塔。
② 德语，冰河裂缝。

攀爬。然后，把他再往更久远的时间推推，让他从大本营开始（那里有帐篷、公厕，还有黑脚丫的小乞丐）。我们长久以来都是这样描绘他的：从鹅掌楸树下低头走过，又经过草坪，走向门和门铃。他在他父母心中出现太多次了，好像有点烦，于是现在吃力地蹚过泥坑，走上了一个小山坡。小山坡曾是远古的一个战场，如今满目疮痍，他脚下打滑，东倒西歪地踩着山坡上的枯草前行。前面又要攀岩而上，直至峰顶。终于登上去了，损失惨重。怎么告知别人呢？发电报？寄挂号信？谁是行刑的刽子手—— 一个送信专使还是红鼻子的邮递员？邮递员步履沉重，总是拉着个脸（他有自个儿的麻烦）。在这里签字。用拇指盖个手印。画个小叉号。用软铅笔。铅笔是暗紫色的木头做的，签完后还给他。这个签名难以辨认，是不祥之兆。

不过什么事也没发生。一个月过去了。智恩和智拉状况良好，似乎惺惺相惜—— 一起睡在盒子做成的窝里，抱成一团，像个松软的圆球。经过多次尝试后，兰斯发现了一种声音，绝对是智恩和智拉发出的。好像是噘嘴快速发出一连串的咂巴声，很轻，还带着汁水声，就好像饮料喝完了，只剩下残渣，吸管却仍在吱吱吸一般。不过他的父母不可能发出这种声音——音调不对，反正不像。兰斯的屋子里静得出奇，有磨损的旧书，有斑斑点点的白色书架，旧鞋子，一只相对新一点的球拍紧紧塞在套袋里，壁橱隔板上有一分钱硬币——屋里的一切开始变化，溶解，如多棱镜中的景象。不过定睛再看，一切又清晰了。稍后伯克夫妇回到了阳台。他的目标实现了吗？——如果实现了，那他看见我们了吗？

四

古代的超凡之人将胳膊肘靠在花架上，斜身凝视着地球，只见这个玩具，这个陀螺，在苍穹中缓慢转动。每个特征都好看而清晰：多姿多彩的大洋，波罗的海像一个祈祷的女人。优雅的美洲大陆一片宁静，如在空中荡着秋千，澳大利亚就像个小非洲一样侧卧在它身旁。我的同龄人中可能有人希望自己的灵魂从天空俯视自己的星球故乡，发出一阵战栗，一声叹息，只见地球系着一圈圈纬度的腰带，子午线分明，也许还用又粗又黑的魔鬼般的曲线箭头标出了世界大战。或是比较欢乐的景象，展现在他们吃惊的眼前，如同一幅度假胜地埃尔多拉多的照相地图，图上这儿有个保留地的印第安人在打鼓，那儿有个穿运动短裤的小姑娘，圆锥似的针叶松遍布圆锥形的山峦，钓鱼人在各处垂钓。

实际上，我猜想，我年轻的子孙出来的第一个夜晚，站在不可思议的世界里那想象的寂静中，透过大气层一定会看到我们地球的表面特征。这意味着灰尘、四散的阴影、烟雾和各种光学陷阱，甚至陆地，要是透过层层云雾出现的话，会以奇怪的伪装移动，闪着令人费解的光辉，样子也无从辨认。

这一切倒还是小问题。主要问题在于：这位探险家心理上能否承受这巨大的打击？人们都想在心理能够承受的情况下，尽可能看清这种打击的本质。而如果单单是想象这件事就要面临可怕的危险，那么如何忍受和克服真正的痛苦？

首先，兰斯得解决返祖的时间问题。各种神话牢牢地盘踞在群星璀璨的天空，以致常识很容易避开重任，不去探索常识背后的非常之理。神若要繁衍兴盛，供养成千上万的长着蓝色羽毛、如阉伶般歌喉甜美的天使鸟，就必须占据一个星球。在人心深处，死亡的定义等同于离开地球。逃离地球的重力意味着超越坟墓。一个人发现他已置身于另外一个星球，他倒没有办法让自己相信自己没有死——天真的古老神话原来不是那么回事。

我不关心愚昧的人，那些平凡的无毛猿猴，他们把任何事情都想得非常简单。他们的童年记忆只是一头咬他们的骡子，他们对未来的想法只是吃饭睡觉。我现在心中所想的，是有想象力，有科学知识的人。他们的勇气是无限的，因为他们的好奇心超过了勇气。没有什么能阻止他们的求索。他们是古代的curieux[①]，却拥有更健硕的躯体，更炽热的心。探索一个天体的任务一旦开始，他们就要满足亲自探索的强烈愿望，要用自己的手指去抚摸，去感受，去审视，去笑对那些从未接触过的天体构成物质——然后吸口气，再抚摸，还带着同样的微笑，表达无名的、痛苦的、欣慰的快乐。一个真正的科学家（当然不是那种欺世盗名的庸才，这种人的唯一法宝就是把无知像骨头一样藏起来）应该有能力体验获得直接而神圣的知识带来的快乐。他可以是二十岁，也可以是八十五岁，但是没有获得真知的兴奋，就没有科学。兰斯就是具有这种素质的人。

把想象力发挥到极致，我看见他克服了猿类根本体验不到的恐慌。毫无疑问，兰斯可能已经到了橘黄色的尘云中，地点就在塔尔西斯沙漠的正中央（如果它是沙漠的话），或者在哪个紫色水池附近——叫凤凰湖或奥蒂沟（如果它们是湖的话）。[②]可是另一方面……你也知道，事情这样发展的话，有些问题肯定就立刻解决了，干净利落，不可逆转，但别的问题又出现了，一件接着一件，慢慢显出头绪来。我还是个小男孩的时候……

我还是个七八岁的小男孩的时候，经常做一个模糊不清但反复出现的梦，梦中的环境都一样。我没能认出来这是哪里，也不能凭理性来作出判断，尽管我见过很多奇怪的地方。我现在打算让它发挥作用，好填补我故事里中的一个大漏洞，那是一道一碰就疼的伤口。那个地方没什么壮观景象，既不稀奇，也不古怪。只是一小块平地，显示出一点不太明确的稳定性，上面薄薄盖了一层性质不明的星云状物质。换句话说，只能看到不起眼的背面景象，而不是正面。这个梦的讨厌之处在于，不知为何，我不能四处走动，不能从各个角度看看这个地方。迷雾中潜藏着大量的矿物之类的东西——形状丑陋且毫无意

① 法语，好奇者。
② 塔尔西斯沙漠、凤凰湖和奥蒂沟都是火星上的地名。

义。在我做梦的过程中，我不断地往一个容器（翻译成“桶”）之类的东西中填塞和容器形状相同但尺寸更小的东西（翻译成“小卵石”）。我的鼻子在流血，但我极不耐烦，过度兴奋，也顾不上擦它一把。每次做这个梦，都会有人在我背后突然尖叫，我也尖叫着醒过来，这样就拉长了最初那种无名的尖叫。那尖叫初起时带着狂喜腔调，但后来就没有任何含义了——如果曾经还有过含义的话。说起兰斯，我就要说说和我的梦有关的事情——但有趣的是，当我把我记下来的东西再看一遍，事情的背景，真实的记忆，都不见了——如今已彻底消失了——我无法让自己相信写下来的东西背后有个人的体验。我想说的是，兰斯和他的同伴到达他们的星球时，也可能感觉到了一些和我的梦境相似的东西——这个梦如今已不再属于我了。

五

他们回来啦！马蹄嗒嗒响，一个骑手策马而来，冒着滂沱大雨穿过通往伯克家的那条石子小路。离那棵雨珠抖落的鹅掌楸不远就是大门，他一到门口便勒马大喊，报告这个惊人的消息，伯克夫妇一听见就像两只栗鼠一样蹿出房门。他们回来啦！飞行员们，天体物理学家们，还有两位博物学家中的一位，都回来了。另外一位博物学家丹尼去世了，留在了天堂，古老的神话在那里划下了好奇的痕迹。

在当地医院的六楼，伯克先生和太太小心翼翼地躲开新闻记者，他俩被告知他们的儿子在一间小候诊室里等着他们，就是右手边第二个房间。说这个消息的话音里透着一丝未言明的敬意，好像在说童话里的国王一般。他们要悄悄地进去，一个叫库弗太太的护士会一直守在那儿。噢，他很好，大家都这么说——其实下个星期就可以回家了。不过，他们待的时间不能超过两分钟。请不要问问题——就随便说点什么。你心里明白。然后说你明天或者后天会再来。

兰斯穿着灰色的长袍，剃了一个平头，黝黑的肤色变淡了。他身上有些变了，有些没变，瘦了，鼻孔里堵着脱脂棉，坐在一张长沙发的边沿上，两手紧握，有点不自在。他摇晃着站起来，笑着做了个鬼脸，又坐了下去。库弗太太，那位护士，长着蓝色的眼睛，看不出下巴来。

心照不宣的沉默。然后兰斯说："真是太奇妙了。完美的奇妙。我十一月再去。"

停顿。

"我想，"伯克先生说，"智拉怀孕了。"

闪过一丝微笑，略微欠身致谢。接着以陈述的口气说："Je vais dire ca en francais。 Nous venions d'arriver……"[①]

"给他们看看总统的信。"库弗太太说。

"我们去过那里了，"兰斯接着说，"当时丹尼还活着。他和我看到的第一样东西是……"

护士库弗太太突然惊慌起来，插话道："不，兰斯。不，夫人，不能接触。医生有令，请遵守。"

鬓角发热，耳朵发凉。

伯克夫妇被带了出去。他们走得很快——尽管没有什么急着要办的事，任何急事都没有。他们沿着走廊走去，两边是橄榄色和暗黄色的劣质墙壁，上半部是橄榄色，下半部是暗黄色，中间隔着一条棕色的线。再往前走，就是一台上了年纪的电梯。上升（瞥见坐在轮椅里的长者）。十一月份回去（兰斯林）。下降（伯克老两口）。电梯里还有两个面带微笑的女人，一个抱着婴儿的女孩，这是她们乐于同情的对象。此外还有一位灰发驼背、面容沉郁的电梯工人，他背朝大家站着。

① 法语，此事我要用法语来说。我们将到达……

复活节之雨

那天，一个孤独的瑞士老太太约瑟芬妮，买了半打鸡蛋，一支黑色的画笔，还有两板深红色的水彩颜料。她曾经和一家俄国人住在一起，俄国人管她叫约瑟芬娜·勒沃娃，一叫就是十二年。那天苹果树开花了，拐角上的电影海报倒映在一个小水塘平静的水面上。早晨，莱芒湖[①]对岸远远的群山罩在薄纱一般的淡雾中，像珍本书封面蚀刻画上护着一层不透明的米纸一般。这样的雾预示着一天天气晴好，不过阳光刚刚掠过歪歪斜斜的小石房屋顶，掠过一辆玩具电车潮湿的电线，就再次消失在雾气中了。白天天气倒是很平静，天空中飘着春季的云，但是临近傍晚，阴沉的冷风吹下山来。回家路上，约瑟芬妮突然一阵猛咳，快到家门口时咳得立脚不稳，满脸通红，便斜身靠在收起来的雨伞上，像是靠着一柄细长的黑色手杖。

屋里已经黑了。她打开灯，灯光照在她手上—— 一双瘦削的手，皮肤紧致光亮，上面有些瘀斑，指甲上白斑点点。

约瑟芬妮掏出钱包放在桌上，把外套和帽子丢在床上。她倒了一杯水，戴上一副黑色边框的夹鼻眼镜，让浓眉下一双深灰色的眼睛显得十分严厉。眉头紧锁，几乎就贴在鼻梁上方。她开始画彩蛋。不知为何，深红色的水彩在鸡蛋上无法着色。也许她应该买某种化学油彩，但是她不知道到哪里去买，也不好意思问人，跟别人讲不清楚。她考虑去见一个她认识的药剂师——到了那里，她可以说买些阿司匹林。她感觉疲乏无力，眼球又热又痛。她想静静地坐一会儿，静静地想一会儿。今天是俄罗斯的圣星期六[②]。

有一段时间，涅夫斯基大街上的小贩们卖过一种很特别的钳子。这种钳子专门用来从深蓝色或橘黄色的滚烫液体中夹出鸡蛋。不过也有一种木匙，用这东西从冒着热气的染料瓶中捞蛋时，会时不时轻轻磕到瓶子的厚玻璃。蛋捞出来后，红的和红的归一起，绿的和绿的归一起，晾干。也有另一种染蛋办法，就是把蛋紧紧地包在布条里，布条内侧裹了印花油彩，看上去就像墙纸的花样。把这样的蛋放在大罐里煮熟，男仆捧着罐子从厨房里出来，拆开布条，从温暖潮湿的织物中取出带着斑点或是大理石花纹的蛋，那情景才叫好玩。布条上轻轻冒起热气，让人想起童年时光。

这位瑞士老太太觉得奇怪，竟然忆起当年在俄国生活的情景来。那时她思念瑞士老家，便给她远在家乡的朋友寄去一封封忧伤的长信，写得工工整整，诉说她在俄国总觉得不受欢迎，遭受误解。每天清晨吃过早饭，她总要和她照看的小孩埃莱娜坐上一辆宽敞的敞篷四轮马车去兜风。马车夫肥大的屁股像个蓝色的大南瓜，一旁挨着的是老男仆弓起的背，全身的纽扣和帽徽都是金色的。当时她会说的俄语仅有“马车夫”“好”和“很好”寥寥几句，还都念不准音，后两句变成了“闭嘴”“就这样”。

就在战争即将来临时，她离开了彼得堡，暗自庆幸。她心想，现在可以在故乡小镇的舒适悠闲中和朋友们度过一个个谈笑风生的夜晚了。可恰恰事与愿违。她的现实生活——换句话说，也就是那段热切投入、深刻了解周遭人事的时光——在俄国过去了，这个国家她无意之间热爱起来了，开始理解了，那里如今会发生什么，只有上帝知道……明天就是东正教的复活节了。

约瑟芬妮重重地叹了口气，站起身来，把窗户关得严严实实。她看看她的手表，黑色表面，镀镍的表链。该去拾掇那些彩蛋了。彩蛋

---

① Lake Léman，又名日内瓦湖（Lake Geneva），位于法国与瑞士的交界。

② Holy Saturday，复活节前一日，追忆基督受难，等待基督复活。

是送给普拉东诺夫夫妇当礼物的，那是一对新近定居在洛桑的俄罗斯老夫妻。洛桑对她来说既是故土，又是他乡，在这儿连呼吸都感到困难。镇上的街道坡度陡，转弯急，房屋沿街随意矗立着，显得杂乱无章。

她陷入了沉思，听着脑袋里的嗡嗡响声。后来她晃晃身子，恢复过来，将一小瓶紫色的墨水倒入一个锡罐中，小心地把一个蛋放了进去。

门被轻轻地推开了。她的邻居费纳德小姐走了进来，像老鼠一样几乎没发出一点声响。她是个又瘦又小的女人，从前也是当家庭教师的。如今一头短发已经全白了，披着一条黑披肩，上面缀着的玻璃珠子闪闪发光。

听到她老鼠般的脚步声，约瑟芬妮笨手笨脚地拿起一张报纸，将锡罐和正放在吸墨纸上晾干的鸡蛋遮了起来。

“你想干什么？我不喜欢别人这样随便进来。”

费纳德小姐斜眼看看约瑟芬妮那张焦虑的脸，什么也没说。不过她被深深地刺痛了，便一言不发，离开了房间，跟进来时一样蹑手蹑脚。

这时鸡蛋已经变成了有毒的紫罗兰色。约瑟芬妮拿起一个没画的鸡蛋，打算在上面画两个代表复活节的大写字母[①]，这是俄国的传统风俗。第一个字母“X”她画得很好，但第二个字母她记不大清了，最后她歪歪扭扭地画了个可笑的“R”，代替了本该画的“B”。等墨水干透以后，她用软软的卫生纸将蛋包起来，塞进她的皮手袋里。

怎么如此困倦，令人痛苦……她想躺在床上，喝点热咖啡，伸展双腿……她有点发烧，眼皮针刺般地疼……她走到外面，嗓子里又冒出一阵干咳。街道上又黑又潮，空无一人。普拉东诺夫夫妇就住在附近，他们正坐在家里喝茶。普拉东诺夫先生是个秃头，胡须稀疏，

---

① 作者弗拉基米尔·纳博科夫原注：这两个字母是斯拉夫字母X（Kh）和B（V），为Khristos vorkresye二词的词首字母，意为“基督复活”。

穿着一件俄罗斯斜纹暗扣衬衫。约瑟芬妮用伞柄敲敲门，走进屋子，这时普拉东诺夫先生正往卷烟纸里装黄色的烟草。

“晚上好啊，小姐！”

她在他们旁边坐了下来，开始啰里啰嗦地说起即将到来的俄罗斯复活节，甚不得体。她从手提包里一个接一个地掏出紫罗兰色的鸡蛋来。普拉东诺夫先生注意到鸡蛋上画着淡紫色的字母“XR”，忍不住大笑起来。

“到底是什么让她迷上这两个犹太人的词首大写字母？”

他的妻子，一个体态丰满的女人，戴着金色的假发，长着一双忧郁的眼睛，微微笑了一下。她向约瑟芬妮淡淡地道了谢，故意拖长法语的元音。约瑟芬妮不明白他们为什么笑。她觉得燥热，难受。她又说开了，她感觉到她说的事情不合时宜，但她还是控制不住，继续往下说。

“是的，这个时候俄罗斯是没有复活节……可怜的俄罗斯啊！唉，我记得那里的人经常在街上相吻，我的小埃莱娜这一天看起来像个小天使……唉，一想起你们的漂亮国家，我往往从夜晚哭到天明。”

普拉东诺夫夫妇总觉得这样的谈话并不愉快。他们从不和外人谈及他们丧失了的家园，就像落难的富人，自己眼下的贫困要深藏不露，甚至要比从前显得更高傲，不可接近。所以说，约瑟芬妮根本就觉得他们一点也不爱俄国。通常她拜访普拉东诺夫夫妇时，她总是想，只要她饱含热泪地谈起美丽的俄罗斯，他们夫妇就会突放悲声，开始追忆昔日岁月，他们三个就这样整晚促膝而谈，一起回忆，一起哭泣，紧紧握着彼此的手。

实际上这样的事情从未发生过。普拉东诺夫总是捋着胡子，出于礼貌点头示意，神情冷淡。他的妻子则尽量岔开话题，打听哪里能买到最便宜的茶叶或肥皂。

普拉东诺夫又开始卷起烟来。他妻子把卷好的烟平放在一个硬纸板盒里。他俩都打算先小睡一会儿，然后去街口那座希腊东正教教堂参加复活节守夜仪式。所以他们只想静静地坐着，自个儿想自个儿的心事。他们的儿子在克里米亚战死，他们通过几个眼神，或几个看似心不在焉的微笑，就足以表示对儿子的怀念。要么就说说复活节的琐碎事，说说泊赫塔玛兹卡亚街上的另外一座教堂。而现在这位喋喋不休、多愁善感的老太太带着她那双忧愁的深灰色眼睛来了，叹息声不绝于耳，很可能要坐到他们两人要走的时候。

约瑟芬妮终于不说话了，满心希望他们请她一起去教堂，然后和他们一起吃早餐。她知道他们前天就烤了俄罗斯的复活节蛋糕，虽然她因为发烧不能吃，但如能受到邀请，那仍然是多么愉快、多么温馨、多么喜庆的事啊。

普拉东诺夫磨磨牙，摒住一个哈欠，偷偷看看手腕，看看小表盘下面的指针。约瑟芬妮明白他们不会邀请她，便起身告辞。

“你们需要稍微休息一下，我亲爱的朋友，不过我走之前有句话想对你们说说。”约瑟芬妮走近了也站起来的普拉东诺夫，用洪亮的、不连贯的俄语大声说道：“基督已经复活了！”

这是她最后一丝希望，希望唤起甜美的热泪，唤起复活节之吻，唤起共进早餐的邀请……可是普拉东诺夫只是挺挺肩膀，压住一声笑说：“瞧瞧，小姐，你俄语说得好漂亮。”

一走到门外，她放声痛哭，一边走一边用手帕捂住眼睛，身体微微摇晃，拄着她手杖一般的丝制雨伞，轻轻敲在人行道上。夜空深沉，天色不清——月光暗淡，云如废墟。灯火通明的电影院旁有一个小水坑，一头鬈发的卓别林的一双八字脚倒映其中。湖水仿佛一道雾墙，湖边树木喧闹呜咽，约瑟芬妮从树下走过时，看见一个小码头上一只翠绿灯笼闪着微光，还有个白色的大家伙正在登上一条随波起伏的黑色小船。她透过泪眼注视着。原来是一只巨大的老天鹅抖擞精神，拍了几下翅膀，突然身子一沉，如一只呆家鹅一般，摇摇晃晃拖着沉重的步子走到小船上。水面一片漆黑，与雾融为一色，小船摇动，平静光滑的水面上荡起了绿色涟漪。

约瑟芬妮思虑良久，觉得还是去教堂为好。不过当年在彼得堡，她唯一去过的教堂就是在莫兹卡亚大街尽头处的一座红色天主教教堂，现在要去一座东正教教堂，她觉得不好意思。她不懂东正教教堂的规矩，不知道何时画十字，不知道如何交叉手指，不知道在哪里可以发表意见。她觉得一阵阵凉意袭来，头脑里沙沙作响，乱成了一锅粥：又是哗哗树声，又是朵朵黑云。复活节的往事历历在目：堆积如山的彩蛋，圣以撒大教堂里蒙尘的光辉。她耳朵发聋，昏昏欲睡，不知不觉打道回府，肩头靠着墙爬上楼梯。后来就站立不稳，牙齿打战，开始脱衣服。她觉得自己越来越虚弱，便一头倒在床上，露出一丝不可思议的欣慰微笑。

一阵迷乱，如狂暴袭来的钟声，震得她不能动弹。堆积如山的彩蛋噼里啪啦散落了一地。太阳——莫非太阳是一头乳酪做成的金角羊？——一个跟头从窗子里闯了进来，渐渐变大，照得满屋金黄温暖。与此同时，彩蛋快速地动了起来，沿着光亮的木地板滚去，相互碰撞，蛋壳撞碎了，蛋白里混杂着深红色的条纹。

她就这样迷迷糊糊地折腾了一夜，直到第二天早晨气还未消的费纳德小姐走了进来，吃惊之下，慌忙跑出去叫医生。

“小姐，是大叶性肺炎。”

在一阵阵的幻觉中，闪现着墙纸上的花儿，老太太的白发，还有医生平静的目光——一闪之后，就全不见了。又是一阵喜悦，如捅开的马蜂窝，包围了她的灵魂。童话般瓦蓝的天空像个巨大的彩蛋，钟声如雷，有个人走进屋来，模样像普拉东诺夫，也有点像埃莱娜的父亲——一进来就打开一份报纸，放在桌上，然后就近坐下来，一会儿看看约瑟芬妮，一会儿看看报纸，带着一丝意味深长的微笑，不卑不亢，有点狡猾。约瑟芬妮知道报纸上有重大消息，可是她尽其所能，也看不懂黑色标题中的俄文字母。来人继续微笑着，又意味深长地看她几眼，好像马上就要揭开秘密，证实她刚才预先品尝过的幸福——可是此人又缓缓消失了。一团乌云袭来，她眼前一黑，失去了知觉。

之后又来了一些五颜六色的迷乱梦境：四轮马车沿着码头前行，埃莱娜舔食着木勺里又热又亮的色彩，宽阔的涅瓦河波光荡漾，沙皇彼得突然从古铜色的马上跳下，马前腿的两个蹄掌同时闪闪发亮。他走近约瑟芬妮，严厉的绿色脸庞上带着微笑，抱住她轻吻她的一侧脸颊，然后又吻另一侧。他的嘴唇柔软温暖，当他第三次擦过她的脸颊时，她的心扑通狂跳，发出幸福的叹息，张开双臂，这时她突然平静下来。

在她生病的第六天清晨，度过最后一次危机后，约瑟芬妮苏醒过来。窗外白色天空光芒闪烁，雨水如注，哗哗落进水槽，激得水珠飞溅。

一截被雨水淋湿的树枝横过窗台，树枝末梢有一片叶子，在雨水轻拍下瑟瑟颤抖。叶子往前伸展，一大颗水珠从绿叶尖上滚落。叶子又抖一下，又是一丝带雨的珠光滚落。然后，雨滴如一道闪亮的长耳坠，悬在叶尖，又滚落下去。

约瑟芬妮觉得雨水的凉意流遍了她的血管。她望着落雨的天空，无法移开目光，欢快跳动的雨煞是好看，叶子抖得那么迷人，她不由得想笑。笑声在体内积满，虽然还发不出声来，却已在体内驰骋，抵住上腭，马上就会喷薄而出。

在她左边的角落里，有什么东西在摸索，发出阵阵叹息。体内的笑声还在聚集，憋得她发抖，她便把目光从窗口移开，转过头来。那个小老太太脸朝下趴在地板上，裹着她的黑披肩。她一只手伸到五斗柜下面乱翻，银色短发生气地乱晃。原来她的线团滚到五斗柜底下去了，黑纱线从柜子底下扯到了椅子底下，椅子上还放着她的编织针和一只织了一半的长筒袜。

看看费纳德小姐的黑色毛发，看看她蠕动的腿，再看看她的带扣短靴，约瑟芬妮发出阵阵洪亮的大笑。她喘着气咕咕乱叫，身子在羽绒被下发抖，觉得自己复活了，从遥远的迷雾中回来了。那曾是幸福之雾，神奇之雾，复活节光辉之雾。

词　语

一阵引人入梦的风，把我扫出了幽谷之夜，我站在崇山峻岭中一条路的边上，头上是一片明净的纯金天空。不用观瞧，我就能感觉到色彩、角度，还有巨大的参差嶙峋的悬崖的各个崖面。峭壁令人目眩，我身后，下方某个地方，众多的湖泊闪闪似镜。我感觉到天堂般的彩虹色，感觉到自由、崇高，我的灵魂为之倾倒：我知道这是进了天堂。然而，在尘世的灵魂深处，一缕简单的尘世思绪像尖尖火苗升起——我严防死守，不让它汇入我周围无限幽美的景致中去。这缕思绪，这个刺痛人心的赤裸火苗，正是我对尘世故乡的思念。我赤着双脚，身无分文，站在一条山路的边上，等待着仁慈、明亮的天堂来客。这时一阵风，像是奇迹将至的预兆，拂过我的头发，在峡谷里响起清澈的吟唱，吹皱了树木童话般的丝衣。满树的花开放在山崖路两边，深深绿草火舌一般舔着树干。大朵大朵的花从闪亮的树枝上稳稳绽开，宛如举在空中的盛满阳光的高脚杯，滑过天空时伸展开透明圆润的花瓣。花瓣散发出潮湿的香气，让我想起了我一生中经历的所有最美好的事情。

我站在路上，亮光照得我喘不过气来，突然间路上刮起了翅膀飞腾的风暴。我等待着的天使从令人眩晕的深渊中蜂拥而出，他们收拢起来的翅膀直指苍穹。他们的步伐无比轻盈，宛如飘动的彩云。他们透明的面孔一动不动，只有明亮的睫毛闪闪抖动。青绿色的小鸟在他们中间飞来飞去，发出女孩子银铃般的愉快笑声。肢体轻盈的棕色动物轻快地跑来跑去，身上神奇地缀着黑色的斑点。还有些飞禽在天空盘旋，扶摇而上时默默地伸出光滑似缎的爪子，抓住散在天空中的鲜花，然后闪动着眼睛紧挨着我飞了过去。

翅膀，翅膀，翅膀！我怎能写出它们的盘旋舞姿和色彩？它们是全能的，又那么柔软——有黄褐色的，有紫色的，有深蓝色的，有黑天鹅色的，羽毛弯弯似弓，圆尖上粘着火红的尘土。它们如翻滚的云层一般高傲地挺立在天使明亮的肩头。时不时就有天使似乎控制不住喜悦的心情，突然间激动起来，身子神奇地一抖，便尽展双翅的美丽。那种美就像阳光的劲射，就像几百万只眼睛溢出的流彩。

他们仰望着天空，挤挤挨挨地走了过去。他们的眼睛笑得眯成了缝，我在这些眼睛里看见了飞行后的小憩。他们披着鲜花，迈着流畅的脚步前行。鲜花飞舞，散发出潮湿的光泽。毛色鲜亮的动物嬉戏着，旋转着，向上爬升，奏着欢快的音乐，上下飞舞。我，一个睁不开眼睛的乞丐，摇摇晃晃地站在路边。在我乞丐的心中，一直在回响着同一个想法：向他们呼喊，告诉他们——啊，告诉他们，在上帝创造的群星中最灿烂的那一颗上，有一片土地——我的故乡——正在令人痛苦的黑暗中奄奄一息。我有这样的感觉：只要我能伸手抓住哪怕一缕那抖动的光，我就会把欢乐带回我的祖国，让人人立刻开心，让心灵沐着复苏的春光，绕过淙淙春泉，前去聆听再度觉醒的神殿发出的金色雷霆。

我伸出颤抖的双手，想阻挡天使们的去路。我开始抓他们鲜亮长袍的边，抓他们弯曲翅膀炽热、流动的毛边，可那袍边毛边都像绵软的花，一抓就从我指缝里溜走了。我呻吟着乱跑，发疯般求他们搭理搭理我，可众天使照样大步向前，根本不理我，他们轮廓分明的脸仰望着天空。他们成群结队前去天堂赴宴，走进了一块林中空地，那里华美得令人无法忍受，一尊我不敢想的神就在那里生活、游荡。在那些深红色的、赤褐色的、紫罗兰色的巨大翅膀上，我看见了火一般的蛛网、水珠、各种图案。我的头顶上，一阵柔和的瑟瑟声如波浪一般远去。长着彩虹花冠的翠鸟在啄食，鲜花从闪亮的花枝上飘落。“等等，听我把话说完！”我叫道，想抱住一位天使朦胧如幻的腿。然而那双腿，摸不着，拉不住，从我伸出去的手里溜了过去，只有翅膀的边在匆匆经过我时刷在了我的嘴唇上。远处，苍翠醒目的悬崖之间有一块金色的空地，翻滚着汹涌波涛，天使们开始后退。鸟儿停止了它们高亢激动的笑声，树上也不再飞下花来。我越来越虚弱，无声地倒了下来……

这时奇迹发生了。最后过去的天使中有一位欲行又止，转过身，默默地朝我走来。我看见了他两道凛凛弯眉下的眼睛，深邃，专注，宝石一般闪亮。双翅伸展，细骨上寒光闪闪，宛如结了霜一般。双翅是灰色的，一种妙不可言的灰色，每根羽毛的尖端就像一把银光闪闪的镰刀。他的面容，挂着淡淡笑容的嘴唇，还有他开阔明亮的前额，都让我想起我在尘世见过的相貌特征。那曲线，那光亮，我曾爱过的所有脸孔散发出的魅力——那些久别之人的模样——似乎都融入了一张奇妙的面容中。所有熟知的声音分头赶来和我的听力相会，现在似乎汇聚出一曲完美的旋律。

他走到我跟前。他微微一笑。我看不清他。不过，望了一眼他的腿，我注意到他的脚上布满大蓝色的筋脉，还长着一个浅色的胎记。看到这些筋脉，看到那个小小胎记，我明白了，他还没有完全脱离尘世，那么他就有可能懂得我的祈求。

于是我低下头，将我沾满鲜亮泥土的粗糙手掌按到我半睁的眼睛上，开始细述我的苦难。我想说我的故乡是多么完美，它现在沉沉昏睡是多么可怕，然而我没有找到我需要的词语。我连忙又说了一遍，嘟嘟囔囔地说了些琐事，说有一座烧毁了的房子，里头的镶木地板被太阳一照，光辉就映在一面斜镜里。我喋喋不休地说老书和老椴树，说各种小摆设，说我在一个深蓝色的学童笔记本里写下的最初几首诗，说在一块长满山萝卜和雏菊的地中央，有一块灰色的大圆石头，上面长满了野生的黑树莓——可是最重要的事情我还是无法表达。我困惑了，突然停住不说了，然后重新开始，又停住，又开始，用自己无助的匆匆话语。我说了一座凉爽空旷的乡下房子里有好多房间，说了椴树，说了我的初恋，说了睡在山萝卜上的大黄蜂。我觉得任何时候——任何一分钟——我都要说到最重要的事情上了，我就要说清楚我的故国遭受的整个苦难了。可是不知为何，那一刻我只记得一些非常平淡的俗事，这些事情不会说话，也不会挥洒大滴的、炽热的、可怕的泪水，而想说的却又说不出来。

我沉默了，抬起头来。天使朝我平静而又关心地笑笑，宝石般的修长眼睛目不转睛地盯着我。我觉得他听懂了我的意思。

"原谅我，"我叫道，恭顺地亲吻他浅色脚上的那个胎记，"原谅我只能说出一点转瞬即逝的小事情。不过你还是听懂了，我的好心的灰色天使。回答我，帮助我，告诉我，如何才能救我故国？"

天使用他鸽子一般柔软的翅膀抱抱我的肩头，说了一个简单的词，我从他的声音中认识到了所有天使的声音，那种可爱的、消了音的声音。他说的那个词太美妙了，带着一声叹息，听得我闭起了眼睛，头垂得更低了。那个词的香气和旋律渗入我的血管，在我脑海里如太阳一般冉冉升起。我意识中的无数洞穴学会了那个词伊甸园般的优美旋律，一次又一次地吟唱。它充满了我的身心。它就像一个绷紧的结，从里头敲打着我的太阳穴，它的湿气抖在我的眼睫毛上，它发出的凉爽香气吹过我的头发，它把天国的温暖洒遍了我的心田。

我将那个词喊了出来，我为它的每一个音节狂欢。我使劲捂住眼睛，满眶快乐的泪水如闪闪彩虹……

哦，主啊——冬日的清晨在窗户里闪出青光，我记不得我喊出来的是个什么词。

娜塔莎

一

楼梯上，娜塔莎撞见从隔壁屋里出来的邻居，巴伦·沃尔夫。他有点费力地爬上光秃秃的木阶梯，手扶着栏杆，从牙缝里轻轻吹着口哨。

“这么急，去哪儿啊，娜塔莎？”

“去药店取药。医生刚刚来过。爸爸好点了。”

“哦，这是好消息……”

她轻快地走过去了，雨衣沙沙作响，没戴帽子。

沃尔夫靠着栏杆侧身回头看她。有那么一瞬间，他从高处往下看见了她头发上光滑稚嫩的部分。他继续吹着口哨，爬到了顶楼，把他被雨水淋湿了的公文包往床上一扔，把手彻底地洗干净，满意后这才擦干。随后他敲敲老赫列诺夫的门。

赫列诺夫和女儿住一个房间，在门厅对面。女儿睡的是个长沙发，这个沙发的弹簧很奇怪，像金属的草团子一样在松垂的棉绒里滚动、发胀。屋里还有一张桌子，没有油漆，上面铺着有墨水污迹的报纸。赫列诺夫病成个瘦骨嶙峋的小老头，穿着一件拖到脚面上的睡衣，一见沃尔夫剃光的大脑袋伸进门来，就赶快吱吱嘎嘎地回到床上，拉起床单盖好。

“进来吧，见到你很高兴。进来吧。”

老人喘气有些吃力，床头柜的门还半开着。

“我听说你已经完全康复了，阿列克谢·伊万尼奇。”巴伦·沃尔夫说，坐到床边上，拍打着膝盖。

赫列诺夫伸出发黄发黏的手，摇了摇头。

“我不知道你都听到了些什么，但我清清楚楚地知道我明天就要死了……”

他双唇“噗”地发出一声响。

“胡说，”沃尔夫高高兴兴地打断他的话，从裤子后兜里掏出个银色的大烟盒，“不介意我抽烟吧？”

他拿出打火机咔嗒咔嗒打了好一阵。赫列诺夫半闭着眼睛。他的眼皮发青，好像青蛙的蹼一般，突出的下巴上长满了花白的粗硬短须。他眼也不睁，说道：“看来也就是这样了。他们杀了我两个儿子，把我和娜塔莎赶出了老窝。现在我们眼看就要死在一个陌生的城市里了。思前想后，多么愚蠢啊……”

沃尔夫高声说起话来，说得也很清晰。他说谢天谢地，赫列诺夫还有好长日子活呢，每个人都会在春天里和鹳鸟一起返回俄国去。接着他没有停嘴，细细讲了他从前碰到的一桩事。

“这得追溯到我在刚果的时候，”他说道，魁梧的身材有肥胖起来的倾向，边说边轻轻摇晃，“哈，那遥远的刚果，我亲爱的阿列克谢·伊万尼奇，在那遥远的荒野——你知道……想象一下森林深处有个村庄，胸部下垂的女人们黑得就像卡拉库耳大尾绵羊一样，水面的波光映进小棚屋中。在那里，一棵大树下——树名叫链球树——结着像皮球一样的橙色果实。一到晚上，树干中会发出像海一样的声音。我和当地的首领有过一次长谈。我们的翻译是个比利时工程师，也是一个奇妙的人。顺便说一下，他发誓说在一八九五年，他在离坦噶尼喀不远的沼泽地里看到过一头鱼龙。那位首领浑身涂成深蓝色，挂着环饰，一身肥膘，肚子跟果冻一样。我现在就说发生了什么事……”

沃尔夫津津有味地讲着他的故事，笑着抚摸他青灰色的头。

“娜塔莎回来了。”赫列诺夫眼皮抬都没抬，插嘴说道，声音很轻，但很有力。

沃尔夫的脸一下子红了，回头看了看。一会儿后，在离房间很远的地方，大门的锁响了，接着门厅里响起沙沙的脚步声。

“你怎么样了，爸爸？”

沃尔夫站起身，若无其事地说：“你爸爸非常好，我不知道他为何会在床上……我正要给他讲一个非洲巫师的故事呢。”

娜塔莎冲父亲笑了笑，开始打开药包。

“下雨了，”她轻轻说道，“天气糟透了。”

就像往常一样，另外两个人往窗外看看。这么一扭头，赫列诺夫脖子上的青筋绷得更紧了。然后他再一次倒头睡在了枕头上。娜塔莎噘噘嘴，数起药片来，每数一片眼睫毛眨一下。她光滑的乌发上还沾着雨水，眼睛下方有两片可爱的青影。

二

沃尔夫回到自己的房间，带着又激动又高兴的微笑踱了很长时间。一会儿重重地跌坐进一把扶手椅中，一会儿又坐在床边上。不知出于什么原因，他又打开了窗户，往窗下汩汩流水的昏暗院子望去。最后，他痉挛般地耸了耸肩，戴上帽子出去了。

老赫列诺夫这时坐在沙发上，娜塔莎给他整理床铺准备睡觉，他漠不关心地说道：

“沃尔夫出去吃饭了。”

然后他叹了口气，把身上的毛毯裹得更紧了。

“好了，”娜塔莎说，“爬到床上来吧，爸爸。”

四面都是潮湿的黄昏街市。汽车驶过，街道如黑色的湍流，圆形的伞顶闪烁着水光，商店窗户里的亮光流淌在沥青路面上。夜伴随着雨流淌，注满了院子深处，闪在细腿的妓女眼睛里。她们在人多的十字路口缓缓地走来走去。路口某处的上方，一个广告牌上一圈灯断断续续地闪着，像一个旋转的光轮。

夜幕降临时，赫列诺夫的体温上升了。温度计很热，在活动——水银柱在红色的小刻度表上爬升。他迷迷糊糊地喃喃低语，说了好一阵子，不停地咬嘴唇，轻轻地摇头。后来他睡着了。娜塔莎借着暗淡的烛光脱了衣服，在模糊的窗户玻璃上看到了自己的映像，苍白的细脖子，黑黑的辫子垂过了锁骨。她就这样站着，无精打采，一动不动。突然间，她觉得整个屋子——连同沙发、散落着卷烟纸的桌子、老人睡着的床（老人睡不安稳，挺着鼻子，张着嘴，浑身是汗）——都动了起来，她自己像是站在一艘船的甲板上，漂进沉沉黑夜。她叹了口气，一只手摸过温暖的裸肩，接着一阵眩晕，不由自主地跌坐在沙发上。她微微一笑，开始脱她的长筒袜。长筒袜很旧，补过多次了，她先将袜子卷下来，再脱下。屋子又一次晃动起来，她觉得好像有谁在往她的脖子和颈背上吹热气。她睁大了眼睛——她的眼睛又黑又长，眼白上有一层蓝色的光泽。一只苍蝇开始围着蜡烛打转，还像一颗旋转的黑豌豆一样往墙上撞。娜塔莎缓缓爬进毯子，像一个旁观者一样感受着自己的体温、长长的大腿，还有枕在脑后的光胳膊。她懒得去熄灭蜡烛，腿上光滑的蚁走感痒得她不由自主地蜷起了膝盖，却也懒得去管，便索性闭上了眼睛。赫列诺夫发出一声低沉的呻吟，睡梦中抬起一只胳膊。胳膊又倒回去了，好像死了一般。娜塔莎轻轻地抬抬身，朝蜡烛吹气。她的眼前开始晃动好多彩色的光环。

我感觉太美妙了，她心想，笑着将头落在枕头上。这会儿她全身蜷曲起来睡着，觉得自己身材极小极小，头脑里所有的想法像温暖的火花，正在轻轻地散开，摇曳。就在她快要睡着的时候，一声疯狂的沉重叫声惊醒了她的睡梦。

“爸爸，怎么啦？”

她在桌子上摸索，点亮了蜡烛。

只见赫列诺夫坐在床上，大口大口地喘着粗气，手指紧紧抓住衬衫的领子。几分钟前他醒了，吓得僵住了，原来近处一把椅子上放着一只手表，他误以为那是一支步枪的枪口，一动不动地对准他。他等待着枪声响起，不敢动，后来就失去了控制，惊叫起来。这会儿他看看女儿，眨眨眼睛，抖抖索索地笑了起来。

“爸爸，冷静点，没事的……”

她赤着脚轻轻走过地板，扶正爸爸的枕头，摸了摸他的额头——已经被汗水浸得又湿又黏，凉冰冰的。他深深叹了一口气，身子还一抽一抽地抖，转过脸朝着墙自言自语道：

“他们都，都……我也是。噩梦啊……不，你不能这样。”

他睡着了，仿佛跌进深渊一般。

娜塔莎又躺了下来。沙发变得更加不平整了，弹簧一会儿往她身子里钻，一会儿往她肩胛骨里钻，不过最终她还是适应了，飘入了她刚才被打断的、特别温暖的梦境。那个梦她还能感觉到，但记不真切了。后来就是黎明时分，她又醒了过来。原来是父亲在叫她。

“娜塔莎，我感觉不太好……给我点水。”

她睡意蒙眬，走不稳当，伴着淡青色的晨光，走向洗涤池，碰得大水罐叮当响。赫列诺夫贪婪地一口气喝了下去，说道：

“我要是回不来，那就太可怕了。”

“睡吧，爸爸，再睡一会儿吧。”

娜塔莎披上她的法兰绒睡袍，坐在父亲的床脚处。他又说了好几遍“太可怕了”，然后害怕地笑了笑。

“娜塔莎，我一直在幻想，我正走过我们的村子。记得河边那个地方吗？离锯木厂不远。一路走去真吃力。你知道的——一路全是锯末。锯末和沙子。我的脚陷进去了。有一回，我们到外面旅游……”他皱皱眉，吃力地顺着他磕磕绊绊的思路往下说。

娜塔莎清清楚楚地记得那时他是个什么样子，记得他颌下浅色的胡子，记得他灰色的小山羊皮手套，记得他方格的旅游帽，那顶帽子就像一个放发面团的橡皮口袋——她突然觉得要哭了。

“对，这就对了。”赫列诺夫望着晨雾，无动于衷地拖长声音说。

“再睡会儿吧，爸爸。每样事情我都记得……”

他笨拙地喝了一口水，摸摸脸，又躺倒在枕头上。院子里传来公鸡富于韵律的甜美鸣声。

三

第二天约摸十一点钟，沃尔夫敲响了赫列诺夫的门。屋里盘子叮叮当当一阵猛响，又传出娜塔莎的笑声。不一会儿，她出来到了门厅，小心地从身后关上了房门。

“我好高兴——爸爸今天好多了。”

她穿着一件白色的短上衣，一条米色裙子，后摆两边有两排纽扣。她细长的眼睛里闪着快乐的光。

“真糟糕，折腾了一夜，”她很快地说道，“这会儿他彻底凉下来了，体温正常了。他甚至坚持起床下地。刚刚给他洗过脸。”

“今天阳光灿烂，”沃尔夫神秘地说道，“我不去上班……”

他们站在半明半暗的门厅里，靠着墙，不知道再要说些什么。

“你知道我的意思，娜塔莎，”沃尔夫突然大着胆子说，一使劲把他宽阔柔软的脊背从墙上移开，两手深深地插进皱巴巴的灰色裤子的裤兜中，“我们今天去趟乡下吧。六点前回来。怎么样？”

娜塔莎单肩靠墙站着，这时也轻轻地从墙上移开了。

“我怎么能让爸爸一个人待着呢？尽管，仍然……”

沃尔夫突然热烈地说起来。

“娜塔莎，亲爱的，走吧——求你了。你爸爸今天不是好好的吗？万一他需要什么，房东太太也在附近嘛……”

“是啊，这都对，”娜塔莎拖长声音说，“那我跟他说一下……”

只见裙子一闪，她回到屋里去了。

赫列诺夫已经穿好了衣服，只是没有戴上硬领，这时正虚弱地在桌子上摸索什么东西。

“娜塔莎，娜塔莎，你昨天忘了买报纸……”

娜塔莎正忙着在酒精炉上泡茶。

“爸爸，今天我想去一趟乡下。沃尔夫邀请我去的。”

“当然要去，亲爱的，你一定要去，”赫列诺夫说道，淡蓝色的眼白中充满了泪水，“相信我，我今天好多了。要不是这身体虚得跟个白痴一样……”

娜塔莎再次离开他后，他开始缓缓地在屋里到处摸索，仍然在寻找什么……他低声地哼了一声，想移开沙发。接着他往沙发底下看——他趴下身来，伏在地板上，停了一会儿，头一阵发晕，感到恶心。他吃力地缓缓站起来，挣扎着回到床上，躺了下来……他又一次觉得自己在过一座桥，听到了锯木厂的噪声，看到了黄色的树干漂浮在水面上，他的双脚陷在潮湿的锯末里，一股冷风从河上吹来，把他吹了个透心凉……

四

“对——我所有的旅行……哦，娜塔莎，我一度以为我是神，我看过锡兰的神庙，在马达加斯加射过极小的翡翠鸟。那里的当地人都戴着一种用动物椎骨做成的项链，晚上在海边唱着奇怪的歌，就像懂音乐的豺狼一般。我住在离塔玛塔瓦不远的一顶帐篷里。那里的土是红色的，海是深蓝色的。那海我无法向你描述……”

沃尔夫陷入了沉默，轻轻地扔着松果。然后他伸开厚实的手掌把自己的脸从上到下抹了一把，哈哈大笑起来。

“现在我到了这里——身无分文，困在这座欧洲最苦难的城市里，日复一日地坐在办公室里，晚上就在货车司机的下等酒吧里吃面包夹香肠。然而，想当年……”

娜塔莎双肘分开，支着身子半卧在地上，望着松树顶。松树轻轻地斜向青绿色的天空，树顶闪闪发亮。她又往那青绿色的天空望去，好多明亮的小圆点旋转着，闪烁着，映入她的眼帘。时不时有什么金色的东西掠过一棵棵松树。巴伦·沃尔夫穿着他肥大的灰色外套坐在娜塔莎交叉起来的腿旁边，低垂着剃光的头，轻轻地扔着干松果……

娜塔莎叹了一口气。

"要是在中世纪，"她盯着松树顶说，"他们就把我捆在火刑柱上烧死了。我有时候有很奇怪的感觉，就像痴迷的幻觉一般。接着我就几乎没了重量，觉得在什么地方漂浮，一切都明白了——生命，死亡，一切……有一次，我大概十岁吧，坐在餐厅里画画。后来画累了，就开始胡思乱想。突然间，来了一个女人，来得好快。她光着脚，穿着褪了色的蓝衣服，肚子又大又沉，小脸又瘦又黄，眼睛特别温柔，又神秘莫测……她走了过去，没有看我，走进隔壁屋里去了。我没有害怕——不知为何，我以为她是来洗地板的。后来我再也没有见过她，可是你知道她是谁吗？是圣母马利亚……

沃尔夫微微一笑。

"是什么让你这样想，娜塔莎？"

"我知道的。五年前她在我梦里出现过。抱着一个小孩，脚下有天使，胳膊肘支着身子，就像拉斐尔画里画的那样，只是比画上的更逼真。除此之外，我有时候还有一些别的小幻觉。在莫斯科时，他们带走了父亲，我独自留在家里，就发生过这样的事：书桌上有一个小铜铃，就和蒂罗尔州[①]的放牛人拴在牛身上的铜铃一样。突然间那铜铃升到半空中，打起铃来，然后掉了下来。"

沃尔夫奇怪地看她一眼，然后将松果远远扔开，冷淡而又含糊地说：

① Tyrol，位于奥地利西南部，阿尔卑斯山脉之中。

“有些事我必须跟你讲讲，娜塔莎。你看，我根本就没去过非洲，也没去过印度。说的全是谎言。我快三十了，可是除了两三个俄国小镇和十来个小村庄，还有这个荒凉的乡下之外，我哪里都没去过。请原谅我。”

他露出一个哀伤的微笑。想起从小便萦绕在心头的那些绮丽幻想，他突然感到遗憾难耐。

秋天的天气干燥温暖。松树金色的树顶摇摆时嘎吱作响。

“一只蚂蚁，”娜塔莎站了起来，拍拍裙子和长筒袜，“我们坐在一群蚂蚁上面了。”

“你是不是特别看不起我？”沃尔夫问道。

她笑了笑。

“别傻了。反正我俩扯平了。我告诉你的那一切，什么痴迷幻觉呀，圣母马利亚呀，小铃铛呀，都是瞎说的。那都是我一天里瞎想出来的，后来嘛，我自然就有了印象，好像真的发生过一般……”

“事情就是这样的。”沃尔夫站起来说道。

“给我再讲讲你的旅行吧。”娜塔莎说道，没有讥讽的意思。

沃尔夫习惯性地做了个手势，拿出一个结实的烟盒来。

“听候你的吩咐。当我乘着帆船从婆罗洲往苏门答腊航行时……”

五

一个缓坡朝湖伸展下去。岸边木头平台的柱子倒映在水里，像灰色的螺旋一般。湖的对岸是和这边一样的黑松林，不过处处可以瞥见零星的白色树桩，桦树雾蒙蒙的黄叶。深绿色的水面上漂浮着云影，娜塔莎突然有回到俄国的感觉。只有在俄罗斯，才会有这种热得人喉咙发紧的快乐感。还让她快乐的是沃尔夫继续在编造那些神奇的故事给她听。他不时发出点小噪声，甩出扁平的小石子，在水面上打出水漂来。今天是工作日，这里看不到人，偶尔听到叫声或者笑声，如流云飘荡，还有一张游艇的帆，如白翅盘旋。他俩沿着湖岸走了很长一段时间，又在滑溜的坡上跑，发现了一条小径，沿路木莓树丛散发出幽幽潮气。稍远一点，湖水的右岸，有一个咖啡馆，里面空无一人，既没有服务员，也没有顾客，好像什么地方起了火，大家都端着杯子和盘子跑出去看了。沃尔夫和娜塔莎绕着咖啡馆走了一圈，然后在一个空位上坐了下来，假装他们正在吃喝，乐队正在演奏。就在他们开着玩笑的时候，娜塔莎忽然觉得她听见了真正的管乐器发出的清晰声音。她露出一丝神秘的微笑，猛地站起身来，沿着湖岸跑起来。巴伦·沃尔夫拖着沉重的脚步，一歪一扭地跟在她后面。"等等，娜塔莎——我们还没付钱呢！"

后来他们发现了一片苹果绿的草地，四周都是莎草。太阳透过莎草照在湖上，水波闪闪宛如金子……娜塔莎眯着眼睛，鼻孔使劲吸了几下，连连说道："我的上帝，真是太妙了……"

沃尔夫见他说话没引起多少反应，有点伤心，便陷入了沉默。在浩浩湖边这个风和日暖的时刻，一点伤心就像一只鸣虫那样飞过去了。

娜塔莎皱皱眉，说：

"不知为什么，我觉得爸爸的病又加重了。也许我不该让他一个人待在家里。"沃尔夫想起了老人跳回床上的时候，那两条发亮的瘦腿，上面长满了又粗又硬的灰色短毛。他心想：要是他今天果真死了，那该怎么办？

"别这么说，娜塔莎——他现在好着呢。"

"我也这么想。"她说，又高兴了起来。

沃尔夫脱下他的外套，穿着条纹衬衫的厚实身体散发出轻轻的热气。他这时就挨着娜塔莎走，她直视着前方，享受着走在他身边的这种温暖感觉。

"我多么想，娜塔莎，我做梦都在想，"他说道，把手里握着的一根树枝挥得呼呼直响，“我编了瞎话当真事讲，是不是真的在撒谎呢？我有一个朋友，在孟买工作了三年。在孟买！我的上帝，这地名本身就是音乐。仅仅这一个词，就含义无穷，炸弹一般的阳光，还有鼓声。你想一下，娜塔莎——我那个朋友什么都说不清楚，什么都没记住，只记住了工作中的吵嘴、热浪、热病，还有一位英国上校的妻子。我们中有谁真的去过印度？……很明显——我算一个。孟买，新加坡……我记得住，比如……”

娜塔莎紧靠着湖边走，于是有小孩那么高的浪花打在了她的脚上。远处树林那边，一列火车驶过，沿着一条音乐的弦奔驰。他俩都停下脚步，听这音乐之声。天色变得更为金黄，更为轻柔，湖对岸的树林现在罩上了一层浅蓝色。

快到火车站时，沃尔夫买了一纸袋李子，一尝却是酸的。坐在火车空空的木制车厢里，他就隔着空儿把李子都扔到车窗外面去了。还一个劲地后悔，刚才在咖啡馆，啤酒杯下垫有硬纸做的圆盘，他没有顺手偷它几个。

“那圆盘飞起来可好看了，娜塔莎，像鸟一样。看那飞盘真是一种享受。”

娜塔莎累了：她双目紧闭，后来又一次和昨晚一样，一阵轻飘飘的眩晕压倒了她，带着她高高飘走。

“等会儿我跟爸爸说我们出去的事时，你别打断我，也别纠正我。我会告诉他一些我们根本没见过的事。各种各样的小趣事。他听得懂。”

他们到了后，决定步行回家。巴伦·沃尔夫变得沉默寡言，听见汽车喇叭的凶猛噪声，一脸愁容。不过娜塔莎仿佛船鼓起风帆一般，好像疲劳给她插上了翅膀，让她身轻欲飞似的。她觉得沃尔夫情绪消沉，和夜色一样消沉。在离家还有一个街区的时候，沃尔夫突然停下了。娜塔莎往前一望，也停下了，回过头来。沃尔夫挺起胸膛，两手深深地插进宽大的裤兜中，像头公牛一样垂下了他的淡青色的头。他眼睛望着别处，说他爱她。说完飞快转身走开了，进了一家烟草店。

娜塔莎站了一会儿，好像悬在半空一般，然后缓缓朝家走去。她想，这件事情我也要告诉爸爸。边想边走，穿过了一团快乐的青雾，雾气中街灯纷纷亮了起来，宛如颗颗宝石。她觉得身体越来越虚，阵阵热气巨浪一般静静地沿着脊梁涌上来。当她到家的时候，她看见她父亲穿着一件黑夹克，一只手捂着没有扣起来的衬衣领子，另一只手转弄着房门钥匙，急匆匆地出来了。夜幕中他略微弓着背，朝报刊亭走去。

“爸爸。”她叫道，跟在他后面走。他走到人行道边上停了下来，头往旁边偏了偏，带着熟悉的、狡猾的微笑看了看她。

“我的小公鸡，一身灰羽毛。唉，你不该出来呀。”娜塔莎说。

她父亲头往另一边偏偏，非常轻柔地说：“最亲爱的，今天的报上有令人难以置信的事。只是我忘了带钱。你能不能跑上楼去拿钱？我就在这里等。”

她猛地推开门，心里还生父亲的气，但同时见他生龙活虎的样子，又高兴起来。她飞快地上了楼，恍惚如在梦中。她匆匆进了门厅。“他站在那边等我，会着凉的。”

不知为何，门厅灯依然亮着。娜塔莎走近了她的房门，就在这时候，她听见身后传来耳语般的轻轻说话声。门迅速打开了。煤油灯还在桌子上，冒着浓烟。房东太太、女仆，还有一位不太熟悉的人，堵在床前。娜塔莎进来时他们都转过身来，房东太太一声惊叫，朝她冲过来……

直到这时，娜塔莎才注意到她父亲就躺在床上，和她刚才见到的模样全然不同。他现在是一个死去的小老头，缩成了一团，挺着一个蜡白的鼻子。

注　释

以下是我对以前没有收编过的英语短篇作的注释，和弗拉基米尔·纳博科夫为收入各种选集的短篇所写的引言放在一起。这些选集有《俄罗斯美女及其他故事》（一九七三）、《被摧毁的暴君及其他故事》（一九七五）、《落日详情及其他故事》（一九七六），全都由纽约的麦格鲁一希尔图书出版公司出版，此外还有世界各地的多种翻译选集。

每篇的注释按每篇在这部全集中出现的次序排列。纳博科夫在美国的第一本重要选集是《纳博科夫的“一打”》（纽约州花园城双日出版公司，一九五八），但他没有对每篇小说分别作注。可以参阅这部全集后面的附录，收有他对那本选集的题解注释。附录还收有他为麦格鲁一希尔公司出版的每本选集所写的前言。

我试图在可行的情况下按写作时间排序。在只能找到发表时间的情况下，就用发表时间代替写作时间。我的主要资料来源一直是纳博科夫自己的注释、档案馆材料，以及纳博科夫传记作者布莱恩·博伊德、德国学者迪特尔·齐默、纳博科夫书目学家米歇尔·尤利亚等人无比珍贵的研究。读者会注意到，个别情况下，作品日期有矛盾之处。如果纳博科夫自己写的注释中出现这种不一致的情况，我还是选择不改他写的一词一句。

弗拉基米尔·纳博科夫和我都曾多次改变我们的音译系统。纳博科夫翻译亚历山大·普希金的《叶甫盖尼·奥涅金》所使用的音译方法也许是我们几经变更的方法中最清晰、最合逻辑的。除非一个惯用说法有不同的表达方式，或纳博科夫自己偏离了那个最佳系统，我一般都是以那个最佳系统为准的。

德米特里·纳博科夫

《木精灵》（第3页）

《木精灵》（*Nezhit'*）首见于一九二一年一月七日的《方向报》（也译《舵》），柏林一家俄国流亡者报纸，小说发表的一个多月以前开始发行，纳博科夫定期向它投稿，有诗作、剧本、短篇小说、翻译、棋局谜题等。这篇小说是直到最近才出版的，和其他以前没有收编过的十二篇小说一起收入法文版和意大利文版的《威尼斯女郎》（法文版由伽里玛出版社出版，一九九〇，伯纳德·克莱斯翻译，吉尔斯·巴伯代特编。意大利文版由艾德菲出版社出版，一九九二，塞雷娜·维塔莱编译），还收入了德文版《弗拉基米尔·纳博科夫全集》（罗沃尔特出版社，一九八九，迪特尔·齐默编译）中第十三、十四卷，以及二册装的荷兰语版本（忙碌的蜜蜂出版社，一九九五，一九九六）——今后，加上目前这个英语版本，以下统称"新编全集"。此前已结集出版过的五十二篇小说中，大部分作品的翻译是我在父亲的指导下完成的。父亲过世后，我又独立完成了新增十三篇的英文翻译。

《木精灵》是纳博科夫发表的第一则短篇小说，也是他最早创作的作品之一。当时的署名为"弗拉基米尔·西林"（sirin是俄国神话传说中的一种鸟，也是现代的鹰鸮），该笔名在作者青年时代用于其很多作品。

纳博科夫的初登文坛是他还在剑桥大学三一学院上学之时（他于一九一九年五月随家人到达英格兰，从此永别俄国）。他当时正着迷于诗歌，不过也翻译了罗曼·罗兰的中篇小说《哥拉·布勒尼翁》。

德·纳博科夫

《这里说俄语》（第7页）

《这里说俄语》（*Govoryat po-russki*）标注时间为一九二三年，很可能是那年年初。一直没有出版，这次收入新编全集。

故事中提到的“梅恩·里德”是英国作家托马斯·梅恩·里德（一八一八——一八八三），写冒险故事。“乌里扬诺夫先生”是弗拉基米尔·伊里奇·乌里扬诺夫，他以化名弗·伊·列宁载入史册。GPU原以“契卡”闻名，是布尔什维克的秘密政治警察机构，后来用NKVD、MVD、KGB（克格勃）等表示。允许“囚犯”读的书有俄国寓言作家伊万·安德烈耶维奇·克雷洛夫（一七六九——一八四四）的《寓言集》和阿列克谢·康斯坦丁诺维奇·托尔斯泰（一八一七——一八七五）的通俗历史小说《谢列勃良内公爵》。

德·纳博科夫

《声音》（第17页）

《声音》（*Zvuki*）写于一九二三年九月，由我译成英文，于一九九五年八月十四日发表在《纽约客》上，现在收入新编全集。

纳博科夫发表了《木精灵》后，两年没有写短篇小说，到一九二三年又开始写。这期间他完成了剑桥的学业（一九二二年夏）。写《声音》时他住在柏林，家人于一九二〇年十月搬到柏林，他父亲于同年三月二十八日在柏林遇刺。在此期间，纳博科夫出版了两部诗集，还出版了他翻译的俄文版《爱丽丝漫游奇境记》。小说中写了许多事，主要关于时过境迁后回忆青年时代的恋情，几乎可以肯定是他和表妹塔季扬娜·叶夫根涅夫娜·泽格尔克朗茨（其姓是她的军人丈夫的姓，很可能是这么拼写的，别处拼得不正确）的一段往事。表妹娘家姓劳施，在长篇小说《天赋》中也曾出现。

德·纳博科夫

《振翅一击》（第30页）

《振翅一击》（*Udar krïla*）写于一九二三年十月，发表在柏林一家流亡者月刊《俄罗斯回声》一九二四年一月号上，现在收入新编全集。尽管故事背景放在了瑞士采尔马特，但它实际上折射出纳博科夫对一次短期休假的回忆。那是一九二一年十二月，他和他在剑桥的朋友鲍比·德·卡尔利在瑞士圣莫里茨度假。

我们从他写给他母亲（他母亲于一九二三年移居布拉格，纳博科夫则仍住在柏林。一九二四年四月，他在柏林与薇拉·斯洛尼姆结婚）的一封信中得知，他于一九二四年十二月给她寄去一份《振翅一击》的“续篇”，估计是发表了的作品。时至今日，这个续篇了无踪迹。我的英文翻译发表在《耶鲁评论》一九九二年四月一号和二号、总第八十卷上，有一个句子的措辞不同，题目由原来的“Wingstroke”改为“Wingbeat”。

德·纳博科夫

《众神》（第52页）

纳博科夫写作《众神》（*Bogi*）是在一九二三年十月。这个短篇一直没有发表，现收入这部新编全集。

当时纳博科夫正在写作五幕剧*Traghediya Gospodina Morna*(《莫恩先生的悲剧》),这也许是他最重要的剧作。

德·纳博科夫

《纯属偶然的事情》(第61页)

原名"Sluchaynost'",是我最早的故事之一,写于一九二四年年初,正值我单身生活的最后一抹余晖。投给柏林的流亡者日报《方向报》,却遭到拒绝("我们不登瘾君子的逸闻趣事。"编辑说道,那声音语调和三十年后《纽约客》的罗斯一模一样。这位罗斯拒绝了《瓦内姐妹》,说:"我们不登离合体。")。后来在一位好友、著名作家伊万·卢卡什的帮助下,我将作品寄给拉脱维亚首都里加的《塞戈尼亚日报》,一家比较折衷的流亡者报纸,于一九二四年六月二十二日发表。要不是安德鲁·菲尔德几年前重新发现了这个短篇,我是决不会追溯这段往事的。

弗·纳博科夫,《被摧毁的暴君及其他故事》(一九七五)

《海港》(第71页)

《海港》(*Port*)写于一九二四年年初,登在同年十二月二十四日的《方向报》上,现收入新编全集。这个短篇后来又做了些小改动,收在《乔尔布归来》(*Vozvrashchenie Chorba*,柏林斯洛沃出版社,一九三〇年)中。这是纳博科夫的第一部短篇小说集,还收入了二十四首诗作。《海港》有部分自传来源:一九二三年七月的一次马赛之行中,纳博科夫迷上了一家他多次光顾的俄罗斯餐馆,在这家餐馆里遇上了好多事情,其中一件就是两位俄罗斯水手动员他登船前往印度支那。

德·纳博科夫

《报复》(第79页)

《报复》(*Mest'*)写于一九二四年春,于一九二四年四月二十日登在《俄罗斯回声》上,现收入新编全集。

德·纳博科夫

《仁慈》(第87页)

《仁慈》(*Blagost'*)写于一九二四年三月,登在一九二四年四月二十八日的《方向报》上。后来又收入《乔尔布归来》,现收入新编全集。

德·纳博科夫

《落日详情》(第93页)

我非常怀疑自己要为这个讨厌的原标题("Katastrofa"①)负责,整个故事让这个标题搞坏了。该篇一九二四年六月写于柏林,卖给里加的《塞戈尼亚日报》,当年七月十三日登出。一九三〇年收入柏林斯洛沃出版社出版的选集《眼睛》(*Soglyadatay*),依然是那个标题,当然我也懒得过问。

① 拉丁文转写的俄语,灾难。

现在我给了它一个新标题，这个新标题有三重好处，一是符合故事的主题背景，二是肯定能迷惑那种“跳读型”读者，三是气气评论家。

弗·纳博科夫，《落日详情及其他故事》（一九七六）

《雷雨》（第101页）

“雷”一词在俄语中是“grom”，“暴风雨”是“burya”，“雷雨”是“groza”，一个宏大的小词，中间夹着个蓝色的字母z。

《雷雨》（*Groza*）写于柏林，大概是一九二四年夏天某个时候，一九二四年八月发表在流亡者日报《方向报》上，一九三〇年收入柏林斯洛沃出版社出版的选集《乔尔布归来》。

弗·纳博科夫，《落日详情及其他故事》（一九七六）

《威尼斯女郎》（第105页）

《威尼斯女郎》（*Venetsianka*）的写作时间主要是一九二四年九月，手稿上表明是一九二四年十月五日。一直没有翻译及发表，现在收入新编全集，并作为该选集法语版和意大利语版的书名。英语版本于一九九五年在英格兰出版，专为庆祝企鹅出版社建社六十周年。

几乎可以确定，塞巴斯蒂亚诺（卢西亚尼）·德尔·皮翁博（约一四八五——一五四七）的油画给故事中所写的画作带来了灵感，这幅作品是《年轻的罗马女郎多萝西》（约一五一二年）。纳博科夫可能在柏林的弗里德里希大帝博物馆（如今的国家博物馆）见过这幅画。很可能是画家的出生地威尼斯引得纳博科夫把原名中的“罗马女郎”（Romana）变成了“威尼斯女郎”（Veneziana）。几乎可以肯定，同一位画家的《女子肖像》，现在由英格兰朗福德城堡的拉多尔伯爵收藏，纳博科夫在“伦敦来的诺斯威克勋爵，他拥有同一位德尔·皮翁博的另一幅画作”一句中略有提及。

德·纳博科夫

《巴赫曼》（第135页）

《巴赫曼》于一九二四年十月写于柏林，同年在十一月二日和四日的《方向报》上连载，一九三〇年收入柏林斯洛沃出版社出版的《乔尔布归来》。有人说曾有一个钢琴家具有我创造的那个音乐家的奇怪特点。从另外一些方面看，这个音乐家和长篇小说《防守》（*Zashchita Luzhina*，一九三〇）中的主人公棋手卢仁有联系，英文本于一九六四年由纽约普特南森（G. P. Putnam's Sons）出版公司出版。

弗·纳博科夫，《被摧毁的暴君及其他故事》（一九七五）

《龙》（第145页）

《龙》（*Drakon*）写于一九二四年十一月，曾由弗拉基米尔·西科斯基译成法文出版，现收入新编全集。

德·纳博科夫

《圣诞节》（第151页）

《圣诞节》（*Rozhdestvo*）于一九二四年年底写于柏林，分为两部分发表在一九二五年六月六日和八日的《方向报》上，后收入一九三〇年柏林斯洛沃出版社出版的《乔尔布归来》。很奇怪，这一篇颇像那种“自行将死”的象棋谜题。

弗·纳博科夫，《落日详情及其他故事》（一九七六）

《一封永远没有寄达俄国的信》（第158页）

一九二四年流亡柏林期间，我已经开始写一部长篇小说，暂定名为“快乐”（Schastie），其中一些重要内容后来融入了一九二五年春写成的长篇小说《玛申卡》（一九二六年由柏林斯洛沃出版社出版，一九七〇年译成英文，书名为“玛丽”，由纽约麦格鲁－希尔图书出版公司出版，一九七四年根据最初的文本由阿迪斯和麦格鲁－希尔合作出版俄文本）。一九二四年圣诞节前后，我已写成《快乐》的两章，可接着出于某些原因，我废弃了第一章和第二章的绝大部分。是什么原因已经忘了，不过无疑是极有其道理的。这样只留下一点片段，也就是一封从柏林写给我那位还留在俄国的女主人公的信。这则短篇登在一九二五年一月二十九日的《方向报》上，标题为“寄往俄罗斯的信”（Pis'mo v Rossiyu），收入一九三〇年在柏林出版的《乔尔布归来》。假如标题完全按原来的翻译，则含意晦涩不明，所以只好改改。

弗·纳博科夫，《落日详情及其他故事》（一九七六）

《斗》（第163页）

《斗》（*Drake*）登在一九二五年九月二十六日的《方向报》上，法语版本由吉尔斯·巴伯代特翻译，我的英文翻译于一九八五年二月十八日登在《纽约客》杂志上，现收入新编全集。

德·纳博科夫

《乔尔布归来》（第170页）

初次发表在柏林的俄国流亡者报纸《方向报》上，于一九二五年十一月十二日和十三日分两次登载。收入一九三〇年在柏林出版的《乔尔布归来》。

格莱布·斯特鲁韦的一个英译版本（弗拉基米尔·西林的《乔尔布归来》）收在《这一季》辑刊上（一九三二年六月，第四期，第四卷），由巴黎的爱德华·迪杜斯出版社出版。四十年后我重读那个英译版本，非常遗憾地发现它风格上过于平淡，与我当时的目的相去甚远。我和我儿子合作将其彻底重译了一遍。

这个短篇是在我完成长篇小说《玛申卡》（《玛丽》）不久后写的，现在看来是我早期小说结构方面的典范之作。故事地点是半个世纪前的一个德国小镇。我注意到从尼斯到格拉斯的那条路，就是我当年设想可怜的乔尔布太太走过的那条路，在一九二〇年前后仍然没有铺设柏油路面，尘土飞扬。我把她母亲的姓名拼错了，那是个很长的父姓名字，瓦瓦拉·克利莫夫娜。即使我没有出错，这个名字对我的英美读者而言也没有任何意义。

弗·纳博科夫，《落日详情及其他故事》（一九七六）

《柏林向导》（第179页）

《柏林向导》（*Putevoditel'po Berlinu*）一九二五年十二月写于柏林，发表在一九二五年十二月二十四日的《方向报》上，收入一九三〇年在柏林出版的《乔尔布归来》。

这个短篇貌似简单，实际上是我最具迷惑性的作品之一。翻译它害得我父子二人屡屡健康欠佳。有两三处零星增补，以显得明了一些。

弗·纳博科夫，《落日详情及其他故事》（一九七六）

《一则童话》（第185页）

《一则童话》（*Skazka*）写于柏林，时间是一九二六年五月下旬或六月上旬，当年连载在柏林的俄国流亡者日报《方向报》的六月二十七日版和二十九日版上。后收入一九三〇年柏林斯洛沃出版社出版的《乔尔布归来》。

这是一个比较虚假的故事，写得有点仓促，考虑情节诱人较多，考虑形象和趣味较少，翻译成英文时需要零星做些修补。不过年轻人埃尔温的妻妾，一个不落地保存了下来。我一九三〇年以后就再没有读过我的*Skazka*，现在将它译成英文，不由得大吃一惊，我遇上了亨伯特[①]，有点衰老但分明是他，正陪着他那位早熟的性感少女在我写于近半个世纪前的故事中散步。

弗·纳博科夫，《被摧毁的暴君及其他故事》（一九七五）

《恐惧》（第200页）

《恐惧》（*Uzhas*）写于柏林，时间大约在一九二六年，我一生中最快乐的几年之一。巴黎的流亡者杂志《当代年鉴》（*The Sovremennya*

① 纳博科夫代表作《洛丽塔》中的主人公。

Zapiski）于一九二七年发表了它，后收入我的三部俄语短篇小说集的第一部，即一九三〇年柏林斯洛沃出版社出版的《乔尔布归来》。它早于萨特的《厌恶》至少十来年，与之有相同的思想倾向，但没有其严重的缺陷。

弗·纳博科夫，《被摧毁的暴君及其他故事》（一九七五）

《剃刀》（第207页）

《剃刀》（*Britva*）最初登在一九二六年九月的《方向报》上。纳博科夫的第一部长篇小说《玛申卡》（《玛丽》）大约在一个月后出版。《剃刀》由劳伦斯·道尔译成法文，收在荷兰出版的《纳博科夫书库》（忙碌的蜜蜂出版社，一九九一）首卷中，现收入新编全集。

德·纳博科夫

《旅客》（第212页）

《旅客》（*Passazhir*）于一九二七年初写于柏林，一九二七年六月六日发表在柏林的《方向报》上，后收入一九三〇年柏林斯洛沃出版社出版的《乔尔布归来》，署名弗拉基米尔·西林。后由格莱布·斯特鲁韦译成英文，发表在吉尔克莱斯特·汤普森主编的《洛瓦特·迪克森》杂志上，第六期，第二卷，一九三四年六月于伦敦（我的名字印在封面上，写成了弗·诺博科夫－西林［V. Nobokov-Sirin］）。后又收入休斯兄弟和格莱布·斯特鲁韦主编的《百年俄罗斯散文与诗歌集：从普希金到纳博科夫》，由纽约的哈考特布瑞斯世界出版社于一九六七年出版，保留了原来的署名。但目前这个集子中我不能用斯特鲁韦的英文译文，这与我不用他译的《乔尔布归来》，是出于同样的原因（见该篇注释）。

故事中的“作家”不是自画像，而是才能平庸的作家的普遍形象。不过那位“评论家”倒是对一位流亡同道、著名文学评论家尤利叶·艾恩瓦尔特（一八七二——九二八）的友好素描。当年的读者都知道他准确、优雅的小手势，也知道他喜欢在评论文章中使用音调好听的对仗句。故事快结束时，每个人似乎都早已忘了红酒杯中那根点着过的火柴——我如今是不会允许这等事情发生的。

弗·纳博科夫，《落日详情及其他故事》（一九七六）

《门铃声》（第218页）

读者会很遗憾地得知《门铃声》（*Zvonok*）这篇小说发表的具体时间没能确定。它自然是登在柏林的《方向报》上，可能在一九二七年，后收入一九三〇年柏林斯洛沃出版社出版的《乔尔布归来》。

弗·纳博科夫，《落日详情及其他故事》（一九七六）

《事关面子》（第230页）

《事关面子》原标题是“Podlets”（宵小之徒），登在柏林流亡者日报《方向报》上，时间大约是一九二七年，后收入我的第一部短篇小说集，即一九三〇年柏林斯洛沃出版社出版的《乔尔布归来》。现在的英文译本一九六六年九月三日发表在《纽约客》杂志上，后收入纽约菲德拉出版社一九六六年出版的《纳博科夫四重奏》。

故事在单调的流亡背景中加了些迟来的浪漫传奇式的主题变

化，这种主题自契诃夫雄伟壮阔的中篇小说《决斗》（一八九一）起已经衰落。

弗·纳博科夫，《俄罗斯美女及其他故事》（一九七三）

《圣诞故事》（第257页）

《圣诞故事》（*Rozhdestvenskiy rasskaz*）登在一九二八年十二月二十五日的《方向报》上，现在收入新编全集。一九二八年九月纳博科夫发表了《国王，皇后，侍卫》（*Korol', dama, valet*）[①]。

故事中提到几位作家：农民出身的涅维洛夫（笔名亚历山大·斯科别列夫，一八八六——一九二三）；"社会现实主义者"马克西姆·高尔基（一八六八——一九三六）；"民粹主义者"弗拉基米尔·科罗连科（一八五三——一九二一）；"颓废派"利奥尼德·安德烈耶夫（一八七一——一九一九）；"新现实主义者"伊夫金尼耶·奇里珂夫（一八六四——一九二三）。

德·纳博科夫

《土豆小矮人》（第264页）

这是《土豆小矮人》（*Kartofel'nyy el'f*）的首次忠实翻译，原作于一九二二年写于柏林，发表在那里的流亡者日报《方向报》上（一九二九年十二月十五日至十二月十九日版），后收入一九三〇年柏林斯洛沃出版社出版的短篇小说集《乔尔布归来》。一九三九年

---

① 《国王，皇后，侍卫》（*Korol', dama, valet*）是长篇小说，由柏林斯洛沃出版社出版，英译本改名为《王，后，杰克》（*King, Queen, Knave*）。登在《方向报》上的是其中一章。

十二月，《时尚先生》杂志上登了这个故事的另一个英译版本（由瑟奇·贝尔腾森和艾琳·科辛斯卡翻译），错漏百出，还收在了一个集子里（《单一的声音》，科利尔出版社，伦敦，一九六九）。

我虽然从没有打算将这个故事搬上银幕或激起电影剧本作家的想象，但故事结构和反复出现的画面情节倒真的有电影倾向。其精心安排的引子带有传统韵律感——或是对传统韵律的模仿。但无论如何，我不相信我的这个小矮人能感动哪怕最有人情味的恶魔，从而弥补了这个问题。

《土豆小矮人》还有一点和我的其他短篇小说不一样，那就是故事的英国背景。不能排除有什么背景便有什么主题的可能，但从另一方面讲，这奇特的异国情调（和我的其他故事不同，其他故事都是比较熟悉的柏林背景）能产生一种人为的新鲜感，倒也不惹人讨厌。不过总而言之，它不是我最喜欢的作品。我现在把它收入选集，只是因为这次精心重译是一场宝贵的个人胜利，这种胜利很少能落到被翻译背叛了的作者身上。

弗·纳博科夫，《俄罗斯美女及其他故事》（一九七三）

其实这则短篇最初发表在一九二四年四月的《俄罗斯回声》上，一九二九年又登在《方向报》上。

德·纳博科夫

《昆虫采集家》（第288页）

《昆虫采集家》（一九三〇）选自一九五八年的《纳博科夫的“一打”》（见附录）。

《风流成性》(第302页)

《风流成性》的俄文标题是"Khvat",最初发表于二十世纪三十年代初。当时的两种主要的流亡者报纸,《方向报》(柏林)和《最新消息》(巴黎)拒绝刊登,说是粗暴残忍,有伤风化。后来登在拉脱维亚首都里加的《塞戈尼亚日报》上,准确时间待查。它于一九三八年收入我的短篇小说集《眼睛》(*Soglyadatay*,巴黎俄国年鉴出版社)。现在的英文翻译曾登在一九七一年十二月的《花花公子》杂志上。

弗·纳博科夫,《俄罗斯美女及其他故事》(一九七三)

《倒霉的一天》(第313页)

《倒霉的一天》(俄文标题为"Obida",词义为"攻击"、"羞辱"等),一九三一年夏写于柏林,登在巴黎的流亡者日报《最新消息》上(一九三一年七月十二日),后收入我的短篇小说集《眼睛》(巴黎,一九三八),题献给伊万·蒲宁[①]。故事中的小男孩虽然生活在和我的童年极其相似的环境中,但好多地方和我记忆中的自己不同。在这里记忆中的我自己分裂成三个小男孩:彼得、弗拉基米尔、瓦西里。

弗·纳博科夫,《落日详情及其他故事》(一九七六)

《博物馆之行》(第324页)

《博物馆之行》(*Poseshchenie muzeya*)登在巴黎流亡者评论杂

① Ivan Bunin(1870—1953),俄罗斯作家,一九三三年获诺贝尔文学奖。

志《当代年鉴》(*Sovremennyya Zapiski*,第六十八卷,一九三九年),后收入我的选集《菲雅尔塔的春天》(*Vesna v Fialte*,纽约契诃夫出版社,一九五九年)。现在的英文译文于一九六三年三月登在《时尚先生》杂志上,后收入纽约菲德拉出版社一九六六年出版的《纳博科夫四重奏》。

对非俄语读者也许要加一条解释性的注。故事中那个不幸的叙述人有一回看到一个店铺招牌,便明白了他如今不是生活在从前的俄罗斯,而是生活在苏维埃的俄罗斯。这里面的关键是少了一个字母。那个字母在从前的俄语中缀在一个辅音结尾的词的词尾,起修饰作用;但在苏维埃当时颁布的拼写修正法案中,这个字母被省略了。

弗·纳博科夫,《俄罗斯美女及其他故事》(一九七三)

《忙人》(第335页)

俄语原作(*Zanyatoy chelovek*)一九三一年九月十七日至二十六日写于柏林,十月二十日登在巴黎的流亡者日报《最新消息》上,后收入一九三八年巴黎俄国年鉴出版社出版的我的短篇小说集《眼睛》。

弗·纳博科夫,《落日详情及其他故事》(一九七六)

《未知的领域》(第347页)

《未知的领域》的俄语原作于一九三一年十一月二十二日以同样的标题登在巴黎的《最新消息》上,后收入一九三八年巴黎出版的我的短篇小说集《眼睛》。现在的英文翻译于一九六三年五月十八日由

《纽约客》杂志发表。

弗·纳博科夫,《俄罗斯美女及其他故事》(一九七三)

《重逢》(第356页)

一九三一年十二月写于柏林,一九三二年一月发表在巴黎流亡者日报《最新消息》上,标题为“Vstrecha”(相逢),后收入一九三八年巴黎俄国年鉴出版社出版的我的短篇小说集《眼睛》中。

弗·纳博科夫,《落日详情及其他故事》(一九七六)

《嘴对嘴》(第366页)

马克·艾尔德诺夫和《最新消息》的关系比我更好(一九三〇年代我和这家报纸老是闹矛盾),一九三一年或是一九三二年,他最终通知我说,原本总算要发表的这则短篇《嘴对嘴》(*Usta k ustam*),终究还是不登了。“Razbili nabor。”(“排好的版撤了。”)我这位朋友垂头丧气地说。直到一九五六年它才得以问世,收入纽约契诃夫出版社出版的我的选集《菲雅尔塔的春天》。故事中的人物,不管隐隐约约疑似谁,到它问世之时也寿终正寝了,没留下后代。《时尚先生》杂志一九七一年九月发表了现在的英译版本。

弗·纳博科夫,《俄罗斯美女及其他故事》(一九七三)

《菠菜》(第382页)

俄文原作*Lebeda*最初登在一九三二年一月三十一日的巴黎

《最新消息》上，后收入一九三八年巴黎俄国年鉴出版社出版的《眼睛》。“lebeda”是滨藜属植物，英语名称是“orache”，俄文标题变成了“ili beda”，意思便成了“or ache”（“或者是拱门”），出奇地巧合。故事作了重新安排，读过我的长篇小说《说吧，记忆》（纽约普特南森出版公司，一九六六年）的读者会发现，该书第九章最后一节的很多细节和这则短篇中一样。在小说的万花筒里，倒是真有一些没在《说吧，记忆》中表现出来的真实记忆，比如写老师“别列佐夫斯基”（也就是别列金，当时很受欢迎的地理学家）的几段，包括和学校校霸的斗争。地点是圣彼得堡，时间大约是一九一〇年。

弗·纳博科夫，《落日详情及其他故事》（一九七六）

《音乐》（第390页）

《音乐》（*Muzyka*）是篇小品，翻译家倒是异常喜欢。它于一九三二年年初写于柏林，登在一九三二年三月十七日的巴黎流亡者日报《最新消息》上，后收入一九三八年巴黎俄国年鉴出版社出版的我的短篇小说集《眼睛》。

弗·纳博科夫，《被摧毁的暴君及其他故事》（一九七五）

《完美》（第397页）

《完美》（*Sovershenstvo*）一九三二年六月写于柏林，登在一九三二年七月十三日的巴黎的流亡者日报《最新消息》上，后收入一九三八年巴黎出版的我的小说集《眼睛》。虽然我在国外流亡期间的确给男孩子当过家教，但我不承认我和该篇主人公伊万诺夫之间还有任何其他相似之处。

弗·纳博科夫，《被摧毁的暴君及其他故事》（一九七五）

《海军部大厦塔尖》（第409页）

虽然叙述人的爱情故事中各种细节都以某种方式和我的自传作品里各种细节相呼应，但有一点还得牢记心上：故事中的“卡佳”是个虚构的姑娘。《海军部大厦塔尖》（*Admiralteyskaya igla*）一九三三年写于柏林，同年六月四日和五日连载在巴黎的《最新消息》上，后收入纽约契诃夫出版社一九五六年出版的《菲雅尔塔的春天》。

弗·纳博科夫，《被摧毁的暴君及其他故事》（一九七五）

《列奥纳多》（第421页）

《列奥纳多》（*Korolyok*）于一九三三年夏在柏林格鲁内瓦尔德湖畔长满松树的堤岸上写成，最初发表在一九三三年七月二十三日和二十四日的巴黎《最新消息》上。后收入一九五六年纽约出版的《菲雅尔塔的春天》。

“Korolyok”（直译为“小国君主”）是，或者据说是俄语中对“假币制造者”的黑话称谓。我深深感激斯蒂芬·扬·帕克教授，他建议我使用一个相应的美国黑话俚语。这个俚语，说来令人开心，闪着那位大师[①]名字的金粉，颇有国王气势了。那时希特勒怪异凶猛的阴影在德国落下，我则想象出了这样两个凶残的人，还有我那可怜的罗曼托夫斯基。

① 即列奥纳多·达·芬奇。

英文翻译于一九七三年四月登在《时尚》杂志上。

弗·纳博科夫,《俄罗斯美女及其他故事》(一九七三)

《纪念希加耶夫》(第433页)

安德鲁·菲尔德在编我的书目时说《纪念希加耶夫》(*Pamyati L. I. Shigaeva*)二十世纪三十年代初写于柏林,可能发表在《最新消息》上,确切日期不能判定。其实我能肯定该篇是在一九三四年初写成的。当时我和夫人及夫人的表妹安娜·菲金一起住在表妹迷人的公寓里,公寓位于柏林格鲁内瓦尔德区内斯特大街街角的一座房子中(二十二号)。长篇小说《斩首之邀》和《天赋》的大部分内容都是在那里写的。故事中引人注目的小魔鬼属于在那里初次描写的一个亚种。

弗·纳博科夫,《被摧毁的暴君及其他故事》(一九七五)

《循环》(第441页)

一九三六年年中,我永别柏林不久,在法国完成了长篇小说*Dar*(《天赋》)。我肯定已经完成了该书最后一章至少五分之四的内容,不料在某个地方突然有一颗小行星脱离了小说的主体,开始绕着它旋转起来。从心理学上讲,这种脱离也许源自塔尼娅哥哥的信中提到塔尼娅的孩子,也许源自他的回忆,一场噩梦中出现的乡村教师。从技巧上讲,现在写定的这个循环(故事的最后一句依隐含逻辑应该排在故事开头第一句之前)属于那种衔尾蛇的类型,类似《天赋》第四章的循环结构(或者说,类似更早的作品《芬尼根守灵夜》)。小说的必然结局自有其运行轨道和色彩,欣赏它未必需要知道小说的全部内容。不过有些情况读者要是有所了解的话，会有一定实际的好处。《天赋》的故事始于一九二六年四月一日，止于一九二九年六月二十九日，在流亡柏林的年轻人菲奥多·戈杜诺夫－切尔登采夫生活中横跨三年，他妹妹于一九二六年年底在巴黎结婚，三年后女儿出生，到一九三六年六月也只有七岁大，而不是“十岁左右”。那一年乡村教师的儿子因诺肯季叶才在《循环》中现身（躲在作者的身后），来到巴黎。可能还要补充一点，故事对熟悉长篇小说《天赋》的读者来说，会产生似曾相识之感，读来开心。新的理解会丰富内涵的变化，因为不再通过菲奥多的眼睛看世界，而是通过一个局外人来看，这个人离菲奥多远一些，离老俄国激进的理想主义者近一些。顺便说一下，老俄国的激进理想主义者也憎恨布尔什维克，和当年的自由贵族一样。

该篇于一九三六年在巴黎发表，但回顾书目，确切日期和杂志（大概是《最新消息》）至今不能确定。二十年后收入我的短篇小说集《菲雅尔塔的春天》，由纽约契诃夫出版社于一九五六年出版。

弗·纳博科夫，《俄罗斯美女及其他故事》（一九七三）

《俄罗斯美女》（第453页）

《俄罗斯美女》（*Krasavitsa*）是个好玩的小故事，结局出人意料。原作一九三四年八月十八日登在巴黎的流亡者日报《最新消息》上，后收入作者的短篇小说集《眼睛》，一九三八年由巴黎俄国年鉴出版社出版。英文翻译于一九七三年四月登在《时尚先生》杂志上。

弗·纳博科夫，《俄罗斯美女及其他故事》（一九七三）

《婉言相告》(第458页)

《婉言相告》原作标题为“Opoveshchenie”(通知),大约于一九三五年登在一份流亡者杂志上,后收入我的短篇小说集《眼睛》(巴黎俄国年鉴出版社,一九三八年)。

故事环境和主题都和十年后用英文写的《符号与象征》的环境和主题相一致(见《纽约客》,一九四八年五月十五日。另见《纳博科夫的“一打”》,双日出版社,一九五八年)。

弗·纳博科夫,《俄罗斯美女及其他故事》(一九七三)

《滞烟》(第464页)

《滞烟》(*Tyazhyolyy dym*)于一九三五年三月三日登在巴黎的日报《最新消息》上,后收入一九五六年纽约出版的《菲雅尔塔的春天》。现在的英文翻译发表在《三季刊》一九七三年春季号第二十七卷上。有两三段中加了几个简短的句子,解释从前的习俗和环境。这些东西如今不光是外国读者觉得陌生,布尔什维克革命后最初的三四年间逃到东欧的俄罗斯人的孙辈对从前的东西都没有好奇心了,读来也会觉得陌生。其他方面英文翻译可谓高度忠实——只是标题选词欠佳,可解读为“沉闷的烟雾”,没有把一些为人熟知的引申意义考虑进去。

这是我描写流亡生活的短篇小说之一,写的都是二十世纪二十年代至三十年代末在柏林的俄国人。搜集传记小道消息的人要注意了,我写这些事情的主要乐趣是无情地创造各类流亡人士,他们在性格、出身、外部特征等方面都和纳博科夫一家完全不同。作者和故事主人公之间只有两件事情有点联系:两人都写俄语诗,并且我住过不止一次的地方和他住过的地方相似，那就是柏林凄惨的公寓。我没有让读者进入那种公寓的客厅，只有很差劲的读者才会为此责怪我（也许好读者里也有例外）。

弗·纳博科夫，《俄罗斯美女及其他故事》（一九七三）

《新遇》（第470页）

*Nabor*于一九三五年夏写于柏林，同年八月十八日登在巴黎的《最新消息》上，二十一年后收入纽约契诃夫出版社出版的我的短篇小说选集《菲雅尔塔的春天》。

弗·纳博科夫，《被摧毁的暴君及其他故事》（一九七五）

《一段生活》（第476页）

这个有趣的故事最早的标题是“Sluchay in zhizni”。头一个词是“事件”或“个案”的意思，后两个词是“来自生活”的意思。俄语原文有把琐事故意登报张扬的含义，翻译过来这种意思就没有了。现在的标题按英语含义更贴切，尤其是与我笔下人物的基本口吻甚为相合（听听他在酒吧里大吵大闹之前的小声嚷嚷）。

请问，你把这么个四十年前发生在柏林的故事记下来是何目的？这个嘛，我当时真的是用钢笔记下来了（用钢笔的原因是我不会打字，带橡皮擦的3B铅笔还要过好久才流行起来——由停车场和汽车旅馆为你提供）。不过我写故事时从没想过出于什么“目的”——就为自己写，为妻子写，为五六个如今已故去的好朋友写。这个故事首次发表是于一九三五年九月二十二日登在巴黎的一家流亡者报纸《最新消息》上，三年后收入短篇小说集《眼睛》，巴黎俄国年鉴出版社（俄国年鉴出版社，巴黎图尔比戈大街五十一号，一个富有传奇色彩的地址）出版。

弗·纳博科夫，《落日详情及其他故事》（一九七六）

《菲雅尔塔的春天》（第484页）

《菲雅尔塔的春天》选自《纳博科夫的“一打”》（一九五八）（见附录）。

《云·堡·湖》（第506页）

《云·堡·湖》选自《纳博科夫的“一打”》（一九五八）（见附录）。

《被摧毁的暴君》（第515页）

Istreblenie tiranov 于一九三八年春或初夏写于法国芒通镇。一九三八年八月登在巴黎的《俄国年鉴》上，一九五六年收入纽约契诃夫出版社出版的我的短篇小说集《菲雅尔塔的春天》。在这个故事中，希特勒、列宁、斯大林争夺我笔下这位暴君的宝座——又在一九四七年出版的《庶出的标志》中重逢，遇见了第五只癞蛤蟆。于是被彻底摧毁了。

弗·纳博科夫，《被摧毁的暴君及其他故事》（一九七五）

《利克》（第540页）

《利克》一九三九年二月登在巴黎的流亡者杂志《俄国年鉴》

上，后收入我的第三部俄文短篇小说集（《菲雅尔塔的春天》，纽约契诃夫出版社出版，一九五六年）。《利克》呈现了迷人的里维埃拉风光，小说就是在那里写成的；还打算营造出一种舞台表演效果，去吞没一位过于敏感的演员，不过效果并非像他幻想的那么精彩。这个英译版本最初于一九六四年十月十日登在《纽约客》杂志上，后又收入纽约菲德拉出版社一九六六年出版的《纳博科夫四重奏》。

弗·纳博科夫，《被摧毁的暴君及其他故事》（一九七五）

《O小姐》（第562页）

《O小姐》选自一九五八年的《纳博科夫的"一打"》（见附录）。

《瓦西里·希什科夫》（第579页）

一九三九年岁末（六个月后我就要移居美国了），我在巴黎闲得无聊，一天突然决定和一位流亡者中最知名的评论家乔治·阿德莫维奇开个无害的玩笑。他经常瞧不起我的东西，我则经常瞧不起他的几个弟子写的诗。我就在一家顶级杂志上发表了一首诗，用了个新笔名，看他对这位初出茅庐的作家怎么说。诗登在巴黎的流亡者日报《最新消息》的每周文学专栏上，他是该专栏的撰稿人。下面就是这首诗，一九七〇年由我译成英文（《诗和问题》，纽约麦格鲁－希尔图书出版公司）：

诗人

从房间到门厅移过一支蜡烛，
烛光灭了，它的记忆游动在一个人的眼中。

在深蓝色的树丛中游动，
直到没有星光的夜找到它的轮廓。

是时候了，我们就要离去，
仍然年轻，好多梦想尚未成真。
俄国的光辉最后一闪，看不真切，
闪动在我们最后诗行磷光闪闪的韵律中。

然而我们分明懂得灵感——不是吗？
我们会活下去，我们的书会越来越多。
可是孤独的缪斯最终毁了我们，
现在是我们离去的时候。

并不是因为我们害怕用自由
冒犯善良的人民，只是现在是
我们离去的时候——再说我们不愿
看到别人目光里隐藏的东西。

不愿看到这世上所有的欢乐和痛苦，
不愿看到迎来一束遥远阳光的窗扉，
不愿看到穿着军服梦游的人，
不愿看到高空中注视我们的云。

美是责备的目光，年轻的孩子们，
他们在屋里屋外玩捉迷藏。
茅厕在夏日的余晖中旋转，
夕阳无限美，是责备的目光。

所有这一切，压在一个人身上，缠住他，伤了他，
一封电报泪洒对岸。
雾蒙蒙，碧绿的小河奔流，
一切我都已无法言说。

片刻间，我们就要跨过世界的门槛，
进入一个地方——随你叫它什么都行：
荒野，死亡，无言，
也许倒也简单：爱的沉默。

遥遥车道沉寂，车辙底下
藏着花的泡沫。
我沉寂的祖国（爱意已成泡影），
沉寂的闪电，沉寂的子孙。

作者：瓦西里·希什科夫

如果我记得没错的话，俄文原作登在一九三九年十月或十一月的《俄国年鉴》上，阿德莫维奇看了那一期杂志，对这首诗赞不绝口，热情程度前所未有。（“我们中间终于诞生了一位大诗人”，等等——我是根据记忆引用的，但我相信查查文献，就可以找出这样的话来。）我实在忍不住想把此等趣事写出来，于是颂扬之词出来后不久，我便在《最新消息》（一九三九年十二月？准确日期我又记不得了）上发表了我的散文作品《瓦西里·希什科夫》（一九五六年收入纽约出版的《菲雅尔塔的春天》）。根据流亡读者的聪明程度，可以认为这篇故事涉及一个名叫希什科夫的真人，也可以认为作者半开玩笑地讲了个奇怪的故事：一个诗人被和另一个诗人搞混了。阿德莫维奇的朋友和论敌热心地提醒他注意，是我创造了这个希什科夫。他起

初不信，最后不得不信，在下一篇文章中说我“技巧足以模仿天才”。我热切希望所有的评论家都像他一样慷慨。我见过他，也就匆匆两面。不过很多老文人在他去世后不久的追思会上盛赞他古道热肠，文笔犀利。他一生就两样爱好：俄罗斯诗歌和法国水手。

弗·纳博科夫，《被摧毁的暴君及其他故事》（一九七五）

《极北之国》和《单王》（第586/613页）

一九三〇年到一九四〇年冬是我用俄语写作的最后季节。开春我就要去美国了，在那里我将度过完全用英语连续写小说的二十年。我在即将告别巴黎的这几个月里所写的作品中有一部长篇小说，但动身前还没有写完，后来也就没再续写。没写完的部分我都销毁了，只留下两章和一点注释。第一章题目为“极北之国”，一九四二年发表（《新杂志》[*Novyy Zhurnal*]，第一卷，纽约）。第二章《单王》先于它发表，一九四〇年初登在巴黎的《当代年鉴》第七十卷上。现在的英文翻译是一九七一年由我儿子和我合作完成，严格地忠于原文，包括恢复了原来在《当代年鉴》上用省略号标出的一段。

假如我在巴黎写完了全书，那么读者也许会留下几个悬念：福尔特是不是个骗子？他真的是位先知吗？他是不是灵媒？叙述人的妻子是不是可以利用他返回阳间，含混不清地说一句她丈夫听不明白的话？就算有些悬念吧，有一件事情倒是清清楚楚的。在他想象中有一个国家（起初只是转移他悲伤情绪的地方，后来变成了一个独立的艺术困境），这个鳏夫迷上了这天涯海角的极北之国，它开始展现出真实性。希涅索夫在第一章中提到，他将从里维埃拉搬到他在巴黎的昔日住所，实际上搬进了北方一个偏僻的岛上一所荒凉的宫殿。他的艺术帮他复活了他的妻子，化身为贝琳达王后。这是凄惨的一幕，他即使在自由想象的世界里也战胜不了死亡。第三章里她又要死去，被一颗意在取她丈夫性命的炸弹炸死。时值她刚从里维埃拉返回几分钟，在伊戈尔河的新桥上。这就是我能从我尘封的记忆碎片中整理出来的所有故事。

关于王，说上几句。怎么翻译这个词语让译者颇感困难，因为俄语中的王是“korol”，缩写是“Kr”，而英语行文中王的缩写只能是“K”。长话短说，我的“K”指的是一个象棋棋子，而不是一个捷克人。至于题目，让我引用布莱克伯恩《棋局术语和主题》（伦敦，一九〇七年）一书中的话：“黑方棋盘上如果只剩王一个子，就成为单王局。”

阿道夫王子的外貌是我想象出来的，出于某种原因，让他长得像佳吉列夫[①]（一八七二——一九二九）。这个人物至今是我最得意的人物之一，保存在我私人的丰满形象博物馆。每一个成功的作家都会在他的某处空间里拥有这样一间博物馆。我不记得可怜的阿道夫是怎么死的，只记得他是受锡安及其同伙指派，方式粗暴可怕，时间是伊戈尔桥通车之前五年整。

我以为现在已经不时兴弗洛伊德评论家了，所以我没有必要警告他们别用他们的标志来碰我的人物圈子。另一方面，好心的读者当然会发现我这最后一部俄文小说在《庶出的标志》（一九四七）中有改头换面的英文回响，在《微暗的火》（一九六二）里更是如此。我发现这样的回响讨人嫌，不过让我后悔当初没有写完的真正原因是这一停顿预示着它将和我所有的俄文作品有本质上的不同。不同在其色调，在其风格的宽广，在其不好把握的汹涌潜流。现在的《极北之国》英文翻译于一九七三年四月七日登在《纽约客》杂志上。

弗·纳博科夫，《俄罗斯美女及其他故事》（一九七三）

---

① S. P. Diaghilev（1872—1929），俄国文化名人，自一九〇七年起每年举办“俄罗斯演出季”，组织俄国音乐家、舞蹈家赴国外演出，将俄国独特的芭蕾舞姿和音乐剧作带到欧洲各地。

《助理制片人》(第640页)

《助理制片人》选自一九五八年的《纳博科夫的“一打”》(见附录)。

《“那曾是在阿勒颇……”》(第656页)

《“那曾是在阿勒颇……”》选自一九五八年的《纳博科夫的“一打”》(见附录)。

《被遗忘的诗人》(第667页)

《被遗忘的诗人》选自一九五八年的《纳博科夫的“一打”》(见附录)。

《似水流年》(第680页)

《似水流年》选自一九五八年的《纳博科夫的“一打”》(见附录)。

《谈话片断,一九四五年》(第688页)

《谈话断片,一九四五年》选自一九五八年的《纳博科夫的“一打”》(见附录)。

《符号与象征》(第701页)

《符号与象征》选自一九五八年的《纳博科夫的“一打”》(见

附录）。

《初恋》（第708页）

《初恋》选自一九五八年的《纳博科夫的"一打"》（见附录）。

《连体怪物的生活情景》（第718页）

《连体怪物的生活情景》选自一九五八年的《纳博科夫的"一打"》（见附录）。

《瓦内姐妹》（第727页）

《瓦内姐妹》一九五一年二月写于纽约伊萨卡市。最初于一九五九年冬发表在纽约的《哈德孙评论》上，一九五九年三月登在伦敦的《文汇》杂志上。后收入纽约菲德拉出版社一九六六年出版的《纳博科夫四重奏》。

故事中安排叙述人并不知晓他讲的最后一段以离合体的形式为两个已故的姑娘所用，以证实她们神秘地参与到故事之中。这种特别的戏法在千年小说史上只能试验一回。至于成功与否就是另外一个问题了。

弗·纳博科夫，《被摧毁的暴君及其他故事》（一九七五）

《兰斯》（第743页）

《兰斯》选自一九五八年的《纳博科夫的"一打"》（见附录）。

《复活节之雨》(第756页)

《复活节之雨》发表在俄国流亡者杂志《俄罗斯回声》一九二五年四月号上，现存的唯一一本原版杂志是一九九〇年发现的。本篇由德米特里·纳博科夫与彼得·康斯坦丁翻译。

《词语》(第763页)

《词语》首次发表在一九二三年一月七日的《方向报》上。我的翻译刊载在二〇〇五年十二月二十六日的《纽约客》上。

德·纳博科夫

《娜塔莎》(第767页)

《娜塔莎》首次发表是由我译成意大利文，于二〇〇七年九月二十二日登在米兰的《晚邮报》副刊*IO Donna*上。之后又收入意大利语版纳博科夫选集《俄罗斯美女及其他故事》(艾德菲出版社)。我翻译的英语版本登在二〇〇八年六月九日的《纽约客》上。

德·纳博科夫

附　录

以下是纳博科夫对《纳博科夫的“一打”》(纽约花园双日出版公司，一九五八年)所作的题解注释，以及他为纽约麦格鲁－希尔图书出版公司出版的三部他的短篇小说集：《俄罗斯美女及其他故事》(一九七三)、《被摧毁的暴君及其他故事》(一九七五)、《落日详情及其他故事》(一九七六)写的前言。

为《纳博科夫的“一打”》(一九五八)作的书目注释

《昆虫采集家》、《云·堡·湖》和《菲雅尔塔的春天》本来是用俄文写成的，最初发表(标题分别是“Pilgram”，“Oblako, ozero, bashnya”，“Vesna v Fial’te”)在俄国流亡者杂志《当代年鉴》上(巴黎，一九三一年，一九三七年，一九三八年)，用的是我的笔名弗·西林，后收入我的两种短篇小说集(《眼睛》，俄国年鉴出版社，巴黎，一九三八年；《菲雅尔塔的春天》，契诃夫出版社，纽约，一九五六年。)这三篇小说的英文翻译由我(凡是与原作有出入之处，由我一人负责)和彼得·佩佐夫合作完成。《昆虫采集家》和《云·堡·湖》英文版本登在《大西洋月刊》上，《菲雅尔塔的春天》登在《时尚芭莎》上，三篇一起收入《故事九则》，一九四七年由新方向出版公司在“方向”系列中出版。

《O小姐》本来用法文写成，最初于一九三九年发表在巴黎的《尺度》(*Mesures*)杂志上，仰仗已故的希尔达·沃德小姐译成英文。英文版本登在《大西洋月刊》上，后收入《故事九则》。最终的版本略有改动，更为严格地坚持了自传的真实性，在我的回忆录《确证》中作为第五章。《确证》一九五一年由纽约哈珀兄弟出版公司出版，一九五二年由英国维克多·戈兰兹出版社出版，书名为“说吧，记忆”。

该集中其余的故事都是用英文写的。其中《被遗忘的诗人》、《助理制片人》、《“那曾是在阿勒颇……”》、《似水流年》几篇曾登在《大西洋月刊》上，后收入《故事九则》。《谈话片断，一九四五年》（又名《含糊其辞》）、《符号与象征》、《初恋》（又名《科莱特》）、《兰斯》几篇最初登在《纽约客》上，《含糊其辞》收入《故事九则》，《科莱特》收入《纽约客》合订本，又在《确证》中作为第七章。《连体怪物的生活情景》曾登在《记者》杂志上。

只有《O小姐》和《初恋》（除了题目改动外）在各种细节上忠实于作者记忆中的生活。《助理制片人》则是基于事实的创作。其余的几篇，我不再因模仿了“现实生活”而愧疚，如同“现实生活”抄袭了我也并不负责一样。

弗·纳博科夫

《俄罗斯美女及其他故事》（一九七三）前言

收在这个集子里的十三篇英译小说，原文都是俄语，一九二四年至一九四〇年间在西欧写成，逐篇登在各种流亡者报刊上，或收在不同的选本中（最后一个选本是《菲雅尔塔的春天》，契诃夫出版社，纽约，一九五六年）。这十三篇中的大多数是由德米特里·纳博科夫和作者合作翻译的。现在的英文版本为终稿，由我一人负责。西蒙·卡林斯基教授是第一篇小说的译者。

弗·纳博科夫

《被摧毁的暴君及其他故事》(一九七五)前言

这个集子里的十三篇小说中前十二篇由德米特里·纳博科夫和作者合作从俄文译为英文,代表着我一九二四年至一九三九年间在柏林、巴黎、芒通镇等地无忧无虑的侨民tvorchestvo(一个有尊严的俄语词,意思是“创造性的产出”)。零星的篇目说明在各个故事的前言里有交代,欲知更多则可参见麦格鲁-希尔图书出版公司出版的安德鲁·菲尔德所著《纳博科夫作品目录》。

第十三篇小说是在纽约北部的伊萨卡用英文写成的。当时我住在东西尼卡大街八〇二号一幢阴暗的灰白木头房里。我们主观上认为这个地方和新英格兰拉姆斯代尔镇劳恩街三百四十二号那幢更有名气的房子[①]有一定关联。

弗·纳博科夫,一九七四年十二月三十一日于瑞士蒙特勒

《落日详情及其他故事》(一九七六)前言

这个集子是我最后一批值得译成英文的俄文故事。它们在十一年间(一九二二——一九三五),前后登在当时柏林、里加、巴黎等地的流亡者报刊上。

近二十年来我在美国出版了四部短篇小说集,在此把其中所有翻译过来的短篇列出个单子,我隐约觉得会有用处。

《纳博科夫的“一打”》(纽约花园双日出版公司,一九五八年)收有以下三篇英译小说,由彼得·佩佐夫和作者合作译出。

---

① 这是纳博科夫代表作《洛丽塔》中洛丽塔家的地址。

1. 《菲雅尔塔的春天》(*Vesna v Fial'te*，一九三六)

2. 《昆虫采集家》(*Pil'gram*，一九三〇)

3. 《云·堡·湖》(*Oblako, ozero, bashnya*，一九三七)

《俄罗斯美女及其他故事》(纽约麦格鲁－希尔图书出版公司，一九七三年)收有以下十三篇英译小说，由德米特里·纳博科夫和作者合作翻译，书名由西蒙·卡林斯基与作者合作翻译。

4. 《俄罗斯美女》(*Krasavitsa*，一九三四)

5. 《列奥纳多》(*Korolyok*，一九三三)

6. 《滞烟》(*Tyazhyolyy dym*，一九三五)

7. 《婉言相告》(*Opoveshchenie*，一九三五)

8. 《嘴对嘴》(*Usta k ustam*，一九三二)

9. 《博物馆之行》(*Poseshchenie muzeya*，一九三一)

10. 《事关面子》(*Podlets*，一九二七)

11. 《未知的领域》(*Terra Incognita*，一九三一)

12. 《风流成性》(*Khvat*，一九三〇)

13. 《极北之国》(*Ultima Thule*，一九四〇)

14. 《单王》(*Solus Rex*，一九四〇)

15. 《土豆小矮人》(*Kartofel'nyy el'f*，一九二九)

16. 《循环》(*Krug*，一九三四)

《被摧毁的暴君及其他故事》(纽约麦格鲁－希尔图书出版公司，一九七五)收有十二篇英译小说，由德米特里·纳博科夫和作者合作翻译。

17. 《被摧毁的暴君》(*Istreblenie tiranov*，一九三八)

18. 《一则童话》(*Skazka*，一九二六)

19. 《音乐》(*Muzyka*，一九三二)

20. 《利克》(*Lik*，一九三九)

21.《新遇》(*Nabor*,一九三五)

22.《恐惧》(*Uzhas*,一九二七)

23.《海军部大厦塔尖》(*Admiralteyskaya igla*,一九三三)

24.《纯属偶然的事情》(*Sluchaynost*,一九二四)

25.《纪念希加耶夫》(*Pamyati L.I.Shigaeva*,一九三四)

26.《巴赫曼》(*Bachmann*,一九二四)

27.《完美》(*Sovershenstvo*,一九三二)

28.《瓦西里·希什科夫》(*Vasiliy Shishkov*,一九三九)

《落日详情及其他故事》(纽约麦格鲁－希尔图书出版公司,一九七六)收有十三篇英译小说,由德米特里·纳博科夫和作者合作翻译。

29.《落日详情》(*Katastrofa*,一九二四)

30.《倒霉的一天》(*Obida*,一九三一)

31.《菠菜》(*Lebeda*,一九三二)

32.《乔尔布归来》(*Vozvrushchenie Chorba*,一九二五)

33.《旅客》(*Passazhir*,一九二七)

34.《一封永远没有寄达俄国的信》(*Pis'mo v Rossiyu*,一九二五)

35.《柏林向导》(*Putevoditel'po Berlinu*,一九二五)

36.《门铃声》(*Zvonok*,一九二四)

37.《雷雨》(*Groza*,一九二四)

38.《重逢》(*Vstrecha*,一九三二)

39.《一段生活》(*Sluchay iz zhizni*,一九三五)

40.《圣诞节》(*Rozhdestvo*,一九二五)

41.《忙人》(*Zanyatoy chelovek*,一九三一)

弗·纳博科夫,一九七五年于蒙特勒